U0661632

许高彬 编著

包公故事

时代出版传媒股份有限公司
安徽文艺出版社

图书在版编目（ＣＩＰ）数据

包公故事/许高彬编著. —合肥：安徽文艺出版社,2016.12
（2024.7 重印）

ISBN 978-7-5396-5954-1

Ⅰ．①包… Ⅱ．①许… Ⅲ．①故事－作品集－中国－
当代 Ⅳ．①I247.81

中国版本图书馆 CIP 数据核字(2016)第 291994 号

出 版 人：姚 巍

责任编辑：周 康　　　　　　　　装帧设计：褚 琦

....

出版发行：安徽文艺出版社　　www.awpub.com

地　　址：合肥市翡翠路 1118 号　　邮政编码：230071

营 销 部：(0551)63533889

印　　制：安徽芜湖新华印务有限责任公司 (0553)3916126

....

开本：710×1010　1/16　印张：33　字数：500 千字

版次：2016 年 12 月第 1 版

印次：2024 年 7 月第 4 次印刷

定价：99.00 元

....

前　言

　　包拯(999年5月28日—1062年7月3日),字希仁,庐州肥东(今安徽省合肥市肥东县)人,北宋名臣。天圣五年(1027年),包拯登进士第。累迁监察御史,曾建议练兵选将、充实边备。历任三司户部判官,京东、陕西、河北路转运使。入朝担任三司户部副使,请求朝廷准许解盐通商买卖。改知谏院,多次论劾权贵。授龙图阁直学士、河北都转运使,移知瀛、扬诸州。再召入朝,历权知开封府、权御史中丞、三司使等职。嘉祐六年(1061年),任枢密副使。因曾任天章阁待制、龙图阁直学士,故世称"包待制""包龙图"。嘉祐七年(1062年),包拯逝世,追赠礼部尚书,谥号"孝肃",后世称其为"包孝肃"。

　　幼时,笔者就已对铡美案、狸猫换太子等包公故事耳熟能详,憧憬着长大之后以之为榜样,为人伸张正义。稍长后知道包公竟然是我的家乡肥东人,更倍感亲切,与远朋自报家门,必以包公故里人自居,并以此为荣。工作之后,有了点社会阅历,对包公益加敬佩,对包公的故事也读得更多、更深。

　　胡适说过,包拯是"箭垛式"的人物。古来有许多精巧的折狱故事,或载在史书,或流传民间,一般人不知道它们的来历,这些故事遂容易堆在一个人身上。于是包公就这样被神化,与关公成了民间最重要的信仰之一,一者为公,一者为忠,皆是古人最为看重的品质。"包公信仰"随着国人的向外迁徙而传播于海外,包公在东南亚等地颇有影响,当地的包公庙香火也相当鼎盛。

包公为什么在民间有着如此广泛的信仰基础，究其原因就是他身上体现出的清廉、公正、法治精神具有极强的时代穿透力，千百年来始终受到中国老百姓的尊崇。所有以包公为主角的民间传说、戏曲、故事，无一不在体现着包公的这些精神，无一不在诉说着古代劳动人民对公平正义的追求。

　　宋史《包拯传》仅 545 字，所述事迹寥寥可数，但其峭直刚毅的形象跃然纸上。然而这 500 多字显然不能满足老百姓的需求，于是衍生了许许多多的传说故事和戏曲。笔者也看过不少，发现世存的包公故事零散无序，本着家乡人书写家乡人故事的情怀，萌发了收集整理的设想。

　　此书的整理出版得到了包拯家乡肥东的各位同事的大力支持和鼎力相助，康俊卿、汤磊、王飞、殷立新、王岩等诸位同志帮忙修改校阅，在此一并表示感谢！因时间、精力、水平有限，书中难免有遗漏、雷同、谬误之处，欢迎读者批评指正。

许高彬

2016 年 11 月

目　录

包公未出仕

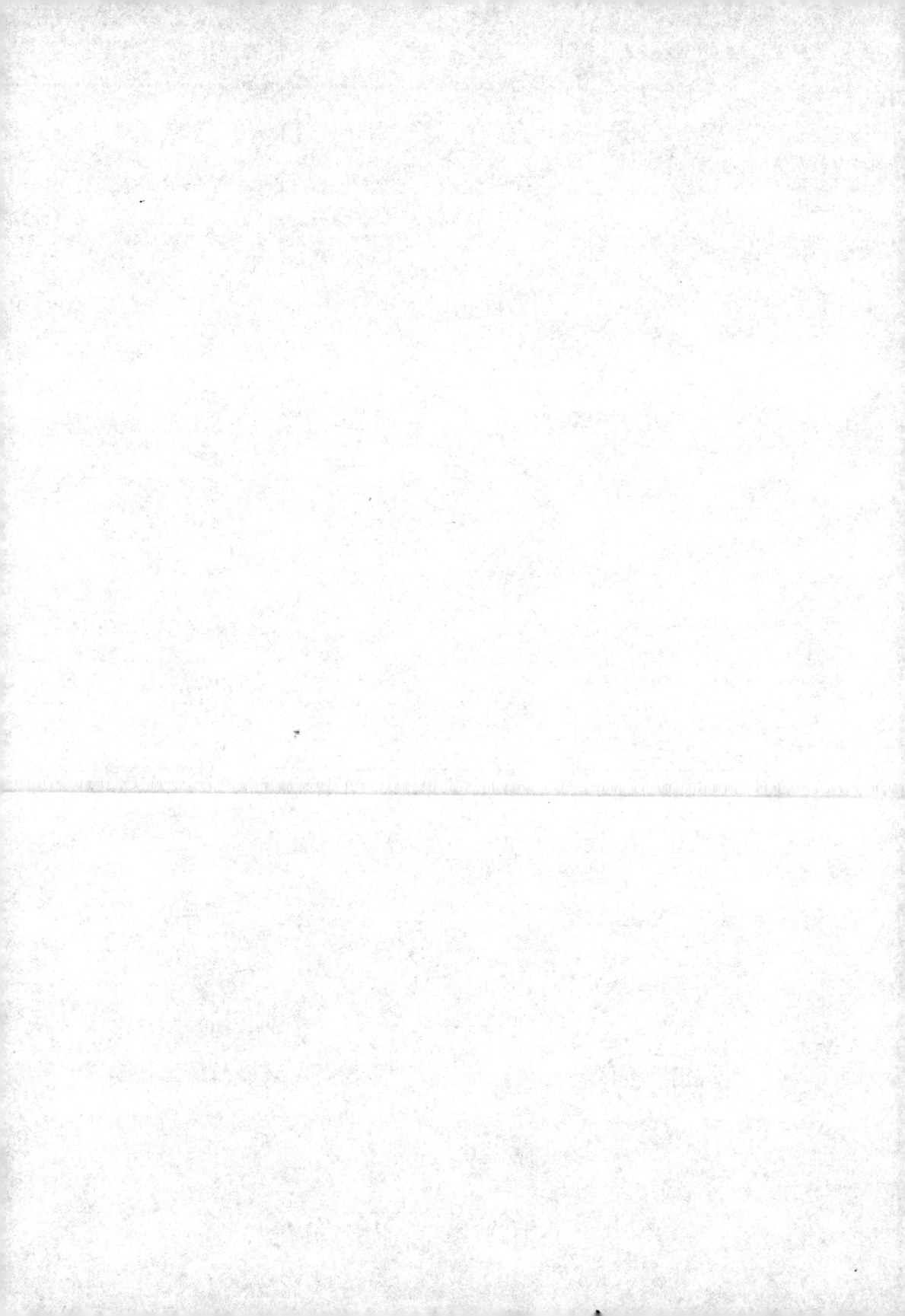

文曲星下凡

话说北宋末年，天灾人祸不断，民不聊生。玉皇大帝特派赤脚大仙下凡做皇帝以救治民间疾苦，然而赤脚大仙在天上享惯了清福，说什么也不肯答应。玉皇大帝承诺派文曲星与武曲星下凡保他，赤脚大仙才勉强答应下凡。赤脚大仙下凡后就是宋仁宗皇帝，但一出生就大哭不止，催促文曲星与武曲星赶快下凡。玉皇大帝被哭得心烦，急派二星火速下界。南斗主生，北斗主死。所要投胎的人，都要到南斗星君处注册，并取一个脸谱下凡。文曲、武曲二星到南斗君处报到时，恰巧遇到南斗星君与北斗星君下棋。文曲等得不耐烦，就直接从南斗星君的乾坤袋中拿了一个脸谱匆匆下界。而武曲耐心地等到南斗星君下完棋后才说明来意，南斗星君打算从乾坤袋中拿个武士脸谱给武曲，但东找西找没找到，只好拿了文士脸谱给他。

民间传说，包公母亲怀包公前，洗澡时看见星星落到了自己的澡盆里。落在澡盆中的星星就是文曲星，文曲星投胎后就是包拯。但因他匆忙之间拿了武士脸谱，所以出生就是黑脸，以致父亲嫌，母亲弃。而武曲星换脸后是狄青，生得眉清目秀，像个文弱书生。

现实中，包拯在青少年时代刻苦读书，在28岁时，终于考中了进士甲科。按照宋朝规定，考取进士之后，便可以做官。包拯被派到建昌县（今江西永修）任职。但包拯认为父母亲年事已高，应该尽孝奉养双亲，因而请求回到安徽，在和州（今安徽和县）做官。但是，父

母亲希望儿子天天守在自己身边,包拯便决定辞职回家。他在家孝敬父母多年,直到双亲去世,即便守丧期满,仍不愿离开故土。当时,这种封建孝道,受到家乡人的称道。

民间传说中,包拯可审判上至天上的神,下至地狱的小鬼;日审阳,夜审阴;死后还被派往阴间做了阎罗王。从中可以看出民间对包拯评价之高。

嫂娘故事的由来

　　包公有个嫂娘,老百姓都知道。传说包拯家世清贫,生下未满月,母亲病故。嫂子就把包拯放在自己儿子包勉的摇篮里,喂他奶,喂儿子粥,将其抚养成人,并聘请恩师,教诲他一举成名。毫无疑问,如果没有这位贤惠的嫂子,也就没有包拯的后来。所以包拯对嫂子始终十分感恩,尊称其为"嫂娘"。

　　史书记载,包拯的父亲叫包令仪,曾做过知县。包拯自幼受到良好的教育,28岁一举考中甲科进士,授官知县。这在当时是很突出的,不但可以借此登上政治舞台,而且预示在仕途上有着光明的前景。当时,包公的父母年事已高,均在家居住,不愿远离家乡。是上任为国尽忠,还是在家为父母尽孝,这让包拯进退两难。包拯为了照顾父母,毅然辞去官职,定居乡里,奉养双亲。直到父母去世,守丧三年期满之后,已经38岁的包拯才正式登上仕途,出仕做官。包拯为了侍奉年迈的双亲,居家长达十年之久,不去做官,真可以说是"至孝"。

　　那嫂娘的故事又出自哪里呢?其实也确实发生在包拯的家中。包拯有子二人:长子名繶,英年早逝,其妻崔氏,誓不改嫁。次子名绶,是包拯家中陪嫁的丫头所生。包拯逝世时,包绶才5岁,由长嫂崔氏照管。包拯一生居官清廉,没有给家里留下多少遗产,崔氏清贫度日,一直把包绶抚养成人,包绶便对其嫂崔氏"以母礼事之"。这就是长嫂如母故事的原形。宋代以后有关包公的戏剧、小说中,都说包公称其嫂为"嫂娘",这完全是将包绶之事移花接木安在了包拯头上。崔氏后来受到朝廷的表彰,朝廷写了封赠送她为永嘉郡君的一个制书。这个制书是由大文豪苏轼起草的。同时还封表门楣,就是在家乡为她建了一个节妇台,还给她写了传记。

包拯放羊

包拯幼年是在肥东度过的。肥东有条沙河,河流奔腾,风景十分壮丽。这条母亲之河滋养了幼年的包拯。他常常帮助家里耕种庄稼,放牧牛羊,从小就积累了一定的农牧知识,养成了吃苦耐劳的习惯。在父亲的严格要求下,包拯10岁就开始阅读古代的史书。他一边读一边做摘记,不懂的地方就请教父亲。由于他格外的勤奋和绝顶的聪颖,有影响的史书都读过了,中国四千年的古代历史在他的头脑中有了大致轮廓。他学习十分认真,遇到疑难问题,总要反复思考,直到弄明白为止。在父亲的熏陶下,他从小就立志做一名学者。

一天,快吃晚饭了,父亲把包拯叫到跟前,指着一本书说:"孩子,近几个月,你一直在外面放羊,没工夫学习。我也公务缠身,抽不出空来教你。现在趁饭还没熟,我教你读书吧。"包拯看了看那本书,又感激地望了望父亲,说:"父亲,这本书我读过了,请你检查一下,看我读得对不对?"说完他把书从头至尾背诵了一遍。听完包拯的背诵,父亲感到非常奇怪。他不相信世

界上真有神童,不相信无师自通,也不相信传说中的神人点化,可是,包拯是怎么会背诵的呢?他百思不得其解。

第二天,包拯赶着羊群在前面走,父亲在后边偷偷地跟着。羊群翻过村东的小山,过了山下的溪水,来到一片洼地。洼地上水草丰美,绿油油的惹人喜爱。包拯把羊群赶到草地中央,等羊开始吃草后,他就从怀中掏出一本书来读,那清脆的读书声不时地在草地上萦绕回荡。看着这一切,父亲全明白了。他高兴地点点头:"孺子可教!孺子可教!"

三 步 成 诗

　　传说，包拯小时候是一名神童。所谓神童者，北宋先有方仲永，后有包三黑。包拯因为出生时就黑，在家排行第三，所以人称包三黑。包拯自幼聪颖过人，吟诗作对，独霸学校。一天家中宴客，酒过三巡，有客提议："听说三郎善于作诗，何不即席吟作一首以助酒兴？"包拯当时只有 7 岁，也不推辞，他毕恭毕敬地说："请出题目。"客人说："此地离黄山不远，你就以黄山为题吟咏一首《黄山》。"小包拯果然了得，在众宾客面前踱步思索，一步，两步，刚迈出第三步，便兴高采烈地说："诸位见笑，有了。"于是，一首五言绝句脱口而出。诗云：

> 只有天在上，
> 更无山与齐。
> 举头红日近，
> 回首白云低。

　　举座宾客闻之，交口称赞："三步诗，三步诗，这是一首三步诗。""当年曹植七步成诗，三郎只走三步，况且是小孩呢！"大家觉得这孩子将来必成大器，说不准能入朝为官呢。历史明鉴，大家慧眼，包拯于天圣五年（1027 年），登进士第。

包 拯 读 书

　　鸡叫三遍过后，包家书房里传出了琅琅读书声："锄禾日当午，汗滴禾下土。谁知盘中餐，粒粒皆辛苦。"读着，读着，包拯就把这首诗背得滚瓜烂熟了，但他总觉得没有透彻领会诗的意境：种庄稼到底有多辛苦呢？第二天，包拯来到蒋妈家玩。吃饭的时候，他望着白花花的大米饭迫不及待地问道："蒋妈，这大米饭是怎么来的呢？"蒋妈很喜欢包拯好问的精神，就笑着告诉他："大米是稻子舂成的。稻子浑身有一层硬硬的黄壳，它的一生要经过浸种催芽、田间育秧、移栽锄草、施肥管理、除病治虫、收割脱粒，一直到舂成大米。""啊，吃上这碗大米饭，可真不容易啊！"包拯惊讶地说。"是呀，这十多

道关,也不知道要累坏多少种田人呢,这香喷喷的大米饭是种田人用血汗浇灌出来的。"蒋妈深有感触地说。蒋妈一番深刻的教诲,不仅加深了包拯对诗意的理解,更激励他勤奋学习。

为了过好习字关,他除了认真完成老师布置的作业外,还坚持每天练一百个大字。有一天,包拯随陈妈到一个路途较远的亲戚家,回来时已是深夜了。一路上风尘劳累,年幼的包拯已筋疲力尽,呵欠连天,上下眼皮直打架,但他仍要坚持练完一百个大字再休息。陈妈见状,心疼不过,劝道:"明天再写吧!""不,当天的事当天了!"包拯说服了陈妈,连忙把头埋在一盆凉水里,一下子把瞌睡虫赶跑了,头脑也清醒多了。一百个字刚写完,陈妈一把夺过包拯的笔说:"这下子行了吧,快睡觉!""不!"包拯仔细看完墨汁未干的一百个大字,皱着眉头认真地说:"陈妈妈,你看这两个字写歪了。"说着,包拯的小手又挥起笔来,把那两个字又写了三遍,直到满意为止。

包 拯 吟 诗

　　包拯素有文才,七岁便能诗善对。他小的时候,宋真宗听说他少年早慧,便派人把他接进了宫里,要考考他。当时宋真宗正在宫中与人下围棋,宋真宗便要以棋盘考察包拯的才能。宋真宗看了一下方方的棋盘、黑的白的圆形小棋子,就对包拯说:"请你用方、圆、动、静四个字作一首诗吧。"包拯问:"怎么个作诗法呢？您能否给我举个例子。"宋真宗很快便吟出:"方若棋局,圆若棋子。动若棋生,静若棋死。"宋真宗刚刚讲完,岂料包拯不假思索很快就接了下去:"方若行义,圆若用智。动若骋材,静若得意。"宋真宗大为惊叹。包拯这四句诗的大意是:处世方正就像施行道义,办事圆活就像运用智慧。行动时好像在发挥才能,静止时好像已达成意愿。此诗句句不离棋意而无棋字,有玄机,有巧智,令真宗龙颜大悦。真宗嘱咐大臣刘筠悉心教导包拯,将来必成栋梁之材。包拯后来果然深得真宗、仁宗赏识,功勋卓越,成了龙图阁直学士、"帝王之帅"。

包 拯 吃 粥

　　传说包拯年幼时家境贫寒，无法上学，但他读书心切，冲破重重困难，到庐州城郊浮槎山中一个僧人的门舍中读书。

　　因米贵，他吃不上饭，每天晚上，就用一小筒白米煮一锅稀粥，放到第二天，稀粥凝结成块，他就用一条竹片将块状的粥划成两半，早上吃一半，晚上吃一半。没有菜，他就到山上挖野菜，加点盐煮煮。他生活很苦，书却读得很甜。

　　包拯的艰苦生活被当时庐州知州的儿子知道后，深为同情，便从家里送来了好菜好饭，包拯表示感谢，收下了饭菜。

　　几天之后，知州的儿子来看包拯时，看见自己送给他的饭菜还在那里，都已坏了。包拯急忙解释说："您赠我好饭菜，实在感激不尽，但我平时吃稀粥惯了，并不觉得怎样苦。现在如果我贪食这些东西，习惯吃好的食物了，我将来怎么办呢？"

幸 遇 恩 师

庐州出了个包青天，铁面无私辨忠奸，包拯是合肥人的骄傲。很少有人知道，在庐州，在包拯的少年和青年时代，他曾有过一位以身作则、言传身教的榜样——他的恩师、两度庐州知府刘筠。

刘筠（971—1031），字子仪，河北大名府人，二十七岁时考中进士，走上仕途。同时，他也是一位诗人、学者，刚刚出道，就被著名诗人杨亿欣赏举拔，并很快就与杨亿齐名了，世称"杨刘"。后来又被选为翰林学士，参与皇家最重要的文化工程：编修《图经》《册府元龟》等。北宋特别注重文化事业，这可不是有背景、有后台就能干的，必须是当世公认最有学养的文人，才会被委以重任。

宋史上对于刘筠的记载云："凡三入禁林，又三典贡部，以策论升降天下士，自筠始。性不苟合，遇事明达，而其治尚简严。"解释一下，禁院就是翰林院；贡部是主管科举的部门，刘筠三次主掌贡部，对科举制度做出一次空前而重大的改革。他认为科举的目的是选拔治理国家的人才，不能只关注文墨，必须打破自唐代以来进士考试侧重诗赋的传统，改为以考策论为主。这个改革，给宋代社会政治带来很大进步，为国家选拔了许多优秀人才。比如后来的包拯、三苏父子、王安石等宋代的良臣，都得益于此。

看起来，刘筠一生算得上官运亨通吧，才不是，你想想，所谓"三入三典"，必须有出才能有入，有离职才能就职。他这个人，虽才学高，能干，受皇帝赏识，但性格倔强，是非原则强。都知道，做京官好呀，身处权力中心，飞黄腾达大有机会，京城的物质与精神生活又那么丰富，倒了霉才会被外放出去当地方官呢。而刘筠，就被外放了三次，他跟人家有点不同，人家大多是被迫的，他是自己积极主动要求的。

刘筠两次要求外放的地方,都是庐州府。第一次来,是在宋真宗年间。宋史上著名的"奸臣"丁谓当上了相爷,势焰极盛,打击异己,成功排挤走了抵抗契丹入侵、订立"澶渊之盟"的功臣寇准,朝中人人不满,却敢怒不敢言。只有另一位副相李迪,敢为寇准鸣不平,亲自动手,用朝笏把丁谓打了一顿,又跑到皇帝面前痛斥丁谓是奸臣贼子。丁谓这个人,也是百年难遇的聪明人,学问很好,就是心术不正,史书上称"多希合上旨,天下目为奸邪"。因为善于逢迎,宋真宗很喜欢他。看看闹得不像话了,就各打五十大板,命令刘筠起草诏书,把丁谓和李迪都从丞相位子上赶下来了。

没几天,真宗皇帝就后悔了,又叫刘筠来起草诏书,诏丁谓官复原职。刘筠很生气,笔一扔,不写!皇帝没法子,就叫晏殊来写。晏殊后来也当宰相了,这人文采好,心地好,人缘好,就是胆子小了些。晏殊起草完诏书,从翰林院出来,和气呼呼的刘筠正好对面碰上,他把头一低,脸一侧,招呼也不打,就溜边走了。

宋真宗久病,朝政大事由丁谓独揽。刘筠在家里跺脚叹气,说奸人当道,朝廷乌烟瘴气,一天都待不下去了!于是上书请求外放,丁谓也很讨厌他,那正好,你老实待在外面别来添乱吧。

刘筠也是幸亏走了。像那个愣头愣脑的李迪,就被贬到边远荒蛮地带了。丁谓还派人去迫害,左右劝丁相爷:"把人直整死了,天下读书人会怎么说?"相爷邪魅一笑:"那些书呆子,大不了回头写史书,加上一句'天下惜之'呗!"

由此可见,刘筠虽然刚直,却也是知道韬光养晦的,不会重压之下一味死磕。他来到庐州,属下治民中就有个年轻的包拯,当时还在香花墩埋头苦读。刘筠出于职业习惯,极重视教育,他在全州学子中发现这个小包真不错,就经常地鼓励他,点拨他。一个穷乡僻壤籍籍无名的农家子弟,竟然得到一位翰林学士、知名大学者的另眼相待,对于包拯也是难得的因缘际会。

前面说过,刘筠的科举思想是以策论为重,包拯在他的影响下,写得一手思辨滔滔的雄文。宋仁宗朝,天圣五年,包拯参加进士考试,恰巧碰上刘筠第三次担任主考官,包拯一举上榜,名列前 30 名。熟悉"潜规则"的人可能要问了:这里刘筠有没有对包拯额外照顾呢?答案是不太可能。不仅因为两人的品行经过历史考验,更重要的是,与历代相比,宋朝科举想徇私是最难的,有层层落到实处的制度与人事的监控。倒是在无所不在的舆论压力下,作为主考官,往往要"避嫌"到杯弓蛇影。欧阳修有一回当主考官,看中一张卷子,心想,写得这样好,天下还有几人,肯定是我那得意门生曾巩写的!可惜他是我学生,要是点了状元,没事也成了有事,还不给人骂死……就给改了第二名——他这一"徇私",结果是害了苏轼,那张卷子原来是苏轼写的。他和兄弟,两个川娃子,千里迢迢从眉山老家赶来,二十郎当岁,满腹才学,满胸志气,只还未有一点名气。

宋仁宗即位那年,刘筠又被召回中央,依旧做翰林学士,旋又拜御史中丞,进龙图阁直学士,同修国史——这不是咸鱼翻身,又发达了吗?但刘筠待不住,他厌倦仕途了,他想养老了,想念庐州了。他惦念在庐州府,他亲眼看人盖起来的那所房子,里面收藏有宋真宗赐给他的大批书籍和墨宝。他便以此为由,向皇帝请求再次外放庐州。

刘筠第二次来到庐州,又碰上了得意门生包拯。包拯考中进士后,被派到江西建昌当县令,他父母年事已高,父母在,不远游,他就辞官不做,在家待着奉养双亲——注意,历史上的包拯和民间故事、戏曲里的那个老包是不一样的,他并非孤儿,不是被寡嫂带大的,他有父母双亲的!而且脸也不黑,是个白面书生。

包拯还没有正式走上仕途,刘筠却已经饱经风霜。一老一少有很多相处的时光,淝水之滨,杨柳树下,院落宁静,包拯从严肃豁达的恩师这里学到了很多。后来书写历史的人,对他们的盖棺论定,赫然有许多相似之处。比如:刚正不阿,性不苟合,临事明达,治尚简严,勤政爱民,生活简朴……包拯更是青出于蓝而胜于蓝,号称:"关节不到,有阎罗包老",成为中国历史上最著名的清官。

三年后,刘筠病死在他热爱的庐州城。生前,他似乎已经预感到了什么,在庐州为自己营造了冢墓与棺木,并自作墓志铭,做出了终老是乡的打算。

刘筠膝下只有一子,不幸早夭,他去世之后,家里的田产房屋因无人继承被官府没收。包拯此时已经身为显贵,知道后,特别向朝廷奏请在刘家宗族内择人为恩师的后人,并将资产还给了他家。

包 拯 求 学

  包拯曾经回忆自己少年时说："生于草茅，蚤从宦学，尽信前书之载，窃慕古人之为，知事君行己之方，有竭忠死义之分，确然素守，期以勉循。"意思就是说自己出身低贱，早年曾跟随父亲在外游学，对古书上的记载是完全信奉的，对于前代圣贤的高尚行为也是非常羡慕的。这也使他懂得怎样来侍奉君王，怎么约束自己，并努力将所学付诸实践，不断地自勉以遵循。

  北宋名臣吴奎就描述包拯，称其少年时便"挺然若成人，不为戏狎"。大概也正是因为包拯早年便与父亲在外游学的原因，他少年早熟，不像其他乡间小孩一样热爱嬉戏玩耍，同时也自小树立了踏上仕途、造福一方的理想。包拯少年时期接受的是"四书五经"的正统儒学教育，这让他深受孔孟之道的影响，孔子的"民为邦本，本固邦宁"、孟子的"民为贵，社稷次之，君为轻"等观点都成为包拯后来治国安民的思想主张。而儒家正统的君臣观念也让正直敢言的包拯不至于为仁宗皇帝所厌恶，使得包拯能够完成自己竭尽忠义、为仁义而死的信念。

  胸怀报国之志的包拯，在求学期间可谓品学兼优，他治学严谨，为人正直，处理人际关系极为慎重。正是他不凡的学识和人品，使他被当时一位颇有名望的文豪刘筠赏识，包拯也将其引为伯乐，最后成为忘年之交。

  就在天禧五年（1021 年），包拯二十二岁时，刘筠离京就任庐州知府。这对包拯此后的人生道路产生了很大的影响。那么这刘筠到底是何许人也？刘筠，字子仪，大名府（今属河北省）人，翰林学士，是"西昆体"诗歌的创始人，可以说是北宋早年的文坛领袖。刘筠为人正直豁达，办事严谨，很有骨气。他之所以从一个京官变成庐州知府这样的地方官，也正是因为他的为官正直。

宋真宗晚年时期,以宰相丁谓为首的一群奸臣弄权当道。当时,丁谓与王钦若、林特、陈彭年、刘承珪都以奸邪险伪著名,被人合称为"五鬼"。晚年的真宗皇帝十分迷信鬼神,丁谓等人便一味迎合,不顾国库空虚,举行泰山封禅仪式,建玉清昭应宫;不顾百姓生活困苦,命令各州增加进献,同时广征徭役。这些行为都遭到了时任宰相的寇准的痛恶弹劾,他们便罗织罪名,使寇准被罢相贬官。满朝文武对此敢怒不敢言。真宗皇帝死后,年仅十三岁的仁宗皇帝继位,太后听政。丁谓他们更利用职位之便,将真宗皇帝之死归罪于寇准,大肆打击与寇准关系相近的大臣。仁宗皇帝尚且年幼,丁谓便勾结了宦官,在事实上把持了朝政,所有的奏章都要经过他的审阅之后才会被送往内廷。为官正直的刘筠与丁谓这种奸臣势不两立,无法共处,可是丁谓把持着朝政大权,他也是无可奈何。

刘筠曾愤然说过:"(朝堂上)奸人用事,我连一天都待不下去了。"忍无可忍之时,刘筠只得上表请求辞官外任,出知庐州,从而与包拯结下了不解之缘。

刘筠出知庐州后,非常注重发现和培养人才,而包拯作为庐州一带出类拔萃的"三好学生",自然得到了刘筠的赏识。《宋史·刘筠传》中记载道:"包拯少时,颇为刘筠所知。"得到刘筠亲传艺业的包拯,其学业也是一进再进,名声渐显。而包拯作为庐州地方的一个"生于草茅"的学生能够闻名全国,刘筠这样一位文坛领袖式人物的提携、赏识,在其间发挥的作用是不可忽视的。

苦学有成的下一步按说便是参加科举,考取功名,踏上仕途了。可是在天圣二年(1024年),仁宗皇帝重开科举时,包拯竟然放弃了这次朝廷开科取士的机会,原因在于"父母在,不远游"。包令仪夫妇固然为包拯的至孝之心所感动,却也为包拯的前程感到不安。两位老人不想拖累包拯的仕途,为了解决包拯的后顾之忧,他们想到了一个好办法。

于是,包拯二十六岁这年,在父母的安排下与董氏成亲了。有妻子在家尽孝,包拯也就可以安心地去考功名了。

当时的赶考学子要经过三层选拔才能成为进士。首先是州郡发解试,即"乡试";然后是全国礼部试,即"省试";最后便是皇帝亲自主持的"殿试"。

天圣五年(1027年),这年包拯二十八岁,朝廷再次开科取士。包拯顺利通过"乡试"后,却对接下来的"省试"很是担忧。原来当时的考试题目分诗、赋、论三个板块,而一般考官都以诗、赋成绩取士,而这也正是包拯的薄弱之处。

这时,传来一个让包拯欣喜若狂的消息,仁宗皇帝特命贡院"将来考试进士,不得只以诗赋进退等第,而要参考策论以定优劣"。更让包拯感到兴奋的是,这次"省试"的主考官正是刚刚奉诏入京的枢密直学士刘筠。刘筠虽为文坛大家,但并非只会做肤浅学术文章的老学究,在他看来,时事策论的好坏才是学子为官能否为国为民谋福利的关键所在。这使得擅长策论的包拯在"省试"中获得了很大的优势。

于是,经过层层选拔,包拯终于来到了开封府,来到了仁宗皇帝亲自主持的"殿试"考场。考试有三个题目,分别是:《圣有谟训赋》《南风之熏诗》和《执政如金石论》。这几个题目很有深度,考场上,甚至有学生提出题目难解,请求仁宗皇帝解释一下。

终于到了放榜之日,榜单上写着这次科考录取的三百七十七个名字,分为"六甲"六个等级,而包拯的名字赫然在一甲(前三十名)之列。一甲进士即进士及第,是很有可能在今后的仕途中成为朝廷高官或是执政大臣的,放在今天就相当于可以进中央政治局。包拯能取得这样的成绩,不仅得益于包令仪夫妇自小的良好教育,更要归功于刘筠在庐州期间的言传身教。

《宋史·刘筠传》记载有"(刘筠)性不苟合,遇事明达,而其治尚简严"。而《宋史·包拯传》中也有对包拯与人交往不随意附和,不以巧言取悦人,性情严峻刚直的描写。可见,包拯一直受到刘筠亲自指点,这也使得包拯形成了正直豁达、处事严谨的良好品质。刘筠对包拯的仕途走向乃至一生都有着不可忽视的影响。包拯进士及第后,更促进了包拯和刘筠的师生之谊。

另有史书记载:当第一甲进士唱名之时,突然日呈五色、光耀殿庭。满朝文武都认为这是百年难见的吉兆,象征仁宗皇帝圣明,能够选贤任能,连上天都为此感叹,为此降下祥瑞。而事实上,这一科的第一甲进士中,韩琦、文彦博后来都官至宰相,王尧臣、赵概成为副宰相,包拯位至三司使、枢密副使（相当于"副相"），这些人确实都成了一代名臣。熟悉北宋历史的人都知道，在三十年之后，也正是以这一批人为中坚力量，辅佐仁宗皇帝开创了历史上有名的"嘉祐之世"。

在父亲包令仪的悉心培养和恩师刘筠的言传身教下，已经二十八岁的包拯终于得到了进士出身。而持进士及第的包拯在仕途上的光明前景也似乎是近在眼前了。

天圣五年（1027年），也就是包拯中举的这一年，朝廷便授予包拯大理评事的官衔，还派他担任建昌县（今江西永修）的知县，一下子就成了八品官员。这建昌县在当时可是个大县，交通便捷，山川秀美，多名胜古迹。包拯作为初涉官场的"新生"能够得到这样的优差，足可见朝廷的重视了。然而，包拯此时却向朝廷辞官，表示想要归家休养。

为什么苦读近二十载，一朝金榜题名的包拯会在仕途刚刚起步的时候就这样"自毁前程"呢？

原来，当时的包令仪夫妇都年事已高了，身体也不是很好，而建昌县与庐州两地相隔数百公里，包令仪夫妇不愿意长途奔波，离开故土，也不愿家中的独子远离家乡去做官。深感父母养育之恩的包拯便向朝廷上奏希望在庐州附近任职，以使忠孝得以两全。朝廷也理解包拯的尽孝之心，让包拯改任和州监税。和州也就是今天的安徽和县，与当时的庐州相互为邻，不用包令仪夫妇长途奔波。

可是，当包拯回家请迎父母随他上任时，包令仪夫妇仍表示留恋故土，不愿前往。年近而立的包拯虽然怀着治国平天下的远大抱负，但犹豫再三之后，认为父母已经那么大的年纪，为之尽孝的日子已经不多了，而自己要为国尽忠却是来日方长。于是，包拯毅然辞官归乡，一心一意在家侍奉父母。

这在当时是很少见的，一般的学子读书人取得功名都是盼望着能早日做官，赶紧走马上任，而只有在父母去世后，才会回家丁忧居丧。包拯深知尽孝就应当在父母在世之时，为报父母养育之恩，他毅然决定离开仕途，"先尽孝后尽忠"。由此可见，包拯绝不是孜孜追求功名利禄的庸人，而是一个至忠至孝、淡泊名利的品德高尚之人。

值得一提的是,就在包拯在庐州侍奉双亲期间,天圣六年(1028年),包拯的恩师刘筠再次出知庐州。刘筠曾经三次担任翰林学士,他很期望可以进入中书省或枢密院(前者以宰相为首执掌行政大权,后者以枢密使为首管理军事),能够在更关键的位置为国家多尽一分力,可是得到的仍只是翰林学士承旨兼龙图阁直学士这样的职位。刘筠此时年事已高,身体也每况愈下,因此便再次请求出知庐州。刘筠对庐州这个地方是很喜爱的,之前担任庐州知府的时候,他就在城中建造了房屋,还建了一个书阁,以珍藏真宗皇帝曾经赐予他的所有书作,仁宗皇帝还亲自书写了"真宗圣文密奉之阁"的飞白赐予刘筠。这次出任庐州知府,刘筠知道自己身体不好,更是在这里造了坟墓,做了棺椁,还自撰了墓志铭。两年之后,也就是天圣八年(1030年),刘筠卒于庐州。

在这三年间,包拯经常在刘筠身边耳濡目染,熟悉官场,研读经史书籍,培养情操,探求治国安民之道。这些对包拯日后再次出仕、报国尽忠都有很大的助益。而刘筠的逝世,无疑对包拯是个很大的打击,使包拯失去了一个难得的良师益友。

包拯一直在家精心侍奉父母,直到父母相继去世。包拯将父母妥善地安葬之后,便在墓边搭了一个草棚,为父母守丧。当时的习俗是父母去世之后,子女要为父母守丧三年。史书记载包拯守丧时称:包拯三年守丧期间身心憔悴,节衣缩食。人们都称其为"墓旁孝子"。

一般来说,有官职在身的官员为父母服丧之后,就可以立马官复原职,再次做官。而包拯三年丧期满了、除去丧服之后,仍是不忍离去,依然时时徘徊于父母的墓边,恋恋不舍。

又过了两年之后,经过亲友的多次劝勉,包拯终于决定离开故乡,回到京城等候任命。这时,已经是景祐四年(1037年),距离包拯中举得官,初涉仕途,已经过去了整整十年。而在这十年间,与他同榜高中的人都已经青云直上,有的已经飞黄腾达、身居高位。而包拯对此毫无怨言,可见他的尽孝完全是出自内心,而非"作秀"。包拯认为做官是为国为民谋福利,而不是为谋取一己私利。而尽孝高于一切,只有能够尽孝之人才能为国尽忠。与包拯素有嫌隙的欧阳修也客观地评价包拯说:"少有孝行,闻于乡里;晚有直节,著在朝廷。"包拯通过"先尽孝,后尽忠",做到了忠孝两全,在当时可以说是给所有官员做了一个良好的榜样。吴奎在其《墓志铭》中说:"(包拯)竭力于亲,尽瘁于君。"就是说包拯在尽忠、尽孝方面在当时是被充分肯定的。

包拯能够清廉一生,誉满朝野,也离不开妻子董氏的支持和辅助。董氏出身于官宦之家,自幼便读书识字,可以说是知书达理。董氏与包拯成婚后,对包拯说:"大丈夫自然应当为君上效力,家里有我来照料双亲,我会像对亲生父母一样侍奉他们,你放心去参加科考吧。"于是,包拯留下贤惠的妻子在家照料父母,赶赴京城参加科举。而包拯考中进士,却为尽孝心而抛弃官位,此举不仅没有惹恼妻子,反而赢得了妻子的敬重。董氏理解丈夫"先尽孝后尽忠"的想法,心甘情愿地陪伴丈夫奉养双亲。十年间,董氏一直无怨无悔地伴其左右。

包拯留传下来唯一的一首诗,据他的"门生"张田说,便是包拯此时写下的一首"明志诗"。诗曰:

清心为治本,直道是身谋。秀干终成栋,精钢不作钩。仓充鼠雀喜,草

尽兔狐愁。史册有遗训,毋贻来者羞。

这首诗的意思是:清心是治身的根本,直道则是处世的要诀。笔直而细小的树干,一定会长成能够支撑大厦的栋梁;百炼的纯钢,绝不会用作弯曲的钩子。仓库里堆满粮食,连老鼠、麻雀也会高兴;田野里寸草不生,连兔子、狐狸也会犯愁。史册上记载着古人许多宝贵的教训,做官就要做好官,千万不要留下耻辱之事,让后人唾骂。这就是包拯出仕做官的座右铭。他在诗中直抒胸臆,堂堂正正地表明了自己从政和为人的道德准则,即清心治本,直道处世。

就这样,包拯在处理完父母的丧事之后,带着成为国之栋梁、为民造福、留名史册的决心,告别家园,踏上征途,开始了他千古流芳的政治生涯。

巧 对 仁 宗

　　天圣五年(1027年),二十八岁的包拯参加了当年的会试,由于文采出众,一举夺魁。剩下最后一关,也是最为重要的一关,就是仁宗皇帝亲自主持的殿试。

　　殿试当日,只见一位面如黑炭的考生来到仁宗皇帝面前,仁宗不由得一惊,问他姓甚名谁。但见包拯不紧不慢地说:"小生姓包名拯,字希仁,庐州人士。"仁宗更加惊奇,对面前之人左看右看,越看越不顺眼,嘴上虽不好说,心里却在寻思:如若用如此黑脸之人为官,岂不是有损我大宋形象,让天下

人耻笑我朝中无人？但若想不用他，总得有个服众的说法。于是，仁宗皇帝心生一计：何不让他以他自己的形象为题，咏诗一首，若咏不出，岂不是有了不录用他的理由？于是道："包拯，朕命你以自己为题，咏诗一首，作得好，定当重用，否则，休想高中！"但见包拯不慌不忙地说："请万岁容我寻思片刻。"

只见包拯沉思片刻，即兴吟道："黑面无私丹心忠，做官最忌形象功。"说到此处便戛然而止，不再言语。仁宗皇帝说："不是还有两句吗？"包拯说："下面两句，小生不敢说。"仁宗催他快说，包拯迟疑片刻，面有难色地说："如果非要小生说，就恳请皇上答应不杀小生。"仁宗道："朕答应不杀你。"包拯这才慢慢吟出那最后两句："自古贤君惜能臣，以貌取人失凤雏。"

此时的仁宗皇帝真是哭笑不得，但也的确被包拯的自信和才气所折服，如不重用他，岂不是落下一个不贤的名声？仁宗半开玩笑地骂道："好你个包黑子！"聪明的包拯已知圣意，立即上前向仁宗皇帝磕了三个响头，口中高呼："谢皇上！"此次巧对，不仅让包拯成功地夺得了进士，也为他以后受到仁宗重用奠定了基础。

包拯辞官

　　包拯,字希仁,庐州肥东人,父亲包令仪,曾任朝散大夫,死后追赠刑部侍郎。包公少年时便以孝而闻名,性直敦厚。在宋仁宗天圣五年,即1027年中了进士,当时二十八岁。先任大理寺评事,后来出任建昌(今江西永修)知县,因为父母年老不愿随他到他乡去,包公便马上辞去了官职,回家照顾父母。他的孝心受到了官吏们的交口称颂。

　　几年后,父母相继辞世,包公守孝期满,这才重新踏入仕途。这也是在乡亲们的苦苦劝说下才去的。在封建社会,如果父母只有一个儿子,那么这个儿子不能扔下父母不管,只顾自己去外地做官,这是违背封建法律规定的。一般情况下,父母为了儿子的前程,都会跟随去的。父母不愿意随儿子去做官的地方养老,这在封建时代是很少见的,因为这意味着儿子要遵守封建礼教的约束——辞去官职照料自己。历史书上并没有说明包拯父母不愿远行的具体原因,可能是父母有病,无法承受路上的颠簸,包公这才辞去了官职。

　　不管情况如何,包公能主动地辞去官职,回乡侍奉双亲,还是说明他并不是那种迷恋官场的人,对父母的孝敬也堪为古今中外的表率。以前的故事讲得最多的是包公的铁面无私,把包公孝敬父母的事情给忽视了。

包拯尽孝

　　大宋王朝的第四十个年头,庐东一家包姓名门望族诞生了一个胖小子,这个孩子,就是后来历史上大名鼎鼎的包青天。封建地主家庭子女要想显达于世,不外乎走上科举之路。包拯自幼接受良好的儒家教育,作为当时的一名有志青年,他的追求显然也在求取功名上。二十八岁那年,他中了进士甲科,被任命为大理评事、建昌县知县,按照如今说法,等于是江西永修县的"一把手"。

　　然而,孝顺的包拯舍不得离开父母,便奏请皇帝把他派在父母身边上班,于是把他改任为和州监税,等于在合肥邻近的和州市政府管钱粮税收。回家报喜,结果爸妈既不愿意离开合肥的家业去适应新的生活,又舍不得宝贝儿子独立门户。包拯看二老年事已高,索性把官给辞了,安心在家陪父母。包拯甘当"宅男",这一当就是十年有余,二老离世后,他守孝三年。守孝结束,他仍然没有工作的打算,不愿离开父母的灵地,又在家里待了两年。就在这一年,名臣范仲淹入主开封府,他的《岳阳楼记》名贯天下。而此时,近四十岁的包拯还是个连官门都没进的"待业老青年",当时的他也许未曾想到,自己的命运将从开封府走进历史的深处⋯⋯

　　两年后,在乡邻苦口婆心地劝说鼓励下,包拯才决定离开家乡,正式踏上仕途,他真正意义上的第一份差事是当时的安徽天长县"一把手"。包拯十来年待在家里"虚度青春",这在现代人眼中简直是匪夷所思,而在当时却是寻常之事。宋朝对孝道非常重视,上升到个人品德及社会名声的高度,如果谁因贪恋官位而置双亲于不顾,是要被世人唾弃的。按照宋朝礼律,父母去世,其子必须守丧三年,无论你官居何位,都必须离职守孝,否则就是"夺情",即大逆不道之人。所以,包拯的青年时代为

029

了孝顺父母在家里度过,并未有任何惊世骇俗之处,符合当时儒家的社会伦理道德观。

包公吃鱼

包公考中进士，到外地做知县。传说上任前一天中午，嫂娘特意为包公做了条红烧鲤鱼。包公要与嫂娘及侄儿一同用餐，嫂娘不答应。包公只吃掉一面鱼肚皮，想把剩下的留给侄儿吃。谁想晚饭时嫂娘把剩下的鱼又端给包公，包公只好把鱼翻个身吃完。

第二天，包公辞行启程，嫂娘问他："昨天午饭和晚饭的两条鱼哪条好吃？"包公愣了，心想，嫂娘昨天只给我吃了一条鱼，咋说两条呢？便答道："回嫂娘，昨天我吃的是一条鱼，味道很好。"

嫂娘一跺脚，厉声喝道："黑子，嫂娘昨天明明给你吃了两条鱼，中饭一条，晚饭又一条，你咋说只吃了一条呢？"包公从没见嫂娘发这么大的脾气，忙赔礼迁就说："嫂娘息怒，是我记错了，昨天嫂娘给我吃了两条鱼，都好吃。"

嫂娘听了，心知包公孝顺，不想惹自己生气，却又沉下脸来，严肃地对包公说："黑子，昨天我真的只给你吃了一条鱼，可我一说'两'，你怎么就不敢坚持说'一'了呢？今后你做官，如果只看上司的脸面就歪曲事实，不敢秉公执法，势必当的是昏官赃官，那怎么行啊！"包公听了这一番话，方知嫂娘用心良苦，忙撩衣跪倒，说："嫂娘教诲，弟铭记在心，永世不忘！"

031

客 店 题 诗

当年,包公离开小包村,赴京城开封府听候调遣,路上住在一家小客店里。那天晚上,包公想着此去为官一方,深感责任重大,思来想去,睡不着,干脆披衣起身,在客店的墙壁上题写了一首诗。古时候,特别是宋代,文人们在客店的墙壁上题诗很常见。《水浒》里边,宋江也在墙上题过诗,只不过他题的是一首"反诗"。

包公的诗是这么写的:

清心为治本,直道是身谋。秀干终成栋,精钢不作钩。仓充鼠雀喜,草尽兔狐愁。史册有遗训,毋贻来者羞。

这是包公唯一一首传世诗作,很通俗,小学文化水平的人都能读懂。但从这诗里可以体会到包公的性格——直来直去,不会拐弯抹角,不会憋出一股子酸劲来。

从这首诗中,我们可以清晰地了解到包拯的为官之道和做人的原则。他始终相信,一个清官,一个为老百姓做主的官,就会被人拥戴,就会经得起历史的检验。这其中最重要的是,不论是做官还是为民,你都要把握基本的原则,就是要正直,不要有邪恶之心,为人要光明磊落。这跟孔子"君子坦荡荡"的思想是一样的,也说明包拯深受儒家思想的影响。

包拯还坚信,一个人只要有了报国的思想,且有报国的才能,最终都会有所成就,即"秀干终成栋"。当然,一个人要有远大的抱负,精钢要用到该用的地方,不是用来做鱼钩那样的小玩意儿的。只要有远大的抱负才能有大的作为。

"仓充鼠雀喜，草尽兔狐愁"一句历来有很多的解释，我认为包公的意思是，不要把财物都积聚在国家的仓库里，那样可能会纵容贪污腐化，而民间没了最基本的生活资料，老百姓就会发愁，就有人可能因为不惧死而造反。

最后，包拯告诫人们，历史的教训值得注意，不要成为给历史留下笑柄的人。正如他在遗嘱中所讲：

> 后世子孙仕宦，有犯赃滥者，不得放归本家，亡殁之后，不得葬于大茔之中。不从吾志，非吾子孙。仰珙刊石，竖于堂屋东壁，以昭后世。

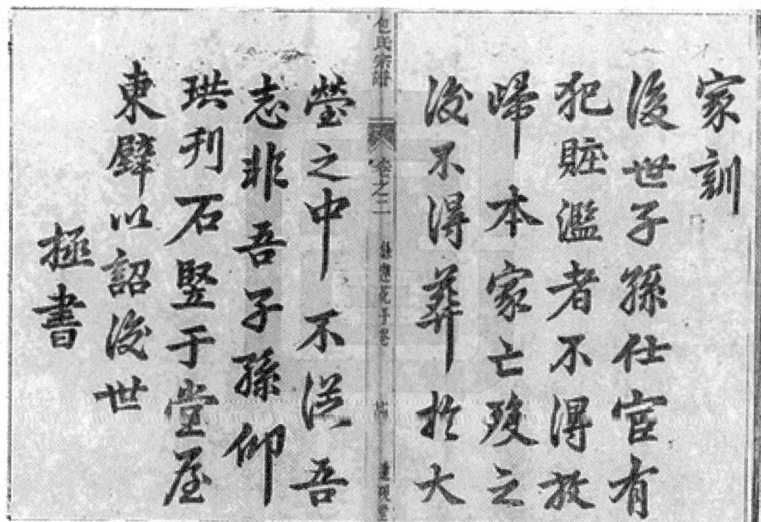

遗嘱中清晰地表明包拯出仕的宣言及流传后世的家训，这样一个封建官吏，能在那样的封建时代一生恪守这样的为官做人准则，受到历代人的尊敬和赞颂也就不足为奇了。

从包拯的诗中，我们可以清晰地看到一个为民做主的清官、为国尽事的忠臣的思想脉络，也提醒我们每个人，不管你干什么，都要把握人生的尺度，控制自己的欲望，于己所为，要经得起历史的检验。

过宰相门而不入

在包公刚刚步入官场的时候,他不走后门,却受到上司的提拔,这是怎么回事呢?

当时的宰相吕夷简,很重视提拔人才,他听说包拯很有才华、很有能力,也很清廉,于是就想见一面,而这时包拯正在京城述职。

宰相想见包拯的信息很快就传开了。不久,有人告诉吕夷简,这次包拯进京,选择的居住地点与宰相是同一个里巷。吕夷简起初认为包公是有意安排,这样做是为了求见自己。吕夷简一直等在家中,等着包公来求见自己,来走"后门"。

可是吕夷简始终没有等来包公,却等来了包公述职完毕之后到吏部报道,最后被吏部委任为一个县的知县,已经离开京城上任的消息。

吕夷简听到这个消息之后感到非常奇怪,也对包公的为人非常敬佩,他认为将这样一个人任命为知县,实在是太屈才了。于是派遣官员去追赶包公,然后他到皇帝面前亲自举荐包公。

皇帝对于吕夷简非常信任,于是将包公留在京城为官。

包拯在京城为官的时候继续保持清廉、刚正的本色。根据《宋史》记载:"拯立朝刚毅,贵戚宦官为之敛手,闻者皆惮之。人以包拯笑比黄河清,童稚妇女,亦知其名,呼曰'包待制'。京师为之语曰:'关节不到,有阎罗包老。'"

而令人惊诧的是,虽然吕夷简屡次提拔包拯,但是包拯却从来不去吕夷简家中感谢或者送礼,而包公越是不走吕夷简的后门,吕夷简反而更加重用提拔包公。

而历史也表明,吕夷简提拔包公的决定是正确的。

包公不送礼还受到提拔,一方面说明包公品行卓越,受到朝廷的认可;另外一方面说明,当时的官场风气还是比较好的,最起码当时的宰相吕夷简还能秉公用人。

少年包公传说

民间传说,包拯乃文曲星下凡,因投胎时错拿了武士脸谱,因此一出生就是个黑脸,奇丑无比,加上额上有一道月亮胎记,他父母认为生了一个怪胎,于是叫他二哥把他扔掉。包拯大嫂动了恻隐之心,不忍把他丢弃在荒郊野外,于是偷偷将包拯救回并抚养长大。少年包公传说就是从这段民间故事中演绎而来的。

（一）

公元 999 年秋天,一个风雨如晦的日子。庐州(现在安徽省合肥市肥东县)小包村,笼罩在一片暴风雨中。墨黑的天空中,闪电像游龙一闪即逝,咔咔嚓嚓,惊天动地的雷声里,天河像开了口,瓢泼的大雨哗哗哗,倒在小包村。不大一会儿,没膝深的黄泥水,打着漩涡吼叫着,和着摇曳山林的狂风,搅得小包村鸡犬不宁。谁家的茅屋被狂风掀了顶?茅草在风雨里飞抛,那是谁家的泥墙?扑通一声,一股白烟,倒在黄水里了。紧接着,是被暴风卷走的哭爹喊娘的呼叫……

暴风骤雨袭击着小包村,无情地把包家门前悬挂的黑底金字的横匾甩在泥水中了。庭堂里,一个五十多岁的人,他身着长衫,头戴员外软帽,正愁眉苦脸,背剪着双手,在屋里踱来踱去。一眼瞅见横匾摔了,心也碎了,他叹息一声,顾不得风暴雨狂,冲出屋门,踏着泥水,从泥水里抱起横匾,踉踉跄跄搬到屋里。匾,很大,很重。他呼哧呼哧喘着粗气,艰难地把横匾放到庭堂正位上,谨慎地用长袖抚去"福禄祯祥"四个字上的泥水。可是,他的脸像屋外的云天一样,拧得下水,是阴沉的、不安的、惶恐的。

他名叫包怀，是小包村最有钱的人家，人称他为包员外。他家原先曾挂过"千顷牌"，骑着骏马，跑一天，尿还得洒在他家的土地上。只是到了包怀这一代，已接近破落，徒有虚名罢了。

包怀有两个儿子。长子包山，娶妻王兰芝。次子包海，娶妻李凤英。两个儿子虽一母同胞，禀性却天差地别。长子包山，个高、头大、眼圆、眉长、鼻耸、嘴阔，一副厚嘴唇，在家上孝父母，下顺兄弟，憨厚老实，从不惹是生非。对待村上四邻，一向是笑脸相待，谁家有事，他能帮钱的帮钱场，不能帮钱的帮人场。妻子王兰芝温顺贤惠，闻名四乡，过门多年从未跟谁红过一次脸，吵过一次嘴。虽不是一般农家姑娘，可家里各种活儿拿得起放得下。她那双会笑、会说话的眼睛，叫人一瞧，准说是个心地善良的贤良淑女。她一举一动，叫人觉得她是个拳头上立得住山、胳膊上跑得起马、肚子里撑得舟船的宽敞人。与包山夫妇相反，包海和李凤英可一肚子坏点子。对人掂斤播两计较，似乎借根擀面杖也要刮人家四两浆面。他夫妻俩两双眼睛一齐盯住家产，恨不得早一天叫包怀死掉，把家业一下子揽到自己手里。包怀袒护大儿媳王兰芝，这引起李凤英的忌妒，常常指鸡骂狗。王兰芝腼腆作笑，像没有听到一样。日子常过，气不能常生。天长日久，王兰芝心里结了一个看不见的疙瘩，暗生闷气。为怕兄弟不和，她不叫丈夫知道，更不忍心叫年迈的公婆知道。包怀慢慢也看出了妯娌之间有隙，想让包山、包海分开过，又怕人家笑话。包怀争囊夺气，要挽救包家已走上了下坡路的衰势。谁知，争气人偏偏遇到伤心事。四十九岁的夫人怀了身孕，这对于已经儿大女大、抱了孙子的包怀来说，觉得很不体面，羞得不敢出门，常常一个人背剪着双手在屋里踱来踱去，自言自语："唉，夫人哟，四十九岁了，怀孕十二个月，生了三天孩子也没放下……夫人的命还险呢！"他盯着屋外的暴风雨，呆呆的目光慢慢又移到了"福禄祯祥"的横匾上……

院子里的暴风雨中，走来丫鬟春香。她急匆匆奔到庭堂，对包怀说道：

"包员外，大喜，大喜！俺这儿恭喜你老人家了！"

包怀一块石头从心头放下，脸唰拉一下红了。他长出一口气，目光盯着那块"福禄祯祥"的横匾，脸上呈现木然的神情，继而嗯了一声，伞也没顾得用，便钻进暴风雨中，向夫人的卧室奔去……

庭堂和夫人的卧室虽然只隔一个院子,但包怀已经被雨水淋得湿漉漉的。他顾不得擦一把,便猛一下撞开了虚掩的屋门。

产房里,静悄悄的,一种反常的气氛叫人喘不过来。大儿媳妇王兰芝默默收拾着衣物,二儿媳妇李凤英拧着柳叶长眉,噘着樱桃小嘴,双手托着下巴,恶煞煞地瞅着昏迷中的婆婆。接生婆周婆一边用包单包着婴儿,一边嘴里咕咕哝哝、喃喃呐呐不知祈祷些啥词儿。她们见包怀撞进门来,忙站起来,向包怀施礼。周婆的脸上立时挂上了笑容,笑嘻嘻地对包怀说:

"员外,恭喜恭喜,上天有眼,又给员外赐了三公子,这真是包门祖上的阴德啊!"

包怀听了,没点头,也没摇头,走了两步,来到了床前,望了一眼夫人。包夫人苍发蓬乱,长期怀孕的折磨,额头凸了出来,双颊却凹了下去,面皮褪尽了血色,黄中藏青,青中含白。那双往日里炯炯有神的眼睛紧闭着,镶在瘪瘪的眼眶里。包夫人听到周婆跟包怀说话,知包怀看她来了,待脚步声至床前,才用了好大气力,睁开了失神的眼睛,痛苦地望了包怀一眼,有气无力地哀叹了一声,又慢慢合上了眼睛……

"喝汤了吗?"包怀表情抑郁,扭回头,问王兰芝。

"父亲,人参汤熬了半碗,百般劝说,母亲总算喝了三勺。"王兰芝低着头腼腆地说。

包怀点点头。

李凤英白眼一斜,伸出个食指,朝襁褓中的婴儿指了指,呵呵冷笑道:

"父亲请瞧!"

周婆抖开襁褓,诚惶诚恐地退在一旁,战战兢兢地向包怀说道:

"员外,红为忠,黑为正,三公子长大了,一定是个国家的顶梁柱。"

包怀伸头探身一瞧,紧绷在胸口的心,几乎一下子跳了出来。

这是个周身漆黑的婴儿,黑头,黑脸,黑手,黑脚,只是那双眼睛瞪得圆圆的,眼珠一转,射出一束严正的光,像是不喜欢他父亲似的,哇哇哭叫起来。这啼哭声,尖厉,刺耳,好像对来到的这个世界十分不满。

包怀本来阴沉的脸,这时更加阴沉了,他垂下了头,轻轻摇着。他慢慢转过身,透过木格窗棂,望着屋外的暴风雨,听着那划过长空的雷鸣。脑海

里,简直在倒海翻江……

　啊！暴风……骤雨……

　啊！四十九岁的夫人……

　啊！被暴风雨摔在泥水里的横匾……

　啊！周身漆黑的孩子……

啊啊……是福？是祸？是凶？是吉？

包怀脑海里卷起了难以休止的暴风骤雨，呼啸着、喧闹着，揪着他的肝，撕着他的心。他心里像乱麻一窝，怎么也理不出个头绪来。他的心咚咚地响，急骤地跳。他目光呆滞，脸色苍白，脊梁骨直穿冷气。他嘴里咕哝着什么，连他自己也说不清。他踉踉跄跄回到庭堂，一头扎在床上……

李凤英见老公公的恍惚神情，心里暗自高兴。她从包夫人怀了孕，心里就嘀咕：老天爷保佑，千万别生个男孩。要是生个公子，本来可以二一添作五的家当，就要三一三剩一一了。谁知道怕鬼就有鬼，包夫人果真生了个公子。她恨不过，又见老公公皱眉脸寒，心里早有了歪点儿，喜滋滋冒雨赶回自己房里。

包海正仰躺在床上发呆，不知道该怎么对付这个不吉祥的黑孩子。李凤英一脚踏进门槛，三步两步赶到床前，拧了一把包海，白眼翻了两下说：

"还躺在那干啥！你知道吗，老父亲也不喜欢这黑鬼！"

包海翻了翻身，嘘口气回答："这真叫人发愁。"

"愁？愁值仁核桃俩枣，趁母亲还在昏迷之中，快拿主意吧！"

"这……"包海愁眉苦脸。

"这这那那，婆婆妈妈，堂堂五尺男子汉，连这鸡毛蒜皮的事儿也发起秋来！"

"那是个人哟！要是罪孽，扔了倒也无妨；要不是呢？岂不坏了天地良心？"

"啥个良（凉）心？热心？还是快刀斩乱麻吧！那分明是个怪物！留下罪孽，毁了包家，败坏了家产，也分走了咱一份家当。"

"依你看……"

"同老父亲说通，扔了得了！"

"这……"包海下不了决心。

"这？这叫着知世达理！天地间，人为财死，鸟为食亡。没有杀人心，难得外财富！"

包海坐起身，望着李凤英那拧起的柳叶长眉，沉默了好大一会儿，没说一句话。

"还犹豫个啥,快去跟父亲说去!"

"要是父亲不同意呢?"包海实在为难。

"天大的傻瓜,你不想想,五旬过了的老人得子,这是他'一烦';黑孩儿人不像人,鬼不像鬼,这是他'二烦';降生时又是雨又是风的,这是父亲'三烦'。咱两口不喜欢,大哥大嫂也不会高兴,我想了再三,父亲心里想的一定跟咱一个样,你一旦说了,正中他心怀,这是顺水推舟的美事,既成全了父亲,又成全了自己。"

包海点点头,慢慢说了声:"也是!"便起身抓把伞,匆匆去庭堂了。

包怀仰躺在太师椅上,脑袋昏昏胀胀,如一个皮球在脖子上滚来滚去。包海进了屋门,甜甜地向包怀问了安,悄悄侍立在身旁,瞅着包怀苦皱的脸,长叹一声以后,把李凤英的话从头到尾说了一遍。包怀听了,恰中他的心意。他摆摆手,对包海小声说:

"这事儿交给你一个了,不要叫第二个人知道,快快把那罪孽扔了,也免了咱包家一场灾。日后,要是你母亲问时,就说生下不大一会儿就死了。"

包海点头称是,悄悄安慰包怀不必伤心,多多保重身子,然后急忙赶到包夫人卧房。

包海见昏昏沉沉的包夫人面朝里躺在床上,便蹑手蹑脚地走到床前,轻轻把婴儿抱到门口,用茶叶篓子装了,像个小偷一样慌里慌张地朝岘山跑去。

这时候,雨停了,风止了,天上乌云滚滚。如墨的天空中,突然滚过一声闷雷,咔嚓一声,震耳欲聋。他住了脚,狡黠地瞅了下茶叶篓子,咬着下嘴唇,又向前大步走去。

(二)

狂风停了。

暴雨住了。

群山莽莽,一道道,一层层,无边无沿地向远处延伸。大片大片一人多高的荒草,在山风中沙沙作响,更显得岘山静寂可怕。

包海沿着盘旋的羊肠山道,越过一个个山涧,攀上一个又一个山头,累得气喘吁吁,终于登上了岷山的虎头岩。

虎头岩有不少传说。有人说:虎头岩,虎头岩,十人攀岩十人完。虎狼卧,虎狼藏,十人路过十人亡。包海望着静得可怕的群山,想着凶残的虎狼,慌慌张张把婴儿从茶叶篓里掏出来,抱到一块青石板上。他瞅着婴儿黑灿灿的小脸蛋,冷笑一声,说:

"喂,小罪孽,对不起,你投胎摸错了门,闯到了我包家门下。你不要怪我心肠狠,俺是为了一份家当。"

黑孩子的小眼睛眨了一下,瞪得圆圆的,眼珠转都不转,盯着包海,不哭,也不叫。

包海咬着下嘴唇,凶煞的眼珠一轮,双手抱起一块石头,照着孩子的脑袋举了起来。

正在这时候,包海只觉得耳边刮来了一阵凉风,紧接着,传来了一声虎啸。包海回头一看,见是一只猛虎,头大如斗,脖粗尾长,张着贪婪的大嘴正慢慢向他走来。包海立刻吓得魂不附体,周身如同筛糠一样,手脖子也软了,抱起的那块石头,恰恰砸在自己的脚面上。他顾不得钻心的疼痛,叫了一声"天哟"慌忙逃命。

老虎追了包海一架山,右转左弯,直到第二架山时才消失在荒草丛中……

在包家门口,李凤英正坐在门口的小板凳上,洋洋自得地纳着鞋底。她心神不宁,时而站起身,翘首张望,时而坐下,低头沉思。好长时间过去了,包海还没有回来。她从心里暗骂包海无能,办事拖泥带水。她探头探脑以后,又惴惴不安地坐下了。

忽然,李凤英瞅见远处有一个身影,飞也似的急奔而来。近了,才看清是包海。包海嘴唇苍白,气喘吁吁,鞋子也丢了一只,长衫也挂破了。他哪还顾得和李凤英打招呼,口吐白沫,断断续续地叫道:

"虎……虎……虎……"

包海顾不得女人,也听不清女人说了些什么,拼命地直往门里钻。

李凤英弄不清是怎么回事,便提心吊胆尾追着包海进了家门,赶紧抖着双手上了门闩。

李凤英搀扶着瘫了一样的包海,死拖硬拉弄进屋里。包海满面是惊汗,大口大口地喘着气,断断续续地说了个头尾。

包海家的窗前,站着慈善的王兰芝。她侧耳倾听,不由得大吃一惊,心里暗叫:好狠心的老二呀,原来是你们两口子想赖点儿家产把三弟扔到虎头岩了! 王兰芝再也听不下去了,抚着急骤跳荡的胸口,匆匆跑回了自己的屋子,三言两语对包山说了个究竟。包山也惊呆了。

"这咋办?"

"快救三弟!"

"兰芝,事情可能有弯。二弟害三弟,倘若父亲不同意,他敢吗!"

"这……"

"还是细想想为好,要是父亲的意思,事情就麻烦了。"

"怕父亲,怕二弟夫妻,难道就不搭救三弟?"

"不是,我是想,咋能既救了三弟,又不伤一家和气。"

"那是以后的事,去吧,我这儿求你了,万一三弟在虎头岩有个三长两短,咱可对不起三弟!"

"啊……"

王兰芝见包山前怕狼后怕虎,眼圈儿红了,两行泪水流到下巴,双膝一软,扑通一声跪在包山的面前。

包山忙把王兰芝扶起,双眉拧成一团,右手狠拍了一下胸膛,头也不回,大步向门外飞跑。

岘山上,风啸啸,林涛吼。本来已廓清的天空,一会儿,乌云又翻滚起来,霎时间天昏地暗,整个山林昏蒙蒙的。山风吹着哨子掠过包山的耳际,摇弄着树梢,摇曳着荒草。包山心里盘算着传说中的虎头岩,把猛虎恶狼早抛在万里以外了,他的心早飞到了三弟的身边。可是,他的双脚好像专门与他作对,怎么也跑不动。他心潮如山间的林涛在翻涌,他用长袖擦了一把额头上的汗水,用尽全身气力往山顶攀登。一个山涧又一个山涧越过了,一座山峰又一座山峰踏在脚下,周身的衣裳如水洗一样贴在脊梁上……

包山终于攀上了虎头岩。他举目四望,莽莽群山寂静得令人心寒,偌大的虎头岩,到哪儿去寻找他的三弟呢? 兄弟之爱,骨肉情深,激荡在包山的心里,逼得他一刻也停不下脚步。他东寻西找,虎头岩几乎寻遍了,也没有找到三弟的踪影。包山止不住放开喉咙,高声喊叫起来:

"三弟——三——弟——你在哪里——"

群山马上发出了回声:

"三弟——三——弟——你在哪里——"

他的三弟是一个刚出生的婴儿,哪里会回答他哥哥痴心的呼叫呢?

包山看不到他的三弟,听不到他的三弟的哭声。他擦一把额头上的汗水,叹息一声,失望地垂下了脑袋。他暗自思忖,三弟啊三弟,你到底被老二扔到哪里去了! 难道是叫老虎吃了? 难道是叫狼叼了?

一阵轻风吹过,传来了一阵婴儿的啼哭声。包山紧绷的心似乎一下子要跳出胸膛,他高兴得跳起来,拔起腿,循着哭声追去。

包山拨开丛丛没人的荒草,闪开一条道路。终于在一块青石板上,他找到了挣扎着啼哭的黑孩子!

包山看见三弟,放声大哭起来。他脱下长衫,把黑孩子包好,抱在怀里,吻着那黝黑的脸蛋,深情地说:

"三弟,别哭了,你大嫂叫大哥来搭救你。你要是大哭大叫,如果叫老二知道了,就没命了。"

婴儿哪懂这许多,还是哭个不停,抽抽噎噎,哭得周身都在颤抖,似乎在向包山诉说他的委屈。包山轻轻摇晃着他的三弟,不一会儿,婴儿就甜蜜地睡着了。

风在吼。

林在鸣。

天上乌云仍在翻滚。

（三）

像久别的母亲从天涯海角找回了失去的儿子,王兰芝扑上去,双手抢过包山怀里的黑孩子,忍不住流下了热泪。她舔了下苦涩的泪水,瞧着婴儿黑油油的脸蛋、圆圆的眼睛、淡淡的眉毛,轻轻说了声"可怜的三弟",止不住伤心地抽泣起来,惊得床上的另一个婴儿也哇哇大哭。

包山望一眼自己的孩子包勉,把他抱起,对王兰芝说:

"兰芝,勉儿哭得厉害,先给孩子吃口奶吧!"

王兰芝白了包山一眼,不满意地冲着包山说:

"勉他爸,你也太……两个孩子不一样哭吗? 先哄哪个不一样!"

包山一屁股蹲在床上,摇晃着哭闹的勉儿,尽管心里十分不是滋味,也只得依王兰芝了。

王兰芝顾不得勉儿啼哭,搂着黑孩子喂奶。黑孩子紧紧偎依在她怀里,美美地吮吸着香甜的乳汁,吃饱了,喝足了,慢慢闭上眼睛睡着了。

这时候,勉儿哭声还没止。王兰芝把黑孩子放在床上,盖了被子,从包山怀里接过孩子,把奶头塞在孩子的小嘴里。勉儿吃着奶,哭着……

包山皱着眉头,叹了口凉气,慢吞吞地说:

"救了三弟,这下可苦了勉儿。"

"啊! 话可不能这么说!"

包山点点头,为难地说道:

"救了三弟,咱算没做亏心事。不过,如今有两个要吃奶的孩子,要是爹爹和老二夫妻知道了,岂不闹事? 不如把三弟寄养到别处,等长大以后再说。至于寄养所要的金钱,从咱私藏里支付罢了。"

王兰芝奶着孩子,鼻子哼了一声。她不以为然,绷着嘴巴,根本不理睬自己的男人,那不屑一顾的神气好像说:瞎扯!

包山以为妻子不愿拿私藏金钱,缓和了口气,轻声规劝道:

"勉他娘,看远点,帮人帮到底,救人要救彻。三弟小时花咱几个钱,日后长大成才,一个还俩不得了。"

王兰芝听了,白嫩的脸蛋涨得通红,照包山胳膊上轻轻拧了一下,白眼一翻,不满意地说:

"你别隔着门缝看扁人! 我才不是那号人哩!"

"咋? 依你说?"

"依我说,好办。手心手背都是肉,勉儿是骨肉,三弟同样是骨肉。要是把勉儿留在身边抚养,把三弟寄养他人家,日后人知了,难道不遭世人耻笑?依我说,把三弟留下我奶着,把勉儿寄养其他人家!"

包山哑然了。他望着说得轻轻松松的王兰芝,张大的嘴巴半天也没合拢。他瞪大眼睛,结结巴巴地说:

"你舍得?"

"舍得!"

王兰芝说着,慢慢垂下了头,亲吻着勉儿白中渗红、红中透白的小脸蛋,噙在眼眶里的泪水再也止不住,紧抱着勉儿低低抽泣起来……

包山头摇得像个拨浪鼓,手在面前连连摆了几摆,愤愤说道:

"兰芝,你不能拿我慷慨呀!自古道,人不孝有三,无后为大。勉儿现在是包家兄弟三个唯一的后代,万一有个三长两短,可对得起包家祖先?!"

王兰芝止了抽泣,抬起头,掠了下额前的乱发,瞪大眼睛反问道:

"三弟是咱一母同胞的弟弟,要是三弟有个三长两短呢?"

包山不回答。他摇着头,把勉儿从王兰芝怀里抢来,脸贴着勉儿的脸蛋,两颊痛楚地扭曲着、抽动着。他爱他的儿子,也爱他的三弟。如今,当二者选择其一留在身边的关口,他的眼睛湿润了,声音低低的,哭得很伤心。

"勉他爹啊,莫要伤心。咱村丁二嫂家的婴儿才死去,奶水还没回,丁二嫂人心正,为人好,家境虽不太好,只要咱想法多资助些便可。勉儿送她寄养,一定会养得白胖白胖的。"王兰芝说着,两行泪水像断了线的珠子,叭叭滴落在地上。

包山哭得更伤心了,他亲了下勉儿,把孩子递给妻子,说了声:"照你说的办吧!"就出去了。王兰芝接过孩子,跪在地上,双手把孩子紧紧抱住,眼望着逐渐走出门的包山,心里如同刀绞一样……

她呆呆望着托在手掌上的勉儿,爱和恨一起在升腾、翻转。她自言自语地说:勉儿,我的心头肉,你恨你母亲吧!母亲对你太狠心了,要把你托养他人了。你母亲为了你的叔叔,只有这么做了。她整了整衣服,带了些私藏的碎银子,轻轻关了门,手提茶叶篓里放着的勉儿,慌忙向村东头丁二嫂家的茅屋走去。

路上,王兰芝的心简直碎了。唉,该叫娘的不能叫娘,不该叫娘的还得叫娘。她想着,眼泪簌簌直淌……

包家围的人们都知道:包山的儿子叫黑子。人们不理解:听说老夫人生了个黑儿,为啥大儿媳生个儿子也黑呢?

王兰芝把黑子看作自己的掌上明珠,噙在嘴里怕化了,放在手里怕飞了。盛夏三伏,王兰芝手不离扇。扇重了,怕凉了黑子;扇轻了,怕热了黑子。隆冬三九的寒天,黑子小,夜里常尿床,他尿一次,王兰芝就换一次干尿布垫。有时尿布换完了,王兰芝就用自己的身体去暖干。王兰芝干一把,湿一把,屎一把,尿一把,抚养黑子,费尽了心血!

冬去春来。转眼,黑子三岁了。黑子也真喜煞人。明亮的大眼水灵灵的,像一对镶得非常对称的水葡萄,两道剑眉高高扬起,耸起的鼻梁,大大的嘴巴,那双大耳轮更衬得黑灿灿的"国"字脸严肃庄重。每天,他跟在王兰芝后面,娘长娘短,叫个不停,声音浑厚凝重,简直如同大人一样。不仅包山夫妇喜欢他,包山的父母也喜不自禁,每每见了,总是抱起黑子,甜蜜蜜喊着:"孙儿,我的乖乖!"亲着,吻着。包山给他个梨,他不咬,双手捧给包怀。包怀笑着不吃,叫他自己吃;黑子咯咯笑着,又双手捧着献给包夫人,包夫人哪里肯接梨,搂抱着黑子夸孙子;黑子又把梨送给包山,包山只是嘿嘿憨笑,眼泪在眼里团团打转;黑子又把梨送给王兰芝,王兰芝接了梨,放在桌上,佯装绷着脸,问黑子,梨到底叫谁吃? 黑了摇摇头,拿了把小刀儿,把梨削了皮,切了四刀,分成五瓣儿,各人送了一块。一家人嚼着梨,心里比蜜还甜!

三岁的黑子见衣衫褴褛的叫花子,总一再追问王兰芝:

"他为啥要饭?"

"他穷啊,没馍吃啊。"

"他为啥没馍吃啊?"

"他没地种啊!"

"他的地呢?"

"打官司输了,卖光了呀。"

"谁评的官司?"

"县太爷呀。"

"县太爷评得对吗?"

"对也是对,不对也是对!"

"县太爷不讲理?"

"理?当官的说了就是理!"

"啊!我长大了,当讲理的县太爷。"

"对!黑子,长大了当官,要当为民做主的清官。"

黑子挺认真地点点头,那果断的神气仿佛说:"放心,一定当清官!"

老夫人的五十六大寿到了。包家上下，人来人往，热闹非常，络绎不绝的人携礼来包家拜寿。

庭堂上，一个巨大的"寿"字悬挂在正堂。老夫人闭目稳坐在正堂，接受来人的朝拜，心里甜丝丝的。家人全来拜了，唯有长媳王兰芝迟迟不到。老夫人不由得心中怏怏不乐。这个素来贤惠的儿媳到底因为什么？这时候，王兰芝扯着穿着新衣服的黑子，慢慢走来了。

这喜庆日子，老夫人自然不轻易发火，见媳妇眉开眼笑，双膝跪下，恭恭敬敬拜了寿，祝福长命百岁，心里的阴云也扫了大半。六岁的黑子望了老夫人一眼，如同大人一样，行了三叩九拜大礼。老夫人受着礼，吃惊地望着黑子，心里高兴得不知是啥滋味儿，连连叫："乖孙孙，乖孙孙！"

老夫人转过脸，望着王兰芝，不知怎的，一种阴郁的悲情油然上升，眼圈儿红了，泪水顺着脸颊流到嘴角，哽咽着说：

"看到了孙儿，想起了我那死鬼，要活在世上，今年也六岁了，可惜……"

王兰芝趁这时堂上无他人，扑通一声跪倒在老夫人面前，说：

"婆母，我求求你，我是罪人！"

"啥？"老夫人惊叫一声，瞪大了眼睛。

"婆母，您千万别动气。我欺骗了公婆……"

"你把一切都告诉我吧，孩子！"

"黑子他……他不是我的孩子……"

"他是谁……"

"他是你的孩子……我的三弟……"

"啊？六年前，三公子落地后，不是死了！"

"他没有死，是老二……"

"啊！啊……"老夫人站起身，走上前，伸开双臂，紧紧搂着黑子，痛哭失声，"儿啊……儿……娘对不起你……对不起……你……"

黑子没有哭，他眨着明亮的大眼睛，反过来劝慰老夫人："不哭，不哭，都怨我太黑了。"

老夫人哭得更伤心了。王兰芝劝说老夫人莫伤心，可自己禁不住也痛哭失声……

黑子抱住王兰芝的脖子,脸腮靠着脸腮,眼珠一转,高声尖叫:

"娘,你眼里有个人!"

多么天真可爱的孩子,王兰芝点点头,努努嘴,使个眼色,黑子立刻也跪在老夫人面前。王兰芝严肃地对黑子说:

"记住,从今天起,我是你大嫂,不是你娘,娘在这里! 快向娘磕头。"黑子瞪大了眼睛,对着老夫人嘴张了几次,才叫了声"娘"!

老夫人甜甜答应了一声,搀起跪在地上的媳妇,把黑子搂抱在怀里。黑子亲吻着生身母亲老泪纵横的脸,泪水像两道清泉。王兰芝怕婆母年纪大,伤了身子,劝道:

"婆母,那都是过去的事了,不怨天,不怨地,只怨黑子没福气。"

老夫人止了哭,哽哽咽咽地询问道:"兰芝,你养了黑子,那我的孙儿在哪里?"

婆母的一句话勾起了王兰芝无限的伤心处,她胸中积藏的泪河一下子像开了口,停了好大一会儿,才低声对老夫人说道:

"你的孙儿……寄养在村东头丁大嫂那儿……名叫小勉……"

"我儿,你大嫂弃子养你,这救命大恩,你我终生难忘!我是你的生身母,你大嫂是你的养生嫂娘!"

老夫人话音没落,黑子扑通一声跪在王兰芝面前,哭叫了一声:

"嫂——娘——"

老夫人立即叫人请来了包怀,把事情的经过说了一遍,又派人接回了小勉。望着儿子和孙子,老夫人高兴得眉开眼笑。包怀心中虽然高兴,可是想起过去的事情,总觉得对不起老夫人和三公子。添人进口,认祖归宗,总是好事,事已到了这个地步,也只得这样做了。黑子认了父母,认包山夫妇为哥嫂,改名三黑。小勉认了爷爷奶奶,认了爸爸妈妈。一家人喜喜欢欢,但包海夫妇却闷闷不乐。

(四)

三黑七岁了,还没有读书。

每天,三黑赶着羊群,甩着鞭子,去岘山放羊。他的身后跟着一条狗,毛是金黄金黄的,所以三黑喊它"大黄"。它很温顺,从不偷吃主人和外人的饭食。但对于那接近羊群和三黑的恶狼,不管多么凶恶,它都拼命去搏斗,直至把恶狼赶跑。三黑朝出晚归,与羊群和大黄做伴。

一天晚饭后,包山夫妇收拾完活计,望着三黑逗大黄玩耍,心里的疙瘩突然增大,王兰芝对包山说道:

"勉他爹,三黑今年七岁,该是读书的时候了。爹爹和三黑没缘分,不供养读书,咱不能眼睁睁地看着三弟当瞎眼瞎啊!"

包山向包怀求了几次,要求请先生,可是,包怀横眉竖目,理也不理。包山也无可奈何,只在晚上教黑子认几个字。后来,三黑见跟他一样年龄的孩子都上学读书了,就向父亲要求读书。父亲扔他一个又一个白眼,也不说话。三黑碰了一次又一次钉子,不知背后哭了多少次。他像丢了魂似的,整日愁眉苦脸。

包海和李凤英也火上浇油,说三黑今儿丢了羊羔,昨日躺在山坡树荫下乘凉,前日和小孩打架,是个不成器的孩子。包怀不问青红皂白,全然相信,常常无端地训斥三黑。无可奈何,三黑只得早出晚归,天天与羊群为伴了。

那是一个天高云淡的艳阳天,碧蓝色的天空无边无沿,微风轻轻地吹着,掠着山村,抚摸着青草。三黑望一眼啃草的羊群和偎依在身边的大黄狗之后,低头在青石上用草棍儿练着大嫂教他的字,一笔一画,一撇一捺,聚精会神,写得很认真。

汪汪汪!突然大黄狗高声狂叫起来。三黑抬头一看,见不远处有只大灰狼,瞪大贪婪的眼睛盯着羊群。那些贪吃的羊咩咩叫着,缩在一起。三黑站起身,抓起放羊鞭和大黄狗一起扑向灰狼。灰狼斗不过大黄狗,狼狈逃窜了。

大黄甩着长长的尾巴,晃着脑袋,前腿猛掀,立直了身子,低声叫着,和三黑庆贺赶走狼的胜利。

直到这时候,三黑才感到肚子咕咕叫,口渴得难受。他抬起头,从树枝的缝隙里看见火红的太阳已爬上了南山,已是晌午时分了。

山林静寂无声,漫山郁郁葱葱的青草,被密密层层树木的枝叶封得严严实实的,挡住了三黑的视线,遮住了蓝莹莹的天空。山雾还没有消失殆尽,仍然在袅袅升腾,整个山林浸在淡淡的雾色里。金色的阳光透过树梢,如同一把把利剑一样,把千万缕金光撒下,射在山麓,射在羊身,射在盛开的五颜六色的花朵上。

大黄伴着三黑走下山坡,来到山涧的泉水边。三黑放下羊鞭,弓下腰,双手掬一捧泉水,仰头喝了,甜丝丝的。他掬了一捧又一捧,美美地喝了个够！他擦了下嘴角，望着老槐树上的馍兜，心里更甜。

馍兜里，是二嫂李凤英给三黑烙的油饼，香喷喷的。远远地，三黑好像已经闻到了香味，馋得他口水直往外流。

三黑走到老槐树下，刚从馍兜里掏出油饼，张开嘴巴就咬，就在这时候，大黄狂奔到三黑面前，一口把油饼夺走，衔在嘴里，尾巴一拧，跑了。

大黄是三黑的伴侣，是朝朝夕夕跟随他的知音。每每羊群有了危险，是大黄为他担风险，每每三黑不高兴的时候，是大黄不声不响卧在他身边，摇着脑，摆着尾，用前爪抓他的脚，用舌头舔他的手，轻声叫着，似乎跟他说话，为他分忧，逗他开心，大黄和小主人是再通心不过了。三黑饿了，饿得前心贴后心。他想：大黄肯定是饿极了。平时，自己吃干粮的时候，大黄总是默默卧在他脚下，等待小主人的施舍恩赐，给多吃多，给少吃少。今日咋了？唉，大黄，别怕！吃吧，我不追你，放心吃吧！只要你吃个饱，我勒勒腰带也心甘情愿！

大黄衔着油饼，蹿到离三黑百步以外，在一块青石上停住。它张开大嘴，不消几下，把油饼吞了个精光。然后跑回三黑身边，摇着头，晃着脑，摆着尾，瞪大眼睛瞅着三黑，那深情的目光说不清是感谢还是道歉。三黑用小手抚摸着大黄的脑袋，跟大黄开玩笑：

"大黄啊，二嫂一向不喜欢我，这次头一遭给我烙了葱花油饼，二嫂的情意我领了。油饼你吃了，往后呀，你还得替我好好谢谢二嫂呢！"

话音没落，大黄突然反常地汪汪狂叫，那痛苦的样子像是被谁斩断了尾巴。它围着三黑转了三圈，用前爪狠狠抓青石缝中的青草，发出的声音凄惨、哀凉，令人毛骨悚然。

三黑从来没见过大黄这个样儿，从来没听过大黄发出过这样的声音，弄不清到底是怎么回事。

"大黄，大黄，你怎么了？"

大黄恨自己不能回答自己的小主人，它狂吠着乱跳，在三黑面前打着滚儿，上下翻腾，不大一会儿，扑通一声，大黄跌倒在青石上，头猛地垂下，不动了。

"大黄，大黄！"

三黑大声叫着,双手捧起大黄的头,见大黄的嘴、鼻、耳朵、眼睛七窍出血,瞪大的眼睛望着茫茫云天……

"大黄,大黄!"

与三黑朝夕相处的大黄,再也不会回答它的小主人了。

大黄死了。

三黑伏在大黄身上,大放悲声,痛哭流涕。他向着蓝天、向着山林,责问大黄:

"大黄啊大黄,你对我说说,刚才你还是好好的,如今,你为什么死了呢?大黄啊,你死了,谁替我赶狼?谁替我看羊?谁跟我做伴?你说啊……你说啊……"

三黑的呼声,三黑的哀叫,三黑的质问,惹得岘山一片回响、一片呼啸!满山都是三黑的哭声、呼号……

这时候,三黑突然悟出了大黄死的原因,大黄吃了油饼,无缘无故地死了,难道是油饼里有毒药?啊!他像傻了一样,痴呆呆地瞪大眼睛,盯着七窍出血的大黄,啊!是,是,一定是!二嫂、二哥小时候害我,把我扔到虎头岩,如今,又要用毒药毒死我……他面对大黄的尸体,慢吞吞地双膝跪下了:

"大黄啊大黄,我明白了,你是替我死的。是我那狠心的二嫂想害我而害死了你!大黄啊,你死得好冤啊!大黄,你放心,要是我当了县太爷,一定惩罚这班恶人!"

山风起了。风轻卷山林,林涛吼鸣,山林的一切轻轻奏起哀乐,伴着三黑为大黄哀悼……

三黑擦掉满面泪水,敏捷地爬上松树,采了一把又一把松枝,满满撒了一地。他从树上跳下,把松枝抱到青石边,严严实实地把大黄覆盖起来。盖好了,他又仔细打量一番松枝下的大黄,然后赶起羊群,恋恋不舍地走下山坡。

三黑垂着脑袋,迈着灌铅一样的双腿,没精打采地跟着羊群,回到家里。

三黑向包山夫妇叙述了大黄死的前后情况,大哥和嫂娘听了,瞪大吃惊的眼睛,半天没说一句话。包山突然站起,迈开大步向岘山走去。

"嫂娘,大黄是吃了毒油饼死的啊!"

"三黑,不要胡说,想你二嫂不会的。"

"那大黄为啥死得那么快呢?"

"也许大黄得了急病。"

"这么说,是我对二嫂不知好歹了?"

"三黑,你记住,做个人,只有你对人好,人才对你好。只有黑心肠的人,才一直害人、伤人、折磨人。对于黑心肠的人,父母官为保天下安康太平,定要除掉他。"

"嫂娘,我该做个什么人?"

"站得正,立得直,胳膊上跑得起马,心胸里撑得起船,拳头上立得起山,堂堂正正的男子汉,不坑人,不害人,拯救人。如果你将来当了官,要做一个刚正不阿、为民请命、除暴安良的清官。"

"嫂娘,我记下了。"

"记下吧,害人的人,被人害的人,谁胜谁负,还不是一两句话所能说清的。"

三黑沉思……

包山沉着脸从岘山回来了,脸色十分难看。他一把把三黑搂抱到怀里,热泪盈眶,说:"三弟,你要记住,从今起,你二嫂、二哥给你的东西,千万莫吃!"

王兰芝明白了,满脸阴云,柳叶眉陡然竖起,瞪大眼睛盯着包山。

三黑流泪了……

(五)

得宠的孩儿是父母的心头肉,失宠的孩子却是长辈的心病。

李凤英用砒霜油饼加害三黑,包山向父母悄悄告知,谁知包怀根本不信,反训说包山无事生非,嫁罪于人,妄图伤害包家门风。包怀横眉竖目,把包山骂了个狗血喷头。包家一向是父说子从,包怀痛骂,包山只得伸伸脖子咽下了这把糠。王兰芝听说后,气得面色青白,可是也无办法。兄弟姐娌之间的关系在非吵非闹中,悄悄紧张起来。一家人相处,天久日长,过日子比树叶还稠,总也不是法子。包山夫妇暗暗商议,想另立锅灶。可是,包家有家规,父母在,家业不能分。父子间感情渐渐淡薄了,包怀遇到包山和王兰芝,总是白眼相待,对三黑也更不待见了。

包海和李凤英在包怀面前,讨好谄媚,对包山夫妇添油加醋,有一说二,经常给包怀提供训斥包山夫妇的把柄。这样一来,不单包山、王兰芝夫妇处境不佳,更令人担心三黑的命运了。

一天晚上,昏暗的豆油灯下,包山与王兰芝默默相对,一声叹息以后,包山对王兰芝说道:

"兰芝,为了三弟,灾祸接二连三,这样的日子,咱可咋熬? 哪日到头?"

王兰芝瞥了男人一眼,不满地说道:

"帮人帮彻,救人救活。三黑跟咱是一母同胞,搭救还不应当? 你只想到咱咱咱,咋始终没把三弟放在心上。况且三弟聪明可爱,你不怕他有个三长两短?"

包山红了脸,吞吞吐吐,支吾了半天才说道:

"生死在天,顺逆在人。三弟的事,咱也尽到了仁义!"

王兰芝咯咯笑了,她说:

"老二夫妇再一、再二,可能还有再三哩! 咱呢? 也要有个再一、再二、再三。我倒有个想法!"

"什么想法? 快说!"

"无论如何,想法让三弟上学,交给了老师,也就出了火海,咱也就放心了。"

"为三弟上学,我跟父亲说得嘴唇都磨平了,他耳朵听得起了茧子,那不成!"

王兰芝冷了脸,愤愤责怪包山说:

"包山,包海有本事说动父亲,你有本事也去说动父亲!"

话音未落,院里传来了父亲的呵斥声:

"包山,快去看看三黑,太阳都落了,他怎么放羊还没回来?"

包山立即迎出屋门,答应到山上去寻找。他还未出门,只见几个农夫和一个抱孩子的女人拥着三黑走来。包山以为三黑有了什么不端,心里怦怦乱跳。一位老者走上前，双手在额前一揖，问道：

"哪位是包员外？"

包怀上前还礼，说道：

"本人即是，有何事动问？"

"包员外，祝贺你，真是强将手下无弱兵啊！"

那个抱婴儿的女人走上前，对包怀点头施礼，指着三黑说道：

"多谢包员外教子有方，这位小弟弟帮了俺的大忙！"

包怀望了一眼三黑，嘿嘿笑了，说道：

"我家三儿，小小年纪，能帮你什么呀？"

事情是这样的。这位女人名叫赵小玲，她抱着婴儿走娘家归来，走到小包村西面三里的小王村王大赖的西瓜地里，被瓜秧绊了一跤，正要爬起，被王大赖发现了。王大赖赶上，见赵小玲长得明眉大眼，肤色白嫩，身材苗条，心里顿生歹意，死缠活赖，硬说赵小玲偷了地上摘好的三个西瓜，要么赔一两银子，要么留下人薅一天草。赵小玲见王大赖不是好人，抱着孩子高喉大嗓喊叫。王大赖灵机一动，对围观的几个人硬说赵小玲偷了他三个西瓜。赵小玲两眼泪汪汪，望着脚下滚的三个西瓜，不论怎么说，跳到黄河里也洗不清。王大赖指着西瓜，逼着赵小玲赔瓜，围观者面面相觑，一时难分清真伪。恰在这时，三黑放羊归来，走到正在争执的人群边。

三黑挤进人群，听明白原委后，捂着嘴，弯下腰，咯一下笑出声来。人们问三黑笑啥？三黑也不答应，还是咯咯笑个不止。人们的目光一齐转向这个放羊娃，在七嘴八舌的议论声中，三黑大眼睛忽地圆瞪，左手叉腰，右手指着王大赖的鼻子道：

"喂，请你抱着孩子，把三个西瓜抱起。如果抱起了，西瓜就是这位嫂嫂偷的；抱不起，西瓜就是你自己摘的！"

西瓜地头的喳喳声戛然而止。王大赖恶狠狠地瞅了三黑一眼，知他是包员外的三公子。他虽然知道抱着孩子抱不了三个西瓜，但为了面子，也只得硬着头皮抱西瓜。王大赖抱了孩子，弯腰抱瓜，抱起了这个，丢了那个，抱了好大一阵，羞累交加，额头汗珠飞滚，到头来也没抱起来三个西瓜。王大赖当场抵赖不过，递了孩子，夺路逃走。众人爆发出爽朗的大笑。三黑甩起羊鞭,哼着歌儿,踢着石子,又赶羊上路了。

女人承情不过,由一位老汉带路,专程绕道面见包怀,表示谢意。

包怀听了,脸上的阴云渐渐消失,泛起淡淡的笑意。

"包员外,这位小弟将来定是位为民申冤的清官老爷啊!"

包怀嘴里说道:"过奖,过奖!"心里却比吃蜂蜜还甜!甜的背后不知为何又隐藏有一种难言的苦酸。包怀和包山送走了女人和老汉,立在门口,久久没动。包山知父亲心里正高兴,于是趁势对包怀说道:

"父亲,父慈子孝,兄恭弟遵,这是千古道理。我三弟今年八岁了,叫他整天放羊,游荡在外,也难学好,还是请个先生教训教训,补学一二,否则日后连账目也难管,到那时,人家不耻笑包家?这样,一是误了三弟,二是老人也在孩儿面前难张口啊!"

包怀冷目静听,好久也没回话。对三黑,他总认为不是福,但八岁断瓜,好一个聪明!聪明有聪明的福,愚蠢有愚蠢的祸。作为父亲,供养儿子上学本也理所当然,可他心内的创伤却隐隐作痛,日后三黑若有出头之日,他将对我如何?他思索再三,才沉重地点点头。

包山听了,高兴地咧着嘴笑,忙替三黑谢父亲。

包怀又慢吞吞说道:"请个先生,倒也可以,不过,找个比咱强不多的得了,教个三年两载,识得字就行了。"

包山心里一震,三弟如此聪明,怎么只让学个三年两载?望子成龙,天下皆然,老父亲怎么说出这样的话?不论怎么说,只要答应请先生,至于请什么样的先生,那就由不得你了。想到这里,他开开心心地拜了父亲。正欲出门,包海来了。

包怀对包海说道:

"包海,你去给三黑请个教书先生,只要比咱强就是了。"

包海望着父亲,怔住了。但他灵机一动,立即笑逐颜开,喜滋滋地对包怀说道:

"父亲,咱虽是小康人家,日子也不宽裕,二老年迈,俺兄弟三个,有打里的,有打外的。三黑放羊,既省得雇工,又叫人放心,何必请先生增加支付!父亲,我看多一事不如少一事!"

包怀阴沉着脸,抱着水烟袋吸得呼噜噜响,那踌躇动摇的神情把包山的心都揪疼了。

包海又说:

"这事儿本由您老拍板,为了包家,我只得这么说了。"

包怀还是不语。

包山再也按捺不住心中的感情,气冲冲说道:

"老二,我读了"四书""五经"你读了"五经""四书",一母同胞的老三,为啥不准读书?父亲不偏心,弟兄之间何必这么苦情?"

包海哪里肯依,砰砰叭叭,两人当着包怀的面干起仗来。包怀十分恼火,烟袋啪地一摔,扔在桌上,呵斥二人放肆。二人都低头抿目,悄悄待在一旁,不敢吭声了。

王兰芝和李凤英听见争吵,闻声赶来。王兰芝立在一旁,没有插话。李凤英却甩起了一千头的"红鞭",火辣辣地冲着包海说道:

"好啊,包海,你何苦?整个包家哪怕叫罪孽一火焚烧,你能贪多少家当?上学吧,请先生吧,咱一不插嘴,二不多言,管它冬夏和春秋,反正有二老在呢!"

王兰芝气得面色苍白,嘴唇轻轻抖着,可一句话也没说。包山想张口驳斥,王兰芝摆摆手,示意没有必要,抹一把泪,垂下了头。

包怀叹息一声,说道:

"三黑读书的事,以后再说吧!"

"中,爹说到哪,俺随到哪!"李凤英顺水推舟讨好道。

王兰芝眼睛睁起,望了李凤英一眼,说:

"好吧,既然包家手头紧张,俺拉棍要饭、卖首饰,也要供养三黑上学!"

包海冷笑道:

"一言为定!"

王兰芝果断地回答:"绝无戏言!"

李凤英冷笑,那表情好像说:"好!有你吃不了兜着走的那一天!"

包怀难为情,长出了一口气。

一直待在一旁的三黑,静静立在那儿,他眼泪汪汪,一切全听到了,一切全看到了。他头重脚轻地走到包怀面前,突然大声叫了声"父亲",双膝跪倒在包怀面前,放声痛哭起来……

王兰芝取下头上金簪,让包山去当铺当了,请来了学问渊博的宁先生。

这宁先生脾气很古怪:不分穷富,只要学生聪明才教;家长等人不出入教馆中才教;更不许家长辞先生,只许先生辞学生。因为这三条,所以无人敢请他。包山三次登门,终于请来了宁先生。

在一个春风拂面的上午,王兰芝把三黑打扮一新,扯着三黑,包山随后,三人喜气洋洋进了学馆,来到了书房,拜了圣人孔子后,三黑双膝跪倒,又拜了宁先生。

宁先生六十多岁,鹤发银须,精神奕奕,满面红光,扬起的剑眉蕴藏着勃勃朝气,好像是个精力旺盛的年轻人。他年纪虽然大,可背阔腰直,说话响如铜钟,走路稳重矫健,让人一望便肃然起敬。他稳坐正位,接受学生三黑的跪拜。三叩九拜以后,宁先生才细细打量三黑,见三黑眉清目秀,气宇非凡,黑灿灿中闪烁着浩然正气,心里油然产生几分欣赏。常言说:黑为正,红为忠,白为奸,花为智。看来,这学生是个栋梁材。包山和王兰芝再次表示感谢,请宁先生多多费心操劳。宁先生侃侃笑道:

"学生交给了我,已由我,不由你们了。"

三黑恭恭敬敬,双手呈上课本《大学》,宁先生点了句读,教道:

"大学之道……"

三黑接道:

"在明明德。"

宁先生说:

"我说的是'大学之道夕'!"

三黑说:

"是。难道下句不是'在明明德'?"

宁先生叫三黑继续往下读,果然读得一点不错。

待三黑念完一段,宁先生摆手制止叫停下,回头对坐在一旁的包山说道:

"大公子,学生念得这么稔熟,是家里教过了吧?"

包山摇摇头。

王兰芝说道：

"我家三弟终日放羊，早出晚归，从未细细教过。在夜半，他缠着我教他，油灯下，我只是随便敷衍教他习几个字，哪里细教过？"

宁先生听了，十分惊奇。他教书多年，从未见过这么聪明的学生，喜得他眉毛眼睛都在笑，笑容可掬地说：

"天下聪明学生这么多，可我从没有见过这么样的奇才，神童，神童啊！将来前途必不可限量！"

包山说：

"宁先生过奖了，我家三弟不愚，他聪明好学，还望宁先生多多栽培！"

宁先生点着头，眯起眼睛，想了好大一会儿。他慢慢睁开眼睛，脸上现出严肃的神情，一字一板地说道：

"这学生真是喜人，今天给起一个单字的'拯'字，作为终身名号，这意思是日后可拯救万民于水火之中，再起字为双字'希仁'。二位看这名字怎么样？"

包山和王兰芝喜笑颜开，点头称是。

三黑磕了三个响头，再拜了宁先生。

从此以后，包拯即是三黑的名字了。

这时候，包拯的侄儿包勉已入学一年有余了。叔侄同馆读书写字，朝夕相处。包拯小小年纪，好像是个小大人，他以名列前茅的成绩，远远把包勉抛在后头。宁先生常常拿包拯比包勉，促使包勉发奋读书。可是包勉咧着小嘴嬉笑，惹得宁先生常常举起戒尺，把包勉的小手打得肿鼓鼓的。回到家里，王兰芝斥问小包勉，小包勉说谎，王兰芝不信，逼小包拯实话言讲，弄得小包勉常常跪堂受训。天久日长，包勉渐渐恼恨包拯，心里结了一个又一个疙瘩。包拯劝侄儿别结记，要好好读书，他哪里肯听，还噘起小嘴说包拯装好人哩！

包拯和包勉两个孩子都喜欢吃炒咸豆儿，金灿灿的黄豆，热锅里炒了，撒些咸水，又香又脆，十分可口。有一天，放晚学归来，包山替包勉炒了咸豆儿。包拯读书晚回了一会儿，到了卧室里，见包勉正在吃咸豆儿，追着要吃，包勉捧着盛着豆儿的小铜碗就逃。王兰芝看见了,先是责怪丈夫不该在包拯不在家时给勉儿一个孩子炒豆,后又责怪丈夫分配不均,炒了咸豆,就该一个人一半。王兰芝愤愤地对包山说:

"育直一棵小树容易,养成一个栋梁材难。遇到事儿,不但要给小孩把理讲透,还要处处做出样子,才能给他一颗纯正无私的心啊!"

王兰芝把包山说得面红耳赤,蹲在一旁一言不发,抓耳挠腮,心中十分恼火。他站起身,追上包勉,夺过包勉手中的小铜碗,不管儿子哭叫,对包拯说了声"接住",一下子扔给包拯。不过,这一下包山用力过猛,又没扔准,小铜碗一下子扔在包拯的脑壳上,把前额砸了个口子,鲜血直流。

王兰芝立马转身从书案的香炉里抓了一把香灰,按在包拯的伤口上,才止住血。

包拯热泪滚滚,一头倒在抽泣得周身瑟瑟发抖的王兰芝怀里,哽哽噎噎地说:

"嫂娘,都怪我,惹得嫂娘生了气!"

王兰芝心疼包拯,把小包拯搂在怀里,想起包拯小小年纪遇到了这么多灾难,哭得更痛了。

包山非常尴尬,走上前,红着脸抚摸着包拯的小手道:

"三弟,都是大哥不好。"

包拯咧着嘴,笑着对包山说:

"大哥,以后我不贪吃了,再也不会跟侄儿争吃了。贪吃是会惹祸的。"

包拯额头上的伤痊愈了,留下一个月牙形的伤疤。包拯的月牙疤触动了包山,他再也不偏爱自己的儿子了,常常炒了咸豆儿,包拯、包勉二人各半,叔侄俩相处也好多了。

宁先生辛苦教书,包拯刻苦攻读。不久以后,宁先生身子骨弱了,一病不起,卧在病床上。宁先生怕耽误包拯等学生读书,自己另请了一名高师代为教课。尽管这样,他心里老记挂着心爱的学生包拯。

一天午学后,听得有轻轻的脚步声,宁先生扭头一看,见是包拯慢慢走来。他胸前抱着纸包儿,进了门槛,轻轻喊了声"宁先生",走到病床前,向先生问了安,把纸包儿双手恭恭敬敬地呈给宁先生。

"宁先生,这是我给你留的,请先生吃吧!"

宁先生支撑着病体,慢慢坐起来,打开包得里三层外三层的纸包儿,见里面包的是咸豆儿。咸豆儿是孩子们的吃物,包拯不吃,全都给先生拿来,孝敬先生,他望着包拯,惊得瞪大了眼睛,半天没有说出话来:

"这……"

"宁先生,这是我家大哥炒的咸豆儿,每次我分得一把,想到你病了,我舍不得吃,全给你留下,你换换口味吧!"

宁先生心想,包拯是个十分可怜的孩子,父亲包怀不待见,二哥、二嫂两次害他,大哥又偏爱包勉,只有他的长嫂疼爱他,够叫人同情的。可是他分得一把咸豆儿还想着先生,这……宁先生的眼睛湿润了。他把包拯拉到怀里,抚摸着包拯的额头,深情地说:

"好孩子,你想着先生,可先生身子不好,没教好你,这叫我……"

包拯仰望着宁先生憔悴的面孔,歪着脑袋,大眼睛扑闪扑闪,奶声奶气地说:

"宁先生,你的病快快好吧,好了是学生的福……"

先生怎么忍心吃孩子的吃物? 无论如何,宁先生不收咸豆儿,非让包拯带着不可:

"包拯,你的心意我领了,这包豆儿带着吧,小孩子,你吃……"

包拯歪着脑袋,啮着白牙笑,他挣脱宁先生的手,转身跑了。

宁先生望着包拯远去的背影,热泪盈眶,喃喃地说:

"啊……啊……他知人心……"

像出了笼的鸟儿,包拯蹦蹦跳跳来到了小河边。

这是一个风和日丽的春天。蓝天下,风,很柔和;空气,很清新;太阳,很温暖。锦屏山下,青草像一片绿海,无边无际。白羊片片,咩咩乱叫,牧童甩鞭轻歌。弯弯曲曲的河道里,河边的杨柳钻出了嫩芽,芦笋也放叶透青了。平静的河水从冬雪的素净中苏醒,被大自然打扮得青青翠翠。春天呀,使山山水水都充满了活力。

包拯举目远望,触景生情,止不住吟道:

"敕勒川,阴山下。天似穹庐,笼盖四野。天苍苍,野茫茫,风吹草低见牛羊。"

包拯刚吟完,包勉就上前拉着他,要和同学们一块登山采花去。包拯挣脱了包勉的手,大眼睛一转,呵呵笑道:

"好,咱俩对一首诗,我念上句,你接下句,对上了就去,对不上咱就回家。"

包勉眨眨眼睛,也只得依了。

包拯吟道:

"问余何意栖碧山……"

包勉接道:

"笑而不答心自闲。"

包拯吟道:

"桃花流水窅然去……"

包勉抓着头皮想了半天,涨红了脸,结结巴巴地说道:

"天……天地……"

包拯呵呵笑道:

"你没接上,下句应是'别有天地在人间'。"

包拯蹦着跳着,扭头回身就往回走。包勉几步上前,追上了包拯,双手拉着包拯央求道:

"小叔,咱们再玩一会儿吧。反正今日学堂散馆,宁先生病歇。你看,同学们有的爬山采花,有的拣蘑菇,有的捉松鼠,咱何必恁早呢?"

包拯瞪大眼睛,嘴巴噘起,小声对包勉说:

"回去吧,嫂娘要是知道了追问,今日没摸书本可咋作答呢?"

"咋作答?"包勉抓着后脑勺,歪着脑袋对包拯说,"我有办法!"

"你有办法?"包拯反问。

包勉眉头一皱,眼睛突然一亮,指着那些绿草高叫一声:"松鼠!"拉着包拯,飞也似的向草丛跑去。

一只美丽的松鼠,藏在草丛里,包拯和包勉轻轻包围了草丛,蹑手蹑脚靠近。精灵的松鼠飞蹿而出,直往山坡上跑,二人哪还肯放弃不追,迈开大步,紧追不舍,一直追到半山坡,累得气喘吁吁,望着爬上树枝的松鼠,瞪大眼睛束手无策。

包勉脱了鞋袜,抱着树要爬,包拯双手拖住。包勉小嘴一噘,白了包拯一眼,不满地推了包拯一把,猛地爬上了树干,扭头望着包拯说:

"胆小鬼,看我的!"

包勉也真有办法。松鼠机灵,却没有逃脱包勉的狡黠,他终于捉住了小松鼠。他跳下树,高兴得一蹦老高。

包拯抬头望望已经偏过头顶的太阳,脸上不禁现出阴郁的神色,对包勉说:

"小勉,走,回家吧!"

"你呀,真胆小! 咱轻易不出馆玩,今日咱玩个够!"包勉脱了小褂儿,包了小松鼠。

包拯不依,硬是拉着包勉下山朝包家围走去。

村头,站着王兰芝。她脸色阴沉,踮起脚尖多次向山里张望,当她发现包拯和包勉向村里走回的时候,才放心地出了口长气。

"嫂娘!"包拯首先发现了王兰芝,对包勉说,"怎么办?"

"我编个瞎话哄她。"包勉凑近包拯的耳朵,小声叽咕了一阵,昂首阔步,向王兰芝走去。

王兰芝见二人回来,也没说话,满面乌云霎时升起,努努嘴,命二人跟随,直入庭堂。包拯和包勉心里嘀嘀咕咕,也只得老老实实相随。

走进庭堂门口,王兰芝稳稳坐下,朝畏畏缩缩站在门外的包拯和包勉,右手一挥,说道:

"进来,统统跪下!"

包拯和包勉彼此对视一眼,驯服地跪在地上。王兰芝抓起案几上的戒尺,走到包勉面前,叫了声:"包勉!"包勉抬起头,仰望着横眉竖目的母亲,正欲开口,王兰芝不容分说,抓起包勉的手,重打了十大板,打得包勉哭爹叫娘! 包拯连忙磕头,向王兰芝求情:

"嫂娘,莫打侄儿,怨我,怨我! 是我叫侄儿散馆后上山会文。"

王兰芝扭过头,打量着包拯,满面的乌云越积越厚,素日慈祥的眼睛里发出怒火,紧绷绷的脸上奇怪地笑着,一字一顿地质问包拯:

"既是去会文,为什么跑到山上?"

包拯张口结舌,支支吾吾,再也答不上话:

"这……这……"

王兰芝满脸的乌云拧得下水,柳眉竖起,气得紫胀了面皮,双目射出犀利的剑光,愤愤斥责包拯:

"嗯,往日散馆,你领着包勉在家吟诗习文。今日散馆,竟然上山游玩,反用什么'会文'来欺骗我,你……你、你……"

包拯语塞,脸一下子红到耳根,悔恨自己贪玩做错了事,又欺骗了嫂娘,没精打采地垂下头,低声说道:

"嫂娘,是我错了,你别叫包勉跪了!"

王兰芝并不理睬包拯,顺手抓起鸡毛掸子,在空中摇了几摇,但始终没有落下。她想狠狠揍包拯一顿,可是想到包拯从一生下来多灾多难,失去父慈母爱,哥嫂育养,鸡毛掸子怎么也难落下。包拯自知错了,扑通一声跪倒在王兰芝面前,仰着脸,捂着头,哭叫着"嫂娘",苦苦认错、告饶!

包勉吓得大哭,爬起来跑了。

王兰芝听着哭声,望着包拯,恻隐之心油然升起,叹息一声,手里的鸡毛掸慢慢落了下来,眼睛也湿润了,泪珠在眼里团团打转,咬着嘴唇盯着包拯,突然爆发出痛苦的哭声……

包拯跪走着,伸开双手,扑到王兰芝怀里,真切地叫道:

"嫂娘,求你饶了我吧……往后我再也不惹你生气了……"

王兰芝抱着泪流满面的包拯,心如刀绞,心里说:可怜的三弟呀,你这个苦孩子,怎么不听嫂嫂的话哟?你难道不知道叫你读书不容易吗?她转而又想,小孩子,贪玩也勿多怪,还是多多讲些道理为好。她擦擦眼睛,抚摸着包拯,又拉长了脸,严肃问道:

"包拯,你刚才怕嫂娘吗?"

"怕。"

"为啥怕?"

"做错了事。"

"好!"王兰芝替包拯擦着眼泪,命包拯站好,手指中堂,厉声问道,"你回答,这中堂上画的是谁？是什么意思？"

包拯望着这幅画,朗声回答:

"第一幅画的是匡衡,他家贫如洗,没钱买灯油,夜半读书,在墙壁上凿个窟窿,正在聚精会神地读书。

"第二幅画的是苏秦。苏秦是个穷学生,出外归来,连他老婆都不理睬他,嫌他学识浅,家境贫,地位低。后来,苏秦发愤苦读,终于中了金榜,佩了'相印',四乡邻里争拜,车马盈门。

"第三、第四幅画的李密牛角挂书和朱买臣背柴发愤读书。"

王兰芝听着,深情地说道:

"三弟呀,他二人勤学好问,苦攻十余个冬春,伴三伏,度三九,李密放牛,朱买臣砍柴,终于扬名天下,功成名就。可是你呢？吃不愁,穿不愁,可从小就胸无大志,鼠目寸光,意志不坚,求学冷冷热热,荒废了光阴！长此以往,你能成才？三弟啊,少壮不努力,老大徒伤悲,你千万要寒窗发愤,效古人,振精神,惜时间,一寸光阴一寸金呢！只有这么做,你才对得起苦心养你的嫂娘和大哥,对得起你自己,不辱包氏之门啊！"

王兰芝的谆谆教导,像一把火照亮了包拯的心,像一只号角召唤着他发愤上进。他用手背擦擦眼睛,叫了声"嫂娘",说道:

"嫂娘放心,我句句记下了,刻在我的心上,融进我的脑海,我再不贪玩了,一要惜光阴,二要发愤苦读。学古人,不管盛夏严冬,三伏三九,要通四书,精五经,通古今,日日夜夜,做一个嫂娘喜欢的好孩子！一定对得起嫂娘！"

王兰芝脸上的阴云渐渐消失,浮上了淡淡的笑容。她掠了下额前的乱发,满意地点点头:

"三弟呀,你昔日读书很用功,今日知错改错,立誓发愤,这是一个有用之才的兆头啊！常言说,响锣也得重锤敲。嫂娘说轻一句、重一句,手轻一下、重一下,三弟,可别结记啊！"

"嫂娘,你都是为我好啊！"

王兰芝会心地笑着,对包拯说道:

"三弟,去灶房吃饭去吧,都过晌了,还给你煮两个鸭蛋呢！"

包拯瞪大眼睛,咧着整齐的白牙,扭着脑袋说道:

"不,我不吃鸭蛋,留给嫂娘吃。"

王兰芝嗔怪道:

"你……"

"我去找包勉,他叫你给吓跑了……"包拯扮了个鬼脸,又蹦又跳地跑出屋门。

（六）

响锣重锤敲。聪明的小包拯真喜煞人哟！一首诗,一会儿工夫,他就刻到脑子里;长长的文章,不大一会儿,就背得滚瓜烂熟。不长的时间,包拯自己就能读古文了。而这时,宁先生的病也好多了。

宁先生虽不是全国有名的文人,但是他学识渊博,写得一手好文章,除了教书,就是读书。他面色很严肃,平时很少说话,学生见了,总胆怯三分。包拯可不怕严师,常常向宁先生问这问那,宁先生十分喜欢这个聪明好问的学生。

有一天晚上,宁先生正在读书,明亮的蜡烛光下,宁先生是那么聚精会神。包拯凑上去了,只见书页上画着一位老人,高高的个子,瘦瘦的脸膛,长长的胡子,穿着一件宽袖长衫,身上斜挂一柄雕花宝剑,双眼露出十分悲郁的神色。

"这是谁?"包拯问宁先生。

宁先生抬起头回答:"屈原。"

"屈原是干什么的?"

"他是一位大诗人,是楚国的宰相。"

"啊,他为啥伤心呢?"

"他被楚王赶出了家乡,咋不伤心呢?"

"楚王为什么赶他呢?"

"这么……啊,是这样的,他热爱自己的祖国,希望自己的国家强大,不受外国侵略,可是,那些卖国的坏官挑唆楚王打击屈原,陷害屈原,罢了屈原的官,削了屈原的职。屈原呢,不服,虽然被流放在天涯海角,他一直在想着自己的祖国,热爱着自己的祖国。"

"楚王真坏!他怎么这么昏!"

"待你长大了,这个道理会慢慢懂得的。"

包拯弄不懂,也难弄懂啊。他小小的心灵里,充满一个高个子的老头儿的形象,他昂首阔步,面对着青天,满面愁云,奔走在大江岸畔……

宁先生要包拯多读书,读了书就会明白世上的好多弄不明白的道理。他点头称是,牢牢记下了。学堂里,他专心读,散馆后,他夜半三更仍不熄灯,实在困极了,他模仿古人,把头发悬在梁头上,一打盹就拉得生疼,再也不困了,继续读下去……

十二岁那年,包拯读完了"四书",就是《论语》《孟子》《大学》和《中庸》。十三岁那年,读完了"五经",就是《易经》《尚书》《诗经》《礼记》和《春秋》。"四书"和"五经"包拯背得滚瓜烂熟,讲得头头是道,每每考试,总是名列前茅。

包勉和包拯同馆读书,学业可天差地别。他不苦读不说,常常调皮捣乱,闹得学馆不得安生。宁先生的戒尺,包勉不知挨了多少回,小手常常被打得像个气青蛙一样。宁先生揣着包勉的脑壳,教导包勉,让他好好向包拯学习。包勉大眼一瞪,咧着嘴说:

"俺小叔是学家,我是闹家。"

宁先生哭笑不得,为包拯这个学生而自豪,同时也为包勉这个学生而头疼。

宁先生喜欢的是书,包拯喜欢的也是书。在书的海洋里,包拯最喜欢读名人的史书,他从那里陶冶了情操,开阔了视野,奠定了忠国为民的思想基础。宁先生真喜欢了,恨不得把肚里的学问一下子都倒给包拯!

十三岁那年秋天,宁先生催促包拯参加乡试。包拯点点头,想试一试。包山呢,怎么也不同意。

宁先生很生气,说:

"包拯非常聪明,诗文、策论写得很有特色,参加乡试,十之八九能中,不要耽误了他的前程!"

包山一再摇头:

"不行啊,俺小小黎民百姓,没得门子,不如再学几年再考,免得扫了我三弟的兴。万一不中,为人耻笑,反为不美。"

包山不允,王兰芝倒想让包拯试试。于是,宁先生背着包山,没征得包怀的同意,还是让包拯参加乡试了。

揭榜那天,太阳还没有露脸,东方刚刚泛起鱼肚白,清晨中的包家围,雄鸡乱啼,沉醉在一片安谧的宁静中。包怀、包山夫妇和包海夫妇还没有起床,包家院里一片静悄悄。

这时候,包家门口一片喧哗,闹闹嚷嚷。紧接着,是急促的敲门声。包怀命家人包兴开了院门,只见两个公差走进院门,呈上红帖,拱手行礼道:

"包员外,祝贺,祝贺,你家三公子包拯中了生员!"

包怀听了,倒抽了一口冷气,惶惶然的神色骤然变得阴郁。他陡然拉长了脸,回头问跟在身后的包山:

"这是怎么回事?"

"我三弟读完了'四书五经',又读了不少古书,所以……让他参加了乡试!"

"放肆!我老子还在,家你们都当了!罢了,罢了!我家生为平民,誓不做官!"包怀愤愤说道。

"父亲——"包山不想叫包怀当着公差的面说下去!

两位公差一时愣了神,呆呆张望着横眉竖目的包怀,齐声说道:

"这……"

包怀扬起长寿眉,扭头愤然走了。

包山接了红帖,送了公差赏钱,追到正堂。

包怀抱着水烟袋,呼噜噜吸着水烟,不理睬包山。包山心里像十五只吊桶打水,七上八下。他暗自埋怨宁先生多事。转而一想:啊,供养三弟读书,不是为了金榜高中吗?今日三弟仅仅中了生员,父亲为何……这不该高兴吗?

包山与王兰芝说后,王兰芝立即找来宁先生。宁先生真感意外。他教书大半生,多少家长供养子女读书,望子成龙,望女成凤,从没有见儿子中了生员而大发脾气的?我宁某辛苦多年,浇灌了多少心血,你家学生红榜高中,可连个"谢"字也不说,这成何体统?怪,可叫奇怪!

王兰芝再三向宁先生赔礼,请宁先生原谅。宁先生怒气不息,起身向正堂走去。

宁先生愤愤进门。无论如何,正愁眉苦脸的包怀还是以礼相迎了。两人分宾主坐下。宁先生见包怀面红耳赤,举止失态,一言不发,不由得心里火苗迸得老高：

"包员外，我在你府打扰多年，有什么不是的地方，请员外多多指教。"

包怀从郁忿中清醒，这时候才感到有些失态了。他连连说道：

"宁先生，哪里，哪里……宁先生劳苦功高……"

"劳苦功高？啊……谈不上，谈不上！不过，包拯才华横溢，是难得的神童。不是我当着员外的面夸学生，包拯前途无量，腾达在即。能这样，全是包家的恩德啊！"

包怀听到这儿，本来已红到耳根的窘态，脸拉得更难看了，他眯缝着眼睛，慢吞吞地说：

"依我看，不是福，是祸！不是喜，是凶！"

"这话咋讲？"

"如今我包家不是仕宦之家，也不是书香门第，我不喜欢，也不希望有做官的！"

"啊，这么说，是我叫包拯考错了？不该参加乡试？"

包怀两颊抽动，点点头。

宁先生勃然大怒，拍案而起：

"员外，当初有言在先，这儿不必重复，原来请先生由得你，今日教学生已不由得你了。我的学生我当家了。"

"那么你……"

"我要继续教下去！"

"学费？"

门外传来了王兰芝柔声细气地回答：

"父亲，你放心吧！用我的嫁妆供养包拯！"

"你……"

"员外，我教不出来包拯，就是对不起包家，误人子弟啊！"

事已到了这个地步，包怀心里疙疙瘩瘩，嘴上再也说不出个一二三四，他慢慢垂下了脑袋……

（七）

包拯憋着一口气，早起晚睡，一心要进取功名。他心里说：是砖是瓦，叫那些瞧不起我的人看看！

京城朝廷会试日期近了。包拯要面见父亲，要求参加京城会试。

王兰芝头前轻步走，包拯小心翼翼后头跟，二人一声不响地走着，心里都捏着一把汗。还没进门，就听见李凤英正在数落：

"父亲，别生气了，老大两口子当三黑的顶梁柱，就当呗！有本事他供养，你老人家偌大年纪，气多伤神哟！"

包怀长叹了一声。

包拯和王兰芝听了，不由得放慢了脚步，不知是进门好还是不进门好。包拯主意未定，踌躇地拉了下王兰芝的衣襟，轻轻叫了声："嫂娘！"王兰芝回过头，白了包拯一眼，压低声音说：

"咋？怕她？她总不能吃人！"

包拯一手拉着王兰芝，一手连连摆动，示意王兰芝且慢进去，听听下言为好，王兰芝点点头。只听李凤英说道：

"爹爹，三黑要进京赶考去了。"

"真的？"

"真的。"

"三黑长得没人样，赶个啥子考！唉！依我看，乌纱帽像雨点，也难落到他头上。"

"唉！爹爹，这个家真难当啊！"

"咋？"

"爹爹，你难道不清楚，三黑是王兰芝养大成人的。她巴望三黑成龙，你不让三黑赶考，王兰芝可会同意？"

"嗯？我是当爹的，去不去她当不了家！"

"爹爹，别讲大话了，三黑要去赶考，你可知道咋不同你这当爹的商量？"

"哼，好啊！不跟我商量，看谁给拿盘缠？唉！真把我气死了！"

"爹爹,您老别生气,偌大年纪了,何必动这么大的气呢?"

紧接着是包怀的长吁短叹和不间断地咳嗽声。

包拯拉长着脸,眉心皱成了一个疙瘩,剑眉扬起,双目射出两道剑光,盯着屋内沉默不语。

王兰芝咬着嘴唇,止住噙在眼里的泪水,用手抹了一把,坚定的眼神好像对包拯说:走,莫歇气,进屋说理去。她果断地拉着包拯踏进了门槛。

包怀咳嗽不止,李凤英挽着包怀,弯着腰正轻轻为包怀捶背。李凤英见王兰芝领着包拯突然到来,心里不禁打了个结。她一向伶牙利齿,这时竟一时不知说些个啥,她瞥了包拯一眼,低下头望着包怀说:

"爹爹,为了咱这个家,你的心都操碎了。"

王兰芝走上前,静静待在包怀一旁,轻声问道:

"爹爹,身体可好点?"

包怀抬起咳嗽得通红的脸,白眼盯着王兰芝,半天也没回话。王兰芝尴尬之余,待包怀安静下来后,说道:

"爹爹身体近来不太好吗?"

包怀点点头,说:

"兰芝,听说三黑要进京赶考?"

王兰芝说道:"是啊!"

包拯微笑着走上前,行了个礼,恭恭敬敬地对包怀说道:

"对,爹爹。京城里开了科场,数年寒窗,日夜苦读,好不容易盼来了这个机会,岂能错过呢?儿想去,恐怕爹爹同儿想的一样吧?"

包怀翻了两下白眼,气上心头,止不住又咳嗽一阵。李凤英心疼爹爹,讨好地捶背,嘴里咕哝了几句埋怨包拯的话。包拯没有理睬,上前搀着包怀:

"爹,您老的身体……"

包怀止住咳嗽,用衣袖擦擦满眶泪水,甩掉包拯的手,愤愤盯着包拯说道:

"你也想去?"

"是啊,是啊!水往洼处流,人向高处走啊!"

"你……你……你不能去!"

"那为啥?"

"为啥? 你到河边照照你那样子去!"

"咋?"

"人嘛,要有个自知之明。人家考,文有文才,貌有貌相。可是你呢? 唉……给我丢人,丢人!"

"丢人? 人家考的是本事,考的是文才,不是考丑俊!"

"嘿……你倒跟我胡搅蛮缠,不叫去就是不叫去! 我可没那笔钱!"

"嗯……咋? 你、你……你就这么当爹?"

包怀恼羞成怒,忽地站起身,抓起李凤英递过的龙头拐杖,愤愤朝包拯打来。包拯闪身,包怀扑了个空。李凤英指着包拯,冷嘲热讽道:

"我的大状元,你叫老爹爹安生会吧!"

王兰芝伸开双手,挡着包怀落下的拐杖:

"爹爹息怒,爹爹息怒。"

包怀长叹一声,垂下的脑袋抵着拄地的龙头拐杖,骂了声:

"不孝的儿子!"

王兰芝走上前,搀着包怀,微笑着劝道:

"爹爹,话不能这样说啊! 包拯是你的三儿,我的三弟! 怎么以长得丑就不叫他考功名呢? 世上哪有以貌相取仕的道理呢? 从前,齐国的管仲不是长得丑吗? 可是他当了齐国的宰相,帮助齐桓公治理国家;孔子长得也丑,他不是照样周游列国,替六国诸侯出了不少的好主意,受后人崇拜吗? 历史上有不少长得丑的人,都有学问、有本事,他们都成了国家的栋梁。爹爹呀,赶考凭的是文才,这个道理难道……还是让三弟去吧!"

包怀慢慢抬起头,脸上的怒容逐渐收敛,呈现出犹豫不决的神色。他望着包拯,好大一会儿也没说一句话,只是轻轻摇了摇头。

包拯双膝扑通一声跪倒在包怀面前,痛苦地叫了声"爹爹",眼泪汪汪地望着包怀,哀求道:

"让儿去吧,如果我考上了,对您老、对国家不是都有光吗?"

这时候,李凤英呵呵冷笑三声,紧接着"啊呸"朝地上吐了口唾沫,讽刺道：

"刮大风吞炒面,咋不知碜啊！口口声声说大话,牛皮都叫你吹炸了,你尿泡尿照照,自己呆头呆脑,脸黑得像铁锅,主考官一见就恶心。我断定,你连个小官毛也捞不上!"

包拯听了,脸上火烧火燎,忽地站起,冲着李凤英愤愤说道：

"二嫂你……你咋骂人!"

"我骂人？我还要打人呢!"

"你……"

二人一来一往,吵得不可开交。李凤英满嘴飞沫,一手叉腰,一手指着包拯,毫不示弱,那杀气腾腾的架势,气得包拯脸色煞白。

王兰芝训了包拯,不该与二嫂争执,又回过头来劝李凤英有话慢慢说,嫂弟之间不可伤了和气。然后,她对长吁短叹的包怀说道：

"爹爹,国有国法,家有家规,您老是一家之主,还是您老说话吧。"

包怀眼珠一转,龙头拐杖狠狠敲着地,愤然训斥道：

"唉! 你们呀,没老没少,没大没小,太不像话了! 去不去赶考,由不得你们! 有我老子在呢。"

王兰芝听了包怀的话,从中悟出爹爹已动摇,态度已缓和了,不如趁热打铁,顺水推舟,于是她说：

"爹爹,让三弟去吧!"

包怀沉思了一会儿,果断地说：

"儿大不由父母,想去就去吧,别误了他……"

李凤英正垂头丧气,此时忽地抬起头,眼睛眨了几眨,问包怀：

"爹,谁给他拿盘缠?"

包怀愣了愣,叹了一声,一句话也没回答。

包拯一肚子怒气再也抑制不住,他两颊抽搐了一阵,嘴唇哆哆嗦嗦,从紧咬的牙齿缝中挤出一句话：

"反正不用二嫂操心! 家业也有我一份!"

李凤英正没窟窿生蛆,这下可找到了茬口了。她冷笑着向包怀说道：

"爹爹,你听听,你听听! 咱祖辈用血汗创的这个家业,好像跟他创的一样。"

包怀本来一肚子火,经李凤英这么一煽,勃然大怒。他拍着桌子呵斥道:

"好小子,你胎毛没退,老子没死,你就想瓜分我这个家呀,你……你、你……"

包怀气得胡子直抖,瞪大血红的眼睛,举起龙头拐杖,迎面朝包拯头上打来。

李凤英在一旁火上浇油:

"呵,翅膀硬了,打,狠打,别轻饶他!"

包拯见龙头拐杖打来,脑袋一偏,躲了过去。包怀不罢休,只见又一挥,差点儿打在包拯头上。包拯机灵地躲避,才幸免挨打。王兰芝挺身拦着,从容说道:

"爹爹,请您老歇歇,别气着了。三弟年龄小,不会说话,求爹爹莫动家法。"

包怀收了龙头拐杖,连连捣着地说:

"只要有我老子在,谁敢动我这个家一草一木!小三呀小三呀,你气死我了!"

李凤英在一旁得意扬扬,鼻子耸了几耸,冷笑道:

"大嫂呀,你可没有白费心血啊!"

这一句话激怒了王兰芝,这个一向贤惠内敛的大嫂眉峰耸起,两道柳叶眉抖了几抖,严厉地对李凤英说道:

"老二家的,你的嘴放干净点,别明枪暗箭摆弄我这个老实人,我可对付不了你那三十六计七十二变!"

李凤英脸不红,心不跳,嘿嘿笑着,理也不理,好像不屑一辩似的。

包拯从鼻子里哼了一声,咬着牙说道:

"善有善报,恶有恶果!"

李凤英恼羞成怒,伸手抓住包拯要打,包拯机灵地一闪,她扑了个空。指着躲在王兰芝身后的包拯,气喘吁吁地说道:

"啊,我明白了,怪不得小三黑不怕天不怕地,有人给他撑腰打气,保护这个小黑狼！看谁敢动家里一文钱！"

王兰芝瞠目怒视着李凤英，她没有反驳，她的语气很慢很重，字字铿锵，句句落地有声：

"好吧，这样也好。既是包山、王兰芝救了包拯，养了包拯，就供养得起包拯，包拯去赶考定了！包家不愿出一文钱，我还有点私房积蓄，三弟的盘缠费用，一切归我！"

包拯激动得热泪盈眶，他跪在王兰芝面前，哽哽咽咽，喊了声："嫂……娘……"

王兰芝双手把包拯拉起，难过地瞟了包拯一眼：

"起来，我还有一事要恳求爹爹呢。"

包怀见王兰芝这么慷慨，一忽儿一天云彩散个净，望着眼前的三儿包拯，往事如烟，一幕幕掠过脑际。不错，他对包拯有内疚，有不安，有同情，如今……包怀轻轻点点头，缓声缓气地对王兰芝说道：

"有什么话，你尽管说吧。"

"爹爹，您老看，三弟年纪幼小，"兰芝说着眼泪不由得簌簌流到下巴，"京城离家千里，路上跋山涉水，又有歹徒土匪为患，怎么能叫他一个前去啊！依我看，不如派家人包兴随他一道前去，也叫您老放心，不知爹爹是否同意？"

"啊呀呀，呸！"凤英未开口先狠狠拍了一下大腿，"爹爹，家里地里，活儿这么忙，小三不干活又拉了一个走，可万万放不得包兴也去跟他胡混！"

包拯气得脸色煞白，挺身呵斥道：

"我是进京赶考，咋叫胡混？别隔着门缝把人看扁了。"

"看扁？你要是能得第上了金榜，我甘愿头朝下走。"

"此话当真？"

"一言为定。"

"真的？"

"当真。谁来作保？"

"我！"王兰芝一拍胸脯说道。

"你呢，二嫂？"

李凤英朝包怀望了一眼,询问道:

"爹爹你……"

包怀摇摇头:

"这……我不好说……"

李凤英的拳头在胸前晃了几晃:

"我自个说了自个当!"

王兰芝瞅了瞅包拯,又望望包怀,事已这样,不便久说,果断地对包拯说:

"就这样吧,爹爹已同意了,回去赶快收拾行李、书籍吧。"

包拯会意,拉着王兰芝,起身走出屋门,回过头,得意地朝青天说道:

"咳咳,包拯要进京赶考去了。"

包怀听了,心里好不自在,一屁股坐在太师椅上。

李凤英呆若木鸡,站在那儿一动也不动。

王兰芝卖了首饰,当尽了私藏家底,为包拯准备了足够的银两,急催包拯登程。

出发的那天清晨,一轮红日从东方喷薄欲出,透过乌云迸发出万道金光。包家围沉浸在浓抹淡妆的宁静里。绿树、红花、芳草,似乎默默与包拯告别;牛哞,羊叫,马嘶,似乎为包拯送行。包家围的乡亲父老纷纷赶来,老奶奶手捧煮好的鸡蛋、鸭蛋,硬塞给包拯,让他路上充饥,叔伯们争相塞些碎银,聊表心意。包拯知道这是乡亲父老的心意,一一收下。到了村头,包拯与众人依依告别,千言万语,道不完的祝福,说不尽的嘱咐。乡亲们停住了脚步,宁先生、包山和王兰芝,依然随往。一里过去了,三里过去了,三人还要相送,包拯伸臂阻拦。他感慨万千,激动地说道:

"宁先生、大哥、嫂娘,留步吧!千里相送,终有一别,你们的心意我都领了……"

王兰芝热泪盈眶,她说:

"三弟,一别千里,你又是头次出远门,嫂娘我……"

包拯深情依依,他停步伫立,沉重地点点头。

"三弟呀……"

“嫂娘，有什么话，你吩咐吧……”

“三弟，要记下，你是个苦命人呀！当初，老二夫妇把你扔在虎头岩，你是从虎口里夺回来的一条命啊！”

“记下了。”

“三弟，要记住，你和勉儿是同年生，为了你，把勉儿寄养，你喝了嫂娘几年的奶水，代替了哥嫂的心啊。”

"记下了。"

"三弟,你求学不易,宁老先生操尽了心,望你早日成才,金榜题名,为国分忧!"

"记下了。嫂娘呀,这么多年来,你对我恩高如山,情深似海,溶我血里,刻我心上,如若不中,情愿异乡飘游,决不辜负嫂娘一片心血。"

"三弟啊,话可不能这么说。你要知道,千万个举子进科场,哪有个个得中的道理呢?得中了,是祖上的恩德、咱的福,日后好好辅国理民;万一落了榜,只当作进京访亲拜友。三弟呀,千万要把心放宽,千万别胡思乱想啊!"

包拯点点头:

"嫂娘,遵命,三弟记下了。"

王兰芝从衣兜里掏出一个乌亮的四方盒儿,双手郑重交给包拯:

"三弟,这是俺祖传家宝,名叫玉墨。用了它,行文似流水,浓香满室飞,昔日伴嫂娘读,今日赠三弟,愿你顺如风,盼能夺高魁。"

包拯双手接了,闻了闻,只觉得香气扑鼻,满意地点头,然后郑重交给包兴打入行李。

王兰芝对包兴说道:

"包兴,我把包拯交给你了。包拯年幼,盼你多多照应,路上要留意风雨阴晴,日不落要投宿,日上三竿后才能启程,残茶剩饭不要吃,寒热变更衣服要常换,考中或不中都速把包拯带回家。"

"遵命,请放心。"

王兰芝握着包拯的手,热泪盈眶,望着包拯,久久不语……

包拯想起嫂娘往昔的恩情、今日的细细祝愿,句句叮嘱,像一股股暖流温暖全身。天下啊,什么最大?恩情最大。天下啊,什么最深?嫂娘的恩情最深。嫂娘啊,大哥啊,你们救了我,养了我,给我了生命,给了我学问,我要用我的能耐、本事、求得的功名报答你们!

久久沉思的宁老先生,这时慢慢说道:

"包拯,你这次进京,定能中高魁。若是这样,是包家祖宗的德行,也是我宁某教书的一生荣誉啊!"

包拯淡淡笑道:"宁老先生、哥哥、嫂娘,请你们放宽心,我尽最大努力,争取高中。可是,我又清楚,官场钩心斗角,尔虞我诈,每年会试之时,也是官场上瓜分强权之际。因此,如果我一心想状元、榜眼、探花、传胪,扛不过人家,岂不太伤你们的心。可是,我不会使你们失望的。"

包拯一席话,热中含凉,寒中蕴火,字句之间,闪烁熠熠才华、铮铮骨气,宁老先生三人不约而同点头称是。

包拯再拜了嫂娘、包山、宁老先生,翻身登上白龙马。包兴随后,一步一回头与亲人挥泪告别……

包拯的身影由大变小,渐渐消失在遥远的地平线上……

(八)

五天来,路遥人稀。包拯骑马,包兴担着行李、书籍,饥餐渴饮,朝行霞宿,一路上穿山越岭,直奔京都开封。

这一天,吃过早饭赶路。天公不作美,蓝湛湛的天空,一忽儿朦胧四合,下起了雨似的迷雾。金光四射的红日,颜色渐暗淡,顷刻间被遮掩了。天地混为一体,一片混沌,山峦、树木、道路消失在茫茫的云雾里,三尺以外什么也分辨不清。

包拯在马背上拍打着被雾打湿的衣衫,回头对包兴说:

"包兴,大雾迷茫,马不识路,小心摸错了方向啊。"

包兴换换肩,望着包拯哈哈大笑,他一手拍着毛茸茸的胸膛,朗声说道:

"三公子,不要紧张。有包兴在,你放心吧。我虽没有长千里眼能看千里,虽无顺风耳能听四方,但俺在世上闯荡三十五个春秋,人情世事,大小世面,酸辣苦甜,早也见个够、尝个遍,凭俺一身武艺,要是遇着强人,问问俺包兴的这把单刀答应不答应!"

包拯回过头,不以为然道:"这深山野岭,渺无人烟,还是小心提防为是啊。"

包兴见包拯严肃的模样,觉得在主子面前一时放肆,立即换了一副俯首听命的面孔,连连点头。

整整行了一天,迷雾才渐渐收拢,山峦道路又清晰可辨了。没精打采的夕阳告诉包拯,又一个傍晚来临了。

薄雾如同轻纱静静笼罩着弯弯曲曲的林间小路。这儿看不到村庄,遇不见行人,空旷的山林里,归巢的乌鸦黑压压的,呱呱叫着掠过包拯、包兴的头顶。群兔出没在小路的两旁,毫不畏惧行人。荒凉寂静的山林里,嘚嘚的

马蹄声,连续不断发出清晰的回响,仿佛有千军万马与包拯伴行。

淡淡的红日收敛了最后的余晖,飞滚入山,一轮银月挂上东天的半山腰,夜幕悄悄挂上了。包拯望了一眼,不禁叹了口气,心里暗说:又是前不着村后不挨店,万一碰上歹徒……他心里打了个结,顺手扬起马鞭,朝白龙马屁股上轻轻打了一下。白龙马嘶叫了一声,加快了步子。包兴拉着马尾,急急追赶。

大约又行了一个时辰,朦朦胧胧看见有时明时暗的灯光,包兴来了精神,高兴地叫道:

"三公子,你瞧,灯光!有人家了。"

其实,包拯早看到了。他"嗯"了一声,淡淡回答,挥起手中的马鞭在空中摇了几摇,白龙马会意主人的心情,撒开四蹄,飞速赶往灯光处。

灯光处逐渐清楚,原来不是村庄,而是一座古刹。

包拯翻身下马,系了缰绳,透过斑驳的树影,见这座古刹正中,悬挂着一块五尺长的大匾,黑底金字,上书"金龙寺"三个大字。这金龙寺殿宇巍峨,青松翠柏,直冲云天。包兴放下行装,走上前,轻轻敲门后连连喊了三声:

"师父开门!"

朱漆大门徐徐拉开了。这是一位身披袈裟的胖和尚。这和尚的脖子和头一样粗,映着月光,头顶闪闪发光,个子挺高,肩阔腰圆。包拯上前跟和尚行了礼,说明来意,求借宿一晚。那和尚把包拯、包兴打量了一番,眯缝着眼睛,双手在胸前合十,欣然说道:

"阿弥陀佛,善哉,善哉!"

胖和尚满口答应,包拯再三表示感谢。

几天来的奔波,包拯疲乏,包兴更是困倦,两人又渴又饿又累。胖和尚马上吩咐小和尚准备饭菜,打扫房屋。

饭后,胖和尚来到包拯、包兴住处闲聊,天南海北,古今中外,扯得没完没了,包拯早疲倦得眼皮打架,包兴却毫无睡意,睁大眼睛盯着胖和尚。他敏锐地发现,胖和尚的目光不断在行装上溜来溜去。

待胖和尚走后,包拯纳头要睡,包兴附耳对包拯说道:

"三公子,我看胖和尚不是个好东西。"

"有何证据?"

"你瞧他那双眼睛。"

"咋?"

包拯的睡意一下子飞了个精光,吩咐包兴立即去寺里察看动静。

包兴蹑脚蹑手来到后门,寂静的夜色中,隐约听到有女人的嬉闹声。他踮起脚尖,用舌头舔破窗纸,见那胖和尚正与一个女人寻欢作乐呢。包兴心里扑通一声,暗叫坏了。他急忙收住脚,又蹑脚蹑手走回寺门查看,见寺门落锁了。

包兴急匆匆赶回住处,向包拯禀报。

包拯年少,愁眉苦脸,一时没了主张。

包兴急忙打开行李,抽出一把柳叶单刀,握在手中晃了几晃,胸有成竹地说道:

"世上的怪事多呢,嘴越蜜甜,心越苦。你放心,兵来将挡,水来土掩,我自有办法收拾这秃驴。"

"这么说,与他刀对刀拼了。"

"不以牙还牙,还便宜得了。"

"且慢,看看动静再说,咱还是三十六计走为上。"

"寺门落锁,红墙丈许,怕插翅也难逃了。"

话音刚落,门外传来轻轻的脚步声。包兴手提单刀,一步跨到门后,透过门缝朝门外张望,果然见那胖和尚手执短刀凶煞煞赶来了。胖和尚脱去袈裟,气势汹汹走到门口,猫腰看了一眼,朝屋内说道:

"姓包的,我同你前世无冤,今世无仇,我只认得银钱,留下银子,倒算罢了,要不,记住,明年今日是你的周年。"

这时候,包拯藏在包兴身后,他手里握了个门插板,吓得身上出了一身冷汗,不自主地哆哆嗦嗦。

胖和尚打起飞脚,踩开屋门,挥刀而进。包兴大骂一声"秃贼",挥起柳叶单刀相迎,两个人一来一往,叮叮当当,战了好大一会儿不分胜负。包拯想战不成,想逃也不成。他望着望着,眉头一皱计上心来,举起手中的门插板大吼一声:

"秃贼接刀!"

胖和尚只顾招架包兴，忽听包拯一声吼，还没回过头，只见一个"宝贝"已经飞来，暗叫"不好"，躲闪不及，门插板已打中脑壳，顿时鲜血顺着脸颊直往下流。

包拯又大声向门外呼喊："大弟、二弟、三弟快来，秃贼害我，快捉秃贼！"

胖和尚挨了一砸，鲜血如泉，无心再战，又听包拯喊人，也弄不清虚实，抹了一把血，狼狈逃窜了。

包拯对包兴说："走，快逃！"

包兴摇摇头，愤然说道："别忙，我叫他逃了和尚丢了寺。"

"怎么？"

"烧！"

"还有那帮抢来的民家女子呢。"

二人同到后阁，砸开铁锁，放了所有的女子。那些女子们惊喜万状，一个个伏在包拯、包兴面前，磕头如捣蒜，千言万语感谢救命大恩。包拯说道："不要谢了，快逃命吧，秃和尚回来，你们又没命了。"

那些女子听了，爬起来，匆匆逃去。

包拯说："点火，烧！"

包兴一把火点了金龙寺。

包拯翻身上马，急催包兴。包兴担了行装、书籍，迈开大步，拉着飞奔的白龙马尾，急匆匆去了。

包拯骑马，包兴拉马尾急走，不多时辰，包兴已累得汗流满面，气喘吁吁了。

包拯回过头，放慢了马步，对包兴说："歇歇吧。"

包兴喘着粗气回答："早累得难招架了。"

包拯下了马，把马系在路边的一棵树上。包兴放下担子，解开上衣扣子，扇着风兜凉。两人回头张望，只见金龙寺一片火海，呼啸的山风中，冲天大火卷起的火柱拔地而起，映得半天一片通红。包拯长出了一口气，擦着额头上的汗水，叹息一声，喃喃自语道：

"嗯，该，该！"

包兴咧嘴笑着，额头皱纹也舒展了。他经过与和尚一番鏖战，又一气跑了十多里,已筋疲力尽,一屁股坐在路边的青石上。白龙马咏咏地嘶叫着,悠闲地啃着青草,望着主人慢慢咀嚼着。

突然,包兴的目光盯着行装,猛地站起,走上前,匆匆打开包裹,大叫一声:"不好!"

"怎么了?"包拯瞪大眼睛问道。

"行李中的银子被盗了。"

包拯的脸唰地白了,忙皱着眉头问:"真的?"

包兴没有回话,把行李展开,里面空空的,几十两白银分文没有了。

包兴伏在行李上,止不住放声大哭,哭声回荡在山林,飘在空中,不时发出一阵回声。

包拯背着手,在地上踱来踱去,低着头一声不吭。他的眉心皱成了一个疙瘩。他难受极了,上下牙紧紧咬在一起,时而发出咯咯吱吱的声响,两颊激烈抽动着,两道剑眉扬起,瞠目怒视着火光冲天的金龙寺,久久伫立不语。这些银子,是嫂娘的私藏吗? 不,不是! 是嫂娘的心! 可是,心未报,银两却不翼而飞了。怎么对得起嫂娘? 没有银两寸步难行,怎么赴京赶考? 他真想发火,痛骂一顿,可是一思忖,骂谁呢? 骂自己,骂包兴,包兴为了保护自己,出生入死在所不辞,包兴何罪之有? 他一个五尺大汉放声痛哭,已痛苦极了,何苦再给痛苦的人增加痛苦呢! 事已至此,朝前看莫再朝后看了,想到这儿,他强装笑脸,安慰包兴说:

"包兴,银两已丢了,再哭也哭不回来了。这儿离京城还有千里,咱一没亲二没故,以我看,咱们回去吧,到来年再考也不迟。"

包兴的头摇得像拨浪鼓,哽噎着说:"三公子……不行,不行……好马不吃回头草啊!"

包拯心灰意冷,他望着莽莽群山,山风呼啸着,卷起荒草,不时发出哀鸣。远处,偶尔传来几声虎啸狼嗥,令人心寒。他仰望苍山云天,不由得仰天长叹:

"回去吧,还是回去吧。"

包兴听了,如同钢刀剜心一样难受,他瞪大眼睛,拍了下胸膛,气呼呼地说道:

"三公子,不能回去!回去,对不起救你、养你的嫂娘、大哥。还有对不起教你的宁先生……三公子哟,没银子就回去吗?不,哪怕我沿途讨要,也要助你赴京赶考!"包兴说着扑通一声跪下了,"我求你,我跪下求你了……没有霜雪,显不出红梅的耐寒性格;没有高山深谷,难显平地。我知道,你是个有作为的少年,虽然没有了银子,但是,车到山前必有路啊!"

包拯急忙上前,双手把包兴扶起,望着包兴热泪盈眶的眼睛,激动不已。他深情地说:

"包兴,你误会了。我胸怀大志,要献身于国家黎民。我深知,宁可身寒,不可心冷;宁可身穷,不可志穷。我不是一个朝令夕改的庸人,可是如今我……"

包兴迎头打断了包拯的话:

"如今?开弓没有回头箭,好马崖前不回头!"

包拯重重点点头。

白龙马忽地站起,咴咴轻轻嘶叫,仿佛在呼唤主人,要他蹬鞍起程。

"好吧,往前赶吧!"包拯犹犹豫豫,最后终于坚定起来,生活断了他的后路,逼他向前了。

包兴高兴得如同个孩子,他扮了个鬼脸,嘿嘿笑起来。

包拯拂了下全身尘土,抹了把脸,整整衣衫,翻身上马。

天上月亮,如同一个银盘,银光光的,密密麻麻的星星调皮地眨着眼睛。山林、小道,显得格外静美。山风轻轻地吹拂着包拯发热的脸膛,好像在听一曲爽心的歌儿。

包兴肩担行装,步伐虽轻,可是心里却格外沉重。他心里暗暗祈祷:

"苍天保佑,山林助我,愿一路平安!"

(九)

月去星移,又是一个黎明。夜幕收敛了最后的黑纱,群山、天空、道路清晰展现,横在包拯面前的是一座重镇,四面环山,房舍整齐,街道宽阔,大街上人声嘈杂,人流熙熙攘攘。卖汤的、卖饭的高声喊叫,卖零杂土产的拖着

088

唱音喊卖。晨风袅袅,随之飘来阵阵饭香。

包拯行了一夜,早已累饿交加。他回头望望包兴,见他汗流浃背,疲惫不堪。包拯翻身下马,对包兴说道:

"包兴,人是铁,饭是钢。眼下吃饭已是个大问题了,把白龙马变卖了,换些银两,一来有钱吃饭,二来也解决了盘缠。"

包兴放下行装,摇摇头,嘿嘿笑道:"三公子,请放心,不要这么折腾。走吧,咱只管去酒馆吃饭,我自有法子。"

包拯吁了一口气,瞪大眼睛,不以为然地道:

"吃饭? 喝水还要水钱。如今哪有分文!"

包兴笑呵呵地说:"你不知道,我有个舅舅在这镇上做买卖,找他借三五十两,总还办得到。"

包拯转忧为喜,似信非信,追问道:"这话当真?"

包兴两手一摊,开怀笑道:"谁还骗你!"

真是谢天谢地! 包拯心里暗暗高兴,牵着白龙马,大步踏进一个挂有"四海酒家"招牌的酒店。

店小二满面春风相迎,两个分宾主相坐,包兴叫了酒菜,他狼吞虎咽吃了几口,起身对包拯说要去找他舅舅,嘱咐包拯慢吃,起身去了。

包兴走出店门,脚步不知为什么灌铅般地沉重起来。他垂头走在如流水的人群里,左顾右盼,见有一家当铺,慢慢走入店门。

包兴从怀中掏出一个白玉雕烟斗,又脱去长衫,双手呈上。店主老头儿透过老花镜,打量一会儿,也斜包兴一眼,然后伸出两个指头。包兴看了,心里如同遭到芒刺,这白玉雕烟斗,是他花十两白银所购,如今赔上长衫,只给二两。事到这个地步,无可奈何,他牙咬了两咬,只得忍痛卖了。二两银子顶何用? 他走出店门,双脚难以移动,周围的唱卖叫声,他如同没听见,眼前只觉得空茫茫的。突然,前方一群人挡住了包兴的去路,人们高一声低一声正热烈议论着。包兴不由得停住了脚,抬头一看,原来是一张求医告示。说的是李天官的娇女久病不愈,多少名医治无效,如果谁能治愈,赏白银二百两。包兴前后看了三遍,紧锁的眉宇渐渐舒展,暗叫:真是老天助我啊!

包兴虽然年岁不是太大,可他学过武艺,学过中医。虽然称不上名医,可经他的手也治愈过不少久病不愈的病人。究竟李家娇女得的什么病,他打听以后,揪着的心渐渐放松。他上前两步,抬起手,哧拉一声把求医告示撕了。

李家家人李小看守告示,他走上前,拱手作揖,恭恭敬敬地说:

"请问先生贵姓大名?……"

"姓包名兴。"

"府上?"

"庐州府合肥人氏。"

"你可……"

"笑话,撕了还不能治病。"

李小唯唯诺诺,包兴傲里傲气,笑道:

"我家公子姓包名拯,字文正,是扁鹊转世,百病百治,保许叫你家老爷心花怒放。"

"你家公子在哪?"

"四海酒家。只是我家公子不轻易出手,没有至诚恳求,他不会应允的。这要看你家老爷的诚心了。"

李小磕头如捣蒜,要包兴陪同,一块寻包拯,一同面见李天官。

包兴走后,包拯细嚼慢咽,酒足饭饱,也不敢叫店小二结账。一顿饭工夫过去了,也不见包兴归来,他的心里早急得火烧火燎,夹着菜,嘴里味同嚼蜡,呆呆凝视着店门外……

一阵脚步声传来,果然见包兴回来了,身后跟着李小。包兴满面堆笑,还没开口,包拯埋怨道:

"到哪里去了? 一去不归。"

包兴哈哈笑道:"找我舅舅。可惜他搬到别处去了。"

包拯心里一沉,立即拉长了脸,着急得连连咂嘴。

包兴连连摆手,示意他不要发愁,回身挥了下手,对包拯介绍道:

"这是李天官家人李小。"

包拯赶忙向李小赔笑,彬彬有礼相迎。包兴走向包拯,弯下腰,右手弯成个半圆弧形,附耳对包拯叽咕了一阵。包拯听了,立即面色煞白,剑眉扬

起,长叹一声,摊开双手,无可奈何道:

"这……这……"

"这叫作车到山前必有路……"

包拯正要发火,李天官在几位家人的簇拥下赶来相请了。他立即笑脸相迎,拜了李天官,将自己上京赴试,途中遇劫,毫无保留地全盘托出,最后说道:

"大人在上,晚生拜揖,包拯十年寒窗,攻读诗书,有志于行天下之病,以报社稷,实在不会治娇女的病啊!"

包兴赶快接话:"李大人,我家公子学识渊博,虚怀若谷……"

包拯哑巴吃黄连,怎么也难以摆脱,连连叹气。

李天官打量包拯,见他眉目清秀,气度非凡,心里非常高兴,立即叫李小付了酒钱,邀包拯、包兴到李家府第。包拯想再分辩推辞,见李家家人牵了白龙马,担了行装已前行了,无奈,他只得悻悻然随同了。包兴见包拯精神不振,赶上前,悄声说道:

"莫怕,主人不行,有奴仆! 奴仆不见得弱于主子!"

包拯硬着头皮前往李府去了。

李府巍巍森严。进了正门,两边是东西游廊,正中是穿堂。不远处,是大砖砌成的丈余高的灰色屏风。绕过屏风,是四角竞飞的客厅,坐北朝南,青砖青瓦,雕梁画栋,墙上挂有山水虫鸟条屏,一派古色古香。

到了正厅,李天官和包拯分宾主落座后,详细叙说了娇女病情,再次拜托于包拯相助,千恩万谢说了不少。包拯听了暗暗叫苦,包兴啊,真是拿公鸡下蛋,这骗了自己,又骗了他人,万一耽误了人家疾病,岂不是插翅难逃?他心里扑扑通通,脸涨得通红。唯一的希望只好寄托于包兴了。包兴坐在一旁,多次插话,吹捧包拯是名扬庐州的名医,治愈了不少难愈病人。包拯连连苦笑,想吐不成,想咽也不成。他没有说过谎,也没有做过违心事,他想了想,淡淡笑道:

"李大人,事已至此,如果治好了娇女,分文不取,如果难于治好,请李大人不要见怪。"

李天官越发感到包拯虚怀若谷,于是设酒摆宴,款待包拯。酒宴中,李天官与包拯谈古论今,包拯对答如流。李天官是朝中吏部天官,走州过府,从未见过这样才华横溢的青年。酒后,李天官询问如何治病,需要什么东西,包拯哑然,包兴立即从容吩咐道:

"李大人,我家公子看病,大都是由我吩咐。需在客厅前搭法台一座,长明灯三盏,青香三炉,黄表三刀。三更过后,请李大人吩咐家人院公一律就寝,不可在院中游荡,如果违了,难于治好娇女的病,俺可担待不起。今天我家公子已开了药方,请务必今晚用药一副,再面见病人。"

李天官吩咐家人一起记下。

红日落山,月亮高升。刹那间,夜幕如同一层轻纱,轻轻罩在李府上。

包兴整了法台,化表焚香,回头望望闭目沉思的包拯,只管自己捣鼓。一切准备就绪,快到三更时分了。

夜色是迷人的。月亮如同银盘,静静挂在中天,稀疏的星星点缀在蓝色的天幕上,如一位美丽的少女身上披着缀满明亮宝石的蓝色天鹅绒外衣。月光如水,把她的柔光撒在房上、院中,令人有初醒以后的朦胧感。夜是这样的静,夜色是这样的美,但包拯哪有心赏月,他耷拉着脑袋,心乱如麻……

"三公子,名医是你的旗号,请上法台。"

"我?"

"嗯。"

"那怎么成?"

"我替代不了啊。"

"你请神还是你送神吧。"

"我怎么行,万一李府有胆大的人瞧见了,我这个粗人不是惹了大祸?"

"不行,我从不干骗人的事情!"

"说破红尘,好包着坏,坏转着好,一竿子难插到底。"

包拯拉长了脸,沉默了好大一会儿,才慢腾腾地说道:

"不,我认为,官有清官,民有良民。世有高下,人有善恶。正是有恶,善者才克之,我日夜攻读,就是立志要激浊扬清,扬善除恶。"

包兴听得很认真,面色很严肃。包拯说罢,他凝神沉思后,突然捧腹大笑起来,仰天长啸一声,指着天上的月亮和星星问道:

"三公子,月亮明吗?"

"明。"

"星星亮吗?"

"亮。"

"然而,那只是可望而不可即的神物。你雄心万里,壮志不已,好,现实呢,你还得正视啊!回头看,世界缤纷多不齐,有的骑马,有的骑驴,泥瓦匠没有房,种田的饿断肠,纺织娘光脊梁,熬盐的喝淡汤,该怎么解释?忠臣良将遇害,奸臣恶霸当道,又该怎么解释?"

包兴振振有词,说起来滔滔不绝。包拯听了,难以一时找到恰切的答案,低下头,默默沉思不语。

"好吧,世界上的事就是这样,"包兴指着法台说道,"像这法台一样,假中有真,真中有假,真假相融,彼此相依。这叫作聪明不了糊涂了,糊涂不了聪明了。说不清,说不清……三公子,请上法台。"

包拯不依,果断地摇着头,就不上!

包兴左右为难,他神情憔悴,叹息一声,从口袋里掏出二两碎银,啪的一声放在包拯面前,摇着头道:"这是我心爱之物白玉烟斗和我的长衫卖的钱!凭这点钱,能去赶考?"

包拯瞪大眼睛,一股暖流涌上心头,眼睛也湿润了。他双手握着包兴颤抖的手,激动地说:

"你……你不是说去找你舅舅……"

包兴说:"千里之外,举目无亲,哪有我的舅舅啊……"

包拯眼望着包兴,两泪双流,断断续续地说:

"包兴,你为我两肋插刀,如果我以后有了一席之地,定不会忘你的恩情。我知道,你撕告示是为了我。不过事已至此,请你上法台吧!兴许……李天官娇女的病,你会治愈……"

包兴默默低着头,过了好大一阵子也没说话。他站起身,连连叹息,似乎是哀叹自己命运不济。他与包拯换了衣帽,焚香化表,大踏步上了法台。

三更时分。忽然狂风大作,飞沙走石,整个李府内风摇树动,一片呼啸,门窗竹帘拍打着。屋内,油灯晃动,上升的青烟盘旋着飞舞。包拯心里顿时紧张,头发梢儿也竖立起来。他暗自思忖,天啊!我不信鬼怪,难道世上真有?他战战兢兢蜷缩在屋角的太师椅上,连大气都不敢出一口,斜视着法台上手舞足蹈的包兴,又害怕又好笑。

五更时分,狂风住了。包兴下了法台,与包拯交换了衣帽,跷起大拇指,瞪大眼睛问包拯:

"三公子,咱的神力怎么样?"

"你是说飞沙走石?"

"是啊。"

"啊哈哈……神力,关你什么事?"

包兴扮了个鬼脸,嘿嘿笑了。他挺认真地说道:

"天时、地利,人和三者共有,今夜法台行医成功了。"包拯摇头否定:"包兴,李家娇女疾病治好了……你……"

包兴自信地说:"三公子,放心,类似她这样的病,我治愈过两例呢,没有金刚钻,敢揽这细瓷活儿?昨夜开了一服药,保她药入见轻想吃饭,三服中药,保她痊愈。"

包拯埋怨包兴不该搭法台,弄虚作假,唬人耳目。包兴不以为然。

"不兴师动众,李家愿拿二百两?"

包拯果断拍板,宁愿途中乞讨,不能收李府分文。

包兴拍着行装,唉声叹气,任凭包拯埋怨,不说一句话,心里自有主张。

夜幕慢慢收拢,东方吐出了淡淡的曙光,天亮了。李府又恢复了生机。李天官在家人的簇拥下前来看望包拯,彼此问好后,包兴就开了口,他手舞足蹈地大吹大擂,说包拯如何与群怪作斗,飞沙走石斩妖捉怪。丫鬟来报,说姑娘病情好转,天不明就喝了一碗蛋花。李天官喜得捋着胡子,吩咐设宴为包拯、包兴解乏。

包兴看透了李家娇女的病,三服药后大病根除。李府来了位神医包拯,一传十,十传百,一时间风传四方,请包拯看病的不计其数,李府门庭若市。包拯向李天官再三说明,不是医术高,是李家娇女吃了那么多药,病到好的时候了。

包拯一心进京赴试,要立即起程。李府留了几天,见他执意赶路,吩咐

家人奉送了二百两白银,千恩万谢:

"包公子,你是扁鹊再世,药到病除,这点薄礼,请你笑纳。"

包拯摆手拒绝,李天官实意奉送,二人推来推去。包兴看了心里直发痒,他起身向李天官拱手作揖,从容说道:

"李大人的盛情,我家公子领了。不过二百两不能全收,收一百两就是了。"

李天官哪里肯依:"哪里,哪里,君子一言,驷马难追。"

包拯嘴上铁硬,心里实在不踏实,细细思忖,转了个弯儿,说道:

"李大人,这样吧,银子收下一百两,是我借用,以后一定归还。"

李天官含笑把银子交给包兴,再三说奉送,相送三里,依依惜别。

包拯辞了土龙镇,告别了李天官,翻身上马。包兴担了行装,扬鞭催马,又踏上了征程。

(十)

包拯、包兴二人匆匆赶路,一路很少说话。

太阳又要落山了,前面依然是茫茫的山林,包拯扬起马鞭,轻打了白龙马一下,转过山脚,见有几户人家,炊烟袅袅,房屋四周芳草碧绿,青青的野草里,间或有红花、蓝花、白花,五彩生辉。二人商议,只得在这儿借宿了。

突然,从树林后面蹿出四条大汉。为首的一个壮汉,浓眉毛,鸡蛋眼,狮子鼻,膀阔腰圆,身材高大,头包黑布,身着黑衣,手提一把大刀。随后一个脸色黑漆漆的,一脸尘土,虽也肩宽体阔,但斯斯文文。另外两个,也似有无穷力气。他们都是满脸怒色。四条大汉一字儿排开,挡住去路,不约而同齐声喝道:

"下马!"

包拯吓了一跳,战战兢兢跳下马来。包兴曾走州过府,见过各种世面。他担着行装,走上前一步,赔着笑脸说:

"好兄弟,有话好说,有何贵干?"

为首的那个大汉拍着肚子说道:"留下买路钱!"

"啊？买路钱！恐怕……"包兴嘿嘿冷笑。

包拯举目打量，见太阳已近西山，山高林深，远山里不时传来几声虎啸狼嗥。唉，这儿不正是强盗出没的地方吗？那四条汉子气势汹汹地逼了上来，包拯说道：

"四位好汉，我是过路的举子，路上又丢了银子，哪有买路钱？"四条汉子横眉竖眼，挥起单刀就要动手。包兴放下行装，顺手抽出柳叶长刀，还没动手，已被那位大汉双手按住手，不由分说把包兴绑了个结结实实，回过头来又把包拯绑了。两个大汉拳打脚踢，把包拯、包兴推进院子，一声吆喝，刺拉拉把他们吊到了树上。

为首的那个大汉挥着大刀，气呼呼地对包拯说道：

"哈，叫你死个明白，俺与你前世无冤，今世无仇，只因为你有一百两银子。俺四兄弟结侠聚义，占山为王，专治贪官污吏，杀富济贫。待俺酒吃个够，再来收拾二位。记下，今日九月九日，在青龙山升天。"

大汉说罢，拉了白龙马，挑起包拯的行装走了。

包拯被吊在树上，气喘吁吁，面色蜡黄，周身如同刀铡般难受。他咬紧牙关抑制着疼痛，可也止不住黄豆般的汗珠从额头流到下巴。他抚今追昔，想起自己的坎坷道路，如今落得这个下场，不由得泪如雨下……包兴连连叹气，喃喃自言自语，"三公子，千不怨，万不怨，全怨我了，外财不顾穷人命，咱不该收李天官一百两银子，兴许是……"

包拯舔了舔苦涩的泪水，咽了口唾沫，痛心地说道："不怨天，不怨地，全怨包拯我自己。死，我包拯不畏，可惜辜负了嫂娘养育之恩。这是什么世道?! 贪官污吏横征暴敛，残害百姓；流氓歹徒拦路抢劫，祸国殃民。世道这么黑暗，为什么无人治理？为什么没有清官？为什么不除贪官？天久日长，大宋江山岂不葬送？我十年苦读，立志报国尽忠，可惜今日竟然窝窝囊囊死在这青龙山！苍天啊，苍天，你睁睁眼吧！"包拯泪如雨下，不禁哭出声来。

再说那四条汉子回到屋里打开行装，见是书籍、行李，果真是赶考的举子，不是游历四乡的客商名医。四人议论纷纷，有的说杀了，有的摇头，为首的那大汉不语，他想细细询问后再做处置。他来到树下，听见包拯正诉说衷肠，听罢，浓眉一展，急匆匆赶回屋里，把包拯的话前后学了一遍，狠拍了下桌子说道：

"咱四兄弟不是拦路抢劫的歹徒，是杀富济贫的好汉。包拯，不能害他，放了！"

话没多说，四条汉子一致同意，立即离了酒场，来到树下，七手八脚把包拯、包兴从树上卸下，松了绳。为首的大汉很抱歉，拱手施礼道：

"包拯，刚才听了你一番言语，知你生为国家，死为百姓，俺四位虽是粗人，但也分得出好人歹人。俺杀富济贫，激浊扬清，如果杀了你，俺不是好汉，所以放了你。今日误会一场，请莫见怪俺草莽之徒。"

包拯不清楚为什么绑了又放，听了大汉的话才明白了缘由。他舒了口气，连忙拱手还礼，回复道：

"多谢，多谢！"

为首的那条大汉邀包拯、包兴上房吃酒，包拯也不推辞，酒席间，大家彼此通了姓名。原来这四位汉子依次为张龙、赵虎、王朝、马汉。张龙再三道歉，包拯一再阻拦。酒逢知己千杯少，一直喝到深夜。

张龙等留包拯住了几天。包拯赶考心切，又要启程了，张龙、赵虎、王朝、马汉十里依依相送。临别时，张龙说道：

"包拯啊，不送了，愿你金榜题名，以你诺言，生为国家，死为百姓，成为天下的清官良吏。那时候，请不要把张龙、赵虎、王朝、马汉当作流寇歹徒捉拿归案。真是这样，俺四兄弟愿效犬马之劳……"

包拯说道："请诸位放心，我不会因小失大，因小小误会而失选良才之机。如果我得中，一定任用诸位，请止步！"

张龙等四人和包拯挥泪而别，望着包拯的身影消失在深山密林之中……

（十一）

旭日从东方升起，冲破薄薄的遮日云，发出灿烂的光芒，赤橙黄绿青蓝紫七色交呈，辽阔的天空好像一块巨幅壮锦，轻轻笼罩着古都京城。春风徐徐，微微拂着包拯的脸膛。他抬起头，挺起胸，望着鳞次栉比的古建筑，打心眼里赞叹祖国历史的悠久和文明。他张开嘴,大口呼吸了几口新鲜空气,顿觉心旷神怡。

包拯到京都已月余了,每日读书,凌晨早起,夜至三更,用心准备会试,包兴细心伺候。

每三年一次的会试和殿试,是一件震撼全国的大事件,不消说知县、知府等行政官吏要在进士中选拔,连一些翰林院的编修也在进士之中采用。在朝廷里,尚书、侍郎等高级官员,扒门子都望子成龙、望女成凤,连亲友、门生和同乡也都想占些名次,以扩充党羽。那些忠臣良将,则希望从进士中发现人才,救国济民,治理国家。

大宋江山,自从宋真宗驾崩,仁宗登基以后,就封刘后为太后,立庞氏为皇后,封郭槐为总管都堂,庞吉为国丈加封太师。先朝元老依旧辅助左右,一切忠臣良将依旧供职。虽然斗争十分激烈,但朝中表面上也无轩然大波。

这年春闱,仁宗皇帝钦命庞吉为会试总裁,丞相王延龄为主考官。

会试那天,天气晴朗,白云漫卷。包拯神采奕奕,迈着大步,健步走入考场。

考场周围,兵丁巡逻,持刀携棒,考官们鱼贯而入,好不威严啊!

包拯深知,历来会试都有走边门的、打后门的、敲小鼓的、营私舞弊的,这些他想了多遍,此刻根本不再想它。他相信凭真才实学,定能遇见伯乐。于是,他神色自若地展开考卷,见了题目,思索片刻后,就挥笔运神写文。

包拯文思敏捷,落笔迅速,以透彻的说理、雄辩的文采、不凡的见解,阐明治国安民的主论。他写道:

"……治国在于信忠不信奸,安民在于于民以利。……治国者,仁人志士。……安民者,仁人志士……千古一理,任人唯贤者兴,任人唯亲者亡。"

包拯写完,前后斟酌了一遍,见字句修辞无误,起承转合合理,落笔千言,自己十分满意。他起身离开座位,健步走向考官,拱手施礼,双手把考卷交上,第一个走出了考场。

考官满面春风地阅后,把包拯考卷交于主考官王延龄,王延龄审后非常高兴,十分推崇包拯,认为包拯博古通今,见解精辟,有雄才大略,胆识不凡。于是,在云集的举子中,他极力推荐包拯为一甲状元预选人。

　　春闱总裁庞吉对包拯的文章十分反感,听王延龄说罢,白了一眼,气呼呼地拂袖而去。

　　这庞吉是谗佞奸臣,倚国丈权力,凌驾于群臣之上,豢养巨僚,招降纳叛,收结党同,暗欺仁宗皇帝,明欺群臣。至于春闱状元属谁,他美言一句,似乎也就定了。他心中有数,其实状元他早已许给他的门生了。甚至连榜眼、探花、传胪也都内定了。哪还有包拯的份呢?

王延龄闷闷不乐，要与庞吉见个分晓。

第二天，恰逢三六九朝见的日子。早朝的时候，王延龄递上奏本，请皇上钦裁。没想到仁宗阅后面色十分难看，吁了一口气，没精打采地把奏本放到龙案上。王延龄再三恳求，望陛下钦定。仁宗摇头不语，最后传旨，还是要春闱总裁庞吉裁定。

仁宗皇帝卷帘回宫，王延龄很失望。他心里清楚，看来皇上有难处了。他心里很痛苦，不是因自己碰了钉子，若是庞吉得逞，实在是为国家可惜人才啊！这样任人唯亲，长此以往，国将不国了！他心事重重地返回王府，久不出门。

一个月过去了，皇上还没有列金榜。包拯心里急得火烧火燎。这次会试，他也没有抱多大的希望，世态炎凉，朝廷内的争斗，人才济济，等等，他都多次想过。他坚信，自己文章的分量、自己主张的正确。如果有朝一日弄个一官半职，定要冒死进谏皇上信忠除奸，任用贤良。包拯终日放声朗读诗书以代替痛苦。

包兴理解包拯的心，想法儿为包拯解闷，强邀包拯上街游览名胜。包拯哪有心思呢？不久，包拯病倒了，包兴愁眉不展，小心服侍。

"客官，请醒醒！"有人轻轻敲门。

包兴开了门，见是店主人前来要店钱。包拯他强赔笑，要店主人放心，等皇上列了金榜，分文不少。店主人嘿嘿冷笑，金榜都出了，哪有包拯的名字？包拯听了好像晴天霹雳击顶，只觉得头重脚轻，天旋地转，身子一倾，晕倒在地上……

店主人可怜包拯，跑步赶回厨房，弄了碗姜汤，扶着包拯灌下，包兴大声呼叫，包拯才慢慢苏醒过来。

包拯慢慢睁开眼睛，望着眼泪汪汪待在身边的包兴，心里好似油煎。想当初，自己为攻读不惧三九寒天，不怕盛夏三伏，废寝忘食，巴望着金榜题名，尽忠国家，报效百姓，可谁知征途漫漫，曲折坎坷。如今会试过了，自己金榜无名，银子花尽了，还欠店家店钱，这可怎么办呢？

包兴无可奈何，说些漫无边际的安慰话，这对包拯来说有什么用呢？

店主人为难地摇头晃脑，催账要债。是啊，小小店房也有些受不住啊！

包拯从不负人,他安慰店家,待他身体稍好些就去大街卖诗写字,定能还清拖债。店主人摆着手悻悻而去。

包拯双手合十,放在额前叹息着,轻轻叫了声:"苍天!"

(十二)

包拯躺在床上,慢慢抬起头,头还有些眩晕,眼前金星四溅。他口干舌燥,舔了下干裂的嘴唇,喊了声:

"包兴!"

"有。"

"准备笔墨纸砚,上街卖诗……"

"三公子,你的病还没好呢,你……"

"不要再说了,快去准备。"

包兴扶着包拯,跟跟跄跄来到大街上。

大街上人声鼎沸,来往行人的一双双眼睛好像轻蔑地看着他,繁杂的噪音似乎汇成一个个音符嘲笑着他,他真的落榜了?啊!真的,榜上无名。他痛苦断肠。不知什么时候,如水的人流把包拯、包兴拥到了午朝门外。啊!今日是三六九日,是朝拜的日子啊,但愿能碰上主考官丞相王延龄,青天啊,睁睁眼吧!

"包兴,不走了,把笔墨纸砚展开。"

"好吧。"

包拯把纸展在地上,挥笔欲书,当当的开道锣声,夹杂着嘈杂的吵嚷声,随着一个铜锣嗓门高声喊道:"哒,闲杂人等听真,今有王相爷下朝回府,尔等回避——"

包兴惊慌失措,赶忙收拾东西,对包拯说道:"哎呀,不好,三公子,咱快躲躲吧!"

包拯从容说道:"慌个啥呀!"

包兴压低声音劝包拯,差官静街惹不得,要是闯了王相爷的道,撞了虎威,那可是要掉头的哟。包兴胆怯地拉着包拯欲走,包拯呵呵笑道:

“包兴，莫要惊慌，我正想见见这位主考官大人。”

“怎么？你……”包兴拉着包拯，“已落了榜，见他有什么用呢？这不是找事吗！咱快走吧。”包兴简直是哀求了。

包拯甩脱包兴的手，执意不走，说道：

“咱俩远离家乡，千里跋涉，为的是赶考。今日我榜上无名，我要问问这位主考官大人，我的文章尚好，为什么不能报效国家？”

包兴连连摆手,咂着嘴,无论如何不同意。

"不要怕,闯了王相爷,也许会惹得大祸,也许祸中得福。有道是'亡羊补牢,为时未晚',别怕了,来,我还要在当街写一幅呢。"

包兴犹豫不决,还是照包拯的意思办了。他按照包拯的吩咐,展好纸,包拯挥笔刚写一字,耳边就传来嘚嘚马蹄声,包兴抬头看,见两位骑马校卫飞速赶来。他心里打战,忙对包拯说,谁知包拯根本不理睬,照样挥笔写诗。两校卫赶到包拯眼前,翻身下马,挥刀指着包拯、包兴呵斥:

"大胆! 竟敢闯王相爷虎威,众百姓闻锣静了街,你二人为啥当街拦道?"

包拯提着笔,抬头盯着校卫明晃晃的大刀,对校卫说道:

"麻烦二位禀报,我要面见相爷。"

两校卫见王相爷的轿子将至,哪里肯依,不由得大声训斥起来,逼着包拯、包兴快快闪在路旁。包拯不畏,据理反驳,非要面见王相爷不可,两校卫也无可奈何了。

这时候,王相爷的轿子也来到包拯跟前。王延龄听见争吵声,在轿子里询问后,立即叫停轿,答应轿前接见这个拦道的少年。

包拯健步走到轿前,拉包兴一同跪下,说道:"面见相爷!"

王延龄见这少年彬彬有礼,说道:"啊,好一个娃娃,抬起头来叫我看看你这个胆大的孩子。"

包拯跪在那里并不抬头,王延龄再三叫抬起头来,包拯说:

"相爷,俺相貌生得丑陋,怕吓着相爷。"

王延龄呵呵笑着,心里倒佩服少年的礼义周全。他说:

"赐你站起,有话好说嘛。"

包拯站起来。王延龄的心里不禁咯噔一声,这少年生得一副奇相,面如鳌底,黑漆漆的,真是世间少见。他打量了一会儿,开口问道:

"这个娃娃,你姓啥名谁? 为什么拦道?"

包拯从容回答:"我是庐州合肥人氏,姓包名拯,是来赶考的举子,我要问相爷……"

王延龄听了,瞪大眼睛,走上前,仔细打量包拯,"啊啊"了两声:"你就是包拯?"

"嗯,相爷,包拯就是我啊!"

王延龄望着包拯,心潮难平,想起刚才朝中因包拯与春闱总裁庞吉的一番争论。他上奏仁宗皇帝,任用良才,启用包拯,又遭到庞吉一场诽谤中伤。仁宗起初偏袒庞吉,王延龄再三上奏,仁宗终于动了心,钦定面见包拯,殿试后裁决。没想到拦道的正是包拯。

"相爷,我是一个小小寒士,穷困潦倒,在大街上卖诗吟文。求问相爷,朝廷选的状元、榜眼、探花、传胪、进士到底是什么标准?"包拯瞪大眼睛,一本正经地问。

王延龄故意不回答,嘿嘿笑道:"啊呀呀,你这娃娃,竟能咏诗文,大街摆卖,你通什么经文?"

"诗词歌赋,颇知一二!"包拯回答,觉得相爷的话文不对题,又说,"相爷,你回答我的询问。"

王延龄假装没听见,眯缝着眼睛,捋着银色长须,慢慢说道:

"娃娃,我命你轿前即兴赋诗一首,写得好,我就回答你的询问,如何?"

包拯点点头,道:"请相爷指题!"

王延龄说:"自命吧。"

包拯想了片刻,提笔一挥而就,放下笔,双手交于王延龄。

王延龄前后细看,书法苍劲,笔力不凡,点如桃,撇如刀,他捻着胡子念道:

金钟坠泥池,

巨响奈音失。

一旦重悬起,

一鸣天下知。

王延龄的眉毛、胡子都在笑。他点着头,心里说:娃娃,好!好!好!自比金钟,气吞山河,有囊括四海胸怀,一腔济国安邦的壮志,果然是国家的栋梁之材。小小年纪,可喜,可喜啊!可惜这样的英才不曾选中,真是有愧国

家。王延龄打量着包拯,慢慢说道:

"包拯,如今,我回答你了,朝廷选举子的标准就是唯才是举,任人唯贤。"

"可当真?"

"当真。"

"相爷,我的考卷相爷可曾审过?"

"曾过目。"

"那难道我是……"

"老夫心中有数……包拯,不要再问了,走,随老夫前去相府,可以吗?"

包拯点头应允。但他顿了顿说道:"相爷,我的店钱还没交,店家不让走啊!"王延龄哈哈大笑,立即吩咐随从与店家结了账,回过头,拉着包拯的手,同步上轿,喜得包兴心花怒放。

(十三)

今日逢九,正是仁宗皇帝朝见的日子。朝中文武百官衣冠楚楚,静静待候在朝殿。三声玉鼓,三声金钟,惊动了参朝的群臣,纷纷起立,整衣扶冠,徐徐走进金銮大殿,在一片肃穆的气氛中,音乐声起,朝内群臣参驾:

"参驾吾皇万岁,万岁,万万岁……"

仁宗稳坐龙位,神采奕奕,赐朝内群臣平身。在一片"谢万岁"的声浪里,仁宗要内侍传旨,接着,太监亮起了铜锣嗓门,高声呼道:

"万岁有旨,有本早奏,无本卷帘散朝!"

这时候,传来丞相王延龄浑浊的声音:"王延龄有本奏。"

太监启奏皇上,皇上宣王延龄上殿。年过七旬的王延龄满面红光,拂了下长袖,遵旨健步上殿参驾。皇上赐王延龄平身。王延龄双手呈上奏折,仁宗接过,细细琢磨,眉头渐渐蹙起。他把奏折轻轻放在龙案上,抬起头,瞥了王延龄一眼,朗声问道:

"王爱卿,包拯现在哪里?"

"午朝门外。"王延龄回答。

仁宗皇帝沉思片刻,果断地说道:"噢,既然如此,朕想见见包拯。内侍臣,宣包拯上殿!"

内侍一声吆喝:"万岁有旨,包拯上殿……"

午朝门外,包拯听了,头发梢都立了起来。他的心扑通了一声,待情绪镇定以后,说声"遵旨",剑眉一展,精神抖擞地走上金銮大殿的青石台阶。他极目张望,金銮殿巍巍入云,四角欲飞,铜铃叮当,殿宇盘龙雕凤,雄伟壮观。左右侍卫持刀携剑,文武百官静如山,气氛森严。进得殿里,包拯环顾一周,拂了下衣衫,恭恭敬敬下跪,参见仁宗皇帝。

仁宗皇帝说道:"抬起头来。"

包拯伏身说道:"禀皇上,民子生于穷乡僻壤,长得丑陋,不敢见万岁金面。"

仁宗皇帝哈哈笑道:"啊,好个会说话的娃娃,恕你无罪。"

包拯这才慢慢抬起头,众文武大臣一片嘘声,目光齐看包拯的奇相,议论不止。仁宗皇帝"啊"地惊叫一声,点头说道:

"前闻你考卷,今又有王爱卿奏折,孤王想见你一面。闻你才华非凡,贯通经纶,善于诗文,如今孤王命你当殿赋诗一首如何?"

包拯领旨,恭恭敬敬地说道:"恭请皇上赐题。"

仁宗皇帝满面春风,侃侃说道:"就以你进京会试为题好了。"

"遵旨!"包拯沉思片刻,眉头一皱,念道:

历尽艰辛不辞劳,
胸怀壮志比天高;
满腹经纶海底珠,
一朝出现众英豪。

仁宗皇帝"呜呼"一声,啧啧赞不绝口:"好一个娃娃,好大的口气哟!可惜,只是个孩子!"

包拯双手一揖,俨然禀道:"万岁,莫道苗嫩经风早,切盼皇恩雨露浇!一朝成才力为民,除暴安民效当朝。"

　　仁宗皇帝高兴地点着头,心里想,包拯小小年纪抱负不凡,才华横溢,竟能出口成章,言谈话语中闪烁出平生的宏愿大志,真乃治国安邦的一代英豪哟!这等人才,王爱卿尽力举荐,而太师庞吉却再三压制,究竟为何呢?想到这儿,皇帝回头对王延龄赞佩地一笑,侃侃说道:

　　"王爱卿,你发现了一个好人才,伯乐,伯乐哟!包拯如此才华,不愧为王爱卿举荐,叫包拯速上跪受孤王钦封……"

仁宗皇帝话音刚落,太师庞吉上前奏道:"万岁,且慢,臣有本奏。"

仁宗皇帝不耐烦地白了庞吉一眼,问道:

"你有何本奏?"

庞吉说:"听这娃娃谈吐,好像略有文才。但他终究是落榜的举子。依臣之见,只可命他待来年应试,以备选拔。我主如果当殿封官,难道不是违我大宋取仕制度吗?臣恐怕皇上这样作法,天下举子不服吧?"

庞吉态度傲慢,出言不逊。他振振有词的一番言语,使仁宗皇帝顿时没了主张。他结结巴巴,连连"这……这……"了两声,皱起了眉头。

王延龄挺身奏道:"启奏万岁,像包拯这样的举子,大宋少见。其试卷,臣曾提审选中,因庞总裁另有所爱,致使包拯落榜,庞总裁对此应有所思。万岁对此体恤合情合理,况且包拯胆略过人,才华出众。臣认为天下文举子虽多,如此神童却寥若晨星,我主设恩科殿试选拔,定可为国尽忠报效。"

庞吉拦截,奏道:"启奏万岁,虽设恩科,而没有主考大人,怎么取仕呢?"

仁宗皇帝"嗯"了一声,点头说道:"孤王权作主考。"

庞吉气冲冲地惊叫了一声,说道:"万岁,既是有了主考,但没有保领恩师,也实在难以封官。"

仁宗皇帝为难了。

这时候,王延龄挺身而出,说:"启奏万岁,臣愿作保领。"

仁宗皇帝的脸上有了笑意,连连叫好,对包拯说道:"包拯,快快过来,拜过你家保领恩师。"

"遵旨!"包拯跪拜了王延龄,深情地叫了声:

"恩师。"

这时候,王延龄紧绷的脸才舒展。他凝目斜视包拯一眼,止不住喜上眉梢。

仁宗皇帝望着包拯朗声说道:"包拯听封!"

包拯立即跪下听旨,轻声喊了声:"万岁!"

仁宗皇帝说道:"包拯,你出口成章,可见才华过人,没必要再考。孤王封你为飞龙科独榜御进士!"

包拯叩拜仁宗皇帝:"谢皇上龙恩!"

仁宗皇帝对包拯加封,对庞吉是一记响亮的耳光。他抓耳搔腮,心中忐忑不安,脸上青一块白一块。他眉头微蹙,呵呵冷笑一声,居心叵测地说道:

"万岁,包拯既有奇才,又有忠心报国之志,应当令他任职管民,报效皇上。臣闻定远县悬缺三个月,至今缺任,依微臣之见,现应命包拯前去任职。"

仁宗沉吟不语。

"万岁,请皇上钦命,让包拯到定远上任!"庞吉督促道。

王延龄启奏道:"万岁,依臣所知,这定远县刁绅、恶吏、歹徒甚多,他们欺民傲官,横行乡里。包拯虽才华出众,但他年龄还小,恐怕难于胜任啊,请皇上三思……"

包拯则不以为然,望了一眼为难的仁宗皇帝,坦然说道:

"皇上如此看重我,我应报君洪恩。定远县既然悬缺已久,民心安然不定。臣为君为民报效国家,纵然赴汤蹈火,在所不辞!"

包拯如此忠心耿耿,仁宗心里却犹豫不决,踌躇道:

"包拯啊,只是你年龄太小啊!"

包拯不急不躁,再拜了皇上,满面笑容,朗朗奏道:

"万岁容禀,古往今来,有志不在年老少,无志空活一百春。小甘罗十二岁当宰相官居一品,掌管乾坤;三国少帅周瑜统率千军万马,成为一代英豪。历史上尚且这样,如今,请皇上放心,我定会治理好定远,恭请皇上钦定!"

包拯如此恳切,仁宗皇帝脸上的愁云渐渐消失。

庞吉纵容道:"万岁,包拯既是如此报国心切,理应放他任职定远!!"

仁宗点点头,高兴地对王延龄说道:"王爱卿,就这样定了吧,孤王准包拯定远走马上任,引包拯录印领凭!"

王延龄沉重地点点头。

(十四)

"包兴回来了。"李凤英听了,心都提到了喉咙眼儿。临赶考前,她曾偷偷交给包兴一包砒霜,嘱咐包兴路上一定要害死包拯。她心里忐忑不安,害死了,万事大吉;若没害死,岂不是又添了一个隐患。李凤英赶忙唤过包兴询问结果。

"啊,包兴,你可回来了!"

"嗯,是回来了!"

"那事……"

"噢,你是说害……"

"嘘……小声点……"

"别提了,你给我那包毒药,我把它放在包袱里。谁知半路上遇到了歹徒,把包裹一下全被抢走了。"

"哼! 没用的奴才。"

"呃,听我说,虽没害死他,可他没好着回来,他——落——榜——了!"

"噢!"

李凤英白了包兴一眼,手捣着他的脑壳,数落个没完没了。包兴低头不吭,随她说东道西,心里暗自好笑。临了,李凤英呵呵冷笑三声,反咬一口,威胁包兴:

"你想害我家三弟,我这当二嫂的还不依呢! 记住,包兴,你要是胡言乱语,传到你家大奶奶的耳朵眼里,我可要扒你的皮、抽你的筋!"

包兴心里说:好狠心的女人,要抽我的筋、扒我的皮,骑驴看唱本——走着瞧吧! 他用手挠着后脑勺,轻蔑地白她一眼,晃着手,悄悄退去。

李凤英心神恍惚,又气又怕,不知道该如何下手。左思右想,到底也没有好法儿,她叹息一声,起身朝正屋走去。

包怀躺在太师椅上,正仰天叹气。自从包拯进京赶考以后,他的心绪很不好。对待自己的骨肉包拯,他自知心里有一笔内疚债,辗转反思,好像打翻了五味瓶儿,酸辣苦涩甜共揉于心。大儿夫妇一心操养包拯,不知费了多少心血。若金榜题名,自己的老脸往哪儿放啊! 若是落了榜,又感到实在没尽到父亲的天职哟! 中榜和落榜交替呈现在他的眼前,揉着他的心,折磨得他坐卧不安!

二儿媳李凤英悄悄走进屋,杏眼一眨,满面春风地笑着,压低声音告诉包怀,包拯、包兴回来了。

"得了官没有?"

"得了。"

"几品?"

"无品。"

"噢,官还不小呢。嘿,三黑有出息啊!"

李凤英撇撇嘴,白眼一瞥,轻蔑地说:"不是五品,是无品啊!"

包怀很尴尬,不满意地瞟了李凤英一眼,打了火,吸了一口烟,不再理睬她了。

李凤英添枝加叶,骂包拯进京赶考是丢人现眼,是天底下头号蠢货,骂包山、王兰芝是弄死猫上树,自作主张,惹得包家不和。一番挑拨,包怀听了,本来压在心底的火苗渐渐升起。这张能把一根麦秆说成金条的嘴巴,不大一会儿说得包怀火冒三丈。

"爹爹,赶考不中,回到家里,不先禀你老,没老没少,一头钻进老大屋里去了。不像话,不像话,太不像话!"

包怀头上绽出了一条豆虫样的青筋,长寿眉抖了几抖,把水烟袋朝桌上啪地一摔,愤愤说道:

"走,三黑不拜我,我去拜他去!"

包拯赶到家里,想起嫂娘的养育恩情,恨不得一下见到嫂娘。他心里说:嫂娘啊,包拯没有辜负你的一片心血,我回来看你了! 他踏进门槛,见王兰芝正低着头,为自己纳鞋底儿。他深情地叫了声"嫂娘",扑通一声跪在王兰芝面前。

王兰芝见是日思夜盼的三弟归来,悲喜交加,放下鞋底,打量着下跪的包拯,顿时热泪盈眶,双手把包拯扶起。她望着包拯风尘仆仆的脸说:

"啊,三弟,你……回来了?"

"嫂娘,我回来了……离你多天,叫你担忧了,不知嫂娘近日身体可好?"

"好,好!"王兰芝打量着包拯的衣着,心里止不住发凉,不知怎么说为好,"啊,三弟,这次进京……"

包拯明白嫂娘的心情,慢慢说道:"三弟牢记嫂娘的教诲……一切还算顺利……叫嫂娘挂心了!"

王兰芝听包拯言语,心里更凉了,她的心揪成了一团,低下头,叹息一

声,宽慰道:

"三弟,应试不中,这是古今常事,这也没有啥。今科不中,来科再考,这场不中,可待下场。三弟啊……你可要想开些哟!"嫂娘误会了,但是她这么宽慰包拯,包拯不禁热泪盈眶。嫂娘啊,若是我没中,你的心情一定比我更难受,可还是反过来宽我的心……嫂娘啊嫂娘,世上哪有你这么好的心啊!他不能让嫂娘难受,嫂娘为他费尽了心血,不知受了爹爹多少训斥,受了李凤英夫妇多少奚落和嘲弄,应该叫她欢愉,应该叫她幸福。包拯用手背抹抹泪眼,破涕为笑,高高兴兴地说:

"嫂娘,你误会了,我中了!"

王兰芝瞪大眼睛:

"真的?"

"真的。皇帝赞赏我的抱负,喜欢我的才华,在金銮殿上,钦点我为飞龙科独榜御进士。"

王兰芝一把抓住包拯的双手,用力揉着,止不住热泪双流:

"三弟啊……我的好三弟……你争气……争气啊……好……好……好!"

包拯深情地叫了一声"嫂娘"说:

"小弟这次得中,多谢嫂娘教育有方,功劳不小,来来来,受小弟大礼参拜!"

王兰芝喜得眉开眼笑,摇头摆手表示不必。包拯哪里肯依,无奈何,王兰芝坐了上座,接受包拯大礼参拜,高兴得好似驾了彩云。

王兰芝扶起包拯,望着包拯,突然问道:"三弟,你是衣锦还乡,为啥这般平常打扮呢?"

包拯沉重地说:"嫂娘,只因为我那二嫂。这个搅家星,为人狠毒,心地不善,平日里欺上压下,弄得全家上下不睦。为了这,我省亲改装,如果她改恶从善,那也倒算罢了,如果她仍然从恶,我决不轻饶她!"

"三弟,千万不要这样。"王兰芝严肃地说道,"那都是过去的事了,还是不念旧恶为好啊!"

包拯摇摇头:"嫂娘,这并不是计较私仇,对待这样的势利小人、搅家泼妇,就要重治严惩!"

王兰芝摇着头。包拯走上前,附耳对王兰芝说了几句,王兰芝听着,脸上紧张的神色渐渐消失,欣喜地点点头。然后,她为包拯打了盆洗脸水,要包拯歇息片刻,马上拜见父亲,自己去灶房做饭去了。

包拯刚擦了一把脸,手巾还没放下,只听李凤英高喉大嗓地吆喝道:

"包大老爷,爹爹参见你了!"

包拯心里一震,忙放下手巾,出门迎接。

这时,李凤英搀着老爹爹走入门,一个冷若冰霜,一个横眉竖目。包拯心里立刻明白了。他说道:

"儿刚归来,还没拜爹爹,爹爹身体可好?"

包怀怒气冲冲,脸色气得煞白,嘴唇颤抖着,身子一转,给包拯一个脊背,愤愤说道:

"你眼里哪有我这个爹爹!"

"爹!请您老莫生儿的气!"包拯说。

包拯又拜李凤英:"见过二嫂!"

李凤英鼻子哼了一声,歪着脑袋对包拯轻蔑地笑笑,眼睛眯成了一条线,继而乜斜包拯一眼道:

"这次赶考,名列第几?"

"小弟才疏学浅……"

"没中?那你得个啥官儿?"

"二嫂要笑了。没中,哪有封官的道理?"

"哼,不撒尿照照自己那个丑八怪样儿,骆驼蹄子还想走猴路呢!别二嫂二嫂的,谁是你二嫂!"

包拯并不还嘴,搬了椅子,请包怀坐下。包怀愤愤把椅子推倒在地:

"远离我!生成要饭的命!"

包拯气得面色苍白,失声叫了一声:"爹!"

包怀用拐杖咚咚敲着倒在地上的椅子,那神色好像说:别叫我,我没你这个儿。

"三黑子,钱花得不少,名落榜下,你厚着脸皮,咋扛个脑袋回来了?"李凤英一手叉腰，扭过头，一拍大胯跳起来说。

包拯呵呵冷笑着说："二嫂，我虽没考中，家业还有我一份呀！"

李凤英连声叫道："呵呵呵，爹爹，你看看，胎毛还没蜕，他横草不拈，竖草不拈，还想分家啊！呸！当初他是打了赌的，吐了唾沫能再舔起来？！"

包拯故意激她："家早晚要分，如果不分家，这份家业不是让你独吞？打赌，那是儿戏！"

"放屁，一言为定，你滚出这个家！"李凤英厉颜厉色，扭过头朝包怀说，"爹，快叫他滚！"

包怀立在一旁，早气得吹胡子瞪眼睛的，他用龙头拐杖捣着地吼道：

"别死皮赖脸的了，滚，给我滚！"

包拯连连叹息，他假装实在没法子，央求了包怀，又哀求李凤英：

"二嫂，看在兄弟分上，你就可怜可怜我吧！"

李凤英哪里肯听，撇着嘴，反唇相讥道：

"哟，可怜可怜？要是你得了第，会可怜我？滚，快滚！三黑子，你再不走，我用牛屎锨把你扔出去！"李凤英说着就要用双手擒包拯出门。

包拯坐在那儿纹丝不动，任凭李凤英用力推擒。李凤英拼上全身力气，包拯忽地闪身，一下子把李凤英摔了个嘴啃泥，把包怀砸了一跌。包怀从地上爬起，举起拐杖就打包拯，从门外一脚踏进门来的王兰芝双手拦着，正要劝解，还没开口，见包兴抱着知县大印，喜气洋洋闯进来，粗喉大嗓禀报：

"禀老爷，人马到齐！"

李凤英从地上爬起来，呆呆地望着包兴。包怀举起的龙头拐杖慢慢垂落下来，半天才愣怔过来，结结巴巴地道：

"啊……中了……中……中了？"

包拯根本不理睬，对包兴说："与老爷和嫂娘更衣！审李凤英！"

包兴点头，走出门去，不一会儿唤来了跟班的随身护卫。李凤英周身哆嗦，一堆烂泥一般堆在角落里，挣扎着想朝门外逃，包兴上前一把抓住。包拯呵呵冷笑着：

"善有善报，恶有恶报。你报应的时候到了！"

包怀十分尴尬，摊开双手："这、这……"

王兰芝瞅着李凤英的狼狈相,劝包拯莫动脾气。包拯听了,只是笑笑,依然说:

"衙役们,提下去,先重打二十大板,然后再听候发落!"

包怀叫了声:"我的好三儿!"

王兰芝从容地笑了。

包公在天长

包拯当县令

宋仁宗景祐三年（1036年），包拯被任命为天长知县。宰相吕夷简听说包拯是个孝子，又颇有才干，很想见见他。而在当时，外放的新官向宰相辞行也是惯例。当时包拯就住在相府附近，吕夷简认为这是包拯为了便于求见他，就一心等待包拯来拜见。按说新任知县得到宰相的青睐，正是攀附的好机会，是求之不得的事，殊不知包拯根本不去拜谒他，就直接离京到天长上任去了。在封建官场里，像包拯这样不奉承巴结权贵者是罕见的，宰相吕夷简对此大为惊奇，觉得包拯是个人才，决定要重用他。这件事在当时攀附逢迎的官场中被看作是一大奇闻，并被我国宋代儒学大师朱熹记载下来。

他的《五朝名臣言行录》里对此有过精当地记述："吕许公夷简闻包拯之才，欲见之。一日待漏院，见班次有包拯名，颜喜，及归，又问知同居里巷，意以拯欲便于求见。无几，报拯朝辞，乃就部注一知县而出，尤奇之……自此擢之。"

    包拯到任县令时，天长水患严重，长江支流白塔河泛滥成灾，加之宋辽战争频繁，丁役、赋税日益繁重，蝗灾时有发生，地主豪绅对百姓敲诈勒索，民不聊生。他到任后，诉状如雪片飞来。包拯目睹现状，决定对多年积案尽快处理，并治理水患，发展生产。他首先在县衙前张贴告示，言明暂不升堂理事，诉讼案件听候处理。然后，他与衙内官员化装私访，调查积案的来龙去脉。特别是对那些横行乡里、作恶多端的案件当事人，更是细致认真地收集他们的罪行。这样做，惹恼了一帮坏家伙，他们联名上书，诬告包拯上任以来，终日游玩，不务正业。于是上司大人来天长查处。一日，县衙前又贴出公告，宣布"本县明日升堂问案，百姓们有冤有苦到堂上申诉"，并同时传讯所有原告、被告，届时上堂候审。升堂那天，包拯端坐公堂正中，将惊堂木一拍，大声讲道："今日，本官升堂审案，大家不必害怕，有冤申冤，有仇诉仇，本官一定依法办案，为民做主。"接着又宣布，"本官断案，不必一个一个申诉，你们尽管按照事实，一齐诉说。"一个豪绅大声喊道："包大人，你是一县父母官，哪有这种审案法？岂不是在愚弄百姓，欺骗上司吗？"只听包拯又道："为了节省时间，一齐讲吧，尽管大胆地讲吧，本官一定会依法断案的。"经包拯再三敦促，下面众人才各诉各的状，各申各的冤。大约半个时辰，各方状词念毕，包拯威严地宣布各案的案情和判决结果。包拯对所有案情了如指掌，判案以事实为依据，正确无误。审案完毕，有冤受害者扬眉吐气，有罪滋事者受到法律的惩罚。处理毕多年的积案之后，包拯又强化地方治安，并发动民工修堤筑坝，治理河道，灌溉良田，大力发展农桑，减轻赋税，使天长政通人和，百业俱兴，百姓安居乐业。据明《嘉靖天长县志》记载，天长人为缅怀包拯，曾在县城东门外建了一座"二贤祠"，用来纪念包拯和"二十四孝"之一的天长孝子朱寿昌，县志里还留下了一首颂扬"二贤"的诗：

    花城嵯峨谁建祠，二贤风雅后人师。

犹道神宰割牛事,笃孝还怜刺血诗。

后来祠毁,移至天长县儒学文昌宫(今天长中学)寄祀。20世纪20年代初,在天长县知事张铭的倡导和主持下,在县城西北角建了一座颇为时新的公园,公园最后的一部分,即为天长自古以来的名胜残迹胭脂山。据《皖志述略》一书引天长古县志记载,胭脂山在古代原为一赭土高阜,因阳光照射,山色殷然,故名“胭脂”。包拯任天长知县时,根据该山的实况将其改名为“红山”。山上旧有八角亭,四周植桃,繁花盛放,灿烂似锦。前人有诗,咏景抒情,赞颂包拯:

城隅突兀近堪寻,日午芙蓉醉满林。
一幅丹丘谁书障,百年包令复登临。

明代成化年间江西新淦人李鸣盛任天长教谕,在其所作《天长十景》诗中,有《胭脂山》一诗:

县治西山却向东,胭脂烨煜太阳中。
杨妃偃卧临金镜,笑劝春风醉脸红。

全诗描绘了该山沐浴于日光中的嫣红绚烂的景色,可见包拯把“胭脂山”改名为“红山”是有其依据的,也可见包拯的耿直性格。20世纪80年代,天长护国寺建成,在住持僧宗镜老法师的倡导下,在寺中特辟了一座“二贤堂”,用来续祀二贤。1999年是包拯诞辰一千年,天长有关人士在护国寺二贤堂隆重举行包拯事迹报告会,天长人是永远不会忘记这位包青天的。

巧 避 迎 送

　　包拯在天长县令任上,对京里来的大官儿丝毫不讲情面。那时庞吉庞太师在朝中正红得发紫,一次,他的儿子庞统又是他最凶恶的帮凶爪牙,以御史身份来经理盐课。由于他有如此强硬的后台,每到一地,排场之阔绰难以形容,敲诈勒索更是明目张胆,仅在杭州一地就搜刮了银子二三百万两。在杭州,所有的大官小吏都忙得团团转,唯恐哪点稍有疏忽,得罪了他,断送了自己的前程。他们到处挑选貌美妇女给庞统做侍妾和侍婢。庞统出行坐的是八人抬的大轿,但轿夫却要用一百多个;他的每顿餐饭更是极尽奢华,仅招待他用的酒具,就要花费上千两银子。他所要经过之处,人们知道自己可能马上就要家破人亡了,因此比听到战乱消息还要害怕。

　　但是,庞统进入包括天长县在内的扬州府地界时,表面上却装得非常清廉,他牌示各县,自称"素性简朴,不喜欢逢迎,所讨之外,凡饮食供账,俱宜俭朴为尚,毋得过为华侈,靡费里中"。包拯早已知道庞统的贪鄙,根本不相信他这套冠冕堂皇的骗人鬼话,就派差人出去探听,探听的结果证实了庞统出巡一路上的穷极奢靡,甚至连夜间使用的小便壶都要地方官吏做了银的送给他。

　　天长县是一个穷苦的山城,拿不出很多钱来支应上边来的这个大蛀虫。但是不拿钱,又如何应付过关呢?包拯经过左思右想,拿定了主意。他派人给庞统上了一个禀帖,禀帖里说,据我们派人调查的结果,所得知的情况和你的正式通知恰恰完全相反,事实上你所到之处无不是花天酒地的。这就使我们很为难了,若照正式通知办事,生怕获简慢之罪,而大肆招待,又怕违背了你体贴平民百姓的好意。

　　禀帖最后请示庞统究竟应该如何办?庞统见了包拯的禀帖,知道包拯是个铁面无私的县令,弄得不好自己将很难下台,要丢很大的面子,就咬紧了牙说:"当然照正式通知办事。"但又一想,自己犯不着到天长这样一个穷县,去碰包拯的钉子,于是就绕道他往,没有进入扬州府地界。扬州府知府听说庞统临时改变计划,不到扬州府来了,知道是包拯闯下了大祸,心里十分惧怕庞统报复。当包拯前去见他的时候,他拍桌子对包拯大叫道:"你的官究竟有多大?! 敢这样不安分,惹是生非。"包拯当时不辩解,神态镇静自如,等知府发完脾气才作揖告退。事情过去了很久,没有发生什么重大事故,知府悬挂在半空的那颗心才放了下来,他由衷地佩服包拯,对包拯说:"天长的老百姓总算逃过了这一次灾难,但是难为你了,真难为你了。"

123

两次断牛案

　　包拯在天长县刚任县令时曾审过两桩牛案。那是春耕时节,东村农民王某和张某一天在田里同耕,休息时坐在田埂边闲聊,让两头牛在坡上吃草。一会儿,两头牛抵起角来,王某和张某没当一回事,竟在一边看热闹,谁知道王某的牛把张某的牛抵死了。这下两个好朋友翻了脸,张某告到县衙门,要王某赔牛。那时包公还没上任,前任白县令审案时想:判赔,王某吃亏;判不赔,张某吃亏。左思右想,没法把案子判得公平合理,只得把两人收在监里。第二天,包公上任,听说有两个农民在监里骂人,提出来一审,知道事情的原因,就笑哈哈地对他们说:"你们本是一对好朋友,只是不小心使牛抵角死亡,以致朋友反目成仇人,这实在是不应该的。今天本官劝你们言归于好。"说罢,提笔写了四行字:二牛抵角,不死即活;活牛同耕,死牛同剥。两个农民听完判决,都说这样公平合理,谢过包公,携手走出公堂。

　　谁知那两人刚走,又来一人报案。那是西村农民,名叫刘全。今天早晨他正要牵牛下地干活,来到牛圈时大吃一惊:他的大黄牛满口血淋淋,牛舌头不知给谁割掉了。他心疼得哭了一场,急来县衙门要求破案。包公看了状子,心想:这很可能是刘全的仇人干的。他对刘全说:"看来,这头牛是活不长了,你干脆把牛宰了,肉可以卖,我再资助你一些钱,这样你又可以买一头牛了。"刘全感激地挥泪告别。刘全刚走,包公当即出了一张禁杀耕牛的布告:本县晓谕黎民百姓,为确保春耕春种,保养好耕牛,严禁私自宰杀。如有病牛,须请牛医诊治;诊治无效的,先报呈县衙,经查验后,方可宰杀。未经查验,擅自杀牛的,一律严惩不贷。有人捕捉到杀牛者,官府赏银三百贯。此布。第二天,刘全的邻居李安前来报告说,刘全擅自宰杀耕牛。包公想:村中的人一定都知道,刘全宰杀的是残废牛,而这个自称刘全邻居的人明知

杀残废牛而来告他,不就是诬陷好人吗？这人肯定和刘全有仇。包公出布
告本来就是要引刘全的仇人出来。现在问过姓名,知他叫李安。刘全曾告
诉包公,李安曾和他有仇,看来此人必定是偷割牛舌的人。一审问,李安只
得供认了自己割牛舌而又来诬告的罪行。

审石擒凶手

　　包拯在天长县任县令时,常常微服私访。一次,包拯带着衙吏经过某山岗时,见前面草丛上方苍蝇乱飞,并有一股血腥味扑来,便令衙吏察看。草丛里躺着一具男尸,身体已经腐烂,面目难辨,背上压着块大青石板,肩上还搭着只马褡裢子,内有木制"宋记"印戳——原来是个收卖粗大布的。查问地保,知本地没有姓宋的贩布商人。包拯断定这是起谋财害命的案子。那么杀人犯是谁呢?第二天,包拯贴出布告,说要在大堂上审石板。大家觉得好奇,都到堂上看稀奇事。那块青石板正放在堂中央,铁面无私的包拯喝道:"大胆石板,竟敢谋财害命,目无国法,给我狠打四十大板!"差役扬起板子,狠狠向石板打去,噼噼啪啪震得差役虎口疼痛。大家见状,都忍不住笑出声来。包拯斥责道:"本县断案,大堂上理应肃静,你们竟敢喧哗公堂,该

当何罪?"众人见包拯发怒,一齐跪下,口称"知罪"。包拯说:"那好,你们讲,愿打还是愿罚? 愿打,每人打四十大板;愿罚,每人举保画押,限定三日,交上三尺大布。违者严惩!"大家都说愿罚,心想:包大人真有意思,找不到凶犯,让众人来献一条"孝布"。三天之内,近街远集的粗大布一购而空。包拯的手下一边收布,一边核对布头上的印记,竟发现不少人交上的粗大布上有"宋记"印戳,与死者的印戳丝毫不差。经查问知是某布庄的,当下把某布庄老板抓来。老板一见死者的印戳,面如土灰,只得供认:死者宋某从外地收购粗大布,盖上印戳后寄存在他那里。他谋财害命,但匆忙之中忘了毁掉马褡裢子。

包公在端州

岭南的"包青天"

康定元年(1040年),包拯四十一岁,在天长县任上三年得以小试牛刀,在这年政绩考核后,包拯升任为大理寺丞,出任端州(今广东肇庆市)知府。这样,便等于是一下子从今天的县长变成了市长,职权自然是扩大了很多。可是,别看今天的广东是个相当发达的地区,在当时,地处岭南的端州,远离中原发达地区,它距离当时的首都开封有四千余里之遥,是一个名副其实的荒僻之地。与地处江淮之间的天长县相比,可谓天高地远。在当时的官员看来,岭南一直都是南蛮荒野,未开化之地,是被贬官员的惨淡栖身之所,大多是不愿来这个地方做官的。

而包拯认为,正是在这样落后、有待开发的地方才更需要得力的官员用心治理,这也是能够亲身为民办事的好机会。于是,包拯当即决定赴任,为端州百姓做些力所能及的事。而"包青天"之名也从此地开始流传。

端州是个位于西江中游的小城,面临西江,背靠北岭,可以说是山清水秀、风景秀美。这里有鼎湖山飞瀑、七星岩石室等著名的景观,自隋唐以来,就有很多文人、墨客喜欢来此游览。

但在当时,这个所谓蛮荒之

地仍有许多土著没有真正归顺北宋朝廷的统治。在李焘写的《续资治通鉴长编》中,便有记载说:宝元二年三月(1039年4月)的时候,广州地界有三百余人揭竿而起,反抗北宋的统治。而包拯就是在这样的形势下赴任端州的。

端州当时属南蛮百越之地,一般州官新上任之后,第一件事便是"备峒寇",也就是准备对付从山谷中走出来、不服朝廷管治而反抗的土著俚僚族群。直到北宋初年,西江一带的原"俚僚渠帅"的残余势力才在表面上归顺了北宋朝廷,但在部族内部仍然保留着世袭农奴制和巫医制。

包拯刚刚上任,便四处走访乡中父老,察看民间疾苦。他想方设法地使俚僚们落后的流动式山谷农业能够变为定居式农耕,融入汉人的生活。

但即使是在已经采取定居式农耕的端州城,百姓生活也很是贫苦。当时端州地区生产方式极为落后,相对于中原地区的牛耕铁种,这里仍然采取广种薄收的"天然"生产,播撒了种子就听天由命了。所以,这里的农田产量一直都是极低的。

但是在农业落后的端州,却有一种全国著名的特产,那就是端砚。端砚从唐朝初年就开始生产了。不过,当年的端砚纯粹是文人墨客书写的实用工具,石面上无任何花纹图案装饰,显得粗陋、简朴。唐朝李肇的《唐国史补》云:"内邱瓷瓯,端州紫石砚,天下无贵贱通用之。"

而关于端砚从实用品变为工艺品倒是有个传说。唐朝中叶,一天一位老砚工路经端溪时,看见有两只仙鹤飞落溪水之中,久而不起,于是心生疑窦,张网捞捕,但捞起的却是一块石头。不过,这块石头十分奇异,上有裂缝,不时就会发出类似鹤鸣的声响,老砚工便顺着裂缝把奇石撬开,没想到这奇石竟然一分为二,化作两只砚台,砚边各有一只仙鹤伫立在苍松之上。消息传开,砚工们纷纷仿制,或各展其艺,在砚台上雕以各种图案花纹。之后,端砚就逐渐成为朝廷的贡品,在文人中享有盛誉。

端砚能成为中国四大名砚(端砚、歙砚、澄泥砚、洮河砚)之首,就是因为其石质坚实、润滑、细腻、娇嫩。用端砚研墨不滞,发墨快,研出之墨汁细滑,书写流畅不损毫,字迹颜色经久不变。好的端砚,无论是酷暑,或是严冬,用手按其砚心,砚心湛蓝墨绿,水气久久不干,古人有"哈气研墨"

之说。

宋代士大夫尤其以拥有端砚为荣,王安石、苏东坡等都曾向别人炫耀过自己拥有的名贵端砚。

然而,凡事有利皆有弊。正是因为端砚的名贵珍重,给当地制造砚台的工人带来了灾难。原来,到了宋朝,朝廷规定:砚工们每年都要制作一定数量的精品贡给朝廷。而一块可以上贡的精致端砚,相当耗费工时,夜以继日地雕琢,也要一个月才能制成一块,工本费不下于黄金一百两,而且质料很不易选。但是凡是到端州做官的人,都在"贡砚"的数额之外,层层加码,加征大量的端砚,以此为"敲门砖"贿赂权贵,来升官发财。这可就苦坏了当地的工人们。

包拯来到端州做官,翻阅前任文卷,发现上任知州额外征收端砚太多。按朝廷进贡的要求,每年要供奉八块。可往年的登记中,写的都是"三十又六方"。这三十六方可比朝廷要求的八块高出了好几倍。包拯十分惊讶,当即询问上任知州的下属官员。官员们都异口同声地说:"大人,你哪里知道,前知州为了贿赂当朝权贵,才动得大手大脚啊!"包拯诙谐地说:"对待权贵,恐只能小手小脚吧?"

包拯对于这样的现状感到十分愤慨,当即下令:必须按照朝廷的定额生产贡砚,任何官员都不准多加一块,否则给予严惩。而他作为一州之长,也以身作则,不用一块"端砚"。

有一天,一位贵客亲自来到州府衙门,想要送包拯一块端砚,他说道:"大人每天躬笔耕耘,非常需要一块好的砚台。现在我得到一块好砚,想送给大人,这也是为万民造福啊。"包拯说:"我这么多年都用的是普通石砚,如此高贵的砚台,应该呈给圣上使用,我用的话就糟蹋了。"说完,他便将这位贵客送出了府衙,坚决推辞不接受这块端砚。

现在肇庆市的古端州遗址上还遗存了一座高台,相传这就是包拯当年的审案台。而在此地还有个包拯平反冤狱的传说:当年有个砚工雕刻了一块砚台,精美绝伦,名叫"丹凤朝阳砚"。而当地有个恶霸想要只出十两黄金就买下这块砚台,砚工自然不愿意。于是,这恶霸就状告砚工偷取了他家砚台。当时的知州收了贿赂,就将"丹凤朝阳砚"判给了恶霸,而将砚工收监,还判了他一年徒刑。包拯上任后,就在这审案台处公开审理了这个案子,将"丹凤朝阳砚"还给了砚工,为砚工平了反,还将恶霸判了十年的刑期。

包拯为官清廉,处事公正。他为当地的砚工们切实减轻了负担,也使包拯赢得了当地百姓的拥护。百姓们都将那审案台称为"青天台",而尊称包拯为"包青天"。

留名端州"米仓巷"

　　包拯在端州任上时,除了执法如山、廉洁公正,还大办实事、造福一方。包拯一颗为民之心时刻留心着民生疾苦,他曾说过:"民者,国之本也,财用所出,安危所系。"只有一心为民,减轻百姓负担,才能长治久安,利国利民。

　　包拯出任端州知州时,调查到被朝廷派往岭南边远地区的州县级官员大都并不称职。因为中原地方的官员都不愿意去这些偏远之地,所以都是由广南转运使指派当地的人,临时代理担任本应朝廷派遣到各州县的"正官"(这些代理官称摄官)。有的地方甚至连代理的官员都没有,这对管治边远地区是很不利的。包拯曾经就这个问题多次向朝廷上疏,他在奏章中说:"虽然这里地处偏远,但不能轻易任免官员""偏远地区的民生困苦很大部分是因为没有好的官员治理"。包拯要求朝廷改善吏治,选派德才兼备的人到岭南来任职。这也促使了包拯"治国先治吏"思想的正式形成。

　　为了尽快解决官员不够的问题,包拯在端州大力兴文办学。在包拯出知端州之前,端州的历三十六任官员都不很重视百姓的教育开化,没有兴办地方官学,只是在端城附近有零星几家私塾,由大家族聘请老师教育族内子弟,进行一些启蒙教育。那些官员只是把端州当作重要的军事据点,所以这里重武而轻文。包拯便召集士绅,筹集银两,在宝月台兴建了星岩书院,成为端州历史上第一所公立学校,为端州培养人才,使端州的小孩都可以受到进一步的教育。

　　包拯还在渡头附近创建宝光寺,祀奉玉皇大帝。因为仁宗皇帝自称是玉皇大帝派下凡间治理天下的,包拯建造这座寺庙,便是为了通过宗教信仰使当地民众服从朝廷管治。包拯还在城西景星坊创建了文昌宫,大力传播中原的儒家文化,教化一方,鼓励读书人走上科举之途为国效力。

前面说过，端州这个地方农业落后，而且西江水患频繁，水利设施又差。每次洪水通过三榕峡后，便分成三支倾泻而出：一支经过城南；一支经过南岸、金渡沿宋隆；一支从睦岗经过七星岩。所以，每当洪水季节，端州城郊几乎都会变成"泽国"。

包拯就任端州知府后，察看山川地形，遍访当地士绅，经过深思熟虑，决定把前任知府修筑的堤围加固，并将护城堤围继续向西边构筑，一直延伸到龟顶山下。这样，进一步完善了抗洪功能，还大大增加了可耕种的土地。正所谓"普天之下，莫非王土"——新增耕地当然成了"官地"。

当时，北岭山下的西江河道已经渐渐变浅淤积，南边河道越来越窄，被称为"羚羊峡"。包拯组织百姓开了沥渠（今称星湖），将西江北边故河道的沥水排走，使今北岭山下七星岩至鼎湖一带变为鱼塘、荷塘、种"大禾"（俗称生须谷，米红色）的塘与水田。开凿渠道排去沥水后，可供耕种的土地又增加了许多。

包拯将这些新开垦出的田地公开出售，于是，大量的"俚僚渠帅"自动遣散了属下的农奴，到端州买地变为封建地主，得到新地再在本地招收佃农耕种，过上了定居式的农耕生活。这样，包拯通过卖"官地"筹集了经费，解决

了大量无地农民的就业问题,还促进了地区的民族融合,居有定所而与汉人已融为一体的"俚僚渠帅"也不会再出来造反。

包拯又从天长县招来会制造铁犁嘴的工匠,教会端州百姓改良耕作工具,减轻了劳动强度,增加了工作效率,提高了农作物产量。

耕地多了,生产方式改进了,粮食也随着增多。包拯便在今城内中衙巷以东兴建了丰济仓,储存粮食以防备荒年。为了纪念包拯建粮仓,端州人民把丰济仓所在地命名为"米仓巷"。

但是到了南宋祥兴年间(1278—1279),高要县署、县学宫和丰济仓都毁于兵火之中。元代初年,当时的官府在丰济仓及县署原址建广储仓。明宣德十年(1335年),恢复丰济仓仓名。康熙年间,为方便运粮将丰济仓迁至城南门内,丰济仓改驻后营守备,从此不再作储存粮食之用。"米仓巷"作为街道名却留存至今。

为了把富余的农产品变为商品,包拯还教当地百姓把生莲藕制成糖莲藕,运到广州销售。为了发展内河航运,包拯创建了新的航运码头。

在包拯的府衙中有一座清心堂,其中一面墙壁上有包拯写的"明志诗",这首诗也因此得名《书端州郡斋壁》。包拯在端州践行了他的政治理念:要清心直道,做国家栋梁;要奋发努力,兴利除害造福百姓;要用史籍记录的遗训鞭策自己,留下无愧于后人的政绩。其"清心直道"的品格也随着"米仓巷"流传至今。

察民情凿井治瘴疫

"南海风涛壮,西江瘴疠多"。当时,每次洪水过后,端州就会出现"春瘴",瘴疠横行。而当时岭南风气未开化,迷信风气浓厚,加上严重缺医少药,因此巫医盛行。人们生病之后,往往把救灾避难的希望寄托在神灵身上,多去求神问卜,而不是用药物治疗。巫婆这时就会四处活动,到西江取"仙水"给人治病,这所谓的"仙水"其实就是上游泄洪下来的浊水,百姓喝了身体只会更差。比包拯早四十多年担任端州知州的陈尧叟,就曾在端州推广中医中药,而禁止巫医蛊惑害人。但巫医巫术实在难以禁绝,收效甚微。

包拯去与梁燮商议治瘴疠的办法。这梁燮二十岁便中了进士,做过雄州的通判,中年时举家迁居端州,是个饱学之士,包拯很是敬重他。包拯在征询他的意见商定了治瘴疠的药方之后,便大力倡导、推广医药,同时批驳、揭露巫医的欺诈行为,取缔巫医在民间的一切活动。经过包拯大张旗鼓的宣传和批驳,又看到中医的疗效之显著后,越来越多的端州百姓便不再相信巫医,而愿意接受中医治疗,许多人因此得救了。

之后,包拯又受到梅庵惠能井的启示,按照北斗七星的排列形状在端州城内开凿了七口井,位置分别在府治内、西岳庙旁、学前街内、分司巷口、丰济仓右、城北门左、主帅堂前。井水水质清冽、甘甜可口,取水又方便,改变了端州百姓历年来饮用西江河水或沥湖积水的习惯,减少了疾病发生。百姓的饮水问题解决了,西江瘴疠之患制止了,居民饮水思源,将这七口水井称为"包拯井"。

根据清代张渠《粤东闻见录》卷"井水"条中所说:"肇庆(古端州)当初有七口井,是包拯担任知府时开凿的。城内五口,城外两口,排列成北斗七星的形状。"张渠还记载说:"当时的人每天都要到岭峡泉取水,只能雇用民夫用小船来运,要耗费一天的时间在往返上。而小溪深涧里的水,喝了对人身体也不好,不如城内的井水,好喝而且方便。"不少史籍中对于"包公井"水的"泉清滑甘""食无患害""端州之人咸受其福"都有记载。

而关于这"包公井"还有着这样的神话传说:当时府治内的那口井,据说是包拯锁妖井。相传每当洪涝来时,都会有蛟龙精出没,端州百姓为此所扰,不得安宁。包拯就任端州后,巧施巧计,将蛟龙精锁于井中,使百姓得以安居乐业。端州百姓便将锁蛟龙精的水井称为"锁妖井"。传说井上的铁链锁着蛟龙精,若有人能将铁链子一口气拉尽,就能听到蛟龙精翻腾挣扎的声音,井水也会漫涌起来。

也有传说称这口井是包拯"夜审阴间"时对"有罪之鬼"的关押之地,俗语称为"包收卢放马成湖"。更有传言说,如果有姓卢或者姓马的来此做官,鬼怪就会出来害

人。有一次,朝廷上要派一个姓卢的来此做官,端州府的士绅都为之大骇,联名上书朝廷,请求将这姓卢的官员调离。衙门里还有一个四面用砖石封死的"乌台",传说这便是包拯当年"审鬼"的地方。凡是新任的端州知府都要对这些"神迹"进行礼拜,否则便会遭殃。这些传说在《留仙外史》《子不语》等清人笔记中都有所记载。其实,这些传说都是端州百姓为感激包拯解决了端州水患,自己能够安居乐业创作而成的故事,以使包拯的事迹可以通过口口相传被一代代端州百姓记住。

在根治了瘴疠后,包拯还曾教端州百姓用井水发芽菜,来度过春瘴后的"菜荒"。为了大力发展端州的农业,包拯还专门叫人从北方带来了菜种,在

麦仔园推广种植黄芽白（北方称大白菜）。

隋唐时期和宋初，端州的州城设在今天的黄岗镇渡头村一带，处在两条水道之间，地域狭窄。包拯加筑了堤围，开通了沥渠，大大扩充了陆地面积，使这里得以安置下更多的百姓。而密集的民居也使这里形成了新的街市，包拯将其命名为"富民坊"，取祝愿居民发财致富之意。

当时，很多小孩都患有疳积。这疳积多是因为饮食不规律、气血不足或者喝了浑浊的江水而引起的脾胃损伤。患者面色萎黄或苍白，毛发枯黄稀疏，骨瘦如柴。包拯便教富民坊居民制麦芽糖、山楂饼，健脾开胃，帮助小孩治疗疳积。他还在富民坊东设厢军巡逻营，维持治安。庆历二年（1042年），广南东路提点刑狱周湛、同提点刑狱钱聿前来端州视察民情，见这里百业兴旺，民风淳朴，向当地百姓询问调查时，众人都对包拯的勤政为民与清正廉明啧啧称赞，周湛、钱聿大悦。三月九日，两人心情愉快地与包拯一同游了七星岩石洞。这座石洞是一个天然的洞府，被誉为"石室洞天"，壁上刻有历代文人墨客游览时留下的题记、诗词。包拯也在壁上留下了题记："提点刑狱周湛同提点刑狱钱聿知郡事包拯同至庆历二年三月初九日题。"包拯在石室东壁上的小幅题字，字体清癯，端劲峭拔，朴实无华，字如其人，折射出包拯谦逊俭朴的高贵品质。这处石刻是包拯罕见的留存世间至今的真迹。

周湛向皇上奏折，赞句拯政绩彪炳，是栋梁之材。

庆历三年（1043年），包拯在端州任满三年，正当包拯计划开两条大小渠，把七星岩一带的沥湖水排干，将沼泽地改成良田的时候，仁宗皇帝下旨升调包拯到开封府，升任监察御史里行。

包拯就任端州知府三年以来，作为港口城市的端州的官衙、仓储、码头、堤围水利设施以至于书院都得以大规模构建。包拯虽然来不及建造学宫、城墙和城壕，但端州宋城的基本格局从这时便确定了下来。开渠排沥水，使现在七星岩景区的山水布局，在当时显露出了雏形。

端州留美名

  包拯二十八岁中进士,四十一岁调任端州知州,即端州最高行政长官。包拯在端州任职三年,政绩颇丰,被当地人尊称为"包青天"。

  包拯在端州时,力主治理水患,为民兴利。宋时西江水患频繁。每当洪水季节,端州城郊就变成泽国。包拯到任后,继前人在城西、城东扩筑西江堤围,与城墙连成一体,把西江河水堵截在城南主河道上。同时,指导民众在城郊开渠、凿池,改造沥湖(今称星湖),排渍水、筑鱼塘、垦荒地,发展农业生产。在城内打井七口,改变了居民历年来饮用西江河水或沥湖水的习惯,减少疾病的发生。

  包拯注重储粮备荒,兴文办学。在今城内中衙巷与米巷之间,兴建丰济仓,以储粮备荒。为了纪念包拯建粮仓,端州人民把丰济仓所在地命名为"米仓巷",沿用至今。包拯在宝月台兴建星岩书院,这是端州历史上第一所公立学校。

  包拯为政清廉,品德高尚。相传包拯经过多番的考试,终于聘得师爷林世敏。一天,林师爷一早来到了端州府衙,等候着包拯的差遣。包公还未坐堂,衙门外就咚咚咚地响起了一阵击鼓声。包拯即时升堂传见击鼓人。没多久,门外走进一个中年妇女,那妇女抱着一个几岁的小孩,只见她泪流满面,一见了包拯就跪地哭喊着向包大人诉苦。包拯问她有何苦情,那妇人强忍泪珠一字一句地吐尽苦水。原来那妇人名叫丁月凤,是城郊漕湾都(今厚岗村)人,与丈夫陈仕棠结婚数载生有一女,一家三口就依赖着祖辈遗下的一亩水田为生。谁知同村一位名叫古成中的大财主,因听信了风水先生,说她家这块水田是墓土名穴。古成中为了葬父,迫陈仕棠将水田卖给他,陈仕棠为了全家生计一口拒绝。古成中却百般纠缠,软硬兼施,那陈仕棠仍不屈服。谁知有一天,陈仕棠上山打柴回归,突然暴毙在床。随后,古成中拿来了陈仕棠的卖田字据,强行把那亩良田占去并移葬了父坟。丁月风对丈夫的死因十分怀疑,她一口咬定是古成中霸田害命,于是击鼓告状。

包拯听罢,不禁倒抽一口冷气,立即差衙役传讯古成中到堂。那个古成中生得肥头大耳,行起路来一摇三摆,十分霸气。他来到了公堂,不得不跪地叩问:“包大人,不知传草民到堂,有何指教?”

包拯道:“今有丁月风状告你霸田害命,可有此事,从实招来。”古成中没等包公说毕,就抢着说:“包大人,休要听这刁妇一派胡言,是她丈夫贪钱,把田卖给草民,我这里有他打了指模的卖田字据。”古成中说着从怀中掏出了一张字据。

包拯也不吭声,他示意林世敏取过字据认真看了一会儿,道:“你们各执一词,本府一时也难以判决。案件告破前,只有委屈二位,一同收监候审。”林世敏正欲向包公进言,包公却向他使了个眼色,拂袖宣布退堂。

林世敏回到家里,左思右想都不明白,包公今天审案,为什么不分青红皂白,把原告、被告一同收监候审?他素闻包拯断案如神,清正廉明,莫非徒有虚名?林世敏正在思忖间,他的好友大口金登门造访。林世敏招呼着他进入内厅,问大口金来访何事。大口金先是恭贺林世敏当上了包拯的师爷,接着从包袱中取出了一个端砚,并把来意说明。

原来这个大口金是古成中的襟兄,古成中霸田害命的事他知道得一清二楚。白天他听说古成中被包拯传讯收监,心里十分焦虑,他担心襟兄难逃这责难。为救襟兄,他一下想起了自己多年的莫逆之交林世敏。他欲通过好友来贿赂包公,为此把自己珍藏的七星宝砚也拿了出来。

林世敏听大口金说,要他用古砚行贿包拯,不禁怒从心起,正要把他撵出门外,突然他又一闪念:自己新任师爷,对包拯的为人不大了解,不如借古砚向包拯试探一下。林世敏想到这里,强压愠色,答应把端砚收下。他打发了大口金,眼看时间尚早,于是直往端州府。经包兴通报后,林世敏来到了一间斋堂,只见包拯在这里秉烛翻阅古牒。林世敏问候几问,就把端砚奉上。包拯不解地问:“林师爷,你这是干啥呢?”

林世敏答道:“这方端砚是出自唐代一位姓罗的雕刻大师之手,名为七星宝砚。我看,包大人正用得上,才接受下来,今原物奉上。"

包拯听后,不禁脸色大变,问林师爷是受了谁的人情。林世敏就把古成中襟兄大口金托他把端砚送给包大人的事照直说了,并要求包拯放古成中一马。包拯摇了摇头,长叹一声:"林师爷呀林师爷,看来你对本府不了解呀!"林世敏接着说:"对呀,卑职对包大人不了解,只知道这端砚磨出的墨汁书写流利不损毫,包大人审案正用得上。"林世敏说着,拿出了墨条在砚台上磨墨成汁,并递过毛笔叫包拯试用一下。

包拯扫了端砚一眼,也不推辞,接过毛笔蘸了蘸墨汁,转身走到斋堂墙壁上奋笔疾书:

> 清心为治本,直道是身谋。
>
> 秀干终成栋,精钢不作钩。
>
> 仓充燕雀喜,草尽兔狐愁。
>
> 史册有遗训,毋贻来者羞。

包拯一气呵成,诗题毕,道:"林师爷,孔子有遗教,欲修其身者,先正其心;欲正其心者,先诚其意。"他说着指指壁诗继续道,"这就是本府的为官之道,也是本府的施政纲领。这砚虽小,岂可滋扰本府的政治准则而遗臭万年呢!"

林世敏听着看着,不禁感动肺腑,他倏声跪地,抱歉道:"包大人,是卑职对包大人有所误会,今天一见,胜于百闻。这小小的端砚使卑职真正领略了大人的为官之道。"林世敏说着要辞别包拯把端砚退归大口金,包拯却连忙制止,道:"端砚暂且收下,本府今天之所以把原告、被告一同收监有本府的意图。现在正好将计就计,请林师爷协助同破此案。"包拯说着如此这般与林世敏说了一回。林世敏这才消除了包拯收监原告的误会,他协助包拯依计破了古成中谋田害命案,惩治了古成中和行贿的大口金,还田于丁月凤。

包拯这一首斋壁诗明示着其年轻时的抱负,这也是包公在端州任职三年留下的唯一一首诗。林世敏当年深深地领会诗中的精华,前两句"清心为治本,直道是身谋",明确提出做官的准则,做人要直,做官要清。"秀干终成栋,精钢不作钩",阐明要成为国家栋梁之材,必须顶天立地,不怕风吹雨打,成为千锤百炼的精良钢铁,绝不能被随意做成渔家钓钩。"仓充燕雀喜,草尽兔狐愁",这是包公的从政目的,让天下五谷丰登,仓库充实,燕雀高兴;开荒种植,杂草尽除,野兔、狐狸无处藏身而发愁。"史册有遗训,毋贻来者羞",是指古籍史牒有不少圣贤训诫,做官要清廉,否则遗臭千古,遭万人唾骂。

　　林世敏在端州协助包拯组织端州百姓扩筑西江堤围,开渠凿池,改造沥湖成为耕地、鱼塘,在城中建设了丰济仓,以备饥荒,受到端州百姓的称颂而流芳百世。

　　如今,端州仍有包公祠、包公井、包公楼、包公府衙、砚洲岛、包拯石刻、观砚亭等与包公有关的文化遗迹和景点。包拯当年写在府衙中央大厅墙壁上的那首明志诗《书端州郡斋壁》,是包公一生仅存于史册、流传于后世的诗篇,诉说了包公和端州不解的渊源,被广为传诵。

包公掷砚化渚洲

从广州坐船西行,来到距离肇庆市约二十公里的地方,就会看到一个形似墨砚的小岛屹立在西江中,这就是砚洲。相传,它是由包公抛在江中的端砚变成的。

如今,鼎湖山的观砚亭,就是为纪念此事而建的。

宋朝康定元年(1040年),包公从扬州府天长县调任岭南(广东)端州知郡事。他经过一个多月的骑马乘舟,长途跋涉,好不容易才来到目的地。

端州(今肇庆市)是个好地方。四周山峦环绕,城北是有名的游览胜地七星岩,浩浩荡荡的西江从城南流过。包公出发时,天长县还是冰天雪地,寒气迫人,这里却满目葱郁,草木繁茂,花开不败。包公想:这个山清水秀的地方,百姓一定安居乐业,生活比较富裕了。

包公到任的第一天,就换上便服,穿大街、过小巷去了解民情。他发现,端州的大多数居民脸黄肌瘦,都似有病,生活过得远没有他想象得那么好。他来到西江边的一条小巷,只见百姓三三两两地到西江边汲水、洗衣。突然,巷里出现几个兵丁,挑水的人赶忙闪开,脸上露出惊恐的神色。兵丁对着一户人家吆喝:"是你的命要紧,还是给皇上进贡要紧?斗胆抗税,要你的狗命!"兵丁们骂着,便冲进屋里翻箱倒柜,拿了几串铜钱,捉了两只母鸡,扬长而去。一个两鬓染霜的老妇人跟跟跄跄追出门口,喊道:"这是给大夫的号脉钱,你们不能拿去,你们不能拿去呀!"老妇人扶着门框哭泣。包拯正要上前问个明白,这时走来一个身材消瘦、银须飘拂的老人,他望着兵丁的背影愤愤道:"苛政猛于虎也,恶吏凶如狼也!"他安慰妇人,"号脉钱不要也就算了,你儿的病好些了吗?"老妇人把他引进屋里。包公这才发现,床上躺着个中年人,他身子探出床沿,又呕又吐。老人连忙给他切脉,询问病情,把带来的药粉给病人吃了，才止了吐。包公走上前去问那中年人得了什么病，老人打量了一眼包公，说："听口音，你大概是外地来的生意人吧？唉！贵客你有所不知。"老人指了指从门前流过的西江水说，"南海风涛壮，西江瘴疬多。长期饮用这样的水，哪有不生病的？"

包公细看西江水，见一团团的孑孓在水里游来游去，枯枝败叶在江上飘浮，发出一阵阵的臭味。包公想：城中百姓多有病容，大概就是饮用这不干净的河水引起的。他正要向老人请教，怎样才能让端州百姓喝上干净水时，家人包兴急匆匆地走来说："大人请回府上，本地父老在衙门求见。"

包公听说是本地父老来访，不敢怠慢，便对老人施礼道："老先生请随晚辈到府里叙谈，晚辈有事向您请教。"

老人见眼前衣着朴素的人就是昨天到任的知郡事，吃惊不小。他久闻包公为官清廉，如今见他微服出访，了解民情，也就欣然同往了。

包拯回到府上，向来访者抱拳作揖道："有劳各位久等了。"

一个绅士说："大人昨日刚到，还未洗尘，今天一早就去体察民情，真是民之父母也，可钦，可敬。"

包公说："朝廷派我到此任职，晚辈唯恐有负大家厚望。要将端州的事情办好，还仰仗各位父老鼎力扶持。"

大家依次坐下，又寒暄了一番。包兴想把大家的话记下来，他拿出从天长县带来的墨砚磨墨，磨了很长时间，墨还没磨好。

坐在包公旁边的一个绅士见了，忙站起来说："俗话说'近水楼台先得月'，大人到了端砚的故乡，哪有还用这又大又笨又不发墨之砚的道理？小人带来一块端砚，请大人收下。"

其他人也纷纷献上端砚："一点薄礼，不成敬意，请大人笑纳。"

包公连忙摆手说："大家的好意我心领了。端砚是万万收不得的，请各位拿回去吧。"

他们以为包公假意推辞，硬要包公收下。大家你推我送，相持不下，包公沉吟片刻，叫包兴先把端砚放在一边，送砚的人这才喜笑颜开，谈笑风生。

随包公一起来的那位老人见此情景，气得胡子一翘一翘，他小声骂道："衙门之污浊，比起西江之水，有过之而无不及也！哼，什么清官！"他站起来气冲冲地走了。老人的一举一动,包公全都看在眼里,既不言语,也不留他。

经过打听,包公知道那个拂袖而去的老人叫徐乐天,是个开私塾的老秀才。他通晓医术,教学之余,常给人看病。遇到贫苦的病人,不但不要号脉钱,还掏钱给病人买药,很得大家的敬重。

一天晚饭后,包公带着包兴到徐乐天家里。徐乐天心里暗暗吃惊,只是淡淡应酬几句。包公说:"早就想来拜访老先生了。因近几天公事缠身,故拖到今天晚上才来。"

徐乐天勉强答道:"大人光临,有失远迎!"

包公说:"那天正要老先生赐教,为何不辞而别呢?"

徐乐天讥讽道:"老夫没有端砚孝敬,哪敢久留?"

包公哈哈大笑,心中暗暗赞道:"好个耿直老汉。"

包兴明白了徐乐天话中的含意,解释说:"老先生,您误会了。那天,包大人怕大家一个劲儿你推我让,误了谈正经事,所以才叫小的把端砚暂时收下。过后,小的已将端砚一一送回了。"

包兴见徐乐天眼中仍有疑惑神色,立即解开随身带着的包袱说:"包大人如今用的还是这块从天长县带来的砚台。"

徐乐天想起包公微服出访的情景,又见他这么晚了还来家里拜访,相信了包兴的话,向包公下拜:"老朽见那班鱼肉百姓的乡绅送上端砚,以为大人也像以往的贪官一样见财眼开,所以一怒之下拂袖而去。老朽有眼无珠,唐突大人,真是该死!"

包公连忙将他扶起说:"老先生疾恶如仇,可敬可敬。晚生到此,想向老先生请教治理端州的办法。"

徐乐天长叹一声:"唉!端州百姓都让端砚害苦了。"

包公好生奇怪,端砚和宣纸、湖笔、徽墨,并称文房四宝。端砚极能发墨,磨出的墨汁不损笔毫,如油如漆,明亮照人,挥洒起来笔气墨韵跃然纸上,字迹历千年光泽如新,还有虫蚁不敢蛀蚀的妙处。上好的端砚不用放水,只要用嘴往砚里呵上几口气就能磨出墨汁。唐朝初期,有一次在京城考试,因为天气奇冷,所有举子刚磨好的墨都结成冰,不能答卷,独有端州举子用端砚磨的墨却不结冰。端砚有此奇效,令人吃惊,从此被列为贡品。唐朝诗人刘禹锡就写过"端州石砚人间重"的诗句。一块好端砚价值千金,文人墨客都以有一块端砚而自豪。这样的好东西,怎么倒成了使端州百姓受苦的原因呢?

第二天,包公和徐乐天一起到端砚的产地羚羊峡去了解情况。他们乘着一叶小舟沿西江顺流而下,来到两岸山峦对峙、流水湍急的羚羊峡时,便停舟河边,登上南岸山坡。

徐乐天说:"这就是开采端砚石料的洞坑。"

包公顺着徐乐天所指方向望去,见几十个打着赤脚、光着身子的石工钻进一个阴森森石洞里,用瓦罐汲水,躬着背把洞里的水传出洞外倒掉。洞里的水掏干了,石工们把油灯放在胸脯上,平躺在洞底,仰起头来开凿石料,完全看不到唐代诗人李贺诗中"端州石工巧如神,踏天磨刀割紫云"那种豪情的影子!

洞口不远处,有间茅棚。一个瘦骨嶙峋的小孩子在茅棚前生火煮番薯。石工们已经吃不起大米饭,要用杂粮充饥了。茅棚里,几个年老的石匠苦着脸,根据石料的形状,把砚刻成琴、钟、仙桃、荷叶的样子,再在砚上雕上松、鹤、凤凰、蛟龙。由于长期和凿子、刻刀打交道,他们的手指变了形,手掌粗糙得像块松树皮。包公走进茅棚里和石工们搭讪:"各位师傅辛苦了,从早忙到晚,歇一会儿吧。"

一个石工抬头望了他一眼,说:"还歇呢,昨天那个催命鬼杨书吏来过,说今年做贡品的端砚要增加二十块。"

另一个石工说:"唉,贡品年年增加,工钱却年年减少,这日子叫我们怎么过呀!"

回城的路上,徐乐天告诉包公,往常每调一个官员来端州任职,进贡的端砚数目就增加一些。徐乐天说,他年轻的时候,每年进贡十块,中年时增加到四十块,去年是八十块,今年已经是一百块了。州府的官员把付给石匠的工钱分派到各家各户。那户生病的人家就是因为交不起分派下去的砚钱,兵丁们才上门抢去号脉钱和母鸡的。分派下去的数目很大,可是给工匠的工钱却很少,有人中饱私囊,发了横财。那天在府上送砚的家伙,就刮了不少民脂民膏,百姓都给害苦了。

包公越听越生气:"怪不得民不聊生了!"

回到衙门,包公派人把经办进贡端砚的杨书吏找来,问:"给皇上的贡品准备得怎样了?"

杨书吏得意扬扬地说:"启禀大人,贡品早已办妥啦。给大人送礼用的端砚,小人也准备好了。"说着,他双手捧上一块端砚,"这是用今年新开洞坑的石料做成的,当地人称宋坑砚,大人请看砚中的石品。"他指着砚中磨墨的地方介绍说,"墨堂中那个铜钱大的紫色红晕叫火捺,犹如漫天彩霞中刚出山的朝阳,好比大人如旭日东升,前程远大。"

包公一言不发,眉头紧锁。

杨书吏以为包公嫌砚不够好,又捧上一块:"大人请看,这砚有三种名贵石品:这里像含露欲滴的芭蕉叶刚刚展开的地方,叫蕉叶白;这里像白色云彩的地方叫鱼脑冻;这里反射着金光银光的石纹叫金银线,好比大人拥有万贯家财。"

包公用鼻子哼了一声。

杨书吏以为包公嫌砚还不够好,又赶忙捧上一块:"这是用从皇坑(本地人叫老坑)开采出来的石料雕刻而成的。砚里有石品中最珍贵的石眼——鸲鹆眼。大人请看,这石眼里一层层的碧晕围着圆圆的瞳仁,如珠剖蚌,如月当空。这石眼在下雨前表面晦暗,蒙着一层水汽;天气转晴,便会晶莹生辉,好比……"

包公一挥手打断他的话:"快把进贡的案卷拿来!"

包公翻开案卷一看,勃然大怒:"历年进贡的端砚都是十块,为何向下边征收的端砚年年增加,今年已达一百块?"

杨书吏现在才明白,这回是拍马屁拍在马腿上了,吓得脸如土色,趴在地上叩头如捣蒜:"前任知郡事离任时带走了三十块,送了二十块给番禺(广州)的官员,又给大人准备了十块作为应酬送礼之用,剩下的小人和州里的……"

包公气得双眼喷火,拿起一块端砚往案上一拍:"借进贡之名,巧取豪夺、营私舞弊、压榨百姓,该当何罪?"

　　杨书吏的额头叩出了血:"小人该死,小人该死!"他供了和他合伙的官吏与历年贪污的数目。

　　包公处治了端州的贪官污吏,把他们勒索来的钱财发还给百姓;又写了奏本送到京城,告发那些曾在端州作恶,如今已调到别处任职的贪官。端州百姓个个喜笑颜开,人人拍手称快。

　　包公和徐乐天成了交情很深的朋友,常常在一块商量事情。他们跑城里,跑城外,测地形,选位置,派人加固了西江堤围,防止洪水灾害。又派人在城里挖了七口水井,从此,端州的居民喝上了干净甘甜的井水,不再因喝脏水生病了。如今,端州城里还保存着这些水井。

　　转眼过了三年,正当包公计划开两条大小渠,把七星岩一带的沥湖水排干,将沼泽地改成良田的时候,宋仁宗降下圣旨,要调升他当殿中丞。不能实现开渠的计划,他感到可惜。临离任的时候,他和京城到此视察的官员又到七星岩附近走了一趟,在石室岩洞里写上:提点刑狱周湛同提点刑狱钱聿知郡事包拯同至庆历二年三月初九日题。直到如今,这些字迹还清晰可见。

　　包公要离开端州到京城赴任了,端州百姓都来码头送行。徐乐天更是依依不舍,开船后,他还沿着河岸送了一程又一程。

　　船到羚羊峡,成群石工站在山坡上向包公挥手告别。包公望着这些勤劳的石工,向苍天祷告说:"愿端砚能真正造福于民,今后不要再出现利用端砚营私舞弊的事了。"话刚落音,蔚蓝的天空突然出现一团乌云,过了羚羊峡不久,狂风大作,浪涛汹涌,船不能行。包公想:难道船中有人做了伤天害理的事,触犯了神明?他把随行的人叫来查问,大家都对天发誓说没有做坏事。包兴捧出一个黄绸布包说:"这是徐老先生送给大人的礼物,说过了羚羊峡才能打开看。"

　　包公解开布包,里边是一封信和一块质量上乘的端砚。徐乐天在信中说,这是他家祖传的端砚,送给包公做个纪念。怕他推辞,所以吩咐包兴,过了羚羊峡才能打开布包。

　　包公向端州的方向拜谢说:"老先生的厚意我领受了。前几年惩办了贪污端砚的官吏,废除了陋规,如果我也带走端砚,今后来接任的官员又有借口大量搜刮端砚,祸害百姓了。"说毕,他手一扬,把端砚抛进西江中,立时天

气又变得风和日丽了。不一会儿，端砚抛下去的地方出现了一个渚洲，就是现在的砚洲。包端砚的黄绸布漂流到下游的南边河岸，变成了一片黄沙，就是如今的黄埔沙。

后来，人们在端州的城楼门口刻上"星岩朗曜光山海，砚渚清风播古今"的对联，颂扬包公的清廉。如今，这副对联还清晰可见哩。

断焚永州之野庙

从前,湖广永州之山有座野庙,树木参天,阴云蔽日,风雨往往生其上,而本庙之神,甚是灵验。按照惯例,每年之中要童男、童女祭奠,则一境获宁;若不祭奠则万家劳忧,不得安生。当时,包公受仁宗天子钦差访察天下州县,路经永州。有乡耆民,以永州缺官治事,咸皆相谓曰:"吾闻包公为官清正,神明钦仰。今既到此,不可失也。"遂皆邀集相迎,于是请掌州事。乡官亦皆上表交荐。仁宗天子许之。包公历任之初,闻知永州野庙之事,乃惊叹曰:"守令之责也。"次日即率乡耆民,吩咐曰:"吾来日当与汝等往庙行香。"且作文以祭之。当下包公将祭文读毕,焚之于炉。未及回步,俄顷之间,狂风大作,玄云蔽空,骤雨如注。庙中火光四起,鬼卒号呼,从者股栗,尽皆失色。包公正色端坐,忽闻其神吟曰:"种类生来毒所钟,深山大泽惯潜迹。开喉一旦能吞象,服气三年解化龙。斩后刘邦兴帝业,埋时叔敖有阴功。身长九万人知否?绕遍昆仑第一峰。"包公闻之,惊异其事,怅快而归。次年,包公下令禁革永州百姓,敢有至前祭奠者,治以重罪。未几,野庙之神径往各村云扰,居民遑遑,六畜耗损,田禾无收。民大患之,遂即呼集计议,连名具状,径赴包公台前,首告其事。当日包公观罢状词,不胜其怒。即唤张龙、赵虎二人,吩咐四面放火,焚烧其庙。二人领了包公之命,即于四面堆积干柴。正放火之间,忽然风生西北,雾满东南,不多时间,大雨如注,淋灭其火,竟不能毁。张、赵二人呆了半晌,忙奔州衙来报其事。包公闻报,心不为动,乃叹息曰:"吾居官数年,只是为国为民,未曾妄取百姓毫厘之物,今既有此妖邪,吾当体正除之。"遂即急往城隍庙,祷之曰:伏以寂然不动,阴阳有一定之机;感而遂通,鬼神有应变之妙。明见万里,事悉秋毫。至如赏善劝恶,亦乃职分当为。永州庙荼毒生灵,某所不忍;永州境流离黔首,神其能

安？乞施雷电之威，拯彼水火之患，则一州幸甚，而包拯亦幸甚也。祷毕。
过了三日，只见风雨大作，雷电交轰，遥闻永州庙中，隐隐有杀伐之声，移时
之间方息。是时，包公率百姓前往视之，但见野庙已被雷火烧毁，内有白蛇，
长数十丈，死于其地焉。于是其怪遂息，百姓无少长皆歌舞于道曰："吾一州
百姓尽蒙更生之恩者，实赖包公之德也。"至今颂之不衰。

判妒妇杀子之冤

话说江州德化县，有一人姓冯名叟，家颇饶裕。其妻陈氏貌美无子，侧室卫氏生有二儿。陈氏自思己无所出，诚恐一旦色衰爱弛，家中不赀之产皆妾所有，心怀不平，每存妒害，无衅可乘。一日，冯叟自思："家有余资，若不出外营为，则亦不免为守钱虏耳。"乃谋置货物远行，出往四川经营买卖。冯叟临行嘱妻陈氏善视二子，陈氏口中亦只应唯而已。时值中秋，陈氏以赏月之故，即于南楼设下一宴，招卫氏及二子同来南楼上会饮。陈氏先置鸩毒放在酒中，举杯嘱托卫氏曰："我无所出，幸汝有子，则家业我当与汝共也。他日年老之时，唯托汝母子维持，故此一杯之酒，预为我身后之意焉耳。"卫氏辞不敢当，于是母子痛饮，尽欢而罢。是夜药发，卫氏母子七窍流血，相继而死。时卫氏年二十五，长子年五岁，次子三岁而已。当时亲邻大小皆莫知其故，陈氏乃诈言因暴疾而死，闻者无不伤感。陈氏又诈哭之尽哀，以礼送葬。而冯叟在外，一日忽得一梦，梦见卫氏引二儿泣诉其故。意欲收拾回家，怎奈因货物未脱，不能如愿，是以且信且疑，郁郁不悦。将及三年，适正值包公访察按临其地，下马升厅，正坐之间，忽然阶前一道黑气冲天，须臾不见天日。晡时虽散，仍乃不大明朗。包公心甚疑其必有冤枉。是夜左右点起灯烛，包公困倦，伏几而卧。夜至三更，忽见一女子，生得姿容美丽，披头散发，两手牵引二子，哭哭啼啼，跪至阶下。包公问曰："汝这妇人，住居何处？姓甚名谁？手牵二子，到此有何冤枉？一一道来，吾当与汝申雪屈情。"妇人泣曰："妾乃江州卫氏母子也。因夫冯叟远往四川经商，主母陈氏中秋置鸩酒杀妾三人，冤魂不散。幸蒙相公按临敝邑，故特哀告，望乞垂怜，代雪冤苦，则妾母子九泉之下，虽死犹生也。"说罢悲鸣不已，移时再拜而退。次日，包公即唤郑强、薛霸，拘拿陈氏，当场审勘。包公曰："妾子即汝子一般，何得心怀妒忌,害及三命?绝夫之嗣,莫大之罪,又将焉逃?"陈氏悔服无语,包公就拟断凌迟处死。后阅五载,冯叟回归。家畜大母彘,岁生数子,获利数倍,将欲售之于屠,忽作人言曰:"我即君之妻陈氏也。平日妒忌,杀妾母子,况受君之恩,绝君之嗣,虽蒙包公断后,上天犹不肯宥妾,复行罪罚,作为母彘。今偿君债将满,未免千刀之报。为我传语世妇:孝奉公姑,和睦妯娌,勿专家事,抗拒夫子;勿存妒悍,欺制妾媵。否则,他日之报即我之报也。大抵水性啬,因见自身无子,妾婢有子,家之所有,彼独占享,遂怀嫉忌,潜蓄不仁。殊不知不孝有三,无后为大,损妾之子,乃绝夫之嗣也。妇人但顾目前,不思身后,其得罪天也不亦大乎!故为母彘警醒世人,毋效我之所为而贻臭于世矣。"远近闻之,摩肩接踵,皆欲竞观,其门为市。当时有歌一篇以继之曰:江舟陈氏冯家妇,挚悍狐狡恣嫉妒。劳劳长舌牝鸡晨,废弛三纲全不顾。一身无子可奈何?徐卿有庆偏房多。不思无后绝夫祀,闺中旦夕操干戈。景届中秋月轮皎,南楼玩月存奸狡。金杯倾鸩裂肺肠,玉山顷刻房中倒。荧惑亲邻暴疾亡,夫君况是居他方。讵意冤魂诉包老,拟断报应死幽冥。公哉天公复报应,陈氏自作还自承。数年罚为一母彘,终朝偿夫冯门庭。忽作人言劝世俗,妇人切莫存奸毒。我因妒悍欲专房,至今尚是糟糠畜。聊作短歌列公案,事虽虚言日还真。为恶不如为善好,叮咛告诫闺中人。

判石碑以追客布

宋仁宗宝元元年,浙江杭州府仁和县,有一人姓柴名胜者,少亦习业儒,家亦丰足。父母俱庆,娶妻梁氏,善孝舅姑。胜有兄弟柴祖,年已二八,俱各婚毕。一日,父母乃呼柴胜近前,训之曰:"吾家虽略丰,每思成立之难如升天,覆坠之易如燎毛,言之痛心,不能安寝矣。今名卿士大夫之子孙,但知穿华丽之衣,食甘美之食,谀其言语,骄傲其物,遨游宴乐,交朋集友,不以财物为重,轻费妄用,不知己身之所以耀润者,皆乃祖乃父平日勤劳刻苦所得也。汝等但知饮芳泉而不知其源,食饭黍而不知其由,一旦时易事殊,失其故态,意欲为学艺之时,吾知士焉而学之不及,农焉而劳之不堪,工焉而巧之不素,商焉而资之不给,虽欲学做好人,此时不可得也。吾今唤汝训诲,汝能遵依吾言,当思祖德之勤劳,怀念父功之刻苦,孜孜汲汲以成其事,兢兢业业以立其志,勿守株待兔以恋娇妻,当收赀本往外经营,则可以盈其赀财,于身不弃,于人无愧,可以长守其富矣。不然,非我所知也。吾今欲令次儿柴祖守家,令汝出外经商,俾使得获微利,以添用度,不知汝意如何?"柴胜曰:"儿承大人亲诲,当铭刻于心,不敢违背。只不知大人要儿往何处经商,愿赐一言,儿当领命而行也。"父曰:"吾闻东京开封府极好卖布,汝可将些本,往本府杭州贩买几挑,前到开封府,不消一年半载,自可还家矣。岂不胜如坐守食用乎?"柴胜遵了父言,遂将银两径至杭州贩布三担,辞别父母妻子。兄弟柴祖与其饯行,时仲春三月十五日也。柴胜因见春光明媚,莺穿绿柳,燕寻旧主,遂乃吟诗二律。先吟《莺诗》曰:掷柳迁乔大有情,交交时作弄机声。飞来庭院风光好,唤起纱窗午梦清。信口啼时音韵巧,黄金刷出羽毛轻。春江两岸垂杨柳,好向高枝次第鸣。又吟《燕诗》曰:羽族知机社日来,翻身寻主入楼台。拶云掠雨高还下,度柳穿飞去又来。两翅拂残花露水,一毛不染地风埃。乌衣国里风光好,养子成时便带回。柴胜吟毕,上路夜住晓行,不则一日,来到开封府,寻在东门城外吴子琛店里安下发卖。未及二日之间,柴胜思中自觉不乐,即令家童沽酒散闷。贪饮几杯,俱各沉醉。不防吴子琛近邻有夏日酷者,蓦见柴胜带布入店,即于是夜三更时候,将布三担尽盗去讫。次日天明,柴胜酒醒起来,方知布被盗去,惊得面如土色,罔知所措,就叫店主吴子琛近前,告诉曰:"吾今初到东京,投汝店内安下,汝是有眼主人,吾是无眼孤客,在家靠父,出外靠主,何得昨夜见吾醉饮几杯,行此不良之意,串盗来偷吾布三担? 吾意汝为典守之人,决亦难辞其责。今不跟究来还吾,必与汝兴讼,那时悔无及矣。"吴子琛辩说曰:"吾为店主,以客来为衣食之本,安有串盗偷货之理?"柴胜并不肯听,一直扭到包公台前首告,包公即将吴子琛当厅勘问。子琛仍辩说如前。包公思判不得,即唤左右,将柴胜、子琛收监。次日吩咐左右,侨装走访,得知吴子琛近邻夏日酷素日行为不端,多行偷盗之事。包公苦无证据,只得让柴、吴二人跪下,包公问曰:"汝布又不知何人盗去,至今三日不见踪影,如何断得明白?"遂即将二人每人责打十板,发放回家去毕。

原来夏日酷当夜盗得布匹之时,已藏在村僻静处,即将其布首尾记号尽行涂抹,更以自己印记印上,使人难辨。摆布停当,然后零散拖往城中去卖,多落在徽州客商汪成铺内。夏贼得银入手,并无一人知觉。

包公因将柴胜责打,

157

发回吴店之后，次日包公忽忖一计，令张龙、赵虎出衙传说，将衙前一块石碑抬入一门之下，要问石碑取布还客。其时，府前人众皆来聚观。包公见人来看，乃高声喝问："这石碑如此可恶！"喝令左右打了二十下。包公喝打已毕，又将别状来问。移时，又喝道："打！"如此三次，且把石碑扛到阶下。包公见人聚看者多，即喝令左右将府门闭上，把内中为首者四人捉下，观者皆不知其故。包公作怒言曰："吾在此判事，不许诸人混杂，汝等何故不遵礼法，无故擅入公厅，实难饶其罪责。今着汝四人，将内中看者报其姓名，内有粜米者，即罚他米，卖肉者罚肉，卖布者罚布，俱各随其所卖者行罚。限定时下，汝四人即要拘齐来称。"当下四人领命，移时之间，各样皆有，四人进府交纳。包公看时，内有布一担，就唤四人吩咐曰："这布权留在此，待等明日发还，其余米肉各样，汝等俱领出去退还原主，不许克落违误。"四人领诺而出。包公复令左右拘唤柴胜、吴子琛到府。包公恐柴胜妄认其布，即将自己夫人所织家机二匹试之。故意问曰："汝认此布否？"柴胜看了，告曰："此布不是，小客不敢妄认。"包公见其诚实，复以内布一担，抽出二匹，令其复认。柴胜看了，叩首告曰："此实小人的布，不知相公何处得之。"包公曰："此布首尾印记不同，你这客人缘何认得？"柴胜曰："其布首尾印记虽被贼换过，小人中间还有尺寸暗记可验，相公不信，可将丈尺量过，如若不同，小人甘当认罪。"包公如其言，果然毫末不差。随令左右唤前四人到府，看认此布是何人所出。四人即出究问，知是徽州汪成铺内得之。包公即便拘汪成追问。汪成指是夏日酷所卖。包公又唤左右拘夏贼审勘。包公喝令左右，将夏贼打得皮开肉绽，体无完肤。夏贼一一招认："共盗客布三担，只卖去一担。更有二担寄在僻静乡村之内。"拯令公牌张强、薛霸跟去追还。柴胜、吴子琛二人感谢而去。包公又见地方供出夏贼平昔害民，即时依拟问发边远充军。于是开封府内，盗贼屏息矣。

包公在庐州

外甥有理打得舅

按照宋代任官制度,一般本人不在故乡任父母官,这叫"回避"。因为"家乡官难做",亲朋故旧,邻里乡亲,人情网重重叠叠,难以打破,依法办事不容易做到。

皇祐五年(1053年),包拯五十四岁,他的儿子包繶病故,他便请求朝廷辞去河北都转运使职务,在故乡庐州附近给予差遣。宋仁宗为了照顾包拯,先任命他知扬州,未到任便改任刑部郎中、知庐州。

包拯任职庐州两年,为家乡人民办了许多好事,如免除苛政房产转移税,当时称为"讨转业",即不交纳房地产转让费。因干旱减收而救济灾民,解决粮荒问题等。

据司马光《涑水记闻》记载:包希仁知庐州,庐州即乡里也,亲旧多乘势扰官府。有从舅犯法,希仁挞之,自是亲旧皆屏息。这说的是,一次,包拯的从舅犯法,仗势霸占了乡民田产,因县、乡不便处理,人家直接告状到庐州府包拯那里。包拯觉得这不是个案,也不是从舅一人干违法的事,必须严肃处理。包拯依法办事,直接把从舅传到大堂审问,结果情况属实。包拯命衙役将从舅打了一顿板子,勒令退还

人家田产、赔礼道歉。

此事出人意料,反应强烈。有人认为包拯太过分,舅父属于近亲长辈,退还田产也就是了。也有人赞扬包拯"外甥有理打得舅",应该打,还敲锣打鼓地给府衙送了一块大匾"庐阳正气"。后来,"外甥有理打得舅"这句话,逐渐演变为一句俗语,流传至今。千百年来,百姓都说包拯铁面无私,执法如山,包拯打舅就是铁证。

包公拒巢湖

包公祠为何建在合肥城东南？

以纪念宋代清官包拯为特色的包河景区建有包公祠。据传说，包拯告老还乡前，宋仁宗为嘉奖他刚正不阿的为人和秉公严明的功绩，把巢湖封赠给他。包拯谢恩后说，巢湖太大，若得赐合肥城东南护城河已甚满足，此处是自己年幼读书的地方。仁宗应允，包拯嘱子孙后代以此河养鱼种藕为生。后人在此为包拯修建了包公祠。包河的藕为何无丝呢？藕断丝连，可谓天下藕之共性。然而，包公和包公后裔在包河种的藕非常出奇，藕洁白如玉，鲜嫩无比，掉地便碎，没有丝连着，人们迷惑不解。经多少代人的思考，才悟出了一个道理：因为包公清廉无私，所以包河的藕也就无丝（私）。包公帽翅

比其他官吏的乌纱帽的帽翅都长,据说每边比一般帽翅长三寸。包公开始戴的乌纱帽翅的长度并不特别,而是宋仁宗让加长的。因为包公矮,又常常站在别的官后面,宋仁宗多次误认为包公没有上朝,猜测包公对他有意见。宋仁宗总想在朝上看见包公,当他知道没有看见包公的真正原因后,就让把包公的帽翅加长,并说,谁碰着包公帽翅就斩。在朝上,文武百官都怕碰上包公帽翅,都与他保持一定距离,所以宋仁宗就很容易看见包公了。

包河藕无丝

包拯故里合肥人过中秋,除吃月饼外,还有一种特殊的食俗,就是要吃藕,而且以吃包河无丝(私)藕为荣。

传说包拯晚年,仁宗封赏功臣,要把半个庐州城(合肥)封给包公。包公希望他的后代能自食其力,谢绝皇上的封赏。但仁宗一定要封赐,最后把一段护城河,就是今天的包河封给他。皇上金口玉言,再不领封,便有抗旨之罪。包公万般无奈,只好领封。

包公看到护城河里长满藕荷,景色宜人,游人不断,就规定后人,护城河景色是供众人游览观赏的,不得因护城河是自家封地,就挖藕售卖谋利而使景观失色,河藕只许吃不许卖。有一年,庐州大旱,包河周边的树皮草根都被吃光了,饥饿的灾民自然很想吃这包河里的藕。当时包公亲笔写下"河藕能吃不能卖,愿者挖藕度荒年"的告示叫家人贴到街上,百姓听说后,纷纷下河挖藕充饥,渡过了难关。包家后人一直遵从这个规定,包河里的藕,只是送给乡邻吃,从不卖钱。我们小时到包河游玩,就看到有人下河拔藕吃。

人称包拯铁面无私,说来也怪,连包河里的藕也和别的藕不一样,断而无丝,被人们誉为无丝藕,象征着包公的无私精神。"藕断丝连"的现象就有了例外。合肥人敬仰包公,喜欢吃冰糖炖藕,用的当然是包河藕,以示包公"冰心无私"的风范长存。

"大门朝北"和"与牛同住"

包拯是清官,和老百姓一样,痛恨"衙门八字朝南开,有理无钱莫进来"的"南门官"。因此,他当了开封府尹之后,叫敞开衙门,让受害人直赴大堂喊冤告状。奸臣贪官痛恨他,说他是"北门官"。现在安徽合肥和河南开封一带,人们还有一句挂在嘴边上的话:"讲理要找'北门官'。"

传说,有一次包公触犯了朝廷,被削职为民,他携妻带子返回故里时,碰上了一个住屋的难题。原来,包拯在任上未购置新屋,老宅又让大嫂住着。这时,奸臣还派人盯梢,如若他住老宅子,就说他欺侮寡嫂;若盖新屋,就说

他贪污了钱财。怎么办呢？老家人包兴说："你不要大嫂让屋，也没钱盖新屋，就只有到牛屋去住，它是门朝北不合规矩呀！"包公听了，笑笑说："大门朝北，与牛为邻，正合吾意。"于是，便让人收拾了牛屋，在后边搭个披屋，牛住披屋，他便住进大门朝北的屋子里去。

"大门朝北"和"与牛同住"毕竟是一种权宜之计，但包家后代为了不忘祖先的清正廉洁，仍遵循这·做法。直到 20 世纪 60 年代初期，肥东县文集乡小包村的包拯出生地，还可以看到包氏的一庙两祠均大门朝北，老百姓的住宅旁边多有关牛的"披屋"。

"原服"与"新衣下水"

合肥地区的人们喜欢穿大半新的衣服,这叫"原服"。即便是新衣,穿前也要下水浸湿。结婚的新郎、新娘穿的"土布褂裤"也是先下水,后上身。这个习俗跟包公有很大的关系。

按宋朝规矩,四品以上的官员上任,皇帝要赐一套"章服"。庆历七年(1047年)的四月,包公由池州太守调任陕西转运使。转运使是主管运输事务的中央或地方官职。唐朝的时候在州或郡上设置一级监察机构"道",宋代改为"路",实际已经成为一种大行政区,跟现在的"省"相近。北宋时全国分为十八路,转运使就是路的行政长官。他的职责是掌管一路的财政税收,兼考察地方官吏、维持治安、清点刑狱、举贤荐能,职权相当大,是三品官。包公先前做的池州太守是五品官,穿的是绯红色官服。绯红色就是比较正的红色,韩愈的诗里有"配服上色紫与绯"的句子,是说穿衣服什么最漂亮?

紫色和红色,这是当时的最佳流行色。官场上,这却代表着两个等级。包公穿五品官服才半年就晋升为三品,可谓官运亨通,按规矩,他应当更换为紫红色的"章服",以标示他新的地位。但是仁宗疏忽了,包拯对吃穿极其简便,也没有提要求,就穿着原服上任了。这本来是件好事,但却有少数朝官认为有失体统,丢失了朝廷命官的威严,奸臣还上告包拯。仁宗看了本章后,非但没有降罪包拯,反而嘉奖说:"原服赴任保廉洁,国有良臣朕之幸!此乃朕之疏忽,与包爱卿无干。"他马上派人把"章服"送到包公任上。1978年,合肥文物处发掘包公墓,出土墓碑上就记有此事。虽是穿衣小事,可见当时已影响到民间。包家的后代也以穿旧衣(原服)为荣。人们竞相效法,遂形成这一衣俗。但是人们总是要添置新衣,怎么办呢?新衣就先下一下水,以示不忘旧。久而久之,"新衣下水后上身",也就成了一种地方习俗。

不与富人交

　　包拯对与地方豪强富户交往采取非常谨慎的态度,这是他一生秉持的原则。据史料记载,包公早年在家乡读书时发生过一件事。他和一个姓李的同学共同借住在一间僧舍里,在两人上学的必经之路上,住着一家富户。有一天,包公和这位姓李的同学经过这家门时,发现那位"大款"就站在家门口笑吟吟地等着他们。待两位走近,富人双手作揖,请他们进屋坐坐,交个朋友。

　　没等同学说话,包公即上前施礼,说他们还有急事,不便打扰,婉言谢绝了。过了几天,大款摆了一桌宴席,再请二位一定赏脸,态度非常诚恳。盛情难却,李同学打算赴宴。

　　包公正色曰:"彼富人也,吾徒异日或守乡郡,今妄与之交,岂不为他日累乎?"(《朱子语类》)他是谁? 大款;我们是谁? 穷学生! 你动脑想一想,

他干吗请我们？今天跟他勾勾搭搭，日后我们若是考取功名，被派到家乡来做官，怎么跟他相处？他要是犯了罪，我们怎么好秉公执法？那位同学恍然大悟，结果两人都没有去吃饭。若干年后，包公和李同学果然先后被委任为庐州知府，正好应了包公先前的话。

不愿与富人交往的原因，包公说得很清楚，官府、豪门相互勾结，干下多少罪恶的勾当，百姓深受其害。出身于平民家庭的包公，表现出一种很朴素的思想感情，深切同情百姓疾苦。他一生专跟那些为富不仁的有钱人过不去。

这是包公被人们历代传颂的一个主要原因。

廉 泉 故 事

　　廉泉在安徽省合肥市包公祠旁边,井边上有一个凤檐龙柱的美丽亭子,檐下花额上悬挂着"廉泉"牌匾,字体庄重醒目。称为"廉泉"的正是位于亭子中央的一口古井。井沿是黑褐色的青石,石壁内侧,是一道道被打水时用的井绳勒得极深的纹道。正对井口的亭子顶端中央,还雕有一块圆形彩绘木质浮雕龙像。雕龙倒映井内,随着井水的晃动,好似龙影在舞,颇有游龙戏水之景趣,故人们又称廉泉井为"六角龙井"。

　　据了解,包公为官的地方目前保留下来的古井仍有十余口之多,百姓都称为"包公井"。据悉,廉泉原先也是包拯专为解决附近书院师生喝水难问题而挖掘的,也告诫后人立世做人,务必要像此井水一般清澈明净。若有对己行为不尽知详者,可面井水而视,当可照知一二。这个包公井不大,井壁直径约60厘米,深十几米,井水清澈可鉴,四时不竭。据说廉泉有一个特别神奇的地方,就是会因不同的人喝产生不同的味道。普通老百姓喝了会解渴;清官喝下去,清冽可口,甘醇香甜;但是如果贪官喝下去,必定苦涩难咽,像有芒刺封喉,而且当场头痛欲裂,无药可医,唯一能够减缓病痛的偏方是:

喝一碗狗尿(意为贪官贪太多,'狗尿'是合肥话'够死'的谐音)。故此,明朝张好宁作一首《廉泉》诗篇:"香花墩上有奇泉,饮罢头痛始觉贪。争得长江大河水,悉于廉泉得其源!"

相传,一姓臧的知府老爷信步至此,闻听廉泉井水清如明镜,且味绵甜,时正值盛夏炎热,其便乘兴叫随从汲来廉泉水,一来为解渴消暑,二来是要亲验传说的真伪。谁知老爷一口井水刚下肚,即刻头痛不止,肚痛难忍,慌得其随从忙将老爷搀扶入轿,打道回府。后来人们经了解,方知该老爷乃一贪官。

相传,到了清咸丰年间,一个名叫李国蘅的举人游览至此,其也乘兴品饮廉泉之水,喝后只觉清凉甘甜,并无不适之感,于是便写下了《井亭记》一文,称廉泉井水,"不廉者,饮此头痛欤"。由此,廉泉之水,廉者饮可润肠解渴,贪者饮可致头痛的传说便传开了。直至今天,这仍是人们乐道不止的一个话题。

光绪二十八年(1902年),李鸿章侄孙李国蘅撰写了一篇《香花墩井亭记》,曰:"闻昔有太守来谒祠,启开汲饮,忽头痛,复埋如故。是说也,余窃疑。命从人开井汲泉,煮茗自饮,味寒而香烈,饮毕无异,目而笑谓诸曰:井为廉泉,不廉者饮此头痛欤!"

近年,合肥地方戏曲剧团,用廉泉传说编演了一出新戏,叫《廉泉试官》,讽刺那些原本贪劣却硬要冒充清廉的官吏,被廉泉水试出了真相,显示出了民心舆论的力量。

叫哑巴打兄

传说,有个哑子,每逢新知府上任,都献上一根木棒,任官责打。包公上任后,他又来献棒。包公想:如果他没有冤枉,怎肯屡屡无罪吃棒?无奈哑子口不能言,手不能写。包公心生一计,用猪血涂在哑子臂上,又让戴上长枷将其引到街上示众。并暗差几个心腹跟随其后,见有人替他鸣冤叫屈,就传他上堂。一会儿,果见围观者中有个老头为哑子叫屈,于是将他引到包公面前。老人说:"这人是我村的石哑子,自小不能说话,只是耳朵还好使,他被哥哥石全赶出,万贯家财,并无分文给他。每年告官不能申冤,今日又被杖责,小者因此感叹。"包公传石全到衙,但石全不承认哑子是他亲弟弟。石全走后,包公教哑子:"你以后撞见你哥哥,就去扭打他。"哑子眨巴着眼睛,看上去有些害怕。包公说:"你就照我的话去做好了,本官可为你做主。"一日,被打得头破血流的哥哥来告哑子,说他不尊礼法,殴打亲兄。包公问石全:"哑子如果真是你亲弟,他的罪过不小,断不轻饶。如果是外人,只作斗殴论处。"石全说:"他果是我同胞兄弟。"包公喝道:"既是你亲兄弟,为何不将家财分给他?分明是居心独占!"石全无话可说。包公即差人押他们回家,将所有家财一分为二,两人各分一半。

张贵妃之死

宋仁宗至和元年(1054年),在包公生活中发生了一起不幸的事件,就是他的长子包繶去世了。在包公出知瀛州时,包繶为奉议郎通判潭州(今湖南长沙市),但只有二十多岁就因病去世。包公当时只有一个儿子,在遭到这种不幸的打击之后,他向朝廷提出请求,希望在离家乡近便的地方,给予一个州郡职务。朝廷体谅他的心情,批准他当扬州知州,随即又调任庐州知州。包公就此回到了老家,在思想感情上可能稍为舒畅一些。

包公回到老家做官,自然会产生一些问题。一些亲戚故旧,依仗包公是地方长官,居然乘势扰乱官府。包公有一个从舅触犯了法律,对于这样一个事件,包公依法处理,加以鞭笞之刑。从此以后,亲戚故旧也比较老实起来。包公不庇护亲旧,使自己赢得了威信。

回老家做官,对于包公的政治生涯和情绪来说,都是一个低潮时期。自从离开谏院当外任官,实际上说明仁宗对于包公的态度冷淡了下来。这种冷淡态度,在包公思想上的反映是,在瀛州和庐州时期,对现实政治的建议大大减少,似乎保持了一定的距离。

但是,当时朝廷上却还有一些比较有趣的闹剧,其中最主要的是张贵妃之死。

作为一个皇帝,仁宗在生活上很有一些花花事儿,即位没有几年,他宠上了尚美人、杨美人,在理由一点儿也不充分的情况下,他听了吕夷简等人的谗言,废了郭皇后。后来他被两位美人弄得神魂颠倒,身体消瘦,在大家十分担心、毫无办法的情况下,由一个大宦官阎文应出面把这两位美人撵出宫去了事。后来他宠上了张贵妃。张贵妃由才人而为修媛,由修媛而为贵妃,不但"宠冠后宫",而且"势动中外",干预起政治来。像文彦博这样的宰相,也要千方百计讨好张贵妃,刘沆、王拱辰等官僚更不用说。北宋一向注意不许以后妃为首的后宫干预政治,除了皇帝年幼,皇太后名正言顺地摄政,一般不允许后妃公开勾结朝廷上的政治势力。但张贵妃几乎成了一个例外,造成了女谒擅权的倾向,造成了仁宗政治史上的一个污点。张贵妃的地位低于皇后,但在礼仪方面,她往往逾越当时的制度,想同皇后等齐。她曾经要求打红伞,增加卫兵之数。一般情况下,仁宗往往一口答应,但限于明文规定,有时也不能兑现。张贵妃的死令仁宗十分伤心。他对左右提出,张贵妃很有功劳,过去颜秀等人实施宫廷阴谋的时候,挺身出来保护他的,就是张贵妃。又指出,大旱之年,张贵妃曾在宫中祷雨,并刺臂出血,用血书写祝词。仁宗说,张贵妃的这些表现,宫外都没有人知道,应该为她追加荣誉。

仁宗刚发表这番德音,当时的一个大宦官石全彬马上出来奉承讨好,说应该用皇后的礼仪在皇仪殿治丧。此说一出,众宦官同声附和,只有一个宦官张惟吉,说这样的事情应该向宰相请示。张贵妃起先的谥号叫"恭德",因遭到了一些人的反对才改成了"温成"。这种对死人的恭维,其实完全是在讨好仁宗。但也有人反对,也有人因进言不听,要求补外,有的人甚至要请长假,闹成很大的僵局。

由于张贵妃之死,京城禁乐一月。张贵妃既然升为皇后,一切礼仪也就照皇后的办。出殡临葬的时候,有宣读哀册的仪式,起先叫枢密副使孙沔担当这个角色,孙沔是一个不肯迎合的人,他上奏说:"章穆皇后举行丧礼,皆用两制官(指翰林学士和知制诰,翰林学士为内制,知制诰为外制,合称两制官)行事。现今'温成'是追谥,反而命令二府大臣行事,这不可以。"他捧了哀册在仁宗面前坚持,并且还说:"以臣孙沔读册是可以的,以枢密使读册是不可以的。"说罢,把哀册放置起来就退下。在这种情况下,堂堂宰相陈执中,居然取起哀册,自己宣读起来。这无疑是丢尽面子、降低身份的行为,但却赢得了仁宗的欢心。

在举行过丧葬之后,还替张贵妃立小忌,由于遭到激烈反对,后来才予以取消。枢密副使孙沔由于反对追册温成皇后,并说这都是佞臣弄出这种过举之礼,因此被罢职,出知杭州。后来还就温成皇后的旧室立庙,并规定

四时享礼的制度,又把温成皇后所葬之处题为"温成皇后园"。当时刘沆已当上了宰相,任了温成皇后的监护使和园陵使,但遭到御史中丞孙予卞的反对,并且公开在仁宗面前争论。类似种种现象,当时任谏官的范镇看在眼里,他向仁宗上奏:"太常议温成皇后葬礼,前些日子叫温成园,随后又改叫园陵;宰相刘沆前为监护使,后为园陵使。这些都出之于礼官,前日是则今日非,今日是则前日非,必有一种是不对的。古代法吏舞法,而今天礼官舞礼。若不加诘问,恐怕朝廷的典章制度逐渐败坏而不可挽救。应该弹劾礼官的前后矛盾,以正中外的疑惑。"仁宗对于这样的意见,也不理睬。

围绕温成皇后的某些礼仪,居然造成了礼官不明白手续制度的事情,并发生弹劾事件,礼院的书吏纷纷畏罪逃避。当时有两个比较正直的人,一个是同知太常礼院吴充,居然被贬知高邮军(今江苏高邮);另一个太常寺太祝鞠真卿,被贬知淮阳军(今江苏邳县西旧县)。这两个人贬非其罪,台谏官都出来说话。当时冯京当太常丞、同修起居注,他上疏讲得十分恳切,引起宰相刘沆大怒,居然把冯京也贬知濠州(今安徽凤阳),并免去同修起居注之职。

当时的朝廷政治,在宰相陈执中、刘沆等人主持下,可以说一塌糊涂。围绕张贵妃之死所演出的这许多闹剧,是一个很有意义的缩影,很值得人深思。仁宗没有决心进行改革,没有眼力任用正人、有志之士。他不把自己的精力集中于当时重大的政治问题和军事经济问题上,却围绕一个女人大做文章。可以说,把朝廷政治弄得乌烟瘴气,应负最大责任的是他自己。

当时在仁宗身边已经没有像包公这样的谏官。当这些闹剧发生之时,包公已远离朝廷,在迢迢千里之外。很可惜他没有看到这些闹剧,也很庆幸他没有参与这些闹剧。但是,我们要请读者思考,假如当时包公正在仁宗的身边继续担任谏官,那他可能会采取什么行动?

包公入京城

任监察御史

庆历三年(1043 年),包公于端州任满,朝廷委派他监京东排岸司。到了十一月,当时的御史中丞王拱辰,援引唐代的制度,请求增置监察御史里行,他还推荐李京和包公二人担任这个职务。而这,标志着包公进入了当时的中央政权机构。

北宋设有御史台,掌纠察官吏,肃正纲纪,主要的责任是揭发弹劾违法乱纪的官吏,向皇帝上奏,加以处理。这个监察机构下属三院:一是台院,侍御史隶属于此;二是殿院,殿中侍御史隶属于此;三是察院,监察御史隶属于此。御史台设御史中丞一人作为台长,设侍御史一人,作为副属;又设殿中侍御史二人,以纠掌百官上朝时失仪者;又设监察御史二人,以参弹大小百官的种种错误、违法乱纪行为。凡是资历较浅职位较低的人而任监察御史者,叫作"里行",所以监察御史里行也就是副监察御史的意思。唐代著名的文学家柳宗元,也曾经担任过监察御史里行的职务。

包公进入中央政权机构,正值北宋政治生活也进入一个重要阶段,即著名的"庆历新政"时期。当时章得象、吕夷简、晏殊三人执政,但中央政权机构在人事方面经常有所更动。四月份,以杜衍担任枢密使,以韩琦、范仲淹担任枢密副使,共同管理军事。六月份,参知政事毛举正罢官,出知许州(今河南许昌),以范仲淹参知政事,也即担任副相,同时以富弼为枢密副使。范仲淹、杜衍、韩琦、富弼等人,对于政治力主革新,他们升任执政官的地位,标志着改革派开始得势,他们所要着重解决的是军事和政治两个问题。从军事讲,当真宗在位的时候,北方的契丹贵族统治集团于景德元年(1004 年)曾经举兵侵扰,严重威胁北宋的和平局面。当时主和派、迁都派比较嚣张,但在主战派寇准的力争之下,真宗决定亲征。在"澶州之战"中,北宋军队射死契丹统军挞览,契丹大败。在此形势下,北宋同契丹进行和议,达成"澶渊之盟",北宋每年赠送契丹绢二十万匹,银十万两。从此,双方维持均势,出现了和平时期。但最近几年,契丹借准备讨伐西夏之机,仍有蠢蠢欲动之势。到了仁宗宝元二年(1039年),西夏党项族首领李元昊反叛,又从西方严重威胁北宋。康定元年(1040年),李元昊集中强大兵力进攻保安(今陕西志丹),抵达延州(今陕西延安市),环庆路副都部署刘平,同鄜延路副都部署石元孙,在战争中大败。接着,庆历元年(1041年),环庆路副部署任福与西夏战于好水川,又大败;庆历二年闰九月,泾原路副都部署葛怀敏与李元昊交战,还是大败。这彻底暴露了北宋在军事上的腐败无能。西夏与契丹既有矛盾,又进行勾结,他们结成掎角之势,所以北宋陷于严重的军事危机之中。范仲淹和韩琦、富弼,都力主抵抗契丹和西夏,曾经分析过形势,提出过策略,这次准备在军事上有所改革。

北宋自从赵匡胤建立政权后,加强了中央集权制,把政治、军事、财政大权都集中于中央,并进一步集中于皇帝一人。鉴于唐五代藩镇割据的教训,北宋对于地方割据有所防备削弱;又鉴于历代宦官擅权的教训,北宋对宦官也有所压抑。北宋还改进了科举制,使地主阶级各阶层参与政治的机会大大增加,许多普通地主家庭出身的知识分子,通过科举登上政治舞台,担任重要职务。较之前代,北宋政治有进步的方面。但是,北宋政治的主要弱点,是统治阶级缺乏远见,只求苟安,不从根本上力图振作。随着时间的推移,地主阶级统治集团的腐败现象滋长,内部矛盾也随之加剧起来。特别是真宗晚年,丁谓、王钦若一派人物,宣扬"天书",大搞迷信活动,严重粉饰太平,而寇准等比较正派的人物遭到严重打击。仁宗即位时仅是一个十三岁的少年,实际政权由皇太后刘氏把持。到了明道二年(1033年),皇太后逝世,仁宗亲政,那时他二十四岁,政权长期被吕夷简为首的一批保守分子所左右。他们在政治上的主要表现是因循保守,无所作为,并竭力压抑具有改革要求的人。范仲淹、杜衍、韩琦、富弼、欧阳修等人,对吕夷简集团进行了一定的斗争,但这个集团是个庞然大物,他们盘根错节,互相勾结,所以改革派很不容易抬头,受到很大阻力。吕夷简、夏竦等人,还惯于制造舆论,诬蔑范仲淹、杜衍、欧阳修等人为朋党,所以他们在朝廷上刚刚提出一两个改革措施,还未得到推行,却已出现了朋党之争。

当时的监察御史王拱辰,字君贶,开封咸平人。他十九岁举进士第一,是名状元。他曾当过知制诰,权知开封府,后来担任御史中丞,他弹劾过一些坏人,但也打击过好人,政治基本是倾向于保守的,属于吕夷简一派。这样一个特点,对于作为下属的包公来说,有时是不利的。包公在这样的形势下担任监察工作,在政治上具有一定的难度。但包公为人正直,是非分明,在大方向上同当时的革新派站在一起,而并不同他的上司王拱辰站在一起,这是包公在中央政治生活中一个很好的起点。

包公先是担任监察御史里行,随即在庆历四年任为监察御史。他的视野所及,都是当前迫切需要解决而且牵涉国计民生和国防大事的一些问题。从国防上,包公最关心的是契丹和西夏问题。在庆历二年,契丹主派遣南院宣徽使萧特默、翰林学士刘六符来到北宋,索取晋阳及瓦桥以南十县地。这是趁北宋惨败于西夏之机的一种敲诈勒索。契丹主还颁发了所谓"南征赏罚之令",对北宋进行威胁。四月,北宋派遣富弼使契丹,拒绝了请地的要求。七月,富弼再使于契丹,达成岁增金帛之议。但契丹还进一步要求在誓书中写明"献"字或"纳"字,以挫折北宋的威信。结果,北宋内部通过争议,采取晏殊的意见,许以"纳"字。这种形势,使"澶渊之盟"后近四十年的均势破坏,北宋在外交上处于软弱被动的地位。

包公根据这些实际情况,向仁宗提出了《论契丹事宜疏》。他指出,自从结盟以来,边境安定无事,但最近因西夏李元昊背叛,契丹借机邀求。从契丹内部看,官吏俸给较低,人民生活困苦,滋生了向南扩张的野心。但受到各种条件的牵制,还不能"无衅而动"。包公提醒仁宗,有的议论认为"四夷乃支体之疾",不如"心腹之患"严重。这种观点是错误的。从关系上讲,"四夷"确是支体,但"支体之疾亦根于心腹,支体未宁,则心腹安得无患"?包公这个见解,比当时一般人"患在心腹"的论调高明得多,全面得多。包公还提醒仁宗,不要单凭什么"盟誓",产生麻痹轻敌思想。他引述《孙子兵法》说:"无恃其不来,恃吾有以待之也;无恃其不攻,恃吾之不可攻也。"指出应该立足于有备无患,立足于自己的不能被攻破,应该注意契丹玩弄的阴谋。包公还指出边备方面的问题,"沿边诸将未甚得人,皆售进市恩,结援固宠,不讲方略,不训士卒,抚驭无术,劳逸未均,以致边备未完,边廪未实",而"一旦急用,必先事而败乃"。包公还指出:"郡无善将,营无胜兵",如果遭到"来如疾电,去如脱兔"这种突然袭击,就完全没有办法抵御。这种状况,令人"寒生毛骨"。包公最后向仁宗提出,应该"选求将帅,精练卒伍,广为积聚,以大警备之"。这样,从将帅、士卒、粮草、提高警惕等主要方面有所改变,才能对付契丹。

当时西夏在连获胜利之后,听从契丹的建议,开始与宋议和。西夏派来使者,提出很多要求。韩琦针对这种情况,力陈"屈意与和,恐有后患"。庆历四年九月,李元昊再次派遣场守素来进行谈判。包公上《论昊贼事宜疏》,又上《论杨守素疏》。他从北宋同契丹、西夏三方面的关系来考虑,指出尽管同契丹结有旧盟,目前对西夏又有新的议和,但"纵无后患,亦防他变,得此失彼,恐未为福"。万一契丹"乘衅而动",就要造成被动局面。所以处理西夏的关系问题,"此乃系国家安危之机",不可不慎重。对于李元昊的要求,应该等待情况变化再做商量。包公还指出,西夏十分猖狂,有"无厌之求",讲和许赐帛缯茶货未必能保住安全,对"沿边塞栅备御之具,亦不可少懈"。

对于军队,北宋以禁军为正规军、主力军,但禁军的数量毕竟有限,主要任务在于保卫京师。一遇战争兴起,禁军进行调动。包公认为,禁军不可多调动,各边防地带应该就地招置士民,也即民兵。他建议要像唐代李抱真一样,根据每户田数多少、丁力多少,招募民兵,积极训练。让家产比较富实的人家,捐献谷帛钱财,以补助出丁的贫困户。这样,军队的数量可以成倍增加,多少可以抑止兼并,穷苦人户有所仰给。一则不费粮饷,二则群众乐为。

包公还特别提出武将是国家安危所系,要特别慎重选择。审将之道,不当限以名位,主要看他有无才能。对于有实才的人,要"擢而用之,专而委之,必有成功"。包公在《请留禁军不差出招置土兵疏》所发表的思想,实际就是对当时的军队进行改革的思想,是在北宋军队连连失败、弄得焦头烂额的情况下寻找出路的思想。

包公也注意官吏队伍内部的风气问题。当时的诸道转运司,兼任按察,并设置判官、提点刑狱等官,对下属官吏进行监督。但是论奏的内容,并无显著罪名,都是挑剔鸡毛蒜皮,不辨虚实。这样,孤弱无援的人按以深文,权豪狡猾之辈则放纵不管,而有些比较奉公洁己、不肯迎合的人,反遭诬陷。包公在《请不用苛虐之人充监司疏》中引用《老子》所说:"其政察察,其民缺缺;其政闷闷,其民淳淳。"他指出当前民力凋残,国用窘迫,如果专用刻薄好进、过于苛虐之人充当监司,就会民不聊生,恐非国家之福。包公还指出,以苛虐之人充当监司,使得天下官吏各怀危惧,并发生是非颠倒的现象,"其廉慎自守者,则以为不才,酷暴非法者,则以为干事"。人人相效,唯恐不及。他还指出,在茶盐酒税方面,各处的长吏为了讨好转运使,追求所谓的税收超额。这样,老百姓一例遭到强制配买,过往商客倍受剥削,"为国敛怨,无甚于此"。他提出在茶盐酒税方面,保持原定税额,不得擅增课利,骚扰人户,并权罢各种任意摊派,以安海内生灵之心。

根据包公的论奏,仁宗下了一道诏命:"如闻诸路转运按察、提点刑狱司发撼所部官吏细过,务为苛刻,可降敕约束之。"于是正式降敕,对诸路按察使有所约束。

包公还上《请令提刑亲按罪人疏》,呼吁明察冤滥。又上《论内降周景札子》,呼吁仁宗个人不要任意宽赦罪犯,他认为刑罚一滥,狡吏得以为奸,就无所畏惧。所谓"内降",是皇帝不通过朝廷正式机构,个人从宫内发出宽赦令。"内降"的滥用,会使法律成为一纸空文。包公在这里所坚持的是执法思想,只有执法,才能使罪犯得到应得惩处,而无所侥幸。

赵宋皇室既宣扬佛教,也宣扬道教,作为统治人民思想的一种工具。尤其真宗在世的时候,他带头大搞"天书""封禅""祀后土"等迷信活动,把老子奉为"太上老君混元上德皇帝",在京城修建了很多座宫观。而每一次修建宫观,就大肆搜刮民脂民膏,给人民带来沉重的负担。有的转运使为了讨好皇帝,"多载奇木怪石,尽括东南巧匠"。著名的玉清昭应宫,日以继夜地修建,规模宏丽,总共有二千六百一十间房屋。此外,还有景灵宫、太一官、上清宫等。庆历三年十一月,包公刚当监察御史里行时,上清宫大火,所有建筑付之一炬。但赵宋王室还想重修,包公为此上《请不修上清宫疏》,联系当时连年发生战争,人民负担极重、生活痛苦的实际情况,他说:"天下多事,调发旁午,帑藏未实,边鄙未宁,岂可先不急之务,重无名之率哉!"他希望仁宗"推仁慈之德,念疲敝之俗,且务安之之理,岂忍重困之也"!这充分反映了包公的爱民、安民思想,让老百姓在困苦之中得到安宁苏息,不要火上加油,多加煎熬。这是包公政治思想方面的一根主线,从初任地方官是这样,现在任监察御史也是这样,在他一生中始终有所保持和发扬。

庆历四年十一月,朝廷发生了一起重要案件,就是监进奏院的刘巽和苏舜钦,都因盗卖公物罪名遭到除名勒停的处分。这起因于进奏院举办的一次祠神会,苏舜钦按照惯例,把衙门卖掉废旧纸所得的公钱,加上自己的一些钱,邀请宾客,举行一次宴会,会上招来歌妓作乐。这是年年如此,司空见惯的事情。据说当时有一个人想要参与这次宴会,但遭到苏舜钦的拒绝。这人怀恨在心,就制造流言蜚语,向当时的监察人员汇报。说苏舜钦不但盗用公款,在宴会上还有人作《傲歌》,大骂周公和孔子,这是大不敬的犯上行为。御史中丞王拱辰掌握了这些情况,就暗示他的下属鱼周询、刘元瑜等进行弹劾。在报告仁宗之后,连夜在京城逮捕所有参与宴会的人员,闹得满城风雨。王拱辰等人的目的,并不仅仅在于打击陷害苏舜钦,而是直接动摇积极支持苏舜钦的范仲淹和杜衍等人,是一个巨大的政治阴谋。苏舜钦当时是一个少年新进,颇有文名,敢于发表议论,在政治见解上是同改革派站在一起的,他的某些言论侵犯了权贵的利益。他出任监进奏院官职,是由范仲淹所推荐,而杜衍是他的老丈人。当时范仲淹、杜衍等人推行新政,有所改革。但吕夷简、夏竦、王拱辰等人极为仇视,他们千方百计要把范仲淹等人赶下台。实际上,范仲淹的所谓"新政",仅仅是修改荫补法、限职田等等,其他所谓明黜陟、抑侥幸、精贡举、择官长、均公田、厚农桑、修武备、减徭役、覃恩信、重命令等十项,仅仅是方案。由于仁宗没有决心,加上吕夷简等人的阻力,所谓的"新政",有气无力,而范仲淹在庆历四年六月就从参知政事的位置上被排挤下来。九月份,杜衍当宰相兼枢密使,但他也是保守派的眼中钉。正当吕夷简等人要把改革派赶下台而不得其计的时候,出现了苏舜钦主持的进奏院祠神会。保守派以此为引火线,用迅雷不及掩耳的手法,把苏舜钦诬以重罪,开除官职,一脚打翻在地,而矛头所指,就是在范仲淹被赶下台之后,再把杜衍赶下台。苏舜钦的案件,牵涉到当时著名的一批文人,如王洙、刁约、江休复、王益柔、周延僬、章岷、吕溱、周延、宋敏求、徐绶等人。这些人一例被贬官外任。事后不久,杜衍也在次年正月被罢相,被赶下了台。一出所谓"庆历新政",昙花一现,几乎只有开场,而没有收场,从此没有下文。这是北宋政治改革史上的一出闹剧。把"庆历新政"加以扼杀的,当然是仁宗和吕夷简等人。但公开充当镇压改革派打手的人,就是掌握弹劾大权的御史中丞王拱辰。他在苏舜钦等人受到处分之后,扬扬得意地说:"吾一举网尽之矣!"王拱辰在这出闹剧里指使的人,就是他的下属鱼周询、刘元瑜等人。但是,读者们一定会非常自然地发问,包公由王拱辰所推荐,在御史台又是上司和下属的关系,关系较为密切,那么,他参与了这出镇压苏舜钦的闹剧了吗?事实告诉我们,包公没有参与这出闹剧。

包拯与庆历新政

  1043年,著名的"庆历新政"刚刚开始,掌管朝政的还有章得象、晏殊等一班保守派人物。新与旧、改革与保守之间的矛盾,便不可避免地开始酝酿了。范仲淹、杜衍等人,推行新政数月,裁冗官、选人才刚刚进行一半,修改荫补法、限职田也在推行,其他各项如明黜陟,抑侥幸、精贡举、均公田、厚农桑、修武备、减徭役、覃恩信、重命令等重大项目,都还没有来得及实行。被裁减的冗员,叫苦连天,喊冤告状的增多。朝中的大臣,有人开始对范仲淹进行攻击,说这次新政是一种派别斗争,是少壮派打击元老派,是狂妄人打击老实人,这种朋党活动如果继续下去,会天下大乱。仁宗皇帝一时闹不清是非,1044年六月,西北边疆吃紧,他便下了一道命令,把范仲淹调去守边去了。这是一个危险的信号。包拯是竭尽全力支持"新政"的,出现了这种情况,他十分忧虑。他当然知道,是王拱辰推荐他进入中央机关的,反对新政的又恰恰是这位重臣。心系国家的包拯,不愿因私人关系保持沉默。九月,晏殊一度被罢相,后又很快复相。保守派有夺权之势。就在这斗争最尖锐的时刻,包拯毫不犹豫地向仁宗皇帝送上奏折。他指出:"宰相上佐人主,以治天下",绝不是平庸之辈可以胜任的。选好了人,百令畅通,人民拥护,"治乱之本,在兹一举"。宋仁宗接受包拯的意见,任命枢密副使杜衍为宰相。杜衍是改革派的主要人物,他上台以后努力推行新政。包拯的建议,挽救了"新政"。杜衍任相,"庆历新政"仍然在积极推行,但碰到了更加巨大的阻力。保守派继续纷纷指责"新政",仁宗皇帝左右摇摆不定,推行新政相当困难。范仲淹又被罢相,远在边疆。有些年轻的改革派官员,感到愤怒和不满。1044年(庆历四年)十一月,进奏院的刘翼和苏舜钦,邀集一些文人朋友聚会,喝酒吟诗谈心,还找来歌妓作乐。这类聚会,本来是很普通的,没有任何政治色彩。但这些参加和支持改革的文人学士在言谈吟诗当中,表达对当时社会政治的关心,失去了应有的谨慎。据说,曾经有一个官员想参加这次聚会,遭到苏舜钦的拒绝,这个人便向监察院汇报,说苏舜钦不仅盗用公款,任意挥霍,还在宴会上作《傲歌》,大骂周公和孔子,实际上是借机攻击皇上。所谓盗用公款,实际上多数是利用卖废纸的钱,根本算不了多大的事。最为皇帝不快的是吟《傲歌》。写这首《傲歌》的作者是王益柔,他的父亲王曙是前朝的宰相,推荐过欧阳修等人。王益柔经范仲淹推荐,任集贤院校理。这位校理年轻气盛,在宴会上挥毫写下了《傲歌》。这首歌词的内容,现在已经不得而知。根据《傲歌》这两个字,可以想象,字句狂傲,有所谤讪。老谋深算的御史中丞王拱辰,便抓住这首《傲歌》大做文章,指使监察御史刘元瑜专疏提出弹劾,指出这些人是在反对皇帝。宋祁、张方平也参与助阵。宰相章得象、晏殊不置可否。还有一批人暗中支持王拱辰。这次弹劾触动了最敏感的神经,仁宗皇帝下令出动御林军,把参加诗会的主要人员全部逮捕。这次斗争,历史上称为"奏邸狱",苏舜钦等一大批改革派官员被贬,其最终矛头是指向范仲淹和杜衍的。1045 年一月,才上任一百二十天的杜衍被罢相;三月,富弼也被免职,离开朝廷,被派遣去河北;欧阳修也因为公开为范仲淹等人呼喊,被降到滁州。至此,轰轰烈烈的"庆历新政"已被迫结束。从 1043 年九月起,至 1045 年二月结束,前后总共只有 一年半的时间。"庆历新政"还处在摇篮里就被扼杀了。对改革派发动进攻的是一直不赞成改革的保守派人物,下命令的却是曾经下决心支持改革的仁宗皇帝。充当总指挥、调兵遣将、冲锋陷阵的是掌握弹劾大权的御史中丞王拱辰,跟随他行动的还有鱼周询、刘元瑜等人,幕后还有吕夷简、章得象和晏殊等人。王拱辰在小完这桩事情之后,曾经扬扬得意地说:"吾一举网尽之矣!"一代名臣范仲淹,被贬责在湖南岳阳,在他那篇著名的《岳阳楼记》里唱出"先天下之忧而忧,后天下之乐而乐"的悲壮诗句。这是用血泪写下的名句,已经流传千古,并将永远流传下去。

"庆历新政"失败了,包拯反复思考后认为,在皇权至上的时代,决定权在皇帝一人手中,想扭转这种局势,已经不可能了,欧阳修就是最有力的证明。相当一批人已经扯起顺风旗,"不知人间有羞耻事"。包拯宁可不做官,

也不愿扭曲自己的灵魂,在"庆历新政"刚刚失败以后,他立即提出请调外任的报告。包拯请调外任,也就是自动请求降职,而且从六月到十一月一连给皇帝送上了七个奏章,态度认真。他在第一个奏折里提出这样的理由:"臣以极陋至庸之质","才微责重","上则负陛下求治之心,下则负执政用才之意。且忠良介特之士在下既不能进,奸猾奇暴之人居职又不能退,公议日迫,无以逃责,久兹泰冒,实不遑宁"。(《包拯集编年校补》185 页)在才盾尖锐的时刻,他很机智地使用了以退为进的战略。"且忠良介特之士在下既不能进,奸猾奇暴之人居职又不能退",这样尖锐的语言,不是很巧妙地对保守派无情整人的批判吗?既勇且智,能攻能守。包拯的骨头是硬的。让他干,他就要反对贪官污吏;不让他干,他就甘愿退位,不恋战,不强求,绝不看风使舵,随波逐流。过不多久,他又送上第二个奏折,重申上一次的理由,加重了语气:"进退棘惧,启处不宁",已经是坐卧不安了。连上两书,没有音信,他在第三次奏折里,做了更详细的申述:他介绍了自己的身世,"臣生于草茅,蚤从宦学";又回顾到进谏院以来,"臣尝披肝沥胆,冒犯威颜",得罪了一些人,但是效果不佳,"然才无所长,愚有不逮",辜负了皇帝的委任,受到社会舆论的责备,"尚出入于喧闹,每惭羞于面目"。包拯的政绩是人们公认的,他却用责备自己的方法,来唤醒仁宗皇帝对"庆历新政"的怀念,用心可谓良苦,手段相当高明。第四次,他再次表明决心:"思之甚详,志方不夺。"第五次、第六次、第七次,他进一步说明:"若乃不愧屋漏,阁恤人言……恐难逃阴谴。"也就是说,在这种形势之下,他已经没有办法干事了。包拯虽然写了七次辞呈,仁宗皇帝并没有批准。在这个过程中,仁宗逐渐认识到自己对改革派大臣有些处置不当,采取了一些挽回措施。他重新调整了范仲淹、欧阳修等人的工作,并当面表彰了包拯的政绩,挽留他继续留任,并不断给予提升。既然辞退不准,包拯也不畏缩不前。"庆历新政"虽然已经失败,他仍然不改初衷,忠于职守,三次弹劾张尧佐,七次弹劾王逵,掀起了一场又一场反腐败斗争。在这些奏折里,包拯数次表露了对"庆历新政"的赞许,仁宗进一步认识了包拯,增加了信任。

包拯出使辽国

　　庆历六年,就是 1046 年春节这一天,大家知道农历的正月初一春节,又称为新年、正旦,是中华民族一年当中最重要的节日,在这一天可以说是万家团聚,欢乐喜庆。在中国古代,包括宋、辽、金时期春节这一天,同样是一个重要的节日。大家可能熟悉王安石有一首《元日》,其中就讲到:

> 爆竹声中一岁除,
> 春风送暖入屠苏。
> 千门万户瞳瞳日,
> 总把新桃换旧符。

　　这其中提到的爆竹声、屠苏酒以及在门上挂的新桃,都是反映一种节日的喜庆气氛。那么在庆历六年,也就是 1046 年这一年的春节,包拯就不能够在家休息娱乐了,他肩负着朝廷赋予的重要的出使辽国,也就是出使契丹的重要使命,他要奔赴大漠孤烟的塞外,向契丹国祝贺新年。

　　宋太祖赵匡胤建国时,采取的是先南后北的方针,首先荡平了南部中国,后来就挥师北上,争取收回燕云十六州,但是打了几次仗,没有打胜。到太宗又继续北伐,仍然没有成功。宋太祖、宋太宗几次北伐,准备收服这个(失地)没有成功,后来就采取了守势,在北部设置了一些边防,重点是稳固国内的统治。双方边打边谈,经过几次和战,后来到了 1004 年,也就是宋真宗景德元年,双方就签订了"澶渊之盟"。就是在河南澶渊这个地方,订立了一个合约。

　　这个合约规定宋朝每年"岁赐"给辽朝银十万两、绢十万匹。所谓"岁

"赐",就是赐给、赐予,这是一个好听的词语。上对下是赏赐的赐,实际上是被迫白给,对宋来说这个损失还是不小的。但是宋是用经济方面的妥协,来换取政治方面的和好。两国各守边界,互派使节,相互通好。

签订合约之后,宋朝边备有所松弛。辽趁着这个时机向宋进行要挟,认为宋给的绢、茶太少,要求增加,不然又要发兵来进攻。庆历三年,包公由端州入朝做官,这一时期正是北宋政府加大对契丹、西夏诸国的"岁赐",政治局势由危转安的和平期。面对契丹的步步紧逼和不断扩张的野心,北宋政府所表现出来的软弱和无能,让包拯心急如焚,他多次向宋仁宗直抒己见,建言献策。那么,包拯又是怎样来看待北宋与契丹及西夏之间的关系的呢?他向仁宗皇帝提出过哪些重要的军事和外交主张呢?

首先对宋与辽、夏的合约方面,包拯并不反对与辽和西夏议和。他认为当时宋还没有足够的力量来打败辽,收服燕云十六州。所以他认为讲和是有利的,他说这有利于"宽国用纾民力",就是缓和国内财政的困难,安定百姓,所以对与辽和西夏讲和他是赞成的,而且他提出应该"遵守盟约,各保疆界"。

包拯一方面认为要信守盟约,同时他提出千万不能放松边备,要加强战备。他多次提醒仁宗说,盟约"非御戎之策",真正要防止侵略,必须加强战备。

"澶渊之盟"之后的宋与契丹,保持了四十多年的和平交往时期,每年在节日来临之时,都会互派使节祝贺。宋仁宗庆历六年,正是两国在军事战备上相当微妙的一年,这一年,包拯凭借他在军事上的真知灼见和在外交上的过人胆识,被宋仁宗皇帝钦定为正旦使,代表宋朝向契丹国祝贺新年。初使塞外的他又是怎样与敌人斗智斗勇,彰显他的机智与勇敢的呢?

当时宋和辽都给皇帝或者是皇太后、皇后生日立一个节,作为一个重要的节日,叫圣节。皇帝的圣节都有名号,比如说宋真宗的圣节叫承天节,辽兴宗的圣节叫永寿节。两国合约之后,遇到圣节都派使臣来祝贺,大臣要祝贺,地方官要送礼,国外使臣也前来祝寿。皇帝呢? 要宴请群臣,大赦天下。

庆历五年四月,正是宋仁宗生日乾元节。辽国使臣来祝贺,按照惯例,宋要安排接伴使和送伴使,就是陪着这个使臣迎来送往。

　　四月十四日,原本安排迎接辽国使臣的官员得了重病,宋仁宗临时让包拯来做送伴使,送辽国使臣返回。当时宋与辽北部边境重要的一个边界线就是河北雄州,一般送使臣过这个界就算送到位了。从开封到雄州,日程大致是十天左右。但是由于包拯办事认真,而且关心百姓疾苦,所以在担任送伴使短短十天左右时间里,他发现迎来送往使节的过程中有很多弊端。这个弊端最主要的一个是时间过长,而且准备的物品太多,沿途当中吃拿卡要,互赠礼物浪费现象又很严重,而且骚扰百姓。他了解这个情况之后,就在送伴使任务完成后,给仁宗上了一道《请止决三番取索》的奏章,把具体情况一一说明,而且带来的不利影响也进行陈述,请求改革,又提出了具体的办法让这个奏章引起了朝廷的重视,后来就取消了三番使臣,让当地政府来负责这些迎来送往的工作,减轻对百姓的骚扰。

　　由于包拯出色地完成了送伴使任务,这年八月份,按以往惯例,仁宗命他作为贺契丹的正旦使,正旦也是春节、新年,代表宋朝向辽国祝贺新年。在这年底,在欢度新年的喜庆气氛当中,包拯率十几人进入了契丹国,到达了一个叫神水馆的驿站。这个神水馆驿站,由于常年失修,经常发生一些鬼鬼怪怪的事情。老百姓传闻说这里面有"凶怪"。而且还传说有三匹小马走进屋里,好像被什么东西击中,倒在地下,吓得无人敢去住。契丹安排接送的人员,有意识安排包拯到神水馆居住,这里面也有考验、刁难的意思。包拯听到这个情况后,毫无恐惧,他到了神水馆直接就到里面居住,并告诫随从人员,如果发生什么异常情况,不要大惊小怪,可以向他报告。结果他们一直待到天亮也没有发生什么事情,人人平安无事。

包拯一行到达辽国首都,当时叫中京大定府,在今天内蒙古昭乌达盟这个地方,按惯例向契丹赠送了金花银器三十件,各类丝织品四千匹,完成了礼节性的访问,准备在正月初五启程回国。在正月初五的前一天晚上,包拯与同行的官员张尧臣等十人同坐一堂,刚喝过茶,契丹的馆伴使张宥突然找到包拯说:"请暂退左右,有要事商量。"一般人员退下后,他说了一个重要情况:"雄州东南新开个便门,多收容燕蓟一带奸细人等,打听北朝的事宜,根据提供情况作用的大小,给予钱物,这种做法很不妥当。这样是不利于两国友好的。"当时听了这话之后,包拯说,我们了解一些情况,再给予回答。第二天,就是初五,辽兴宗要举行宴会,为包拯一行钱行。在赴宴的途中,包拯就了解了一下关于雄州开门的情况,后来便把张宥叫来,说,昨天晚上你提出雄州开门这个事情,因为情况不了解,所以不便回答。那么晚上用过餐之后,我们就向在雄州工作的人了解了具体情况,雄州近来并没有开什么门,所有的门户都是以前开的,所以你说新开便门,这是不属实的。接着包拯又说,雄州开门的事确实没有根据,如果说雄州要诱纳奸细,自有正门出入,何必另开一门?包拯再深一层说:"州郡中开门户以便出入,这实际上也是一个平常的事情,与两国之间的关系没有太大的影响。"包拯接着反问契丹馆伴使张宥,近来我们了解北边的臣僚反而有一些侵入南界,创立城寨。这个情况朝廷肯定不知道,如果知道了决不允许。因为两国的誓约写得明明白白,我们应该坚持两国友好,遵守誓约,各保疆界,不要去额外生事。包拯说得有理有节,张宥听了连连说是,脸有愧色。包拯在回朝之后,又向仁宗奏上一个奏章,叫《奉使契丹辨雄州便门事状》,把这个情况向仁宗做了汇报,并且请求朝廷"密诫雄州,凡有体探事宜,更加慎重,免致泄漏"。就是要求与雄州官员通报情况,处事千万要慎重。这说明包拯办事还是非常细心、非常周到的。

　　在出使契丹之前和出使契丹之后,包拯多次地提出加强边防问题。特别是这一次他出使契丹,沿途又了解了一些边备的情况,回来之后,他又多次地向仁宗提出加强边备问题,在《包公奏议集》当中,这个后三部分《议兵》《议边》《粮道》,共收录这方面的奏议二十七篇,约占全部奏议的1/6,可见包拯对边防问题是十分重视的。

　　包拯作为一个监察官,他尽了自己应尽的责任,出使契丹正义凛然。他在处理外交问题上有理有节,维护了国家的利益和尊严,同时又维护了两国睦邻友好的关系,表现了他外交家的才智。他建议革除使节接送弊端,注意选将备战,严防契丹入侵的治国安邦方略,是他爱国思想的体现。

执 意 抗 辽

辽朝欺侮宋朝无能,多次进犯边境。到宋真宗的儿子宋仁宗赵祯即位后,有人向宋仁宗推荐包拯,他的正直敢谏是出了名的。有一次,包拯上朝奏事,触犯了宋仁宗,宋仁宗听不下去,怒气冲冲站起来想回到内宫去。包拯却拉住仁宗的袍子不让走,一定请仁宗坐下听完他的话。宋仁宗拿他没有办法,后来还称赞他说:"我有包拯,就像唐太宗有魏徵一样。"但是正因为他为人正直,得罪了一些权贵,被外调任职。这一回,宋仁宗看到边境形势紧急,才接受大臣的推荐,把包拯召回京城。话说有一次,辽国二十万大军南下,告急文书像雪片一样飞到朝廷。包拯劝仁宗带兵亲征,另一些大臣却暗地里劝仁宗逃跑。不少大臣是江南人,主张迁都金陵(今江苏南京)。宋仁宗听了这些意见,犹豫不决,最后召见包拯,问他说:"有人劝我迁都金陵,你看该怎么办才好?"包拯声色俱厉地说:"这是谁出的主意?出这种主意的,应该先斩他们的头!"他认为只要仁宗亲自带兵出征,鼓舞士气,一定能打退辽兵;并且说,如果放弃东京南逃,人心动摇,敌人就会乘虚而入,国家就保不住了。宋仁宗听了包拯一番话,也壮了胆,决定亲自率兵出征,由包拯随同指挥。

大队人马刚刚到韦城(今河南滑县东南),听到南下辽军兵势强大,一些随从大臣吓坏了,趁包拯不在的时候,又在仁宗身边唠叨,劝仁宗暂时退兵,避一避风头。宋仁宗本来很不坚决,一听这些意见,动摇起来,又召见包拯。宋仁宗对包拯说:"大家都说往南方跑好,你看呢?"包拯严肃地说:"主张南逃的都是懦弱无知的人。现在敌人迫近,人心动荡。我们只能前进一尺,不可后退一寸。如果前进,河北各军士气百倍;如果回兵几步,那么全军瓦解,敌人紧紧追赶。那么,陛下想到金陵也去不成了。"宋仁宗听包拯说得义正词严,没话可说,但是心里还是七上八下,定不下主意。包拯走出行营,正好碰到杨文广,便冲着杨文广说:"您受国家栽培,该怎么报答?"杨文广说:"我愿以死报国。"包拯就带着杨文广又进了行营,重新把自己的意见向宋仁宗说了一遍,并且说:"陛下如果认为我的话不对,请问问杨文广。"杨文广在旁边接着说:"包拯说的话是对的。禁军将士家属在东京,都不愿南逃。只要陛下亲征,我们决心死战,击败辽兵不在话下。"宋仁宗还没开口,包拯紧接着又逼了一句说:"机不可失,请陛下立刻动身!"在包拯、杨文广和将士们的催促下,宋仁宗才决定动身。

在前线,辽军主将萧达兰带了几个骑兵视察地形,正好进入宋军伏弩阵地,弩箭齐发,萧达兰中箭丧了命。辽军主将一死,辽国又痛惜又害怕,又听说宋仁宗亲自率兵抵抗,觉得宋朝不好欺负,就有心讲和了。这时候,各路宋军将士们看到宋仁宗的黄龙大旗,士气高涨,欢声雷动。辽国派使者到了宋朝行营议和,要宋朝割让土地。宋仁宗听到辽朝肯议和,正合他的心意。他找包拯商量说:"割让土地是不行的。如果辽人要点金银财帛,我看可以答应他们。"包拯比较支持议和,但是不主张给予辽国太多的条件,说:"他们要和,就要他们归还燕云失地,哪能再给他钱财。"但是,宋仁宗一心要和,不顾包拯的反对,派使者到辽营谈判议和条件。使者临走的时候,宋仁宗叮嘱他说:"如果他们要赔款,迫不得已,就是每年一百万也答应算了。"包拯在旁边听了很痛心,只是当着仁宗面不便再争。使者离开行营,包拯紧紧跟在后面,一出门,他一把抓住使者的手说:"赔款数目不能超过三十万!"使者知道包拯的厉害,到了辽营,经过一番讨价还价,最后定下来,由宋朝每年给辽朝绢银三十万。使者回到行营,宋仁宗正在吃饭,不能马上接见。仁宗急着要知道谈判结果,就叫小太监出来问使者到底答应了多少。使者觉得这是国家机密,一定要面奏。太监要他说个大概,使者没法,只好伸出三个指头做了个手势。

　　太监向仁宗一汇报,宋仁宗以为使者答应的赔款数目是三百万,不禁惊叫起来:"这么多!"他略略想了一下,又轻松起来,说,"能够了结一件大事,也就算了。"他吃完饭,就让使者进来详细汇报。当使者说出答应的绢银数目是三十万的时候,宋仁宗高兴得简直要跳起来,直称赞使者能干。接着宋辽双方正式达成和议,宋朝每年给辽朝绢二十万匹,银十万两。不用说,这笔巨额赔款成为北宋人民额外的沉重负担。但由于包拯的坚持抗战,到底避免了更大的失败。

为民请命七斗王逵

　　包拯自庆历三年末担任监察御史,至庆历六年六月,期间共计两年零七个月。在监察御史任上,包拯除积极上疏改革吏治、出使契丹论兵机外,他弹劾赃官酷吏之频繁、力度之大,更是震动朝野。

　　首先被包拯大力弹劾的便是酷吏王逵。王逵,字仲达,濮阳人,天禧三年(1019 年)进士,是个典型的酷吏。王逵初见于史册是在宝元二年(1039年),当时的开封府府吏冯士元因奸赃和私藏禁书而被判入狱,时任开封府推官的王逵在此案中充分展现了他遇事果敢必行的特征,也因此获得了升迁。

　　宝元康定年间(1040—1041),王逵出任荆湖南路(今湖南)转运使。

包拯

　　这转运使一职在宋初只是被派往各地供办军需的官职,事情结束就会撤职的。宋太宗的时候,为了削夺节度使的权力,便在各路设转运使,称为"某路诸州水陆转运使",其官衙称为"转运使司",俗称"漕司"。转运使除了掌握一路或数路财赋大权外,还兼领着考察地方官吏、维持治安、清点刑狱、举贤荐能等职责。宋真宗以后，虽然陆续设立了提点刑狱司、安抚司等机构来分割转运使的权力，但转运使实际上已成为了一路或数路的最高行政长官。

而王逵在荆湖南路转运使任上时，有一次在规定春、秋两税之外，另立税目，多征粮款达三十余万贯，以"羡余"之名上缴到朝廷后，还用此贿赂京官。王逵因此得到了朝廷的嘉奖。可是，多了这三十余万贯的税款，当地百姓的生活就惨了。很多百姓为了缴纳税款倾家荡产，有些最终被逼无奈躲入山洞或者揭竿而起，反抗苛政。王逵派兵平反，并对反抗者滥用酷刑。最终王逵的暴行被揭发到朝廷，王逵因而被贬出知池州（今安徽贵池）。

据说，当王逵被罢官贬离湖南的消息传开时，湖南各地百姓非常高兴，集会庆祝，连续三晚彻夜点灯烧香，感谢神灵。还有人将木头刻成王逵的样子，日夜鞭打，咒骂斧劈，以解心头之恨。

历经知池州、福州、扬州后，由于与宰相陈执中等人关系密切，又得到仁宗皇帝的赏识，庆历五年（1045年）三月，王逵再次升任江南西路转运使。

而王逵重任转运使后，仍然对百姓横征暴敛，全无忌惮改过之意。包拯访问得知此事后，立即上疏对王逵进行了弹劾。

包拯在弹劾书中开篇即说，"王逵行事任性，不顾条制，苛政暴敛，殊无畏惮"，希望仁宗皇帝能够将王逵罢黜降职。

可是仁宗皇帝和宰相们对这封奏折并没有给予重视，只是将奏折批给了江南西路提点刑狱司李道宁处理，而位居转运使之下的提点刑狱司又怎么可能处理得了王逵。实际上这只是仁宗皇帝在应付包拯的弹劾请求而已。

不久，包拯便第二次上疏弹劾王逵。这次，包拯还在奏疏中直言朝廷之前将奏疏批给江南西路提点刑狱司的不当之处。

而对于包拯的再次弹劾，仁宗皇帝不仅不为所动，反而将江南西路提点刑狱司李道宁调任泸州知府，让王逵兼任提点刑狱司的职责。这样一来，王逵就更加猖狂了，他怀疑是前任洪州知府卞咸到京城向包拯告发了自己，就唆使人告发卞咸在任时的所谓罪行，先后监禁了与卞咸有关的五六百人。王逵还让李道宁上疏保举自己继续担任转运使。

包拯空有"除贼之心"，可身为监察御史只有言事的权力，朝廷对包拯的弹劾完全不予理睬。包拯只得再次上疏弹劾。

而这次由于王逵对卞咸的打击报复使得朝野上下都很愤怒,包拯又接连上疏弹劾三次。王逵终于被降职出知徐州。

包拯的连续弹劾终于有所见效,包拯也由监察御史改知谏院。

到了皇祐二年(1050年)十一月,王逵再次由知徐州升任淮南转运使,当时"中外闻之,无不骇愕"。包拯果断再次上疏弹劾王逵。可是,包拯连续两次上疏,如石沉大海,朝廷完全没有回应。

于是,包拯第六次上疏,并直言朝廷包庇任用酷吏。朝廷依然不予理睬。

包拯就又上疏朝廷,指出:"王逵每任都实施暴政,且全无悔改之意。这样的人让他担任一个小郡的官吏,已经是朝廷莫大的恩泽,又怎么能让他继续担任转运使呢?"更直接指责仁宗皇帝说,"任命王逵这样的贪官酷吏担任一路之转运使,等于将那一路的百姓让他去残害。这对王逵来说,是一件值得高兴的事;而对一路的百姓来说,则是一场莫大的灾难。"义正词严,朝野震动。仁宗皇帝看到奏折后,也不免感到心惊,最后朝廷终于罢免了王逵的转运使职务。

而包拯也因此得了个外号——"包弹",就是指不论王公大臣还是皇亲国戚,只要包拯见其有过,必定弹劾。凡是说某个人办事有错,就称之为"有包弹"。而如果某个人办事完美无缺,就称之为"没包弹"。在宋人笔记中就曾有记载:"包拯为台官,严毅不恕,朝列有过,必须弹击,故言事无瑕疵者,曰没包弹。"并且说,"都邑谚,目人之有玷缺者,必曰有包弹矣。包弹之语,遂布天下。""包弹"在当时成了北宋的流行词语。

任 转 运 使

庆历六年(1046年)秋天,包公以三司户部判官,出任京东转运使。庆历七年四月,包公以工部员外郎,直集贤院,改任陕西转运使。京东路包括今河南一部分、山东大部分、江苏西北角等一部分地方,治所在宋州(今河南商丘南);陕西路包括今陕西、宁夏、甘肃等部分,以及山西、河南一部分,治所在京兆府(今陕西西安)。北宋转运使的职权很大。除了专管一路的财政,也管边防、治安,司法、钱粮和按察工作,对于所辖府、州、军的地方官吏,也有监督弹劾之权。转运使又称监司、漕司。庆历六年三月,仁宗曾经下诏要宽恤民力,让各地官员上报有关情况,并把副本送给各有关转运司,经过详细研究,把可以解决推行的问题立即解决推行。当时派遣包公担任转运使,说明对他是有所倚重的。

包公担任转运使,能够深入基层,进行察访,比较关心民间疾苦,并积极向上反映,希图某些问题有所解决、改进。在京东转运使任上,他看到管辖下的州军诸色人等,长期亏欠官物、钱帛、斛斗,共约两万贯石,牵累人数不少。问题主要出现于主管仓库物资方面,因年岁久远,某些物资逐渐消耗折损,或由于看管者本身死亡,或由于家产荡尽,牵连担保人员。尽管严加催纳,但都是贫穷人户,无济于事。包公认为,州县催理这种亏欠,徒增骚扰,对国家没有什么小益,对老百姓却变成大害。他根据政府有关条文,希望仁宗能够放免各种欠负官物。

京东路一部分地区以出铁著名,但冶铁户中也存在不少问题。包公曾经亲自巡历到登州(今山东蓬莱)、莱州(今山东掖县),了解到姜鲁等十八户冶铁户,家境贫困,长期无力开冶,交纳不出铁货。他们只能将田产变卖,"抱空买铁纳官"。但官府对于这种贫困冶户,并不承认他们的实际情况,胁迫他们按照原额送纳铁数，弄得他们不但本身倾家荡产，而且还累及子孙。这种情况比比皆是。本来冶铁能获厚利，但富民恐怕留下后患，不肯兴创，所以铁货的数量日渐削减，长期不能振兴。包公希望对确实破产的冶户，或无力开炉的冶户，详细进行调查，在规定时间内报明，申报转运司，销掉姓名。对州县故意放纵，或冶户妄图逃避，许别人检举揭发，给以处分，并给告发人赏钱。州县还应召集诸色人等开炉起冶，不得阻碍留难，达到铁货增产充溢、宽民利国的目的。

在陕西转运使任上，包公对同州（府治大荔）韩城的铁冶务提出另一种情况。这里的铁冶务共有七百余户。其中两百余户财力雄厚。那些充当里正的，属于高强人户，他们假借冶户之名，在五十余年内，隐瞒州县的各种差役。第一等冶户，每户每年向铁冶务提供差使，所出钱数不过三贯。铁冶务把全县的上等力役全部包占，弄得下等人户差役频繁，来不及供差。铁冶务全年所得铁货只不过十几万斤，但要支出买炭钱、工匠钱三百余万贯，还要派出专监使臣一员。这笔账并不合算。包公建议，应将十几万斤冶铁任务，根据不同等别在本县人户身上分配，每户交纳官铁，每年不过十斤或一二十斤。目前铁价每斤二十四五文，每户所费不过三五百文。虽然朝廷禁止私自炼铁，但是私卖十分流行。应该允许百姓取便烹炼，铁价必然下跌。还令百姓赴本县送纳，一则比较方便，二则还可减省监官一员。还可把原来实力雄厚的上等户，充当重难衙役，这样，老百姓的负担可以比较公平合理。

包公还向仁宗上《请出内库钱帛往逐路籴粮草疏》。他说,自从同西夏发生战争以来,关中一带受到极大影响,出现民生凋残、物货骤贵的现象。朝廷所以接受李元昊纳款称臣,主要也是为了减轻老百姓的负担。目前边事虽然宁息,一旦屯兵防守,调度的范围扩大,钱财短缺,粮仓空虚,如遇紧急情况,难免还要重困生灵。包公指出,一切财用完全出自民间,当今之际,最重要的任务在于安定,而不是进行骚扰。安定之道,仅仅在于不进行横赋,不进行暴役。如果诛求不已,国家怎么可以巩固。包公为民请命,对仁宗说:"伏望陛下少留圣意,大缓吾民,以安天下。"根据河北、河东、陕西三路财政不足的困难,且以宫殿的内帑钱借助,以"加惠于元元(百姓)"。假如民心安定,契丹、西夏是不足忧虑的。

在庆历六年、七年间,北宋发生地震,计有青州(山东益都)地震,登州(山东蓬莱)地震,山摧折,以及河阳(河南孟县)、许州(河南许昌)地震,等等。还气候反常,发生严重干旱。联系这些自然灾害,包公上《论地震疏》。由于当时科学水平的限制,他附会阴阳之说。这种方法是唯心主义的,但所论证的问题是重要的。他说:"夷狄者,中国之阴也,今震于阴长之月,臣恐四夷有谋中国者。"他语重心长而又十分含蓄地说,"不可不深思而预备之也。"他说前几年并州、代州地震,结果李元昊背叛;近来广南英州(今广东英德)、连州(今广东连县)等地亦发生地震,而有"蛮寇"内侵的事件,这都是必然已应之兆。他最后强调战备问题,说:"臣近曾上言,沿边将帅尤在得人,乞委执政大臣,精选素习边事之人,以为守将,俾训练卒伍,为积聚,以大警备之。不然,惧贻陛下之深忧也。况灾异之作,未有无其应者,唯陛下特留圣意。"这实际是借灾异之名,向仁宗大敲特敲警钟。

在北宋官制中,转运使是一路之长,是掌握实权的美官、肥缺。谁当上了转运使,就可以利用自己手中掌握的权力,讨好皇帝,青云直上。有的转运使,横征暴敛,贪赃枉法。有的转运使,使用种种手法,巧立名目,压榨老百姓,在规定的赋税之外,向皇帝进贡所谓"羡余",一次达到几十万、上百万。他们还捏造事实,欺骗皇帝,把一般年景夸张为特大丰收。所谓的"羡余",其实就是横征暴敛。他们惯于粉饰现状,歪曲真相,从不替痛苦的老百姓说一句公道话。这样的转运使,是巧取豪夺的罪魁。包公当转运使,正视现实,正视老百姓的痛苦,考虑问题首先能从老百姓的现状出发,力求减轻老百姓的痛苦和负担。他呼吁皇帝要安民,安天下,不横赋,不暴役,让老百姓能够活下去,让国家得到巩固。当然,包公的主要目的还是在于巩固赵宋皇室的政权,但他同情人民的痛苦,勇于为民请命,在当时官吏之中是十分难得的。

陈 州 放 粮

在弹劾王逵的过程中，包拯的职位经过几次变迁。庆历六年(1046 年)秋天，包拯出任京东转运使。

而就在这一年，全国各地都发生了不同程度的旱情。当时的灾情之大，从当时的东京(今开封)到南京(今商丘)沿汴河一带，各县都可以说是颗粒无收。而包拯正是在这种情况下就任京东转运使的。

当时，陈州(今河南淮阳)一带的灾情十分严重，据说很多百姓都只能靠剥树皮食草根度荒，很多人都逃荒而走。而当地官员却一直没有任何上报，包拯便亲自前往陈州察看灾情到底如何。

包拯在去往陈州时，还发生了个小故事。据说，在包拯路过归德府(今商丘)时，有一天包拯夜间出访，在当时的永定乡竟遇到了一群歹徒在殴打百姓，包拯当即上前制止。而当地的百姓听说包拯来了，方圆数里的百姓都连夜拥来，他们向包拯痛斥了歹徒的罪行。原来那伙歹徒的头目竟然是当朝宰相的远方宗亲，号称"南霸天"，他在这一带欺压百姓，无恶不作。包拯问清事情的来龙去脉，拿到证据，当即怒铡了"南霸天"。当地百姓为了感激包拯，自发地捐款盖起了包公祠，并将永定乡更名为包拯庙乡。

而在距离今包拯庙乡 25 公里的虞城县界沟镇北面的包河上，有一座建

筑样式古朴、格调典雅的高台，名为"包拯晾米台"。在这里，还流传着另外一个关于包拯赈济灾民的传说。相传，皇祐二年（1050年），大雨一连下了几天，虞、亳一带坑满河平。不久，汴河济阳一段堤坝决堤，奔涌的洪水瞬间淹没了周围数个村县，流民无数，灾情严重。包拯奉旨运粮沿河赈灾，没承想就在半路上遇到暴雨，赈灾队伍无处避雨，导致粮米全部被淋湿。包拯为了防止粮米淋湿后发霉，便在驿站附近建造晾米台晾米。可是暴雨之后，河水再次猛涨。就在河水即将淹没晾米台时，包拯振臂一呼"晾台长也"，晾米台竟在瞬间升高。之后，即使洪水上涨，晾米台都会随之增高。不久，粮米就都晒干了，济阳周围的百姓也因此得救。

洪水过后，灾民们为了纪念包拯，便将晾米台加固，名为"包拯晾米台"，并把"汴河"更名为"包河"。

当包拯终于来到陈州之后，发现当地的百姓早已经缺粮断炊，而当地的官吏们为了虚报政绩，讨好上级，以利升迁，便隐瞒了灾情，置人民生命于不顾，甚至继续逼迫百姓们交皇粮，使得陈州当地民不聊生，流民无以计数。包拯当即大开粮仓，向百姓放粮赈灾，并将相关不法的官员收押牢内，等待处置。

包拯立即向仁宗皇帝上《请免陈州添折见钱疏》，在奏折中反映了陈州粮食歉收、农民缴不上皇粮的严重灾情。并请求仁宗皇帝特降诏书，令陈州百姓按大小二麦的市价缴纳现钱，或直接缴纳大小二麦。这一请求得到批准，使得陈州百姓在大灾之年可以不再受"折变"之苦。

包拯在京东转运使任上时，还曾巡察各地，访问一些贫困的冶铁户，并根据实情申报到转运司，豁免了这些冶铁户所欠的官铁。同时又鼓励有能力的人参与开炉冶铁的工作中，以发展冶铁生产。

庆历七年（1047年）四月，包拯又改任陕西转运使。陕西是当时的产盐之地，由于盐是生活必需品，所以，在当时，盐是作为官卖品，禁止民间贩卖的。每年官府都要派出士兵运送盐到各州，然后再由当地官府自行准备场所贩卖。而"兵少盐多"，运盐衙门负担沉重，很多士兵都在运盐的路上受伤、死亡、逃跑。于是便规定，当地百姓，家中每有一贯家产，就要搬运两席盐，致使民怨沸腾。包拯奏请朝廷实行通商的办法，由商人沿途贩盐，减轻官府和百姓的负担。

在地方上,包拯十分重视体察民情,要求朝廷注重让百姓休养生息,能够安居乐业。而这两年在地方上担任转运使的经历,也使包拯更加深切地了解到了社会的现状。包拯回朝后向仁宗皇帝详细条陈《七事》,建议仁宗皇帝应当"明听纳,辨朋党,惜人才,不主先人之说",同时"去刻薄,抑侥幸,正刑明禁,戒兴作,禁妖妄""不横赋,不暴役",这样才能安民、安天下。因为包拯所言都合情合理,切中时弊,所以大多都被仁宗皇帝采纳。包拯还特意奏上《进魏郑公三疏札子》,希望仁宗能以唐太宗善纳魏徵之谏的故事为鉴,兼听明视。

庆历八年(1048年),包拯又转任为河北转运使。他还未赴任,便被提升为三司户部副使,掌管全国赋税、户籍等事。

任三司户部副使

　　庆历八年(1048年),包公调转为河北转运使,未及成行,提升为三司户部副使,主要掌管天下的户籍、赋税等等。包公向仁宗面奏时,曾经提出:"政之仁暴,唯在薄赋敛、宽力役,救灾患,慎行三者,则衣食滋殖,黎庶蕃息矣。"仁宗深以为然。这里反映了包公在政治上的纲领性看法。北宋当时的实际情况是,田赋、茶、盐、酒税以及其他商税等等,比起唐代来,有大量的增加,无名税率和各种摊派极多。各种差役、夫役也很多,有的差役如衙前,往往把自耕农或中小地主弄得倾家荡产。大量夫役随时随地压在贫穷农户和客户身上。当时经常有自然灾害发生,地震十分剧烈而又频繁,出现了一个地震活跃期,特别是黄河几次决口,造成大水灾,河北一带老百姓抛弃家园,逃生异乡,造成严重的社会问题。包公着眼于这三个问题,反映了他比较现实主义的政治态度。

　　在三司户部副使仕上,包公请求仁宗宽免陕西凤翔府(今陕西凤翔)斜谷务每年造船所需摊派的木材物料、桩橛以及采砍竹竿等任务。斜谷务每年造船六百只,所需上等木材,只有秦州(今甘肃天水)出产,进行采伐,需要深入少数民族范围,十分

艰难。凡是摊派到采木任务的,都要担当衙前差役,而每轮到一次衙前,每户照例都要赔一两千贯,为此破荡家产的不少。但陕西路的州、军,包括凤翔府在内,一年都有三五次的繁重科配,人民的生活极不容易。此外,当地人民还要负担肉羊兔、紫草、红花等的上供。包公请求免除为造船采木等的大害。

皇祐元年(1049年)正月,契丹与西夏的矛盾尖锐化起来,暂时停止对北宋派遣贺正旦使,并正式派来使者通知伐夏之事。对于契丹的这个举动,不能轻易听信,但也不能毫无准备。契丹很可能是声东击西,以讨伐西夏为名,而对北宋进行突然袭击。低估这一点,将是完全错误的。由于契丹伐夏,在靠近边境上调集军队,出现了紧张气氛,仁宗下诏,让近侍之臣提出御边之策。包公对西北的形势、山川屏障和重要防守地带,以及事先训练军队、储备粮草等问题,提出了详细意见。包公尤其重视河北,它是边防重地,驻扎相当数量的重兵。但河北的形势相当困难,最主要的是,河北在供应军粮方面出现了问题。庆历八年夏秋之间,黄河又于澶州(今河南濮阳附近)商胡埽决口,八月,河北路、京东路、京西路广大地区发生严重水灾。九月,仁宗曾下诏指示三司,以当年长江、淮河一带所运入京之米两百万斛调转给河北州军。十二月,为了调动商人供应军粮的积极性,仁宗指示三司,河北沿边州军商人交卖给国家的粮草,从过去的"三说法"改变为"四说法"。所谓"四说法",就是对商人交卖的粮草,以价值一百贯为标准,在京城付给现钱三十贯,香药和象牙十五贯,另外支盐引(即为可以支付实物的盐票)十贯,茶引四十贯。但这些措施还不可能妥善地解决军粮问题。在这样的形势下,朝廷于三月派遣包公前往河北,着手解决军粮调度问题。

包公在赴任时上殿朝见仁宗,递交了一个札子,陈述关于筹置军粮的意见。他说:"河北驻扎重兵,凡受灾害地方,严重缺乏军粮。朝廷虽然多方筹措,但还是支多收少,眼看夏秋二熟的收成也无希望,若不采取另外措施,将来必然严重缺少粮食。可是兵士一旦缺乏粮食,势必发生乱子。对于缺粮州军,不论客兵、士兵,可以根据情况调移到河东或近南粮食充足地区。一旦发生紧急情况,必不误事。等候情况好转,储备充足之时,可以逐渐调回原地。有的议论,以为边防军队不可轻动。但契丹还须遵守盟约,虽有西讨之名,在短时间内未必随意挑衅。所以,把缺粮地区的军队,调移到粮食充足地区,还是可行的办法。"

包公的建议,牵涉到军事方面的部署,这是一个摆脱军需方面严重困难的大胆行动,具有战略意义。包公在枢密院的同意下,同河北四路安抚使并都转运司,一起密切商量,把缺食州军的军队,挪移到有粮草州军就食。河北四路,在庆历七年析置,指大名、真定、定州、瀛州四路,除了行政长官,还各置都部署主持军事工作。包公同四路安抚使、都转运使仔细协商。协商方案包括:一、应该挪移哪些军马? 二、应该于何处有粮草州军就食? 三、挪移后能够减少多少粮草? 在对冀州(今河北冀县)、博州(今河北蠡县)、深州(今河北深县)三州的挪移计划商妥后,其具体方案是:一、冀州挪移军马十指挥,人员兵士共四千三百七十二人,马九百四十七匹。四指挥往真定府(今河北正定),两指挥往大名府(今河北大名),两指挥往恩州(即贝州,今河北清河),一指挥往卫州(今河南派县)。每年减省得粮草数目为:料钱一万四千七百七十五贯,粮四万五千零十二石,草十五万七千三百十一束,料一万五千七百三十一石。二、博州挪移两指挥,人员兵士共九百零四人,往澶州。每年减省得粮一万二千余石。三、深州挪移两指挥,人员兵士共九百七十九人,马四百一十四匹,往定州。每年减省得粮草数目为:粮八千八百八十一石,草十一万九千二百三十二束,料一万一千九百二十三石二斗。

包公的这个方案,得到仁宗的批准,当时下诏说:"徙河北缺粮处士兵及戍兵近南州军,候经置边储有备,复令还屯。"与挪移军队的方案相配合,包公提出《请支拨汴河粮纲往河北疏》。他指出,近年河北转运司失于措置,自从遭灾之后,近里州军例皆缺乏储粮,只支得出一两个月军粮。三司虽于去秋筹划,但所籴粮食极少,又未如数运到,虚有账面数字,到了夏初,渐已支尽。三司又支拨汴河粮纲四十八万石,又于京东、京西支拨若干万石,但装载数量极少。最近中书省批准,令另配籴一百万石充军粮。包公还说:"河北、河东水旱相继,人户流亡殆尽,虽有存者,亦宜抚恤,不可重有骚扰,虽欲抑配,必恐无由办集。"包公形容自己沉重的心情:"自受命以来,夙夕疚怀。缘河北军粮支用浩瀚,每月约支五十万石,一年约支七百万石,或缓急添屯军马,所费转多。河北腹心之地,粮食稍绝,必有他变,为患不细。"他希望趁五六月前,水势调匀,人船完备之际,令三司研究,添钱和雇,抓紧运输,以救济河北。

包公还上《请于怀卫籴米修御河船运疏》。指出御河上自怀州(今河南沁阳)、卫州、通利军,下至沿边州军,顺流搬运粮食,十分方便。但目前大小纲船三四百只,多已损坏,他希望河北都转运司下达指示,聚集工匠,监造船只。怀州、卫州土地肥沃,粮食便宜,如加强运输,边储就可充足。

北宋曾于邢州(今河北邢台)、洺州(今河北永年东旧永年)、赵州(今河北赵县)地区设置广平监牧马,共有两监,共占民田一万五千余顷。后来停废一监,退出草地七千五百余顷。这些都是河北漳河淤地,以土地肥沃出名。官府对退出草地,令老百姓出租课佃种。年岁久远,草地都耕为熟田,有的成为园林,有的作为父祖茔墓。佃户共有九千三百四十余户,每年交租米八万七千五百余石,小麦三万一千二百余石,秆草五十五万六千余束,绢八百余匹。前年群牧司决定,命令各州在两年内全部遣送佃户,将其土地收归官府。今年限期已满,但佃户全部不肯迁移,累次向登闻鼓院告状申诉,三司亦曾提出意见,都无批复。包公访闻得广平监虽然再分两监,但马只有五六千匹,不及往年一监之数,不需要这些好地。河北西路,只有漳河南北的土地最为良好,但牧马地占去三分之一,商胡埽决口,又占去民田三分之一。从全河北看,良田六分,河水和牧马地占去二分,其余是高柳及潟卤之地,河北人民难以生活。包公上《请将邢洺州牧马地给与人户依旧耕佃疏》,他说:"欲乞且令人户依旧耕佃,供纳租课。伏望圣慈体念河北人户累值灾伤,流亡未复,岂忍更夺其衣食,俾之失所,有伤和气,无益亡化。"在第一个奏疏进呈以后,他连续再上一疏,希望仁宗做出决定,令人户依旧耕佃输纳,公利实为大利。包公体恤河北人民流亡未复,不忍官府再剥夺他们的衣食,使之失所。这种"仁政爱民"思想,是他从政以来一贯坚持的思想。在一定条件下,显示出他同其他官吏在思想面貌上的区别。

在四月,朝廷还命包公同河北四路安抚使、转运司一起讨论减省冗官及淘汰不合格军士问题,并把情况上报。十月,朝廷还派遣包公同陕西转运使商议盐法。当时范祥建议更改盐法,从禁榷变成通商,舆论的大多数争言其不便,只有朝廷以为可用,委托范祥加以推行。后来侍御史知杂事何郯上奏,说盐法更改后,盐价上涨,商人获利很薄,少有请买。陕西一路,课利已亏损百余万贯,其他各路亦顿时减少卖盐现钱,对财政支用很有影响。陕西官盐价高,贩卖私盐增多,刑罚增加,官私都没有利益,不能经久实行。何郯认为:"事有百利始可议变,变不如前,即宜仍归。"

包公在临行前上《言陕西盐法疏》。他说,自己过去当过陕西转运使,熟悉过去的盐法。庆历二年(1042年),度支判官范宗杰为制置解盐使,实行禁榷,即官卖制度。差派兵士、车牛及各州衙前,搬运盐席前往诸州,官府自行置场出卖。由于运盐衙前负担沉重,兵士逃亡死损,公人破荡产业,比比皆是。其情况之惨酷,不忍听闻。运盐衙前法规定,对百姓的财产进行估计,每值一贯者,就要管认搬盐两席。虽然家中已无钱财,但运盐之数还未完成。百姓怨嗟之声,盈于道路。这种禁榷,累经前后臣僚言其不便,要求恢复通商旧法,以救关中民生凋敝的危机。然而有关部门坚持前议,不肯施行。前些日子范祥再请恢复通商之法,叶清臣曾知永兴军,见到禁榷的弊病太严重,亦请求依范祥的建议,仍行通商法,令商人于沿边入纳现钱,收籴军粮,避免虚抬价格,于榷货务统支官钱,还可取消各种差役的劳扰,于国有利,于民无害,道理灼然明显。但变法刚一开始,豪商猾吏全不乐意。有些人认为岁入课利稍亏于前,就横加粗议。

包公指出:"法有先利而后害者,有先害而后利者。若复旧日禁榷之法,虽暴得数万缗,而民力日困,久而不胜其弊,未免随而更张,是先有小利而终为大害也。若许其通商,虽一二年间课额少亏,渐而行之,必复其旧,又免民力日困,则久而不胜其利,是先有小损而终成大利也。"他接着还强调,"且国家富有天下,当以恤民为本","不欲徇一时之小利,而致将来大患"。

包公在进入陕西之后,沿路访闻。从前实行禁榷,差役人力搬运盐席,不堪其苦。他把朝辞之日所奉仁宗当面指示,"所议盐法只要便民",加以传达,群情无不感悦。包公在第二个奏疏中指出,全国每年的财政收入不少,然而近年财用窘乏起来,是何原因?主要是同西夏发生战争后,河北、河东、陕西三路都依赖三司,逐年所入粮草,支出榷货务大量现钱和银绢香茶,是所入有限,而所出无限。当今边防无事,当以国家大计为先,若不坚决改图,恐怕问题日渐积累,为害不浅。万一有小小的紧急情况,也没有办法应付。

包公认为朝廷财政困难,是三路造成的。假使三路的经济各自充足,财库不患不实。朝廷若以解盐之利付与陕西,命令购置粮草,一两年后,可以全减榷货务每年现钱银绢等五千七百万贯。河北、河东虽无解盐,但出产丝蚕、米麦最多,各种得利收入也不少。将来遇有丰年,逐路稍减冗官冗兵,并采取其他措施,三五年后经费也能宽裕。不过三五年,东南财用尽聚京师,财库一定有丰盈之望。他希望仁宗不要轻信横议,不究本末,图目前之小利,忽经久之大计。

盐法与北宋的财政、人民的负担、商人的利益,都有极为密切的关系。通过盐法,反映出封建国家内部各阶级、阶层在经济问题上的利害冲突,也突出地反映出封建中央集权制同地方的关系。这是一个十分复杂的财政经济问题、民生问题,不独同广大人民的日常生活、差役负担有关,而且同广大士兵的负担、同商人的利益、同中央和地方财政收入都有千丝万缕、不可分割的关系。这样一个复杂的问题,需要政治眼光同经济头脑的结合,要全面分析,正确对待,才可以得到比较妥善的处理。

包公积极支持范祥通商之法。他认为取消禁榷,一切通商,于国有利,于民无害。包公对于盐法的改革,在思想见解上比较全面,而又比较成熟。他能从利弊二者进行全面衡量,指出"先利后害,先害后利"的关系,又指出"久而不胜其利,先有小损而终成大利"的关系。他正确对待小损,而重视经久之大计,能正确处理本末关系、中央同地方的关系。包公在盐法方面的指导思想,依然还是"恤民"思想。他关怀关中生灵,希望他们摆脱"逃亡死损""破荡家业"的痛苦,在境况方面有所改善。包公希望通过改革,使地方财政和中央财政都能充盈起来。在盐法方面充分体现出包公是一位改革家,富有改革精神和政治远见。他排斥豪商猾吏的利益,维护百姓的利益、普通商人的利益,也十分关心国家的长远利益和根本利益。包公的建议,体现出他是当时一个精敏能干的财政问题专家,是一个处理复杂经济问题和政治问题的能手。

在十二月,包公向仁宗上《论冗官财用等疏》。通过这个奏疏,反映出北宋当时政治方面的严重问题,即内外文武官员数量剧增,国家财政和民力窘乏,而重率暴敛,达到日甚一日、何穷之有的程度。

包公指出：在真宗景德、祥符年间，文武官总数为九千七百八十五员，现今为一万七千三百余员，那些等候差遣及中举后等候做官的人不在数内。比较起来，才四十多年，已超过一倍。他指出，同历代相比，即使隋、唐之间设官较多，但从来没有像本朝这样烦冗之甚。从州郡来说，全国州郡三百二十，县一千二百五十，一州一县的官吏，都素有定额，总共不过五六千员，但目前已超过三倍。现今又三年一开贡举，每次取士达到千人，还有台寺小吏、府监杂工，通过荫庇、进纳所授之官，合计起来，又不止三倍。这样，"食禄者日增，力田者日耗，则国计民力安得不窘乏哉"！

包公又从全国的财赋、京城的收支进行统计。景德年间，全国每年收入四千七百二十一万一千匹贯石两，支出四千九百七十四万八千九百匹贯石两。而庆历八年，全国每年收入一万零三百五十九万六千四百匹贯石两，支出八千九百三十八万三千七百匹贯石两。两相比较，庆历八年的收入比景德年间的收入超过一倍。景德年间，京城每年收入一千八百三十九万二千匹贯石两，支出一千五百四十万四千九百匹贯石两。庆历八年，京城收入一千八百九十九万六千五百匹贯石两，支出二千二百四十万零九百匹贯石两。两相比较，庆历八年的支出比景德年间的支出超过百分之五十。

包公指出，全国的税赋收入也有规定的常数，但比过去增加一倍以上原因何在？主要原因是，过去赋税都以原物交纳，以后用度日广，都以折变交纳。所谓折变，原定交麦，却折变成帛；原定交丝，又折变成米。这种折变，变成重率暴敛，达到日甚一日、何穷之有的程度。从全国的土地和财用来说，比起过去有所虚耗，目前并不能增加一倍，既不能自天而降，又不能从地而出，唯一的办法是向百姓进行无限制的勒索剥削。

包公指出，目前"输者已竭，取者未足"，陷于这样的矛盾之中，国家如何巩固？他以为"冗吏耗于上，冗兵耗于下，欲救其弊，当治其源，在乎减冗杂而节用度"。如果不果断改图，因循下去，就会造成不可挽救的错误。包公希望仁宗"上体祖宗之成宪，下恤生灵之重困"，对冗官、冗兵进行裁减淘汰；"土木之工不急者悉罢之，科率之出无名者并除之；省禁中奢侈之僭，节上下浮枉之费。当承平之代，建立久之治"。

包公对因冗官冗兵而造成的财政困难，以及对人民日甚一日、无所限制的诛求，主张用"减冗杂而节用度"的办法来解决。这种"节流"的办法，包公认为是"治源"，针对当时的实际情况来说，也不失为一种对策，可以起到一定的治疗作用。就在当年年底，枢密使庞籍和宰相文彦博建议省兵，放归陕西保捷兵年五十以上及短弱不任役者三万五千余人，就是针对冗兵而采取的措施，也就是包公所说的"拣斥老弱"。这可以看出包公的建议有可以实施的一面。包公在这里没有提出"开源"的方针，这是一种局限。但包公可贵的地方在于，比较正视现实，对弊病无所掩饰，并做到深刻揭露、沉痛谴责。与包公同时的宋祁，在当权三司度支判官时，也曾经上过《三冗三费疏》。宋祁指出，当时官无限员，天下厢军不任战而耗衣食，僧尼道士日益多而无定数，是三冗多。指出道场斋醮，无日不有。京师寺观，增置官司，多设徒卒多使相节度，不逮藩要，贪取公用，全济私家，是三费。著名的"三冗三费"，确实击中了当时的某些要害。但从揭露的深刻、谴责的沉痛、对于生灵重困的同情来说，宋祁比起包公来，就略有逊色。我们可以看到，在揭露社会矛盾，谴责统治集团自身方面，包公在当时的官央之中，是独树一帜的人物。他直率求实，一针见血，无所回避，所体恤的是百姓，所关心的是国家，爱民爱国，成为他政治思想方面的风格特色。

皇帝怕包公

　　皇祐初年(1049 年),张尧佐被正式任命为宣徽南院使、判河阳(今河南孟阳)。仁宗这个举动,仍然受到台谏官的论列。御史中丞王举正还是坚持过去的态度,说"此授非当,有损圣德",没有答复。后来他进一步表态说:"陛下滥赏尧佐,乞即黜臣。"他企图用一己的力量进行抵制,但还是没有答复。

　　包公同陈旭、吴奎等也相继进行弹劾。但是这次弹奏,同去年的弹奏已有明显的不同。这次是在承认张尧佐当宣徽南院使的基础上,提出附带的一些要求。包公等在第一个奏本中说:"最近见张尧佐除授宣徽南院使,制命始出,物议腾沸。臣等以言为职,岂敢私自顾虑,各为自身打算。直以为任命已经发布,如果固守前议,还要求追夺,对于朝廷也很不安,所以进退惶惑,没有及时论列。"包公等指出,张尧佐想当宣徽使,现在已经达到目的。虽然出领近镇,将来必求入觐,图谋到本院供职。这样,使相重任,大名大位,依靠后宫私恩无求而不获,快一己之私欲,以熏害天下。为了杜渐防微,将来更不令处使相之任,不许本院供职,仍催促他到河阳赴任。这样庶可厌塞人情,防杜间隙。包公等在第二个奏本中说:对于张尧佐除宣徽使,臣等从去冬就力争此事,陛下幸赐开纳,能够虚怀以徇谏。臣等这次也不想要求追夺任命,也是为朝廷顾全大局。"大恩不可频假,群心不可固违"。伏望以国家为念,对臣等的要求一定及早施行。

　　以包公为首的谏官们,这次已经完全改变了态度,降低了调门,已经向仁宗妥协了。一切木已成舟,不改变也得改变,不妥协也得妥协。这里并没有什么秘密。在封建社会中,特别是实行中央集权制的封建社会中,一切权力都集中在皇帝一人身上,皇帝至高无上,皇帝说的话不可违反,皇帝发怒,谁也不能逆鳞而上。皇帝翻了脸,作为一个臣子,功名、富贵、前程、家室、子

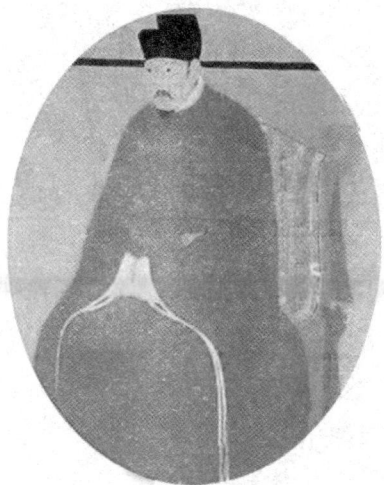

孙后代，一切统统完蛋。所以，从某种意义上说，谏官能起皇帝耳目的作用，对于某些人物、某些社会现象能够起一些弹劾作用，也在一定范围内、一定程度上，收到一些效果。但它无论如何来说，只不过是皇帝手中的一个工具。谏官的作用能够发挥到何种程度，主要看皇帝对于这个工具所运用的手腕如何。所以，谏官是皇帝手中的玩物，如此而已。一个最为正直的谏官，他不可能超出皇帝所可忍耐的程度。皇帝对于谏官的诤谏表面上是恭而听之，实际上他完全心里有数。皇帝整天在心里盘算，什么样的谏官、什么样的诤谏，对于自己有利。而一旦发现谏官对自己不利的时候，不合自己口味的时候，就会毫不留情地一脚踢开。这是历史事实，用不着什么解释。历史上的唐太宗能够虚心听取魏徵的诤谏，千百年来被传为美谈，他确实是封建帝王中一位难得的人物。他有比别人大得多的气度、容量。然而，决定事物的实质问题是，魏徵的诤谏对于唐太宗的统治是有利的，这是最主要的一点。如果完全相反，魏徵的诤谏同唐太宗的统治水火不容，那魏徵早就被一脚踢开，甚至被杀头了。包公作为一个著名的谏官，可以与历史上的魏徵相媲美。但是秘密在于，包公的诤谏在大多数场合下，对仁宗的统治是有利的。仁宗需要包公这样的人物做谏官，帮助自己在头脑发热的时候稍稍冷静。包公等谏官，在目前情况下向仁宗妥协，是一点也不奇怪的。

作为一个皇帝，仁宗在一定程度上有点害怕包公这样的谏官，这也并非不是事实。包公在过去的所作所为可以证明这一点。在朱弁所写的《曲洧旧闻》中,曾经记载道:"张尧佐除宣徽使,以廷论未谐,遂止。久之,以上温成(即张贵妃)故,欲申前命。一日,将御朝,温成送至殿门,抚背曰:'官家今日不要忘了宣徽使!'上曰:'得!得!'既降旨,包拯乞对,大陈其不可,反复数百言,音吐愤激,唾溅帝面,帝卒为罢之。温成遣小黄门次第探伺,知拯犯颜切直,迎拜谢过。帝举袖拭面曰:'中丞向前说话,直唾我面,汝只管要宣徽使!宣徽使!汝岂不知包拯是御史中丞乎!'"这里完全记的是去年极谏的情况。除了把知谏院包拯作为御史中丞外,其他基本上都是事实。张尧佐这边有张贵妃天天向仁宗求情,不愁当不上宣徽使。但去年由于包公等人的极谏,他的目的告吹。仁宗当时对于包公又恨又怒,又是害怕。朱弁在这里的确提供了一个事实。我们可以说,仁宗是怕包公的,也可换句话说,皇帝是怕包公的。

但是,仁宗可以一时一地怕包公,而并不是真正怕包公。包公终究要向仁宗妥协。现在的事实就是这样。既然谏官们已向自己妥协,仁宗当然也要给他们一个台阶下。仁宗当即下了一个答诏,说:

> 又据知谏院包拯、陈旭、吴奎等札子奏:臣等以除授张尧佐宣徽使,物议喧腾,曾具奏陈乞诏中书明降指挥,向去更不得除使相,及不许归院供职,仍趣发赴河阳;庶几稍弭谤,未蒙俞允。自去冬力争此事,幸赐开纳。天下皆仰圣度,能虚怀而徇谏也。今来重申前命,所以不即论列,乞行追夺者,盖为朝廷曲全事体耳。其如大恩不可频假,群心不可固违;假之频则损威,违之固则兆乱。伏望以国家至计为念;检会臣等前后札子,必赐施行,不胜恳激之极。取进止。今年八月二十二日选呈。奉圣旨:如今后张尧佐别有迁改恩命,检会此札子进呈执奏,仍今后宣徽使不得过二员。

这个答诏,是立此存照的意思。包公等人对于张尧佐的限制性意见暂时被接受,今后还别有迁改恩命,可以根据这个札子进呈执奏。这样一个官样文章,实际是仁宗对于谏官们的敷衍搪塞。现在看来,一出弹奏张尧佐的闹剧,还是张尧佐、张贵妃胜利了,而以包公为首的谏官们失败了。

反 对 覃 恩

皇祐二年(1050年)九月，大涝之后天气放晴，仁宗皇帝认定这是吉兆，除了在京城举行祭祀天地的盛大庆祝外，还下诏大赦天下罪犯，给所有文武百官每人晋升一级。这就是所谓"覃恩"。

包拯对此提出异议，对仁宗说，罪犯服刑，那是对他们以往犯下的罪行所给予的惩罚，怎么可以因为洪水退去而减轻对他们的惩罚呢？至于官员晋升，更是要考核他们的政绩。假如这样马马虎虎地随便升迁，对那些确有政绩的官员不是太不公平了吗？如果这样的话，以后谁还会勤勉地为朝廷出力呢？

仁宗皇帝觉得包拯所言合情合理，便接纳了包拯的意见。

以魏徵为师

　　魏徵(580—643),字玄成。唐朝巨鹿(今河北巨鹿)人,是唐朝有名的政治家。曾任谏议大夫、左光禄大夫,封郑国公,以直谏敢言著称,是中国历史上最负盛名的一位谏臣。而包拯正是自承要以魏徵为师,直言敢谏。

　　魏徵初到长安时,就被当时的太子李建成引用为东宫僚属,在太子门下洗马宫。这洗马宫官员自然不是洗马的。这里的洗读 xiǎn。魏徵当时做的其实是太子少傅的属官。魏徵看到太子与秦王李世民的冲突日益突出,曾多次规劝建成要先发制人,及早动手。

　　玄武门之变以后,李世民继位成为唐太宗。由于李世民早就非常赏识魏徵的胆识和才能,非但没有怪罪于他,而且还让他担任谏官的职责,并经常将魏徵引入内廷,询问自己施政的得失之处。魏徵喜逢知己之主,竭诚辅佐,为了维护和巩固李唐王朝的统治,曾先后上谏两百多次,从不委曲求全。就算上谏时已经极端地激怒了唐太宗,而魏徵依然神色自若,不稍动摇,使唐太宗也为之折服。

有一次,有人献给唐太宗一只上好的鹞鹰,唐太宗正把它放在自己的肩膀上逗弄,很是得意。可这时,唐太宗发现魏徵正远远地向大殿走来,他赶紧把鹞鹰藏在了怀里。魏徵故意奏事很久,等到魏徵离开后,唐太宗发现这鹞鹰竟然闷死了。唐太宗贞观十七年(643年)正月二十三日,魏徵病逝。唐太宗悲恸至极,对身边的侍臣说:"以铜为镜,可以正衣冠;以古为镜,可以见兴替;以人为镜,可以知得失。魏徵没,朕亡一镜矣!"

皇祐二年(1050年),包拯升任天章阁待制,担任了谏官的职务。一上任,包拯就精心选定了魏徵的三篇奏议,用蝇头小楷抄写了一遍,呈奏给仁宗皇帝,请求仁宗皇帝可以像唐太宗一样虚心纳谏,分辨是非,时刻警惕,以国家大事为重。处理政事不能"先入为主",偏听偏信,而且要爱惜人才!除去苛刻、严正刑禁、禁止妖言邪说、不随意大兴土木,如此等等。朝廷多采纳施行。

包拯做谏官时,对朝政事宜发表过很多的意见,使得仁宗皇帝在决策中避免了一些严重的失误。

皇祐二年九月(1050年10月),京城大涝之后终于天气放晴,仁宗皇帝认定这是个吉兆,便在京城开封举行祭祀天地的盛大庆祝,并且还下诏要大赦全国的罪犯,并给所有文武百官都晋升一级。包拯对此提出异议,上疏对仁宗皇帝说,罪犯服刑那是对他们以往所犯下的罪行给予的惩罚,怎么能够因为洪水退去、天气放晴就减轻了对他们的惩罚呢?至于官员晋升,更是需要在考核了他们的政绩后,仔细斟酌才可,这样马马虎虎地就随便都给予了升迁,对那些确实有政绩的官员就太不公平了,这样的话,以后谁还会勤勉地为朝廷出力呢?

包拯曾对自己担任谏官以来的经历做过一段十六个字的总结:"披肝沥胆,冒犯威严,不知忌讳,不避怨仇。"

北宋时,官员相互赠礼之风盛行。包拯对这股送礼收礼的风气,历来是持反对意见的,认为这只会加剧官员的腐败。包拯曾几次上疏仁宗皇帝,请求颁布诏令禁止官员之间的送礼收礼的现象,以发扬廉洁的风气。

据传说,在包拯六十岁大寿那年,从寿日的前几天开始,他就让儿子缳带人站在衙门口以拒绝送礼。可谁知道,第一个来送寿礼的就是当今的仁宗皇帝派来的六宫司礼太监。老太监到了衙门外,执意要面见包拯,要他接旨受礼。这下可就难住了包缓,这当今天子送来的寿礼要是不收,那不是抗旨不遵吗?可是父亲的命令他也不敢违反,无奈只好请老太监将送礼的缘由写在纸上,然后转呈给包拯,由包拯定夺。老太监便提笔在纸上写了一首诗:

德高望重一品卿,日夜操劳似魏徵。今日皇上把礼送,拒礼门外理不通。

包缓让人把诗拿到内衙呈给了包拯。过了不一会儿,那人就带回那张纸又交给了老太监。只见原诗下边又添了四句:

铁面无私丹心忠,做官最怕叨念功。操劳为官分内事,拒礼为开廉洁风。

六宫司礼太监看罢,半晌都没有说话,最后只好带着礼物和那张纸回宫交差去了。

古人将"海瑞、况钟、于谦、魏徵、包拯"五位名臣作为谜面出了一个谜语,答案便是——五官端正。

三 弹 国 戚

对贪官污吏的弹劾,包拯向来是不遗余力,不顾其身份、背景的。当时仁宗皇帝十分宠爱张贵妃,而包拯却不畏权势,极力弹劾张贵妃的伯父张尧佐,其据理力争的大无畏精神实在难能可贵。

张尧佐,字希元,河南人。张尧佐本身是进士出身,一直在地方上担任着推官、知县、知州之类的职务。他在吉州任职时,有一次,一个道士和一个商人在夜间一起饮酒,商人突然死了,道士很害怕就逃走了,后来被巡逻的捕获。但同时还有一百多人一起被捕。转运使就命令张尧佐复核处理,受冤的人才都得以解脱。后来张尧佐升为殿中丞,任犀浦知县。犀浦地少人多,所以当地因为土地而引起的诉讼就特别多。张尧佐在任时帮助当地百姓确定了他们的田界,并将其中的利害关系罗列出来,广为宣传,土地诉讼也就少了。这么看来,张尧佐倒不是一个全无才干的人。

张贵妃八岁时由大长公主带入宫中,交宫人贾氏代养。张氏自小长得十分俊美,又很聪明。一次宫中宴饮时,张氏被仁宗看中,深得仁宗宠爱。于是,张氏从一个小宫女,一步步成为才人、修媛。张氏刚成为修媛时,得了一场大病,张氏就对仁宗皇帝说:"我福薄命浅,经受不起皇上的宠爱,所以才得了这场病,请把我贬为才人吧。"正是这些举动使得张氏更加受宠,从而升为美人,最后于庆历八年(1048 年)十月被升为贵妃。张氏短短几年内由妃嫔中等级最低的才人升至最高级的贵妃,距皇后仅一步之遥。

张贵妃自幼丧父,只有伯父张尧佐一个亲人,所以,张贵妃迫切希望皇帝可以提拔自己的伯父,这样也能显示自己的身份。不久,张尧佐升任三司户部判官和副使。之后皇帝又提升他为天章阁待制、吏部流内铨(管理官员任用),历迁兵部郎中、权知开封府后,加官为龙图阁直学士,升为给事中、端明殿学士。皇祐元年(1049年)九月,张尧佐被任命为三司使。一年之内,张尧佐从一个地方官员四次升迁,最终成为执掌全国经济大权的三司使。

这样的晋升速度自然引起了当时朝野上下许多官员的驳斥,纷纷上疏对张尧佐进行弹劾。可是由于对张贵妃的宠爱,仁宗皇帝一面接受大臣们的弹劾,一面却继续给张尧佐升官,直至三司使。而以张尧佐的资历、能力要执掌三司使这样的大权,实在是无法胜任,对几次灾害的处理都有失妥当。时任三司户部副使的包拯实在看不下去自己的顶头上司如此无能。

皇祐二年(1050年)六月,包拯和吴奎等人第一次上疏弹劾张尧佐。包拯提出:"近年以来,地震、黄河泛滥,百姓受灾严重,这是小人当道导致的。全国上下都认为张尧佐执掌三司使之权,致使诸路都苦于征收税款,而法制凋敝,而这些都是因为张尧佐的不称职。臣等认为,亲昵之私,圣人也不能避免,但若能处理妥当,不造成更大的危机,这样才是一个好的君主。"

于是,仁宗皇帝将张尧佐改命为户部侍郎。可是,不久后,仁宗皇帝又将其升任为比三司使职位更高、权力更大的宣徽南院使,还兼任淮康军节度使、群牧制置使、景灵宫使,还赐了他的两个儿子进士出身。张尧佐一身而担任四使之职,这在北宋外戚史上可以说是空前绝后的一次。这使得张尧佐更加耀武扬威、趾高气扬。

包拯怒不可遏,再次上疏弹劾,说:"陛下即位将近三十年,都没有什么有失道德的事,但是近五六年来十分重用张尧佐,人们都在暗中议论说,过错其实不在于陛下,而是因为宫中的女宠、皇帝的宠臣和执政大臣(实际上就是指宰相文彦博和宋庠)……陛下应该大义决断,马上下令剥去张尧佐的官职。"可是,仁宗皇帝依然不允。

面对仁宗皇帝的坚持,包拯无奈,使出最后一张"王牌"。包拯与吴奎等人请求时任御史中丞的王举正向仁宗皇帝要求廷辩,也就是当面向仁宗皇帝进谏。这本来就是仁宗皇帝希望改革吏治而给予言官们的最高权力,仁宗皇帝无奈,只好答应。

包拯为此准备了大段的发言向仁宗皇帝谏言,廷辩中,包拯甚至因为言辞激烈,自己唾沫溅到了仁宗的脸上。仁宗皇帝大怒,退朝回宫。

仁宗皇帝回到宫中,张贵妃慌忙上前询问:"怎么样了?"仁宗皇帝却叹气说:"我也想袒护你的那位伯父,可是朝堂之上站着一个包拯啊!"其实,仁宗皇帝自己也感到很委屈。他作为皇帝,想要提拔自己宠爱的贵妃的伯父,却遭到大臣们的一再阻谏。张贵妃见此,赶忙请罪,并暗中疏通,让张尧佐主动辞去了宣徽南院使和景灵宫使的职务。

但不久后,仁宗皇帝又恢复了张尧佐的职位,让他出任河阳知府,但也承诺众人不再升迁张尧佐。包拯等人便也就此作罢了。

张尧佐掌权期间还发生过一件"误把冯京当马凉"的事件。

这冯京是皇祐元年(1049年)新科状元,但他却遭到了这位国丈张尧佐的逼婚。若不是他机智,这状元之位差点被逼婚不成、恼羞成怒的张尧佐给剥夺了。冯京以乡试、省试第一的成绩进京赶考,再加上他长得也是一表人才,京城都哄传,此科状元必定是冯京无疑。张尧佐知道了,就让人把冯京请到了家,一见面就把一条金带披在冯京的身上,对冯京说:"我有一个女儿嫁给了皇上,现在还有一个女儿,正待嫁闺中,我想把她许配给你,你觉得怎么样?"

而冯京却十分清高,不想被说成攀附国戚。他连忙站起身来作揖回绝,并立即告辞。张尧佐愣在那儿,没想到竟会有人拒绝自己。他为此十分恼火,便派心腹联络当时的考官,让他在殿试中刷掉冯京。冯京知道张尧佐必会挟怨报复,便在考试时,将自己名字的前面两点移到后一个字前,改成了

"马凉"。而以"马凉"的文章学问,考官们自然都认为是第一名。唱名时,张尧佐本以为冯京必然落榜,结果却发现他依旧高中。张尧佐大怒,责问手下,这些人只好对张尧佐解释道:"误把'冯京'当'马凉'。"

参掉不作为的宰相

以包拯为首的谏官们弹劾张尧佐事件以后,朝廷似乎暂时又恢复了往日的平静。然而,一个国家政治上的争论从来不会止息,以包拯为代表的北宋台谏官在历史上是非常有名的,对他们来说沉默就意味着失职。

短暂的平静很快结束了,执政八年但政绩平平的宰相宋庠进入了包拯的弹劾视野。这位宰相文采风流,虽然"胶固其位",无所作为,却未曾触犯什么法律。而包拯当时的职务只是天章阁特制,官衔是兵部员外郎、知谏院,竟敢弹劾这位职高自己好几级的执政大臣,可见其为国为民直谏言事的胸怀和胆识。

就在皇祐三年(1051年),开封府发生了一件轰动京都的造假案,而造假者伪造的竟是皇帝的告赦。谁有了这告赦,就等于有了补官入仕的文凭,这在今天就等于有了一张公务员考试合格证。这造假者真可谓是胆大包天了,更可谓手段通天。而这造假案件的主犯名叫张彦方,正是仁宗皇帝当时最宠爱的张贵妃的母亲越国夫人的一个门客。

这样一个背景复杂、舆论热议的官司进了开封府的衙门,可愁坏了当时的开封府尹刘沆。刘沆不敢得罪权贵,无可奈何只得"快刀斩乱麻",他直接判了张彦方的死罪,而完全忽视掉了其后台越国夫人,乃至张贵妃,不对其做追究。当时的谏官、御史都对此议论纷纷。而宰相宋庠屈于张贵妃的权势,对此案也就睁一只眼闭一只眼,言官们的议论自然也传不到仁宗皇帝的耳朵里。

正所谓"官官相护",又得到了最高行政长官的默许,这案子大概再走个复查录问的过场就这样结案了。谁知中书省派来复查录问的却是尚书郎杜枢,这杜枢正是个刚正不阿、办事严谨的主,他明确表示要彻查此案,秉公断

231

案。这就急坏了张贵妃身边的一帮大臣。最后他们查遍杜枢的履历,发现他曾经积极参与弹劾张尧佐,便借此随便捏造了一个莫须有的罪名,就将杜枢赶下了台,贬去了衡州,而换了谏官陈旭来负责这个复查录问。

当时,满朝上下都为杜枢的遭遇感到委屈,却无人敢言,生怕得罪了张贵妃这帮人,落个降职离京的下场。只有时任左正言的贾黯挺身而出,提出:"杜枢无罪,而在无官员上奏对其弹劾的情况下,朝廷直接决定将其降职离京是不当的。恐怕以后有谁得罪了权贵宠幸的人,他们就会暗中大肆谗言诋毁,皇帝不可不对此有所察觉。"更提出"当时宰相诏命'凡是聚集在一起上殿言事需经过中书的批准'也是不合理的,这一措施必然会阻塞言路,遮蔽皇帝的视听"。对于这样的建议,宰相宋庠自然是不予采纳的。

对于这样合理的意见却没有被采纳,包拯、陈旭等人终于意识到宋庠手掌执政大权却无所作为必然误国误民,而对宰相宋庠提出了弹劾。

弹劾的理由也正是这次闹得沸沸扬扬的造假案。原来主犯张彦方与宋庠的弟弟宋祁的儿子交往十分亲密。宋庠和弟弟宋祁同举天圣二年(1024年)甲子科进士,同朝为官。而宋庠作为宰相却未能管教好自己的子侄,自然难辞其咎。而因为与这件处于风口浪尖的造假案有关,宋庠无可狡辩,也只得递交了辞呈。

可宋庠递交了辞呈不在家等着皇帝的决定,却依旧跑进中书省视书,贪恋权位的心态表露无遗。他还向仁宗皇帝自辩说包拯等人的意见其实和他的意见暗中相合。

包拯看到仁宗皇帝可能会因此不接受宋庠的辞呈,就果断再次上书说:"臣等之前在二月二十二日,就上书参劾宰相宋庠。他自从做了执政大臣,历经七年,对国家建设毫无建树,对百姓民众更没有什么报效。尸位素餐却逸然自处,以为得策。递交了辞呈却又去中书省视书,也可见他的恋位无耻,还谎称说他的意见和臣等的相暗合。有人说,宋庠只是无所作为,并没有什么大错,不至于因此辞职。但是从前代到本朝罢免执政大臣都是因为执政大臣长期掌权,却无所作为。而身为执政大臣手掌行政大权却不能为国为民尽心竭力自然应当被罢免。唐宪宗就曾经因为宰相无所作为而以‘循默’之名罢黜了他;本朝先皇罢免范质、宋琪等人也是以‘不称职均劳逸’为名,而没有什么具体的罪名。宋庠自然也是有些小毛病可以当成罪名的,凡是将此宣扬出去,未免显得不识大体,有惯朝廷的名声,臣等为陛下着想不愿意提那些小罪过。如果陛下认为臣等的意见是正确的,就请罢免了宋庠;如果陛下认为臣等的意见损害了宰相,狂妄自大,就请重重地责罚臣等,降职或罢免都可以。臣等等着陛下的答复。”

包拯等人的上书有理有据,引经据典,仁宗皇帝也终于罢免了担任七年宰相却无所作为的宋庠,命其出任河南府知府。

之后,包拯又针对朝廷冗官冗费的现象,要求朝廷严格执行官吏七十致仕的制度,以缓解官吏老龄化的问题。可是由于阻力太大,仁宗皇帝又是个比较因循守旧的皇帝,所以一直未能真正成功。

遇到人生低潮

　　张尧佐以宣徽南院使的身份出知河阳府,而不再有所升迁,这实际上是仁宗皇帝与以包拯为首的台谏官员们各方妥协的结果。然而,事情并没有就此终结。

　　嘉祐三年(1051年)的冬天,殿中侍御史唐介弹劾宰相文彦博,之后又弹劾谏官吴奎。而事实上,这唐介就在去年还和吴奎、包拯等人一起极力弹劾张尧佐,可如今,为什么又上疏弹劾自己曾经的亲密战友及一朝之执宰呢?

　　原来,对于仁宗皇帝复任张尧佐为宣徽使,并出任河阳知府的处置,在当时的谏官当中其实是产生了很大的分歧的。包拯等人认为只是让张尧佐出知河阳府而已,相比于之前的一身任四使,不需要再继续弹劾了。而且刚刚惹怒仁宗皇帝的包拯等人也希望可以通过相互妥协,缓解一下君臣关系。而唐介则认为,这次仁宗皇帝实际上是借出知河阳府之名为张尧佐恢复宣徽使的职位,不应该就此罢手。而得不到谏官支持的唐介只得自己一人独自上疏继续弹劾张尧佐,认为不应该让张尧佐复任宣徽使。

　　仁宗皇帝对此也不知该怎么处置好,便向唐介推脱说,这个任命其实是中书省的决定,与自己无关。谁知唐介倒也干脆,他表示:"既然这是中书省的决定,那我就弹劾执政大臣。"退朝后,唐介希望得到御史台的支持,无果之下,唐介便向朝廷要求贬官离京,结果也没有得到允许。

　　唐介无奈,见诸般不可,便豁出去了,开始弹劾时任宰相的文彦博。

　　唐介当面向仁宗皇帝上疏说:"文彦博当初任益州(今成都)知州的时候,专门用金丝间织出一种'灯笼锦',并将它偷偷献给张贵妃,张贵妃十分喜欢,文彦博才得以进入中书省。而平定贝州王则之乱时,也是因为前帅明镐的功劳,才以此当上了宰相。既然复任张尧佐的任免不是皇上下达的,那么就是文彦博私下升任张尧佐来迎合张贵妃。文彦博这么做都是为了他的一己之私。"又说,"文彦博当上宰相后,京城各处要职都出自文彦博的门下,他们相互勾结,虚张声势,都是为了能够作威作福。文彦博还勾结御史台官员吴奎等人,使无人上疏议论这些事。臣请求陛下罢黜文彦博,让富弼接任宰相。而臣与富弼之间从未见过面,更没有什么私交,这么做只是为了让适当的人作为一国之宰相。"

唐介说文彦博是因为张贵妃而做上宰相,就等于是说仁宗皇帝偏听内宫了,仁宗皇帝听了自然大怒,当即把唐介逐出了京城,贬往偏远的英州(今广东英德县)做官去了。

文彦博与张贵妃之间的关系在正史和野史都有种种不同的记载。但可以肯定的是,当时,文彦博确实与张贵妃交往甚密。

文彦博知道唐介上殿弹劾自己后,便主动向仁宗皇帝请辞。而仁宗皇帝也一反常规,稍加挽留,便准许了文彦博的请辞,让他出知许州去了。吴奎也被调往密州任职。

吴奎可以说是包拯的亲密战友,他们在政治上很多观点都是相似的,他们也经常一起署名上疏。吴奎被贬密州,对于谏院,对于包拯,都是少了一份很大的力量。

吴奎之所以被贬,主要是因为受了唐介弹劾文彦博一事的牵连。于是,包拯上《请留吴奎依旧供职疏》,希望可以让吴奎留任御史台,并指责唐介所说的都是"轻妄之词"。包拯请求留任吴奎,实际上也是为自己申辩,因为唐介公然指出御史台与文彦博相勾结,而包拯与文彦博少时同窗,且是同届高中进士的,包拯与文彦博私交也是很好的。

仁宗皇帝看了包拯的奏疏说:"之前,唐介说文彦博与包拯、吴奎等人都是私下勾结,而你今天就上疏指责唐介,请留吴奎。这么看来,唐介并不是乱说的啊。"于是,仁宗皇帝坚持贬调吴奎。

文彦博被罢相,吴奎被调,这对包拯的打击是很大的。包拯不仅在弹劾之路上失去了亲密的战友,而且因为奏疏,也被仁宗皇帝认为是与他们有结党的嫌疑,失去了仁宗皇帝信任的包拯,在朝廷上也失去了其他大臣的支持。

于是,包拯考虑再三,向仁宗皇帝请求外任,"求外任"实际上是当时朝臣们在政治失意、君臣失谐时,通过离京外任来缓解的一种协调手段。

包拯在"求外任"的奏疏中提到"忠良有才的人被贬在外而不能升迁,奸猾苛暴的人担任要职却不加辞退",这实际上是包拯之所以请求外任的真实原因。在这次政治风波中,包拯第一次感受到了失去了支持者的无奈。

而仁宗皇帝以他在谏院供职不足两年为理由,没有批准。终于在包拯第七次上疏请求外任后,包拯被任命为河北都转运使离京。仅四个月之后,包拯又被改任高阳关路安抚使、知瀛洲(今河北河间),由一个京官成为驻守边关的统帅。

也是在这里,包拯遇上了他唯一的门生——张田。张田,字公载,澶渊人。当时在包拯属下任信安军通判。张田当时所写的七篇《边说》使他得到了包拯的赏识。包拯当即上奏朝廷推荐张田。

而怒气渐消的仁宗皇帝看到包拯的上奏,知道包拯并未消沉意志,还在为国选纳贤才,很是高兴,并给张田下发了嘉奖。

张田一生历任知州,得到欧阳修、苏轼等人的大力赞赏。宋英宗治平元年(1064年),张田出任庐州知府。当时,包拯已经逝世三年,张田便在这里整理典籍,把包拯一生的谏书稿样和御赐书简,编成了流传至今的《孝肃包拯奏议集》,为后人对包拯一生的研究做出了很大贡献。

皇祐五年(1053年),包拯正在瀛洲整顿军备安顿百姓时,却得到噩耗:他的儿子包繶病死了。这对于已经五十四岁的包拯无异于晴天霹雳,包拯悲痛之下,上疏朝廷请求能够回到家乡附近做官。仁宗皇帝也很同情包拯的遭遇,便任命他出知扬州,不久又调任庐州。

复仕十六年的包拯终于再次回到自己的家乡,没想到却是在这种情况下。包拯回到庐州任官，由于肩无重担，平日常去城郊的兴化寺和寺僧聊天论道，包拯的心情逐渐放松，老年丧子的悲痛也有所缓解。

然而，家乡官难做。在庐州亲朋众多的包拯也遇到了这样的困难。很多旧时好友或者族中亲戚，都仗着包拯的威名而有些可以"为所欲为"的心态。得以放松心情的包拯，见到那些亲朋越发猖狂，便决定整治下风气。当时，正好包拯的一个堂舅触犯了法律。包拯将这个堂舅抓到了府衙，亲自审问，并依法处以鞭刑。在堂外观望的包拯亲戚心惊胆战，从此再无一人敢依仗包拯的权势胡作非为了。古语有云"一个外甥半个儿"，包拯却能够依法处理，让其他人终于收敛起来，不再仗势欺人。庐州百姓都称赞包拯"外甥有理打舅"，这句话也成为谚语流传下来。

嘉祐元年（1056 年），之前的宰相陈执中和梁适相继被罢相，文彦博和富弼入主中书省，吴奎知制诰。

当初，唐介弹劾文彦博时，就曾推荐富弼继任，而在至和二年（1055 年），富弼被授任同中书门下平章事、集贤殿大学士，与再度拜相的文彦博同日拜相。宣布任命的那天，士大夫们都认为仁宗皇帝用人得当，而在朝堂上相互庆祝。仁宗皇帝知道后，对时任翰林学士的欧阳修说："古之命相，或得诸梦卜，岂若今日人情如此哉？"

这富弼也确实是一代贤臣，范仲淹就十分赏识富弼，称富弼有"王佐之才"。富弼出知郓州、青州，兼京东路安抚使时，河北正发生严重的水灾，数以万计的百姓受灾，流离失所，尤其以京东路受灾最为严重，流民达到六七十万之多。富弼到任后，极力动员所辖的地方官员、百姓贡献米粮救济灾民，又征收到房舍十余万间，以供流民居住，还把流民经过时留下的尸体收集埋葬，建起一个个大坟墓，称为"丛冢"。此外，富弼还准许流民生产自救，辖内山林河泊之利，任流民取以为生，又募数万流民为兵。富弼为了百姓日夜操劳，有人劝他说，你自己尚且被谣言中伤，祸福难保，何必如此勤政爱民？富弼傲然不顾地回答道："我岂能以一己之身与这六七十万人的性命相比较！"富弼冒祸救灾民，仁宗皇帝听说后十分感动。

文彦博等人刚刚回到政治权力中心，便在当年的八月，与欧阳修一起向仁宗皇帝建议让包拯出知江宁府。包拯就此迁任为龙图阁直学士、刑部郎中、知江宁府。

十二月,仁宗皇帝终于再次重用包拯。仁宗皇帝下诏,将包拯升任为右司郎中、权知开封府。开封是当时的都城,所以对于开封府知府的任命都是很慎重的。而由于北宋太宗皇帝和真宗皇帝在即位前都出任过开封府知府一职,因此,后来的大臣出知开封府都在前面加一个"权"字,以表尊重,而不是临时担任的意思。

当时,有舆论认为,朝廷的执政大臣多是从开封府知府、三司使、御史中丞、翰林学士中选出的。由此可见,仁宗皇帝再次重用包拯时,对他的期待与倚重。

然而,开封府知府并不是一个轻松的职位。开封是北宋当时最大的一个城市,有居民约一百五十万,而当时北宋全国也只有约三千万人,开封以一府之地容纳了全国二十分之一的人口,各项公务自然是十分繁忙的。

而且京都中有很多皇亲国戚、朝廷大臣居住往来。而在庞大的权贵集团中,难免会有一些无视律法、作威作福的。而且权权勾结,即使开封府官员想要依法处理,难度也是很大的。范仲淹任开封知府时,就因为得罪了当时的宰相吕夷简而被逐出京城。在北宋不到一百七十年的历史中,有一百八十人担任过开封府尹,却只有近八十位宰相,可见其更迭之快、升迁之难。有记载说:"当时出任过开封知府的人中,有将近一半不仅没有因此获得升迁,反而为此丢官离京。"

包拯就是登上了这样一座风光无限的政治险峰。

包拯于嘉祐二年三月(1057 年 4 月)正式出任开封知府,至嘉祐三年六月(1058 年 7 月)离任,前后只有一年有余。但在这短短的时间内,包拯却把号称难治的开封府,治理得井井有条。敢于惩治权贵们的不法行为,坚决抑制开封府府吏的骄横之势,并能够及时惩办无赖刁民。

包拯去世后,开封当地的老百姓都非常怀念他,便在开封府旁修建了一座包公祠。当时,开封府署内有一块题名碑,凡是在开封府任过府尹的,姓名都刻在碑上,只有"包拯"两个字被后人抚摸最多,以致留下了一道道深深的指痕。现在,这块石碑仍然保存在开封历史博物馆里,"包拯"两字已模糊难辨。

开封包公祠后来毁于明代末年,当时明军为了阻挡李自成的进攻,扒开了黄河大堤。而大水冲入了开封,将开封府署和包公祠都冲毁了。大水过后,包公祠遗址上就只留下了一个小水潭,人们却仍为这潭清水取名为"包府坑",寄托着历代百姓对包拯的深切怀念。

那么包拯出任开封府知府的这一年多中到底为开封百姓做了些什么呢?

改革吏治,清明府衙。

作为一府的最高长官,包拯要处理的包括治安、交通、诉讼、户口、赋役、教育、赈灾、市容在内的开封府所有工作。其中,执行律法、维护治安、治理刑狱更是重中之重。

当时,开封府有府吏六百人,府中的一切事务也都要经过他们。面对如此繁复的工作,自然需要开封府府衙这六百府吏的全力配合,包拯才能治理好偌大的开封城。然而,当时开封府里的官员、属吏大多是朝廷官员的亲信或者权贵人物的子弟,在衙门里挂个职务、混个资历,基本都是些懒惰不堪、疏于职守的人。他们不仅知法犯法、欺压良善、贪污成风,甚至会联合起来欺压、刁难新到任的长官。

包拯刚上任时,就有底下的府吏抱出一堆堆文书出来让包拯处理,想要试探下这位新上任的长官。包拯十分从容地依次处理这些文书,并挑出其中夹带的过时无用的文书。之后,包拯便对这些敢于挑衅上官的府吏依法严格处置,这样,才扼制了开封府府吏骄横的气焰。

这些骄纵惯了的府吏们准备的"第一把火"不但没烧到包拯,反而引火烧身,使府吏们知道了这位新上任的包拯是个公正严明、不容糊弄的主。而包拯的"第一把火"却是切实地烧到了府吏们的心头肉上。

在当时,开封府的规定是,凡是平民要告状的,不能直接进衙门上大堂向知府申诉,而要先将状纸递给守门的府吏,再转呈给知府。至于究竟是否审理,何时审理,则再由这府吏通知。当时称这守门的府吏为"门牌司"。因为这"门牌司"的存在,诉讼的百姓无法直接见到知府,想要使自己的官司可以尽快处理,便只能被刁滑的"门牌司"讹诈勒索,即使冤情再大,若没有打通这个关节,也是告状无门,有冤难辨。所以,当时开封城内便流传着这么一句俗话——府衙门口朝南开，有理没钱莫进来。

而且，如果这原告人银钱没使到位，就算得以处理，府吏们在一边歪曲事实，蒙蔽知府，这案子也很可能无法依法处理成为冤假错案，甚至最后弄得"原告变被告"。

包拯上任后，这第一件事就是改革弊政。包拯当即宣布："开正门，径使至庭，自言曲直。"也就是打开府门，允许告状的百姓直接走上大堂，当面向知府递交状纸，言明案情。这样，"门牌司"便成了纯粹的"看大门"的差事，而府吏们也无法蒙蔽长官，歪曲事实了。

包拯对诉讼制度的改革，深得民心，开封百姓们都对此盛赞不已，亲切地称呼包拯为"包待制"。

据说，包拯将知府衙门"改革开放"之后，方便了开封百姓进行诉讼，使得告状的人越来越多。包拯每天处理完公务至关衙后，仍有许多百姓要诉说案情，包拯就下令打开府衙的后门，允许百姓直入府内诉说冤情，这样一来，老百姓告状从后门比从府门进入大堂要方便得多。因为当时开的是后门，由于开封府位于皇宫和中央机构的最南边，人们素称开封府为"南衙"。"包拯倒坐南衙"的传说也自此流传。

包拯在开封府任职时，不仅改革了诉讼制度，还一如既往地就衙门内官员冗杂、办事效率低下和官吏选拔等问题提出了意见。

宋朝建国后，吸取唐末藩镇割据的经验，加强中央集权，重文轻武，设立了许多职务以互相制约、互相监督。这也就使得在确保了朝廷的权力时，朝廷官员冗多，办事效率也因此下降。包拯就此上《论冗官财用等疏》，通过北宋官员人数较唐朝增长了一倍有余的切实数据，向仁宗皇帝建议改革吏治。

北宋官位多，官员也多。由于科举与荫补制度同行。朝廷能够通过荫补直接赐予官爵，使得尚处幼年的小孩子都可以因家室原因获得封官，枉食俸禄。科举又一直重诗赋轻策论，虽然仁宗皇帝时有所改善，仍然有许多文人骚客考取进士，但却不懂得如何治国安邦。

开封府作为北宋的京都，冗官冗费的弊端尤其显得突出。包拯认真调查研究后，多次向朝廷上疏请求改革吏风，并提出具体的改革办法。

包拯曾向仁宗皇帝上《论取士疏》，强调了取士得当的重要性，甚至将此拔高到国家兴亡的高度。包拯在疏中说道："治乱之源,在求贤取士得其人而已。"所以,必须"以贤知贤,以能知能,知而用之之谓也"。

同时,包拯还提出对荫补的官员也要进行严格的测试,通过地方上的保荐制度提拔人才,迅速使用这些新得到的人才替换那些"奸佞"的官员。

包拯还在《论名堂覃恩疏》中,大力批评朝廷滥赏官职,滥赐俸禄。

包拯的这些建议对于改革吏治、解决冗官冗费的问题都起到很大的作用。

对策及七事

皇祐四年（1052年），包公仍为天章阁待制、知谏院。

在上年年底，仁宗曾在天章阁召见近臣，征询关于国家大事的意见。仁宗认为，近几年来自然灾害严重，特别是河朔地带，遭到黄河水灾，民物散亡，遍地哀鸿，虽已指示有关官员进行赈济，但它是边防重地，最重要的应考虑契丹问题。契丹还在边界调兵遣将，表面上说要征伐西夏，但其动向不可捉摸，一定要加以预防。仁宗提出如下问题：一、契丹诡计多端，如来人有所邀求，应做如何回答？二、它诈报西行，倘一旦南顾，西北山川地形，应如何防守控扼？三、一旦发生事端，在人才方面，何人可任将帅，何人可补偏将？四、河北自从遭了水灾，户口流移，除了救灾，军储和财力还极困难，如何解决，如何逐渐从容？五、诸路冗兵很多，用何方法精选士卒？战马如何足数？等等。

包公对于这些问题，是极为关心，也早有考虑的。对于契丹，他说：契丹自从在先朝请盟讲和以后，边境四十多年无事。过去因李元昊背叛，他们乘机态度悖慢，以和亲割地为请。但经过派遣使者商议，增加金币，又已多年。从他们的本性来说，贪心永不满足，侵略的念头总是打消不了。从去冬以来，在云州集中军队，以西讨为名，驻兵不去。目前又无故遣使来此，如不是有所邀求，就是别生诡计。倘若提出一些难题，小不如意，就会挑衅。现今天象示变，水灾未除，天意和人事都不很和顺，应该深思熟虑郑重对待，绝不可放松警惕。

河北、河东、陕西三路，一向是防守要地。中部梁门、遂城（均在今河北徐水县），可以南入镇（镇州，今河北正定）、定（定州，今河北定县），西部雁门（指雁门关）、句注（指山西雁门山），可以南入并（今山西太原）、代（今山西代县），东部松亭（在喜峰口北一百二十里）、石关，可以南入沧州（今河北沧县）。然自松亭关以南数百里，广大水泽十分艰险，倘自北界而出，大片塘水亦可限其来路。只有雁门关和句注山，背长城而南，地面广大，从来是汉、胡共同出入之路。自从失去山后五路，此路尤为要害。先朝以著名骁将杨业守代州，创城筑垒，现今还有所依赖。只因代州离云州极近，地势又很平坦，一有侵犯，最可忧虑。孙武曾说："不要依仗敌人不来，而要依仗自己有所戒备；不要依仗敌人不来进攻，而要依仗自己力量坚强，敌人攻不进来。"绝对不能听信虚声，而放松自己的实备。

对于将帅，包公说：将帅是人的司命之神，关系邦国的安危，应极审慎选择。天下不怕没有人才，而怕不用人才。用人之道，不必分文武之异，不必限高低之差，只看人才本身。若能提拔重用，必有成效。荀子说过："大贤之人可越规举用，大恶之人可越规诛灭。"进贤人，去小人，不需要等待时间和岁月。

现在河北沿边，兵士骄横、将帅怠惰，粮食短缺、武器朽坏。带兵的不是富家子弟，就是罢职的老校，隐瞒作假，只顾目前，利用一些张皇引惹的说法，在训练方面有名无实，闻者可为寒心。应该委派中外大臣，精选有实才之人，加以提拔重用；对平庸懦弱之辈，应加罢免。如不即速安排，一遇紧急，就措手不及。

对于河北，包公说：河北是国家根本之地，存亡之所系。近年黄河决溢，水灾严重，大半的人饥饿而死，公私都十分困难。陛下虽已累次下诏，进行赈济，但农田荒废，流亡未复，仓廪空虚，维持不了几个月，这都是前日主持财政官员的过失。

臣过去曾经奉使送伴，回归之后，凡三次上言，请求支拨钱帛往河北，当五谷贱时，广泛购籴，以备凶年荒年，终以位疏言贱，未蒙施行。现今米价昂贵，财用又不足，又何办法解决。若再因循下去，不采取切实措施，恐未为社稷之福。希望陛下特下决断，坚决实行，免成后患。

臣尝读《汉书》，宣帝时，以西羌未平，京兆尹张敞提出建议，愿令有罪之人，除去强盗、贪污、杀人之犯，都可根据不同罪行交纳粮食赎罪。请求下有关部门商议，凡可以取赎的罪犯，上报文案，限令交纳粮食，使河北州军可以赎罪,也是权宜的一个路子。

在真宗皇帝时,河北荒歉,而三路官员甚多,曾因此裁减京朝官、使臣、幕职等七十五员。其逐路部署、押阵使军职,自观察以下,全部罢免赴阙。先朝的这种做法,希望陛下加以遵行。

臣又闻河北屯兵三十余万,从加强边备,增强实力来说,是必要的。但老弱甚多,一发生紧急情况,起不了作用。目前粮食紧张,军需极广,万一粮食供应不上,势必生变。希望指示本路转运司、安抚司,拣退老病、冗弱,以宽物力。老弱一去,精锐者勇敢,物力宽裕,就赡养充足。

关于牧马,包公建议取消郓州(今山东东平)、同州(今陕西大荔)二马监,将官牧地就地分给百姓,民得其利,牧马仍归河北诸监,委转运使兼领按察,则将能增加。

天章阁对策,反映了包公对当时军事、经济、民生等问题的重要见解。这些见解对实际情况做出了概括,又提出了解决的方法。这是包公政治思想的重要组成部分,表现出比较现实主义的态度和坚定的战备思想。包公认为,"言之者不难,事行则为福","知之非艰,行之唯艰"。他希望仁宗参举众善,对符合当前需要的,进行思考而实行之。

作为一个谏官,包公是有所取法的,他很崇拜唐代的魏徵。魏徵,字玄成,他是唐初的一个开国功臣,因功封郑国公。他"忧国如家,忠言正谏",有时"犯颜极谏"。他向唐太宗强调"兼听则明,偏信则暗"的道理。他帮助唐太宗考虑现实政治中的许多重要问题,提出许多与众不同的宝贵意见。他同其他政治家如房玄龄、杜如晦等人一起造就了著名的"贞观之治",巩固了唐初的政治局面,促进了社会的发展和帝国的统一。魏徵是一位敢于净谏的典范人物,唐太宗把他看作是自己的一面镜子,给他很高的评价。魏徵曾上过《论政疏》《陈十思疏》《谏居安思危疏》《谏亲小人疏君子疏》《十渐不克终疏》等等,向唐太宗进谏。包公选择其中的三疏,进行缮写,进呈给仁宗。包公在《进魏郑公三疏札子》中指出:"唐太宗英明好谏之主也,魏玄成忠直无隐之臣也,故君臣道合,千载一时,事无不言,言无不纳。"他认为所写三疏,"皆词理切直,可为龟鉴"。他再一次引用傅说(音"悦")的话:"知之非艰,行之唯艰。"希望仁宗能够留意借鉴。

与此同时，包公还向仁宗上"七事"，陈述对当时政治中七个重要问题的意见。

第一个问题，包公相当尖锐地批评仁宗在政治上"不以是非，皆能容受"的态度。这种态度，使得奸邪之辈，敢于肆意矫妄，倚仗一些难于弄清的问题，巧加修饰，厚诬别人，还使人无法自辩，只好默默承受排斥之祸。这样，仁宗看不清楚问题，对忠良之辈有所猜疑。想要坚持节操尽忠报效的忠义之臣，都害怕遭受谗言和祸害，不敢挺直腰杆办理国家大事。这样，阴险奸猾之人得计，滋长弊病，不单有亏圣德，害及时政，而且一旦缓急，缺乏贤才，谁来挑国家的重担？包公希望仁宗听纳臣下意见的时候，要留神深察，做到真伪不杂，是非明白，使得忠邪自分，国家达到治理的地步。

第二个问题，包公批评当时的政治风气，往往对臣下指名为朋党。有些奋不顾身、孜孜于国、奖善疾恶、激浊扬清之人，尤被奸巧之辈诬罔，一律受到排斥。凡进一贤士，就说是朋党相助；退一庸才，也说是朋党相妒。这样，正人难于讲话，忠直之人伤心。不敢公言是非，明示劝诫，这是国家的最大毛病。考察起来，圣明的皇帝在上，就不听说有什么朋党。大抵到衰败时期，朋党就起来。包公举例说，汉安帝时，开始有党锢，到了桓帝、灵帝，达到顶点,唐朝的朋党从穆宗开始,而到文宗、武宗更加厉害,这都是衰败时期。而陛下用心图治,功同尧舜,怎能会像汉唐衰败时期那样,招致什么朋党呢?这都是臣下互相倾轧,自快其志,硬加于别人,根本不顾是否败坏陛下的事业。过去刘向对汉安帝进谏说:"孔子与颜渊、子贡互相称誉,不构成什么朋党;禹、稷与皋陶互相团结帮助,也不叫比周。这为什么?忠于为国,没有邪心。"又说,"贤人在上位,则引其类而聚之于朝;在下位,则思与其类一起前进。"臣以为刘向的话,将及千余年,讲得十分正确。臣是学刘向的,不忍目前的太平时期有什么朋党之说,亏损至德,蔽塞大明,臣实在痛伤不已。希望陛下端正思想以临下,推诚以格物,循名以核实,因迹以照心,使忠者、邪者真假毕见,勿以朋党为意,则君子、小人就区分出来。

第三个问题,包公指出,近年大臣专政,颇恶才能之士。对有所开创局面的人,往往讥刺他近名,或云激进,沽名钓誉,以求向上爬。遂使才能之士不敢自效,即跌能够不顾忌讳,指陈事理,但也困于打击排斥,不能施展抱负了。名,它为圣贤所贵。孔子曾说:"君子疾没世而名不称焉。"贾谊说:"烈士殉名。"做人而不顾名誉,怎么趋善?这是圣人所以贵名的原因。朝廷之上,臣下虽多,但有志于国家之急者甚少。有些处心积虑以报效国家的人,又为近名之说所困惑,这样志士仁人很难获得奖进的机会。这不是陛下之心,这实在是近年大臣之罪。对于一个人,只要看他是否能行而急行之,不要考虑沽名激进向上爬,这样人才就能尽其心。

第四个问题,包公指出,有人议论陛下碰到事情,颇主先入之说。臣以为陛下通照事物,讲求真伪,必无这种事情。万一有这种事情,臣只是多余的顾虑,不能听到而不说。臣以为帝王做事,只顾道理如何,绝对不计较谁是先入谁是后陈。必若以为先入者为邪,则奸罔之人逞其敏捷,或巧于中伤别人,或暗地弄鬼,都想居于后边,耳目闻见所及,那得不惑乱。希望陛下采纳群议之时,只看事情的是非,正确裁判,先入之说自然停息。

第五个问题,包公指出,最近颁布的一些条文,都有怀疑臣下之意。比如举御史,须荐二员,且由陛下亲自点定,仍有在京与外任的拘束,现任二府曾经举奏之人,亦不详论,至与中书、枢密院,只许旬假见客,又不许百官巡厅,台谏官不得私谒,并不得与刑法官接触雪洗罪叙劳之人等事,都不是帝王推诚布公相信臣下的美政。陛下至德难名,待物没有隔阂,方将追随尧舜,当然不会像汉武帝那样雄猜多忌。是那些不识大体之臣,过于防范的谬论,贻误陛下。臣恐史书记载下来,万古被人讥笑。希望陛下速革近制,推大信于群下,以景祐初年之政为法,那就最好没有。

第六个问题,包公指出,最近几年,发生各种灾害,天象变异,大地震动,虫蝗为灾,或旱或涝,连绵三五年不止,而河北最为严重。其次利州(今四川广元)、京东、京西、西浙、河东等路,几乎循环遭受大灾。所以这样,是大臣不能同心协力,知无不为,切救时弊,而陛下思想上亦有所怀疑停滞,没有委任忠贤之人,以成垂拱而治的美政。现今多路闹饥荒,百姓流离,府库空虚,财力不足,官员滥增好几倍,粮库没有两年的储备,兵卒骄惰,夷狄强盛,即或不幸继以凶年,加以小乱,则谁人可以依靠支持呢?臣因此日夜恐惧,思进苦言,希望能启发陛下而激动不已。臣愿陛下极度留意,通过议事告示执政大臣,谁能尽心敢救天下之弊,敢当天下之责任者,假使真得其人,愿陛下决定委任之;对因循保守,贪禄迎合,妒贤嫉能,只为自身打算的人,宜速罢免,不使长久挡道,这就可以化危为安,变难为易,如同反掌一样。陛下决不能失却目前的时机而不为,倘失时而不为,祸变一发,虽想有所为也已不可能了。请陛下深深留意。

第七个问题,包公指出,臣见近年以来,多有窜逐之臣,有的无罪,有的仅有小过,有的暗遭陷害,有的为权要潜恶妒忌。吹毛求疵,挑剔缺点,罪网太繁,刑罚太密,甚伤公正的议论,人情很受压抑。古代匹妇含冤,三年大旱;匹夫受屈,六月飞霜。近年遭到窜逐之人,何止匹夫匹妇这等人呢。哪能不逆和气招来灾害呢!陛下一定要怜惜体察而深思之。《传》曰:"使功不如使过。"因为受到责罚的人,自己怨恨被废弃,不能振兴向前,一旦为明主弃瑕录用,则自奋图报,超过常人万倍。愿陛下下诏,近年窜逐之臣,有才行实干能力,本无什么过失,或因牵连获些轻罪,可以进行牵复,也可任用拔擢。这样,像上天一样,陛下广加庇护,使排挤陷害憎恨嫉妒之风,不敢再为复起。

包公还上过《论委任大臣疏》。他发挥《汉书·谷永传》中所说"帝王之德莫大于知人"的思想,认为帝王要实现垂拱而治的政治,最重要的任务在于知人,能任人。假如违反这点,虽像尧舜那样辛苦操劳,也不能把政治搞好。现在中外臣僚,才与不才,陛下心里都很有数。但辅政大臣,属于最高层的选择,系乎治乱。对挺然尽心,敢以天下自任的人,应加委任;对因循奉承,追求一身私利的人,应该罢去。这只在陛下神机洞照,甄别而信任之。若任而不择,择而不精,不单不能为治,而且反而为害。对臣僚中素有威信而有实才的人,大众称赞为贤才的人,陛下既已得知,也应即速加以提拔。若知而不能用,用而不能尽其才,国家怎能达到治理。不可说边防无险情,就算安然无事。何况诸路饥馑,财用不足,府库虚竭,士卒骄惰,如果振举纪律,杜绝露头的坏事,正是可为之时,一定要参用贤者,助成治体,是最不可拖延的事情。大抵目今居于高位的人,挟持奸佞,掩善背公;沉溺爱憎,卖直嫁祸;吵吵嚷嚷,但以势利相倾轧,假使无所耻心,岂有授贤进能的思想。倘若这些人比肩并进,想要风俗一天天美起来,教化一天天兴盛起来,能办得到吗?舆论都说:现今若对廉直退让、有才之士择而用之,置于左右,则过去的错误顿时可以矫正,而邪恶谄谀、苟且偷生、忌刻奸险之徒,就可不令而离去。陛下何所畏惧而不为?希望陛下有所考虑,则天下蒙受大幸。

包公还写过《论大臣形迹疏》。他联系当时政治上存在的一种风气,凡进用百官,裁处大事,必避"形迹"(近于关系、嫌疑的意思),以为公道。上下蒙蔽,习以为常。有才的人以形迹而不敢用,不才的人以形迹而不敢去;可干的事情以形迹而不为,不可干的事情以形迹而实行。这都是逃避中伤,以防后害的一种借口。这种风气,为谋自身打算还算可以,为国家打算就不应该这样。这是政治上最大的病害。包公考察历史,指出魏徵对唐太宗强调,不要存形迹。指出唐高宗责备侍臣不进贤才,李安期回答:"这都归乎皇帝自身,而并不是臣下造成的。如果人主能虚己纳谏,广泛搜访,不忌恩仇,唯能是用,谗言不入,谁敢不竭尽忠诚。"包公认为仁宗自即位而至目前,虽天天上朝,孜孜求治,很是操劳,但自然灾害很多,老百姓还未富庶,国库没有积蓄,财力日益削弱,主要是知人用人之道还有问题。包公举例说,齐桓公问管仲:"什么事情影响霸业?"管仲回答:"不能知人,影响霸业;知而不能用,影响霸业;用而不能信,影响霸业;既信而又使小人参劾,影响霸业。"他希望仁宗申命宰相执政大臣,进用贤俊,斥去形迹之弊,以广公正之路。要判别忠佞,压抑侥幸,明察左右爱憎之说,接受中外正直的议论,慎重名位爵禄,振举纲目,使教化悖厚于上,人民感悦于下,招来天地和气,导致邦国永宁,这关键在于陛下,一天比一天谨慎,努力实行而已。

以上各种奏疏,反映了包公政治思想的主要方面。如果把包公跟其同时代人比较,可以看到,包公政治思想的最大特征,是对当时政治现实有所透视剖析,并且深中时弊,充满忠君、忧国、爱民的色彩。这些奏疏有两个特点:第一,包公对自己诤谏的对象仁宗皇帝,了解得比较全面,对他思想弱点的分析比较中肯、尖锐和深刻。作为一个皇帝,仁宗即位三十年来,最大的弱点在于知人用人。他几乎一开始就被吕夷简这样因循保守的人物所包围,政治局面始终没有起色。吕夷简最大的特点是向仁宗推荐才能不如自己的人,从而替自己留出"东山再起"的后路。仁宗一时也能起用范仲淹、杜衍、韩琦这样的人物,但惑于朋党之说,不能深信范仲淹这样的改革派,后来还是贾昌朝、陈执中、文彦博这样的人物上台。这种人一味迎合仁宗,包括迎合张贵妃,在国家大事方面基本是敷衍塞责,根本不想有所作为。仁宗不能知人,不能用人,在三十年来失去了不少大有可为的时机,包公对这个问题看得最为清楚。所以他忠心耿耿,希望仁宗能够认识他自己的毛病,坚决有所转变。第二,包公对当时的政治现状,不但有所揭发,并且有所分析,特别指出忠邪不分,是非不明,奸邪之辈得势,忠直之辈受到窜逐压抑。奸邪之辈还玩弄种种手法,促使仁宗采取怀疑、限制臣下的种种措施,使君臣关系处于不正常状态,使挺身为国敢以天下为己任的人不得施展抱负,而阴险狠毒只顾一己私利的人左右逢源。包公所指出的朋党之说、近名沽激之说、形迹之说,说明当时政治风气不正,人心污秽,忠良之人遭受种种打击,歪风邪气始终得不到扭转。第一个问题和第二个问题密切联系在一起,造成了苟且偷生、民穷财尽、危机四伏的政治局面。

包公的同时代人,如范仲淹、韩琦、富弼、欧阳修等,都以国家社稷为重,有志于改革,并提出过相当精辟而又深远的见解,他们或是议沦滔滔,或是宏肆博辩,也都能击中某一方面的要害。但是,对于仁宗的弱点,大都有所忌讳,做不到像包公这样进行坦率、中肯、尖锐而又深刻的批评,对于朝廷的政治风气,也做不到像包公这样全面而又切中时弊的批评。同样为国为民,包公同范仲淹等人,在认识问题、分析同题方面的侧重点有所不同。包公的这些奏议,可以作为仁宗即位三十年朝廷政治现状的一个侧面,很有参考研究的价值。研究北宋的政治历史,包公的思想可以成为一面很好的镜子。

任河北都转运使

皇祐四年(1052年)三月,包公除龙图阁直学士,再次担任河北都转运使。

从上年十月唐介弹劾宰相文彦博事件发生以后,包公曾经坚持要求外任。现在经过五个多月的稳定时期,在对现实政治提出许多积极建议之后,仁宗根据当时的需要,让包公担任河北一路的都转运使。这是包公职务上的一个重要变化,从此脱离谏院,投入任务繁重的地方工作。

包公最关心河北问题,也比较熟悉河北问题。他曾经连上两个奏章,要求朝廷精选河北帅臣,主张“于中外(指朝廷中、朝廷外)臣僚中,推择谙知彼中事宜,敢任大责者,专委付之,俾绥抚疲民,经画远图,庶几后患可弭”。现在自己担任都转运使,正是施展才能、改变局面的一个最好机会,他对工作提出了一系列改革性意见。

包公最关心河北军队的粮食问题。他过去

宋龙图直学士包孝肃公拯

曾经建议调移河北的一部分军队,到内地较富裕的地方就粮。这次根据河北屯兵众多、民赋有限、兵食不足的矛盾,再一次上奏《请移河北兵马事疏》,提出除必须留守的而外,将河北其余驻扎的军队,命令归营就粮,分移于河南兖、郓、齐、濮、曹、济等州,即现今山东的兖州、东平、济南、濮县、菏泽、巨野一带较为富裕的地方。实行三年一次轮换。遇有警急,即时起发,用不了十天就可到达边界,不会耽误日期。包公还建议边防兵士,实行三时务农,一时教战之法,这样可以公私自足。军队虽然调移,但从戍守的总兵力来说不能减少,可以用往年的十八万义勇民兵充实其数。包公很重视河北人民,认为他们禀性劲悍,知道边防利害,熟悉契丹的情况,同南兵比较,绝对精锐。实行民兵制度,一则可以减少军需供应,二则群情乐为。他建议要做到表里同心,共同抵御外患。

除了调移河北的军队到河南就食,包公还建议要加强义勇乡兵的训练。在庆历年间,十八万民兵,分作两番教阅,每番三个月。从九月一日起教,至二月末结束。后来又改为自十月起,至正月末放免,并支给口粮。包公计算,十八万乡兵,分两番训练,每人每月支给口粮九斗,盐二斤,共约支粮食三十二万余石,盐七十余万斤,这些只不过河北一州之赋。河北地方千余里,二十余州军,以一州之赋给乡兵十八万,同屯驻就粮兵士比较,仅是一个月之费,而可充乡兵一年之用,是"计其费则甚寡,校其利则至博"的措施。

在河北州军,除了军队、粮食、训练是个大问题,把公用钱用作回易也是一个大问题。每一个州军,都掌握一定的公用钱。但朝廷曾经有过指示,这种公用钱,可以用作回易之用。这就是允许官府利用公款进行买卖。它的害处很大,为害诸路,而河北尤甚。由于不问远近,广作兴贩,随之而来的,竟将货物抑配入户。这样会发生几种后果,一是对老百姓进行剥削诛求,一是排斥一般的商人,进行垄断,对原是官榷的盐酒等物,也进行违法买卖,各尽其能,无所不为。由于回易的侵夺,河北一路的盐酒税收入,连年大幅度亏少。而税入减少,州军用度不足,反而增加朝廷的困难。这种公用钱,原为"管设官员犒劳宾客",绰绰有余。但追逐财利之徒,以此攫取厚利,交结权幸,以为自身之计。包公建议凡有公用钱处,依过去规定,不进行回易。沿边州军及有人使路分,可以增添钱数,做到公私两利。包公建议,禁绝用公用酒食及匹帛之类互相馈赠。如敢故意违犯,以违制罪论处。

在河北还存在一个问题,转运司依一贯规定,夏秋二税,一律实行折变支移,老百姓因无力输纳,纷纷流亡,户数极多。折变实际是变相增税,支移往往要远地运输。而河北大部分地区,户口极少,田土不多,又迫近塘泊,经常遭到淹涝之灾,夏秋很少收熟。包公请求今后河北沿边州军系塘泊接连处人户,二税只令交纳本色,更不得一律折变及支移。这是对河北民生的一大改善。

为了使河北的面貌有所改变,包公比较注意对基层官吏的整顿,他着重解决三个问题。第一,对县令、通判、簿尉等人员,进行一次审查,对于这些人中年老懦弱、不晓民事、不能胜任的人,虽无显著的赃私罪犯,也要加以替换。河北经久灾伤,流亡稍稍恢复,摊派还不能全部禁绝,民生艰难,州县官吏一定要得人心,一定要选举合于资序的人充当县令,通判和县尉主簿也要挑选。有了能够存恤百姓的官吏,百姓的困难局面才可能有所改变。第二,罢免河北提举修造军器使臣。河北有多处修造军器的坊院。修造军器任务、数目以及质量等等,由逐州知州、部署、统辖、都监等官员逐日逐件检查试验,都很精专。又转运使和提点刑狱等官员,也不时进行巡查,并开库一一点验。但在这种情况下,朝廷近年还添置提举河北修造军器使臣两员,只要一两年,就授阁门祗候,替任之日又可得到提拔。包公调查到,提举使臣只是一年略到一次,所至各处,不过索取一些统计数字。及到年终,就打一个数字上奏,以为自己的功劳。这完全是个虚取优赏、诚为虚设的差使,包公请求加以废罢。第三,罢免巡驿宦官。河北沿边州军,北宋与契丹每年有人使往来,沿途设有馆驿,并设有管理家事的专副人员,全部差派乡民中有家产者充当,一年一替,仍需三人以上,方可管理。信使往来,三番使臣取索,十分烦费。虽有条文约束,但已成惯例,取索难以止绝。乡民不敢申诉,以此倾家荡产。包公仔细调查,逐处还有专管提举馆驿家事的宦官,每一经过,挑剔毛病,恣意诛求,一定要有所敬献,方可免于刑责。包公建议今后只令本路转运司逐季指挥辖下州县,差通判馆职进行提举,而不差宦官出外,以使乡民免于暴敛。

与此相联系,包公提出直差衙前两年一替的建议。河北沿边偏小州军,只管辖一两个县,押录里正人数极少,没有得替年限。直等到家产荡尽,方得逐便。过去的条文,得替押录里正充衙前三年及二年,满日并放归农。包公看到实际的苦乐不均,建议直差衙前二年一替;如愿永远充当者,亦听从便。

在河北都转运使任上,包公还十分注意边境的侦察工作,把它放在很重要的位置上,并提出做好这项工作的具体建议。包公指出,过去何承矩、李允则任将帅,要求侦察工作大小必得其实,葛怀敏任将帅,亦能使用人才。但从王德基、王仁勖以后,一味邀功冒名,派出之人并不谨慎小心,又有所声张,以致遭到失败。侦察工作不能深入,只到四个榷场,幽州(今北京市)、涿州(今河北涿县)之间,所得的只是民间常语或虚伪之事。包公建议对沿边的侦察工作,应密令知州、通判及原有专管人员,把现有侦察人员姓名全部进行清理,上报机宜司,对所管金币、所得何事、支与何等物,几时可得一情报,进行统计。对旧侦察人员多方访问,重新使用;对新差少年不熟悉业务者加以淘汰。探听范围,应包括首领所在、任将相何人?山前山后哀乐如何?诸国臣与不臣?并训练点集兵马,造作奸谋,年岁丰凶,转移粮草,等等,凡于大事,即许申报。其他如打围、移帐、放赦、修城、细碎寻常,以及众人所见,虚伪传闻之事,并无用处,徒废金币。包公最后提出,还要做好这方面的保密工作。

包公的这些建议和改革,有的被采纳,有的未见实施。特别是调移军队、训练民兵等等,仁宗虽然同意,但执政大臣的意见并不一致,没有实行。尽管这样,我们仍可以看到包公在地方工作上尽心尽职的可贵精神。

任瀛州边帅

皇祐四年(1052年)九月,包公从河北都转运使任上徙为高阳关路都部署安抚使知瀛州(今河北河间)。

高阳关是北宋河北路边沿地带的一个重要关隘,地处三关之南,又称关南。所谓三关,指瓦桥关、益津关和草桥关。三关以北,就为契丹地界。在庆历八年,为了加强边防力量,始置高阳关路安抚使。高阳关路一共统辖瀛州、莫州、雄州、贝州、冀州、沧州、永静军、保定军、乾宁军、信安军等十个州军。永静军辖东光、将陵、阜城三县,治所在长河镇。保定军即为平戎军,治所在涿州新镇。乾宁军原称清州(今河北青县),有钓台、独流北、独流东、当城、沙涡、百万等寨。信安军原称破虏军,治所在霸州(今河北霸县淤口寨)。在十州军中,瀛州、莫州、雄州并是控扼之处,而雄州最为重地,北宋和契丹两国人使往来,必须经过雄州。整个高阳关路,处于要冲地位,全部凭靠塘水作为防御。而雄州全据塘水,州城离北界只有三十里,地势平坦,没有蔽障之所。这里居民的情况也比较复杂,北宋凡有一些措施,极容易走漏消息。毫无疑问,高阳关路在军事上至为重要,包公当它的都部署安抚使,成为一位边帅,负起军事上和行政上的重任。

包公一向重视河北,尤其重视河北在军事方面的作用,自己曾经就此提出过很多建议。现在来到高阳关路,他最关心的是改进兵民边防工作。这里的实际情况是,在守御工事方面,长期因循,没有什么重要的措施。在将领方面,人选也并不理想。至于兵士,也是纪律松弛,十分骄惰。包公在军事方面要做许多工作。高阳关路又是久经自然灾害,特别是涝灾,人民流亡的很多,包公还全力做好安置工作。

瀛州财政上的一个突出问题,是公用钱的开支。瀛州的公用钱每年明

文规定为两千贯,各种用度都从这里支出。但包公查看过去的账目,感到支出浩繁,根本无法统计明白。由于地理位置重要,来往人使不绝,迎来送往的各种供费,是最大的一笔开支。包公曾对前任知州支用的公用钱进行过统计,自皇祐三年八月至皇祐六年八月末三周年内,一共开销三万三千贯钱,每年约开销一万一千贯钱。从每年规定的两千贯看,超过四五倍。这样庞大的开支,不能不害公,也不能不伤民。包公提出方案,准备裁减一半用度,每年支出还达六千贯钱,如再加节约,至少也要四千贯钱。即使依照可以广务回易

的指示来做,也还不能满数。包公看到河北连年歉收,水涝灾害特大,老百姓的生活极度困难,不忍心有过多的诛求。而有些人对裁减公用钱,议论纷纷,包公感到很难处理。包公对于公家之事,一向不敢顾避,他过去确实是这样,但现在的处境是"疏外难立,孤直易摇",人们的爱憎不一样,可能会招来中伤之语。包公考虑的结果是,"不以毁誉之私,变初终之节"。他请求朝廷以雄州、恩州、莫州等地的公用钱作为参考,委派本路转运使、提点刑狱,亲自查明实况,根据前后的规定,制订一个妥当的办法,加以执行。

皇祐五年(1053年),包公继续任高阳关路都部署安抚使知瀛州,他对瀛州人民的生活实况有了更多的了解。在历管辖的十个州军中,因受灾害或剥削过重等等而逃亡的人户不少。但官府对这些逃亡户的欠负,一点也不肯放免;有些人户出逃后重又回来,但无家业抵当,还是交不出欠税。当时的不成文法规定,凡举行明堂大赦,老百姓所有欠负,可获放免。当年十一

月,赵宋皇室又要举行南郊大赦,包公请求朝廷依照惯例,对瀛州的欠负,全部除放。

北宋在乡村基层政权,设有里正,专管催讨赋税。但随后里正也充当衙前之役。有很多重役,都压在里正身上。里正照例由上等户充任,但有的县份,上等户较少,就以中等户充任,他们的家产很少能达到一百贯,一充当重难衙前,全都破产,因而逃亡奔命者,比比皆是。这些破产者怨嗟愁苦之声,难以听闻。当时韩琦任并州知州,提出乞罢诸路里正,对于乡村的赋税,只委派户长催纳。对于韩琦的建议,三司已发出公文令各处转运使进行调查。包公也向朝廷请求,照韩琦的建议,全部罢免里正。如果衙前有缺,让令佐官于一县各乡第一等人户中,选财力最高的充任。如再有缺,就依照此法轮差。包公对裁减公用钱、罢免里正,目的都在于让"凋残之民稍获存济"。

包公在瀛州时,曾经向朝廷推荐过张田。张田,字公载,澶渊(今河南濮阳附近)人。他中举后,任应天府司录。欧阳修见他很有才能,于是通判广信军。作为一名下属,张田同包公有较多的接触。张田对当时边境的各种情况,比较熟悉了解,他曾著《边说》七篇,提出不少见解,包公对此很加欣赏。他向朝廷进状推荐张田的《边说》:"臣窃见殿中丞通判信安军张田,性质端劲,文艺赅博,周知河朔之事,尝著《边说》七篇,词理切直,深究时病,辄敢缮写进呈。伏望陛下万几之暇,少赐观览,则沿边利害,粲然可见。仍乞宣谕两府大臣,参议可否,锐意而预图之,实天下幸甚。"

仁宗在接到包公的奏状后,加以研究,对张田赐了一道奖谕敕,说:"敕张田:省高阳关路都部署兼安抚使知瀛州包拯奏,窃见汝性质端劲,文艺赅博,周知河朔之事,尝著《边说》七篇,词理切直,深究时病,辄敢缮写进呈,仍乞宣谕两府参议可否事。汝学术精深,志虑宏远,能穷边琐,善启忠规,文成七篇,说通三训,虽杜牧之之注《孙子》,臧嘉猷之集羽书,荟萃研覃,曾不是过也。览观之际,良深嘉叹,故兹奖谕,想宜知悉。"

包公荐举张田,是他重视人才的一个表现。张田后来在政治上虽然没有多大的建树,但他对工作也很敢于提出意见,在州郡任上,也有较好的政绩。比他生得稍晚的大文学家苏东坡,曾经读过他所著的书,将他比作古代的廉吏。这是一个很高的评价,也说明包公确是一位识人的伯乐。

　　在瀛州时,包公还曾请求朝廷对王明追加谥号。王明是太宗皇帝时的
礼部侍郎,他曾下岭表,平江南,在战争中立下卓著的功劳。包公认为他"节
义端劲,功烈卓伟,其始卒竖立,冠于皇朝名臣"。可惜他"才未尽施而死于
太平,位未极显而恩不加谥"。当时任雄州防御推官的王临,是王明的曾孙。
包公看到他所写的家传,对于《太宗皇帝实录》中的《王明传》,在事实上有所
丰富充实。包公把王临所写的家传进行缮写,进呈朝廷,请求追赐美谥,认
为这样做,"庶发明于茂烈,足垂劝于将来"。这是包公褒扬节义,鼓励人们
建功立业的一种表现。

任御史中丞

嘉祐三年(1058年)六月,包公升任右谏议大夫,权御史中丞,成为台谏官的首领。这样一个变动,说明包公成为仁宗的亲信,主持风宪,在朝廷中占据了一个重要的职位。

这时摆在仁宗面前一个最重要、最迫切的问题是解决皇嗣问题。仁宗生于宋真宗大中祥符三年(1010年),到今年已是四十九岁。他在乾兴元年(1022年)即位,当时只有十三岁。他到了景祐四年(1037年)二十六岁上曾得过皇子,但出生之后,即夭死。随后在宝元二年(1039年)他二十八岁时又曾得过皇子,赐名曦,封为鄂王,但到了庆历三年(1043年)仅活了四岁,也告夭殇。他一共得过三个皇子,都没有长成。现在从生理学的观点来看,仁宗在生理上是个有病之人。他一生中还曾得过十三个皇女,但其中的九个,都在幼年殇亡。这应该是仁宗本身身体有病,给这些婴儿带来了先天不足症。在仁宗留下的四个皇女中,只有一个周贵妃所生的许国大长公主,算是例外,身体比较健康,而且活了八十六岁,经历靖康之乱,进入南宋高宗时代。

嘉祐元年正月,有一天上朝时,仁宗突然间得了风眩症,身体失去平衡,头上所戴的冠冕都歪斜过来,经过抢救才算稍为恢复。这场病对仁宗折磨很大,经过一段医疗,健康才有所好转。这种情况,已基本决定仁宗再无希望得到子嗣。仁宗的这种遭遇,特别是没有自己的继承人,成为他最大的痛苦,也成为当时朝廷百官最为担心的问题。在封建社会中,皇嗣、皇位继承是国家根本大计。不立皇嗣,一旦发生意外,就会出现不可想象的局面。

北宋在皇位继承问题上,还有一点比较开明的地方,它不完全强调嫡长制,而强调立长。所谓立长,就是要立成年的君主。如果嫡长子处于幼龄时期,皇帝的直系兄弟年纪较大,可以择长而立。据说这是宋太祖母亲留下的遗言,是宋太宗赵光义继承他哥哥赵匡胤皇位的一个理论根据。目前仁宗没有嫡子,他只可能在近亲子侄辈中择长而立。从嫡长制的观点来说,这是一个悲剧,但仁宗必须承受这个悲剧。

朝廷百官对皇位继承问题是十分关心的,早在皇祐末年,就有人向仁宗提出要及早立嗣。担任太常博士的张述上书,请求"遴选宗亲中才而贤者,异其礼秩,试以职务,俾内外知圣心有所属,则天下大幸"。到了至和元年,他又上疏说:"嗣不早定,则有一旦之忧而贻万世之忠。历观前世,事出仓促,则或宫闱出令,或宦官主谋,或奸臣首议,贪孩孺以久其政,冀暗昧以窃其权。安危之机,发于顷刻,而朝议恬不为计,岂不危哉!"张述指出了历史上可怕的事实。他前后七上章疏,语言十分激烈恳切,当时仁宗无动于衷,也不以为罪。至和二年,曾经担任过宰相的庞吉也秘密向仁宗上疏,请早立嗣。嘉祐元年,当谏官的范镇上疏请立皇嗣,他说:"昔太祖舍其子而立太宗,天下之大公也。真宗以周王薨,养宗子于宫中,天下之大虑也。愿陛下以太祖之心行真宗故事,拔近族之尤贤者,优其礼秩,置之左右,与图天下事,以系亿兆人心。"当时司马光任并州通判,也上疏请立皇嗣。随着,翰林学士欧阳修和知制诰吴奎等,也都上疏请立皇嗣。为立嗣问题,范镇起先一共接连八次上章,后来一共十九次上章,并为此在家百日待罪,须发变成斑白。他当面对着仁宗哭泣,仁宗也对着他哭泣,但仁宗还是下不了最后的决心,他对范镇说:"朕知卿说得对,说得是,但还等待三二年。"范镇因仁宗没有接受自己的意见,竟辞去了谏官之职。

嘉祐二年,欧阳修再次向仁宗提出,于宗室中选材贤可喜者录为皇子。到了本年,右正言吴及也请立嗣。现在包公当了御史中丞,他最关心的也是立嗣问题。包公对仁宗面奏说:"东宫太子虚位日久,天下最为担心,陛下持久不决,这是什么原因啊!"仁宗反问包公一句:"卿想立谁?"对于这样一个问题,包公说:"臣不才备位,请求预立太子,是为宗庙万世考虑。现今陛下问臣想立谁,这是对臣的怀疑。臣今年已六十岁,且无儿子,不是邀福之人。"仁宗听了高兴起来,说道:"待慢慢一定商议。"

包公还上《请建太子疏》,说:从历史上看,圣王治理天下,大业刚建成,就选定皇嗣,主要是安定天下人心,杜绝中外觊觎的念头。历代都这样遵守。陛下即位，已超过三十六年，始终没有太子，天下的人心十分忧虑。前后幕僚论列得很多，但还未听到如何处置，陛下持久不决不知是何原因。万物都有根本，太子是天下的根本。根本不立，没有比它最大的祸害，绝对不可忽视。希望陛下给予特殊考虑，秘密与执政大臣协议，在宗室中选择亲近而有德望、众所推重的人，优厚封爵，置在身边，每天进行教育。还选用厚重方正之士，给他做僚属，以善道相谕，增广他的见闻。这样，不但表异亲贤，也可巩固王室，挫败奸雄窥伺的念头。一俟生了皇子，也可加以优礼而进退之，这也是古今之通义，陛下何所怕而不为啊！太祖从艰难之中得天下，一个圣王传一个圣王，将近百年，陛下应念祖宗之业，传之无穷。假使只图目前，忽视经久大策，将来必有祸患，恐怕不是社稷之福。希望陛下格外留神，再三考虑。臣是一个疏外之人，过去担任言职。今陛下以臣愚直，擢置于宪府(即御史台)，如畏罪不言，是辜负陛下委用之意，不忍心这样做。希望陛下审其当否，决断而行，天下幸甚。

包公还注意到了当时宦官的问题。

宦官在封建社会中，是一种特殊产物，也是剥削阶级统治集团中的一个有机组成部分。有了以皇帝为首的皇室、皇宫，就有侍候皇帝、后妃、皇子皇孙等等的大小宦官。宦官的身份是奴才，但是一种特殊的奴才，他们也可以做官、掌权。由于是皇帝的亲信，往往很得宠信，也很受士大夫官僚的奉承。在汉代、唐代以及五代时期，宦官结成集团，是一个很大的政治势力，有时与士大夫官僚集团勾结或对抗，制造阴谋，篡权夺位，擅作威福，祸国殃民，造成极大的祸害。北宋对前代的宦官之祸有所警戒，对宦官的使用有一定的限制，尤其太祖、太宗和真宗三代还都比较注意。但从仁宗开始，对宦官的任用和赏赐都有宽滥的倾向。有的宦官像王守忠公开要求当节度使，就是在仁宗执政期间出现的。

包公看到对宦官的禄秩、权任有过分的倾向，向仁宗提出劝谏。他在《论内臣事疏》中说：臣读先朝的实录，知道真宗皇帝曾跟臣僚讲到前代的宦官，说此辈恃恩恣横，蠹政害物，常深以为戒；至于在职位和赏赐方面，不使过分；他们有了过错，也不怜惜宽贷，此辈常因此有所惧怕。当时的相王旦等回答说："先代的事迹十分清楚，足以为借鉴；而陛下能够如此考虑，实在是社稷之福。"臣看到近年来,宦官的爵禄、官位和职权,都很过分,恐怕这不是保全他们的办法。陛下英明神断,有罪必罚,此辈可能不敢做什么大坏事。然而要在微小的地方就加防止,以免贻患于后来。希望陛下借鉴先帝的言论,作为格言教训,碰到事情要加以裁抑,这样就天下幸甚。

包公看到当时政治生活中的另一个重要毛病,就是政令方面的轻易追改,不能取信于民。我们考察仁宗一代的政治措施,这确是一个比较显著的问题。以"庆历新政"来说,曾更改荫补法,更改科举法,但并未认真执行,却又变更过来。对三司、司农、审官、流内铨等机构,曾建议各委辅臣兼判,重要问题由辅臣决定,并由二府议定奏裁。但迫于形势,只是降一道命令,后来并未实行。对于茶、酒、盐法,或是官榷,或是通商,也总有反复。其他对于台谏官在论列方面的限制,出于一时心血来潮,事后不得不又有变化。一个显著的现象是,问题提得快,但改变也快,给人变幻莫测之感。这对取信于民、树立朝廷的威信是极不利的。包公为此特意上《论诏令数改易疏》,说:臣看到朝廷凡降诏令,实行不久,就有所更改,外面的舆论很大,恐怕于事体不便。发布诏令,是人主的大权柄,关系国家的治乱安危,不可不慎重。但长期以来,这种毛病特别显著,命令刚一发表,未过月,就加改动;有些问题刚奏请实行,又随时追改。老百姓知道命令信不着,赏罚哪能起到惩劝的作用。希望今后朝廷处置问题,建立制度,不可不慎重。对于臣僚所上各种利害问题,要先下两制集体讨论,如认为可以长期实行,方许颁布。事后或有一些小毛病,然而并不蠹政害民,就不要有所改变。这样,法律划一,国家有常规,天下幸甚。

包公对于教养宗室之法,对于诸路转运使工作,等等,也提出了改进意见。过去规定台谏官不能到执政官私第见面,包公也请加以改变,并要求御史府可以自举属官。包公的这些建议,多数付之实行。

在嘉祐三年七月,包公还兼领"转运使、提点刑狱考课院"的工作。还同三司使张方平一起提出,再次请度支员外郎范祥制置解盐工作。

范祥是当时料理盐务的一位专家。庆历八年,范祥提点陕西路刑狱兼制置解盐,但在工作中曾遇到不同意见。皇祐元年十月,包公任户部副使时,曾奉命到陕西与转运使共议盐法,请按照范祥的建议,一切通商为便。范祥在行通商法时曾说一年能收入二百三十万贯,但后来没有达到。皇祐三年,收入缗钱二百二十一万贯。四年,收入二百十五万贯。以这个数目同庆历六年比较,增加六十八万贯;同庆历七年比较,只增加二十万贯。又从榷货务讲,庆历二年支出六百四十七万贯,庆历六年支出四百八十万贯。后来达到不用支出。每年之间虽然有增有减,没有常数,至皇祐五年,还能达到一百七十八万贯,至和元年,达到一百六十九万贯。如以皇祐元年作为每年课税标准,量入计出,可以补助边费十分之八。这是实行通商法的效果。后来,边界各地恢复交纳刍粟以当实钱,随着滋长了抬高价格的弊端,盐券价值亦从而下跌。每年官税损失达到一百万贯。

事实证明通商法对封建国家是有利的。在这种情况下,包公同张方平一起,请求仍旧起用范祥制置解盐,重新禁止入刍粟之法。

在担任御史中丞期间,包公还同文彦博一起荐举卢士宏,由三司开拆司提拔为夔州路转运使,后知广州。包公还曾荐举沈起为监察御史。沈起字兴宗,明州(今浙江宁波市)鄞县人。中举后,任滁州(今安徽滁县)判官、监真州(今江苏仪征)转般仓。其听到父亲闹病,就放下官职归侍,后以父丧免官。上级弹劾他擅离职守,仁宗说:"观过知仁。若因父亲闹病而获罪,就不能敦厚风教劝励天下当儿子的人。"后来加以特迁,任海门知县。他兴修水利,引江水灌溉,农田日益开辟,流民联合回来,为他建立生祠以做报答。包公把他荐举为监察御史,可以看出包公非常重视道德教化。

综观包公当御史台长官,对当时的政治是有所建议、有所改革的,比较中肯地提出了一些问题。但是,情况发生了变化,有些人物已经离开政治舞台。特别要提到的是,张尧佐后来虽然真的回到了宣徽南院供职,是由仁宗发的硬性命令,不允许别人异议,但也就此为止,并于嘉祐三年死去。《宋史》本传说他："尧佐起寒士,持身谨畏,颇通吏治,晓法律,以戚里进,遽至崇显,恋谬恩宠,为世所鄙。"这样一个历史评价并不光彩。当时朝廷中并非无事,但多少有点暂时的平静。这时候的包公显然不像当谏官时那样锋芒毕露,敢说敢为,无所顾忌,包公现在的思想比过去来得平稳。人们对刚直的包公当御史中丞是很称赞的。当时富弼当宰相,欧阳修当翰林学士,胡瑗勾当(管理的意思)太学,人们把包公同他们并列一起,称为"四真",即富弼是真宰相,欧阳修是真翰林,胡瑗是真先生,包公是真御史。

扳倒两个财神爷

嘉祐三年六月（1058年7月），包拯升任右谏议大夫、权御史中丞。包拯至此也成为当时朝廷要员中最具名望的四人之一，其他三人分别为：宰相富弼、翰林学士欧阳修、天章阁侍讲兼管太学的胡瑗，这四人"皆级天下之望"，合称"嘉祐四真"。

嘉祐四年正月（1059年2月），开封大雪，四处流民成灾，甚至在开封都有冻饿而死的百姓。时任开封知府的欧阳修就要求停止上元节（元宵节）的放灯游乐活动，以节约钱财，赈济灾民。这一举动得到了包拯的大力赞成，而且获得了仁宗皇帝的准许。

同年三月，包拯一连弹劾掉了两位国家的"财神爷"——三司使，而轰动朝廷。

时任三司使的张方平自小便善于写作古文，更善于评论天下时事，被当时的人称为"天下奇才"。张方平也颇有识才之能，他一直对苏洵和他的儿子苏轼、苏辙十分欣赏，曾经推荐过苏轼为谏官。包拯之所以要弹劾张方平是因为张方平担任三司使期间假公济私。

嘉祐四年（1059年），在开封发生了一件颇为曲折的财产纠纷案。当时，有一个叫刘保衡的人在京城繁华地带开了一家酒馆，新店开张没多久，便因为刘保衡不善经营而欠下了官府一百余万两的酒曲钱。欠了官府的钱自然无法抵赖，主管财政的三司使屡次派人催款后，刘保衡只得变卖家产抵债。能在京城繁华处开得起酒馆，刘保衡家的房屋自然是极气派的，可因为是官府拍卖，最后只得以低价出手。而这得手的人正是三司使张方平。

本来刘保衡欠债还钱、无钱卖屋也算天经地义，张方平以低价得手虽不符宋人"避嫌"的作风，倒也不算什么罪过。

可在张方平还没来得及入住之时,刘保衡的姑姑便跑到开封府告状说:"刘保衡并非刘氏后代传人,根本只是个地痞无赖,无权变卖刘氏的家产。"包拯派人查问后,果然如刘保衡姑姑所说。这下,低价买入刘保衡房产的张方平便遭到了众多官员的怀疑。张方平究竟是否在此事中利用职位之便,要挟刘保衡以占取便宜呢?

时任御史中丞的包拯立即上书弹劾张方平,指责他身为三司使,却乘人之危,贱买所管辖富民的住宅,寡廉鲜耻,实在骇人听闻,如此小人,朝廷不能委以大任,处之以高位。仁宗皇帝收到奏折后,犹豫再三,对包拯说:"张方平恃权敛财,固然不对,给予处罚让他归还房产就是,何必要罢官呢?"包拯则坚持不能对张方平予以纵容,并提出

张方平(1007～1091)

他以前的功绩都是他身为三司使的职责所在,不能因此抵消他的罪过。

张方平便因此被免去了三司使的职务,被贬陈州。

张方平被贬后,宋祁应诏回到朝廷,被任命为新一任的"三司使"。没想到上任还没二十天,宋祁就遭到了包拯的弹劾而被罢官,改知郑州。

宋祁是北宋著名的文学家。天圣二年(1024 年),宋祁与他的哥哥宋庠一起考中进士,宋祁本是殿试时的状元,宋庠为探花,但当时的章献太后刘娥不同意,认为作为弟弟不可以排名在哥哥之前,所以将宋庠定为状元,而把宋祁改为第十名。世人也因此称誉他们兄弟俩为"双状元",分别称为"大宋""小宋"。

宋祁考中进士后,官任翰林学士、史馆修撰。宋祁曾经上疏认为,国用不足在于"三冗三费"。"三冗"就是冗官、冗兵、冗僧,而"三费"则是道场斋

醮、多建寺观、靡费公用,主张裁减官员,节省经费。其并与欧阳修等合修《新唐书》,书成之后,升任为工部尚书,拜翰林学士承旨。

他在任益州知州时,还兼着《新唐书》的刊修任务。每次饮宴结束,宋祁都打开寝门,垂下帘子,点燃蜡烛,由奴婢和墨伸纸服侍着,远近的百姓看见灯亮都知道这是宋祁在修《新唐书》,都很羡慕,认为他便像神仙一般。但宋祁的生活作风极差,奢靡享乐,痴迷于蓄妾纳妓。宋祁有很多内宠,后庭摇扇捶背的侍婢众多。有一次宋祁在锦江之上饮宴,感到有些寒冷,便命令侍婢取半杯酒来,谁知每个侍婢都手执一杯,总共有十余杯。宋祁感到很茫然,生怕有厚薄之嫌,竟然不敢喝,直接忍着寒冷回家了。其实,自宋初以来,北宋朝廷的士大夫阶层中奢靡成风。很多名相在这方面都比宋祁有过之而无不及。

宋祁被贬郑州后,又调任翰林学士承旨,不久便去世了。当时,"成都士民哭于其祠者数千人,谓不安于奢侈者之诬也"。可见,蜀人对于包拯的弹劾是颇有微词的。但包拯也不是有意打击宋祁,只是比较苛刻严正而已。

尴尬的任命

包拯连续弹劾掉两任三司使,使仁宗皇帝颇为恼火。仁宗皇帝也实在找不到合适的人选继任三司使,由于包拯长期担任过州郡知州和转运使,还曾任过户部副使,有经验有能力,于是,仁宗皇帝便任命包拯继任三司使的职务。包拯也没有推辞,就准备上任了。

这也使得包拯遭到朝廷大臣们的非议。当时的士大夫们都极其讲究避嫌。所谓"君子防未然,不处嫌疑间,瓜田不纳履,李下不整冠",避嫌是当时士大夫的信条之一。

于是,就在包拯的任命刚刚下达的时候,翰林学士欧阳修便立即上《论包拯除三司使上疏》,向仁宗皇帝弹劾包拯。欧阳修在奏疏中说:包拯弹劾掉前两任三司使,自己取而代之,是很不妥当的。就像有人牵着牛糟蹋了你家地里的庄稼,这固然是不应该的,可如果你趁机就把别人的牛牵到自己家去,这就更不妥了。包拯这样做了,就算他很自信,这不是自己的意愿,可是别人又怎么会相信呢?所以,包拯应该避嫌。欧阳修在肯定了包拯性情刚直、为人正道的同时,也批评了包拯赴任三司使的考虑不周之处。他还指出:北宋言官们敢于谏言、批评,正是因为仁宗皇帝'至圣至明',能够看出言官们谏言不是为了一己私利而是为了国家,而包拯也应该作为表率,不能让别人误会。

虽然有的人认为,这是欧阳修太过注重形式,过于严厉了。但遭到弹劾的包拯没有对此做任何争辩,而是坦然接受了欧阳修的批评,回到家中静候仁宗皇帝的处置。可是,此时的仁宗皇帝正在为三司使一职究竟由谁继任而焦头烂额,因而并没有采纳欧阳修的意见,还是选择让包拯出任三司使之职。

嘉祐四年三月(1059 年 4 月),作为一种妥协,仁宗皇帝将包拯由御史中丞提升为枢密直学士、权(暂任)三司使,包拯开始掌管全国的财政大权。

包拯任三司使后做出了许多政绩,他通过各种方法"开源节流",增加国库收入,同时减免不必要的支出,减轻百姓的负担。

淮南转运使张可久利用职权,贩卖私盐达一万多斤。案情揭发后,张可久被送到大理寺审理。按照当时的法律,贩卖私盐的罪行轻重,是依照查获私盐的数量多少来定刑的。而张可久作为转运使,熟知律法,他每次贩卖私盐,虽然数量虽多,但是都立马转手,所以被查获的私盐数量并不多。大理寺在判刑时,也无计可施。包拯就主张,张可久身为转运使,竟然目无法纪,公然贩卖私盐,但如果按照所查私盐的多少判刑,肯定获刑不重,他要求大理寺对张可久严厉处罚,将他流放到荒蛮之地去。

当时开封西面的唐、邓两州,连年干旱,人烟稀少。就有官员提议将两州改为县制。时任唐州知府的赵尚宽则认为,只要大力开垦,这里的潜力还是很大的。包拯对此十分认同。于是,赵尚宽大力开挖渠道,并吸引流民,答应为其分配耕地,购买耕牛。三年后,曾经的荒芜之地就变成了良田千亩。赵尚宽也因此得以留任知州,为民谋福。

还有一次,河北都转运使李参下令裁减军中年老体弱者一万余人,被裁员的士兵都十分愤恨。被裁掉的骁骑士兵张玉就怀疑是三司使包拯为了节省国家财政开支,支持李参裁减士兵。愤恨之下,张玉直接闯到了三司衙门,当众破口大骂。张玉被擒送到了殿前司,皇城司查明事实真相后上报朝廷,宋仁宗下令开封府审理此案。言官们都上疏指责张玉目中无人,当众辱骂大臣,不得不杀。开封府依律判处了张玉死刑。

包拯在三司使任上,整顿税收、裁减冗员、选贤任能、发展生产,为北宋

的发展做了很大的贡献。仁宗皇帝赞扬他"使官员都谨守自己的职位,百姓都能够安居乐业,没有加重百姓的负担,而国库收入却得以大大增加"。

　　嘉祐六年四月八日(1061 年 5 月 8 日),仁宗皇帝将包拯升任为正三司使,去掉了之前的"权"字。

任 三 司 使

  包公从嘉祐四年(1059年)三月权三司使,到嘉祐六年(1061年)四月为三司使,整整有三年时间主持国家的财政经济工作。

  包公主持财经工作,建议减轻老百姓的某些负担,特别是罢免常租之外的临时摊派。自从康定、庆历初年同西夏发生战争,军需十分紧张,在通常规定的租税之外,临时增加各种调发,老百姓的负担十分沉重,达到穷竭的地步。有些郡县长吏不得其人,一遇临时配率(摊派),竞效苛刻,贪官猾吏,借机诛求,一点儿也没有克制。各地的转运使和提点刑狱,又不能详细考察郡县长吏的好坏,都是只看颜面行事。包公向仁宗上《请罢天下科率疏》,提出"民者,国之本也,财用所出,安危所系,当务安之为急"的见解。这种民本思想、安民思想,是包公一贯的思想。包公认为安民,在于做好两方面的工作,一方面是精择郡守和县令,一方面是逐渐减绝无名摊派。包公反对横敛不已,认为这样下去,人怀危虑,或因饥荒,或因官吏残酷,百姓会起来造反,这是心腹之患。包公建议,今后凡是军需物品,都应命令三司预先做出计划,于出产州军置场收买;遇到临时紧急情况一定要进行摊派的话,也要进行调查,各于出产路分,专门委派长吏于有钱的形势户和物力户内,按照等级平均分配,一般的、贫苦的中下等户不包括在内。并委派知州、通判亲自监纳,并令转运使、提点刑狱专门管束监察,如稍有违法行为,就根据朝廷法典重加惩处,这样可使重困之民渐渐苏息过来。

  这种罢免临时摊派,实行和买,实行在富户的范围内进行分配,是一项重要的改革,是包公谋求减轻百姓负担,特别是同情中下等贫苦农户的一个具体表现。

  包公还重点揭露折变给百姓带来的祸害。他经过调查研究,以陈州作例。他指出，京西转运使发牒通知陈州，令将夏税大小麦免予支移，只令就本州送纳现钱。但规定将大小麦每斗折现钱一百文，另加脚钱二十文，仓耗二十文，这样每斗麦纳钱一百四十文。但市场上小麦每斗实价为五十文，这是在灾伤年份，加重两倍剥削老百姓。包公还揭露，将客户等的蚕盐一斤，一律折作现钱一百文，又将此一百文折作小麦三斗五升，每斗也令交纳现钱一百四十文，计每斤土盐要交纳三百五十文。包公指出，这样的横征暴敛，使小民重困，实非方便。他建议特降指示，命令陈州急速依市场二麦实价，估定钱数，命令老百姓取便送纳现钱，或纳本色，以使困难人户，稍获苏息。

包公还特别提出罢免江淮、两浙、荆湖等路受灾伤地区的折变。他在经过调查后说，这些地区干旱严重，农作物成熟只有三分二分的希望。原来上供的小麦，又要折纳现钱，比各处现粜价格超过两倍以上。类似这种折变，使得豆麦更贱，钱币难得，下等人户的生活更不容易。包公指出"发运司但务岁计充盈，不虑民力困竭，上下相蒙，无所诉苦，为国敛怨，莫甚于此"。包公请求暂且停罢各种摊派，并对夏税诸色钱等，除第一、第二等户各依旧折纳外，其第三等以下并客户，特放免各种支移折变，只令各纳本色，庶使重困之民稍获苏息。包公为请免江淮、两浙、荆湖等路受灾地区的折变，接连上了四次奏疏，最主要的是同情中等以下的困难人户，希望给予优恤。

科率和折变，可以说是北宋赋税方面的两大恶政。一般讲，赋税依据田亩多少，都有一定的定额。老百姓按额向国家交纳赋税，就可以耕其田而乐其业。但是，北宋统治阶级在正常的税额之外，另立名目，巧取豪夺，给广大农民带来了花样众多的变相剥削。科率的名目无奇不有，折变的方法也无所不为，实际都是税上加税，横征暴敛。这些连统治阶级中的有识之士也深为不满。韩琦曾经指出："今天下田税已重，固非《周礼》什一之法。则又随亩更有农具、牛皮、盐钱、面钱、鞋钱之类，几十余名件，谓之杂钱。每遇夏秋起纳，官中更将细绢斛斗低估价例，令民折纳绢帛，更有预买转运司和买两色䌷绢，如此之类，不可悉举。皆《周礼》田税什一之外加敛之物，取利已厚，伤农已深。"张方平也指出："凡百赋率，至增数倍。盖为用兵之际，权宜应急。岂敢以为常。所增赋敛，必难复旧，何以慰天下百姓耶？"这两段话，完全同包公罢免科率和折变的要求一致。包公看到官府"取利已晕，伤农已深",所以提出改革。他的着眼点在于重困之民稍获苏息。可以说,包公比起统治阶级中的其他成员,更为同情贫困的农民,更富有恤民、爱民色彩。

包公对罢免科率和折变,不单自己亲自上疏,并且还把它作为三司的重要工作来抓。嘉祐四年三月,仁宗命令翰林学士韩绛、权知开封府陈旭、天章阁待制唐介同包公一起,商议减定民间科率,并把情况上报。说明这项工作已成为朝廷的一件大事。嘉祐五年五月,仁宗认识到百姓的负担沉重,命令三司设置宽恤民力司,专门处理减轻百姓的负担如科率、折变和徭役等问题。

包公主持三司工作期间,还进行了一项重要工作,就是详定均税。

北宋自建国以来,到目前已整整一百年。在这期间,由于统治阶级采取奖励农业的政策,在农业生产方面是有所发展的,垦田数字也有扩大。但是,实际垦田数同各级官吏上报的垦田数有很大的矛盾。在真宗景德年间当过三司使的丁谓,曾编写过《会计录》,他统计当时天下的垦田数为一百八十六万余顷。以当时的户数七百二十二万户计算,是每四户才耕种一顷田,这显然不符合实际情况,大量垦田数遭到隐瞒。后来根据《国史》的统计,太祖开宝末年,垦田数为二百九十五万二千多顷;太宗至道二年,为三百一十二万五千多顷;仁宗天禧五年,为五百二十四万七千多顷。以此为对比,北宋建国初的开宝时期,比后来景德年间的垦田数,要多一半以上,这显然是反常现象。后来,仁宗皇祐时期的垦田数,又为二百十八万余顷,又反而比天禧年间下降了一半。这说明当时的统计数字是虚伪的,不足为凭的。

这种统计数字说明的重要问题是:各种大小地主阶级,包括官僚地主和商人地主在内,他们勾结地方官吏,对占有土地数字进行大量的隐瞒。这种隐瞒的后果,一是国家收不到应有的赋税,二是一部分赋税以地租、折变、科率等形式被转移到广大自耕农身上和客户身上,并造成苏辙所说"贫者急于售田,则田少而税多;富者利于避役,则田多而税少"的现象。

占有土地不平均,赋税负担不合理,造成北宋土地制度方面的最大弊病,要求均土地、均赋税的呼声屡屡出现。太宗本人,他曾标榜非常热心于"抑兼并,均贫富",但仅仅是一个愿望。景德年间的丁谓、皇祐年间的田况,都曾提出要求均税。仁宗皇祐年间的垦田数比天禧年间下降了一半,说明隐瞒土地问题越来越嚣张,越来越严重。到了目前的嘉祐时期,要求均税的呼声越来越高。

均税的最大打击目标,是隐瞒土地的农村各种兼并势力。北宋农村占有土地的主户,根据不同的财产情况,一共分成一、二、三、四、五等,泛称五等户。在五等户中,第一、二、三等都是兼并势力,尤其第一、二等户占有农村的大量土地,他们又被称作形势户、物力户。第三等户是一般地主,也是兼并势力。而第四、五等户,是占有土地较少的贫下自耕农,他们占主户中的绝大多数。由于赋税不合理,以及地主所进行的各种转嫁,这些贫下自耕农十分容易破产,从而失掉土地,沦为耕种地主土地的佃户、客户。广大佃户、客户由于负担地租和科率、折变,生活也就更加痛苦。所以,如果均税工作确实能够做好,对于广大的自耕农和客户将是一件好事,将会在一定的范围内减轻一些负担。

早在庆历三年实行新政时期,大理寺丞郭谘曾经用千步方田法在洺州(今河北永年)肥乡里括地,收到一些效果,王素和欧阳修等都提出要均天下田赋。后来派郭谘和孙琳到蔡州(今河南汝南)上蔡括地,得田两万六千九百三十余顷,把赋税向老百姓平均分摊。随后郭谘说,州县多逃田,未可尽括,遂告作罢。这次嘉祐五年四月,仁宗任命包公同谏议大夫吕居简、户部副使吴中复一起详定均税问题。当时郭谘担任英州刺史,因献所造拒马车进京,正好碰上三司商议均田租,郭谘因陈均括之法四十条。到了六月,仁宗还增派天章阁待制张损同包公等一起详定均税,并派遣官吏分行天下,访闻宽恤民力之事。九月份,仁宗又命枢密直学士、右谏议大夫吕公弼同详定均税。这些措施,说明仁宗对三司进行的均税工作是重视的。

但是,这次均税进行到十二月,仍然遇到了阻力。知永兴军的刘敞和枢密副使欧阳修,都上奏请罢均田。刘敞说:孙琳在河中府(今山西永济西)用方田法打量均税,百姓惊骇,都很害怕国家要增加租税,因此纷纷砍伐桑树果树,生产遭到了破坏。依赖转运使到处张贴布告,人心方才安定。又说,孙琳只打量万泉一县,需要一年工夫才能完毕。田赋得减的人自然高兴,田赋增加的人一定埋怨,可能词诉狱讼,要从此增加。刘敞请求召回孙琳,等待丰收之年再作进行。

　　欧阳修上奏说:均税之事,朝廷只能根据现在税数酌量轻重加以平均,本来不让别生额外之数。最近听说卫州(今河南汲县)、通利军括出百姓冒佃土地,并不在现在征税范围之时进行调剂,把负担重的摊与冒佃户,却另立税数分配,这并非朝廷本意,老百姓所以喧哗上诉。希望"均税所"只按照朝廷本来议定办法,在实征税收范围内按照轻重加以平均。另立新税或远年虚数,都予以放免。还未开始均田地方,一律停止。

　　在封建社会中,均税是一个复杂问题。特别是确立了地主所有制之后,兼并势力恶性膨胀,土地是不可能平均的。所谓均田,基本属于一种理想,而不可能成为现实。包公所主持的这次均税,也像庆历新政时期那样,以失败告终。但从朝廷有所重视、有所议论、有所行动等方面来讲,还是走出了很有决心的一步。从包公来讲,他进行了一次有勇气的改革,这同在他之前的范仲淹,或在他之后的王安石相比,在改革的勇气方面是毫不逊色的。

　　在三司使任上,包公还对大力兴修水利,从而对发展农业生产有功的官员,进行支持和鼓励。当时从全国范围讲,人口日益增多,土地也有所开辟。但在京西路的唐州(今河南唐河县)和邓州(今河南邓县)之间,还有很多空旷地带,特别是庸州,尤多闲田。有人建议请以兵士屯田,有人请废州为县。

当时的知州赵尚宽说："土旷可扩大开垦,民稀可以努力招徕,但州制不可废。"他按照地图,寻得汉代召信臣兴修水利的遗迹,动员人力,修复三大陂、一大渠,用以灌溉土地一万余顷。又教育老百姓自动开挖支渠数十条,转辗扩大灌溉面积,于是四方之民,争相投奔,如同云集。赵尚宽对荒田进行分配,又把官钱贷给老百姓买牛。等到第三年,收到显著成绩,废田尽为膏腴,户口增加一万余户。转运使把他的事迹上报,包公也上奏章在仁宗面前推荐。仁宗下诏让赵尚宽继续留任,以便再做出成绩。

由于包公主张废除天下的无名摊派,增设和市,老百姓减少了一些骚扰。剑南的酒户,本来每年要交纳帛布四十余万匹,包公也予以减免。有些吏员,由于担任职务失却官府的缗钱绢帛,触犯了刑网,受到拘诫处分,或者逃亡,或者妻子也受到拘诫。种种类似情况,包公都一概予以释放。他对这些亏欠官物的人立下期限,到期这些人都能偿回。当时刘挚(字莘老,后来在哲宗元祐时期担任右丞相)刚中举,知冀州(今河北冀县)。南宫县旧时规定以税钱五百折绢一匹,老百姓因此破产。刘挚向朝廷申诉,请求给予半价。包公也奏可其事,使南宫县的百姓减轻了负担。

包公任三司使时,曾经推荐张田摄度支判官。后来张田因请求减少赏赍,得罪了谏官唐介,离任调知蕲州(今湖北蕲春南)。包公还同欧阳修、吴奎一起,推荐孙洙(字巨源)应制科。孙洙进策五十篇,批评当时的政治,十分明确切中事理。宰相韩琦读后,曾说:"痛哭流涕,极论天下事,今之贾谊也!"嘉祐五年,制置解盐的范祥去世,包公向仁宗上奏说:"范祥建议陕西盐法通商,推行了十年,每年节省榷货务缗钱四百万,其劳可录。"于是录用范祥之孙范景为郊社斋郎。

包公在三司使任上,在工作上也有一些缺点。当时泾州(今甘肃泾川北)的兵士困折支没有及时发给,口出恶言,并企图互相煽动作乱。后来把这些兵士依法做了处理。当时任知制诰的胡宿说:"泾州兵士当然有悖慢之罪,然而应该发给他们的东西,超过了八十五天还不发给,负责的计吏怎么没有罪责呢!"他上章弹劾三司的计吏,但包公有所庇护,不让送走这个计吏。胡宿说:"包拯不知道自我反省,还公开抵制皇帝的命令,那纲纪就要越发破坏了。"包公听说之后,立刻就把这个计吏交了出去。

　　还必须提到的一件事情是，在宋神宗时期担任宰相，以推行新法著名的王安石，他在嘉祐三年向仁宗上万言书，极陈天下大事，主张积极进行改革。由于他上了万言书，被从提点江南东路刑狱调到京城担任度支判官。王安石同吴奎、吴中复、王陶一起，专门调查牧马的利害问题，向仁宗提出报告。这时候的王安石，正好是包公的下属。王安石一生在文字中几乎没有提到过包公，但我们可以说，这样一个有刚毅风格和改革精神的上司，应该对王安石是有所启发的。

任中枢要职

嘉祐六年（1061 年），这年朝廷的人事变动十分频繁。三月份，宰相富弼以母丧为由辞官居丧。闰七月，曾公亮从枢密使之职升任宰相，韩琦升为首相（宰相之首），司马光知谏院，王安石任知制诰。这样的人事阵容是相当强大的，改革派的精锐力量都进入了国家的中枢机构。

这年包拯已经六十二岁了，也就在这年的四月二十七日，仁宗皇帝将正式成为三司使的包拯再次升任为枢密副使，并且封了包拯的妻子董氏为永康郡夫人。

当时中书省与枢密院合称"二府"，中书省的宰相、参政和枢密院的枢密使、副使都是一朝的执宰之臣。包拯也自此踏上了他的仕途巅峰，成了北宋朝廷的最高军事长官之一。

而包拯却上疏仁宗皇帝坚决辞让，不愿就职。仁宗皇帝则在批复中对包拯大加赞赏，称赞包拯公正严明，三司使一职仍不能充分体现他的作用，认为包拯还有更大的潜力可以发掘，坚决要求包拯赴任。

包拯能够进入"二府"也得到了改革派大臣的热烈欢迎。那些保守派官员和贪官污吏们自然就很不高兴了，有的朝臣甚至私下相谈，说："包拯进入'二府'，大家就别想安宁啦，天下就不太平了……"

包拯在枢密副使任上共一年零一个月，期间包拯没什么奏章上奏，军事上也没什么大事发生。不过却有两件事值得一提。

第一件便是，包拯为预防宦官专权而制定了一套规章制度。其实，在景祐二年（1035 年），朝廷为了纠正刘太后重用宦官的错误，就曾明文规定：宦官升官需要 30 年时间，素有效劳，超过 10 年没有提升的，可以报请仁宗皇帝批示。也就是说，宦官需要 40 年时间才可能有所提升。然而，随着时间流逝,到了庆历年间之后,仁宗皇帝逐渐忘了先前的规定,而开始重用宦官,宦官们也更加溜须拍马,迎合仁宗皇帝,怂恿仁宗皇帝追求享乐。包拯便率领枢密院恢复景祐年间的规定:宦官入官,必须满30年后才能允许考核;有较大的功劳,而且没有过失的,才能允许升迁;升迁之后,必须20年后才能再次进行考核。这对限制宦官和外戚专权起了很大的作用。

第二件事,便是包拯在任期间率领枢密院完成的一部重要文献汇编——《机要文字》。这部军事档案汇编共1161册,规模巨大。为巩固边疆、加强国防提供了文字参考。

包拯在枢密副使任上第八个月时,正是包拯的寿辰,仁宗皇帝特意派人给他送来亲笔写的祝寿信和礼物。仁宗皇帝在信上写道:"抱峻清之节,济沈远之谋。眷秉轴于宏庭,省梦熊之嘉月。方宠政途之望,特将私馆之颁。续而寿祺,昭予礼遇。"对包拯大加赞赏,也彰显了君臣二十余年的关系之密切。

不管在怎样的环境之中,得宠也好,失宠也罢,包拯都会努力干好自己的本职工作,这大概也是包拯给自己定下的最低标准。很多史学家认为这也是仁宗对他进一步认识并且再次升任的一个根据。包拯"刚直、干事、干净",获得朝野多数人的赞扬,就连他的反对者也称他"清节美行,著自贫贱,尝言正次,闻于朝廷"。

包拯罢宴

一天,包拯正在府中宴请同僚,忽听门官来报:"老爷,大门外有个老汉,说是老爷的乡里,非要见老爷不可。"一听是家乡人,包拯忙说:"快请进来!"不一会儿,门官领来一个老汉,衣着破烂,脸上布满皱纹。包拯一看,原来是兄长,便急忙搬来椅子,让兄长坐下,问长问短。谁知老汉两眼发呆,并不回答包拯的问话,却大哭起来。包拯忙问:"兄长,有什么委屈?受了谁的气?还是家里出了什么事?"老汉连连摇头。问了半天,老汉才长叹一口气,叫着包拯的小名,说:"三黑,我进了这府邸,见你享受着荣华富贵,又听你手下人说,你每日每夜迎来送往都是这样,叫我不由得想起你那可怜的嫂嫂。她一辈子受苦受难,没过一天好日子!"包拯听兄长说起嫂嫂,慌忙跪倒,说:"都是包拯不好,得意忘形,忘了嫂嫂早年的苦楚。"

老汉擦了擦眼泪,拍着包拯的肩膀说:"三黑,你小时候,你嫂嫂昼夜纺线织布,供你读书,我送你参加会试时,你穿的蓝布袍还补着补丁。你现在当了大官,从地下到了天上,欢乐几天也就是了。可你天天往来,夜夜宴会,你嫂嫂受过的苦难,你难道早忘光了吗?"

包拯忙给兄长叩了三个头，说："兄长指教，包拯得益不浅。不过，嫂嫂的苦楚，弟实不敢忘。弟今为国家大臣，誓以上报宋王，下抚黎民。"说罢，忙劝兄长入席用饭。

老汉看着宴席上的山珍海味，硬是不入席，却指着宴席说："这一桌饭，够咱家乡一家人过几个月哩！你在京城里吃得这么好，可知咱庐州今年大旱，颗粒不收，一斗米涨到一千钱。现在还没过年，已闹起了饥荒，到明年春天，不知要饿死多少人呢！想到这，我怎么能吃下这样好的饭呢！"

包拯也听说家乡有旱情，听哥哥这一说，顿感自己失职，愧对乡里。他安排兄长住下，急忙回到大厅，吩咐撤了宴席，并以此为戒，永不夜宴。

第二天早朝，包拯将故里旱情如实奏给仁宗，并请旨回庐州督赈和巡察民情。他回庐州后，为家乡办了很多好事，还把庐州的赋税免征三年。

包拯大义灭亲

人们常说:长嫂如母。老到白胡子的翁,小到穿开裆裤的娃,都晓得这是因为清官包公的缘故。

那年,包拯巡按到赤桑镇。在赤桑镇,包拯遇到了"咬手"的事:一位白发苍苍的老大娘,哭奔衙门,状告包拯侄儿包勉,打死她儿子,摔死她孙子,强奸她儿媳妇,致死三条人命。包拯准了状,发签拿人,一连数日,缉拿不到凶犯。包拯为这事,吃不香,睡不稳,显得更黑更瘦了。这天,包拯坐衙,仍旧拿不到凶犯。散衙后,他满脸愁闷地回到家。他妻子董夫人却手拿一只拨浪鼓迎上来,一本正经地说:"相公,这玩意儿是清东西时翻出来的,年深日久也坏了,要这玩意儿干啥?放着还占地场,我看,不如扔掉了吧!"包拯从夫人手里接过拨浪鼓,郑重地说:"这、这哪行!"说罢,他端详着拨浪鼓,那么凝神,像是看一件罕见稀奇的珍宝。包拯为啥这么喜爱这件玩具呢?这里有包拯孩提时的故事。

原来,包拯是老罕(指最小的儿女)儿子,母亲生他时已上了年纪,年老体衰,加上产后受了风寒,一病不起。嫂嫂怜爱这个未满月的小叔子,就把包拯抱回自己房里,放在比他小日份的儿子包勉——包拯的侄儿——的摇篮里抚养。嫂嫂心地善良,为人朴实,喂奶先尽小叔子吃,剩多剩少才是自己儿子的。一人奶,两人吃,自然不够。"奶不够,粥来凑",包勉可是吃米粥长大的。包拯两岁时,哥哥从集上买了一只拨浪鼓回来,拿给包勉玩。小孩家爱新奇玩意儿,包拯一看到,就要。包勉不给,包拯就哭着要。嫂子看到这情况,一面责备丈夫不该只买一只,分配不均,一面从包勉手里夺下拨浪鼓给了包拯。包拯止住哭了,但她自己的儿子却哭个不住。一看,才知道刚才因为用力过猛,拨浪鼓的蔑把子把包勉的小嫩手拉破了,血糊淋拉的。爷爷心疼大孙子，又要从老罕儿子手里拿过拨浪鼓，让嫂嫂拦住了。"爹，没娘的阿叔可怜。包勉哭两声有啥呢？老辈常说：'葫芦是吊大的，小孩是哭大的。'就是有个三长两短的，我还年轻力壮嘛！"嫂嫂一席话，感动得公公说不出话来，也就没有从包拯手里再拿回拨浪鼓。嫂嫂转身从书案的香炉里，抓了一把香灰，捻在包勉的伤口上，止住血。从那时，包勉的手上就留下一条显眼的疤痕。包拯十岁时，他父亲临终前，把拨浪鼓交给他，把这件事讲述了二遍，让包怀记住，他才放心地闭上眼睛。之后，包拯就一直把拨浪鼓带在身边。董夫人看着包拯拿着拨浪鼓这样动感情，又进一步地说："相公，这玩意儿又破又旧、不金不银的，实是没有留头。""呸！"包拯动气了，说，"娘子，你怎么就忘了？从你过门那天起，我就不止一次给你讲了嫂子那颗无私的心和她金子般的语言。这只拨浪鼓是嫂嫂亲手给我的，它比金比银还贵重咧！"董夫人并不是忘了这件事，而是故意要引起包拯回忆起这事的。

原来，包勉知道外面告了他，包拯准了状。老叔这个人一向铁面无私，他害怕了，就躲到老婶身边，求老婶给他讲情。董夫人自然就答应了。可是，她熟知包拯禀性刚直，怕一时不容情，就想点子来打动包拯的心。这时，她觉得有门了，就说："好吧！拨浪鼓我来好好收藏！相公——"包拯急躁

了,说:"夫人,有话,你就脆嘣点说吧!""相公,嫂子就只有包勉这点骨血,念嫂子抚养之恩,赦了包勉吧!让他改邪归正,服侍嫂嫂晚年。""啊!"包拯一惊,明白事故出在家里。董氏拿出拨浪鼓原是为了给包勉讲情的,包勉缉拿不到,是"家鬼害家人"。这怎么能行呢?岂能因包庇自己的骨肉,坏了国法?本来,包拯想发怒的,但一想这样会让事情更麻烦,于是来了个"老鸭浮水——表面不动",说:"这……这……这事,往后再说吧!"董夫人以为包拯动情了,为包勉担忧的心也松了点。

当天下午,包拯带着董夫人登衙升堂。王朝、马汉把白发大娘请上堂,包拯说:"老人家,你叫什么名字,有什么冤屈,说出来,我与你做主。"白发大娘忍着悲痛,说:"我叫肖刘氏,赤桑镇人。包勉为强奸我儿媳妇,杀害了我一家三口,请大人为我做主申冤。""肖刘氏,你可看清了,不是坏人冒充包勉的吗?""大人呵,贼子行凶时,我在场。我亲耳听他说,'我是包大人的侄儿,状子是告不透的'。他杀我儿子时,我亲眼看到他左手心中有条又粗又大的疤痕。连我那哭着要娘的两岁小孙孙,他也不放过,伸出有疤痕的左手夺了小孙孙手中的拨浪鼓,又伸出右手抓起小孙孙,摔死在地上。儿媳妇被抢走,抵死不从,也被杀死。惨呀,大人啊!"董夫人听了,也气得脸儿发青;包拯听了,心似刀绞。可他故意说:"肖刘氏,包勉是我的侄儿,你就原谅点,我给你三百两俸银,给你安排好晚年生活。"好似一声霹雳,肖刘氏一怔,眼里泪水没有了,圆睁着眼,怒斥道:"呸!我不要你的臭钱,你也甭为我这孤老婆子操心。常言说:'屈死不告状',原来你包大人也是'官官相护亲为亲',枉有清官的好名声!"包拯并不动气,转脸对董夫人说:"娘子,你看这事如何处理?"董夫人咬着牙,说:"相公,你照国法发落吧!包勉藏在我后花园。"砰的一声,包拯一拍惊堂木,叫道:"带凶犯!""喳!"声音一落,包勉就给带上了大堂。咋会恁快呢?原来,包拯把董夫人带出门,就命令张龙、赵虎搜查自己的家,没有董夫人的阻拦,包勉自然被捉拿归案。包拯计策用得好啊!董夫人想通了,自然交出凶犯;董夫人想不通,也照捉凶犯。包勉一带上堂,肖刘氏就叫道:"正是这贼子,大人你与我做主,替民妇家人报仇。"包勉晓得事情不好,哭着向董夫人说:"老婶,你答应替侄儿讨情的。老婶,你快向老叔说说吧!"董夫人掩着脸,哭着说:"包勉,你的罪孽太重了,老婶救不了你呀!

你不要怨怪老婶,老婶给你备了纸钱。"包勉贼人也有贼智,看看求董夫人不行,就伸出有疤痕的手,只是摇着,想打动包拯。包拯一看,胡子直抖,毅然画下"斩"字,说:"包勉,你娘留给你的是只'无私'手,你怎么用这手做歹事呢!国法无情,只有斩了你,才能对得起一世无私的嫂嫂。"说罢,扔了笔,吩咐行刑。张龙、赵虎把包勉推出大堂。包拯对肖刘氏说:"肖刘氏,斩了包勉,替你那惨死的儿子媳妇申了冤,只是人死不能复生,本官念你孤苦无依,生活无着,仍将三百两伴银给你安排晚年吧!"谢包大人。一会儿,斩了包勉,张龙、赵虎呈上一颗血头,包拯一见,一改他往日那种刚硬的性子,放声号啕大哭,泪水如断线的珠子。还在饮泣的董夫人,止住了悲伤,说:"相公,包勉已正法了,你还哭什么呢?"老包说:"包勉被正法,他是罪有应得。我哭,是对不起嫂子呵!嫂子不仅用乳汁把我喂大,而且也给了我一颗无私的心。我光知道报嫂子恩情,对侄儿一味宠爱,没有教育好侄子,以致他犯下大罪。我对不起嫂嫂呵!"说着,又哭,越哭越伤心。董夫人只得劝说:"相公,你要以身体为重。嫂嫂深明大义,她也不会怪罪你的。我们还是多想想嫂嫂的晚年吧,一个人够凄苦的。"包拯停住了哭泣,说:"啊,这你就把心放到肚里吧。我早考虑好了。嫂嫂,我来供养。'长——嫂——如——母','敬——嫂——似——母',往后,你也得记住。""是!"自那时,"长嫂如母"的话头,就流传下来了。

处事公道不涉朝野党争

　　包拯任职期间,正是立国八十余年的北宋朝廷大变革时期。到了仁宗皇帝即位时,官僚队伍庞大,行政效率低,人民生活困苦,大辽和西夏又逐渐威胁着北宋的北方和西北边疆。

　　庆历三年(1043年),范仲淹、富弼、韩琦同时执政,欧阳修、蔡襄、王素、余靖同为谏官。仁宗皇帝责成他们在政治上有所更张以"兴致太平"。范仲淹、富弼等人综合多年来的经验,于九月将《答手诏条陈十事》(即《十事疏》)奏折呈给宋仁宗,作为改革的基本方案。朝廷表示赞同,并颁发全国。

　　就在这年年底的时候,范仲淹选派了一批精明干练的按察使去各路检查官吏善恶。他坐镇中央,每当得到按察使的报告,就翻开各路官员的花名册把不称职者的名字勾掉。枢密副使富弼平时对范仲淹十分尊敬,这时见他毫不留情地罢免了一个又一个官员,不免有点担心,从旁劝止说:"您一笔勾掉很容易,但是这一笔之下可要使他一家人痛哭呀!"范仲淹听了,用笔点着贪官的名字愤慨地说:"一家人哭总比一路人哭要好吧!"在范仲淹的严格考核下,一大批尸位素餐的寄生虫被除了名,一批干才能员被提拔到重要岗位,官府办事效能提高了,财政、漕运等有所改善,暮气沉沉的北宋政权开始有了起色。朝廷上许多正直的官员纷纷赋诗,赞扬新政,人们围绕着改革诏令,交口称赞。

　　就在"庆历新政"逐渐进入高潮时,包拯却还只是一个刚刚从端州调任入京的官场"小菜鸟"。

　　在当时,由于范仲淹的改革力度之大、范围之广,朝廷大臣们对此有的支持、有的反对,使朝廷陷入了"朋党之争":你究竟是改革派,还是保守派?

　　在包拯从端州升任为监察御史的过程中,保守派的王拱辰是出了大力气的。当然,王拱辰举荐包拯,很可能只是为了给保守派阵营增添一分力量,并没有指望这个已过而立之年的官场"新秀"能在挤垮改革派上有何贡献。

在当时,范仲淹等人为革新吏治,便向各地派出按察使,专门监督地方官吏。而当时按察使的一句话,就能决定地方官的升降生死,正所谓是大权在握,为所欲为。

包拯便上《请不用苛虐之人充监司疏》,反对按察使的设置。很快,关于"按察使"是否加重了吏治腐败的争论达到白热化。仁宗皇帝也开始意识到,改革派官员并不是一潭清水,同样有人在其间浑水摸鱼。而在中央机关中资历甚浅的包拯居然起到了意想不到的抑制改革派的作用,使保守派大臣们喜出望外。

随着北宋改革的逐渐深入,不可避免地触犯了封建腐朽势力,限制了大官僚的特权,他们对此恨之入骨,便集结在一起攻击新政。他们诬蔑范仲淹、富弼、欧阳修等结交朋党,还串通宦官不断到仁宗皇帝面前散布范仲淹私树党羽的谗言。

仁宗皇帝虽然对这件事未必全信,但看到反对革新的势力这么强大,他开始动摇了,失去了改革的信心。一年前慷慨激昂,想励精图治的宋仁宗终于完全退缩,他下诏废弃一切改革措施,解除了范仲淹参知政事的职务,将他贬至邓州(今河南邓县),富弼、欧阳修等革新派人士都相继被逐出朝廷。坚持了一年零四个月的庆历新政终于失败。

而改革失败的直接原因则是以夏竦为首的保守派攻击范仲淹、欧阳修等人互为朋党。仁宗皇帝是很忌讳大臣之间结为朋党的。当时欧阳修曾经上《朋党论疏》，将朋党分为"君子之党"和"小人之朋"，并公然承认自己与范仲淹等人为"君子之党"。这并没有消除仁宗皇帝的戒心，反而招致保守派更加猛烈的攻击。

"庆历新政"失败，保守派们正弹冠相庆的时候，包拯却又上《请依旧考试奏荫子弟疏》，大谈范仲淹用考试选拔士大夫子弟的政策应该维持下去。这也让将包拯视为"同道"的保守派们瞠目结舌。

包拯在"庆历新政"中所表现的态度让当时的朝廷大臣们很是不解。然而，他们不知道，在包拯的眼里，没有派系，只有公道人心；没有党争，只有实事求是；没有利益集团，只有社稷江山。

而在庆历朋党之争过后，朝廷大臣们做事都很小心谨慎，害怕与朋党扯上关系。

皇祐二年（1050年），任职知谏院的包拯就果断上《论大臣形迹事疏》，尖锐地批评了这种风气，并向仁宗皇帝举了唐太宗与魏徵、唐高宗与李安期的所谓朋党之争，说明敢为之人常常因损害奸臣的利益而被污为"朋党"，而作为皇帝则要善于辨明，"知人用人"。

包拯的观点其实与改革派当时自辩提出的《朋党论》《近名论》等观点是相近的，然而改革派提出的"君子以同道为朋"，是所谓的"君子之党"，包拯则指出君子之间的相互称誉提携，是不能被称为"朋党"的。这种提法自然避免了保守派的朋党指责，使朝臣们敢于做事，勇于改革。

之后，包拯还向仁宗皇帝交了一篇著名的奏章《七事》，向仁宗皇帝进奏要区别奸忠、不信朋党、信用贤能、治奸佞之人、用人不疑、访才用贤、起用贬逐之臣。而这些观点赫然与"庆历新政"如出一辙。

朝廷大臣们这下终于明白了：包拯，就是个实话实说、只为公道、不涉党争的官场异类。

议用窜逐之臣

《宋史》本传中称"拯性峭直,恶吏苛刻,务敦厚,虽甚嫉恶,而未尝不推以忠恕也"。他之所以既严且和,原是出于忠君爱民的忠恕仁人之心。包拯在应对"策问"的《七事》中有一段话,值得注意:臣伏见近岁以来,多有窜逐之臣,或以无辜,或因小过,或为阴邪排陷,或由权要憎嫉,吹毛求其疵点,洗垢出其瘢痕,罪罟实繁,刑网太密,甚伤清议,大郁舆情。昔匹妇含怨三年亢阳,匹夫怀愤六月飞雪。近岁窜逐之人,讵之匹夫匹妇之伦也,得不逆和气、召灾沴乎?陛下固宜矜体而深唯之。《传》曰:"使功不如使过。"盖负责之人,自忿废绝,不能振起,一旦为明主弃瑕录用,则其自奋图报,倍万常人。愿陛下诏近岁窜逐之臣,有才行效实而本无过累,洎坐累获罪之轻者,或加牵复,或加宠擢,如此则圣造洪覆,同天之仁,使排陷憎嫉之风,不敢复为矣。

较之唐代,在包拯所处的仁宗朝,大辟之类死刑也是大为增加。《宋史全文》卷七上载:"贞观四年断死罪二十九,开元二十五年才五十八,今生齿未加于唐,而天圣三年断大辟二千四百三十六,视唐几至百倍。"更遑论"窜逐之人"的数量之大。旧时史家所谓真宗、仁宗两朝六十余年,从无放逐大臣之说,显系粉饰太平之谬。天圣元年六月,殿中侍御史张存上书中说:"进士林献可因奏封事窜远方";景祐二年十二月,范仲淹弹劾阁文应,"窜文应岭南,寻死于道";景祐二年,"杖脊配沙门岛逄吉等二十二人";等等。确如包拯所说"近岁以来,多有窜逐之臣"。而按当时法律规定,凡是窜逐亦即流放之官,一般难以起复叙用。而包拯分析了窜逐之臣之所以遭受放逐的四种具体原因:有的是无辜的受害者,有的是犯有小小过错而被重判,有的是受到奸佞阴谋陷害,有的则是由于权势而遭嫉妒憎恨。对此,应该本着"使功不如使过"的遗训,或加牵复,或加宠擢。所谓"使功不如使过",不能机械

地理解为"与其使用有功劳的官员,还不如使用有过错的官员",而是旨在强调使用有过错官员的重要性。因为这些人,"一旦为明主弃瑕录用,则其自奋图报,倍万常人"。这也是历史的经验。据《左传》记载,秦穆公曾经委派秦将孟明(孟明,名视,字孟明,是百里奚的儿子,秦穆公的主要将领)等率兵攻打郑国,郑之盟国晋国襄公率师援郑攻秦,导致秦国"殽之战"的惨败,秦之孟明等三个元帅尽皆成了俘虏。后来孟明向秦穆公请罪说:"我之罪也。"而秦穆公却说是"孤之罪也"。他仍然信任孟明,其后还任命他为元帅,攻打晋国。孟明率兵渡河之前,尽焚渡船,一鼓作气,取得胜利。《后汉书·独行传》亦记载,东汉时期,当某太守"有事当就斩刑"时,任职教授的索卢放对监刑的使者说:"今天下所以苦毒王氏,归心汉皇者,实以圣政宽仁故也。而传车所过,未闻恩泽。太守受诛,诚不敢言。但恐天下惶惧,各生疑变。夫使功者不如使过,愿以身代太守之命。""遂前就斩,使者义而赦之,由是显名。"该传中虽然没有记载这位被赦免的太守其后有无戴罪立功的表现,但是索卢放的"使功者不如使过"的名言却能长期流传,为人引用。《旧唐书》卷七十六《李靖传》记载:唐高祖李渊的将领李靖,因延误军事当斩,被获免之后,戴罪再战敌人肇则,结果"靖率兵八百,袭破其营。临阵斩肇则,俘获五十余人,高祖甚悦,谓公卿曰:'朕闻使功不如使过,李靖果展其效。'"包拯正是继承古代成功经验又根据北宋现实提出任用"窜逐之臣"的。他之所以上奏《请召还孙甫、张环》《请复韩贽等台官》，就是因为他们"才识明茂，资质纯正，先任御史，各以微累黜免，多历年所，屡经恩宥，勘会前来，所坐原情且非大故，弃瑕亦合录用。臣以为可复旧职"。以上都是在这种"使功不如使过"思想指导下的具体实践，而且确实也收到了一定成效。

箭杆黄鳝马蹄鳖

　　每年栀子花开,正是黄鳝、鳖鱼旺市,人们到合肥肥东常听到一句口头禅:"箭杆黄鳝马蹄鳖"。黄鳝像箭杆,并不粗;鳖像马蹄,并不肥大。为什么拿它们作为美味标准呢? 这里有一段清官包拯的故事。

　　包拯入朝为官时,宋朝行贿成风,只要入朝为官的,对皇上都要有点孝敬。可包公是"膝盖头穿袜子——不是那一角(脚)"啊。仁宗等急了,便向包公伸手说:"包卿,入朝要善待皇上,你可晓得?"包公说:"我晓得。善待皇上,就是要为国尽力,替民分忧,而今边防⋯⋯"仁宗听包公的话不上"正题",便打断他的话说:"朕是问,你的家乡可有什么好吃的? 有,就给朕进贡一点。"包公听了,心里一惊。当时,边境吃紧,北面有金人挑衅,西面有西夏入侵。包公心中翻过来滚过去的事,就是如何多买马匹,多置弓箭,以便加强边防,防止异族入侵。他便顺口奏道:"陛下,臣家乡靠近巢湖,要论味美,就数箭杆黄鳝马蹄鳖了。"仁宗听了,很高兴说:"那好啊,你给朕进贡吧!"

　　散朝后,包公回到家中,就吩咐家人包兴返乡买办。买的黄鳝,比手指还细,就像箭杆;买的鳖,只有茶杯口大,翻过来,就活像马蹄。早朝时,包公呈上"箭杆黄鳝马蹄鳖"。仁宗一见,很不高兴,寒着脸说:"包拯,你搞的啥名堂? 朕的御厨里两斤重以上肥美的鳝鳖甚多,朕看不出这些小东西有啥好处?"包公跪下奏道:"陛下自然看不出名堂。陛下问我什么好吃时,我正想着边防吃紧,戍边的将士要的是'弓箭足,马匹多',我一急,就说出了'箭杆黄鳝马蹄鳖'。我也知道,这些不够斤两的鳝鳖,不如大的肥美,我这是欺君。但我想奏明圣上,边防吃紧,我们在朝的,上至君主文武百官,下至黎民百姓,不可能'紧吃'! 只要圣上多想边防,多置弓箭,多买马匹,西夏和金人就不敢小视我们。只要边防安定了,国泰民安,细鳝小鳖,圣上也会吃得喷

香可口。"一席话说得仁宗醒悟了。他说："包卿的用心,朕明白,治国应多想边防、百姓,不应净想着吃喝,朕赦你无罪。"

说也怪,大概因为是清官讲的,"箭杆黄鳝马蹄鳖"的味道就是不差,此后,"箭杆黄鳝马蹄鳖"就成了一道美味佳肴。如今合肥一些饭店还挂出"箭杆黄鳝马蹄鳖"作为美味菜肴招徕顾客。端午节人人吃鳝鳖,有不忘遗训、居安思危的意思。

包拯吃焦面

传说,有一天,仁宗让小黄门领着,悄悄地来到包府,不让门官通报,径自进了门。进门后就听到里面传出呼噜呼噜的响声,仁宗感到奇怪,便向响声的地方走去。进屋一看,原是包拯的夫人董氏,带了两个丫鬟在磨东西,磨子下面隆起一圈黄乎乎的粉末。董氏一见仁宗,赶紧跪下接驾。仁宗坐下说:"免了,免了。"接着便问,"你磨的啥?""焦面。""磨这干啥?""让包府尹私访时带着路上充饥。"仁宗听了,点点头又问:"这是怎么制的?"于是,董氏便将制作焦面的由来和方法向仁宗禀奏。焦面是把大麦炒焦磨成的。第一个制焦面的人,是包公大嫂。原来,包公是包家的老幺儿子,母亲生他后体衰多病,包公大嫂淳朴善良,便把襁褓中的包公抱到自己儿子的摇篮里,一齐抚养。包公二嫂势利刁钻,看着这吃奶的小叔子,以后至少要吃十几年白饭,就吵着要分家。大嫂不怕吃亏,也就答应了。这样,大嫂的日子就更

艰苦了。到了包公能上学时,大嫂勒紧裤带,又让叔侄两人一齐上学。由于塾馆在集上,中午不能回家吃饭,要是有钱,在集上饭馆搭一顿,也就没话说了,可是家里拿不出钱,大嫂为此伤透脑筋。公公对此看在眼里,想在心里,便把留给他吊(酿)酒的大麦拿出来,交给大媳妇说:"我不喝酒了,这大麦给你,你想想点子,做点什么,给老罕、孙子带着上学。"大嫂接了大麦,想呀想,终于想出炒焦磨粉,让包公叔侄带着,搞点开水拌拌,既方便,又抵饿。

后来,包公为了私访方便,就让妻子董氏学着做焦面。董氏心疼包拯,还炒了点芝麻放进去,比大嫂做的焦面又讲究了些。仁宗听了,很受感动,吃了一口,还可以;吃第二口,便不咋的了。因为皇帝毕竟平时是吃香的喝辣的,胃口吃高了。但他却感动地说:"包卿为社稷用心如此良苦,诚朝廷之良臣也!"

由于这样,焦面在包公的故乡——肥东流传下来了。这种制作简单、携带方便的焦面,后经日益加工,越做越好,拌上糖,已成为人们普遍喜爱的食品了。

善辩的包拯

　　包拯为官不仅清廉,更聪明、机智、诙谐、多谋善辩。据说仁宗皇帝老是变着法儿找包拯的茬子,但包拯机智过人,每次都能化险为夷。

　　一次,包拯陪伴仁宗皇帝上楼,仁宗皇帝就问包拯:"上楼梯怎么讲?"包拯马上回答:"圣上步步登高。""那么,我要下楼梯呢?"仁宗皇帝又问。包拯心里一惊,如果说步步向下,仁宗就会说这是诅咒皇上,立刻有定罪可能。他灵机一动,笑着说:"这是后辈总比前辈高。"把个仁宗皇帝一下子逗乐了。

　　有一年,仁宗皇帝过生日,文武大臣们为讨皇上的欢心,都备了奇珍异宝,唯独当朝三司使包拯却分文不备。他想:好你个皇上老儿,你这是明过生日,暗捞一把呀,我可不出油水。等到庆寿那天,文武大臣们都把礼献完了,轮到包拯的头上了,宋仁宗就问:"包爱卿,你献点什么礼物啊?"包拯不慌不忙地从口袋中掏出个用泥巴捏的不倒翁往御案上一摆,说:"圣上的江山扳不倒。"这把仁宗皇帝逗得哈哈大笑,而包拯呢,一个小钱也没有叫仁宗捞去。

　　仁宗皇帝外出视察的时候,认了个干亲,后来这个干亲就带着一袋上好的小枣来探望仁宗。仁宗接到小枣以后,就立即召集文武百官来品尝小枣,等文武百官把小枣吃完了，仁宗皇帝发话了："诸位爱卿，数数你们手里的枣核，一个枣核一两白银，算作给我干亲的回礼。"文武百官这才明白皇帝的"恩赐"不好"吃"，只好心疼地往外掏银子，等轮到包拯跟前，仁宗问道："包爱卿，你拿几两啊?"包拯跪地回禀道："圣上，微臣连枣核都吞了。"

包拯施工

　　传说宋仁宗在位时,皇宫曾失火。一夜之间,大片的宫室楼台殿阁亭榭变成了废墟。为了修复这些宫殿,宋仁宗派包拯主持修缮工程。当时,要完成这项重大的建筑工程,面临着三个大问题:第一,需要把大量的废墟垃圾清理掉;第二,要运来大批木材和石料;第三,要运来大量新土。不论是运走垃圾,还是运来建筑材料和新土,都涉及大量的运输问题。如果安排不当,施工现场会杂乱无章,正常的交通和生活秩序都会受到严重影响。

　　包拯一方面采用了"以夜继昼,句绘一壁给二烛"的"加班加点"办法,另一方面巧妙地运用了"运筹"思想来实行管理。首先,从施工现场向外挖了若干条大深沟,把挖出来的土作为施工需要的新土备用,于是就解决了新土

问题。第二步,从城外把汴水引入所挖的大沟中,于是就可以利用木排及船只运送木材石料,解决了木材石料的运输问题。最后,等到材料运输任务完成之后,再把沟中的水排掉,把工地上的垃圾填入水沟内,使沟重新变为平地。

简单归纳起来,就是这样一个过程:挖沟(取土)→引水入沟(水道运输)→填沟(处理垃圾)。按照这个施工方案,不仅节约了许多时间和经费,而且使工地秩序井然,城内的交通和生活秩序不受施工人人的影响,确实是很科学的施工方案。

包拯的施工方法大大缩短了工期,节约了财力、民力,得到了宋仁宗和百姓的盛赞。

包 公 请 客

　　三司使是北宋时期最高财政长官,后唐长兴元年(930 年),始设三司(盐铁、户部、度支)使,总管国家财政。宋初沿旧制,三司总理财政,成为仅次于中书、枢密院的重要机构,号称"计省",三司的长官三司使被称为"计相"。

　　宋仁宗时任包拯为三司使,在封邱内建起了一所住宅,厅前只够一匹马打圈子。有人嫌它太狭窄了,包拯笑着说:"住宅要传给子孙,这个厅作为厅堂的确太狭窄了,但作为太祝奉礼之堂就宽了。"

　　早在包拯做谏官时,一次,仁宗皇帝有急事派人召他进宫,使者在酒店找到了他。进到宫里,皇帝问包拯从哪儿来的,他老老实实说是从酒店来

的。皇上说："你做了有声望的谏官，怎么到酒店里去饮酒？"包拯答道："我家里没有器皿和菜肴、果品，客人来了，所以到酒店里请客人饮酒。"

无独有偶，之前有个叫张知白的人也和包拯一样，以节俭自好。张知白在宋真宗朝为宰相时，生活与他在河阳做书记官的时候一样，跟他亲近的人劝他说："你现在的俸禄不少，生活却这样简朴，你虽然自己认为是为了保持清白俭约，但外面有人讽刺你，把你与汉朝公孙弘盖布被的诈伪行为相比，你应当稍微随俗一些。"

张知白说道："吾今日之俸，虽举家锦衣玉食，何患不能？然人之常情，由俭入奢易，由奢入俭难。吾今日之俸，岂能常有？身岂能常存？一旦异于今日，家人习奢已久，不能顿俭，必致失所。岂若吾居位，去位，身在，身亡，常如一日乎？"

包拯和张知白的做法很对，一个品行高尚的人要时时刻刻节俭朴素，若一味追求豪华奢侈，势必成为道德低下的人，被社会所唾弃。

包公做寿

宋仁宗时,朝野上下弥漫着一股送礼之风。尤其是官场中,收受礼品不但不遭非议,反而成了一种会待人交友,显示德高望重的殊荣。所以送礼之风日盛,许多人乐此不疲,以收礼为荣,多多益善。

包拯对这股送礼收礼之风历来持反对意见,认为它会助长恶习。所以几次上疏皇帝,请求颁昭禁止官员之间的送礼收礼的现象,以开廉洁之风。

这一年正是包拯的六十大寿,是值得庆贺的。可包拯想:在这种送礼收礼之风日盛的情势下,六十寿辰之机肯定会有人借由送礼。我老包一生清白,切不能在寿辰之时蒙上受礼恶名。于是决定来人一概不见,寿礼一律拒收。在包拯六十寿辰前几天,他就命儿子包绶及王朝、马汉等站在衙门口拒礼。可谁知,第一个送寿礼的就是当朝皇帝,派来送礼的是六官司礼太监。老太监到了门外,执意要面见包拯,要他接旨受礼。这下可难住了包绶,万岁送来的礼不收,这不是抗旨不遵吗? 可父亲命他又不敢违,无奈只好请老太监将送礼的缘由写在一张红纸上转呈父亲。老太监提笔在红纸上写了一首诗:"德高望重一品卿,日夜操劳似魏徵。今日皇上把礼送,拒礼门外理不通。"包绶让王朝把诗拿到内衙呈父亲展视。不一会儿,王朝带回原红纸交付老太监。只见原诗下边添了四句:"铁面无私丹心忠,做官最怕叨念功。操劳为官分内事,拒礼为开廉洁风。"六官司礼太监看罢,半晌无语,只好带着礼物和那红纸回宫交差去了。

张奎是包拯的同乡好友,又同殿为臣,他心想,我的礼你总该收吧。于是前去送寿礼,并赋诗一首道:"同窗同师同乡人,同科同榜同殿臣。无话不谈肝胆照,怎能拒礼在府门。"包拯看后提笔写道:"我们本是知音人,肝胆相照心相印。寿日薄酒促膝谈,胜似送礼染俗尘。"张奎看罢只好把礼带了回去。

那些同殿之臣，还有拍马溜须的官儿，原先也纷纷准备了丰厚的寿礼，想趁机巴结讨好老包。可如今一瞧这阵势，谁还敢前来送礼庆贺，一个个偃旗息鼓，装作什么也不知道。

偏偏就在这时，还是有人顶风送礼来了。谁呀？一个老人，包绶问其尊姓大名，那老人道："俺是村里的老秀才，叫赵钱孙李（礼）。"包绶不解其意，老人解释道："我本姓赵，左邻姓钱，右舍姓孙。今日，相爷六十大寿，大家推举我来送'小妾'，给相爷祝寿。"包绶一听气不打一处来，他说："你这秀才老头，实在无礼。我父大寿之日送来美女，分明想坏了我父亲的晚节，去，去，去！"老人说："百姓的心意不可违，请你父亲快出来！"包绶无奈，给老人红纸一张，要他说出理由。老人当场吟诗一首："月月花开天地间，香飘四季令人叹。但愿相爷长健在，勤为百姓除赃官。""好！这礼我收下了！"

吟诗的声音刚落，包拯已从屏风后面踱将出来，对老者频频长揖，还意外深长地吟出了四句诗来："赵钱孙李送二妹，黎民情谊不可昧。一日三餐抚心问，满腔热血比花红。"原来，当地农民把常见的鲜花月月红和串串红称为"红二妹"，送花祝寿，表达他们对包公的敬意。随后，几位农民高高兴兴抬来两大盆枝繁叶茂、娇嫩欲滴的月月红和串串红。这意外的礼物，使包府上下一片欢腾。

包 公 肉

　　相传宋仁宗年间，包拯率随从沿大运河来江浙一带视察民情，路过嘉兴，得知西塘镇文化氛围浓厚，人才辈出，小小集镇，光是进士、举人就出了五十余人。身为龙图阁大学士的包拯，哪敢怠慢，特意嘱咐前往西塘造访。其时正值农历六月初六，为当地荷花节，西塘城外老少都乘游船前往文水漾观赏荷花去了。包拯忙把自己打扮成商人模样，带领随从，也雇了一艘游船来到文水漾。文水漾里游船穿梭，人声鼎沸，船上箫鼓弦笙齐鸣，甚是热闹。包拯兴致大发，叫船慢慢深入，只见沿途一片片荷塘望不到边，一朵朵粉红、雪白的荷花正在含苞欲放，一阵阵荷香扑鼻而来，令包公完全陶醉在这荷花美景之中。

　　正在此时，只听船后一片嘈杂之声，包拯回头一看，只见几个阔少在游船上正对一民女欲行不轨。民女的父亲见女儿被人调戏，强压怒火，前与讲

理,却被打得鼻青目肿。包拯见此火冒三丈,大喝一声:"住手!"这些阔少爷听见喊声,循声望去,见是一个黑脸的老头,便嬉笑谩骂包拯。随从们见包拯被骂,一时心急,便亮出了身份。几个阔少见是声名威赫的包大人,哪敢再放肆,纷纷跪下求饶。人们惊闻包拯驾到,又目睹他秉公正直为民,顿生敬意。时近中午,船家邀请包拯尝尝水乡船菜。包拯也不客气,道:"只要有荷塘特色,一味足矣。"船家是个烹饪高手,他先将洗干净的五花肉切成条块状,放入钵内,加酱油、甜面酱、白糖、黄酒等调料腌渍片刻,然后加入磨成粉的丁香、桂皮、八角、山奈、粳米、籼米等混合,随即加入麻油,扣入盘内,上笼用旺火蒸烂取出,再把洗尽的荷叶切成扇面状放入沸水略烫取出,将蒸好的肉块分别包在每片荷叶中,装盘上笼用旺火再蒸片刻,取出倒在新鲜荷叶上叠成莲蓬状,表面还嵌上一粒粒青豆或莲子代表莲心,撒上莲花花瓣点缀荷叶周围即成。其菜造型绝美,味道清鲜可口。包拯吃了这道菜后,自然大加称赞,并赐名为"包公肉"。自此,这道特色菜随着包拯的赞誉而传遍了西塘,也成了江浙一带大小餐馆夏令季节的特色名菜。

反穿朝服

一天傍晚，仁宗皇帝来到开封午门散步。抬头一望，只见午门至龙亭大殿那段御道由于年久失修，不少处已磨损得坑坑洼洼，觉得有失皇家体面，非整修一下不可。于是他便令张尧佐承办此事，让他造出预算，限两月之内竣工。张尧佐因侄女张贵妃得仁宗宠幸而平步青云，但他贪婪成性，是个雁过拔毛的角色。他奉旨之后非常高兴，觉得又得了个发财的良机。

三天后早朝时，张尧佐就带本奏道："皇上，这段御道确实有碍观瞻，必须全部换新。由于所需石料要从洛阳采办，石匠精雕细刻，故而工程浩大，即使从紧开支，至少也需白银十万两。"仁宗皇帝二话没说，立即照准。

此后，御道旁立即搭起了不少工棚，并将御道两旁用草苦遮住，数百匠人丁丁当当地日夜干了起来。结果，不足一月，御道就提前竣工了。

仁宗皇帝跑去一看，果然御道平坦，焕然一新，不由龙心大喜，连声赞好。

次日早朝时，仁宗皇帝就当众宣旨："张爱卿这次主修御道，夜以继日，既快又好，提前一月完工，劳苦功高，朕赏你白银一万两，再升官一等。"

张尧佐得意扬扬，名利双收，连忙谢恩。

谁知过了没几天，此事的底细被包拯无意中发现了：原来张尧佐根本没有去洛阳采办石料，只是将原来的石块撬起来，令石匠在反面雕刻了一下，把下面的路基平整后，一铺上便跟新的一样。因此，工期缩短，成本又省，总共只花了一万两银子。

包拯便决心将此事揭露出来，让张尧佐当众出丑。

第二天上早朝时，包拯待大家进太和殿后，飞快地将身上的朝服脱下，反过来套上，然后悄悄跟了进去。

仁宗皇帝端坐在龙椅上,居高临下,抬头一看,忽见群臣后面站着个衣着与众不同的人,觉得奇怪,再细一看,却是包拯。他心想:包拯向来十分注重仪表,办事小心谨慎,今天怎么昏头昏脑地将朝服也穿反了,这是怎么一回事?

这一细节很快被向来看着皇上眼色行事的张尧佐发现了。因当时明文规定:上朝时如果朝服不正,要判罪的。他心想:包拯,这下你有好果子吃了。他便故意幸灾乐祸地说:"包大人,你今天怎么啦?"张尧佐这么一咋呼,群臣都为包拯捏了一把冷汗。

奇怪的是,包拯却低着头置若罔闻。要是换个别的大臣,仁宗皇帝早就发火降罪了,但念及包拯一向忠心耿耿,便改用责备的语气问:"包爱卿,你怎么将朝服穿反了,快出去穿好了再来见朕。"包拯这才恍然大悟地出去,穿好了又进来,跪地奏道:"启奏皇上,微臣今日将朝服反穿了,确实不该,请皇上恕罪。不过,朝服穿反显而易见,可如今有人将御道仅仅翻了个面,再略加修饰,就侵吞公款,大肆渔利,虽发生在大家的鼻子底下,恐怕就不易察觉了吧?"

包拯话音一落,刚才正趾高气扬的张尧佐,顿时像矮了一截,脸色大变。

"什么?你说这御道是翻个面铺的。"仁宗皇帝一听,连忙追问,"包爱卿,这到底是怎么一回事?快细细奏来。"

包拯大步向前,伏地奏道:"万岁,此事为臣偶然听说,并已去现场查勘。不过,还是请皇上先问张大人为妙。"

仁宗皇帝暗吃一惊,便问张尧佐:"你还不实说?"

张尧佐见东窗事发,再也无法隐瞒,忙跪倒在地,说:"为臣该死,确实未去洛阳采石,只是将原有的石块翻转过来雕刻了一下,重新铺上。"

仁宗顿时怒形于色:"你好大的胆!那么你总共花了多少银子?"

"一万两。"

"那其余的九万两呢?"

"这……"张尧佐光是拼命叩头,再也答不出话来。

包拯奏道:"皇上,这还用问,其余的早落入了张大人的腰包。嘿,想不到这么一项小工程,张大人竟能变出大戏法。望皇上明断。"

直到这时,群臣才知道包拯反穿朝服的用意。仁宗皇帝早已怒气满胸,可张尧佐与自己关系不错,且顾及张贵妃的面子,凡事又离不开他,只得高高举起,又轻轻放下:"大胆张尧佐,竟敢欺君罔上。朕命你速将贪污和赏赐给你的银两退回国库,并免去你的官职一级。而这段御道须按你原来方案重新建造,所需银两则罚你出。下不为例,否则严惩不贷。"

张尧佐只得自认倒霉,表示认罚,并连连谢罪。下面有人奏道:"皇上,包大人参责有功,理该有赏。"

仁宗皇帝朝包拯笑道:"好,朕赏包爱卿朝服三件。不过,下次你切勿将它再穿反了。"

包拯忙道:"谢主隆恩。如今御道之案已正,为臣岂会再将朝服反穿!"

智 斗 贪 官

  包拯与张尧佐是北宋仁宗年间有名的两位官员,这两人一正一邪,一清一贪,常常在朝廷内外明争暗斗,由此引出许多有趣的故事。有一天下朝,包拯邀请张尧佐一同逛街,张尧佐见天色尚早,便欣然答应,两人换了便服,就一同逛开封城去了。

  路上两人闻见馅饼的香味,寻着味道找见卖馅饼的摊铺。张尧佐嘴馋,吆喝着让老板拿几个馅饼过来。做馅饼的老头忙端过几个馅饼,放下刚要走,被包拯一把拽住。包拯问道:"掌柜的,你说这官员里是张尧佐大人好,还是包拯大人好?"卖馅饼的老头根本不知道眼前这两个是谁,想也不想,袖子一甩,说:"当然是包大人好了!他老人家为官清正廉洁,为民造福,张尧佐那老小子无恶不作,坏透了!"张尧佐给气得不行,但他又不能说什么,憋着火,起身一甩袖子,满脸怒色地走了。包拯一想,坏了。他赶紧把卖馅饼的老头叫来,非要换了老头那油渍麻花的衣衫。老头见此人面色不凡,想是肯定有事,就和他换了。包拯拿上铁铲,有模有样地做起馅饼来。没一会儿,张府的家丁就蜂拥而至,把包拯错当作卖饼老汉抓回了张府。张尧佐一看抓的是包拯,慌了,忙说:"哎呀! 怎把您老人家给请来了? 快给包大人松绑!"包拯脸一沉:"慢! 张大人,请问包某犯了哪条王法?""包大人还

请您老高抬贵手,都是张某的过错,我给您松绑赔礼!""没那么简单!你私设公堂,绑架朝廷命官,我要去找皇上评评理!""包大人息怒!是我的过错,可别上金殿呀!给我一条生路呀。"说罢扑通一声跪下。"你不想去面见圣上,那咱们就得私了喽?""多谢包大人,您说怎么就怎么。""拿五百两银子的损失费了事!"张尧佐叫苦不已,但他没有办法,也只能赔了银子,还得连连给包拯道歉。包拯也不客气,收下银子悄悄回到馅饼锅前,把钱给了做馅饼的老人。从此以后,包拯智斗张尧佐的故事就流传开来,百姓们对包拯更加的敬佩。

小萝卜减税

萝卜的作用有时不能小觑。包拯有一次就让小萝卜着实发挥了大作用。

话说有一天,包拯向仁宗皇帝上奏道:自己有一份礼物要送给皇上,这份礼物就是家乡庐州产的一种大得出奇的萝卜。包拯的"死对头"张尧佐知道庐州土地贫瘠,庄稼歉收,便对仁宗皇帝说:"启奏陛下,庐州产的萝卜怎能和我老家永安(今河南巩义市)的比呢。永安的萝卜那才叫大呢!小人也为圣上准备了大萝卜。"仁宗皇帝觉得好奇,答应收下包拯与张尧佐的这两份礼物。

第二天上朝,皇帝让两人将礼物呈上。谁料包拯的萝卜比筷子还小,张尧佐见状大笑不已,呈上自己的永安大萝卜,并趁机吹嘘:"永安土地肥沃,

311

人人都吃这个。"仁宗皇帝问包拯:"庐州萝卜为何那么小。"包拯回答说:"启
禀圣上,庐州山瘦地薄,老百姓就吃这个。"皇帝听后,若有所思,然后说:"既
然庐州山瘦地薄,应该减税;而永安土地肥沃,应该增税。"闻听此言,包拯立
即跪地谢恩。

消息传出后,家乡的百姓无不感谢包拯的恩德,而河南永安的老百姓则
大骂张尧佐缺德。

包公在开封

疏通惠民河

　　北宋时期的开封一带人口众多、商业密布,为了解决城内百姓的粮食和生活用水问题,开封府先后在此开凿疏浚了汴、惠民、金水和广济四渠,并称"漕运四渠"。当时的惠民河是仅次于汴河的第二大运河,它主要运输江淮地区所提供的粮食和其他物资,其航道入淮后向南可直达长江下游地区。

　　也是因为漕运的便利,河岸两旁的村镇也逐渐繁荣起来,这其中就包括人们所熟知的历史名镇——朱仙镇。这个小镇因为濒临运河,又与京城开封毗邻,占尽天时地利人和,因而舟楫穿梭,人流往来,甚是繁荣。

　　在包拯上任不久,开封府突然天降大雨,多日不止,致使城内的惠民河暴涨。由于开封府地势低洼,排水不便,城外的积水甚至涌入城内,开封府周边顿时成为汪洋一片,数千房屋被毁,百姓甚至要乘着木筏才能出行。皇城内的很多建筑也被浸泡。

　　由于北宋时科技水平仍然不高,防灾措施匮乏,水旱灾害发生频繁。包拯辗转担任地方官的经历中,早已不是第一次碰着水灾了,也正是因为包拯指挥得当,开封府的受灾情况得以最大限度地降低。

包拯一面指挥军民抢险救灾,一面调查惠民河泛滥成灾的原因,加以治理,防止以后再次出现如此严重的灾情。

原来贯通开封城的惠民河,由于流经城郊的两岸风景十分秀丽,被京城的达官显贵们圈起来,在河边盖成一座座典雅的园林别墅。然后在河中修建堤坝,将奔流的河水围成了自家的花园小湖,以供享乐。这些显贵大多是仁宗皇帝身边的亲信太监或权贵大臣,平时作威作福,十分猖狂。惠民河也因此而被完全堵塞起来。开封百姓对此深恶痛绝,可因为害怕得罪权贵,都敢怒而不敢言,历任开封知府都对他们有所畏惧。直到这次因为惠民河的堵塞导致洪水成灾。

包拯调查后,发现原来这场水灾并不是天灾,而竟是因为"人祸",于是怒发冲冠。

刚正敢言的包拯自然不会怕了这些权贵,立即上朝廷请旨拆除这些建筑。朝廷下诏,要求拆除惠民河沿岸违法的建筑,以疏通河道,消除水患。权贵们自然不愿意精心建造的"后花园"就这样被拆,于是纷纷想办法保护"家产",甚至有人托关系更改地契以证明所占河段是自家的私产。

包拯派人分别查清了那些地契的造假者,并上奏朝廷,要求对这些人进行严惩。仁宗皇帝顾忌开封府的安危,以大局为重,同意了包拯的请求。而对这些违法的官员的惩处也震惊了那些还企图顽抗的显贵们,他们纷纷拆掉了建在河上的亭台楼榭,平毁了堤坝,使惠民河又变成了一条通畅的河流。

惠民河河道一通,洪水很快便从此一泄而过,水灾得以彻底解决,开封军民对包拯一片欢呼赞扬之声。惠民河之名也从此由蔡河改称而来。当时开封城内还四处传唱着这样的歌谣:"惠民河,又重开,从此咱们不受灾。万民齐颂包青天,气死老贼张百坏。"

包拯不畏权势,反对以权代法,坚决地维护了开封百姓的利益。而在开封府内还有一些无赖、偷盗者,这些人虽无权势,生活也贫苦,却同样危害人民。包拯对他们也毫不留情。

有一次,开封城内的一条街上发生了火灾。包拯赶去救灾,指挥百姓取水救火。可这时,有些无赖竟然戏弄起包拯来。他们追到包拯面前,问包拯:"救火是要到甜水巷取水,还是去苦水巷取水?"包拯一看是些地痞流氓,平时为祸百姓,现在还来破坏救火工作,便下令将他们统统抓了起来关进了牢中。

其实,包拯毕竟权力有限,并非像传说中的那样"法力无边",凭着皇帝赐给的三口"钢铡","下铡刁民,上铡国戚",可以"先斩后奏"。因为,当时宋朝法律规定,该判流刑和死刑的罪犯,地方上是无权判决的,必须上报中央审批,经皇帝钦定后才能实行,任何人包括包拯在内都没有"先斩后奏"的权力。包拯也从来没有过所谓权威无边的三口"钢铡"。而且宋朝的死刑执行方式也只有斩、绞二种,尽管后来出现过凌迟,但也是极个别的特例。

所以,即使包拯担任了北宋京都的知府,在处理重大案件时也需要请示仁宗皇帝,得到诏令才行。包拯一生忠于皇帝,尽力干事,尽管有时谏言激烈,但并无异心,因而仁宗皇帝可以容忍,可以理解,并采纳他的奏议;由于他刚直,不与人结成朋党,不偏袒任何人任何事,因而少有卷入朋党之争,免遭攻击;因为他办事公道,没有把柄被人抓住,这样就可以不被别人牵制。所以,仁宗皇帝才会给予包拯更多的支持与信任。

"阎罗包老"震京都

东京开封府多皇亲国戚、达官显贵，素以难以治理著称。而包拯"立朝刚毅"，成为开封知府后，便与那些显官贵族或是亲朋好友断绝了私下来往。而凡是因为私人关系拜托包拯徇私枉法的，包拯都一概拒绝，甚至当面羞辱一番，因而将东京治理得"令行禁止"。也正因为他执法严峻，不徇私情，"威名震动都下"，贵戚宦官们都因此收敛许多，听到他的名字都会感到害怕。开封府当时都流传说："关节不到，有阎罗包老。""阎罗包老"是不可收买、公正廉明的比喻，而在百姓看来，包拯本人就是阎罗，白天管人，晚上审鬼。包拯就此成为一个通阴阳两界的大侦探。而且包拯不爱笑，有人便说包拯"笑比黄河清"，十分少见。

包拯在开封知府任上，最为人所喜闻乐道的自然是包拯的断案故事。其实，在历史上，包拯在开封府倒没办过什么大案，小案倒是有几桩。

据说包拯在开封府时，办案十分谨慎，而且总是亲自处理。所以，包拯经常要进入案发现场办案，开封百姓为了争看他的风采，往往把他挤得寸步难行。后来，仁宗皇帝知道了这件事后，就赐给了包拯一顶特制的乌纱帽，这特制的乌纱帽帽翅比别的官吏的都要长上三寸，而且皇帝下令说："凡是碰到了包拯的乌纱帽翅的人，杀无赦。"虽然这命令有点荒唐，但君无戏言。爱民如子的包拯不忍百姓为此受害，所以每逢他步行办案的时候，都有随从高声吆喝道："圣上有令，碰到帽翅者杀。"百姓听到后，便纷纷让出一条路来。

包拯在历代人民的心目中，一直是刚正不阿、为民请命的"包青天"。他断案如神的形象早已深入人心，在流传下来的许多大案奇案中显示出过人的聪慧与胆识。

真实的包拯不像小说戏剧中描写的那么神乎其神，他也是一个有血有肉的人，所谓"官清如水，怎奈吏滑如油"，包拯在判案的过程中也有判断失误、受蒙蔽而上当受骗的时候。

在沈括的《梦溪笔谈》中就记载有这么一件包拯上当的故事：

包拯在担任开封知府时，有个富商犯了罪，被官府缉拿归案，按照刑律，是要受到"脊杖"惩罚的。

那人得知要被判"脊杖"，顿时就慌了，便重金托关系找到了包拯手下用刑的一个小吏，希望能够减轻刑罚，以免伤筋动骨。

那个小吏知道包拯铁面无私，想要讲情糊弄是绝对没有可能的，反而会害了自己。经过深思熟虑之后，那个小吏就针对包拯疾恶如仇的特性想出了一个办法。他交代那个富商说："等到知府（包拯）审案的时候，肯定要我来用刑杖打你，到时候，你就大声呼冤自辩，我自有办法为你减轻刑罚。"

犯人心领神会，等到包拯上堂审理后，果然判了他"脊杖"的刑罚。那个小吏便作势要打，犯人连忙按照小吏的吩咐，拼命为自己分辩呼冤。这时，小吏摆出一副凶神恶煞的样子，大声向他呵斥道："别再多说了，快快受了杖责，滚回牢房去吧。"

包拯一生中最见不得的就是贪官污吏恃强凌弱，见到这个小吏卖弄权势，以为这个小吏受了贿赂故意不准犯人申辩，或者用刑会故意重一些。便想要打击这个小吏的嚣张气焰，于是将那小吏当堂责罚一通，而反过来将那个犯人的"脊杖"改成"臀杖"，也就是从打脊背改成打屁股，富商就这么被从轻发落了。而包拯还觉得这么做，既惩罚了富商，又教训了恶吏，很是妥当，却不知道自己是上了小吏的当。

号称公正严明的包拯被这如油滑吏蒙住了眼睛，真的为罪犯减了刑。

这倒能称得上是包拯一生中数得着的糗事了。沈括在《梦溪笔谈》中感叹说道："小人为奸，固难防也。"

包拯判案公正严明，给案情涉及的所有人以说话的权利，以防止冤假错案的发生，小吏正是利用了包拯的"善良公正"。由此也可见出包拯被唤作"包青天"是名副其实的。

包拯在开封知府任上共一年零三个月，时间虽短，却是他一生中最负盛名的时期。人们常说"开封有个包青天，铁面无私辨忠奸"，而"包待制""包龙图"等美称也都是从当时产生并流传至今的。

而继任开封知府的也是一位名臣，他就是著名的文学家、政治家欧阳修。欧阳修为政崇尚宽简，与包拯的执法严明、公正无私可谓大相径庭。然而，欧阳修仍然把开封府治理得很好。有人便问他原因，欧阳修就说，他的宽简政策只是废除繁文缛节，减轻吏民的负担，避免权贵享受"特权"。可见，包拯和欧阳修二人的执政方针虽然迥异，却是殊途同归，为国民尽忠效力的心情是一样的。

后来的开封知府便在开封府衙的照壁两端各立了个小牌坊，左书"包严"，右书"欧宽"，以表示对两位辅世之臣的景仰。

假皇子诈骗案

包拯担任开封知府期间,除了为民请命之外,还参与了一场长达六年的劝立太子的论战。而这场论战却要从皇祐二年(1050年)的一件假皇子诈骗案说起。

仁宗皇帝后宫里妃嫔众多,可是当了几十年皇帝的他,女儿很多,却一直没有一个能够健康长大的儿子。宋仁宗早先曾有过三个儿子,可是最长的也只活到三岁。第一位皇子赵昉于景祐四年(1037年)五月九日出生,可是出生当日就死了;第二位皇子赵昕生于宝元二年(1039年)八月十五日,也只活了半年就病逝了;第三位皇子赵曦于庆历元年(1041年)八月五日出生,活到了两岁多,仁宗皇帝甚至想要立他为太子,可是赵曦体弱多病,在庆历三年(1043年)元旦的时候病逝了。

赵曦去世时,仁宗皇帝也才三十四岁,春秋鼎盛,当时朝廷上下对于暂无皇子也并不很担心。可直到仁宗皇帝将近四十岁了,仍只有几个女儿,再未曾生出皇子。为了保证能够由自己的亲生儿子来继承皇位,仁宗皇帝采取"广种薄收"的办法,除了妃嫔外他还频繁临幸宫女。据说仁宗皇帝每临幸一位宫女,就会赐予宫女一件龙凤刺绣抱肚,作为凭证。有些大臣认为仁宗皇帝纵欲过度,会损伤"龙体",多次建议他将过多的宫女遣回民间。仁宗皇帝也接纳意见遣放宫女回归民间嫁人,如宝元二年(1039年)就曾一次放归宫女两百七十人。

不惑之年的仁宗皇帝仍无子嗣继承皇位,朝臣都十分担忧。消息传到民间后,也引起种种流言蜚语,甚至出现了假冒皇子的事情。

皇祐二年(1050年),开封城里来了个叫冷青的年轻人,逢人就称自己是"皇子",到处张扬。开封百姓们也不知道是真是假,这消息倒是传遍了全

城。当时的开封府知府钱明逸听说了后，立刻下令将冷青抓了起来。可没
想到冷青进了大堂，并不下跪，还痛斥钱明逸："你见到我怎可不站起身来？"
这钱明逸竟然就唬住了，不知不觉站了起来。过一会儿，钱明逸才发觉到自
己的失态，重新坐下，却也没再让冷青下跪，而是让他站着讲话。冷青摆出
一副皇子的派头，说自己的母亲是宫中放出的宫女，当年曾经受过皇帝的临
幸，有龙凤刺绣抱肚作为凭证。而他母亲其实是带着身孕出宫的，出宫后生
下了他，所以自己是当今皇上的独子。钱明逸也无法分辨皇子真假，感觉这
件事不好处理，就将冷青关押起来，然后上奏询问仁宗皇帝该怎么处理。

　　可是，仁宗皇帝临幸了那么多宫女，他自己也不清楚到底有没有和冷青
的母亲发生过关系。万一这个冷青真的是自己的儿子，也是一件好事。所
以，仁宗皇帝没有给出明确的指示，只是交还给开封府，让钱明逸详细审理
决断。钱明逸搞不清仁宗皇帝的态度，也感到无可奈何。而冷青被关押几
天后，讲话就开始颠三倒四，显得精神不太正常。于是，钱明逸就判了冷青
一个"疯人无状"，扰乱视听，将冷青发配到汝州（今河南临汝）去了。

当时开封府的推官韩绛认为
钱明逸这样处理是不妥当的，便越
级上奏朝廷，说钱明逸这样处置其
实是放纵冷青在外面继续造谣惑
众，应当诛杀而不是流放。当时朝
廷上很多大臣也都认为，如果冷青
所言是真的，就不应该发配；如果
是假的，冷青就是犯了欺君之罪，
应该处死。

　　仁宗皇帝只得下令让翰林学士赵槩和包拯一起重新审理这个案件。

　　包拯同赵槩一起反复审讯冷青，并且广泛开展调查，终于搞清了案情真
相。原来冷青的母亲王氏确实是宫里曾经放出去的宫女，也确实曾被仁宗
皇帝赐予过龙凤刺绣抱肚。不过王氏出宫后就嫁了人，生过一个女儿，之后
才生了冷青，所以冷青身上肯定没有皇室的血脉。

　　冷青长大后不务正业，四处漂泊。听说仁宗皇帝始终无子，而自己的母

亲又是宫里放出的宫女,于是,就到处招摇撞骗,说自己是皇子。有一年,他流浪到潭州(今湖南长沙),遇见一个叫全大道的道士。全大道得知此事后,明知冷青不可能是真的皇子,但却觉得奇货可居,便帮着冷青置办了行装,和他一起到开封府,希望可以见到皇帝得到些赏赐。

可皇宫禁地,他们又怎么能轻易进得去呢。于是,他们继续在开封府内到处散布冷青是皇子的消息。当冷青被抓进开封府后,全大道见势不妙,就指使他装疯卖傻,希望可以逃脱罪责。

而这全大道原名高继安,原来是个曾经犯罪被发配鼎州(今湖南常德)的军人,后来贿赂官员,谎称有病,免除了这发配之罪。此后,他就化身名叫全大道的名山和尚,说自己懂得变幻之术,招摇过市,愚惑百姓。后来遇到冷青,就如鱼得水,合起伙来,准备骗个大的,谁知最后还是被包拯识破。

包拯查明案情后向仁宗皇帝报告,并请求立即将冷青和高继安斩首示众。仁宗皇帝犹豫了一段时间,仍然没有做出决定。

包拯就再次上奏说,如果不立即对他们从重判处,那么天下的"奸邪"之徒都要起事端了。皇祐二年(1050年)四月,宋仁宗终于批准了对这两个宫廷诈骗犯的死刑。这件轰动一时的假皇子案也就此了结。

劝立太子的争论

假皇子案案发六年后，仁宗皇帝仍然无皇子出世，东宫一直虚位，使得当时的北宋朝野上下都十分担心。

皇祐五年（1053年）时，仁宗皇帝那时已经四十四岁了。时任太常博士的张述终于按捺不住，上疏恳请仁宗皇帝收养皇族宗室子弟入宫，同时祈祷天地希望能够早日诞下皇子。

按理说，为皇储谋划安排是作为臣子的大忌，仁宗皇帝知道张述是为国着想，也就没有处罚他，但也没有接纳建议收养宗室子弟入宫。

仁宗皇帝自幼身体就不太好，随着年纪的增长，更加虚弱，甚至经常出现神志昏乱的病状。

至和三年（1056年），也就是包拯就任开封府知府的这年，正月初的时候，仁宗皇帝上朝时竟然突发"风眩之疾"，眩晕昏倒，被急忙扶入宫中诊治，二府大臣却都只能在宫外守候，焦虑万分。

宰相文彦博向内侍询问仁宗皇帝病情如何时，内侍却以"禁中事得保密，不敢泄漏"为由，而拒绝回答。文彦博怒斥他说："皇上病重，事关国家安危，现在

只有你们能出入宫中,却不让当朝宰相知道皇上病情,你们究竟想干什么?"文彦博和富弼其时都很担心仁宗皇帝会发生不测,便以在大庆殿设醮为仁宗皇帝祈福为名,得以留宿在禁中,以随时询问仁宗皇帝的病情。直到当年二月,仁宗皇帝的病才有所好转,逐渐康复。

当时仁宗病重,京师人心恐慌,好在文彦博与富弼二人遇事沉着冷静,处理事情果断,才使大家心安,宫内也没出什么变故。这使得朝臣们对于皇位继承人的问题更加担心。

五月三日,范镇率先向皇帝上疏要求仁宗皇帝早日确立皇位继承人。这次上疏在朝堂引起极大轰动,文彦博责问范镇说:"这么大的事怎么不和中书省商量下就上疏了呢?"范镇慨然回道:"我知道如果上疏请立太子,必然是犯了死罪,但我已抱着必死之心了。如果和宰相们商量的话,肯定会不准我上疏。"虽然遭到执政大臣的责难,范镇的上疏却得到了所有御史官员的支持,他们联合上疏表示支持范镇的建议,请求仁宗皇帝早立太子。这也拉开了持续七年的关于立太子的论战。

由于中书省的不支持,仁宗皇帝也对这次的上疏采取置之不理的态度,很多大臣都不敢贸然附议。直言敢谏的包拯自然不在此列,包拯等人坚持要求仁宗皇帝接养宗室子弟到宫中以备东宫。

恰在这年的五月二十四日黄昏,两颗"扫把星"划过开封府的夜空。之后便开始了连绵不绝的大暴雨。这也就是导致惠民河暴涨的那场暴雨。而且当时不仅是开封府,全国各地都遭遇了不同程度的水灾,造成很多灾民流离失所。

六月二十九日,仁宗皇帝下发罪己诏,认为水灾都是自己为政有失造成的。

范镇就趁机再次上疏请求仁宗皇帝重视宗庙传承,并引用古语说:"简宗庙,废祭祀,逆天时,则雨不润下",认为正是仁宗皇帝"简宗庙",久无子嗣,才导致了这次的水灾。

于是,宰相文彦博和富弼也加入了劝立皇子的队伍。他们还提出了明确的目标,那就是曾经在宫里生活过的濮王之子宗实。宗实出宫后也经常受到大臣们的赞扬,是个厚道贤良的王子。

仁宗皇帝见此,也知道朝臣们都是为了国家社稷,但仍希望可以由自己的亲生子嗣继承皇位。于是,仁宗皇帝便要求朝臣们再等上两三年,到时候肯定会有所交代。

这时,仁宗皇帝已是四十七岁了。对于仁宗皇帝保证在五十岁以前解决东宫问题,朝臣们都表示很满意。

嘉祐三年六月(1058年8月),包拯升任右谏议大夫、权御史中丞。御史中丞是御史台的最高长官、台官们的首领,俗称"台长"。主要职责就是"纠察官邪,肃正纲纪。大事则廷辩,小事则奏弹"。

仁宗皇帝所立的"二三年之约"也快到了。于是,包拯刚上任御史中丞,就向仁宗皇帝上疏请求早日选立太子。没想到仁宗皇帝竟反问道:"你想要立谁为太子?"仁宗皇帝这么问就在表示自己很不高兴了。包拯连忙说道:"我没有什么才能,却能担当御史中丞这样的职位,请求皇上早立太子也是为了国家社稷。陛下这么问,就是在怀疑我是有私心的。可是我已经年近六十了,我这么做又能得到什么好处呢?"仁宗皇帝听了或许是有了同病相怜之感,或许也是平息了刚刚的怒火,对包拯表示再考虑考虑。

而到了嘉祐三年(1058年)下半年,大臣们都暂停了劝立太子的论战。原来,这时,后宫中的董氏、周氏同时怀上身孕。朝野上下都期待着能够诞下皇子,解决储君的问题。负责宫廷事务的内侍省甚至建造了一座潜龙殿,预备给即将诞下的皇子居住。

然而到了嘉祐四年(1059年),两位贵妃都只是相继诞下了皇女,而非"万众期待"的皇子。到了嘉祐六年(1061年),董氏和周氏又先后为仁宗皇帝生下了皇女。

此时,仁宗皇帝已经五十二岁了。由于长年服食药物,仁宗皇帝的身体也越发虚弱,他终于认识到,想要生下一位皇子的可能性已经很小。而包拯等人也不断上疏,希望可以收养宗室子弟入宫。

仁宗皇帝终于向群臣妥协,他认为自己多年无子,却多了好几位皇女,这其实是上天的意思。而五年前定下的"二三年之约",也早已经到了。

于是,嘉祐六年(1061年),仁宗皇帝下诏:起复濮王之子宗实,任命他为泰州防御使、知宗正寺。这其实就是立储前对宗实的磨炼了。

可论战了六年，好不容易说服了仁宗皇帝立太子，大臣们却都忽略了这位"准太子"的意思。仁宗皇帝下诏之后，宗实竟然以父亲刚刚过世，自己正在服丧为由，拒绝了这道诏命。仁宗皇帝自然也不高兴，说："他既然不想做，也就不要勉强了。"宰相韩琦表示"万万不能半途而废"。这就苦了宫廷的内侍，那内侍官在宫廷与王府间来回奔波宣旨，每次都只带回了宗实的辞表。

嘉祐七年八月五日（1062 年 10 月 4 日），仁宗皇帝再次下诏，对宗实屡次请辞表达了赞赏，并宣布正式要将宗实作为皇子接入宫中。而到了二十七日，宗实才终于在大臣们的劝说下，乘轿进了皇城。

至此，长达七年的劝立皇子终于有了一个圆满的结局。

包公智斩贪官

仁宗皇帝皇祐年间,陈州大旱,发生了大饥荒,户部尚书范仲淹上殿奏本,保举龙图阁大学士兼开封府尹包拯到陈州粜米济赈。

在《打銮驾》中,外戚马龙先被派往陈州赈灾。马龙自恃是西宫宠妃马氏的哥哥,在陈州舞弊,克扣皇粮,贪污的数量达到了万余石之巨,于是被灾民告发。仁宗皇帝知道后十分愤怒,便将马龙召回,并下旨任包拯为放赈钦使,令包拯查办前任马龙私扣钱粮的事。包拯便奉诏就任了。

马妃得到消息后,知道包拯向来铁面无私。如果让他就任,包拯肯定会彻底查清此案,而哥哥的前程也必将为此所倾覆,恐怕还会连累自己从此失宠。于是,马妃多方设计,还在暗中恶意中伤包拯。

在包拯将要出京赴任的前夕,马妃知道包拯肯定会经过御街出城,便向皇后撒谎借了銮驾半副,僭乘而出,在御街上专门等待包拯经过,自己伪装成皇后,让銮驾仪仗走在包拯前面,挡住包拯的去路。

包拯隔着很远见到了銮驾,便离开主道回避仪仗了。可包拯躲避再三仍是会见着仪仗,这其实都是马妃为了迫使包拯从禁中御街经过。

等到包拯果然来到了御街,马妃便让銮驾蓦地前行走到包拯的前面。包拯此时也躲避不及了,于是只得下跪在道路旁,并叩头为闯了銮驾的不敬之罪请罪。马妃刚准备故意盘问,希望找点物证,好判了包拯的罪。不料这"假銮驾"竟然被包拯的从役识破,从役告知包拯,说"这是马妃假扮的"。包拯听后大怒,便下令队伍继续向前,将銮驾打退,并且要将銮驾赶入宫禁。马妃见势不妙,便一不做二不休,带着控词,急忙回宫哭诉,想要欺骗仁宗皇帝。包拯心中虽然也担忧,但事已至此,包拯也是骑虎难下,便只好跟着前往面见仁宗皇帝了。

在后来《陈州放粮》的故事中，先被派往陈州赈灾的是当朝权贵刘衙内的儿子和女婿，他们在陈州的所作所为与《打銮驾》中的马龙如出一辙。他们贪赃枉法，鱼肉百姓之余，甚至打死了一个灾民李大胆。天灾人祸之下，陈州一地可谓是民不聊生。范仲淹便保奏包拯前往陈州赈灾。

刘衙内自然不愿意自己的子婿遇着包拯这位铁面无私的钦差，便连夜前往包拯府上拜会，一番客套之下，刘衙内便点出陈州灾民甚多，因此亡命之徒必然不少，希望以此吓退包拯。可是，包拯毅然不惧，当即表示："为民解难，乃我辈本分，何惧亡命之徒？"刘衙内见劝阻不行，便又改为说情，希望包拯此去陈州，可以对自己的子婿加以照应。包拯也只是回应，若真的发生了什么事，会向刘衙内传递消息，便起身送客了。刘衙内自忖虽然没得到包拯的什么应允，但如果能够即时得到消息，应该有时间周旋走动，就称谢告辞了。

次日，包拯便带着王朝、马汉奔赴陈州，将要到达陈州地界之时，包拯便乔装打扮，微服先行前往陈州，而让王朝、马汉等人率领仪仗随后跟上。包拯一身村民打扮，混在饥民的队伍中，前往衙门口排队购买赈米。这所谓的赈米却掺着泥沙，而且价格奇高，小吏们还从中克扣斤两。刘衙内的子婿二人则高居台上，监督出米。饥民中稍有微词的，都会遭到拳脚或是棍棒相加。包拯在队伍中实在看不下去了，便高声喊道："你们身为朝廷命官，奉旨赈灾，怎么可以如此荼毒百姓。"

刘衙内的子婿二人见竟然有人当面指责揭短，恼怒道："先前有个李大胆，今天又来了个黑大头，我就让你们一样的下场！"便吩咐差役将包拯吊在树上，准备将他殴打致死。恰在此时，王朝、马汉带着金牌、令箭赶到府衙，刘衙内子婿二人当即下台迎接钦差。这时却听王朝问道："包大人先我而来，如今何在？"刘衙内子婿二人面面相觑，表示不知。这时倒是马汉眼快，一眼认出了被吊在树上的包拯，赶忙上前为包拯松绑。两贪官这才知道，原来那"黑大头"便是包拯，赶忙上前恭请包拯入座。

包拯坐于案台之上，一拍惊堂木，喝道："尔等奉旨来此赈灾，却在此荼毒百姓、贪污赈米。本官不仅亲眼所见，更是亲身所历。尔等还有何话可说？"

两人只得跪伏于案下，俯首认罪。

在场的饥民见包拯一来便惩治了这两个贪官，都高呼"包青天"之名，表示敬仰。饥民中有两人便是先前被打死的李大胆的儿子，激愤之下，当即带领灾民冲入堂下，将两名贪官活活打死。

包拯对饥民的遭遇深表同情，可这咆哮公堂，打死朝廷命官的罪责到底不是小罪，包拯只得将一伙饥民押入牢中，上疏朝廷等待回应。

包拯在发出奏折前，先叫王朝去向刘衙内暗通消息，只是将陈州发生的事稍作改动：两官员贪赃枉法已经查实，被下在狱中。饥民作乱，为首者已被当场处死。刘衙内听了消息后又忧又喜，又恨又急。忧的是，自己的子婿已然获罪；喜的是，得到消息尚早，还可挽回；恨的是，饥民的作乱；急的是，时间的仓促。刻不容缓之下，他便自恃仁宗皇帝的宠爱，连夜进宫见驾，并在皇帝面前花言巧语，歪曲事实。仁宗皇帝果然听信了他的谗言，便下了一道圣旨："活的赦罪，死的不赦。"这样便可以完全达成刘衙内的愿望，既可救了他的子婿，又可镇压作乱的饥民。

刘衙内奉了圣旨便赶忙奔赴陈州，当着包拯的面宣读起来。

包拯听后当场问道："赈灾两官员如今何在？"

众差役答道："已经死了。"

包拯又问："饥民首领又在何处？"

众差役答道："尚在狱中。"

包拯宣判道："奉圣旨,两贪官理该处死,不准赦其罪;李大胆之子,为父报仇是为义举,应予释放。"

听了这宣判,刘衙内当场昏厥在地。

放了那伙灾民后,包拯便在陈州按法粜米,久处饥荒的灾民终于得救。

包拯巧取合同

一天,包公受理侄子告伯母骗取合同文、不认亲侄一案。

原来,在东京汴梁西关外定坊有户人家,哥哥刘天祥,娶妻杨氏。这杨氏乃是二婚,带来一个女儿,到刘家后再没生养儿女。弟弟刘天瑞,娶妻张氏,生得一个儿子,取名安住。在安住两岁时,父亲就给他与邻居李社长家的小女儿定了娃娃亲。大嫂杨氏打算待女儿长大后,招个女婿,多分些家产。因此,把刘安住当成眼中钉。

这一年,东京地区大旱,颗粒无收。官府发下明文,让居民分户减口,往他乡逃荒。弟弟天瑞照顾哥哥上了年岁,不宜远行,决定自己携妻儿离乡背井。天祥就请邻居李社长写下两张合同文书,把所有家产全部写在上面,以做日后见证。兄弟俩各执一份,洒泪分别。

天瑞带了妻儿,来到了山西潞州高平县下马村。房东张员外夫妻,为人仗义疏财,虽有许多田产,却无儿无女,见年方3岁的刘安住眉清目秀,乖觉聪明,就收为义子。对天瑞夫妻也像骨肉兄弟一样看待。但是不久,天瑞夫妇染上疫症,几天后相继去世。天瑞临死前掏出一纸合同文,将儿子托付给张员外。

一晃,刘安住18岁了,为使父母尸骨归乡,决定回老家安置。张员外就把合同文书交给他。

刘安住直奔东京汴梁,一路问到刘家门前,只见一位老妇人站在那里。那老妇人正是伯母杨氏,她一心想独占家财,就骗取了刘安住的合同文书,却翻脸不认侄子,反抄起一根木棒,打得安住头破血流。邻居李社长闻声赶出,问刘安住:"那合同书既被她骗走,你可记得上面写的什么吗?"安住一字不差地背了一遍。李社长说:"我是你的岳父李社长。"当下他写了状词,带着安住来到开封府告状。

包拯接了状词,便传令拘刘天祥夫妇到了公堂,责问刘天祥:"你是一家之主,为何只听老婆的话不认亲侄子?"刘天祥回答:"小人侄儿两岁离家,一别十几年,实不敢贸然相认,凭合同文书为证。而今他和我妻一个说有,一个说无,我一时委决不下。"包公又问杨氏,杨氏一口咬定从未见过合同书。包公假意愤然对安住说:"他们如此无情无义,打得你头破血流,大堂上,本官替你做主,你尽管打他们,且消消你这口怨气!"刘安住流泪道:"岂有侄儿打伯父、伯母之理?小人为认亲葬父行孝而来,又不是争夺家产,绝不能做为了出气而责打长辈的事。"包公自有几分明白,对刘天祥夫妇说:"本官明白这小子果然是个骗子,情理难容,改日定将严刑审问。"他令天祥夫妇先回去,而将刘安住押至狱中。第二天,包公一面让衙役四处张扬"刘安住得了破伤风,活不了几天了",一面派差役到山西潞州接来张员外。

几天后,包公传来一行人到公堂。张员外所言句句合情合理,杨氏胡搅蛮缠死不认亲。于是,包公传令带刘安住上堂。不料差人却来禀报:"刘安住病重死在狱中。"众人听罢大惊,只有杨氏喜形于色。包公看在眼里,吩咐差人即刻验尸。一会儿,差人回报:"刘安住因太阳穴被重物击伤致死,伤口四周尚有紫痕迹。"包公说:"这下成了人命案。杨氏,这刘安住是你打死的,如果他是你家亲侄,论辈分你大他小,纵然是打伤致死,不过是教训子侄而误伤,花些钱赎罪,不致抵命。如果他不是你的亲侄,你难道不知道'杀人偿命'吗? 你身犯律条,死罪当斩!"即命左右将杨氏拿下,送到死囚牢中。此时,杨氏吓得面如土色,急忙承认刘安庄确是刘家的亲侄。包公问:"既是你家亲侄,有何证据?"杨氏只好交出那张骗得的合同文书。包公看后,差人叫刘安住上堂。刘安住接过包公寄过的合同文书,连称"青天"。杨氏方知中计。

包公提笔判决此案:表彰刘安住的孝道和张员外的仁义;杨氏本当重罪,准予罚钱赎罪;刘氏家产,判给刘安住继承。

包公三勘蝴蝶梦

　　三兄弟为父复仇这个故事说的是开封府中牟县有户姓王的耕读之家，父亲王老汉有三个儿子，都是读书人。那天王老汉到街市上为儿子们买纸笔，想不到撞上了当地的一个权豪子弟葛彪的马头。这葛彪一贯横行霸道，自称"有权有势尽着使，见官见府没廉耻。若与小民共一般，何不随他戴帽子？"见王老汉撞了他的马，上前一顿痛打，将王老汉活活打死在大街上，还说："这老子诈死赖我，我也不怕；只当房檐上揭片瓦似的，随你哪里告来。"大大方方地就走了。王老汉的妻子王婆听得自己丈夫死于非命，带了三个儿子赶来，正好又碰到喝了酒要回家的葛彪。三兄弟要拉他去见官，葛彪自然不肯，两下里动起手来，葛彪被三兄弟打死。衙门里的公人正好路过，将三兄弟都抓了起来，押进中牟县衙门。中牟县令简单一审，就将王老汉的三个儿子都作为凶手送到上级开封府去了。开封府里的包公一早起来坐早衙，审了一个下属县报上来的偷马贼赵顽驴。把这罪犯打到死囚牢后，包公觉得困倦，就在大堂上打了个盹。他梦见自己在花园里游览，见到一张蜘蛛罗网，花间里飞出一只蝴蝶来，正撞在网中被粘住动弹不得，很快有一只大蝴蝶飞

过来救了它。可是一会儿又有一只小蝴蝶被粘在了,那大蝴蝶飞过来,两次三番只在花丛上飞,却不救那小蝴蝶,扬长飞去了。包公正在诧异,中牟县报来的案件到了。王氏三兄弟被押到了开封府大堂上。包公问:"三个人必有一个为首的。是谁先打死人来?"老大、老二都抢着说是自己打死葛彪的,老三说是葛彪自己肚子疼死的。王婆也抢上来说:"并不干三个孩儿事。当时是皇亲葛彪先打死妾身夫主,妾身疼忍不过,一时乘忿争斗,将他打死。"包公喝令:"胡说!你也招承,我也招承,想是串定的,必须要一人抵命。"下令"着实"拷打。包公问清楚,王家老大名叫王金和,老二叫王铁和,老三叫王石和,"嗨,可知打死人哩!庶民人家,取这等刚硬名字!"包公就试探着问:"是金和打死人来?"王婆赶紧喊冤,说打死人的不是王金和,老大王金和非常孝顺,定罪去抵命的话,"教谁人养活老身"?包公就说,那么叫老二抵命。王婆又喊冤,包公问究竟,王婆说:"第二的小厮会营运生理,不争着他偿命,谁养活老婆子?"包公就试探着说:"这第三的小厮偿命,可中么?"王婆说:"是了。可不道'三人同行小的苦'。他偿命的是。"包公大怒:"眼前放着个前房后继,这两个小厮,必是你亲生的;这一个小厮,必是你乞养来的螟蛉之子,不着疼热,所以着他偿命!"可是这次包公推断错了,王婆一顿哭诉才让包公明白,原来这三个儿子里,只有这个老三是自己亲生的。包公感叹,这才信了古人言"良贾深藏若虚,君子盛德,容貌若愚"(《史记·老子韩非列传》中记载的老子说给孔子听的话,意思是要孔子注意修饰自己的言行,不要过于咄咄逼人,也就是包公检讨自己过于武断的意思)。再联想起刚才梦中所见的大蝴蝶不救那个小蝴蝶的情景,是"天使老夫预知先兆之事,救这小的之命"。包公见王婆情愿让亲生子抵命,也要保全丈夫的长子、次子,"只把前家儿子苦哀矜,倒是自己亲儿不悲痛。似此三从四德可褒封,贞烈贤达宜请俸",感悟到"三番继母弃亲儿,正应着午时一枕蝴蝶梦",于是计上心头,先命令衙役将王家三个儿子都打入死囚牢去。王婆无奈,到街上讨得一些冷饭汤水送到死囚牢里,两个烧饼还先给了老大和老二,百般向牢头禁子求情。老三只是抱着母亲大哭。那边包公派了衙役过来,先后释放了老大王金和、老二王铁和。然后告诉王婆要把老三王石和"盆吊死,替葛彪偿命去。明日早墙底下来认尸"。王婆大哭一场,带了两个儿子天不亮就来领老三的尸首。那边包公下令处死了昨天早上审的那个盗马贼赵顽驴,凌晨时分要老三背着赵顽驴的尸体到坟场。那边王婆及两个儿子也被衙役赶到坟场。一家人在坟场相会。包公也赶来,说明"偷马的赵顽驴,替你偿葛彪之命"。然后宣判:"你一家儿都望阙跪者,听我下断:你本是龙袖娇民,堪可为报国贤臣。大儿去随朝勾当,第二的冠带荣身,石和做中牟县令,母亲封贤德夫人。国家重义夫节妇,更爱那孝子顺孙。今日的加官赐赏,一家门望阙沾恩。"

严拒国舅贿赂

有一个国舅仗着自己是皇亲国戚,贪赃枉法,收受贿赂,无恶不作,赌博更是他的最爱。这个贪官被包公知道了,他要为民除害,就把国舅抓了起来,押回府第。起初,国舅还很不在乎,可当知道是大名鼎鼎的包拯抓了他之后,嚣张的气焰马上不见踪影,跪在地上求饶,并邀请包拯到府中一次,说是自首,其实是想贿赂包拯。但包拯并不知道,还是去了国舅府。到了国舅府,国舅亲自出来迎接,和蔼可亲,全无平时凶恶的样子。国舅与包公坐在花园的石凳上闲聊,聊各种琐事。包公感到很纳闷,聊了一会儿,国舅抬出几只箱子,指着箱子说:"这是一点小意思,请你笑纳。"包拯打开箱子,全是白花花的银子,暗想:莫非国舅不是自首,是想贿赂本官,但还是不露声色地对国舅说:"小人不明白国舅爷的意思。"国舅爷见包拯揣着明白装糊涂,就直言道:"包大人,只要你放过我,不查下去,"他顿了顿,瞥了一眼包拯,继续说道,"这些银子

就全归你所有,另外还有酬谢,金银任你选,姑娘任你挑,包夫人我一定让她吃好住好,养得白白胖胖,少了一根汗毛,你找我算账,荣华富贵永享不尽。你说怎么样?"国舅爷以为包拯一定受不了这种诱惑,满口答应,但包拯的回答让他出乎意料:"国舅,做官只为民,不为财,您说要自首,现在看不是。"说完,包拯大步走出国舅府,回去后秉公处理。

包公选师爷

包公做了开封府尹后,为了使自己的主张能够很好地施行,决定选一名称心的师爷。什么是师爷,就是在府衙帮助做文书工作的人。

包公选师爷的告示一贴出去,汴梁内外、四面八方的文人学士纷纷前来应试。只三四天时间就来了上千人。考试的第一个项目是做文章,由包公出题,让应试的人去做。上千张卷子包公一一亲自过目,从中挑选出了十个文才最高的人。考试的第二个项目是面试,包公要把这十个人一个一个地单独叫进去,随口出题,当面应答。

第一人被叫进来了。这个人对包公毕恭毕敬,唯恐稍有失误,不能入选。他未进门就向包公打躬施礼,进得门来,一步叩一个头,一直叩到包公面前,口中说道:"小人恭听老爷训教。"包公说:"这不是什么训教。你既来本府应试,就请起来入座攀话。"那人说:"小人不敢。"包公说:"哎!叫你起来,你尽管起来。"那人说:"还是跪着听老爷训教。"包公见他这样,也不再勉强,就说:"你的书面文章做得不错。今天老爷我还要对你面试一番。"那人说:"请老爷出题。"包公指指自己的脸说:"你看我长得怎么样?"那人说:"小人不敢放肆。"包公说:"这是考试,恕你无罪。"那人抬头一看包公的面容,哎呀,真是难看死了,头和脸都黑得如烟熏火燎一般,乍一看,简直就像一个黑色的坛子放在肩膀上,两只眼睛大而圆,瞪起来,白眼珠多,黑眼珠少,令人害怕。那人大吃一惊,没想到包府尹长得这么丑陋。他想:我若把他的模样如实讲出来,他一定火冒三丈,别说当师爷,不挨他的狗头铡都算好的。当官的都爱听恭维话,我何不奉承他一番,讨他个欢喜呢!于是嘻嘻一笑说:"啊,老爷长得真是好看极了!方面厚耳,红润润的脸膛,浓眉虎目,格外精神。真是有福的相貌呀!"包公听了,望着他向外摆摆手说:"行了,你回家去吧。"

接着第二个人被叫进来。包公一看。这人漫长脸,白面皮,两颗大眼珠没看人就滴溜溜打转。当包公又拿自己的脸进行面试时,他偷偷溜了包公一眼,不禁倒吸了一口凉气。包公要他应答,他眼珠儿转了几转,满面春风地说道:"哎哟,老爷真是个清官呀!"包公问:"你怎么知道?"他说:"我看老爷长得眼如明星,眉似弯月,面色白里透红,纯粹是副清官相貌啊!"包公一听又好气又好笑,心想:如果照你所说,我这面如锅铁、容貌丑陋的大概就该是贫官喽。真是一派胡言!于是,他不耐烦地对那人向外摆摆手。

包公面试完第九个人时,老家人包兴进来了,问:"老爷,可有如意的?"包公摇摇头叹了一口气说:"眼下还没选上一个。这些人为了讨得我的喜欢,竟然颠倒黑白,胡说八道,如果都像这样拍马溜须、专说瞎话,谁去为百姓办事呀?"包兴说:"忠良难找,你就将就着选一个吧。"包公说:"不行。开封府必须选个实心眼儿人，我宁愿自己多劳，也不能凑合。唤最后一个进来！"

第十个人进来了。只见他坦然地来到包公面前，施礼说："见过老爷。"包公说；"免礼，坐下！"那人坐了。包公说："你的文章做得不错呀！"那人道："老爷，文章做得再好，那只不过是纸面上的东西，不值几个钱。以小人之见，要报效国家，为百姓办好事，第一是要有德，第二才是要才。"包公一听，暗暗称是，便说："老爷我今天当面口试，你要马上回答。"那人道："请老爷出题。"包公说："别的题也没什么意思，就说说我的脸面吧。你看我的容貌如何？"那人向包公打量了一下说道："老爷的容貌嘛……""怎么样啊？""脸形如黑坛，面色似锅底，实在该说是丑陋。"包公一听，故意把脸一沉："嗯！放肆，你怎么这样说起老爷来了？难道不怕我怪罪吗？"那人说："老爷别生气。老爷的脸本来是黑的，难道我说一声'白'它就变白了？老爷长得本来是丑的，难道我说一声'美'就会变美了？老爷若不喜欢听老实话，今后怎能秉公断案，做个清官呢？"包公说："我听人说，容貌丑陋，其心必奸。此话当真吗？"那人说："不然。奸不奸在心而不在貌。只要有忠君爱民之心，报效国家的愿望，就是长得再黑，也会做清官；相反，就是长得再白，也保不住不做贪官。难道老爷没见过白脸奸臣吗？"

包公听完，心中大喜，说："你被选中了！"

赤 桑 镇

东京汴梁城外驿道边,有座长亭,凡是出京公干的官员,都从这里出发登程。

这一天,龙图阁直学士、兼理开封府尹包拯,奉旨去往陈州放粮赈灾,就要启程上路。丞相王延龄和司马赵秉,来为包拯饯行。长亭厅堂内,欢声笑语。差役摆上酒宴,三人就座,互相敬酒。正在这时,王朝进来禀报:"启禀老爷,外面有位包大老爷求见。"赵秉问包拯:"明公,我朝有几个姓包的?""就是学生一人。""为何又来一个姓包的?""想是新上任的官员。来,传话出去,堂上各位大人在此,新上任的官员叫他越城而过。"王朝传话出去,少时又来禀报:"禀老爷,外面的包大老爷一定要见。""叫他报上履历。"王朝又进来回:"外面来人言道:家住江南庐州府合肥县状元桥小包家村,赐进士出身,做过一任岳州府萧山县知县,姓包名勉。"包拯道:"原来是侄男包勉到了,待我出去看看。"

包勉带着差役,正在堂所等候,看见包拯走出来,急忙上前行礼,拜见三叔。包拯问他:"你不在家侍奉母亲,到长亭来做什么?""奉了我母之命,前

343

来与三叔钱行。"包拯叮嘱他："长亭之内，有列位大人在座，讲话要当心，不要胡言乱语。"包勉答应称是。

包拯带领包勉进入厅堂，命与各位大人行礼。王延龄等问："这是何人？""小侄包勉。""原来是令侄大相公。来！看座。"包勉拜谢入座。包拯对王延龄说道："学生此次到陈州放粮，恩师有何教诲？""有些言语要对你讲，我们且到后面叙谈。"说罢，两人告便，向后堂走去。这时，厅堂内只有赵秉和包勉在座。包勉再次向赵秉施礼："卑职参见老大人。"赵秉问道："娃娃，你口称'卑职'，在哪里做过官呢？""做过一任岳州府萧山县知县。"赵秉又问："身为正印知县，升堂理事，可有打官司的？""怎么没有？""都是什么样的官司？""房粮地土，奸情盗案，还有赌博官司。"赵秉问："这赌博官司是怎样问法？""大堂之上，放下两堆荆棘，叫他们去抓。""这手岂不抓烂了？""抓烂了手，他们就不赌了。"赵秉称赞道："哎呀！你包家真是辈辈清官。"包勉摇摇头："哎呀，老大人，这清官难做得很啊！""怎么难做得很呢？"包勉道："不才做了一任知县，任期未满，连我的纱帽带我老婆的裤子都赔在里面了。""哎呀，赔苦了。后来呢？"包勉说着说着就有点忘乎所以："后来我就贪了。""贪了什么？"包勉脱口而出："贪了赃了哇！"赵秉一听，很感兴趣，接着追问："你是怎样的贪法？"包勉说得很有兴致："再有打官司的，大堂之上，放下两个大木桶。""要它有什么用处？"包勉说："原告、被告一齐带上堂来，叫他们往里丢银子。丢满了的算赢，丢不满的算输。""若是两家一齐丢满呢？"包勉说："这也好办。退在二堂，摆上一桌丰盛酒席，请上师爷，与他两家说和，也就完事了。"赵秉问他："娃娃，你的办法不错呀。后来赚了多少银子？""一任未满，赚银十缸。"赵秉又问他："这样的美差，为什么不干了呢？"包勉说："因为贪赃，给撤职了。老大人，方才讲的是几句戏言，不要对我三叔讲，你若对他讲了，我三叔铁面无私，必定把我铡了。"赵秉说："老夫是个心直口快的人，有一句说一句。"包勉一听，顿时浑身冒汗，心说："哎呀，坏了！坏了！"

包拯和王延龄回到前厅，重新入座。赵秉问包拯："明公，令侄大相公口称'卑职'，他曾在哪里为官？""做过一任岳州萧山县知县，娃娃年轻，不会为官。"赵秉语带讥讽："他不会为官？一任知县，任期未满，就赚下银子十缸！"

包拯闻听,心头不由得一震:"就是他?""不是他,难道是老朽不成?"包拯大怒,立刻命人撤去包勉的座位。

包勉一见三叔变脸,把座位给撤了,满不在乎地说道:"三叔,长亭之上,各位大人赐小侄个座位,你为何给撤去?"包拯气愤地说:"别说你的座位,少时连你的站处也没有!"包勉马上顶撞说:"若论国法,没有座位;论起家法,你吃过我母亲的奶,你我还是'兄弟'相称。"包拯怒斥道:"你说的什么话?""你我'兄弟'相称"这句话让包拯怒火上攻,转脸厉声呼喊:"王朝、马汉,将铜铡抬上来!"赵秉和王延龄一看不好,包拯要动刑法,赶忙上前拦阻。包勉在一旁可吓坏了,心想:不该来长亭饯行,这回恐怕性命难保。情急之下,包勉跪倒在赵秉面前,请他给讲个人情。赵秉说:"你三叔铁面无私,只怕人情讲不下来。"包勉说:"不让你老人家白讲,我孝敬你老人家三千两银子。"赵秉见有利可图,便点头说:"看你的造化吧。"于是,他来到包拯面前,"明公,适才令侄大相公说了几句戏言,看在老朽的分上饶了他吧!"包拯说:"他身犯国法,焉能饶恕!"一句话,把赵秉给碰回去了。

赵秉对包勉说:"我给碰回来了。那边有个白胡子老头儿,你求他去吧!"包勉又跑到王延龄面前,跪下哀告,请他给讲个人请。王延龄说:"你三叔铁面无私,只怕这人情讲不下来。""不教你老人家白讲,我孝敬你老人家三千两银子。"王延龄听罢,有些生气:"满口胡言。看你的造化如何?"于是,王延龄来到包拯面前说道:"明公,适才包勉说了几句戏言,看在老朽的面上,将他饶恕了吧!"包拯严肃地说:"恩师,包勉贪赃犯罪,学生怎能徇私枉法?""老朽讲情你也不准么?""学生万难从命。"王延龄转身对包勉无可奈何地说:"你三叔不准人情,你自己哀告去吧!"包勉见二位大人都未讲下人情,无奈只得来到包拯面前,未曾开口,已是泪流满面,哀告道:"三叔,不看僧面看佛面,不看鱼情看水情,鱼情水情全不看,还看我家中还有年迈的老母亲!"一番话,说得包拯心酸难忍,止不住珠泪滚滚,心如刀绞,左右为难:有心饶了他,又怕有人奏本弹劾;忍痛铡了他,就绝了包家后代根苗。想起他母亲、自己的嫂娘,其抚育之恩天高地厚,能忍心让她伤心绝望吗?莫如准下人情,饶恕了他。想到这里,包拯对王延龄说:"看在恩师金面,饶恕了这个畜生。"王延龄十分高兴:"来人,快给大相公松绑!"这一来,包勉死里逃

生,顿时喜形于色,走到包拯和王延龄面前拜谢。转过脸来,他嬉笑着喊:
"来人,把我的衣冠取来,我要回家了!"在一旁的赵秉凑过来问:"娃娃,往哪
里去?"包勉面带得意,漫不经心地说:"我三叔饶恕我了!"赵秉说:"那好,你
拿来吧!""拿什么呀?""拿银子!"包勉理直气壮地说:"人情又不是你老人
家讲下来的,与我要什么银子?"赵秉嘿嘿冷笑一声:"你要回家去?""是的,
我要回家去。""我打发你回老家去!"赵秉转脸就向包拯,"明公,将令侄大相
公饶了吗?"包拯说:"看在大司马的份上,将奴才饶恕了。"赵秉冷冷地说道:
"你不能铡他,你若铡了他,你包家就没有摇钱树了哇!"这句话就像当头一
棒,打得包拯头昏眼花,半天喘不过气来,顿时舌短语塞,半晌才"啊"了一
声——看来不铡包勉是不行了。他想罢,把心一横,高呼:"王朝、马汉,把包
勉铡了!"王朝、马汉扑上前来,把包勉重又捆绑起来,拖出堂外行刑去了。

　　包拯命人用棺木将包勉的尸身装殁好,当时在堂上,眼含痛泪,给嫂娘
修写书信,禀明按律处置包勉的情由,劝嫂娘不要过分伤心悲痛,并向嫂娘
请罪。写好,命王朝送往合肥家中。一切事情料理完毕,包拯辞别饯行的各
位大人,启程前往陈州去了。

　　王朝奉命前往合肥送信,一路行来,不敢耽搁。这一天到达合肥,直奔
状元桥小包村,寻到包府,请院公禀报老夫人,说开封府校尉王朝求见包勉
的母亲。老夫人听说开封府来人,忙传话请进。王朝走进内堂,向老夫人行
礼。老夫人问道:"王朝,你不随大人去往陈州,到此有何事呀?"王朝躬身回
禀:"奉我家大人之命,呈送家书。老夫人请看。"说罢,将书信奉上。老夫人
心中纳闷:包勉已去长亭饯行,难道还有什么事情? 想罢,打开书信观看。
这一看,非同小可,顿时觉得天昏地暗,两眼一闭,就昏厥过去。王朝和院公
赶忙上前扶持,轻声呼唤:"老夫人! 老夫人!"老夫人好半天才缓过气来,心
如刀绞一般,可怜自己的儿子惨死在铡刀之下,恼恨包拯不念叔侄情面,竟
然将自己的侄子处死。只见她浑身颤抖,老泪纵横,摇动着双手,像是要把
儿子一把抓回来,痛苦地哭叫着:"包勉,我的儿啊!"王朝低声劝慰:"请老夫
人保重!"少时,老夫人止住悲痛,怒气不息,厉声问道:"那包拯现在哪里?"
"我家大人前站到达赤桑镇。"老夫人立即命院公速备车辆。王朝和院公问:
"老夫人要往哪里去?""去往赤桑镇,我要找那忘恩负义之人!"盛怒之下,众

人不敢拦阻,只得准备车辆,由王朝和院公护送,一路风尘,径往赤桑镇
行进。

再说包拯率领差役人等,前行抵达赤桑镇,暂时停歇,住进馆驿。连日
来,他的心情沉重,心中思量,王朝将书信送到家中,嫂娘闻到凶讯,必定悲
伤,怎样安慰她才好呢?谁知这时,马汉进来禀报:"启禀大人,吴氏老夫人
来到赤桑,车辆停在馆驿门外。"包拯闻报大吃一惊——怎么嫂娘亲自来到
赤桑!顾不得整理衣冠,他急忙到馆驿门外迎接。老夫人下车,见包拯躬身
侍立在门外,并不理睬,径直往厅堂走去。包拯见嫂娘怒容满面,便小心翼
翼,紧随身后。王朝、马汉搀扶老夫人堂上就座。包拯赶忙向前行礼拜见:
"嫂娘身体安好?"老夫人见包拯垂手侍立面前,不由得怒气上涌,用手指点
骂道:"包拯,你这忘恩负义之人?我命包勉去往长亭为你饯行,谁知你丧尽
天良,将我儿害死。你有何脸面活在人世,快快与我儿偿命!"包拯说道:"请
嫂娘息怒,容小弟细细禀告:包勉在萧山县任上,贪赃枉法,苦害黎民。小弟
居官执掌律法,怎敢欺君罔上。叔侄之情,何曾忘掉?怎奈王法条条,昭然
在目,岂容小弟……"未等包拯把话说完,老夫人气冲冲地说道:"只说你丧
尽天良也就是了!那国法律条尽在你的掌握之中,从轻发落,又有何不可?"
包拯解释说:"小弟也曾有过这种念头,只是这样做是违犯国法的呀!"老夫
人气急败坏,冲口而出:"难道你忘了,我是包勉他的娘!"包拯再三恳求:"请
嫂娘多多体谅小弟的苦衷。"老夫人余怒未消,用手指着包拯,愤愤地说道:
"不要再花言巧语了!你是恩将仇报,忘恩负义,丧尽天良!"说到这里,她止
不住泪眼婆娑,想起了往事,一边哭一边数落着:"想当年,嫂嫂我将你抱养
过来,用奶汁喂大,衣食照料,样样精心,待你如同亲生自养,和包勉俱是一
样。长大成人,教你读书,盼你上进。龙虎之年,进京科考,喜得是你高榜得
中,从此飞黄腾达。到如今,你身在朝堂,执掌国法,想不到,你竟铡死自己
亲侄包勉——看来,你是个人面兽心肠!"

包拯走上前去,搀扶嫂娘坐下,耐心诚恳地劝解道:"请嫂娘暂且息怒,
容小弟禀告。弟自幼蒙嫂娘抚养训教,金玉良言,永远铭记在心,时刻不敢
遗忘。嫂娘训教我,为人须正直,居官要清廉。正义之士,忠良之臣,人人敬
仰;贪赃枉法,祸国殃民,人人唾骂。到如今,弟身居开封府,执掌国法,理应

杀赃官，除恶霸，为民做主，伸张正义。正人先正己，责人宽，责己严，才算是国家栋梁。包勉他犯国法，岂能轻轻放过？弟若徇私情，上欺君，下压民，败坏纲纪，辜负了嫂娘的教导，我还有何面目再见嫂娘！"

听罢包拯一席话，老夫人沉吟半晌，心内反复思量：包拯忠心秉正，公而忘私，不愧是忠良之臣。恨儿子包勉，不该贪赃枉法，按律治罪，理所应当。转念又想：自己偌大年纪，失去终身靠养，活着还有什么意思，不如一死了之。想到这里，她猛然站起身来，就要向墙上撞去。这一突然举动，可吓坏包拯和王朝、马汉等人，赶忙上前护住。包拯更是好言劝慰："请嫂娘不要过分悲伤，要向宽处着想。包勉虽然不在，还有小弟奉养；百年之后，小弟就是戴孝的儿郎！"说罢，他俯身跪倒在嫂娘面前，再一次哀告说，"今天的事情，还求嫂娘宽容放过，小弟还要到陈州去赈济灾荒，那里还有千万灾民嗷嗷待哺啊！"

老夫人见包拯跪在自己面前，所讲赔情话语，都是肺腑之言，句句合情在理，为黎民不徇私情，堪称国之栋梁。那老夫人也是深明大义之人，这时反而觉得自己错怪了他。想到这里，老夫人忙将包拯扶起，转身叫王朝："拿酒来。"王朝捧过杯盘，老夫人语气和缓地说道："敬你这杯酒，聊表嫂嫂我的一片心意。你尽管放心去往陈州放粮，切莫把我挂在心上。"

包拯见嫂娘如此通情达理，体谅自己，足见她明是非、主正义、识大体，是个品质高尚的人。他深受感动，走上前去，向嫂娘深深施礼，恭敬地说道："感谢嫂娘的恩高义广，待小弟放粮回来，我要好好地孝敬嫂娘！"

满天乌云散。包拯如释重负，满怀豪情，吩咐人役起队登程，直奔陈州去了。

庞太师设计害包公

一日,包公上朝办公,下属赵虎闲暇无事,暗自想道:"我何不出城走走呢?"他扮了个客人的模样,悄悄出城,信步行走。正走着,觉得腹中饥饿,便在村头小饭铺内,意欲独酌吃些点心。他刚坐下,要了酒,随意自饮,只见那边桌上有一老头儿,却是外乡形景,满面愁容,眼泪汪汪,也不吃,也不喝,只是瞅着赵爷。赵爷见他可怜,便问道:"你这老头儿瞅俺作甚?"那老者见问,忙立起身来,道:"非是小老儿敢瞧客官。只因腹中饥饿缺少钱钞,见客官这里饮酒,又不好启齿。望乞见怜。"赵虎听了,哈哈大笑,道:"敢情是饿了,这有何妨呢。你便过来,俺二人同桌而食,有何不可。"那老儿听了喜欢,未免脸上有些羞惭。及至过来,赵爷要了点心馍馍,叫他吃。他却一面吃着,一面落泪。赵爷看了,心中不悦,道:"你这老头儿好不晓事。你说饿了,俺给你吃。你又哭些什么呢?"老者道:"小老儿有心事,难以告诉客官。"赵爷道:"原来你有心事,这也罢了。我且问你,你姓什么?"老儿道:"小老儿姓赵。"赵虎道:"哎哟!原来是当家子。"老者又接着道:"小老儿姓赵名庆,乃是管城县的承差。只因包三公子太原进香……"赵虎听了道:"什么包三公子?"老者道:"便是当朝丞相包相爷的侄儿。"赵虎道:"哦,哦!包三公子进香,怎么样?"老者道:"他故意绕走苏州,一来为游山玩水,二来为勒索州县的银两。"赵虎道:"竟有这等事!你讲,你讲。"老者道:"只因路过城县,我家老爷派我预备酒饭,迎至公馆款待。谁想三公子说铺垫不好,预备的不佳,他要勒索程仪三百两。我家老爷乃是一个清官,并无许多银两,又说小人借水行舟,希图这三百两银子,将我打了二十板子。幸喜衙门上下俱是相好,却未打着。后来见了包三公子,将我吊在马棚,这一顿马鞭子打得却不轻。还是应了另改公馆,孝敬银两,方将我放出来,小老儿一时无法,因此脱逃。意欲到北京寻找一个亲戚，不想投亲不着，只落得有家难奔，有国难投。衣服典当已尽，看看不能糊口，将来难免饿死，做定他乡之鬼呀！"

赵虎听至此，又是心疼赵庆，又是气恨包公子，恨不得立刻拿来，出这口恶气。他对赵庆道："老人家，你负此沉冤，何不写个诉呈在上司处分诉呢？"且说赵虎暗道：我家相爷赤心为国，谁知他的子侄如此不法。我何不将他指引到开封府，看我们相爷怎么办理？是秉公呵，还是徇私呢？想罢，他道："你正该写个呈子分诉。"赵庆道："小老儿上京投亲，正为递呈分诉。"赵虎道："不知你想在何处去告呢？"赵庆道："小老儿闻得大理寺文大人那里颇好。"赵虎道："文大人虽好，总不如开封府包太师那里好。"赵庆道："包太师虽好，唯恐这是他本家之人，未免要有些祖护，于事反为不美。"赵虎道："你不知，包太师办事极其公道，无论亲疏，总要秉正除奸。若在别人手里告了，他倒可托人情，或者官府做个人情，那倒有的。你要在他本人手里告了，他便得秉公办理，再也不能偏向的。"赵庆听了有理，便道："既承指教，明日就在太师跟前告就是了。"赵虎道："你且不要忙。如今相爷现在场内，约于五日后，你再进城，拦轿呈诉。"当下叫他吃饱了，却又在兜肚里摸出半锭银子来，道："这还有五六天工夫呢，莫不成饿着吗？拿去做盘费用吧。"赵庆道："小老儿既蒙赏吃点心，如何还敢受赐银两？"赵虎道："这有什么要紧？你只管拿去。你若不要，俺就恼了。"赵庆只得接过来，千恩万谢地去了。

赵虎见赵庆去后，自己又饮了几杯，才出了饭铺，也不访查了，便往旧路归来。他心中暗暗盘算，倒替相爷为难。此事若接了呈子，生气是不消说了，只是如何办法呢？自己又嘱咐："赵虎呀，赵虎！你今日回开封府，可千万莫露风声。这是要紧的呀。"他虽如此想，哪里知道凡事不可预料。他若是将赵庆带到开封府，倒不能错，谁知他又细心来了，这才闹得错大了呢。

赵虎在开封府等了几天，却不见赵庆鸣冤，心中暗暗辗转道："那老儿说是必来，如何总未到呢？难道他是个诓嘴吃的？若是如此，我那半锭银子花得才冤呢。"

你道赵庆为何不来？只因他过了五日，这日一早赶进城来。正走在热闹丛中，忽见两旁人一分，嚷道："闪开，闪开。太师爷来了，太师爷来了。"赵庆听见"太师"两字，便刹住脚步，等着轿子临近，便高举呈词，双膝跪倒，口中喊道:"冤枉呀,冤枉!"只见轿子打杵,有人下马接过呈子,递入轿内。不多时,只听轿内说道:"将这人带到府中问去。"左右答应一声,轿夫抬起轿来,如飞地竟奔庞府去了。

你道这轿内是谁? 却是太师庞吉。这老奸贼得了这张呈子,如拾珍宝一般,立刻派人请女婿孙荣与门生廖天成。及至二人来到,老贼将呈子与他等看了,只乐得手舞足蹈,以为这次可将包黑参倒了。他又将赵庆叫到书房,好言好语,细细地审问了一番。大家商议,缮起奏折,预备明日呈递,又暗暗定计,如何行文搜查勒索的银两,如何到了临期,使他再不能更改。庞吉洋洋得意,乐不可言。

至次日,圣上临殿。庞吉出班,将折子谨呈御览。圣上看了,心中有些不悦,立刻宣包公上殿,便问道:"卿有几个侄儿?"包公不知圣意,只得奏道:"臣有三个侄男。长次俱务农,唯有第三个却是生员,名叫包世荣。"圣上又问道:"你这侄儿,可曾见过没有?"包公奏道:"微臣自在京供职以来,并未回家。唯有臣的大侄儿见过,其余二侄、三侄俱未见过。"仁宗点了点头,便将此折递与包卿看。包公敬捧过一看,连忙跪倒,奏道:"臣子侄不肖,理应严拿,押解来京,严加审讯。臣有家教不严之罪,也当从重究治。仰恳天恩,依律施行。"奏罢,便匍匐在地。圣上见包公毫无遮饰之词,又见他惶愧至甚,圣心反觉不安,道:"卿家日夜勤劳王事,并未回家,如何能够知道家中事体? 卿且平身。俟押解来京时,朕自有道理。"包公叩头,平身归班。圣上即传旨意,立刻行文,着该府州县无论包世荣行至何方,立即押解,驰驿来京。

此钞一发,如星飞电转,迅速之极。不一日,便将包三公子押解来京。刚到城中热闹丛中,见壁厢一骑马飞也似的跑来,相离不远,将马收住,滚鞍下来,便在旁边屈膝道:"小人包兴奉相爷钧谕,求众押解老爷略留情面,容小人与公子微述一言,再不能久停。"押解的官员听是包太师差人前来,谁也不好意思,只得将马勒住,道:"你就是包兴么? 既是相爷有命,容你与公子见面就是了。但你主仆在哪里说话呢?"那包兴道:"就在这边饭铺吧。不过三言两语而已。"这官员便吩咐将闲人逐开。此时看热闹的人山人海,谁不知包相爷的人情到了。又见这包三公子人品却也不俗,同定包兴进铺,自有差役暗暗跟随。不多会,便见出来。包兴又见了那位老爷,屈膝跪倒,道:

"多承老爷厚情,容小子与公子一见。小人回去必对相爷细禀。"那官儿也只得说:"给相爷请安。"包兴连声答应,退下来,抓鬃上马,如飞地去了。

这里押解三公子的先到兵马司挂号,然后到大理寺听候纶音。谁知此时庞吉已奏明圣上,就交大理寺,额外添派兵马司都察院三堂会审。圣上准奏。

你道此贼又添此二处为何? 只因兵马司是他女婿孙荣,都察院是他门生廖天成,全是老贼心腹。唯恐交文彦博审的袒护,故此添派二处。他哪里知道文老大人忠正办事,毫无徇私呢。

不多时,孙荣、廖天成来到大理寺与文大人相见。皆系钦命,难分主客,仍是文大人居了正位,孙、廖二人两旁侧坐。喊了堂威,便将包世荣带上堂来,问他如何进香,如何勒索州县银两。包三公子因在饭铺听了包兴之言,说相爷已在各处托嘱明白,审讯之时不必推诿,只管实说,相爷自有救公子之法,因此便道:"生员奉祖母之命太原进香,闻得苏杭名山秀水极多,莫若趁此进香就便游玩。只因路上盘川缺少,先前原是在州县借用。谁知后来他们俱送程仪,并非有意勒索。"文大人道:"既无勒索,那赵显谟如何休致?"包世荣道:"生员乃一介儒生,何敢妄干国政。他休致不休致,生员不得而知。想来是他才力不佳。"孙荣便道:"你一路逢州遇县,到底勒索了多少银两?"包世荣道:"随来随用,也不记得了。"

正问至此,只见进来一个虞候,却是庞太师寄了一封字儿,叫面交孙姑老爷的。孙荣接来看了,道:"这还了得! 竟有如此之多。"文大人便问道:"孙大人,却是何事?"孙荣道:"就是此子在外勒索的数目。家岳已令人暗暗查来。"文大人道:"请借一观。"孙荣便道:"请看。"递将过去。文大人见上面有各州县的消耗数目,后面又见有庞吉嘱托孙荣极力参奏包公的话头。看完了也不递给孙荣,便拢入袖内,望着来人说道:"此系公堂之上,你如何擅敢妄传书信,是何道理? 本当按搅乱公堂办理,念你是太师的虞候,权且饶恕。左右与我用棍打出去!"虞候吓了个心惊胆战,左右一喊,连忙逐下堂去。文大人将孙荣道:"令岳做事太率意了。此乃法堂,竟敢遣人送书,于理说不过去罢?"孙荣连连称"是",字柬儿也不敢往回要了。

廖天成见孙荣理曲,他却搭讪着问包世荣道:"方才押解回禀,包太师曾命人拦住马头要见你说话，可是有的？"包世荣道："有的。无非告诉生员不必推诿，总要实说，求众位大人庇佑之意。"廖天成道："那人叫什么名字？"包世荣道："叫包兴。"廖天成立刻吩咐差役，传包兴到案，暂将包世荣带下去。

不多时，包兴传到。孙荣一肚子闷气无处发挥，如今见了包兴，却做起威来，道："好狗才！你如何擅敢拦住钦犯，传说信息！该当何罪？讲！"包兴道："小人只知伺候相爷，不离左右，何尝拦住钦犯，又胆敢私传信息？此事包兴实实不知。"孙荣一声断喝，道："好狗才！还敢强辩！拉下去，重打二十。"可怜包兴无故遭此惨毒，二十板打得死而复苏，心中想道："我跟了相爷多年，从来没受过这等重责。相爷审过多少案件，也从来没有这般蛮打。今日活该，我包兴遇见对头了。"早已横了心，再不招认此事。孙荣又问道："包兴，快快招上来。"包兴道："实在没有此事，小人一概不知。"孙荣听了，怒上加怒。吩咐："左右，请大刑。"只见左右将三根木往堂上一摆。包兴虽是懦弱身躯，却是雄心豪气，早已把死付于度外。何况这样刑具，他是看惯的了，全然不惧，反冷笑道："大人不必动怒。大人既说小人拦住钦犯，私传信息，似乎也该把我家公子带上堂来，质对质对才是。"孙荣道："哪有工夫与你闲讲，左右与我夹起来。"

文大人在上实在看不过，听不上，便叫左右把包世荣带上，当面对证。包世荣上了堂，见了包兴，看了半天，道："生员见的那人，虽与他相仿，只是黑瘦些，却不是这等白胖。"孙荣听了自觉有些不妥。忽见差役禀道："开封府差主簿公孙策赍有文书，当堂投递。"文大人不知何事，便叫领进来。公孙策当下投了文书，在一旁站立。文大人当堂开封，将来文一看，笑容满面，对公孙策道："他三个俱在此么？"公孙策道："是。现在外面。"文大人道："着他们进来。"公孙策转身出去。文大人方将来文与孙、廖二人看了，两个贼登时就目瞪痴呆，面目更色，竟不知如何是好。

不多时，只见公孙策领进了三个少年，俱是英俊非常，独有第三个尤觉清秀。三个人向上打恭。文大人立起身来，道："三位公子免礼。"大公子包世恩，二公子包世勋却不言语，独有三公子包世荣道："家叔多多上覆文老伯。叫晚生亲至公堂，与假冒名的当堂质对。此事关系生员的名分，故敢冒昧直陈，望乞宽宥。"

不料大公子一眼看见当堂跪的那人，便问道："你不是武吉祥么？"谁知那人见了三位公子到来，已然吓得魂不附体，如今又听大爷一问，不觉抖衣而战，哪里还答应的出来呢。文大人听了，问道："怎么，你认得此人么？"大公子道："他是弟兄两个，他叫武吉祥，他兄弟叫武平安。原是晚生家的仆从，只因他二人不守本分，因此将他二人撵出去了。不知他为何又假冒我三弟之名前来？"文大人又看了看武吉祥，面貌果与三公子有些相仿，心中早已明白，便道："三位公子请回衙署。"又向公孙策道，"主簿回去，多多上覆阁台，就说我这里即刻具本覆奏，并将包兴带回，且听纶音便了。"三位公子又向上一躬，退下堂来，公孙策扶着包兴，一同回开封府去了。

且说包公自那日被庞吉参了一本，始知三公子在外胡为，回到衙中，又气又恨又惭愧。气的是大老爷养子不教；恨的是三公子年少无知，在外闯此大祸，恨不能自己把他拿住，依法处置；所愧的是自己励精图治、为国忘家，不想后辈子侄不能恪守家训，以致生出事来，使他在大廷之上磕头请罪，真真令人羞死。从此后，自己有何面目忝居相位呢？越想越烦恼。这些日子连饮食俱各减了。

后来又听得三公子解到，圣上派了三堂会审，便觉心上难安。偏偏又把包兴传去，不知为着何事。正在局促不安之时，忽见差役带进一人，包公虽然认得，一时想不起来。只见那人朝地跪倒，道："小人包旺，与老爷叩头。"包公听了，方想起来是包旺，心中暗道，他必是为三公子之事而来。他暂且按住心头之火，问道："你来此何事？"包旺道："小人奉了太老爷、太夫人之命，带领三位公子前来与相爷庆寿。"包公听了，不觉诧异，道："三位公子在哪里？"包旺道："少刻就到。"包公便叫李才同包旺在外立等："三位公子到了，急刻领来。"二人领命去了。包公此时料到这事有些蹊跷了。

少时，只见李才领三位公子进来。包公一见，满心欢喜。三位公子参见已毕，包公搀扶起来，请了父母的安好，候了兄嫂的起居。又见三人中，唯有三公子相貌清奇，更觉喜爱，便叫李才带领三位公子进内，给夫人请安。包公既见到了三公子，便料定那个是假冒的了。他立刻请公孙先生来，告诉了此事，急办文书，带领三位公子到大理寺当面质对。

此事展爷与三义士四勇士俱各听见了。唯有赵虎暗暗更加欢喜。展南

侠便带领三义四勇来到书房，与相爷称贺。包公此时把连日闷气登时消尽，见了众人进来，更觉欢喜畅快，便命大家坐了。他又将此事测度了一番，然后又问了问这几日访查的光景，俱各回言并无下落。还是卢方忠厚心肠，立了个主意，道："恩相为此事甚是焦心，而且钦限又紧，莫若恩相再遇圣上追问之时，且先将卢方等二人奏知圣上，一来且安圣心，二来理当请罪。如能觳讨下限来，岂不又缓一步么？"包公道："卢义士说的也是，且看机会便了。"正说间，公孙策带领三位公子回来，到了书房参见。

且说公孙策与三位公子回来，将文大人之言一一禀明。大公子又将认得冒名的武吉祥也回了。唯有包兴一瘸一拐，见了包公，将孙荣蛮打的情节说了一遍。包公安慰了他一番，叫他且自歇息将养。众人彼此见了三位公子，也就告别了。来至公厅，大家设席与包兴压惊。里面却是相爷与三位公子接风洗尘，就在后面同夫人、三位公子，叙天伦之乐。

单言文大人具了奏折，连庞吉的书信与开封府的文书，俱各随折奏闻，天子看了，又喜又恼。喜的是包卿子侄并无此事，恼的是庞吉屡与包卿作对，总是他的理亏。如今索性与孙荣等竟成朋党，全无顾忌，这不是有意要陷害大臣么？便将文彦博原折案卷人犯，俱交开封府问讯。包公接到此旨，看了案卷,升堂。他略问了问赵庆,将武吉祥带上堂来,一鞠即服。又问他:"同事者有多少人?"武吉祥道:"小人有个兄弟名叫武平安,他原假充包旺,还有两个伴当。不想风声一露,他们就预先逃走了。"包公因庞吉私书上面,有查来各处数目,不得不问,果然数目相符。又问他:"有个包兴曾给你送信,却在何处?说的是何言语?"武吉祥便将在饭铺内说的话一一回明。包公道:"若见了此人,你可认得么?"武吉祥道:"若见了面,自然认得。"包公叫他画招,暂且收监。包公问道:"今日值班的是谁?"只见下面上来二人,跪禀道:"是小人江樊、黄茂。"包公看了,又添派了马步快头耿春、郑平二人,吩咐道:"你四人前往庞府左右细细访查。如有面貌与包兴相仿的,只管拿来。"四个人领命去了。包公退堂来至书房,请了公孙先生来,商议具折覆奏,并定罪名处分等事不表。

且言领了相谕的四人,暗暗来到庞府,分为两路细细访查。及至两下里四个人走到对头,俱各摇头。四人会意,这是没有的缘故。彼此纳闷,可往哪里寻呢?真真事有凑巧,只见那边来了个醉汉,旁边有一人用手相搀,恰恰的仿佛包兴。四人喜不自胜,就迎了上来。只听那醉汉道:"老二呀!你今儿请了我了,你算包兴兄弟了,你要是不请我呀,你可就是包兴的儿子了。"说罢,哈哈大笑。又听那人道:"你满嘴里说的是什么?喝点酒儿混闹。这叫人听见是什么意思。"说话之间,四人已来到跟前,将二人一同获住,套上铁链,拉着就走。这人吓得面目焦黄,不知何事。那醉汉还胡言乱语地讲交情过节儿,四个人也不理他。及至来到开封府,着二人看守,二人回话。

包公正在书房与公孙先生商议奏折,见江樊、耿春二人进来,便将如何拿的一一禀明。包公听了,立刻升堂,先将醉汉带上来,问道:"你叫什么名字?"醉汉道:"小人叫庞明,在庞府账房里写账。"包公问道:"那一个他叫什么?"庞明道:"他叫庞光,也在庞府账房里。我们俩是同手儿伙计。"包公道:"他既叫庞光,为何你又叫他包兴呢?讲!"庞明说:"这个……那个……他是什么件事情?他是那么……这么件事情呢……"包公吩咐:"掌嘴。"庞明忙道:"我说,我说。他原当过包兴,得了十两银子。小人才呕着他,喝了他个酒儿。就是说兄弟咧、儿子咧,我们原本玩笑,并没有打架拌嘴,不知为什么就把我们拿来了?"包公吩咐,将他带下去,把庞光带上堂来。包公看了,果然有些仿佛包兴,把惊堂木一拍,道:"庞光,你把假冒包兴情由,诉上来。"庞光道:"并无此事呀。庞明是喝醉了,满口胡说。"包公叫提武吉祥上堂当面认来。武吉祥见了庞光道:"合小人在饭铺说话的,正是此人。"庞光听了,心下慌张。包公吩咐:"拉下去,重打二十大板。"打得他叫苦连天,不能不说,便将庞吉与孙荣、廖天成在书房如何定计说了出来。"恐包三公子不应,故此叫小人假扮包兴,告诉三公子只管应承,自有相爷解救。别的小人一概不知。"包公叫他画了供,同武吉祥一并寄监,俟参奏下来再行释放。庞明无事,叫他去了。

包公仍来至书房,将此事也叙入折内,定了武吉祥御刑处死。"至于庞吉与孙荣、廖天成定阴谋,拦截钦犯,传递私信,皆属挟私陷害。臣不敢妄拟罪名,仰乞圣听明示,睿鉴施行。"此本一上,仁宗看毕,心中十分不悦,即明发上谕:"庞吉屡设奸谋,频施毒计,挟制首相,谗害大臣,理宜贬为庶民,以惩其罪;姑念其在朝有年,身为国戚,着仍加恩赏太师衔,赏食全俸,不准入朝从政。倘再不知自励,暗生事端,即当从重治罪。孙荣、廖天成阿附庞吉结成党类,实属不知自爱,俱着降三级调用。余依议。钦此。"此旨一下,众人无不称快。包公奉旨,用狗头铡将武吉祥正法。庞光释放。赵庆也着他回去,额外赏银十两。立刻行文到管城县,赵庆仍然在役当差。

此事已结。包公便庆寿辰。圣上与太后俱有赏赍。至于众官祝贺,凡送礼者俱是璧回。众官也多有不敢送者,因知相爷为人忠梗无私。

注:本故事根据《三侠五义》整理而成,与戏曲《铡包勉》《赤桑镇》内容不同。《三侠五义》包公的侄子叫包世荣,戏曲里改编叫包勉;《三侠五义》是庞太师设计陷害包公,戏曲里的包勉果真违法;《三侠五义》里此段是在五鼠闹东京的时候,戏曲里是陈州放粮的时候;《三侠五义》里包三公子是被冒名冤枉的,最后洗清了罪名,戏曲里为突出包公的大公无私,包公子被铡。

铡　美　案

　　北宋年间,河南陈家庄有一户人家。丈夫名叫陈世美,妻子叫作秦香莲,堂上双亲,膝下一双儿女。虽是小康人家,日子也过得去。

　　这陈世美是个读书人,自小饱读诗书,满腹经纶,一心想赶考做官,把家务事全推给秦香莲。好一个贤惠的秦香莲,上敬父母高堂,下抚一双儿女,还时常关照夫君,一家重担挑在肩上,从无一点怨言,把这个家里内外上下整理得井井有条。

　　公婆都夸她是个贤惠的好媳妇,陈世美也心喜有一个贤内助,儿女都说她是位好母亲。一个家庭在秦香莲照料下,日子过得和和美美。

　　大考的年头,陈世美拜别双亲、妻子与儿女,来到京城应试。陈世美上京赶考,一去三年无音信。秦香莲在家里含辛茹苦,穷耕苦织,奉养公婆和抚育儿女。不料连年灾荒,公婆都饿死了。秦香莲草草埋葬了两个老人,然后带着儿子冬哥和女儿春妹,一路跋山涉水,沿途求乞,到京城(汴梁)来找寻自己的丈夫。

　　功夫不负有心人,陈世美一下子考中了状元,身价一下子变了,心也同时变了。皇帝见状元郎一表人才,就决定招他为驸马。

　　为了当上驸马爷,陈世美编造了一套谎话,说什么自幼父母双亡,一直苦读诗书,并无婚配,等等。看来,真是不说假话办不成大事,陈世美一通假话,骗过皇帝,顺顺当当地做上了驸马爷。

　　住在豪华的驸马府,白天有数十名童仆丫鬟侍候,晚上有娇滴滴的金枝玉叶陪眠,吃的是山珍海味,穿的是绫罗绸缎,陈世美过上了神仙般的生活,什么父母呀、妻子呀、儿女呀,统统都被他抛到爪哇国去了。

　　陈世美一走,几年没有一丝音信,父母天天盼儿子,秦香莲也日夜望夫君早日回归,他们哪里知道,在陈世美的档案中,父母早已是死掉的亡魂,妻子也是不存在的幽灵。

接着出现两年大旱,陈世美父母相继去世,秦香莲安葬好公婆后,闻听陈世美在京城做了大官,家乡也实在活不下去了,只好带着一对儿女千里迢迢来到京城。

秦香莲到京城的第一天,就从客店店主张元龙的口中打听到陈世美已经中了状元,并且被招为驸马。香莲听到这个消息以后,又喜又惊:喜的是丈夫的下落已明,惊的是陈世美做了驸马。第二天早晨,张元龙带着秦香莲母子三人到驸马府——紫墀宫找陈世美,但陈世美却不让他们进宫。

一到门前,守门的狗腿子见秦香莲一身烂破,又听她说要见丈夫陈世美,就狗眼看人,认定秦香莲是冒认官亲,又是打又是骂,要赶走他们母子三人。恰巧陈世美这时出府,一见秦香莲与自己的儿女,心中不由得一惊。秦香莲见到陈世美,大喊:"相公!相公!"儿女一见父亲,一齐喊起:"爹爹!爹爹!"哪里料道,陈世美脸色一黑,气急败坏地大骂门差:"你们怎么让一个疯妇到驸马府来捣乱!马上给我乱棍打走!"可怜的秦香莲,竟在亲夫唆使的狗腿子的棍棒下,被赶走了。一霎时,真是天黑地暗,秦香莲似跌入万丈深渊,多想一死了之啊!但见一双幼小的儿女,秦香莲还得活下去。

后来,由于门官的帮助,秦香莲才闯进宫去。在紫墀宫里,秦香莲见到了离别三年的丈夫。陈世美不肯收留香莲母子,要把他们撵出宫去。当时,秦香莲心中虽然很痛苦,但仍然向陈世美诉说家乡连遭灾荒和公婆双双饿死的不幸,希望陈世美能认下妻子儿女。面对着父母恩、夫妻情、儿女爱,陈世美也稍有触动,但当他一摸到自己头上戴的乌纱帽和身上穿的蟒龙袍,想到了与皇姑成婚后的荣华富贵,便又狠心地把秦香莲母子赶出宫去。秦香莲被赶出宫后,在街上遇见了三朝元老、宰相王延龄朝罢回府,便拦轿控告陈世美。王延龄很同情秦香莲的遭遇,便给她出了一条计策,叫香莲假扮作一个卖唱的,在陈世美寿诞之日入宫唱诉。

香莲到京的第三天,正是陈世美寿辰之日,紫墀宫张灯结彩,鼓乐齐奏,贺客满堂。宰相王延龄亦借贺寿为名,带着香莲进宫去在筵席前卖唱。尽管秦香莲一字一泪地哭诉自己的身世和家庭的苦难,以致泣不成声,尽管王

　　延龄在旁多方婉言相劝,但陈世美却是狗肺狼心,无动于衷,他不但数次想将香莲赶出宫去,并且出言冲撞了王延龄。王延龄在盛怒之下,将自己的一把白纸扇交给秦香莲,嘱她到开封府府尹包拯处去告状。陈世美见王延龄气冲冲走出宫去,怕对自己不利,于是一面传话州司衙门,将香莲母子赶出京城,一面又派遣宫中武士韩祺去追杀香莲、冬哥和春妹,企图灭口。

　　在京城郊外的一所古庙中,韩祺找到了秦香莲母子三人。但经过香莲的诉述以后,韩祺才恍然大悟:原来要杀的并不是陈世美的什么仇人,而是陈世美的妻子儿女! 韩祺左右为难:要杀香莲母子吧,不忍心下手;不杀吧,钢刀上又没有血迹做回证。最后,为了不昧良心,不背正义,韩祺放走了秦香莲母子,自己引刀自刎而死。香莲悲愤交加,咬牙切齿痛恨陈世美的恶行,她拿起了钢刀,急奔开封府去告状。这时候,开封府府尹包拯正从陈州放粮回来,一面让秦香莲去写状子,一面叫王朝去骗陈世美到开封府来。陈世美带上了尚方宝剑,气焰千丈地来与包拯相见。起初,包拯还正言相劝他认下香莲。陈世美却全不领情,不但坚决不认,并且倚仗皇权欺人。包公见陈世美执迷不悟,便传令击鼓升堂。在公堂上,秦香莲理直气壮地控诉了陈世美忘却父母、不认妻儿、杀妻灭子三大罪状,铁证如山。但陈世美却仗势不受开封府的审理,且想在公堂上行凶杀害秦香莲。包拯忍无可忍,便喝令刽子手打落陈世美头上的乌纱帽,剥去他的蟒龙袍,用法绳把他捆绑了起来。跟随陈世美来的内侍见势不好，急忙跑回宫去报信。皇姑闻讯大惊，连忙摆了车辇，赶到开封府来讨人。但包拯却坚持不放陈世美，一定要为民申冤。皇姑没有办法，只得回转车辇，去请她的母后。国太到了开封府，用威胁利诱都吓不倒包拯，便蛮不讲理，强夺冬哥和春妹，并且耍赖：不放陈驸马，就坐守开封府不回宫。包拯见国太变了脸，左右为难，无可奈何，只得捧过自己的俸银三百两赠予香莲，劝她与儿女回家。秦香莲有冤无处诉，怨包拯也是个官官相护的人，并且退回银两。包拯听了香莲的话，愧愤交加。他宁愿弃官丢职，也要为香莲申冤。包拯不顾国太与皇姑的阻止，一手摘下头上的乌纱帽喝令开斩！这个贪图荣华富贵、狠心杀妻灭子的陈世美，终于死在铁面无私的包拯的虎头铡下！

包大人执法如山，不怕丢乌纱，硬是顶着国太、公主的天大压力，杀了那负心欺君的陈世美，演出一幕流传千古的"铡美案"。

打 龙 袍

北宋仁宗年间,陈州饥荒,数万灾民流离失所,安乐侯庞昱奉旨赈灾,却私吞赈银,克扣赈粮,强掳民女,欺压灾民。庞昱乃是太师庞吉之子,仁宗宠妃之弟,不学无术,全仗父、姐之荫得以官居要职。灾民难抗权贵终致民怨沸腾。

开封府府尹包拯公正廉明素有青天之誉,奉旨督赈来到陈州。明察暗访取得罪证之后命展昭将庞昱缉捕,包拯请出御赐龙头铡刀将之正法,并随即放粮赈灾。展昭本是江湖豪杰,人称"南侠",感佩包拯忠义清正之风毅然投效,仁宗赐封御前四品带刀护卫并赐"御猫"封号,谁知却惹恼陷空岛五鼠。锦毛鼠白玉堂虽居五鼠之末却武功最高,生就心高气傲不肯服人。他夜闯禁宫盗走仁宗心爱玉佩,并留书欲激展昭前往较技,仁宗震怒命王丞相立即通知包拯追佩擒贼。包拯得讯后本欲调兵围剿,展昭却深知必须以江湖手段方可追回,于是自请孤身独闯陷空岛。经过公孙策的分析后,包拯方才应允,于是展昭直奔陷空岛,包拯一行则启程返京。

五鼠虽在江湖却颇具侠名义风,钻天鼠卢方为五鼠之首,身怀轻功绝技,行事稳健;彻地鼠韩彰精通火药地雷之术,为人粗犷率直;穿山鼠徐庆天生神力,细心冷静;翻江鼠蒋平水性奇佳,个性诙谐。五鼠同声一气,义结金兰,虽对白玉堂盗宝之举不以为然,碍于手足之情只得同仇敌忾等候展昭上门。

包拯等人行至草州桥夜宿天齐庙,次日放告却意外引出一桩惊天动地的陈年旧案,揭开三十年前不为人知的宫闱秘密骇人阴谋。原来当真宗皇帝在位之时,金华宫刘妃与玉宸宫李妃均获真宗宠爱且同时怀有身孕,真宗允诺先产皇子者立为太子,且母因子贵册立为皇后。李妃生性淡泊,刘妃却热衷权势,偏偏李妃先产下太子,刘妃嫉妒之余心生毒计,竟唆使金华宫总管太监郭槐以剥去皮毛之狸猫换去新生婴儿,谎称李妃产下怪物。真宗不察,震怒下将李妃打入冷宫。郭槐为掩盖阴谋,命人将所收买之产婆尤氏杀死灭口,并命金华宫承御宫女寇珠将婴儿掐死掩埋。寇珠虽是刘妃心腹却心怀不忍,适巧首领太监陈琳奉旨采摘御果送八王爷寿礼,行经宫院时寇珠将之拦下。陈琳乍闻此事震惊不已,乃将婴儿暗藏宫盒之中夹带出宫,直奔南清宫八王爷府禀告八王爷。八王爷深知宫闱斗争极为凶险,若揭发此案非但真宗未必采信,甚至会令小太子置身险境而遭不测,于是决定趁王妃狄娘娘早产胎儿夭亡,将小太子假称亲子留在府中抚养,待时机适当再行揭露真相。

不久,刘妃亦产下一子,被立为太子,真宗封刘妃为后。谁知太子五岁不幸夭折,太子之位再度虚悬,真宗欲由诸王皇子之中择人而任,八王爷趁机将历劫逃生之李妃亲子送入宫中为太子,亦即如今的仁宗皇帝。仁宗七岁入宫当日便误闯冷宫巧遇李妃,母子虽对面不识却颇为投缘,李妃将当年真宗所赐玉佩赠予仁宗。八王爷知晓后告诫仁宗不得将玉佩轻易示人,仁宗听命贴身收藏。八王爷不忍李妃思子心切,暗命陈琳前往冷宫说明原委,李妃欣喜若狂却不敢声张,自此每夜焚香为仁宗祈福。寇珠心知李妃乃是受人诬陷,于是常借机偷入冷宫探视,不料却被郭槐知悉而疑心大起,逼问寇珠当年是否听命将小太子处死,并欲挖掘埋尸之处证实。寇珠唯恐受刑不过而招供,在刘妃、郭槐面前撞柱自尽。

刘妃欲斩草除根,利用李妃夜晚焚香祈福向真宗诬告,谓李妃以邪术诅咒真宗。真宗大怒,令陈琳降旨将李妃赐死。陈琳与冷宫总管秦凤商议,以太监余忠假冒替死并助李妃逃出宫去。为防郭槐查出真相,秦凤火烧冷宫慷慨牺牲,刘妃、郭槐不疑有他而自认阴谋得逞。李妃逃出宫后接应之人却因病身亡以致流落民间,更因思念仁宗哭瞎双眼寄身寒窑。包拯在天齐庙放告意外将二十多年冤屈查明,震惊之余假称李妃为失散多年远亲,带回开封府医治眼疾,实则欲查明实情后翻案平反。

展昭独闯陷空岛,凭武功气度慑服五鼠,白玉堂交回玉佩认错服输,展昭及时回京交佩,包拯进宫复旨。包拯知白玉堂本无犯上之意力谏,仁宗特赦,并请允许白玉堂戴罪立功,仁宗勉强同意。

为追查狸猫换太子一案,包拯派张龙、赵虎将已告老退隐的陈琳接送回京,并令五鼠随同保护,一则确保陈琳安全,再则让白玉堂借机将功折罪。与此同时,包拯将李妃带往南清宫面见八王爷,此时八王爷方知李妃逃过一劫仍在人世。若依八王爷之意,立即进宫向仁宗说明一切,母子相认,包拯则力主待陈琳回京问明详情后再议。八王爷亦顾念仁宗恐难接受事实,若是证据确凿较为有利故而应允,谁知李妃离府之时竟被来访郭槐撞见。

事隔二十年郭槐本难辨认瞎婆便是李妃,且早已认定李妃不在人间,故而尚不以为意,刘妃却心生疑虑坚持要召李妃进宫当面试探。刘后此时已是太后之尊,包拯本想借此推拒,又唯恐反而启人疑窦。为难之际,李妃却毅然决定冒险赴召,为防意外展昭自请随侍进宫。刘太后亲见李妃亦难确认,虽百般试探,李妃却镇定以对,刘太后于是强留夜宿宫内意图再加试探,展昭却紧守厢房让李妃避不见面。郭槐无奈回报刘后。刘后忆及当年曾在李妃颈后见一心形胎记,于是命宫女于次日清晨借梳妆之由暗中查探,果然发现李妃胎记,刘后大惊立即命郭槐带人强押李妃,岂料展昭早觉有异,已带李妃迅速离宫返回府衙。刘后震惊于李妃竟然未死,且与包拯同行,深知必会查办昔日往事,更察觉包拯已派人接陈琳回京,研判之后命郭槐派人截杀陈琳毁灭罪证。陈琳幸得五鼠相助终于安抵开封。一计不成再生一计,刘后、郭槐破釜沉舟竟派杀手多人夜袭开封府衙,意图将众人杀之灭口。幸而包拯已有防范,分令展昭、白玉堂暗中戒备,将来袭杀手全数歼灭。刘后、郭槐无计可施,乃商议矢口否认以掩罪行。

包拯深知仅凭人证、物证未必为仁宗采信,除非刘后、郭槐认罪方可,于是智骗郭槐前来府衙以人证名义追查寇珠家属抚恤一案,郭槐不疑有他自投罗网。郭槐既知包拯意在追查狸猫换太子一案,为保性命抵死不招。包拯见郭槐矢口否认,若循正常审讯方式必难让他认罪,于是采纳公孙策之计,利用郭槐迷信鬼神、做贼心虚的特点,宣称包拯有日审阳、夜断阴之能而夜审郭槐。公孙策安排与寇珠形貌接近之侍女,由陈琳指点寇珠言行及当年细节,于夜审之时假冒寇珠冤魂,当堂指证郭槐昔日罪行。郭槐心神慌乱兼且诸多外人无从得知之细节竟被揭发,胆战心惊之余坦承罪行,当堂画押,伏法虎头铡下。刘后见郭槐久去未返心知不妙,在仁宗面前诉苦,并谓包拯无视太后懿旨扣人不放。仁宗震怒召见包拯进宫当面质问,包拯借机将当年狸猫换太子一案来龙去脉禀奏仁宗,并以郭槐供状为凭。仁宗此时方知身世真相,顿如晴天霹雳,不知所以。

　　仁宗生性至孝,视刘后如同生母,如今却面临生育之恩与养育之情矛盾冲突的两难局面。他彻夜长思之后终于亲赴仁寿宫面见刘后,刘后见大势已去只得坦然承认。仁宗叩谢刘后养育之恩后离去,刘后万念俱灰,悬梁自尽。仁宗亲率仪杖凤銮前往开封府接李妃进宫,此时李妃得公孙策医治已双目复明,却因仁宗迟至此时方肯认母而心生不悦。仁宗跪地认错请罪,李妃却要包拯先办仁宗不孝之罪方肯入宫,包拯为难之际,仁宗当即下旨接受审讯,包拯无奈只得听命。

　　自古以来从无以臣审君之例,包拯绞尽脑汁终于寻得一计,以不孝罪名判仁宗脊杖之刑,众人哗然。包拯却令脱下仁宗龙袍,谓杖打龙袍如同打君!包拯巧智化解难题众人欣慰。仁宗当即迎李妃入宫奉为太后,厚葬寇珠、秦凤、余忠,以彰显忠义之风,并下诏罪已通令天下教化黎民百姓共尊孝道。

打 銮 驾

　　话说宋仁宗天圣年间,黄河泛滥,浊水横流,殃及陈州。百姓流离失所,四处逃难,苦不堪言。地方官府向朝廷申报灾情,请求赈济。

　　这一日,仁宗升殿,召集群臣议事。黄门官呈上陈州发来奏章,仁宗展开一看,见是陈州遭受水患,忙问:"众卿,陈州遭受水灾,此事该如何处理?"丞相王延龄奏道:"陈州百姓遭此大难,万岁就该派一大臣,前去赈济灾民才是。"仁宗问:"但不知命何人前去?"文班中有一大臣孙秀,乃是太师庞吉的女婿,出班奏道:"国舅庞昱颇有才干,堪当此任。"王延龄赶忙拦阻:"我主不可。想庞昱年幼,不知法度,臣恐有误国家大事。"庞吉见有人拦阻,赶忙辩奏:"启万岁,臣子庞昱虽然年幼,颇有志量,况且又是皇家内亲,哪有不竭力报效皇家之理?请我主三思。"仁宗道:"众卿不必多奏。"命内侍宣庞昱上殿。少时,庞昱冠服上殿,参拜已毕,仁宗宣旨:命庞昱在库中拨银十万,外封安乐侯,去至陈州赈济灾民,回朝另有封赠。庞昱领旨谢恩。仁宗退朝,众官各自散去。

　　且说安乐侯、国舅庞昱奉旨往陈州赈灾,车仗执事,前呼后拥,一路行来,好不威风。这一日,他来到陈州地界,早有地方官员、乡绅及百姓在道旁迎候。送庞昱在馆驿安置停当,地方官绅安排酒宴,为他接风洗尘,自不在话下。

　　晚间,庞昱单独约见知府蒋完来馆驿叙话。蒋完行过礼后,说:"侯爷传见下官,不知有何吩咐?"庞昱说:"圣上发下赈银十万,前来赈济,请大人前来共商赈灾之事。"蒋完见有利可图,便献计说:"赈济之事,还不听凭侯爷安排。依下官看,每人发放大钱两百,足可应付。"庞昱说:"一切就请大人代劳。事情完毕,本侯当向朝廷为大人请功。"蒋完告辞回衙,照此办理。

次日，府衙前张贴告示，晓谕百姓到衙前领取赈灾钱，当众宣布：每人发大钱两百。众百姓一听，群情大哗，纷纷叫嚷起来："这两百铜钱哪能活命！"蒋完大声呵斥："休得多言。有敢惑众滋事者，严加惩办！"百姓中有人高声骂道："这些赃官，刮尽民脂民膏。这两百钱我们不要，你们留着买棺材去吧！"大家都不领钱，一哄而散。

庞昱与知府蒋完勾结，侵吞赈灾银两，每日在馆驿饮酒作乐，全不顾灾民死活。他更依仗是皇亲国戚，越发无法无天，竟在光天化日之下，强抢民女，寻欢作乐，搅得地方上鸡犬不宁。陈州百姓不但未得到朝廷恩惠，反倒遭受赈灾官员的荼毒，怨声载道。百姓实在忍无可忍，有人提议说："我们何不到京城控告？听说开封府包大人，为官清正，铁面无私，告到那里，定能给我们做主。"众人齐表赞同，当即推举出乡中长老及受害家庭，做好准备，上京告状。

这一日，开封府尹包拯正在厅堂理事。有差役来报："禀大人，衙外有陈州百姓前来投状。请大人过目。"包拯看过状纸，说道："告诉陈州各位父老，状纸本府收下，请他们回乡听候处理。"差役照话传下，众百姓千恩万谢，回转陈州去了。包拯即命公孙策根据诉状，拟就本章，上奏朝廷。

次日，仁宗临朝，黄门官奏：包拯有本启奏，现在殿外候旨。仁宗宣包拯上殿。包拯将本章呈上。仁宗看过，见是奏陈庞昱吞赈害民，抢占民女之事，忙传旨宣众臣上殿。少时，王延龄、庞吉、范仲淹、孙秀上殿参驾。仁宗道："今有包拯表本，众卿传看！"看过本章之后，王延龄、范仲淹奏道："国舅庞昱吞赈害民，万岁就该降旨查办。"

庞吉紧接奏道："启万岁，想臣子庞昱，虽然年幼，颇有忠心，焉能做这误国犯法之事。想是刁民诬告，也未可知。请万岁详察。"仁宗道："众卿不必多辩。待孤派一能臣，二下陈州，查办此事。"孙秀抢先答话："臣愿领旨查办此事。"王延龄道："万岁，想那庞昱与孙大人乃是内亲，他若前去焉能查明？"仁宗道："依卿之见，当派何人？"王延龄道："想包拯忠心耿耿，办事公正，臣愿保包拯前去陈州查办。"庞吉忙道："想那本章乃是包拯所奏，他若去查办，是真也是真，是假也是真。万万去不得！"

仁宗有些犹豫不定。王延龄、范仲淹齐声奏道："那包拯若有私情，万岁查明,我等愿以全家相保。"仁宗道:"既然如此,包拯听旨:赐你圣旨一道,御铡三口,前往陈州查办!"包拯谢恩,领旨下殿。

且说庞吉回府,想起包拯下陈州之事,心急火燎,赶忙偷偷地奔往西宫,找他女儿、庞秀英娘娘商议对策。听庞吉说明来意,庞秀英说:"爹爹不必着急,待女儿去到后宫,哀求母后,借来銮驾,阻挡包拯出朝就是。"庞吉辞去,回府听候消息。

庞秀英由宫女陪伴,来到后宫。太监郭槐赶忙进宫禀报。刘后传语进见。刘后问庞秀英进宫何事,庞秀英道:"母后有所不知,今有包拯本奏我兄长庞昱,在陈州吞赈害民,万岁命包拯前往查办。他若前去,我兄长性命难保。因此进宫,求母后借銮驾一用,挡住包拯出朝。"刘后道:"皇儿此言差矣。想宫中订有法度,銮驾岂有轻借之理?"郭槐在一旁插言道:"启国太,想包拯与八贤王、王延龄俱是一党,此人在朝,乃心腹大患。莫若将銮驾借庞娘娘一用,挡住他的去路。误了出朝时刻,就有欺君之罪;他若闯了御道,将他斩首以除后患。"刘后道:"既然如此,借皇儿半副銮驾,要早去早回。"庞秀英见目的达到,拜辞刘后,兴冲冲乘上凤辇,在金瓜、钺斧、朝天凳等仪仗引导下,向大道行去。

几声铜锣响起,一行手执旗牌执事的人役,引导着包拯的大轿,行进到大街之上。龙图阁直学士兼开封府尹包拯奉旨出朝了! 队伍向前行进,走着走着突然止步不前。包拯忙问何故,王朝禀报:"銮驾挡道!"包拯道:"既然銮驾在此,吩咐转道西街。"队伍转向西街,未行几步,突又停住。包拯问:"队伍又为何停住?"王朝回禀:"銮驾再次挡道!"包拯不由得内心焦躁,暗想:銮驾一再挡道,无法登程,岂不误了圣命? 想到这里,他把心一横,吩咐一声:"人役们,给我闯御道!"队伍从西街转向御道,谁知刚上御道,前方又有銮驾横阻。包拯见实在无路可走,无奈只得亲自下轿,来到銮驾前请求让道。庞秀英在辇上喝问:"你是哪家大臣?"包拯答道:"龙图阁直学士,兼理开封府尹包拯。"庞秀英问:"为何见驾不参?"包拯道:"非是臣不参驾,奈有君命在身,请娘娘凤驾让臣过去。"庞秀英问:"你有何君命?"包拯答道:"只因陈州遭受水灾,万岁命臣前去放粮赈济灾民。"庞秀英道:"朝廷已派国舅前去放粮,你何必再去?"包拯道:"国舅在陈州吞赈害民,抢占民女,有人上京告状，圣上命臣前去查办。"庞秀英道："你可知道，当今是庞太师执掌朝政?"包拯道："包拯只知道食君之禄，当报国恩，铁面无私，不惧强梁！还请娘娘让道，免得误了出朝时刻。"庞秀英道："有哀家在此，你插翅也难以飞过！"

包拯闻听，心中顿时明白，原来西宫故意作对，阻挡他出朝查案，不由得义愤填膺，一股浩然正气升腾而起。他大声喝道："既然娘娘不肯让道，休怪为臣无礼！王朝、马汉，给我冲了过去！"那王朝、马汉、张龙、赵虎都是什等样人，早就气得肚子鼓鼓的，一听大人有命，便呐喊一声："人役们，全队过道！"呼啦啦，执事人役在王朝等率领下，把銮驾仪仗冲得东倒西歪。庞秀英见势头不对，带着宫人们稀里哗啦地跑回宫去了。包拯对王朝说："你等暂且回衙，待老夫上殿面君，与她辩理。"

金殿之上，仁宗升座。百官早已到班恭候。西宫太监急冲冲上殿启奏："万岁，包拯在御街将娘娘銮驾打碎！"仁宗惊问："有这等事?"正说话间，庞秀英、包拯也先后走上殿来。庞秀英跪到御座前，以袖掩面，哭诉道："喂呀，万岁，包拯在御街上将妾妃暴打一顿，銮驾也被打碎，请万岁做主！"仁宗闻言，不禁大怒："嘟！胆大包拯，御街之上将娘娘銮驾打碎，哪里容得！来，将包拯推出斩了！"包拯理直气壮地说："启奏万岁，臣奉命出朝，行至街上，銮驾挡道，臣连让二次，木曾打碎娘娘銮驾。"庞吉乘势推波助澜，说道："既然打碎銮驾，还敢在此强辩！万岁，快快将他斩首，以正国法。"王延龄忙奏："臣启万岁，娘娘出宫，可有万岁旨意?"仁宗道："并无寡人旨意。"包拯道："既无旨意，私自出宫，有乱宫中法度。臣有一事不明，要在万岁驾前领教。"仁宗道："何事不明，你且奏来。"包拯道："臣冒死启问，万岁出朝，用什么仪仗?"仁宗道："全副銮驾。"包拯接着又问："西宫娘娘呢?"仁宗答道："纱灯一对，御棍两条。"包拯道："着哇！想庞娘娘身为西宫，哪里来的銮驾?"仁宗转问庞秀英："你哪里来的銮驾?"庞秀英道："妾妃从母后那里借来的。"包拯问仁宗："今日庞娘娘与国太借得銮驾，明日庞太师与万岁借江山，万岁也借给他吗?"仁宗道："寡人明白了。"他转身向庞秀英说，"你且回宫去吧！"那庞秀英见无计可施，便唔唔呀呀地哭着走了。庞吉还想找补几句，就说："万岁，包拯有欺君之罪，就该将他斩首。"仁宗说："你女做此乱法之事，还再强辩。下殿去吧!"庞吉讨个无趣,带着女婿孙秀灰溜溜下殿去了。

仁宗转身对包拯说:"包卿,你将母后銮驾打坏,随孤进宫,与母后赔罪才是。"包拯说:"倘国太降罪如何是好?"仁宗说:"有孤担待就是。众卿也随同进宫。"说罢,带领众臣摆驾去往后宫。

哪知庞氏父女早就抢先跑到刘后那里,把包拯打銮驾之事,添枝加叶地描述了一番。刘后听完勃然大怒。这时,仁宗带着包拯前来赔罪,刘后哪里肯饶,定要将包拯问斩,众臣求情也无济于事。幸亏八贤王怀抱金锏闻讯赶来,向刘后据理力争,刘后被迫不得不赦免包拯。

一场风波平息,仁宗召包拯及众臣上殿,重新颁旨,命包拯即刻登程,去往陈州查办。包拯说:"臣不愿去了。"仁宗问:"这是为何?"包拯说:"如果娘娘再加害为臣,臣吃罪不起。"仁宗说:"孤命皇叔带领众臣,送你出朝也就是了。"包拯领旨谢恩,随众臣下殿去了。

京都城外长亭上,八贤王及众位大臣与包拯饯行。八贤王手捧金盏对包拯说:"包卿,此去陈州,必须秉公执法,不要辜负圣恩。"包拯说:"包拯此去,一定不负圣恩,上对得起苍天,下对得起黎民,谨遵贤王训示就是。"说罢,他深施一礼,接过酒杯,一饮而尽。然后,又谢过各位大臣。八贤王满心欢喜,对众臣说:"包卿出行,大家要高喊三声'清官出朝'!"于是,众官齐声高呼:"清官出朝!清官出朝!清官出朝!"

几声铜锣响亮,旗帜飘扬,执事人役,队列整齐。王朝、马汉、张龙、赵虎等校尉,拥护着包拯的大轿,浩浩荡荡,向陈州方向进发。

巧断鸡蛋案

传说包拯能当上开封府尹,推荐他来京主事的,是当朝太师王延龄。此人是三朝元老,白胡子齐腰长,还日夜想着国事。包拯虽是他推荐的,但是他对包拯的人品、才智究竟怎样,还了解得不那么清楚,总想找个机会试试包拯的才能。

这天一早,老太师刚刚起身,洗漱完毕,要仆人端上早点——三个五香蛋。他一个鸡蛋刚吃完,忽听家人禀报:"新府尹包拯来拜。"王延龄一听,惊喜异常,一面吩咐"快请",一面脑子转开了:"我何不借此机会当面试试他呢。"

怎样试呢?王延龄拿着筷子,正要夹第二个蛋时,主意来了。他赶忙放下筷子,端起蛋碗放到桌上,对丫鬟说:"秋菊,你替我办件事好吗?"秋菊说:"老太师尽管吩咐。"

王延龄指着桌上的五香蛋说:"秋菊,你把这两个五香蛋吃了,任何人追问,不管怎样哄骗、威胁、拷打,你都不要说是你吃的。凡是有我做主,事后再赏你。"秋菊听了一愣,可是老

太师的吩咐又不敢拒绝,只得照吃了。

王延龄看她吃了,就走出内室,到了中堂,见到包拯后寒暄了几句,便说:"舍下刚发生一桩不体面的事,想请包大人协助办理一下。"

包拯说:"太师不必客气,有事只管吩咐,下官一定照办。"

"那好。"

王延龄说罢,便起身领着包拯走到内室指着空碗说:"每天早上,我用三个五香蛋当早点。今日,刚吃了一个,因闹肚子,上厕所一趟,回来时那剩下的两个蛋竟不见了。此事虽小,不过太师府里怎能容有这样手脚不干净的人?"包拯点点头,问道:"时间多长?""不长,头尾半顿饭的时间。"

"这段时间内,家里有没有外人来了又走的?""没有。""老太师问了家里众人吗?""问了,他们都说未见。你说怪不怪?"包拯思索片刻说:"太师,只要你信得过我,立即判明此案。"

王延龄双手一拱,说:"那就仰仗包大人了。"

"太师,恕我放肆啦!"

"不必客气。"

包公挽起袖子,走出内室,来到中堂,吩咐说:"现在太师府里大小众人,全部集中,一厢站立。"

常言说得好:宰相家人四品官。这些家人虽然站立一旁,并不把新府尹放在眼里。包拯一见火了,桌子一拍,喝道:"王子犯法,与民同罪。今日,我来办案,诸位休得怠慢,免得皮肉受苦。谁偷吃了太师的五香蛋,快说。"

众人一惊,顿时老实了。可是包拯连问了三次,这些家人竟像木头桩子一样,闷声不响。秋菊站在那里,也像无事人一样。王延龄在一旁睁大眼睛,装着急于要把此事弄明白的样子,眼看众人一言不发,他想:包拯啊包拯,这事够你喝一壶了,下一步你难道要和一般官员一样动刑吗?即使棍棒下面找出犯人来,也不算高明。想到这,他故意说:"包大人,既然他们不说,你就用刑吧!"

包拯把手一摆说:"不。"他转脸对众人冷笑两声,说,"偷蛋的,你不招认,我自有办法。来人啊,给我端碗清水和一个空盘子来。""是。"随从答应着去办了。

王延龄看到这里，心里乐了，包拯果然名不虚传，审理案子能够动脑子，不屈打成招。

王太师正在想时，随从把一碗水和一个盘子拿来了。包拯让随从把盘子放在屋中间，然后说："每人喝口水，在嘴里漱漱吐到盘子里，不准把水咽下肚。"头一个人喝口水，漱漱口吐到盘子里。包拯瞅瞅盘子里的水，未吱声，又让第二个人把水吐到盘子里。包拯又瞧瞧，又未吱声。轮到第三个人，正是秋菊，她拒绝喝水漱口，包拯离了座位，指着她说："鸡蛋是你偷吃的。"

秋菊顿时脸红到脖子颈，低头搓弄着衣角。王延龄忙说："包大人，你断定是她偷吃的，道理何在呢？"

包拯说："太师，刚吃过鸡蛋，一定会有蛋黄渣子塞在牙缝里，我让他们用清水漱口，再吐出来，根据吐出来的水里有无蛋黄渣子来判断。她不敢喝清水漱口，不是她是谁呢？"

一席话说得太师点头称是，心想，这包拯还真有招数哩。他口里却说："包大人，此事已明，算了吧，让他们散吧！"

包拯摇摇头说："不行。案子到此，指明了头，尾还没收呢。"

"此话怎讲？"

包拯严肃地说："秋菊只是被人捉弄，主犯不是她。"

王延龄一惊，想不到包拯遇事想得这么周全，办事这么干练，索性试到底吧。他便说："包大人，这样说她吃鸡蛋是受人指使的啦，此人又是谁呢？"

包拯认真地说："此人就是太——师——您。"

王延龄笑着连连点头，转脸对众人说："这事正是我要秋菊做的，为的是试试包大人怎样断案。包大人料事如神，真是有才有智。你们回去，各干各的吧。"

这时，秋菊脸上才现出笑容，和大家一道散去。

等人走后，王延龄问道："包大人，你根据什么断定是我指使秋菊的呢？"

包拯说："秋菊已是个大姑娘，懂得道理，犯不着为两个鸡蛋闯下祸，这是一；二是，当我知道是她吃了鸡蛋时，她感到羞愧和委屈；三，这一条也是最重要的，在全府众人面前她被当众说出是偷吃，这事如果不向众人说清楚,秋菊就不能过安分日子,会因羞愧而寻短见的。太师虽是开玩笑,试试我的才智,我要是一步处理不慎,不是会闹出人命吗?"

一席话说得王太师连连点头,他佩服地说:"包大人,有你坐镇开封,我放心啦!"

包公湖的传说

　　传说包公小时候,他二嫂怕他长大分家产,便哄他到井边玩耍,冷不防把他推到井里。幸好这是口枯井,包公落到井底竟未摔伤。忽然眼前一团光亮,他拾起来仔细观看,原来是面月牙形古镜。这时光滑明亮的镜面映现出二哥、二嫂屡次密谋害他的情景,现在两人正得意忘形地在房中饮酒庆贺哩。包公知道这是面奇异的宝镜,他珍贵地贴在额头上,说来奇怪,宝镜再也取不下来,竟长在他的脑门上了。以后,包公当了开封知府,就凭这块宝镜,夜断阴,日断阳,明察秋毫,查清了无数疑案,为老百姓伸张正义。包公临死时,怕后任贪赃枉法、残害良民,就从脑门上摘下宝镜,命人悄悄悬挂在开封府的正堂之上,才放心地闭上眼睛。百姓中流传一首民谣:“包青天,坐南街,铁面无私执王法。龙虎狗,三口铡,百姓高兴贼人怕。”

　　不知过了多少朝代,有个叫钱如命的家伙,花了五千两银子活动了个开封知府,打算干个三年两载,发一笔横财。他一上任,就遇上开封庄的弟兄俩为争家产打官司,他高兴得手舞足蹈,立即升堂问案。钱如命深知“财神爷”也是铁公鸡、琉璃猫,不敲是不肯出血的。他不问青红皂白,一拍惊堂木,怒喝道:“为了蝇头小利,忘却手足之情,来人呀,各打四十大板!”弟兄俩苦苦求饶。钱如命沉吟着说:“看你们怪可怜的,四十大板权且寄下,给你们一个悔过自新的机会,就看你们两个谁通情达理了!”说罢吩咐退堂。哥哥回家一想,钱知府话中有话。他悟出其中奥妙,连夜从后门溜进府衙拜见钱如命,递上一张帖子说:“小人的冤枉全部写在状纸上,请大人过目!”钱如命打开一看,原来是一张三百两银子的银票,不由得捋着胡须笑了。第二天一升堂,钱如命就对弟弟怒喝道:“嘟,你目无兄长,贪婪成性,是个不打不开窍的东西!”他抽出竹签扬了扬,可又不往下扔。弟弟吓得仰面朝天,一屁股跌坐

375

在地上,忽然看见大堂之上悬挂着一面明镜,上面映出哥哥给知府送银票的情景。他恍然大悟,连忙叫道:"大人,请再给我一个悔过自新的机会!"钱如命一听有门,说:"你要及早醒悟,免得受皮肉苦!"便指袖退堂。当晚,弟弟也以申诉为名,送去五百两银子。再升堂时,钱如命又对着哥哥瞪起眼睛,声色俱厉地说:"你身为兄长带头惹事,看来这顿板子是非打不可了!"哥哥心想,怎么一夜之间知府就变了腔调,他无意间抬头一看,宝镜里弟弟送钱给知府的事映得一清二楚。他连忙俯首叩头:"小人一时糊涂,也请给我一个悔过自新的机会。"

就这样,你今天八百,我明天一千,弟兄两个展开了拉锯战。钱如命看看油水榨得差不多了,便决定结案。为了显示他的公正廉明,他招来"财神爷"上门,特地告示老百姓可以到衙内观看审案。这天府衙内外,人头攒动。大堂之上,钱如命板着一本正经的面孔,缓缓说道:"兄弟之间要以情义为重啊!房产一人一半,安居乐业,勿再滋事。本府宽厚为怀,不再追究,下堂去吧!"弟兄俩闹得倾家荡产,才明白上了当,齐声喊道:"大人,这官司俺不打了,快把银子退给我们吧!"钱如命想不到他们竟然当场揭底,脸上顿时变了颜色:"胡说八道,血口喷人!本府洁身自好,一尘不染,谁收过你们的银子?"兄弟俩往上一指说:"明镜高悬,铁证如山!"众人都把目光集中到大堂

上面,只见宝镜又把弟兄俩送银子、钱如命贪污受贿之事重演了一遍,顿时大堂内外炸开了锅。钱如命还不知发生了什么事,也离座抬头观看,当他看到宝镜揭穿了他的鬼把戏,自己原形毕露时,不由得胆战心惊,浑身发软,扑通一声栽倒在地,不省人事。这件丑闻像长了翅膀传遍了全城,无人不痛骂钱如命。钱如命又惊又怕,从此卧床不起。那面宝镜时刻在他眼前晃动,把他在开封府的丑行和劣迹一幕幕地重演出来。他闭上眼,就看见包黑子怒视着他,王朝、马汉抬着虎头铡要来铡他。他惊恐万状,不管见了什么人,就从床上爬起来,跪地求饶:"包大人,饶了我吧……"一天早上,百姓们在衙前发现钱如命披头散发,赤身露体,已经断了气。

"死包公铡了活知府",全城百姓人心大快,到处传唱一首歌谣:"开封府,宝镜照,是人是鬼见分晓。阎罗殿,黑老包,贪官污吏不轻饶。"

后来黄河决口,开封府南衙成了一坑湖水,宝镜也沉到湖底,因此湖水清澈见底,光洁如镜。据说那些做了亏心事的人从来不敢从湖边经过,生怕宝镜照出他们的隐私,会遭到包公的严厉惩罚。老百姓为了纪念包公,就把这个湖叫作包公湖。

附：

包公神断传说

　　包公故事中最为精彩的莫过于断案故事。史实中,包公一生其实并没有留下多少破案的资料,仅有一则"割牛舌"见诸《宋史》。后世流传下来的断案故事,多是后人把许多折狱奇案都安放在他身上,其中不乏涉及神鬼狐精的故事,拆字、圆梦、算卦、看相、鬼魂申冤的情节时有出现,演绎出异常丰富多彩的包公神断形象。

一　套破钉杀案

　　开封府尹包拯断案如神,但有一案件颇费他踌躇。街民毛勤猝然死亡,族人因其死得蹊跷,便状告到开封府。包公将毛妻冬花传讯,冬花虽言词哀

切,但面露妖冶,外着丧服,内套红袄,分明具有杀夫嫌疑,但她声称丈夫系"气鼓症"死亡。包公问道:"既患气鼓症,可曾请医治疗?"冬花对答:"丈夫命薄,未及请医,已气绝身亡。"包公便命仵作廖杰开棺验尸。廖杰经验丰富,但验尸结果,虽见毛勤死状异样,但并无查出谋害痕迹。他回转家中,夜不成寐,不知如何向府尹汇报。其妻阿英见他心事重重,便问道:"你可曾验看那尸体的鼻子?"廖杰反问:"验那鼻子何用?"阿英说道:"那鼻子内大可做文章,倘从中钉上利钉,直通脑门,岂非能不留痕迹而致人死亡!"廖杰将信将疑地连夜再去复验尸体,果见毛勤的鼻孔内有两根铁钉,于是真相大白,遂将冬花缉拿问罪。冬花抵赖不过,承认串通奸夫谋害亲夫。事后,包公询问廖杰:"冬花作案手段奇特,你是如何想到验看尸体鼻孔的?"廖杰回答:"此是小的妻子提醒的。"包公说:"请你妻子来府,我要当面酬谢。"第二天,廖杰高兴地带着妻子到府里领赏。包公像是熟人似的对阿英端详了一会儿,开口问道:"你嫁给廖杰几年了?"阿英答道:"我们系半路夫妻,只因我前夫暴病死亡,才改嫁廖杰为妻。""你前夫名字可叫路才?"阿英面露惊异之色:"大人如何得知?""路才暴死一案由县衙呈送本府,我昨晚查阅卷宗,得知县衙已对此案做了正常病故的结语。但我觉得此种结语颇存疑问。"阿英更是呈恐慌之色:"大人以为……""本府认为,路才系被人从鼻孔中钉钉谋害。"廖杰奉命前往路才墓地,掘墓开棺,虽尸体已腐烂,但在鼻孔部位露出两根已锈的长钉。包公继续审理路才案件。他对阿英说:"想你一个平常女子,如何懂得鼻孔钉钉的奇特方法,除非有过亲身经历,才能一语点破。"阿英只得如实招供事实:原来她也是个水性杨花的女子,在与路才结婚之后,又与人奸居,奸夫是个惯犯,与她合谋用铁钉钉鼻之法害死路才。后来那奸夫在斗殴中被人杀死,阿英才改嫁廖杰。廖杰听了如梦初醒:"想不到此女这般蛇蝎心肠,若非大人明察秋毫,我也几乎作了她砧上之肉。"阿英懊丧不已:"若不是我多言多语,此案也断不能破。"包公正色道:"非也,作案之人,侥幸取巧,只能蒙蔽一时,不能长久隐藏,终有一天会暴露出来自食恶果。此乃天网恢恢,疏而不漏!"

二　断义妇为前夫报仇案

　　岳州离城三十里,有一地名平江,人烟稠密,上下张黄二姓尤盛。姓张者名万,姓黄者名贵,二人皆宰屠为生,结交往来,情好甚密。张万家道不足,娶得妻李氏,容貌秀丽。黄贵有钱,尚未有室。

　　一日,张万生诞,黄贵持果酒往贺。张万欢喜,留待之,命李氏在旁斟酒。黄贵目视李氏,不觉动情,怎奈以嫂呼之,不敢说半句言语。饮至晚辞归。夜里黄贵想着李氏之容,反复睡不成寐,只思量图那李氏之计。才到五更,黄贵便起来,心生一计,准备五六贯钱,请早来张万家叫开门。张万听得友人声音,起来开了门,揽入问云:"贤弟有甚事,趁早来我家?"

　　黄贵笑道:"某亲戚有一猪,约我来买,恐失其信,敬来邀兄同去,若有利息,当共分之。"张万甚喜,忙叫妻起来,入厨中备些早食。李氏便暖一壶酒,整些下饭出来,见黄贵道:"难得叔叔早到寒舍,聊饮一杯,少壮行色。"黄贵道:"惊动尊嫂,万勿见罪。"遂与张万饮了数杯而行。

　　时天色尚早,赶到龙江日出。晌午,黄贵道:"已行三十余里,肚中饥馁,兄先往渡里坐歇,待小弟到前村沽买一壶便来。"张万应诺,先寻渡去了。须臾间,黄贵持酒来到,有意算他,一连劝张兄饮着数瓯,又无下酒菜,况行路辛苦,一时醉倒渡里。黄贵觑视前后无人,腰间拔出利刃,从张万肋下刺入,鲜血喷出而死。正是:金风未动蝉先觉,暗送无常总不知。

　　黄贵既谋死张万,将尸抛入江中,连忙走回,见李氏道:"与兄前往亲戚家买猪,不遇回来。"李氏问云:"叔既回,兄缘何不归?"黄贵道:"我于龙江口相别先回,张兄称说要往西庄问信,想只在靠晚回矣。"言罢径去。

　　李氏在家等到晚边,其夫不归,自觉心下遑遑。过三四日仍没信息,李氏愈慌,正待叫人来请黄贵问端的,忽黄贵慌慌张张走得来,佯告李氏道:"尊嫂,祸事到矣。"李氏忙问何故。黄贵道:"适才我往庄外走一遭,遇见一起客商来说,龙江渡一人溺水身死,弟听得径往看之。族中张小一亦在,果有尸身浮泊江口,认来正是张兄,肋下不知被甚人所刺,已伤一孔。我同小一请二人移尸上岸,买棺殓之矣。"李氏闻知,痛哭几绝。黄贵佯用抚慰言语

劝之，方回。

过了数日，黄贵取一贯钱来送与李氏，道："恐嫂日用缺乏，将此钱权作买办。"李氏受了钱，因念得他殡殓丈夫，又有钱物给度，甚感德之。才过半载，黄贵以重财买嘱里妪行媒，前到张家见李氏，说道："人生一世，草茂一春。娘子若此青年，张官人已自亡故，终朝凄凄冷冷守着空房，何如寻个佳仙，再续良姻？今黄官人家道丰足，人物出众，不若嫁与他，成一对夫妻，岂不美哉。"李氏道："妾甚得黄叔叔周济，无恩可报，若嫁他本好，怎奈往日与我夫相识，恐成亲之后遭人议论。"里妪笑道："彼自姓黄，娘子官人姓张，正当匹配，有何嫌疑？"李氏允诺，里妪回信。黄贵不胜欢喜，即备聘礼，于其兄家迎接过门。花烛之夕，极尽绸缪之欢。夫妇和睦，庭无逆言，行则连肩，坐则反股，正是：陡生奸计图人妇，天理昭然不可欺。

越十年，李氏在黄贵边已生二子，时值三月清明节，人家各上坟挂纸。黄贵与李氏亦上坟而回，饮于房中。黄贵酒至醉，乃以言挑其妻云："尔亦念张兄否？"李氏怆然，问其故，黄贵笑云："本不告尔，但今十年，已生二子，岂复恨于我哉。昔日谋死张兄于江，亦是清明之日，不想尔却能承我之家。"

李氏作笑答云："事皆分定，岂非偶然。"其实心下深要与夫报仇矣。黄

381

贵醉睡去,次日忘其言语。

李氏候贵出外,收拾衣资,逃归母家,告知兄以此事。其兄李元即为具状,领妹赴开封府具告于拯。拯即差公牌捉拿黄贵到衙根勘。黄贵初不肯认,拯令人开取张万死尸检验,肋下伤一刀痕,明白是尔谋死。拯用长枷监于狱中勘问。黄贵不能抵情,一款招伏。拯乃判下:"谋其命而图人之妻,当处极刑。"

押赴市曹斩首讫,将黄贵家财尽给李氏养赡,仍旌其门为义妇焉。后来黄贵二子已长,因端阳竞渡,俱被溺死。

三 访察斩妖狐

仁宗宝元年间,包公在东京之日,适属县有姓张名明字晦之者,年二十岁,美姿容,善赋诗,尚未娶有室也。因在家安闲无事,父母命其收拾资本,出外为商。偶到东京而回,未及至家,泊船于岸。是夜月明如昼,明不能寐,披襟闲行,遂吟一绝云:荇带浦芽望欲迷,白鸥来往傍人飞。水边苔石青青色,明月芦花满钓矶。当日张明吟罢,俄然见一美人,望月而拜。拜罢,遂吟诗一首云:拜月下高堂,满身风露凉。曲栏人语静,银鸭自焚香。又曰:昨宵拜月月似镰,今宵拜月月如弦。直须拜得月满轮,应与嫦娥得相见。嫦娥孤凄妾亦孤,桂花凉影堕冰壶。年年空习羽衣曲,不省三更再遇无。美人吟毕,张明悦其美貌,遂趋前问曰:"娘子何如而拜月也?"美人笑而答曰:"妾见物类尚且成双,吟此拜月之诗,意欲得一佳婿耳。"明曰:"娘子所愿何如?"美人曰:"妾意得婿如君,则妾之愿足矣,岂有外慕之心乎?"明见美人所言投机,遂乃喜不自胜,言曰:"世之姻缘有难遇而易合者,今宵是也。娘子若不弃,当与娘子偕至于舟同饮合卺之酒,可乎?"美人见明言此,全无难色,欣然与其登舟,相与对月而酌。既而与张明交会,极尽欢娱之美。次日明促舟回家,同美人拜见父母宗族。问张明何处得此美人,明答以娶某处良家之女。美人自入明家,勤纺织,缝衣裳,事舅姑。处宗族以睦,接邻里以和,待奴仆以恕,交姒娣以义,上下内外,皆得欢心,咸称其得贤内助焉。时包公因革猴节妇坊牌案临属县,偶见其家有黑气冲天而起。包公即唤左右停止其处,请

其宅左右问其故。包公曰："此间有妖气，吾当往除之。"众皆骇异。先是美人泣谓明曰："三日后大难已迫，妾必死矣。"明惊问其故，美人避而不言，唯曰："君不忘妾情，此诚意外之望也。"凡四日而包公倏到，伏剑登门，观者罢市，美人惊愕失措，将欲趋避。包公以照魔镜略照，知其为狐，遂乃大叱之曰："妖狐安往！"美人俯十地，泣吟一律曰：一目当年假虎威，山中白兽莫能欺。听水潇潇玄冬沍，走野茫茫黑夜啼。千岁变时成美女，五更啼处学婴儿。方今圣主无为治，九尾呈祥定有期。美女吟毕，包公判曰："汝乃异类，何得迷人？"即令李虎挥剑斩之，乃一狐耳。复唤张明问其来历。张明即以因商于外，泊舟得之前言说了。包公曰："此妖孽如此，若非吾到此除之，则尔亦不免耗散其精神矣。"张明再拜，致谢包公之神明莫及。而明后遂无恙而终。

四　辨心如金石之冤

话说仁宗康定年间，有一南属县，有庠生李彦秀，小字玉郎。年方二十岁，为人俊雅，赋性温良，学问才艺冠绝一学。其学舍之后有高楼一所，匾曰：会景楼。登之者，远观则四面江山，近观则一城坊市，举目皆尽。圊墙、邻居、小巷皆官妓所居焉。彦秀凡过夏月，则读书于楼上。一日，新秋雨霁，墙外歌咽之音，丝竹之韵，为轻风递送，断续悠扬。彦秀不胜清兴，遂约同侪饮于楼上。一友忽然笑曰："正所谓但闻其声，不见其形。"谓彦秀曰："若见其形，则不赏其声，反不清矣。"众皆称其确论。一友曰："此论反复趣深，真佳作也，各当有赋。如诗不成，甘罚金谷酒数。"于是彦秀先吟诗曰："凉飚淅沥天雁起，窗蕉雨歇清声止。灏气乘风扫净室，炎蒸忽入秋光里。闲登快阁一凭栏，江山浩渺双眸宽。俯临坊市人寰小，仰攀牛斗天风寒。暂存视听一凝思，潇潇一派仙音至。弦繁管急杂商宫，声回调歇迷腔子。独坐无言心自评，不是寻常风月情。初疑天籁一檐马，又似秋高和漏打。碎击冰壶向日倾，乱箭琉璃斗风洒。狂生对此襟一开，邀友分题共举杯。莫如巫山云雨隔，清歌时度人间来。俏者闻声情已见，村者相逢若相恋。村俏由来趣不同，岂在闻声与见面。"彦秀吟毕，众友正传玩之间，忽膳夫走来报曰："正堂先生来也。"彦秀急将其诗怀于袖中，整衣迎先生登楼，续坐而饮。彦秀以诸友推其吟诗在袖，唯恐先生见，玉郎推更衣将诗稿操捻成团，投出墙角，复回席中坐饮，至暮而散。不意投诗之处，乃角妓张姬居住之所也。姬只生一女，年一十七岁，名丽容。生得眉如漆黛，口似朱红，又名翠眉娘，聪明乖巧，不但乐工、女工，至于书画诗文，冠绝时辈，真一郡之国色也。然留心伉俪，

不染风尘，人或挥金至百，而不能一睹其面。家后构一小楼，与会景楼相对，匾曰：对景楼。乃丽容什闹之所也。当下李彦秀投诗稿之时，适丽容正坐对景楼上，忽见丢下纸团，遂命丫头拾取观之，且惊且羡，颠倒歌咏曰："此诗必是李玉郎所作无疑也。况彼尚未议婚，妾且亦未行嫁，天若见怜，吾愿谐矣。"至次日，遂用白绫一方，逐韵和其上，复从原处投回。适彦秀经其处而得之，且读且笑曰："吾闻名妓有张翠眉者，操志不常，才貌异众，吾心每日期之，未有其便，今观其写作，必然是也。"即观其诗曰：新凉睡美慵晨起，邻家夜饮歌初止。起来无力近妆台，一朵芙蓉冰镜里。重重花影上雕栏，体瘦更嫌舞袖宽。闲觅晓蚕芳砌下，金莲似去碧苔寒。太湖独倚含幽思，玉团忽郝从天至。龙蛇飞动泼烟云，篇篇尽是相思字。颠来倒去用心评，方信多情识有情。不是玉郎密传契，他人怎有这般情？自小门前无系马，梨花夜雨何曾打？一任渔舟泛武陵，落红肯向东流洒？半方绫帕卷还开，留取当年捧玉杯。每见隔墙花影动，何时得见玉人来？名实常闻如久见，姻缘未合心先恋。诗情本自致幽情，人心料得如人面。彦秀阅毕，遂登太湖石而望之。正值丽容独坐于对景楼上，彼此一见，魂志飘荡。彦秀曰："观卿仪范，莫非张翠眉乎？"丽容微笑而答曰："然。适妾以蒙佳作，知君为李玉郎无疑也。"二人相见大笑。丽容曰："妾久闻君之才行，多择伉俪，然而百无一成，其故何也？"彦秀曰："若有如卿之才貌者，又何敢言择乎？"遂乃各述其心事，对天誓为夫妇而别。彦秀归家告于父母，父母曰："彼娟家也，然以改节为尚，终不可入士夫之门，亦不可以奉先嗣后哉。"遂不见允。彦秀转托于亲知于父母处百方推道，终不容诺。将及一年，而彦秀学业顿废，精神渐耗，忘餐失寝，如醉如痴。而张丽容亦为之憔悴，誓死决不他适。其父亦不得已，遂即遣媒具礼，至丽容家行聘。事将有期，适有本省参政名周宪者，任满赴京。时王右丞相独秉大权，凡官之任满者，必白金万两为献，若少不及，则痛遭黜退。然周宪居官九载，罄囊合凑，十不及一。计无所出，谋诸佐吏。吏曰："王右相货财山积，其心已厌，所重者，女子及珍玩之物耳。若于各府选买才色官妓一二人，不过数百白金，加以装饰，又不过数百，若得而献之，强如白金万两。其右相必以纳之也。"周参政闻言大喜，遂令佐吏假右相之命选于各府，而丽容居其一焉而已。彦秀父子知之，乃奔走上下，谋之万端，家产荡尽，终莫能脱。一日，拘其母女登舟启行，丽容知其不免，遂以片纸寄诗一首于彦秀曰：死别生离莫怨天，此身已许入黄泉。愿郎珍重休悬望，拟是来生续此缘。自后而丽容不复饮食。张姬泣曰："女死故是节义，我必遭毒害。"丽容不答，只为之少食而已。其舟既行，而彦秀徒步追随，哀恸路途行人。凡遇舟之宿址，号哭终夜，伏寝水次。如此将及两月，而舟抵临清。而彦秀星行露宿三千余里，足胼肤裂，无复人形。丽容于板隙窥见，一痛而绝。张姬救灌，良久方苏。苦求舟夫往答彦秀曰："妾所以不死者，以老母未脱耳。母若脱，妾即从死，郎可归家，勿劳自苦。才郎因妾致死，无益于事，徒增妾苦耳。"彦秀闻船户传言之说，仰天大恸，投身于地，一仆而死矣。舟夫怜之，埋于岸侧。是夜丽容自缢，死于舟中。周参政见丽容缢死，大怒曰："我以美衣玉食致汝于极贵之地，何得顾恋寒儒，自丧厥生？"遂令舟夫剥去丽容衣服，弃尸于岸上，将火焚之。焚毕，其心宛然不改。舟夫以脚踏之，忽出一小物，形如人体，大若手指。舟夫以水洗之，其色如金，其坚如石，衣冠眉发，纤悉皆具，脱然如李彦秀一般，但不言动而已。舟夫即将此物持报。周参政观看，惊叹曰："怪哉！此乃精诚坚恪，情感气化，不然焉得有此？"叹玩不已。众吏卒曰："此心如此，彼心恐亦如此，请发李彦秀尸首焚之，看是如何？"周参政允令焚之，果然心不灰，其中亦有小人物，与前形色精坚相等，装束容貌亦与张丽容一般形色无二。周参政大喜曰："吾虽致二人死于非命，今得此稀世之宝，若将献与王右相，虽照乘之珠玉不足道也。"遂盛以异锦之囊，函以香木之匣，贮盛封裹，题曰"心坚金石之宝"。于是给白银一锭，以赏张姬，听与二人治丧，并同来之女各给路费遣归。于是周参政兼程至东京，拜谒右相，奉上其函，备述本末。右相大喜，视之则非前物，乃是败血一团，臭污不可近前。右相大怒，遂请包公到府，谓曰："彼夺人之妻，各致死地，自知罪大，故以秽物厌我，意在逃刑，望乞将周参政下于狱中。"包公领诺，退回南衙。讯问以毕，回书上报曰："男女之私，情坚志恪，而始终不谐，所以一念成结，感形如此。既得合于一处，情遂气伸，复还旧物，或有之矣。然周参政夺人之妻，以致死了二命，亦该问其死罪。然一人之死不足以偿二命，又问其子充军。王右相专权受金，以致二命之死，亦具表奏上天子，亦该罢其原职闲住。"闻者悦服。后来李彦秀与丽容亦托生于宋神宗之世，结为夫妇。

五　行香请天诛妖妇

话说黄州儒士张从龙,结庐临溪,读书其内,苦志用功,不入城府。家业荒凉,未有妻室。仁宗康定二年春月间,张从龙于所居倚窗临溪闲坐,俄见一叟棹船逶迤候岸,中坐一青衣美人,颜色聪俊。张从龙遽尔问曰:"何家宅眷? 今欲何往?"叟曰:"兹值岁侵,衣食无措,将卖此女,以资日用耳。"从龙留意,邀之入室,遂问姓名居住。叟曰:"老拙姓苏,本州人也。无室辞世,只生此女,乳名珍娘,年方二八,颇通书义,尤精女工,欲仗红叶之媒,以订赤绳之约。如君不弃,望为相容。"从龙见言,随即许诺,倾囊见酬。遂设宴会亲,卜日合卺。女自入从龙之门,恪尽倡随之道,主中馈,缝衣裳,和于亲族,睦于乡里,抑且性格温柔貌出类,遐迩争羡焉。从龙贪恋情欲,颇废经书。其女谏曰:"衾枕之情,世之常事;功名之念,士之要途。立身行道,扬名后世,既显父母,又荣妻子,男儿之志,于斯遂矣。岂可苟淹岁月,而守故园之桃李哉。"从龙见女言有理,遂逊谢之,愈加敬爱。一日,从龙与女对酌溪楼之上,女斟酒奉生曰:"聊歌一词,以侑君饮。"词名《浣溪沙》云:溪雾溪烟溪景新,溶溶春水净无尘。碧琉璃底浸春云。风扬游丝牵蝶翅,雨飘飞絮温莺唇。桃花片片送残春。每歌一句,音韵清奇,听之可爱。厥后,从龙过京中试,拟为开封府祥符县令,挈家赴任。女处官衙,小心谨慎,同僚妻妾,咸得欢心。每诫其夫清廉恤民,无玩国法,内外称之。时有他府州县,咸皆风雨调和,独有祥符县,自从龙莅任之后,多遭干旱。百姓耆老连名上呈,请从龙祈祷,全无应验。从龙心中甚忧。百姓又往开封府呈首其事,惊动包公亲临其县行文祷雨。门吏通报,从龙慌忙迎接包公入公馆坐定。包公观见从龙衙内,阴晦少明,乃潜谓从龙同僚曰:"张大尹衙内妖气太重,若能扫荡邪秽,天即大雨矣。吾且秘而不言,汝等可往白之。"同僚即以包公之言白于从龙知之。从龙不以为信。包公就亲书疏文一道,率众官径往城隍庙行香。祈祷以毕,将疏焚于炉内。少顷,玄云蔽空,雷雨交作,霹雳一声,火光迸起,大雨如注,四郊沾足。包公请众官回衙,以观异事。但见张大尹室内枯骨加交,骷髅震碎,中流鲜血,而美妇不知所在矣。又见前厅壁上朱书篆字数行,众莫能识,

请包公观之。包公看罢,乃诗一首曰:善恶幽冥皆有报,雷霆诛击岂无因? 生行淫乱污尘俗,死纵妖邪惑世人。万种风流收骨髓,一团恩爱耗精神。从今打破迷魂阵,枭震骷髅示下民。包公读罢,从龙惊骇不能定情,同僚为之失色,即访问包公何以知其缘故。包公曰:"吾望妖气,是以知之。"即诘从龙:"何处得之?"从龙不隐,告以前情。包公曰:"吾观此妇在生必行淫乱,死为枯骨,尚能迷人。吾若不行文祈祷于天,请天诛之,则汝亦不久元气耗散,祸将及身矣,可不惧哉!"于是从龙拜辞,敬叹包公之德,神明莫及也。

六 判奸夫误杀其妇

河南开封府陈州管下商水县,有一人姓梅名敬者,少入郡庠,习举子业,家道殷实,父母俱庆,止鲜兄弟。父母与其娶邻邑西华县姜氏为妻。一日,梅生在小庄读书,正遇春季天气,百花开遍,红紫芳菲。梅生乃吟诗一首以慰怀,曰:酒满金樽花又香,正缘老大见花狂。小桃枝上春三月,细柳风中燕一双。雾薄远峰多出没,日晴鸥鸟自徜徉。芳菲百汇红铺眼,谁念书生在小庄? 梅生吟毕,终日侍奉二亲,曲尽孝养之乐。谁知乐极悲生,父母相继亡故。梅敬夫妇哭之尽哀,以厚礼殡葬。服满赴试,屡科不第。回家,梅敬乃谋谓其妻曰:"吾幼习儒业,将欲显祖养亲荣妻荫子,为天地间之一伟人,期为可也。奈何苍天不遂吾愿,使二亲不及见吾成立大志以没,诚乃天地间之一罪人也。今无望矣。辗转寻思,尝忆古人有言:若要身带十万头,除非骑鹤下扬州。意欲弃儒就商,遨游四海,以伸其志,乃其愿矣,岂肯拙守田园,甘老丘林而已哉。不知贤妻意下如何?"姜氏曰:"妾闻古人有云:在家从父,出嫁从夫,所以正妇德也。君既有志为商,妾亦当听从而已。但愿君此去,以千金之躯为重,保全父母遗体,休贪路柳墙花,以堕其志。但得获微利之时,当即快整归鞭,此则妾愿毕矣。外此非所慕也。"梅敬听闻妻言有理,心中喜不自胜,遂即收置货物,径往四川成都府经商。姜氏与其钱别而去。后来姜氏正在妙龄之际,欲心人皆所具,虽有云情雨意,亦不甚为显露。梅敬一去,六载未回。一日忽怀归计,遂收拾财物,先入诸葛武侯庙中祈签,卜其吉凶。当下祷祝已毕,祈得一签,有云:逢崖切莫宿,逢水切莫浴。斗粟三升米,解却一身屈。梅敬祈得此签,惘然不晓其意,只得赶回。不则一日,舟夫将船泊于大崖之下。梅敬忽然想起签中有言"逢崖切莫宿"之句,遂自省悟,即令舟夫移船别住。方移时间,大崖忽然崩下,陷了无限之物。梅敬心下大喜,方信签中之言有验。一路无碍,至家,姜氏接入堂上,再尽夫妇之礼,略叙久旷之情。时天色已晚,是夜昏黑无光。移时之间,姜氏烧汤水一盆,谓梅敬曰:"贤夫路途劳苦,请去洗澡,方好歇息。"梅敬听了妻言,又大省悟:神签有言"逢水切莫浴",遂乃推故,对妻言曰:"吾今日偶不喜浴,不劳贤妻候问。"姜氏见夫言如此,遂即自入沐浴,姜氏正浴之间,不防被一人顶里房中,暗执利枪从腹中一戳。可怜姜氏娇姿秀丽,化作南柯一梦。其人潜躲出外去迄。梅敬在外等候,见姜氏多久不出,执灯入往浴房唤之,方知被杀在地,哭得几次昏迷。次日正欲具状告理,又不知是何人所杀,正在犹豫不决之间,却有街坊邻舍知之,慌往开封府首告:"梅敬无故自杀其妻,实乃败坏伦理。"包公看了状词,即拘梅敬审勘。梅敬遂以祈签之事告知。包公自思:梅敬才回,决无自杀其妻之理。乃谓梅敬曰:"汝去六年不归,汝妻少貌,必有奸夫。想是奸夫起情造意,要谋杀汝,汝因悟神签之言,故得脱免其祸。今详观神签中语云'斗粟三升米',吾想官斗十升,只得米三升。更有七升是糠无疑也。莫非这奸夫就是'糠七'否?汝可试思之,果是真否?"梅敬曰:"小人对门果有一人名唤康七。"包公即令左右拘唤来审。康七叩首供状曰:"小人因见姜氏美貌,不合故起谋心。本意欲杀其夫,不意误伤其妻。相公

明见万里，小人情愿服罪。"包公押了供状，遂就断其偿命。即令行刑刽子押
赴市曹处决。闻者叹其神明莫及也。

七　判奸夫窃盗银两

河南开封府阳武县，有一人姓叶名广，家亦中平。娶妻全氏，生得貌类
西施，聪明乖巧。住居村僻处屋一间，鲜有邻舍。家中以织席为生，妻勤纺
织，仅可度活而已。一日，叶广谋谓其妻曰："吾意与汝在家勤谨，只堪度日，
所余只有四两之数。吾今留银一两五钱在家，与贤妻聊作食用纺织之资。
更有二两五钱，吾欲往西京做些小买卖营生。待去一年半载，若苍天不负男
儿之愿，得获寸进，随即回归，再图厚利，乃其志也。不知贤妻意下如何？"全
氏曰："妾闻大富由天，小富由勤。贤夫既有志经营，谅苍天必不辜负所愿
也。妾意岂敢抗拒？但赀财鲜少，贤夫可宜斟酌而行。倘得获其所欲，亦当
早寻归计，此则妾所至望矣。"叶广闻妻之言，不觉喜慰于心，遂即将前本贩
买其货而行。次年，近村有一人姓吴名应者，年近二八，生得容貌俊秀，聪明
善诗，未娶有室。偶经其处，窥见全氏貌类西施，就有眷恋之心，即怀不舍之
意。随即询问近邻，知其来历。陡然思忖一计，即讨纸笔就写伪信一封，乃
入全氏之家，向前施礼言曰："小生姓吴名应，旧年在西京与尊嫂丈夫相会，

交契甚厚。昨日回家,承寄有信一封在此,吩咐自后尊嫂家或缺用,某当一任包足,候兄回日自有区处,不劳尊嫂忧心,故今专此拜访。"全氏见吴应生得俊秀,语言诚实,又闻丈夫托其周济,心便喜悦,笑容可掬。两下各自眉来眼去,咸有不舍之心。情不能忍,遂各向前搂抱,闭户共枕同衾,宛若仙家玉树,暗麝驱入,不可名状。吴应遂吟一律以戏之曰:天缘造就到仙房,暗麝熏人透骨芳。云夹兰台因见雨,雾垂瑶室便成霜。临时吃尽销魂片,今夜方耽续命汤。兴逸不容占句尽,心魂撩乱魄忙忙。全氏听毕,言曰:"妾虽不能吟诗,见叔佳制,可默而不答乎?"亦口占一律以和之曰:贪春仙客步兰房,锦帐齐掀满帐芳。月朗今宵疑不雨,天寒明旦自成霜。踌躇心上鱼惊钓,进步厨前鸟就汤。管取称君方便好,岂能怜我尚忙忙。二人吟诗已毕,云雨才罢,吴应细思诗中之言,乃笑谓之曰:"吾谅尊嫂与丈夫备尝经惯,岂真全未识风流者乎?"全氏曰:"妾别夫君一载有余,往日与其欢会之时,自以为儿戏耳。今宵与贤叔接战,方觉股栗,所谓'生未识灯花关,倏到花关骨尽寒'者也,望君推心,今后交感之时,勿以见惯浑闲者相待。"吴应笑曰:"自识制度,不待嫂说。"自此之后,全氏住在村僻,无人闲管此事,就如夫妇一般,并无阻碍。不觉光阴似箭,日月如梭。叶广在西京经营九载,趁得白银一十六两,自思

家中妻又少貌，不觉来此九载，若久恋他乡，不顾妻室，不免辜恩负义之诮，遂即收拾回程。在路夜住晓行，不则一日，到家已是三更时候，叶广自思庄屋一间，门壁浅薄，恐有小人暗算，不敢将银进家，预将其银藏在舍旁通水阴沟之内已毕，方才唤妻开门。是时，其妻正与吴应宿歇，极尽欢娱之意，忽听得丈夫唤门之声，即忙起来开门，放丈夫进家。吴应惊得魂飞天外，躲在门后，候其关门，潜躲出外。全氏整备酒饭与丈夫略叙久旷之情，食毕收拾上床。宿歇之间，全氏问曰："贤夫出外经商，九载不归，家中甚极劳苦，不知亦趁得些银帛否？"叶广曰："银有一十六两，我因家中门壁浅薄，恐有小人暗算，未敢带入家来，藏在舍旁通水阴沟之内。"全氏闻说大惊曰："贤夫既有许多银回来，可速起来，取藏在家无妨，不可藏于他处，恐有知者取去，那时悔之晚矣。"叶广依妻所说，忙跳起寻取，不防吴应在舍旁窃听叶广夫妻言语，听见藏银在彼，已被先盗去讫。叶广寻银不见，因与全氏闹曰："吾半夜独自回家，并无一伴跟随。及藏银之际，又无一人知觉，奈何就有人盗去？必是汝因吾出外日久，家中与人通奸，今日必然与其宿歇，见我唤门之声，汝即潜放出外。其人窃听得知，因而盗去。汝实难辞其责矣。"其妻听了，不敢明言，再三推说无有此事。叶广不信，遂以前情具状，扭扯其妻，径赴包公案前陈告其事。包公观罢状词，就将其妻勘问："必有奸夫之情。"其妻坚意不肯招认。包公遂发叶广回家，再出告示，唤张千、李万私下吩咐曰："汝可将告示挂在衙前，押此妇人出外，枷号官卖，其银还她丈夫，等候有人来看此妇者，即便拿来见我，我自有主意。"张、李二人依其所行，押于门外。将及半日，忽有吴应在外打听得此事，忙来与其妇私语。张李看见，忙扭吴应入见包公。包公问曰："你是甚人，敢来此处？"吴应告曰："小人是这妇人亲眷，因见如此，故来看她，非有他故也。"包公曰："汝既是她亲眷，曾娶有内眷否？"吴应告曰："小人家贫，未及婚娶。"包公曰："问汝既未婚娶，吾将此妇官嫁与你，只不知值价多少？"即唤书吏问其价数。书吏复曰："复相公，此妇值银三十两。"包公即对吴应曰："据书吏说，价值三十两。我这里官卖，只要汝价银二十两，汝可即备来称。"吴应告曰："小人家道贫难，难以措办。"包公曰："既二十两不出，可备十五两来称。"吴应又告贫难，包公曰："谁人叫汝前来看她！若无十五两，实要汝备十二两来称。"吴应不能推辞，即将盗其原银熔过十二两,诣台称了。包公将吴应发放出外,随拘叶广进衙,问曰:"你看此银是你的不是?"叶广认了,禀曰:"此银不是前银,小人不敢妄认。"包公又发叶广出外,又唤吴应问曰:"我适间叫她丈夫到此,将银给付与他,他道妇人甚是美貌,心中不甘,实要价银一十五两,汝可揭借前来,称完领去,不得有误。"吴应只得回家。包公私唤张千、李万吩咐曰:"汝可跟在吴应之后,看他若把原银上铺煎销之时,汝可便说包爷吩咐,其银不拘成色,不要上铺煎销,就可拿来见我。"张千领了言语,直尾其后而去。正值吴应又将原银上铺,张千即以包公前言说了。吴应只得将原银三两,凑称完足。包公复发出外,就将前银唤叶广认之。叶广看了大哭曰:"此银实是小人之物,不知何处得之?"包公又恐叶广妄认,枉了吴应,乃复以言诒之曰:"此银乃是我库中取出,何得假言妄认?"叶广再三告曰:"此银实是经小人眼目,相公不信,内有分两可辨。"包公复诘其实,即令一一试之,果然分文不差。就拘吴应审勘,吴应叹异服罪。包公即将其银追完,将妇人脱衣受刑。吴应以通奸窃盗论罪,只杖一百,徒三年。复将叶广夫妇判合,放回宁家,俱各拜伏而去。

八　判贞妇被污之冤

河南许州管下临颍县,有一人姓查名彝者,乃文雅士也。少入县庠,与学友顾守义为友。宋仁宗庆历二年冬,父母凭媒,与其娶到近村尹贞娘为妻。毕姻之日,顾守义作诗一首以贺之曰:伉俪天然缔好缘,才郎之子两青年。绮筵光景春如许,花烛荧煌洞有天。情思交孚琴瑟美,彝伦攸叙室家全。从今早叶熊罴梦,喜气洋洋独占春。当时查生得诗,笑容可掬,未及赓和,参拜祖宗、父母、诸亲家。宴已罢,夫妇合卺,二人如鱼得水,欢入洞房。花烛之夕,查生正欲解衣而寐,尹贞娘乃止之曰:"妾意郎君幼读儒书,当发奋励志,扬名显亲,期于远大,非若寻常俗子之比。今日交会,可无一言而就寝乎?妾今谬出鄙句,郎君若能随口应答,妾即与君共枕同衾;若才力不及,郎君宜再赴学读书,今宵恐违所愿矣。"言讫,查生因命请题。贞娘乃出诗句曰:"点灯登阁各攻书。"查生思了半晌,未能应答,不觉面有惭色,遂即辞妻执灯，径望学宫而去。是时学中诸友，见查生尽夜而来，面有惭色，咸皆向前问曰："子今宵洞房花烛，正宜同伴新人及时欢会行乐，今独抛弃新人至此，敢问其故何也？"查生因诸友来问，即以其妻所出诗句告之。诸友咸皆未答而退。内有一人姓郑名正者，为人平生极是好谑，听闻查生此言，随即漏夜私回，径往查生房内，与贞娘宿歇。原来贞娘自悔偶因出此戏联，实非有心相难，不期丈夫怀羞而去，心中正自懊悔不及。及见郑正入房之时，贞娘只谓查生回家宿歇，不知其为郑正也。乃问之曰："郎君适间不能对答而去，今倏尔又回，莫非寻思得句，能对其意乎？"郑正默然不答。贞娘忖是其夫怀怒，亦不再问。郑正乃与贞娘极尽交欢之美，未及天明而去。及天明查生回家，乃与贞娘施礼言曰："昨夜瞻承佳句，小生学问荒疏，不能应答，心甚愧赧，有失陪奉，获罪良多，望乞恕容。"贞娘曰："妾意君昨夜已回，缘何言此以诳妾也。"再三诘问其故，查生以实未回答之。贞娘细思查生之言，已知其身被他人所污，遂对查生言曰："郎君若实未回，意郎君前程万里，从今可奋志读书，不须顾恋妾也。"言罢，即入房中自缢。移时查生知之，急与父母径往救之，时已不及救矣。查生悲不能言，昏厥于地数番，父母急救方醒。当日查生悲不知其故，无词告理，只得具棺殡葬已讫。不觉时光似箭，又是庆历三年八月中秋节至，包公按临至临颍县，直升入公廨坐下，见因月色明朗，遂吟诗一首曰：太和元气耿中秋，解却襟怀积累愁。笑见团团离海角，喜瞻渐渐出云头。袁宏有兴歌诗艇，庾亮欢心上酒楼。借问广寒宫里事，桂花多为状元留。包公吟诗已毕，其时公廨庭前旁边有一桐树，树下阴凉可爱，包公即唤左右，将虎皮交椅移倚在桐树之下，玩月消遣。包公仍出诗句云："移椅倚桐同玩月。"包公出罢诗句，寻思欲凑下韵，半晌不能凑得，遂即枕椅而卧。似睡非睡之间，朦胧见一女子，年近二八，美貌超群，昂然近前下跪曰："大人诗句不劳寻思，妾虽不才，随口可对。"包公即令对之。其女子对曰："点灯登阁各攻书。"包公见此女子对得有理，即问之曰："汝这女子，住居何处？可通名姓。"女子答曰："大人若要知妾来历，除究本县学内秀才，可知其详。"言讫化一阵清风而去。包公醒来，乃是南柯一梦。辗转寻思："此事可怪，莫非其中必有冤枉？"是夜宿于公廨，思忖一计。次日出牌，吩咐左右，唤集临颍县学秀才，来院赴考。包公出《论语》中题目，乃是"敬鬼神而远之"一句，与诸

生作文;又将"移椅倚桐同玩月"诗句,出在题尾。是日诸生赴考已毕,内有秀才查彝,因见诗句偶合其妻贞娘前语,遂即书其下云:"点灯登阁各攻书。"诸生作文已毕。包公传令出外伺候。包公正看卷之间,偶然见查彝诗句,符合梦中之意,即唤查彝问曰:"吾观汝文章,亦只是寻常,但对诗句,大有可取。吾谅此诗句必他人为之,非汝所能作也。吾今识破,可实言之,毋得隐讳。"查彝闻言,即以其妻前言,以致死于非命,一一禀知。包公又问之曰:"吾想汝夜往学中之时,内中必有平日极是善戏谑之人,知汝不回,故诈脱汝身,与汝妻宿歇,污其身体。汝妻怀羞,以致身死。汝可逐一说来,吾当替汝申冤。"查彝禀曰:"生员学中,只有姓郑名正者,平生极好戏谑,外者非生员所知也。"包公听罢言曰:"据汝所言,则汝妻被郑正奸污无疑矣。"即令郑强、李干拘唤郑正到台审勘。郑正初然抵死不认,后至受极刑,只得供招:"因见查彝怀羞到学,郑正不合起情造意,故脱身奸污,以致贞娘之死。"其罪招认是实,包公取了供词,即将郑正依拟因奸致死,发往法场处决已讫。临颍百姓咸敬畏包公,如神明暗察,莫敢欺心为非耳。

九　辨树叶判还银两

河南开封府新郑县,有一人姓高名尚静者,家有田园数顷,男女耕织为业。年近四旬,好学不倦,然为人不为修饰,言行从心,举止异常。衣虽垢弊而不涤,食虽粗粝而不择。于人不欺,于物不取。不戚戚形无益之愁,不扬扬动四心之喜。或时以诗书骋怀,或时以琴樽取乐。赏四时之佳景,见江山之秀丽,流连花月,玩弄风光。或时以诗酒为乐,冬夏述作,春秋游赏。尚静闲时,吟咏尚多,未及尽述,姑录春夏秋冬四景于左。其春景诗曰:斗柄移寅画渐长,东风生暖草浮光。烟笼弱柳平桥晚,雪点寒梅小院香。蝶拍莺梭搬好戏,蚓箫蛙鼓闹斜阳。青皇恩泽无穷限,处处风光似洛阳。夏景诗曰:海棠枝上老莺声,赤帝趋炎位始更。一统乾坤新号令,两间人物旧权衡。离南大透红榴嫩,震外杨城绿树明。谁向熏风弹一曲,临财解愠即虞廷。秋景诗曰:金风肃杀楚天凉,人世光阴属白藏。田舍饭炊云子白,山园霜熟木奴香。雁传归信天边远,蛩结离愁夜正长。况是江山摇落候,闲居潘鬓渐苍浪。冬景诗曰:坎兑相交以利贞,中星北斗四时更。园林淅滴商音静,天地流行水气清。草木归根潜有孕,昆虫闭户冷无声。六阳将极从今始,阳气迟迟乃复生。是时,尚静吟咏已毕,乃谓其妻曰:"人生世间,如白驹过隙,一去难再,若不及时为乐,吾愁白发易生,老景将至矣。"言罢,即令其妻取酒食之物,随时消遣。正饮之间,忽有新郑县官差人至家催秤粮差之事。尚静乃收拾家中白银,到市铺内煎销得银四两,藏于手袖之内。自思往年粮差俱系里长收纳完官,今次包公行牌,各要亲手赴称,今观包公为官清政,宛若神明。尚静心怀肃畏之心,遂带前银,另买牲酒香仪之类,径赴城隍庙中许下良愿,候在称完之日,即来赛还。尚静祈祷已毕,将牲酒之类于庙中散福,不觉贪饮数杯,再拜复祷出庙。是时,前银已落在庙中。不防街坊有一人姓叶名孔者,先在铺中见尚静煎销得银在身,往庙许愿,即起不良之意,跟尾在尚静之后,悄悄入庙,躲在城隍宝座之下。见尚静拜辞神出,即拾其银回讫。尚静回家,方觉失了前银,直往庙来寻之时,已不见其踪影矣。尚静无可奈何,只得具状,径诣包公前告理,言曰:"小人姓高名尚静,本许州管下新郑人氏,为粮差事,带银往铺煎销得银四两,欲纳完官,因往城隍庙焚香失去,不知下落,乞大人做主跟究前银,则尚静举家感恩不浅也。"包公看了状词,乃对尚静曰:"汝这银两虽在庙中失去,又不知是何人拾得,其事难以判问。"遂不准其状词,将尚静发落出外。尚静叫屈连天,两眼垂泪而去。包公因这件事自思:"某为民牧,自当与民分忧。民若有忧,为人上者不能为民理直其事,亦守令之过也。"心中自觉不安,乃即具疏文一道,敬诣城隍庙行香,将疏文宣读,焚于炉内祷祝。出庙回衙,令左右点起灯烛,将几案焚香,放在东边,包公向东端坐,祷祝:"愿天神鉴察,显灵报应,与百姓分忧。"祝罢,坐而待旦,如此者三夜。是夜三更,忽然狂风大起,移时之间,风吹一物,直到阶下而止。包公令左右拾起观看,乃是一叶,叶中被虫蛀了一孔。包公看了,已知其意,方才吩咐左右各去歇息。次日,包公唤张龙、赵虎吩咐曰:"吾焚香坐了三日,已知拾银者乃是叶孔也。汝可即去府县前后,叫唤其名,若有人应者,即唤他来见我,自有主意判断。"张赵二人领命出衙,遍往街市叫唤。半日之间,东街有一人应声而出,曰:"吾乃叶孔是也,不知尊兄有何见谕?"张、赵二人以包公有唤,遂拘其人入衙跪下。包公言曰:"数日前,有新郑县高尚静,在城隍庙里失落白银四两,其银大小有三片。他到我这里来告,我叫他去城隍庙里拜讨。他在庙中怨天恨地,祷祝跟寻。吾已知道分明是你拾得,

397

又不是你偷他的,缘何不去还他?"叶孔见包公判断神通,见其说得真实了,只得拜伏招认曰:"小人近日在庙里焚香,因此拾得此银,目今尚未使用。既蒙相公神见,小人不敢隐讳。"包公审了口词,即令左右押叶孔回家取其银。复令再唤高尚静到台,将银与其看认,果然丝毫不差。包公乃与高尚静言曰:"汝落其银,系是叶孔拾得。我今代你追还。汝可把三两五钱称粮完官;更有五钱可分与叶孔,以作酬劳之资。自后相见,不许记恨前仇,互相陷害。若告发到此,吾决不轻纵汝也。"二人拜谢出府。高尚静乃将些碎银,备买牲物,径往城隍庙,赛还良愿已毕,回家与妻子仍复耕织之乐。感慕包公之德,未尝顷刻而忘矣。

十　为众申冤刺狐狸

襄城县白水村,离城五十里。其村土饶地广,民居千户。村里有插花岭,大石岩岩,峻绝千仞,人莫敢攀,兽蹄鸟迹,常出没于此。其岭岩有一穴室,内有一狐狸,夜涵太阴之华,日受太阳之精,久而化为女子,体态娇媚,肌莹无瑕。一日往村中人家,假姓花名翠云。妇女无不欲与共话,凡人无不欲与调戏。戏者她亦从之。人家任其往来,莫有禁忌。坊村被她迷惑,竟不究其所出。且与她调染之人,乃被她染制穴中,死者不知几人。时村中有条小路,可通开封府。西华客商取其便捷,莫不从此经过。

至七月间,日将晚时,翠云遥望孤客来近,遂变土穴作一茅房酒店,便迎此客安歇。是时,客人见她美貌,乘邀便转。

彼夜翠云备酒对饮。酒至二巡,云曰:"动问客官,何州人氏?"客答云:"西华,姓陈名焕。"焕亦问："尊姐贵表。"

云回言："姓花名翠云。"故此陈焕开怀乐饮。又询云："丈夫可在?"云答道："昨日往外母家。"焕遂欲与她结同心之好,发言微露此意。翠云偷眼冷笑,于是曰："君有爱妾之心,妾岂无相从之意乎?"焕至酒酣,将手携云。云任他调戏。霎时间,二人即行云雨之会。

夜至五鼓,翠云将陈焕迷死。次夜,又往刘富二家,引其子刘德昭入穴室,染迷而死。

第二日,富二寻子不见,遍访亲邻,俱无踪迹。富二心中闷闷不悦,竟不知其下落,遂往开封府具告。包拯大惊云："及青天白日,不见其人,果有此理乎?"详问富二："你村中有什么庙坛?"富二对曰："无矣,只有插花岭,其势高大,行人罕稀。"拯闻此言乃记在心,发富二归家,遂斋戒三日,具疏上告天堂,求得其故。疏谓："拯不才,滥任卑职,一邦军民,赖予以安危。厥职有旷,生灵涂炭;鄙德惟修,万民得所。予固天以立命,天亦假予以赞化。予不泽民,谁其与之? 今以谨奏,乞明鉴焉。"祝毕,又将牒文一道,差张龙、薛霸往白水村,对插花岭焚去,以拘土神审究。

是夜,拯坐宅至三更,忽恶风一阵灭灯。拯知冤气到此,急令左右燃起火烛,顾四边何如。只见西廊下走出数人,泣跪于厅下,俱诉云："焕乃西华姓陈名焕也。家中只有少年妻室,冤遇此妖迷害于穴,买卖银两若干,妻无所倚,情苦何堪。"

德昭诉云："小人乃白水村刘富二子也。父母年高,只有小人一口,冤被妖哄迷死于穴,孤苦曷当?"众人云："冤无所申,幸蒙青天,伏乞一雪。"告毕,化风而去。须臾,土神捆绑狐狸来见,跪在厅下,拯大怒喝曰："妖怪这等可恶!"唤张千用棍打她一番,究问陈焕、德昭及众人命事。翠云低首不敢争辩。遂发土神回坛,令李万、张龙押狐狸出法场,凌迟万刀,以警后世。自是包拯威名日著,而白水村之祸息矣。

十一　斩妖蛇除百谷灾

郑州百谷源,山清水秀,民居稠密。古祠五王庙,住有一白蛇精,身长八尺,猛勇惊人,力能拔树。睛若流星之光,气似烈风炎焰,性好食人,骚孽一方。源中人民老稚皆沾瘟疫,累年不安。于是乡源保障苏学虚举首集众,三步一拜,拜到五王庙,祈求息灾。

彼夜妖蛇托五王神气,做梦咐苏保障云:"尔欲止灾,必须春祀犁牛,秋祀生人,方可免焉。"保障梦惊醒,待天明,与众商议,同往庙讨答,果如其梦。这一方人大小沉吟半晌,霎时狂风大发,拆击树屋。此是妖蛇作气骇人。至是,人民举皆失色,因而不得已,于仲春轮以牺牲奉祀,仲秋轮以疾人奉祀。但举牲祀,人固难处,既将人充牲,又岂不哀泣乎?康定三年,保障只得与众初举二祀,果然疫疾获平,男妇稍安。且每遇祀时,人皆退归,妖怪方乃享祭。次日众皆奔视,牺牲与人,片无一留,其苦感天。于是众号为五虎神。

自此之行,已经年矣。适九月间,忽见包拯出巡郑州,赫赫威灵,人皆震叠。百谷人民受害溢深,闻包拯到州,莫不踊跃。保障及众奔台具状,备诉苦情。包拯见状大惊,暗想:"五王乃大神,决无狂暴,此必妖孽假神作殃。"发保障回家曰:"伺我亲来,自有区处。"是日诚心具疏,祷告上苍,窃谓:为人上者,当思以全生民也,民之害,犹己之害也;民之患,犹己之患也。卑职忝受人民之寄,唯愿百姓咸宁。不意百谷源中,有此异灾,是厥政弗修,愧负穹隆,其罪万万。故此恭叩上疏,乞天威明昭显示,使臣得以靖一方矣。

祝罢，又写牒文一道，令张千去百谷源当村要路密焚其牒，使五王神土神勿致妖怪逃避。

自包拯发了张千这场事，忽卧于几，梦见身穿红袍，头戴金盔，是一天神降，云："百谷源五王庙事，尔不可责及五神，乃是白蛇精作怪耳。尔明日即去除之。"包拯醒方知。次日，令李万径往百谷源苏保障家安顿。即使保障仍束人设祭。

是夜，包拯唤李万带劲弓一把，一同悄悄躲在五王神背后。

等至四鼓时分，方见柱上一条大白蛇下来食人，眼似辉星，行若山崩。包拯见大怒，张弓搭箭，将白蛇射中左眼。又发一箭，射至身上。白蛇忙回穴中。包拯即令李万解下束的人，声喊保障。

保障与众人奔视。包拯发令众人："扶醒那束的人，众人领去，调持一二。"拯与保障笑道："此乃妖蛇，非五王神也。尔等何蠢至此，被他害了数年人命。我今射死柱中。"喝令张千将柱劈开，只见妖蛇气还未绝。李万用索捆了，柱中宝物及尸骨无数。包拯将宝物赏众人、保障及张李二人，自执清风剑击白蛇于五王庙前，以火焚焉。次日，另迁五王庙于别所，立一塔镇于此地。包拯抚安了百谷人民一番，即遣张李二人收拾行李，转州理政。

十二　山兴福罪坐黄洪

开封府南乡，有一大户姓富名仁，家有上等骤马一匹。

一日骑往北村收租，到庄遂令兴福骑转归家。回至中途，下马歇息。有一汉子姓黄名洪，说在南乡而来，乘着瘦骤一匹，见兴福，亦下骤停憩。遂近前云："大哥何来？"兴福云："我送东人往庄收租而来。"二人遂草坐叙话，不觉良久。洪计上心来，遂云："大哥，你这马到好个膘腴。"福云："客官识马乎？"洪曰："洪曾贩马来。"福云："吾东人不久用价买得此马。"洪曰："大哥不弃，愿与我一试。"兴福不疑其歹，遂与之乘。洪须臾跨上雕鞍，出马半里，并不回缰。兴福心惊，连忙追马。洪见赶，加鞭策马，如飞望捷路便走。

凭空被刁棍揎马而去，兴福愕然无奈，自悔不及，只得乘着老骤，转庄报主领罪。仁大怒，将兴福痛责一番，命牵骤往府中经告。时包拯正在公座，

401

兴福进告。包拯问:"何处人氏?"

福云:"小人名兴福,南乡人,富仁家奴仆,告棍徒半路撺马匹事。"包拯问:"哪个棍徒? 报说姓名。"福备将前情告诉云:"路途一面,不知名姓。"包拯责云:"乡民好不知事! 既无对头下落,怎生来告状?"兴福哀告云:"久仰天台善断无头冤讼,小民故此伸告。"包拯吩咐云:"我设一计,据尔造化。你归家三日后来听计。"兴福叩头而去。

拯令赵虎将骡牵入马房,三日不与草料,饿得那骡叫声嘶闹。只见兴福过了三日见拯,包拯令牵出那骡,叫兴福出城,张龙押后,吩咐依计而行。令牵从原路撺马之处引上路头,放缰任走,但逢草地,二人拦挡冲咄,那骡竟奔归路,不用加鞭。

跟至四十里路外,有地名黄泥村。只见村中一所瓦房,旁边一扇茅屋。二人旁观,不觉那骡竟奔其家,直入茅房嘶叫。洪出看,只见原骡走回,暗喜不胜。当日张龙同兴福就于边邻人家埋脚。

次日,洪昂然乘着一匹骡马,并骡骑往山中看养。张龙随即带兴福去认人。福见洪大骂,近前勒马牵过。洪正欲来夺,就被张龙一把扭索,连人带马,押往府中见拯。包拯喝云:"你这厮狼心虎胆,不晓我包爷之事,平路上撺人马匹,甘当何罪?"洪理亏事实,难以抵对。包拯吩咐张龙将重重刑责,

打枷号儆众,罚前骠归官,杖七十赶出。兴福不合与之试马,亦量情责罚,当官领马回归。将二人供领明白。

十三　神判八旬通奸事

包公任南直隶巡按时,池州有一老者,年登八旬,姓周名德,性极风骚,心甚狡伪。因见族房寡妇罗氏貌赛羞花,色如掩月,周德意欲图奸,日日往来彼家,窥调稔熟。但见罗氏年方少艾,花心被德牵动。适一日,彼此交言偷情,相约夜深来会。果然至此时,罗氏见德来至后园,遂引入就榻,共枕同衾,交鸾凤于飞。嫩抱轻拆,如鸳鸯戏水。两情正浓,云雨相济。罗氏遂吟诗一首曰:夜深偷展窗纱绿,夭桃枝上留莺宿。花嫩不禁寒鸦噪,春风鼓动何时休? 周德亦和韵一首曰:绿窗深贮倾城色,灯花又送秋波溢。文君为我心坚待,切莫轻违金缕衣。

罗氏与德同心之好,倏尔年余,不觉亲邻皆知通奸情绪。

况罗氏夫主亲弟周宗海屡次微谏不止,只得具告拯台。拯看状,心暗忖度:"八旬老子,气衰力倦,岂有奸情?"于是亦遂差张龙先拿周德到厅鞠拷。德泣道:"衰老救死唯恐不赡,岂敢乱伦犯奸? 乞老爷想情。"拯心愈疑,却将周德收监后,差黄胜拘罗氏到厅严究。罗氏哭云:"妾寡居,半步不出,况与周德有尊卑内外之分,并不敢交谈焉,岂有通奸情由? 皆是谤言诬妾,老爷可谅情。"这二人言诉如一,甘心受刑,不肯招认。

拯闷闷不已,退入后堂,三餐不饭。其嫂汪氏询问曰:"叔何故不食?"拯应道:"小叔今遇这场词讼,难以分剖,是故纳闷忘食。"汪氏欲言不言,即将牙簪插地,谕叔知之。包拯即悟,随升堂令薛霸去禁中取出周德、罗氏来问。唤张千将那二人捆打,乃喝道:"老贼无知,败坏纲常,死有遗辜。"又指罗氏大骂,"泼妇淫乱,分明与德通奸,又要瞒我。"包公急令薛霸,拿拶棍二付,把周德、罗氏拶起各棒二百。那二人当拷不过,只得将通奸情由从实供招。于是拯将周德、罗氏各杖一百,赶周德回家,牌拘周宗海押罗氏另嫁。宗海领罗氏去讫。

须臾拯出告示,晓谕四方,而池州皆谓拯作神官云。

十四　灭苦株贼申客冤

昔江阴有一布客,姓谢名思泉,从巴州发布回家,径从便捷路苦株地经过,一片山路崎岖,五里不闻鸡犬。其山凹中有一人家姓谭,兄弟假以讨柴营生。兄名贵一,弟名贵二,兄弟人面兽心,凡遇孤客经过,常行歹意。思泉只欲借问路程,望见二人,迤逦近前唱喏云:"大哥休怪,此去江阴还有几日路程?"贵一答道:"只有三日之遥。"贵二问:"客官从何处来?"泉复云:"小弟自巴州发布回,到此失路,望二兄指引。"二人曰:"那山凹小路可去。"泉自思二人只是樵夫,遂任意徘徊,去到前途又是峻岭难攀。泉只得在此等人问路。

不觉贵一兄弟赶到山底,用刀挥中思泉后脑,鲜血淋漓,气绝而死。二人掩血抬尸,穴埋山旁。当得银千头,兄弟归家将银均分。倏然半年,括囊弗露。

忽包拯出巡巴州,从苦株地经过。人喝道,马嘶风,行到半路,闻鸟音连唤:"孤客孤客,苦株林中被人侵克。"拯遂转镇抚司安歇,差张龙、赵虎寻原鸟叫苦去所,看是什么冤枉。

张龙领旨去到苦株林,仍见那鸟叫声如前,即觑那鸟所在,寻个踪迹,只见山凹土穴露出死人尸首。张龙回报,拯大惊,遂焚香告天地,祝云:拯菲才,身任中宪之职,每愿百姓举安,不意苦株山中谋杀这人。古云:人头落地,三年大乱;鲜血滴地,三年大旱。伏乞上天垂怜生灵,预泄冤根,使臣无愧厥职。

至此夜拯隐几而卧,须臾梦见一人,披发泣于案前,歌绝句诉云:

言身寸号是咱们,田心白水出江阴。
流出巴州浪漂杆,底柱中流见山凹。
桂花有意逐流水,潭崖绝地起萧墙。
若非文曲星台照,怎得鳌头上钓钩?

歌罢,又诉曰:"小人银两俱编千文字号,大人可差人去他床下搜取,便见明白。"诉讫,乃含泪而去。拯遂会其意,待天明升堂,差张龙、赵虎径往苦株村牌拘贵一、贵二到厅审究。喝道:"你兄弟假以砍柴为由,惯恶谋人,好生细招,免受万剐。"二人强硬不认。拯又差赵虎、李万奔往他家,于床下搜出白丝银若干。拯将银看,果编得字号。遂大惊骂云:"劫银在此,这贼还硬应。"即令张龙将贵一兄弟捆打一番,重挟长枷。那二人受极刑不过,只得从实招认。于是,拯唤张龙、赵虎押贵一兄弟二人去法场斩首,悬挂巴州四门,晓谕众人,自后谋财害命之风已息矣。

十五　判停妻再娶充军

传闻包公巡抚南直隶,莅政一清如水,爱民德溥如天,威震一方,明烛万里。时越州萧山县崔君瑞,授金华县知县,同妻郑月娘赴任三年,历满朝京。来到琥珀岭黑松林,遇着一伙打劫强人,将文引、官凭、金银、首饰尽行劫去。那时君瑞不得已,将妻月娘寄在万花桥王婆店,径投苏州府,谒尚书苏舜臣,备道琥珀岭被贼劫去文引金银数事,哀告尚书,营谋原职。

那时舜臣听罢,就留住府中,详问:"令堂、令正安在?"君瑞答道:"老母早丧,妻室未娶。"尚书云:"山妻单生一女,名乔英,未曾许配。贤契不弃,可与小女谐百年之好乎?"君瑞答道:"蒙大人错爱,下官敢不从命。但生猥微,千乞佳配令如玉也。"舜臣云:"说哪里话?"于是安排筵席,令侍女梅香,请夫人小姐出来,与君瑞相见,就唤乔英与君瑞拜了天地。二人绸缪琴瑟,共效鸾凤于飞。君瑞遂歌诗一首以遣其情。诗曰:

> 西山楚水路非赊,结会良缘更可佳。
> 合卺杯中浮蚁首,玉栏杆下醉春花。
> 乾坤大道持悠久,琴瑟清声善室家。
> 喜气洞房花烛夜,宁殊海上泛仙槎?

又过半年,尚书为崔君瑞营谋迁官,遣王汴往京打干。汴至万花桥王婆店买酒吃,月娘近前万福,特问:"官人从何而来?"王汴道:"小人从苏州而来。"月娘道:"既从苏州到此,我丈夫名唤崔君瑞,为朝觐被贼劫,径谒苏州苏尚书,未识官人知否?"那王汴素与君瑞不合,忙答道:"小娘子,你是他妻子,缘何不随他同去?"月娘道:"他寄在此,一去六个月不曾转,未知何如?"王汴道:"我如今为他事过京,他到苏州苏尚书老爷府中,娶了苏小姐,又干起官,去别处做。"

月娘大哭叫天。王汴道:"娘子你不要慌,待我去京回来,带你一同前去府中,有何不可。"二人言罢,相别而去。

　　不觉半月，王汴转到王婆店，同月娘前往苏府。见了夫人小姐，哀告了前情一番。忽然君瑞出来，乃见是前妻月娘，遂喝道："这逃奴，焉敢至此？拐带金银，其罪未完，是何人引你进府？"喝令左右棒打一番，随即写下解批一道，将月娘解转萧山县，阴贿王汴解到半路伤她性命。王汴领命起解，苏小姐悄然着梅香送二十贯钱与月娘路上使用，又叫王汴不可害死她命。月娘受讫去了。约来数日。王汴放她自回，转至府中，云及郑氏身亡，君瑞喜不自胜。

　　月娘行至广平驿，陡遇一上司在驿安歇。这上司官即月娘兄郑廷玉是也。月娘思量吃苦，无奈只得具告于上司台下。廷玉见状，乃是亲妹子月娘，详审相别缘由，月娘将受苦前情逐一告知，又诉君瑞停妻再娶一事是实。廷玉听了这场言语，其事是实，遂叫一声："妹子月娘，我是你兄廷玉。"月娘抬头，果见是兄，兄妹相认，二人大哭一场。月娘跪告："老兄得了大官，光显门闾，但小妹不得苏小姐及王汴怜悯饶命，安有今日之生乎？乞兄代伸此冤，死亦瞑目。"廷玉大怒云："贤妹不必忧虑，兄自有区处。"次日径往包府，具告崔君瑞停妻再娶。拯遂差赵虎、黄胜前往苏州牌拿君瑞到台。不数日，君瑞跪在厅下，拯问："下面跪的是谁？"左右云："崔君瑞也。"

　　拯喝令赵虎把君瑞捆打四十，用长枷锁起。君瑞声言告饶。拯怒骂："匹夫无知，枉为司牧！能断他人，全不思自己，玷辱朝廷，贻耻官帽。贪污苟且，是何道理？且停妻再娶，罪该充军。"君瑞低首无对，直招前情是实。于是申奏朝廷，拟崔君瑞通州充军。即日又将君瑞拷打一番，断郑月

娘、苏乔英仍与君瑞相配。次日写下解批,令张千、赵虎押出三人往通州去了。

十六　判中立谋夫占妻

宋仁宗宝元年间,河南汝宁府上蔡县,有巨富长者姓金名彦龙,年逾六十岁,与妻周氏生有一子,名唤金本荣。年二十五岁,娶媳妇江玉梅,年逾二十,娇容美丽。至亲四口,全靠解当度日。忽一日,金本荣在长街市上算了一命,道有一百日血光之灾,除是出路躲避,方可免得。本荣自思,有房兄金本立在河南府洛阳经营,不如去那里躲灾避难,二来去彼处经营。遂到家与父母道知其故。金彦龙道:"我有玉连环一双,珍珠百颗,把与孩儿将去哥哥家货卖,价值一十万贯,不知孩儿意下如何?"金本荣听了父言,喜不自胜,即就领诺。

正言之间,旁边转过媳妇江玉梅,向前禀,曰:"公婆在上,丈夫在家,终日则是饮酒,若带着许多宝贝前去,诚恐路途有失,那时悔不及矣,怎生放心叫他自去?妾想如今太平时节,媳妇愿与丈夫同去,不知公婆意肯从否?"金彦龙曰:"吾亦正虑他好酒误事,若得媳妇同去最好。今日是个吉日,便可收拾起程。"即将珍珠、玉连环付与本荣,吩咐:"过了百日之后便可回来,不可远游在外,使父母挂心。"金本荣应诺,拜辞父母离家。时遇春天,桃红柳绿,城外踏青游玩者并肩相随。时人有诗为证:

> 春来何处不繁华,不独公侯富贵家。
> 苑囿好花开玉蕊,郊原荒草长银芽。
> 半溪烟水生银浪,八洞晴云锁锦霞。
> 任是风流闲子弟,迎眸送目到天涯。

金本荣夫妇行至晚,寻入酒店,略具杯酌。正饮之间,只见一个全真先生走入店来,但见:头绾双仙丫角,身穿皂布道袍。脚踏两只麻鞋,手执鳖壳扇子。威仪凛凛,相貌堂堂。

那先生看着金本荣夫妇曰："贫道来此抄化一斋,不知心诚否也?"金本荣平生敬奉玄帝,一心好道,便邀先生："请坐同饮。"先生曰："金本荣,你夫妇两个何往?"本荣大惊曰："先生,吾与尔素未相识,何以知某姓名?"先生曰："贫道久得真人传授,吉凶靡使不知,今观汝二人气色,目下必有大灾临身,切宜兢兢谨慎可也。"本荣曰："某等凡人,有眼如盲,不知趋吉避凶之方,况兼家有父母在堂,先生既知休咎,望乞怜而救之,久当不忘大恩也。"先生曰："贫道观汝夫妇行善已久,岂忍坐视不救乎? 今赐汝两丸丹药,二人各服一丸,则自然除免灾难矣。但汝身边宝物牢收随身,知汝有难,可奔山中来寻雪涧师父。"道罢相别。

本荣在路,夜住晓行,不则一日,将近洛阳县。忽听得来往人等纷纷传说："西夏国王李元昊欲兴兵犯界,居民各自逃生,汝二人不可前进,进则恐有疏危矣。"本荣听罢传闻之言,思了半晌,乃谓其妻江玉梅曰："某在家中交结得个朋友,唤做李中立。此人在开封府郑州管下汜水县居住,他前岁年来我上蔡县做买卖时,我曾多有恩于他。今既如此,不免去投奔他,那时再做计较。"江玉梅从其言。本荣遂问了乡民路径,与妻直到李中立门首,先托人报知。李中立闻知,即整衣出迎本荣夫妇入内坐下。相见已毕,茶罢,中立问其来情,本荣即以因算命欲要来躲灾事:"承父命将珍珠、玉连环往洛阳经商,因闻西夏欲兴兵犯境,将来投奔兄弟。乞看往日之情,乞赐海容,足见厚义之意。"中立听罢,细观本荣之妻生得美貌,心下生计,遂对本荣言曰:"洛阳与本处同是东京管下,西夏国若有兵犯界,则我本处亦不能免。小弟本处有个地窖子,倘贼来时,贤兄放心且住几时,只从地窖中躲避,管取太平无事矣。况兼朝廷有官军收捉贼寇,贤兄何必忧哉。"便叫家中置酒相待,又唤当值李四去接邻人王婆来家陪侍。李四领诺,去了多时,王婆就来相见,邀请江玉梅到后堂与李中立妻相管待已毕,至晚收拾一眼房与他夫妻安歇。

过了数日,李中立见财色动心,暗地唤李四吩咐曰:"吾去上蔡县做买卖时,被金本荣将本钱尽都赖了,今日来到我家,他身边有珍珠百颗、玉连环一对。你今替我报这冤仇,可将此人引诱至无人处杀死,务要刀上有血,将此珠、玉二物并头上内头巾前来为证,我即养你一世,决不虚谬矣。"李四见说,心中喜不自胜。二人商议已定,次日李中立谓金本荣曰:"吾有一所小庄,庄有一空窨在彼,贤兄可去一看。若中兄意下如何?"

本荣不知是计,遂应声曰:"贤弟既有庄所,吾即与李四同往一观。"当日乃与李四同去。原来金本荣宝物日夜随身。

二人赶到无人烟之处,李四腰间拔出尖刀,言曰:"小人奉李长者严命,说你在上蔡县时,你曾赖了他本钱,今日来到此处,叫我杀你。并不管我之事,你休得有怨于我。"遂举刀向前来杀。本荣见了,惊得魂飞天外,连忙跪在地下,苦苦哀告曰:"李四哥听禀,他在洛阳之时,我多有恩在彼。他今见我妻美貌,恩将仇报,图财害命,谋夫占妻,情实冤惨。乞念我家有七旬父母,无人侍养,饶我残生,则阴功莫大矣。"李四听说,言曰:"只是吾承主命,就要宝物回去。且问汝宝物现在何处?"本荣曰:"宝物随身在此,任君拿去,乞放微生。"

李四见了宝物,乃又言曰:"吾闻图人财者不害其命。今已有宝物,更要取你带的头巾为证,又刀上要见血迹,方可回报,不然吾亦难做人情矣。"本荣曰:"此事容易。"遂将舌头咬破,喷在刀上,遍有血迹。李四曰:"我今饶汝性命,你可急往别处去躲,不要连累于我。"本荣曰:"吾得性命,就如放龙归海,似虎归山,不受羁绊,自当远去矣,安敢有累于君哉?"

遂即拜辞而去。当日李四得宝物急急回庄,送与李中立。中立大喜,吩咐置酒在后堂,请嫂嫂江玉梅叙情。此时正值秋夜之景,国朝江春江先生有诗一首吟秋夜,极是精切,因附录于此,曰:

> 昨夜书楼梦不成,寂无金鼓自心惊。
> 月穿疏牖贡秋色,风过平林作雨声。
> 近有砌蛩添怆悴,远来边雁带悲鸣。
> 圣朝自有通贤路,不问平洋草莽行。

话说李中立设宴,请江玉梅叙情。玉梅见天色已晚,乃谓中立曰:"叔叔令丈夫去看庄所,缘何至今不见其回?"李中立白:"吾家颇亦丰富,贤嫂与吾成其夫妇,则亦快活一世也,何必挂虑丈夫乎?"玉梅曰:"妾丈夫健在,叔叔出此牛马之言,心中岂不自耻?"李中立见玉梅秀丽,乃向前搂住求欢。

玉梅大怒,将中立推开,言曰:"妾闻在家从父,出嫁从夫,妾夫又无弃妾之言,妾安肯伤风败俗以污名节乎?今实要厚妾,只要叫吾丈夫与妾一语,妾宁死而不受辱也!"李中立笑曰:"汝丈夫今日已被我杀死矣,若不信,吾将物事来观,以绝念虑。"

言罢,即叫李四将宝物丢在地上,言曰:"娘子,你看这头巾,刀上有血,你若不顺我时,想亦难免其死矣。"玉梅一见宝物,哭倒在地。中立向前抱起,言曰:"嫂嫂不须烦恼,汝丈夫已死,吾与汝成其夫妇,谅亦不玷厚于你,何故执迷太甚乎?"

言罢,情不能忍,又强欲求欢。玉梅自思:这贼将妾丈夫谋财害命,又要谋妾为妻,妾若不从,必遭其毒矣。遂与中立言曰:"妾有半年身孕,汝若要妾成其夫妇,待妾分娩之后再作区处。否则,妾实有死而已,不愿与君为偶矣。"中立自思分娩之外,谅不能逃,遂从其所言,就唤王婆吩咐曰:"汝同这娘子往深村中山神庙里安歇,我有一所空房在彼,汝可将她藏在房中,等她分娩之后,不论男女,将来丢了,待满月时,报我知会,那时成亲亦未晚也。"当日王婆依言,领玉梅去了。

话分两头。话说本荣父亲金彦龙在家,念儿子、媳妇不归,又无音信,彦龙乃与妻将家私封记,收拾金银,沿路来寻,在路不题。

不觉光阴似箭,日月如梭。江玉梅在山神庙边空屋中已过数月,忽一日肚疼,生下一儿。王婆近前言曰:"此儿只好丢在水中,恐李长者得知,害人性命。"玉梅再三哀告曰:"今他父亲痛遭陷劫,看此儿亦投三光出世,望乞垂怜,待他满月,丢了未迟。"王婆见玉梅情有可矜,心亦怜之,只得从其所言。

不觉又是满月,江玉梅写了出生年月日,放在孩儿身上,丢在山神庙中,候人抱去抚养,留其性命。写道:"河南汝宁府人氏,金胜祖,年一岁,十月十五日午时生。"写毕,遂与王婆抱至庙中,正是:人间私语,天闻若雷。暗室亏心,神目如电。

原来山神使令金彦龙夫妇来这山神庙问其吉凶,入得庙来,却撞见江玉梅。公婆二人大惊,问其夫在何处,玉梅低声诉说前事。彦龙听了,苦不能忍,正欲具状告理,却值包公访察缉知其事。次日,即差无情汉领着关文一道,径投河南府洛阳县,下了拘拿李中立起解到台令。左右将李中立重责了

一百,暂且收监。未及审勘,王婆又欲充作证见凭,玉梅报谢:"后当报答。"包公令金彦龙等在外伺候。

且说金本荣自离了汜水县,无处安身,径来山中,撞见雪涧师父,留在庵中修行出家,不知父母妻子下落,心中愁闷不乐。忽一日,师父与金本荣言曰:"我今日叫你去开封府抄化,有你亲眷在彼,你可小心在意,回来叫我知道。"金本荣拜辞了师父,径投开封府来,亦与金彦龙父子相见,同到开封府前。

正值包公升厅,金彦龙父子即将前事又哭告一遍。包公即令狱中取出李中立等审勘。李中立不敢抵赖,一一供招:"实贪财谋害,强占伊妻,所供是实。"包公吩咐取面长枷,枷镣锁肘,送下死囚牢去。将李中立家财,一半给赏李四,一半给赏王婆,追其宝贝给还金本荣,俱各无罪。李中立妻发边远配军。具奏,朝廷文书下来,勘问得李中立违法,谋害人命已存,其情实是难恕。谋占妻未成奸,律法难容,合该处斩,以诚后人。次日包公令左右人等,牢中取出李中立开了长枷,押赴市曹处斩首示众已讫。

十七　判刘花园除三怪

西京河南府新安县路上有一座名园,唤会节园,每遇春三二月间,倾城都去园里赏玩。当下河南府章台街上,有个开金银铺的潘小员外,名唤潘松,时遇清明佳节,因见满城人都出去郊外游赏,松遂亦禀告父母,独自来这

412

园里,遍玩一遭。

待要回归,割舍不得景致,于路上看着那青山似画,绿水如描,不觉步入一条小路。这条路行人稀少,正行之间,听得后面有人叫"小员外"。回转看时,只见路旁高柳树下,立着个婆子,生得:鸡皮满体,鹤发盈头。眼昏似秋水微浑,体弱如九秋霜后菊。浑如三月尽头花,好似五更风里烛。

潘松言曰:"素昧平生,不识婆婆姓氏?"婆婆道:"小员外,老身便是令堂的姐姐。"潘松想了半晌,言曰:"我也曾听得说有个姨娘,只是未曾得相会。"婆婆道:"好几年不见,你到我家吃茶。"潘松道:"承荷姨婆见爱。"即时引到一条崎岖小径,过一条独木危桥,走到一个去处。婆婆把门推开,入内却是一座崩败花园。这婆婆引潘松到亭上曰:"请坐,等我入去报娘娘知道,我便来也。"入不多时,只见假山背后两个女童来道:"娘娘有请。"潘松道:"山僻之间,有甚娘娘相请?"只见上首一个青衣女童认得这潘松,失惊道:"小员外如何在此?"潘松也认得青衣女童是邻舍王家女儿,名唤王春春,数日前因病死了。潘松问答春春道:"你因何在此?"

春春道:"一言难尽,小员外可急急走去,此处不是人家,若走得迟,则身不保矣。"潘松当时听了此言,唬得魂不护体,慌忙奔走出那花园门来。

过了独木桥,寻出旧路,自思:"惭愧,这花园不知谁家的,如何数日前死的人却在这里?白日见鬼。"迤逦取路走到一酒店门前,只见店里走出一人,却是旧交天应观道士徐守真也。潘松即便问曰:"师兄因何在此?"守真道:"小道因往会节园看花方回。"潘松道:"小子适间逢一件怪事,几乎坏了性命。"遂把那前事对徐守真说了一遍。守真道:"我行天心正法,专一要捉邪祟,若与贤弟同行,看甚鬼魅敢来相侵。"二人饮罢,同出酒店。

正行之间,次路有矮墙,潘松又被婆子看见,被其一时引入矮墙里去,却又是先时撞见婆子的去处。当时徐守真在前面走,回头不见潘松,守真只道又有朋友邀他往别处去,守真遂即自归不题。

且说潘松在亭子上坐下,那婆子道:"先时好意相留,老身有些好话要对你说。且在亭子上等我便来也。"移时,婆子引着青衣女童,把手挽潘松到一个去处,但见:金门朱户,碧瓦盈檐。四边红粉泥墙,两下雕栏玉砌。宛若神仙之府,有如王者之宫。

只见穿白的妇人出来迎接，与潘松相见已毕，分宾主坐定，叫两个青衣女童安排酒来。但见：广设金盘樽俎，铺陈玉盏金瓯，兽炉内高燃龙涎，盏面上波浮绿蚁。筵开排列，无非是异果蟠桃；席上珍馐，尽总是龙肝凤髓。

那青衣女童行酒，斟过酒来，饮得一盏，潘松始问："娘娘尊名姓氏。"只听得外面一人走入，生得：

面色深如熏枣，眼中光射流星。

身披烈火红袍，手执方天画戟。

那人怒气盈面道："娘娘与甚人在此饮宴？又是白圣母引着来的，不要带累着我。"当时娘娘起身迎接着他。潘松失惊问道："娘娘，来者是谁？"娘娘道："此位名唤赤土大王。"

言罢，其人与潘松相揖了，同坐饮酒，少时作辞去了。娘娘道："有劳婆婆费心请得。"潘松见说，唬得遍身似麻，不敢抬头仰视。此时娘娘淫心荡漾，不由潘松心肯，扯着两手，共入兰房。云雨之间，潘松终是猜疑不乐。

缠到三更以后，只见娘娘抬身起来出去。潘松根底立着王春春，悄悄地与松说道："妾身叫你走了，缘何又在这里？你且去看那件事物。"潘蹑走行来看时，见柱上缚着一人，婆子把刀挢开了那人，即取出心肝来。潘松见了大惊，问春春道："此人因甚如此？"春春答曰："此人数日前被这婆婆迷将来时，也和小员外一般相待。今日又另迷人来，却把此人坏了。"

潘松见说，惊得面如土色。说由未了，只见娘娘入内，潘松便先上床，佯作假睡尚未醒。即将那人心肝与娘娘下酒，婆子吃了自去。娘娘觉得已醉，亦上床睡了。春春见娘娘睡得正浓，便蹑脚来床前，招起潘松，低声说道："此处只有一条路，我教你走。若出得去时，可对我娘说知，多做些功果，救我出苦海。你记住这座花园唤作刘评事花园，人迹罕到。着白的娘娘唤作玉蕊娘娘，那日间来的红袍大汉唤作赤土大王，这婆婆唤作白圣母。妾想这三个孽畜不知坏了多少人性命。我如今救你便去。房里床头边有个大窟窿，你且不得惧怕，便下那窟窿里去。有路只管行，行尽处却寻路归去。目今娘娘将次觉来，你可急走，勿得自误。"

潘松谢了王春春，去床头看时，果然有个大窟窿。潘松慌忙下去，约行十里田地，出得路口时，天色渐晚，沿路上问采樵人，寻路归去。远远地却望见一座庙宇内，见灯火灿烂，一簇人闹闹吵吵。潘松移身去看时，只见庙中黄罗帐内，泥金塑就五彩妆成三位神像，如夜间见的一般。惊得潘松手足无措，问众人时，原来是清明节当坊境人春赛，在这庙中烧纸酌献。

潘松走出庙来，急寻归路，到家见了父母，备说昨夜的事。

大员外道："世上有此作怪事？"父子二人同去天应观见徐守真。潘松曰："与师兄在酒店里相会出来，被婆子摄入花园里。"把那取人心肝下酒的事说了一遍："若不是王春春叫我走归，几乎不得相见。"徐守真见说，即时登坛作法。移时之间，就墙前起一阵狂风，风过之处，见一个黄袍兜甲力士前来禀云："潘松命中有七七四十九日灾厄，招此等妖怪，一时未可剿除。"

徐守真即与大员外道："令嗣有七七四十九日灾厄，只可留在弊观躲灾。"大员外谢了徐守真自归。

潘松在观中住了一月有余，忽一日行到鱼池边钓鱼，放下钩子，只见水面开处，一个婆子咬着钓鱼钩，唬得潘松丢了钓竿，叫一声倒地而死。徐守真急忙救起，半晌方醒，就令人去请大员外到观商议。徐守真言曰："吾闻邪者不能胜正，当今南衙包公，为官清正，鬼神钦仰。公欲要除此妖，保全令嗣，必须具状上告，那时或可剿除无患矣。"大员外从其言，即同潘松径来开封府告理。包公看了状词，神异其事，随即谓潘松曰："世间有此妖怪为祸害民，吾若不与汝除之，则黎民不胜其毒矣，恶在其为民父母哉？"遂即准了状词，发潘松出外俟候。再唤张龙、赵虎二人吩咐曰："今有潘松所告，刘评事花园内三妖为祸，白日迷人，汝可去后堂，与吾将前张月桂所付赴阴床与温凉还魂枕收拾得干净，待我寝卧其上，前往阴司查考，是甚妖为害，吾誓除之。"张赵依言，收拾已了，请包公寝在牙床之上。包公吩咐二人："好生看我尸首，待我还魂回来，重重赏你。"二人从命不题。

移时之间，包公魂魄来到地府，先使人通报。阎王闻报文曲星官到此，遂亲下殿接入，分宾主坐定。阎王问道："今蒙星官亲临冥境，不知有何见谕？"包公曰："今有新安县潘松状告刘评事花园内三怪为祸，白日迷人，取人心肝下酒，非止一端。拯有心救民，剿此妖孽，恨力未能，因特到此。万望阎

君着落判官,看是何处走了妖怪,即当剿灭,与民除害。"阎君闻言,即令判官查了回言。答道:"详查此怪,原来白圣母是个白鸡精,赤土大王是条赤斑蛇,玉蕊娘娘是个白猫精。观此三个孽畜,盗了仙酒,神通广大,吾此下界不能除之。星官若要殄此孽畜,必须具表奏闻玉帝,差遣天将方可剿灭矣。"

　　包公听罢点头,还魂回转阳间,赏了张、赵二人。随即斋戒沐浴,焚香具表奏闻玉帝。玉帝闻奏,与众文武议曰:"朕观文曲星官下界,为官清正,鬼神钦仰。今下方有怪如此害民,即宜殄灭。遂差关、赵、王、朱四员大将,五方蛮雷,前到刘评事园内,将三妖剿除回奏。"四员天将领命与五方雷神下界。

　　是夜三更,只见风雨大作,雷电交轰,遥闻刘评事园内隐隐有杀伐之声,移时之间方息。数日,新安县有人来报,说刘评事花园内已被雷火攻毁,有赤斑蛇长数丈,及白大猫儿与白大鸡母三只死于其地焉,并青衣女童尸首而已。于是其怪遂息,潘松亦无恙。大员外父子即拜谢包公之德而去。后来天将回报天庭已讫,当方城隍以青衣女童王春春阳寿未尽,被怪摄去,更兼两次垂救潘松,亦该延寿一纪。遂即移文转达阎君,再赐脱生,配与良家,以寿终世。

十八　枷城隍拿捉妖精

包拯在开封府，一日，因安抚公趋要，合集众官，议设筵席，遂唤诸吏点检器皿。吏告金银器皿尽皆毁坏，拯遂差人唤银匠王温来衙打造。王温见官差，不得已要去，思之只有一妻孤然在家，遂以家事嘱之东邻王泰伯大家看顾，次日与妻阿刘相别而去。

其妻每夜寂寞无聊，孤灯独坐。忽一夜，有人叩门之声，阿刘喝问："是谁人叩门？"门外人叫道："若不开门，断然不饶你性命。"道罢后，忽一阵冷风袭人，推门直入。见其人身长七尺，威猛可畏，身青如蓝靛，发赤似朱砂，口阔如盆，手持一剑，向前抱定阿刘云："你与我结为姻眷，教尔受用不尽。如不肯相从，定杀了你。"阿刘惊怕，只得勉强与之同寝一宵。次日晓，妖精告阿刘："休得令人知觉，如若漏泄此事，今夜不留你性命。"言讫而去。阿刘每日只是惊恐，如醉如痴，有冤难诉。逢到黄昏时候，一阵冷风袭人，妖怪又复持剑直入房中，与之同卧。或去时只留下饮食、钱帛之类。阿刘不知其由，只秘而不说。

自此夜夜往来，将有半个月日，其东邻王老闻知，疑是王温已归，遂问阿刘。阿刘具告以被妖怪迷淫之事。王老大惊道："既有此事，如何不早说知。"阿刘道："被他恐吓，若与人知时，则害于奴，以此不敢漏泄矣。"王老听罢，径走入衙里，告其夫主知之。王温闻此消息，急忙归家，嗔骂阿刘。阿刘哭告："被妖怪迷乱，非干妾身不良。"王温不信，是夜持剑直入，暗中藏伏。良久，果有人叩门入来，灯前但见其人牛头鬼脸，持剑直入，遂喝令其妻同卧。温惊恐不敢出。已天明矣，妖怪去后，温乃出来，与妻商议，待去苗从善家买卦，问是何方妖精。

温至苗家，占覆乃云："其卜触动白虎神，阴人逢一枉鬼为妖，百日后当主丧身。"王温曰："先生若能救得我妻无事，必当重谢。"从善乃教王温道："夫家急与妻出城外，去东边砍一株桃木为棒，候妖怪复来，用此棒赶他，便能断绝。"温送了卦钱，如其言，归家向东边砍桃棒一条。黄昏时，妖怪又持剑而来。王温喝问："是甚处魍魉？"便用桃棒打逐。妖精大笑道："是叵耐这

苗巡官,我和他无仇,却教你如此断我。"

温亦惊走逃闪。良久,妖精大怒而去,将苗家六口全杀尽。温思量:"定是苗巡官推占错了。"遂走出去问苗家。到苗家叩门,并无人应。温推开门,入房中手扪,见六口尽是无头人,遂惊走归家。

天晓,忽遇巡军王吉、李遂二人,见温身上带有鲜血,遂问其故。温告以其妻为妖怪所迷,因到苗家占卜。叩门不应,遂推门直入,但扪见一屋死人,哪知血染遍身。巡军不由分说,捉取王温到官。包公审问王温:"缘何杀了苗从善一家?"温逐一供具妖怪根因,并不知从善一家身死情由。拯思量:"安得有这样妖怪能杀人?"遂将温枷送入狱根勘,温苦不肯招认。

拯又差张辛持利刀一把,入王温家听探。其夜张辛持刀暗中藏伏,果有人叩门入来。灯前但见一个牛头鬼,持剑直入房中抱那妇人。张辛持剑直砍妖精。妖精大怒,与辛交战,辛败走而回。天晓入衙中报与包公:"王温家果有妖精。"拯大怒道:"张辛定是受王温钱物,通同诳官。"遂枷了张辛,又唤武卒刘义、吴真,各持短刀,再去王温家同探。二人持刀再去。

至夜,妖魅又来。二人持剑交斗,妖精用剑一下砍死刘义,吴真奔走得免。天晓入衙回说:"温家果有妖精,刘义已被杀死。"拯遂差正司理去王温家检验。司理到其家,唤阿刘审问事因,不见在家里。公差人前门后户寻遍,不见阿刘。司理思量:"必是妖怪摄去。"遂回报拯,"的确有此事,刘义果被其妖杀死。"拯无奈何,随即差人将三具大枷去城隍庙,先枷了城隍,又枷了两个夫人。枷梢上写着:"你为一城之主,反纵妖怪杀人,限你三日捉到,如三日无明白,定表奏朝廷,焚烧庙宇。"

包拯祝罢回衙后,是夜城隍便差小鬼十余人,限三日定要捉到妖精。小鬼各持槎牙棒、铁蒺藜,绕城上下、寺观山林、古冢坟墓,莫不寻遍。一鬼托化到城东,忽闻树林中有妇人哭声。小鬼随声奔入林中,见一古墓,掘开如盆大,有一佳人在内。鬼使持剑喝问原因。佳人道:"妾在城里住,夫是银匠王温,为妖怪所迷至此。"小鬼听得,遂挽妇人随风而去。忽然遇着妖怪,头生两角,身披金甲,手持利剑,喝问:"谁将我妻儿何处去?"鬼使道:"我奉城隍牒命,来捉妖怪。"其一鬼在黑风中与妖精持剑交战,遂被妖精斫死。小鬼急将妇人抱走。其有众鬼知之,径回庙中告城隍。城隍再遣阴兵捉捕。阴兵遂围定妖精所在,不能走脱,遂被阴众捉缚,同阿刘押入城隍司。司王道:"此系包大人要根勘。"即令取大枷锁着妖精,同阿刘解入府衙。正遇拯在城上判事,忽一阵黑风,尘雾四起,良久,阿刘与妖精同到厅前。拯一见之,方知是参沙神作怪。

拯问阿刘事因。阿刘逐一供具妖精杀苗家因依:"妖怪缚去藏之古冢之中,谢得城隍兵吏救奴,遂得再生天日。"阿刘具言其详,厅上司吏立成文案。拯遂着公人当阶下斩了妖精,但见空中火焰分作两处,良久消散,有一剑落在阶前。胥吏者无不称异。拯乃将此事奏知朝廷。仁宗皇帝遂下诏宣召拯与王温亲问之,得其确实,敕命城隍特加封赠。温复得与阿刘偕老。

十九　断瀛州监酒之赃

京都当那仁宗皇帝设朝之时,瀛州有三十个父老击鼓于朝门外。监鼓郎官奏知朝廷："今有瀛州父老击鼓，欲见天子，不知有何事因？"仁宗闻奏，命召之入朝。至殿下，山呼已毕，奏道："臣等是瀛州河北人，本州使君贪财好色，无道虐民，臣年八十，恨不遭好官，下民无望，特来奏知圣上。"

仁宗闻父老所奏，下敕："赏赐诸父老人布各一匹、钱五贯，待朕自有裁处。"众父老谢恩既出，上遂会集臣僚，问："谁可任此职者，卿宜直言之。"诸官僚交口以包拯为荐。仁宗道："朕亦知包卿乃能干之官，诚不负汝众人所荐。"即日遂降敕命，特命包拯为瀛州节度使。拯得命，遂辞帝出朝，刻日起程赴任，并不用仪从，唯听吏李辛一人及驴子一匹、钱五贯而已。

拯但着布衣，履麻鞋，冠旧巾，作村汉模样。路中人皆不识之。

渐近州八十里，见有仪从旄节，旌旗闪闪，前来远接节度者。有一军卒问拯云："曾见包节度来否？"拯笑道："却不曾见，我自去河北看亲的。"公吏等接日久，疑包节度未必便来，各自回去。拯直入瀛州城，遂去市西王家店安歇。主人周老特来问："秀才欲往何处？"拯道："我是南方人，来访亲戚。"周老问："秀才有何亲戚在本州？"拯答云："是务中监酒人。"主人笑与拯道："监酒的最不良，务中造诸般酒，香桂金波留自饮，酿成薄酒送官家。每常酒一升三十文，卖与百姓军人。"拯记在心。

次日遂心生一计，问周老借瓷盆一只，身带铜钱十八文，入务中沽酒。拯直到阶下大叫曰："有人在家否？"不多时，只见监务徐温在厅上出来，听得有人买酒，便令使唤人宋真量酒。宋真道："秀才更将钱与我，须要饶些升方与你。"拯道："哪里还讨钱送你。"宋真不平，遂减着升量。拯蓦见旁边有一妇人，也将瓷瓶沽酒，先数五六文钱与宋真，然后交钱量酒。

真甚喜，遂多量与妇人。拯问："务中监酒是何人，敢如此卖弄法度，欺瞒下民？"遂高声大骂。监酒者大怒道："这狂夫要在此撒泼？"令左右，"扯出去悬吊在廊下，将大棒痛决。"

左右正待悬吊起来，忽李辛走向厅前道："监酒不识人，秀才便是待制，现任瀛州节度使，如何将来吊打？"监务见说大惊，连忙走过来跪下谢罪。轰动满城官吏，忙来迎接入衙。拯随即唤徐温来责问："你一斗酒五百文，一石酒五贯，又如何取人许多钱？"温低头无语。拯令监起，遂奏之朝廷。敕旨既降，将徐温监贮，断罢停现任之职。宋真不合接受百姓赃钱，押赴法场杖杀。拯依拟断讫，众人大悦。此可为暴官污吏之戒也。

二十　斩石鬼盗瓶之怪

传说有郑秀才者，名宽，开封府人。家道饶足，最勤力学，每夜自处一室读书，至二三更方睡。忽一夕，有人叩门声。宽问："是谁？"门外应声曰："有客拜见。"宽开门，但见一秀才，面目俊伟，须眉清秀，与宽长揖。宽延之坐定，秉起明烛，问："客来何处？"客答道："姓石名呼为处士，与君皆邻里也。闻君书声琅琅，径来访君。"宽与之议论良久，见其语话极洒落，心甚敬之。语至二更，遂别宽而去。

自此每夕往来，与宽清谈，甚相投合。宽敬其为人，一夕以金瓶贮酒，盛设佳肴，与处士对席而饮。酒至数巡，宽起而语道："久聆清诲，未尝有忘，今与君相交亦熟矣，难得今夜清风徐来，明月初升，有酒盈樽，岂可虚度良夜？见君言语清丽，多博古典，想必善佳作，望弗辞示教，以叙此情，岂不快哉？"处士见宽人物轩俊，知其善诗者，遂答道："蒙盛设相待，愧我无杜陵之才，吟来反贻君之笑耳。"宽道："足见弘学，更勿推托。"处士于是席上执杯吟道：

"月色连窗夜气清,与君相遇叶同声。只愁识得根因处,虚负今宵雅爱情。"
处士吟罢,郑宽抚掌笑道:"诗诚妙矣,只是结句太窄,今将与君长为伴矣,何
至便有虚负之情?"亦依韵和吟一首:

> 秉烛相谈话更清,徐徐席上动风声。
>
> 今宵盛贮金瓶酒,要证平生夙昔情。

处士听罢,亦笑答道:"君才尤捷,小子非其敌也。"二人饮至二三更
而去。

至第四夜,乘月明,石处士又来叩门,与宽道:"日前蒙赐佳酿,盛意难
忘,今寒舍新曲已熟,愿邀君步月而往,同饮一杯,少款情话,可否?"宽诺之,
石处士遂与之同行到其家。

但见野径萦迂,茂林修竹,中有琐窗朱户,如神仙境界。石处士遂呼小
童安排筵席,把杯同饮,沉醉而返。宽归,痴迷如梦,数日方醒。自此处士往
来无间,时或宿于宽家,宽视之如旧知,并无疑忌焉。

忽一夕,处士与宽同榻而睡。处士伺宽熟睡,密盗其箱中金瓶而去。天
明宽睡觉起来,忽见箱子开了,探视不见金瓶所在,待问石处士,已去矣。宽
直抵其家问之,及寻其旧路,但见林木森森,乱石落落,悄无人迹,亦不知其

家所在。宽怅恨而归。自此,石处士亦不复来。

宽几夜郁郁,无计奈何,遂入府衙陈诉,告理其事。拯见状便问:"石处士是何处人?"宽具言其往日与彼相会之详。

拯即差人赉文引,与宽同往其处追唤石处士。公吏到其地方,但见怪石嶙峋,唯无人家,又闻虎声咆哮,徘徊竟不敢入。及询之邻里,皆不知有石处士之家。公吏归以告拯,拯思之必是妖怪,再差人叩其处,令以文牒焚之,祝之当境土地龙神,必有下落。公吏如其言再往,将牒文焚祝之讫而回。

次日黄昏时,俄然黑风暗起,见有鬼吏数人,缚捆石处士直到厅前。公吏即忙通报,拯便将处士勘问。处士一一招认,供具所盗去金瓶现收藏在家里。拯差人押处士归取金瓶。公吏到其处,见有一岩窍如瓮大,其中宽阔如屋,有怪石数十,屹立如人状,其金瓶则挂之石壁之上。公吏取金瓶,仍押处士回衙见拯。拯唤郑宽取其物色。宽一见金瓶,果是宽家之物。拯着宽领瓶而去。令公吏押石处士斩讫,只见有石碎无数,更无人尸,拯方知即石精也。后其怪遂息。

二十一　断屠夫谋黄妇首饰案

包公守韶庆之日,离城三十里有个地名宝石村,人烟稠密,唯有黄孙长者家颇富足,田园甚广,祖上唯事农业。长者生二子,长曰黄善,次曰黄慈。善娶城中陈许之女琼娘为妻。

琼娘性最柔,自过黄家门后,奉事舅姑,极尽和顺,所以大小无不欢喜。未及一年,忽一日陈家着小仆进安来报知琼娘道:"老官人因往庄中回来,偶沾重疾,叫你回来看视他几日。"

琼娘听说是父亲沾病,如何放得落心?吩咐进安入厨下酒饭,即与丈夫说道:"吾父有疾,着人叫我回去看视,可对公婆说,我就要一行。"黄善道:"目下正值收割时候,工人不暇,且停待数日去未迟。"琼娘道:"吾父病卧在床,望我之归,以日为岁,如何等得?"善实意要阻她,不肯与去。琼娘见丈夫阻她行意,闷闷不悦。至夜间思忖:"吾父只生得我一人,又无别兄弟依靠,倘有差跌,悔之何及?不如莫与他知,悄悄同进安回去。比及知时,料亦无妨事。"

次日请早，黄善径起去赶人收稻子，琼娘起来梳妆齐备，吩咐进安开后门而出。琼娘前行，进安后随，其时天色尚早，二人行上数里，来到芝林，露气漫漫，对面不相见。进安道："日还未出，露又下得浓，不如入林子里躲着，待等露收而行。"

琼娘是个机警女子，乃道："此处路僻，恐人蓦见不便，可往前面亭子上去歇。"进安依其说。正行间，忽前头有三个屠夫，要去寻猪买，亦赶早来到，恰遇见。琼娘头上插戴银首饰极多，内有姓张的最凶狠，与二伙伴私道："此娘子想是要入城去探亲，只有一小厮跟行，不如劫夺了所戴首饰来分，胜做几日生活矣。"一姓刘的亦道："此言极是。我前去将那小厮拿住，张兄将女子眼目扣了，吴兄去夺首饰。"琼娘要藏在袖中，竟被吴九用手抢入袖中去夺。琼娘紧紧抱住，哪肯放手。姓张的恐遇着人来不好，拔起一把宰屠刀，将琼娘左手砍下。琼娘忍痛跌倒在地，被三人将首饰尽夺得去了。进安近前来看时，琼娘不省人事，满身是血，连忙复回黄家报知。正值黄善与佣工吃饭，听得此消息，大惊道："不听我言，遭此毒手。"慌忙叫三四人取轿，来到芝林。琼娘略苏，黄善便抱入轿中，抬回家下看时，左手被刀伤处，其掌将坠。一边吩咐家人请医生理救琼娘，即具状领进安入府哭诉于拯。

拯看状没姓名，乃问进安："汝曾认得劫贼人否？"进安道："面貌认他众人不着，只似个买猪屠夫模样。"拯道："想贼人不在远处，料尚未入城。"吩咐黄善去取得琼娘那一件血染短衫来到，并不与外人扬知。乃唤过值堂公皂黄胜，带着生面人，教之："将此短衫穿着，可往城中遍巷去喊叫，称道：'今早过芝林，遇见三个屠户被劫，一屠夫因与贼斗，杀死在林中，其二伙伴各散走去了。'"胜依教，领着一生面客人，穿着染血短衫，遍城去叫。

行到东巷口张蛮门首,彼妻阿朱闻说,连忙走出门首来问道:"我夫请早而出买猪,只不知同哪个伙伴去,又没人问个的实。"胜听见,就坐在对门酒店中等着。张屠将近午后回来,被胜走近前一把拿住,押来见拯。拯随令即搜验之,果搜出银首饰数件。拯道:"汝报来同去伙伴,则饶汝之罪。"张蛮只得攀出吴、刘二屠夫。拯即时差黄胜、李宝分投去捉。不多时,吴、刘二屠夫正回来,被黄胜、李宝不待他入门,竟捉拿解来见拯。刘、吴初则不知官府捉他根因,及见张蛮跪于厅下,惊得哑口无言。拯亦令搜出首饰各数件,着用刑者极法究审。三人抵赖不过,只得一一吐实,供具谋夺之情。着司吏叠成案卷,拟判张蛮三人皆问斩罪,给还首饰与黄善而去。后来琼娘得名医救好,仍与黄善团圆。韶庆百姓慕包公之能神矣哉。

二十二　雪癣后池蛙之冤

话说包公自断黄善之妇被劫一事,远近称传,强暴敛迹,庶民安业,谁不仰风敬畏?日坐府堂,虽则词清讼简,案牍无滞,但是小可不明之事,诉于台前者,顷顷之间决断,如日出冰山融然而释,六房公司人等,哪个敢怀一点私心?执卷侍立,唯听呼令而已。

一日,包拯公事之余,退居后廨铭心亭上看案牍宗卷,廨后正近着小荒池。时节是熟梅天气,将近黄昏左侧,拯端坐椅上,左右执烛侍立。拯检视数宗案卷,略困,聊凭几而睡。忽那小荒池中群蛙相聚,一时间并闹将起来,声音不停。拯被其嘈,问左右:"哪里恁地喧闹?"左右近前复道:"廨后有小荒池,适间夏雨初过,园圃新霁,有那群蛙聚闹,不是人喧嚷。"

拯听罢乃道:"此恶虫何不于远处宿,而在此间嘈我?"即着人去唤司吏周礼。周礼正在舍下与那故人饮酒,吃得烂醉,听得包公有召,连忙径赴廨后来见。拯吩咐道:"汝将我示帖去,贴于小圃粉墙上,晓谕那池中群蛙,再不许它在此群闹,有妨包老爹在廨后审案卷。"周礼领诺,遂将包公所批晓谕诫文收在房里去了。当下那周礼被酒醉未醒,直睡到天明,方起来进衙听候,已忘了将示帖晓谕池蛙之事。

才过数日,本道有文书来到,着本府有司审重犯解京奏谳。

公吏报知于拯。拯吩咐打扫后廨，是夜秉烛审卷于厅之上。拯执笔视卷，不觉捻须三叹，其貌怆然。时黄胜、李宝在旁，见拯嗟吁不已，靠前禀复："公相因何看卷停笔不下？有何缘故？"

拯道："汝二人事我亦久，说知无妨。今者本省有文书来，报审重犯解京奏谳，甚不忍得。尔等见我执笔未落，盖因怜犯人不能开之，倘或成案，齐名到京，生死于此决耳，是以沉吟，盖为此也。"黄、李听说，叩伏于阶下道："公相天地之心，使有决者死亦无怨，而今起念若是，愿公相子子孙孙封侯不绝矣。"道未了，忽后圃池中群蛙喧闹之声比前日尤甚。拯怪而问道："日前已有诫谕，叱小虫不许在此喧嚷，妨我案牍之劳，今夜何又得如是？"即唤周礼问之。周礼方记得忘去晓谕之事，恐拯见责，乃绐之云："承领已将帖子晓示，不意此蛙任然如是。"拯怒道："人尚遵化，此类犹敢违吾令乎？"即取过笋篓来，剪成数百只枷枷上，批道："不遵约束，枷号示知。"

再差黄胜将此枷撒向后圃小荒池中去讫。

次日拯升厅，忽数十大青蛙，各项上顶一枷，翼然伏在阶上，似有诉冤之状。众人看见称异。拯忖道："此必周礼未将诫帖晓谕之故。"遂唤周礼来证，周礼犹推不认。群蛙齐跳上厅来，围定周礼。周礼惊惧，只得供称是夜酒醉，忘将诫帖晓谕根因。拯怒道："汝执事人，贪酒忘公，误及虫类。"当堂拟断周礼违法之因，问发河南某卫充军。至今传有因蛙问军，是此故也。令公吏开去群蛙笋篓枷焚之，仍放归池中。是夜拯梦见四十个青衣人，伏在阶下，口称感德而去。及拯觉来，方忆此青衣即是所放之蛙也。自是公廨后中夜寂寥，再无蛙声喧闹，至今犹然。此真见包公恩德及于微物，而不私公吏之玩法者矣。

二十三　除恶僧理索氏冤

包公为开封府尹之日,异政著闻,百僚钦服,便是仁宗皇帝,亦屡召入便殿中,省以政事。包拯开心见诚,知无不言,言无不尽,唯恐民情弗达也。

一日,因按视治下,体悉风谣,行到济南府。公吏候迎于驿舍,次日打扫公廨伺候。拯升堂坐定,司吏各呈进案卷,与拯审视。拯检察内中有事体轻可者,即当堂疏放回去,使各安生业。得脱罪人欢声动地,感德不胜。正决事间,忽阶前刮起一阵旋风,尘埃荡起,日色苍黄,堂下侍立公吏一时间开不得眼。怪风过后,了无动静,唯拯案上吹落一树叶,大如手掌,正不知是何树叶。拯提起视之,良久,乃遍示左右,问:"此叶亦有名否?"内有公人柳辛者认得,近前复道:"城中各处无此树,亦不知树何名。离城二十五里有所白鹤寺,三门里有此树二棵,高若参天,条干茂盛。此叶乃是白鹤寺所吹来的。"

拯道:"汝果认得不错么?"柳辛道:"小人住居寺旁,朝夕见之,如何会认差?"拯知有不明事。

过却一宵,次日清早升堂,金押以罢,即令乘轿去白鹤寺,称道要行香。寺中僧行连忙各出,迎接入方丈坐定。茶汤才罢,座下风生。拯忆昨日旋风又起,即差柳辛随之而去,辛领诺。

那一阵风从地中滚出方丈,直至其树下而息。柳辛回复于拯,拯道:"此中有缘故必矣。"乃命柳辛锄开看之。辛问左右邻讨得锄头,掘开三尺土时,见一领破席,包卷着个十八九岁年纪妇人在内。辛看得明白,入禀于拯。拯听说呀道:"此亦怪哉。"自来看验,身上并无伤痕,只唇皮迸裂,恨目微露。拯令绞开口视之,有一根竹签,直透咽喉。拯令将尸掩了,再入方丈,召集众僧行问之。众僧各道不知其故。拯一时跟究不出,转归府中,退入私衙后,近夜秉烛默坐,自思:"寺门底缘何会有妇人死尸? 纵使外人有不明事,亦当埋向别处。莫非僧行中有不良者谋杀此妇,无处掩藏,故埋树下?"

拯思忖良久,将二更,不觉困倦,拯身隐几而卧。忽梦见一青年妇人,哭拜阶下。拯梦中问:"哭者是谁? 有何冤诉?"

妇人道:"妾乃城外五里村人氏,父亲姓索名隆,曾当本府狱卒。妾名云

娘，因今年正月十五元宵夜，与家人入城看灯，夜久更深，偶失伙伴。行过西桥，遇着一个后生，说是与妾同村，指引妾身回去。行至半路，又来一个，却是个和尚。妾月下看见，即欲走转城中，被那先来后生袖中取出毒药来扑入妾口中，即不能言语，竟被二人拖入寺中。妾知其欲行污辱，思量无计，适见篱上一竹签，被妾拔下，插入喉中而死。将妾随行首饰尽搜检去，把尸埋于树下，冤魂不散，今遇太尹到此，特来分诉。乞为伸理，妾在九泉之下亦瞑目矣。"告罢辄去。拯梦中正待再问其人姓名，不觉醒来，残烛犹明。拯起行徘徊之间，窗前已遗下新皂靴一只。拯计上心来，暗道："此冤能明矣。"

次日升堂，并不与人说知，即唤过亲随黄胜吩咐："汝可装作一皮匠，密密将此皂靴挑在担上，往白鹤寺各僧房出卖。有人来认，即来报我。"胜依教来到寺中，称叫卖僧靴。正值各僧行都闲在舍里，齐来看买。内一少年行者提起那新皂靴来看，良久乃道："此靴是我日前着皮匠在寺中新做的，藏在房舍中未着，你如何偷在此来？"黄胜初则与之争辩，及行者取出原只来对，果是成双一样造的。黄胜故意大闹一场，被行者众和尚夺得去了。胜忙走回衙，报与拯知。拯即差集公人，围绕白鹤寺，捉拿僧行。当下没一个走脱，都被解入衙中。拯先拘过认靴的行者靠前排下，严法具审，问谋杀妇人根因。行者不肯招认，拯就于袖中取出原状，令司吏读与听罢，乃道："分明是汝同一伙逼死，尚敢抵赖。"即令用枷极法拷究。行者心胆惊落，不待用刑，从实一一招出逼杀索氏情由。拯将其口词叠成案卷，当堂判拟："行者与同谋和尚二人,为用毒药致逼死索氏,押上街心斩首示众;其同寺僧员知情通谋,事未发露,发配及恶州充军。"判讫,满城老幼无不称快。后包公回京,将此事奏请于仁宗。仁宗大加钦奖,下敕有司,茔其坟而旌表之。此见包公之明真并日月,照妖气不能逃其影,使索氏之冤竟雪,且惩诫后人不敢恣放为恶矣。

二十四　断谋劫布商之冤

包公按视治下,公事明白,有冤者洗雪之,无冤者鞠放之,百姓欢悦,歌声满途。临起程,济南父老、公吏,皆送出南门,设饯席于岸上。包公酒至半酣,谓众父老云:"我奉上命巡视府县,亦只为民情有不能达者,故有此行。汝等吾民,今后各安生业,毋作非为。有子孙者教之事诗书,有田业者教之事畎亩,莫如日前白鹤寺僧行,不守本分,罪及其身,悔之亦晚,汝众人所共知。我今离本处之后者,宜以前事为戒,再勿自陷阱矣。"父老听罢,皆拜伏于道旁,答云:"谨遵教命。"

酒罢,拯登车而行,百姓送者各洒泪而别。拯与一行人在途,前望东京进发。正是:仆隶低声忘喝道,恐惊儿女戏秋千。

不觉一日,已到东京。原衙门公吏迎候升堂,吩咐事务毕,过却一宵。次日,拯随班趋朝,将已按视判过事即奏知于仁宗。

仁宗退便殿,将其显异案卷逐一问之。拯细详陈奏。论及民间冤枉之处已皆雪明,仁宗不觉肃然起敬道:"卿之能干,恩及枯骨,非唯万民之幸,实朕京都之捍御也。"因命侍官赐酒。

拯以上命赐之,不辞而饮,是日甚醉,上命侍官扶之而出。后人看到此处,有诗赞道:运治兴隆国祚昌,包公异政重君王。谁知千载公道在,犹有英名姓字香。

是时,河南地方连年荒旱,本省官奏知仁宗皇帝,称道:"自今年春二月以来无雨,农事抛荒,至今七月,亢阳绝流,赤地千里。前年秋成无望,今岁又如是,百姓流离转徙他乡,一朝啸聚为盗,非国家之利。乞圣上委官开仓赈济,庶使未转徙者得以安家,尚可保宁,若再迟数月,不测之变,臣所难料也。"仁宗见疏,集文武官商议。有参知政事李沆出班奏道:"臣闻河南省下,

近年以来,冤狱未决者不下数十,今天道荒旱,莫非是此缘故? 欲要赈济河南饥民,若委别官去,莫道救民,反是扰民。除是包太尹可任此职,必慰民望,方见实效。"

仁宗闻奏大悦,即日宣过包太尹,御写"委卿而行"四大字,颁敕书与拯前往河南赈济饥民。包拯领命谢恩,辞帝出朝。

次日将本府公事封停了毕,带领亲随公吏黄胜、李宝、张龙、李虎等二十四名无情汉,整备轿马,离京都望河南而行。

正是着七月中旬天气,不寒不暖。路途中听得一声悲悲切切之孤雁,柳梢底时闻哽哽咽咽之残蝉。常言道,正是:客途最怯秋风动,惹起离愁望故乡。

包公与从人在途,晓行夜住,经过了几个驿所,一日,行到地名横坑,那三十里程途都是山僻小路,没得人烟。当午时候,忽有一群蝇蚋逐风而来,将包拯马头团围了三匝。拯用马鞭挥之,才起而复合,如是者数次。拯忖道:"此蝇蚋尝恋死人之尸者,今来马前绕集,莫非此地有不明之事?"即唤过李宝喝声道:"此有蝇蚋集我马首不散,莫非有冤枉事,汝随前去根究明白,即来报我。"道罢,那一群蝇蚋翼然飞起,引着李宝前去。行不上三里,到一岭畔枫树下,直攒入土。李宝知其敌,即回复于拯。拯同众人经其处,着李宝用锄头掘开二尺土,见一死尸,面色不改,似死未久的。拯令反复看视,身上别无伤痕,唯阴囊碎裂如粉,肿尚未消。拯知被人谋死,忽见衣带上系一个木刻小小印子,却是买布的记号。拯令解下,藏起于袖中毕,仍令将尸骸掩了而去。靠晚边亭子上一伙老人并公吏在彼迎候。拯问众人何处来的,公吏禀道:"河南府管下陈留县宰,闻贤侯经此,本县特差小人等在此迎候。"拯听罢吩咐:"明日开司与我坐二三日,有公事发放。"公吏等领诺,随马入城,本县官接至馆驿中歇息。

次日已打点吩咐衙门与拯升堂干事。拯思忖路上被谋死尸离城郭不远,且死者只在近日,想谋人贼必未离此。乃召着本县公吏吩咐道:"汝此处有经纪卖上等好布的,唤得来我要买几个。"公吏领命,即来南街领得大经纪张恺来见。拯问:"汝作经纪,曾买哪一路布?"恺复道:"河南地方俱出好布,小人是经纪之家,但有来者即货之,不拘所出。"拯道:"汝将众经商所货布,每个拣一匹来,我看中得者,可领钱买。"恺应诺而出,将家里布各选一匹好的来交与拯。与堂上公吏人等,哪个知道拯要验此死尸一事,只说拯真是要买布用。

比及拯逐一看过,都无其印号。恰好看到一匹,与其印字暗合,拯遂道:"别者皆不要,只用得此样布二十匹。"恺道:"此布日前太康县人李三带来,尚未货卖,既大人用得,就奉二十匹。"拯道:"可着客人一同将布来见。"恺领诺,到店中同卖布客人李三拣过二十匹精细有号头的送人司见拯。拯复取木印记对之,一些不差,乃道:"布且收起。汝买布客伴还有几人?"李三答道:"共有四人。"拯道:"都在店里否?"

李三道:"今日正待发布出卖,听得大人要布,犹未起身,都在店里。"拯即时差人唤得那三个来,跪作一堂。拯用手按着须髯微笑道:"汝这起劫布商贼,有人在此告首,日前谋杀客人,埋在横坑半岭枫树下,是汝这几人所为矣。"李三听说,便变了颜色,强口辩道:"此布小人自货来的,哪有谋劫之理?"

431

拯即取木印着公吏与布号逐一合之,不差毫厘。吏复:"此布之号与木印果同。"及道强贼尚自抵赖,喝令用长枷将四人枷了,收下狱中根勘。李三众人神魂惊散,不敢抵赖,只得将谋杀布商劫取情由招认明白。公吏叠成案卷,拯判下:"为首谋者合偿命,将李三处决;为从三人配及恶地方充军;经纪家供明无罪。"判讫,审得死商系某处人氏,径差人前往,召得其子来,悉以布匹给还之。其子方知父被人谋死,感泣拜谢,带将尸骸回去。陈留百姓无不叹羡,包公之明于此益显。

二十五   答孙仰雪张虚冤

包公在陈留县判断谋劫布商强徒一事,官宦钦服,庶民仰敬。在县审察民情,完了公事数日,吩咐从人整备轿马,离了陈留县,径望河南进发。怎见得,有诗一篇道:

飒飒西风落叶秋,使君车马拥轻裘。

此行端为生民计,始信当时有俊侯。

包公一行人在路十数日,望河南城不远。将午,迎接官员都在十里长亭伺候,望见拯来得近,齐齐摆列两边。拯吩咐:"今日众人且退,明日开司伺候。"官员公吏人等应诺。随轿马入得城来,果好一座城郭。当宋时,河南府是为西京,天下有名去处,人烟稠密,买卖骈集,正是:世上弦歌花酒地,人间富贵帝王都。

拯入得城来,在馆驿中安歇一宵。次日开府司,拯升座,召父老近案前问之云:"近因河南荒旱,百姓流离,圣天子命我来开仓赈济,汝父老人民等,各有依册籍支给,毋得瞒昧,有负圣上之恩。"父老答道:"近听得朝廷委太尹来此赈济饥民,百姓每如大旱之望云霓,唯恐太尹之来得迟矣,岂敢有瞒昧之情?"拯道:"明日我有告示晓谕。"众父老拜谢而出。次日,拯着令将告示张挂河南治下,但有饥荒县邑,都来支给米粮。拯自坐仓前公廨中,依籍支放。侍旁公役人等,哪一个敢怀半点私心?连放了几日,饥民都得米粮而

432

去,欢声满路,感君上、包公之德,言不绝口。有诗赞云:

> 荒旱连年几奏陈,仁君深悯庶民情。
> 贤侯赈济行公道,准拟来秋望有成。

是时包公赈济饥民事毕,另开分省衙门审察狱案。忽把门公吏入报:"外面有一妇人,左手抱着个小孩儿,右手执一纸状,悲悲切切,称道含冤,要见贤侯,欲诉其情。"拯听罢乃道:"吾今到此,非只因赈济一节,正待体察民情,外面休得阻挡,直与其人。"公人即出,领得那妇人带在阶下。拯遂出案,看那妇人虽是面带惨色,其实是个美丽佳人。拯问:"汝有何事来告?"妇人道:"妾家离城五里,地名莲塘,居址唯张、刘、郑三姓。妾姓吴,嫁张家,丈夫名虚,颇事诗书。近因交结城中孙都监之子名仰来往,日久月深,妾夫以为知己之交。一日,妾夫因往远处探亲,彼来吾家,妾念夫蒙其持携,自出接待之。不意孙氏子起不良意,将邪言调戏妾身,当下被妾叱之而去。过一二日丈夫回来，妾将孙某不善意道知吾夫，因劝与之绝交。丈夫是读书之人，听妾之言发怒，欲见孙氏子，要与他定夺。妾又虑彼官家之子，又有权势，岂奈他何，自今只是不睬他便了。彼时丈夫恨气亦消，遂绝之，不与来往将一个月，至九月重阳日，孙某着家人请我丈夫在开元寺中饮酒，哄说有什么事商议。靠晚丈夫方归，才入得门，便叫腹痛。待妾扶入房中，面色变青，鼻孔流血。乃与妾道：'今日孙某请我，必是中毒。'延至三更，丈夫已死矣。未过一月，孙某遣媒重赂妾之叔父，要强娶妾。待妾要投告本府，彼又着人四路拦截，道妾若不肯嫁他之时，要妾死无葬身之地。昨日听得大人来此赈济，知吾夫之冤可雪，特来诉知，则妾夫九泉之下瞑目矣。"拯听罢问道："汝家还有甚人？"吴氏道："尚有七十二岁婆婆在家，妾只生下有二岁儿子。"拯令司吏为之收了状子，发遣吴氏就外亲处伺候，密召当坊里甲问之云："孙都监为人何如？"里甲复道："大人不问，小里甲不敢说起。孙都监河南府专一害人，但有他爱的，便被他夺得去，就是本处官府，亦让他三分。"拯又问："其子行事如何？"里甲道："孙某恃父势要，近日侵占开元寺腴田一顷，不时带领娼妓于寺中歌乐饮酒，横行乡村，奸宿庄家妇女，哪一个敢逆他？即目寺僧恨他入骨髓，只是没奈何。"拯闻其言，嗟叹良久，退入后堂，思量一计。

次日拯装作一个公差模样，从后门出来，密往开元寺来游戏。

正步着方丈之际，忽报寺中孙公子要来饮酒，各人回避。拯听得暗喜："正待根究，此人却好来此。"即躲向佛殿后，在窗缝里看时，见孙某骑一匹白马，带有十数个军人，两个城中出名妓女，又有个心腹随侍厨子。孙某行过长廊，下了马，与众人一齐入到方丈，坐于员椅上。寺中几个老僧都拜见了。霎时间，军人抬过一桌酒，摆列食味甚丰，二妓女侍坐歌唱服侍。

那孙仰扬扬自得，意料西京势要，唯有我一人而已。拯看见后，性如火急，怎忍得住？忽一老僧从廊下经过，见拯在佛殿后，便问："君是谁？"拯道："某乃本府听候的，明日府中要请包太尹，着我来叫厨子去做酒，正不知厨子名甚，住居哪门？"僧人道："此厨子姓谢，住居孙都监门首，今府中着此人做酒，好没分晓。"拯问："厨子有何缘故？"老僧道："我不说，尔怎得知？月日前，孙公子同张秀才在本寺饮酒，是此厨子服侍，待回去后，闻说张秀才次日已死，包老爹是个好官，若叫此人去，倘伏事不周，有着失误，本府官怎了？"

拯听罢,记在心,即抽身离开元寺,回到衙中。

　　次日差李虎径往孙都监门首,捉那谢厨到阶下。拯问:"有人告尔用毒害了张秀才,从实招承,饶尔之罪。"谢厨初则不肯认,及待用长枷收下狱中根勘,谢厨欲洗己罪,只得招认用毒害死张某情由,皆出于孙某之命。拯审明白,就差人持一小请帖去请孙公子赴席,预先吩咐二十四名无情汉严刑具伺候。

　　不多时,报孙公子来到。拯出座接入后堂,分宾主坐定,便令抬过酒筵。孙某道:"太尹来此,家尊尚未专拜,今日何敢当太尹盛设?"拯笑道:"此不为礼,特为公子决一事耳。"酒至二巡,拯从袖中取出状一纸,递与孙某道:"下官初然到此,未知公子果有此事否?"孙某看是吴氏告他毒死她丈夫的状子,勃然变色,出席道:"岂有谋毒人而无佐证耶?"拯道:"佐证已在。"即令狱中取出谢厨,跪在阶下。孙某未见谢厨尚强口辩说,及见后,唬得浑身冰冷,哑口无言。拯着司吏将谢厨招情念与孙某听着。孙某道:"学生罪则虽有,万望看家尊分上。"

　　拯怒道:"汝父子皆是害民者,朝廷法度,我决不私矣。"即唤过二十四名狠汉,将孙某带去了,登时于堂下打了半百。孙某受痛不过,气绝身死。拯令将尸首拽出衙门外,遂录案卷奏知仁宗。仁宗旨颁下:"孙都监残虐不法,追回官诰,罢职为民。谢厨受工雇人,用毒谋害人命,随发极恶郡充军。吴氏为夫申冤已得明白,本处有司每给库钱赡养其家。包拯赈民公道,于国有光,就领西京、河南府之任。"敕旨到日,拯依拟判讫,远近闻之,无不称快。

二十六　东京判斩赵皇亲

　　西京河南府,离城五里,地名棋盘巷,有师员外,家道殷富。员外虽弃世,生下二子,长子名师官受,次子名师马,都皆志气。二郎现在扬州当织造匠。官受娶得妻刘都赛,乃是个美丽佳人。生下儿子名金保,年已五岁。是时正月上元佳节,西京放灯甚盛。师家使唤梅香对刘娘子道:"难得好个上元,今有本城鳌山寺里,有一座逍遥宝架灯,说道乾坤稀有,世上无双。千闻不如一见,今晚与娘子入城看玩一回。"娘子入城看灯之事,婆婆道:"女子不出闺门,且元旦男女混杂,去则无益。"刘娘道:"媳妇怀孕金保时,曾在东岳庙许下心愿未还,今孩儿已满五岁,趁今夜看灯,前去还了愿便回。"婆婆依允,着梅香与院子张公随她同去。娘子梳妆齐备,十分俊俏,与梅香、张公入得城来。正是放灯时候,径进东岳庙,焚香祝拜已毕,娘子与张公道:"婆婆吩咐不要去看灯,难得遇此元宵,我今瞒过婆婆去看一遭便回。"张公只得依允随行。

来到鳌山寺,众人喧杂,不觉梅香、院子各自分散。娘子正看灯,回头不见伙伴,心下惊怕。忽然刮起一阵狂风,将逍遥宝架灯吹落,看灯人都四散走去,只有刘娘子不识路径,立在街前檐下。听得一声喝道,数十军人随着一贵侯来到,灯笼无数。是谁?乃上位皇亲赵王。马上看见娘子美貌,心下暗喜,便问:"你是谁家女子,半夜在此?"娘子诈道:"妾是东京人氏,随丈夫到此看灯,适因吹折逍遥宝架灯,丈夫不知哪里去了,妾身在此等候。"赵王道:"如今更深,可随我入府中,明日却来寻访。"娘子无奈,只得随赵王入府中。赵王心生一计,着使女引娘子到睡房中去。赵王随后进去,对娘子道:"我是金枝玉叶,你肯为我妃子,享不尽之富贵;如不允从,亦必难脱。"娘子吓得低头无语,寻死无路,怎推得那赵王横强之势,只得顺从。宿却一宵,赵王不胜欢喜,正是:此处欢娱嫌夜短,师家寂寞恨更长。

当彼张院公与梅香回去,见师婆婆说知娘子看灯失散,不知去向,婆婆与师郎烦恼无及,着家人入城体访消息。有人传说在赵王府里,亦未知的实。

不觉将近一个月,刘娘子虽在王府享富贵,朝夕思忆婆婆、丈夫、儿子,只悔当初不听婆婆言语,惹出此祸,恨气触天。

有太白星要教她与前夫相会一面,变作个焦苗小虫,飞入刘娘子房中,将她穿的那一套织锦万象衣服都咬碎了。次日娘子看见,眉头不展,脸带忧容。适赵王入见,问之:"因甚烦恼?"娘子道知其故。王笑道:"此则何难,只要召取西京会织匠人来府中织造新的便了。"

次日,王出告示道知后,不想师家祖上会织此锦,师郎正要探听其妻消息,没得因便,听得此语,即便辞知母亲,来赵王府见赵王。赵王道:"汝既会织,就在府中依样造成。"师郎承命而去。有人说与娘子:"今王着五个匠人在东廊下织锦。"

娘子自忖："西京只有师家会织，叔叔二郎现在扬州未回，此间莫非我丈夫在焉。"即抽身出来看时，那师郎亦认得是其妻刘都赛，二人相抱而哭。旁织匠人各惊骇不知其故。是时赵王酒醒来不见刘都赛，因问侍女。侍女说知在织造所看织锦。赵王即来廊下看时，见刘娘子与师郎相抱不舍。赵王怒道："汝匠人何得无理！"既令刽子手押过五个匠人，前去法场处斩。

可怜师郎与四个匠人无罪，一时死于非命。那赵王恐有后累，部五百刽子手，前到师门首围了，将师家大小男女杀戮已尽，家财被着随人搬回府中，放起一把无情火，烧了房屋而去。

当下只有张公带得小主人师金保出街坊买糕，回来见死尸无数，血流满地，房屋烧尚未灭。张公惊问邻居之人，乃知被赵王所害之事。张公没奈何，抱着五岁主人，寻夜走往扬州，报与二官人去了。赵王回府思忖："今杀师家满门，尚有师马扬州当匠，倘知此事，必去告御状。"心生一计，修书一封，差牌军赍往东京见监官孙文仪，说其就理，要除师马二郎一事。孙文仪看知书内之意，要奉承赵王，即差牌军往扬州寻捉师马。

是时师马夜来梦见一家之人身上带血，惊疑起来，去请着先生卜卦。占道："大凶，主合家有难。"师马忧虑，即雇一匹快马，径离了扬州，回西京来。行至马陵庄，恰遇着张公抱着小主人，见师马大哭，说其来因。师二郎听罢，绝倒在地而复苏。即同张公来开封府告状。师马进得城来，吩咐张公在茶坊边伺候，自往开封府下状，正遇着孙文仪喝道过。牌军有认得是师马，禀知文仪。文仪即着人拿入府中，责以冲马头之罪，不由分说，登时打死。文仪令人搜检身上，有告赵王之状，忖道："今日若非我遇见，险些误了赵王来书。"又虑包尹知觉，乃密令四名牌军将死尸放在篮底，上面用黄菜叶盖之，扛去丢在河里。有诗叹云：

> 赵王淫虐太无情，阿党孙仪恶毒生。
> 谁道天公无报应，举头三尺有神明。

正值包太尹出府来，行到西门坊，其坐马不进。包公唤过左右牌军道："这马有三不走，御驾上街不走，皇后太子上街不走，屈冤魂不走。"便差张龙、赵虎去茶坊酒店打听一遭。

张赵领旨回报，小巷有四个牌军，抬一篮黄菜叶，在那里躲避。拯令捉来问之，牌军禀道："适孙老爷出街，见我四人不合卖黄菜叶，堆在街上，每人被责，今着我等抬去河里丢了。"

拯疑有缘故，乃道："我夫人病，正思黄菜叶食，可抬入府中来。"牌军惊惧，只得抬进府中。赏牌军，吩咐休使外人知之，取笑包公买黄菜叶与夫人食。牌军拜谢而去。拯令揭开菜视之，内有一死尸如生。拯思此人必被孙文仪所害，令狱卒停在西牢。

有张公抱着师金保等师马不来，径往府前寻之，见开封府门首有屈鼓在，张公近前，连打三下。守军报知于拯，拯吩咐："或是老翁幼妇，不许惊骇他，可领其进来。"守军领旨，引张公到厅前见拯。拯问所诉何事，张公逐一从头将师家苦情事说得明白。拯又问："这五岁孩儿如何走得?"张公道："因为思母啼哭，领出买糕与吃，逃得性命。"包公问："师马何在?"

张公道："他清早来告状，并无消息。"拯知其故，便着张公去西牢看验死尸。张公看罢，放声大哭，正是师马矣。拯沉吟半晌，即令备鞍马径来城隍庙，当神祝道："限今夜三更要放师马还魂，不然焚了庙宇。"祝罢而回，也是师马不该死，果是三更复醒来。次日狱卒报知于拯，拯唤出厅前问之。师马哭诉被孙文仪打死情由。拯吩咐只在府里伺候。

五更清早，拯入朝，故意跌倒在殿下不起。仁宗怪而问之，拯奏曰："臣近日得头晕之疾，如遇早朝，即如是。"仁宗道："从今免卿早朝。"拯谢恩而出。到府中，思量要赚赵王来东京，心生一计，诈病在床，不出堂数日。仁宗在便殿召把门太使问："包太尹近日病体如何?"太使奏曰："包太尹病得十分沉重。"仁宗忧闷，宣文武商议。王丞相奏："陛下可差医官去府中调理。"仁宗即差御院医官来开封府见夫人，欲见太尹诊视。夫人道："太尹病得昏沉，怕生人气，免见。"医官道："可将金针插在臂膊上，我在外面诊视，即知其症。"夫人将针插在屏风上，医官诊之全不动，急离府奏知去了。包拯与夫人议道："明日可将我官诰印绶纳还皇上，道我已死了。待圣上问我临死时曾有甚事吩咐否，只道唯荐西京府赵王，为官清正，可袭开封府之职。"次日夫人将印绶入朝，哭奏其事，文武尽皆叹息。仁宗道："既包公临死荐御弟可任开封府之职，当遣使臣前往西京河南府宣取赵王。"一面降敕，差韩、王二大臣备羊酒之礼，御祭包太尹而去。是时使命领敕旨前往河南，进赵王府宣读圣旨已毕，赵王听得包公已死，升他袭开封府之职，不胜欢喜，即点起船只，收拾赴任。不觉数日到东京，入朝见仁宗。仁宗喜道："包太尹临死荐御弟为开封府尹。"赵王奏道："只恐臣年幼不堪此职。"仁宗道："朕重封官职，照依包太尹行移。"赵王谢恩而出。

次日与孙文仪摆列头搭，十分严整，进开封府上任。行过南街，百姓惧怕，各关上门。赵王马上怒道："汝这百姓好没道理，今随我来的牌军，在路上日久欠盘缠，每家各要出绫锦一匹。"家家户户为之抢夺一空。赵王到府，看见堂上立着长幡，因问左右。左右禀道："是包太尹棺木尚未出殡。"赵王怒道："我选吉日上任，如何不出殡？"张龙、赵虎报与包拯。

包拯吩咐："汝二人各准备刑具伺候。"乃令夫人出堂见赵王，说知尚有半个月方出殡。赵王听罢愈怒，骂那包夫人不识方便。骂未三声，旁边转过包拯，喝声："认得包呆子否？"赵王愕然。拯即唤过张龙、赵虎，将府门关上捉了，皇亲监于西牢，孙文仪监于东牢。

次日拯升厅，将棺木抬出焚了。东西牢取出赵王、孙文仪，跪在阶下，两边列着二十四名无情汉，将出三十般法物，挂起圣旨牌。拯当厅取过师马来证，将状念与赵王听着。赵王初尚不肯招，被包拯喝令极刑拷问，赵王受苦不过，只得招出谋夺刘都赛杀害师家满门情由。次及孙文仪，亦难抵讳，招出打死师马情弊。包公叠成文案，拟定罪名，亲领刽子手押出赵王、孙文仪到法场处斩讫。

次日，拯趋朝奏与仁宗知道。仁宗抚慰之云："朕闻卿死，忧闷累日，今则知卿盖为此事诈死,是能正国法,赵王、孙文仪拟罪允当,朕何疑焉。"拯又奏:"臣今举师金保入王府读书,后有进益,仍为西京府尹。"上允奏。拯既退,发遣师马宁家,刘都赛仍转师家守制。将赵王家属发遣为民,金银器物一半入府库,一半给赏张公,以其有义能报主冤。有诗断云:赵王不法绝其伦,谁料当初律例存。今日冤伸仇已复,果然金赠有恩人。

东西两京军民闻包公判明此事,无不称羡,而有天理矣。

二十七　当场判放曹国舅

皇祐九年,一日设朝,有青州王相公出班奏道:"近因南蛮不靖,杨文广、狄青二将军征进在边庭,陛下当念此二人辛苦,可差得能官包文拯,赍衣粮前去赏劳三军,以广陛下之恩。"上允奏,即降敕,宣包文拯赍衣粮上边庭而去。文武既退,是夜仁宗寝于宫中,忽梦见着皂衣先生领数千人,各抛砖掷瓦,打其宫门。上醒来,宣王丞相入宫中,以所梦问其吉凶。王丞相奏道:"陛下五更得梦,乃是正梦。穿皂人即孔圣先师,领众弟子见陛下,盖因南蛮作反,几科不曾取士。如今可出黄榜招贤,乃其佳兆也。"仁宗大悦。次日设朝,即御书黄榜张挂,招取天下贤士。

是时,潮州潮水县孝廉坊铁丘村有一秀才姓袁名文正,幼习举业,其妻张氏貌美而贤惠。生个儿子,已三岁。袁秀才听得东京开南省,与妻子商议,要去取试。张氏云:"家道虽贫,随时度日。儿子幼小,君若去后,教妾靠着谁人?"袁秀才答道:"十年灯窗之苦,指望一日成名。既贤妻在家无靠,不如收拾一同前行。"张氏见他坚意要去,只得依随而行。有诗云:

> 功名念起赴京畿,两口妻儿暂近随。
> 路上驱驰都不管,谁知祸及悔时迟。

袁文正与妻子路上晓行夜住,不则一日,行到东京城,投王婆店歇下行李。过却一宵,次日袁秀才梳洗饭罢,欲同妻子上街玩景致。王婆道:"此处一者是天子所居,二者是开封府,三者是曹家府,秀才若去玩景,善觑方便。"

文正云："我读书之人，自识道理。"夫妻离店，入得城来。

正在玩景之际，忽一声喝道来到，头抬已近前。夫妻二人急躲在一边，看那马上坐着一贵侯，不是别人，乃是曹国舅二皇亲。二国舅马上看见张氏美貌，便动情，着牌军请那秀才到府中相望。牌军说知，袁秀才闻是国舅有请，哪里敢推，便同妻子入得曹府来。二国舅亲自出迎，叙礼而坐，动问来历。袁秀才见国舅相敬，亦不隐，告知来赴选之事。国舅大喜，先令使女引张氏入后堂相待去了。却令左右抬过齐整筵席，亲劝袁秀才饮得酩酊大醉，密令左右扶向僻处，用麻绳绞死，把那三岁孩儿亦打死了。可怜袁秀才，满腹经纶未展，已作南柯一梦。

比及张氏出来，要邀丈夫转店时，二国舅道："秀才饮已醉，扶入房中睡去。"张氏心慌，不肯入府，欲待丈夫醒来。挨近黄昏，国舅令使女道知丈夫已死之事，且劝她与其为夫人。使女通知罢，张氏号啕大哭："我夫子死得不明，欲要奴为夫人，除则一死。"二国舅见其不允，令监在深房内，日使侍女劝谕不从。

一日，包公到边庭赏劳三军回朝，入奏仁宗。仁宗问："边庭消息何如？"拯奏："边关宁靖，军民乐业。"上悦，亲赐御酒并金花，与拯还府。拯辞帝而出，行过石桥边，忽马前刮起一阵怪风，旋绕不散。拯忖道："此必有冤枉事。"便差随从王兴、李吉："追此狂风去，看其下落。"王、李二人领旨，随风前来，那阵风直从曹国舅高衙中而落。两公牌仰头看时，四边高墙，中间门上大书数字道："有人看入者，割去眼睛，用手指者，砍去一掌。"两牌军惧怕，回禀知拯。拯怒道："彼又不是皇上宫殿，敢此乱道！"即亲自来看，果然见一座高院门，正不知是谁贵侯家，乃令军牌请得一老人来问之。老人禀道："东京别的房舍衰老皆识，这座府院却理会不得。"拯笑道："尔莫非怕他势要不敢说？有我在，但说无妨。"老丈只得直答道："是皇亲曹国舅之第府。"拯又问："便是皇上之殿，亦无此高大，彼只是一个国舅，起此样府院！"老丈叹声："大人不说，衰老哪里敢道？他的权势比皇上的尤甚，有犯在他手，便是铁柳；人家妇女生得美貌者，便强抢去。打死几多人命，算得什么。近日府中因害得人多，白昼里出怪，国舅住不得，今合府移往他处去了。"包公听罢，遂赏老人而去。

拯令牌军打开锁门,入到高厅上坐定。里头宏敞,恰似天宫。拯唤王兴、李吉近前问:"汝二人勾不得谁?"二人答道:"上界勾不得玉皇大帝,下界勾不得阎王天子,西山勾不得猛虎,东海勾不得老龙,只除这几等,不问皇亲国戚、朝官宰相、军民百姓,尽皆勾得。"拯喜,重赏二人。二人酒饮之已醉,出门首发狂言语。拯怒:"适差汝勾取马前旋风儿来证状,却在街上弄酒!"将二人打三十大棒,限明日勾不来发远处军。

二人出门,思量无计,靠晚间乃于曹府门首高叫之。忽一阵风处,一冤魂手抱三岁儿子,随公牌来见包拯。拯见其披头散发,满身是血,拯知是冤魂,遂问其来由。袁文正将赴试被曹府谋死,弃尸在后花园井中之事,从头说了一遍。拯又问:"既汝妻在,何不令她来告状。"文正道:"妻今被带去郑州三个月,如何能勾得见相公?"拯道:"汝且去,我与你准理。"道罢,依前化一阵风而去。是时漏滴三鼓,拯秉烛独坐,思量决计。

次日升厅,集公牌吩咐云:"昨晚冤魂说,曹府后园琼花井里,藏得有千两黄金,有人肯下去取之,分其一半。"王、李二公人近禀要去。拯令吊下井中看时,二人摸见一死尸,惊怕,上来禀知于拯。拯道:"我不信,纵尸身亦捞来看。"二人复吊下井,取得尸身上来。拯令抬入开封府来,将尸放于西廊下,便问牌军:"曹国舅移居何处?"牌军答道:"今移在狮儿巷内住。"拯即令张千、马万,备酒前去恭贺他。拯到得曹府来,国舅在朝未回,其母太郡夫人怪包拯不当贺礼,拯被夫人所辱,正转府,恰遇国舅回来。见拯下马,叙问良久,拯因道知来贺,被夫人羞叱。国舅赔小心道:"休怪妇人之言。"二人相别。

国舅到府烦恼,太郡夫人问其故,国舅道:"适间包大人遇见儿子,道来贺夫人,被夫人羞辱而去。今二弟做下逆理之事,倘被知之,一命难保。"夫人笑道:"我女儿为正宫皇后,怕他什么?"国舅道:"今皇上若有过犯,他且不怕,把甚皇后当事?不如写书付与二弟,令他将秀才之妻子谋死,此则方绝后患矣。"夫人依其言,便修书差人送到郑州见二国舅。二国舅接得看罢,没奈何用酒迷倒张夫人。正持刀入房要杀之,看她容貌,不忍下手。出房来遇见院子张公,问其忧闷之故。

二国舅道知前情,张公道:"国舅若杀之于此,则冤魂不散,又将作怪。

我后园有口古井，深不见底，莫若推落井中，则无事矣。"国舅道："以什么为信？"张公道："听水响为信。"二国舅大喜，预赏张公花银十两，令使女缚了张氏，与张公拿到后园来。那张公有心要救张娘子，只待她酒醒。一时间张氏醒来，哭告其情，张公亦哀怜之，令她在井上左右转三遭，若不落井，便救得你。张氏依言行转，果是无事。张公即用大石头丢下井中，作水响之声，密开了后门，将十两花银与张娘子作路费，教她直上东京包大人处告状。

张氏拜谢，出得门来，她是个闺门女子，独自如何到得东京？悲哀感动太白星，化作一老翁，直引她到东京了，仍化清风而去。张氏惊疑，抬起头望时，正是旧日王婆店门首。入去投宿，王婆颇认得，诉出前情，王婆亦为之下泪，乃道："今五更包大人去行香，待回来可接马头下状。"张氏请人写了状子完备，出街来，正遇见一官人，不是包大人，却是大国舅。

见着状子大惊，就问她个冲马头之罪，登时用铁鞭将张氏打晕过去。搜检身上，有花银十两，亦夺得去，将尸身丢在僻巷里。

王婆听得消息，即来看时，气尚未绝，连忙抱回店里救醒。

过二三日，探听包大人在门首过，张氏接马头告状。包拯接见状，便令公牌领张氏入府中，去廊下认尸，果是其夫。拯又拘店主人王婆来问的实，王婆道："委的袁秀才妻张氏，初赴春闱，便在小妾店中住。日前误在曹国舅处下状，被打死，得妾救醒。"拯审勘明白，令张氏入后堂陪侍李夫人，发放王婆回店。拯思忖："先捉大国舅又作理会。"即诈病不起。

上闻拯病，与群臣议往视之。曹国舅前奏："待小臣先往问疾，陛下再去未迟。"上允奏。次日报入拯府中，拯吩咐齐备。适国舅到府前下轿，拯出引道，迎入后堂坐定。叙慰良久，便令抬酒来饮。至半酣，包公起身道："国舅，下官前日接一纸状，有人告说丈夫儿子被人打死，妻室被人谋了。后其妻子逃至东京，在一官人处下状，又被仇家用铁鞭打昏去了。且幸得王婆救醒，复在我手里告状，下官已准她的，正待请国舅商议，不知那官人姓甚名谁？"国舅听罢，毛发悚然。张氏从屏风后走出，哭指道："打死妾身正是此人。"国舅喝道："无故赖人，该得甚罪？"拯怒，令牌军捉下，去了衣冠，用长枷监于牢中。拯恐走透消息，关上门，将亲随人尽拿了，便思捉二国舅之计。写下假家书一封，已搜得大国舅身家书，用朱印讫，差人寻夜到郑州说知："太郡夫人病重,作急回来。"国舅见书,认得兄长签书,即忙轻身回转东京。未到府,遇见包拯,请入府中叙话。酒饮三杯,国舅半酣起身道:"家兄有书来,说道母亲病重,尚容另日领教。"忽厅后走出张氏,跪下哭诉前情。国舅一见张氏,面如土色。拯便令捉下,枷入牢中。

从人报与太郡夫人知之,夫人大惊,即将诰文自来开封府。恰遇吊着二位国舅在厅上打,夫人近前,将诰文说包拯一篇,被拯夺来扯碎。夫人没奈何,急回见曹娘娘,说知其事。

曹皇后奏知仁宗,赖救之。仁宗亦不准理。皇后心慌,私出宫门,来开封府与二国舅说方便。拯道:"国舅已犯死罪,娘娘私出宫门,明日下官见上奏知。"皇后无语,只得复回宫中不理。

次日,太郡夫人自奏与仁宗,仁宗无奈,下敕遣众大臣到开封府和劝。拯知其来,吩咐军牌:"彼各自有衙门,今日但入府者,便与国舅同罪。"众大

臣闻知,哪个敢入府中? 上知拯不容情,怎奈太郡夫人日夕在前哀奏,只得命整鸾驾,亲到开封府。拯闻知,在府门首迎候。鸾驾已到,拯近前将上玉带连咬三口。上问其故,拯奏:"今又非祭天地劝农之日,因何胡乱出朝? 主天下三年大旱。臣乃白虎,陛下为青龙,可免三年之旱。"仁宗道:"朕此来端为二皇亲之故,万事看朕分上,饶他也罢。"拯道:"既陛下要做二皇亲之主,一道赦文足矣,何劳御驾到此。今国舅罪恶贯盈,若不允臣判理,情愿纳还官诰归农。"仁宗回驾,拯令牢中押出二国舅赴法场处决。太郡夫人知得,复入朝恳上降赦书救二国舅。皇上允奏,即颁赦文,遣使臣临法场中宣读。

当下正待处决之际,忽报皇上赦书来到。拯听宣读只赦东京罪人及二皇亲。拯道:"都是皇上百姓犯罪,偏不赦天下!"

先令斩讫二国舅,大国舅等待午时方开刀。太郡夫人听报斩讫二国舅,忙来哭报皇上。王丞相奏道:"陛下需通赦天下,则可保大国舅矣。"皇上允奏,即草诏颁行天下:"不拘犯罪轻重,一齐赦宥。"拯闻赦各处,乃当场开了大国舅长枷,放之而回。归见夫人,相抱而哭。国舅道:"不肖深辱父母,今在死中复生,想母自有人侍奉,儿情愿纳还官诰,入山修行。"

太郡劝留不住。后来曹国舅得遇奇异真人点化,已入仙班中。

拯既判此款公案,令将袁文正尸身葬于南山之阴。库中给银两赐张氏,发回本乡。是时遇赦之家,不唯生者称颂包公之德,而死者亦甘心瞑目矣。

二十八 智捉白猴精

东昌府城南,有一仕官人家,姓周名庆玉。父亲在先朝为枢密副使时,曾建功绩。上例:但是有功官宦,其子有袭荫,以此庆玉领着妻子家人赴任。从登州进发,时值二月天气,风和日暖,花草含香。一行人行了半个月,来到平原驿歇下。老人都来拜见。周知县与夫人柳氏在驿中午膳罢,因问乡老:"此去安庆尚有多少路程?"乡老答道:"过了三山驿就是申阳岭,岭下一望水路,遇顺风五日可到。"周知县道:"尚未晚,可望三山驿安下,明日趁早过岭。"乡老禀道:"三山驿荒野所在,申阳岭是个异地方,大人有家小同行,不如在此驿歇息,明日当午过岭,可以无虑。"周知县道:"父老之言虽是,怎奈限程已近,不宜迁延。"即日发遣人夫,前到三山驿歇马。

果是此驿荒残,床席皆无,是夜周知县与夫人只在中庭开地铺而宿。柳氏出自名家,兼通文墨,是夕甚觉不乐。初更尽,但闻四壁虫声唧唧,星月穿窗,倍加寂寥。周知县睡不成寐,于枕上口占五言四句云:

惭愧功名客?乡心日夜催。
君恩犹未报,宁敢惜筋衰?

吟罢,才着枕,忽窗外一阵冷风过处,怎见得那怪风:好似边疆驱铁马,恰如江水送涛山。

比及天明,周知县枕边不见了柳夫人。惊慌起来,忙呼集公人询问,俱各失色。看门尚未开启,四下并没动静,及拘乡民问之,乃云:"此驿荒废年久,近前就是申阳岭,常出怪异,但有美丽妇女,便摄去再不知下落。夫人必被此怪迷去矣。"

周知县听罢,放声大哭道:"夫人因随我到此,不知下落,情愿弃官访究。"有听事吏胡俊在旁,见本官悲痛,近前禀道:"大人且省烦恼,此去任所不远,待上了任从容访之,犹可知夫人消息。若中途弃官,反得罪于朝廷,是两不美矣。"周知县依其言,即日起程,过岭登船,直到宁陵县河下起岸。有职人员都来迎接。

到衙上了任,数日不出堂。有吏入禀云:"本县是开封府治下,包府尹不是小可,大人须往参之。"周知县吩咐马夫,径来开封府衙参见包拯。包拯闻其先尊名色,甚敬礼之。周知县因夫人之故,思慕不置,言语举止皆失措。拯怪问其故。周知县不隐,将前事告诉一遍。拯惊道:"世上有此等怪异?君且向县理政,我必须根究夫人下落。"周知县拜谢而回。

拯思一计,次日上一道本:"见得登州地界不靖,臣愿往安抚之去。"仁宗允其请。及出朝转府中,打扮作一秀士模样,带黄、李二公牌密离了东京城,前来登州地界缉访是事。一连经几处,并无踪迹。忽一日行入深源,遥闻钟声隐隐,但见树木交杂,却是一座偏僻古刹。拯入得寺来,遇见一老僧,邀进方丈叙坐。茶罢,老僧问:"执事从何来?"拯答云:"小生从东京来,要往登州

府探亲,经过宝刹,特来相访。"老僧道:"贫僧守居山僻处荒凉院宇,有什么
好处?"拯正待再问,忽一行童来报云:"申公有请。"老僧叹口气道:"此畜孽
又来恼我!"便辞拯径入昙堂去了。拯疑怪,吩咐公人在外伺候,自转身入到
里面,探问申公是谁,没遇一个人在,适那来叫老僧的行童慌忙走出来。拯
携手问云:"适间师父说什么申公,却是谁?"行童道:"秀士休问,说起来恼人
也。"拯赔小心,务恳其说。行童邀拯出堂,从容与之讲道:"此申公住居申阳
岭白石洞,乃是个千年灵气猴精也。淫邪无厌,但遇有美妇人,便起怪风,摄
入洞中取乐。不从他的,就裂了身体,谁奈得他何? 只有我师父戒行颇贞,
彼亦相敬,因以申公呼之。日前携一丽人来游寺中,师父问得来,却是一知
县夫人,容颜甚是忧戚,于廊下留得有字迹而去。"拯问:"此申公今在何处?"
行童云:"适闻二人辩论,我师父将言语劝他,彼怒,将师父亦摄得去了。"拯
云:"彼摄你师父去如何?"行童云:"过几日回意,又放之归。"及听罢,嗟呀不
已,径到廊下,看壁上果题有诗四句云:

缘绝三山驿,君心知不知?
包公频诉论,取妾莫教迟。

拯读罢,怆然忖道:"彼亦知来投于我。"即录此诗,转回宁陵。周知县迎接入衙,甚致殷勤,酒礼款待。饮至半酣,拯袖中取出录诗与周知县。周读罢,双泪盈腮,乃道:"此是柳夫人所作,大人从何得来?"拯不隐,直道其事。周知县离席拜恳,乞救夫人之策。拯道:"汝休虑,我回府自有主张。"即日离宁陵回到本府,开了衙,出告示张挂:"但有人得知申阳岭白石洞精怪居址来报,官给赏银四十两。"

忽一日,宁陵管下小石村一猎夫,姓韩名节,身轻躁健,任他绝崖壁尖可登,合该发迹。那日正赶一黄鹿,到着个壁去处,望见上面有光,韩节乃沿石壁上去。看时,见一群美妇人在坦平石上坐。见有人上来,各惊近前问之。韩猎夫说与因赶黄鹿至此。众妇人道:"也是你有缘,不该尽,若遇妖怪在此,性命不保矣。汝急回去,于我众父母家报信,必有重赏。"猎夫方知是精怪居处,乃密问众妇人精怪如何。妇人道:"彼甚灵通,今出去尚未回。一身是铁,利刃不能近他。尝日自言唯有毒酒可醉之,再用麻绳缚定,方可计较。"猎夫道:"休漏泄此机。即日包府尹正是根究此事,待我去报知,便来救取。"

众妇人约以某日来此会集。

韩节依前下来,径到开封府前揭了榜文,入见包拯,报知是事。拯私喜道:"周夫人想在内中矣。"即赏韩节酒食,准备醇酒加毒药,装进小泥埕,依期差公牌各带弓箭麻绳之类,随韩节来到绝壁下。韩节吩咐公牌将酒各安于绳上,系定腰间,自己先沿上去。那众妇人见韩节复来,半惊半喜。韩节以药酒吊上来,交与众妇人,约之:"在崖下等候,遇有酒埕投下为号,乃可上来。"韩节依其言。霎时间,精怪一道金光,回到洞中,与众妇人戏谑一番,倒在石床上。众妇人各捧酒而进,精怪一饮而尽。须臾,药酒发作,便闷将去。韩节听见空酒埕从岩顶坠下,自先沿上去,复吊公牌数人上来。抢进洞中,见一大白猴醉倒在石床上。众人用麻绳紧紧捆了,洞中无限美器,被公牌收拾俱尽。先将妖怪吊下,总共八位丽人逐一吊得下来。众人欢喜,将猴精抬进开封府。

包拯闻知捉得妖怪,升堂审理,果见一个白猴,火眼金睛,缚定不能动。拯道:"此异畜,当即除之,休待其醒。"吩咐取过降魔宝剑一把,亲手斩下。

忽一声响亮,堂下不见了妖精,唯有火光迸起,焰焰而没。拯既斩了猴精,着众妇人近前,问哪位是周夫人。柳氏应声:"小妾便是。"拯叫起入后堂见李夫人。适周知县闻知此事,正来府中体访消息,与柳氏相会,夫妇相抱而哭。包公为设庆贺筵席待之。饮罢,周知县拜谢,同夫人转宁陵。其余众妇,拯各访父母遣还。只有一妇,是陕西董家女,家乡遥远,无亲来认,拯遂将其嫁与韩节为妻。夫妇甚感其德。上闻此事,宣拯入朝亲问之。拯一一奏达毕,甚加钦奖。在朝仕宦谁不仰其英风者耶。

二十九　重义气代友申冤

包拯为开封府尹时,在城有富家吴十二,为人春风,好交结名士,娶东乡谢家女为妻。谢氏容貌虽丽,风情极侈。

吴十二有知己人韩满者,在北门居住,是个轩昂丈夫,往来其家甚密,谢氏颇以言语之。韩满以与吴者交厚,敬其是嫂,纵有戏谑,不及于乱。

一日冬残,雪花飘扬,韩满来寻吴友赏雪,适吴十二上庄未回。谢氏闻知韩满来到,即出见之,笑容可掬,便邀入房中,安顿坐定,抽身向厨下整备酒食进来,与韩满坐在一边相陪。酒至半酣,谢氏道:"叔叔,今日天气仍寒,婶婶在家,亦等候叔回来同饮酒否?"韩满答道:"贱叔家贫,薄酌虽有,不能够如此丰美。"谢氏有意劝他,才饮了数杯酒,淫情正兴,斟起一杯,起身持与韩满道:"叔叔先饮一口,看滋味好否?"韩满大惊道:"贤嫂休得如此,倘家人知之,则朋友伦义绝矣。从今休使这等见识!"言罢离席而起。走出门正遇吴十二冒雪回来,见韩满就欲留住。韩满道:"今日不得与贤兄叙话,再有相会。"竟辞而去。吴十二入见谢氏,问:"韩故人来家,如何不留待之?"谢氏怒云:"尔结识的好朋友!今知汝不在,故来相约,妾以其往甚,好意备酒待之,反将言语戏妾,被我叱几句,没意思走去,留他则甚?"吴十二半信半疑,不敢出口。

过数日雪霁天晴,韩满入城来,恰遇故人在街头过来。韩满近前,邀入茶店中坐定,沽卖一壶叙饮。三杯酒中,韩满乃道:"兄之尊嫂是个不良之妇,从今与兄不能相会于家,思遭人有嫌疑之诮。"吴十二道:"贤弟如何出此言,便是嫂有不周言语,当看我往日情分,休要见外。"韩满道:"贤兄门户自宜谨密,只此一会,余无所嘱。"饮罢各散而去。次年,韩满有舅吴兰在苏州行货,有书来约他。韩满要去,欲见吴十二相辞,不遇竟行。比及吴友知之,已离家四日矣,怅怅不悦。

吴十二有家人汪吉,人才出众,言辞捷利,谢氏爱他,与之通奸,情意甚密,内人莫之知觉。忽一日,吴十二邀汪吉往河口收账目,汪吉因恋谢氏之故,故推不肯去,被吴十二痛责一番,只得准备行囊,临起身,入房中见谢氏商议其事。谢氏道:"但只要你有计较谋取他回来,我自有主张。"汪吉欢喜领诺,同主人离家,时值二月天气,路上花红草绿,春光耀眼,但闻:杜宇林中催去路,提壶花外劝游人。

吴十二在路行了数日,来到九江镇住,往日相识李二艄讨船渡过黑龙潭。靠晚泊船,龙王庙前买香纸做了神福。汪吉于船上小心劝他,吴十二饮得甚醉了,李二艄都去歇息。半夜,吴十二要起小便,汪吉扶出船头,乘他宿酒未醒,忽一声水响,十二被推落在江中去了。汪吉故惊叫道:"主人落水!"比及李艄起来看时,那江水深不见底,又是夜里,如何救得?挨到天明,汪吉道:"没奈何,只得回去报知。"李艄心下顿疑吴某死必不明,撑回渡船,受了工雇钱自去。汪吉抛走回家,见谢氏密道其事。谢氏大喜,虚设下灵堂,日夜与汪吉饮酒取乐。邻里颇有知者,隐而不言。古云:家有淫荡之妇,丈夫不能保,终信斯言矣。

一日,韩满因暮春时景,即怀故国之思,偶出镇口闲行,正过临江亭,远远望见吴十二来到。韩满认得,连忙走近前携住手道:"贤兄因何来此?"吴十二形容枯槁,蹙了双眉,对韩满道:"自贤弟别后,一向思慕,今有一事相托,万望勿阻。"韩满道:"前面亭上少坐片时。"遂邀到亭上坐定,乃问:"日前小弟因母舅书来相约,正待见贤兄一辞,不遇径行,今幸此会,为何怏怏不乐?愿闻其故。"吴十二泣下道:"当日不听贤契之言,惹下终身之别,一言难尽。"韩满殊不知其死,乃道:"贤兄烈烈丈夫,如何出此言?"吴十二道:"贤契休惊,自那日相别之后,我有赴镇江之行,被家人汪吉利吾之妇,用谋乘醉推落江心,尸首已葬鱼腹,只灵魂不散,欲诉无由。今遇故人,得以面陈,乞为审理此冤,久当重报。余无所嘱。"韩满听罢,毛发悚然,抱住吴十二道:"贤兄此言是梦中耶？如果有此情,必不敢负。且问当夜落水之时,曾有人知否?"吴十二道:"镇江口李艄颇知。吾与贤弟幽冥之隔,再难会面,今日从此别矣。"道罢,韩满忽身便倒,昏迷半晌乃醒。比寻故人,不见所在。连忙转苏州店中见舅,道:"家下有信来催促,特辞知舅回去,无事便来。"吴兰不留。

北归到乡里,访问吴友时,已死过六十日矣。韩满备香纸径至其灵前哭奠一番。谢氏恨之,不出现。唯吴十二妾陈氏知之,出接纳,悲诉其冤情。韩满抚慰良久而别,回家思量要去告理,没有头绪。体访得谢氏与汪吉成亲,复来苏州见舅,道知故人冤枉之事。吴兰道:"此未有对证,他人事莫惹连累。"

韩满哭道:"小弟与吴友虽是结交,有同生死之誓,正因有不良嫂在,以此疏阔。近日曾以幽灵托我,岂可背之!"吴兰云:"既如此,即日包太尹往边赏劳,才回东京,汝即告其家人与主母通奸之情,故人冤可伸矣。"韩满乃依其言,寻夜来东京,请早入府衙下了状。及审问确实,即差公牌拿得汪吉及谢氏,当庭根勘。汪吉争辩,不肯招认,及令并谢氏监在狱中究问。

数日未决,拯思量:"通奸之弊确有,谋死主人未得证见,他如何肯伏?"乃密召韩满问云:"汝故人既有此托,曾言当日渡艄是谁否?"韩满道:"镇江口李二艄也。"拯知之,次日差黄兴前到镇口,拘得李二艄来衙,问其渡吴十二情由。李艄道:"某日夜深落水之后,彼家人方叫知,待起救时不及矣。"

拯云:"汝试以言语证之。汪吉若果有亏心,必自招认。"遂取出一干人,当庭审问。汪吉见李艄在旁,便有惧色。拯问及李艄搭船来历,李艄指言当夜推落下水事情。汪吉心慌。拯令用严刑拷究,汪吉只得吐实,招出谋死情弊,已成案卷。拯判下,将汪吉、谢氏押赴法场处斩讫,给了赏钱与李艄回去。韩满有故人之义,能代申冤,访得吴十二妾有生女十四岁,就嫁与韩满之子为妻,承其家业。

三十　断江侩而释鲍仆

江州在城有二盐侩,皆贯通客商,延接往来之家。一姓鲍名顺,一姓江名玉。二人虽是交契,而江多诈,而鲍敦实。鲍侩得盐商抬举,置成大家,娶城东黄亿女为妻。黄氏贤惠善处,馈中饮食,不拘长幼皆得均匀,以此内外都欢悦,随其所令。过鲍门二年,生有一子,名鲍成,年将十岁,不事诗书,专好游猎,父母禁之不止。

一日,鲍成领家童万安出打猎,潘长者花园里,见柳树上一黄莺,鲍成放一弹打落园中。时潘长者众女孙在花园游戏,鲍成着万安人园里拾那黄莺。万安进前,见园中有人,不敢入去,成云:"尔如何不捡黄莺还我?"万安答道:"园中有一群女子,如何敢冒进?需待女子回转,然后取之。"鲍成遂坐亭子上歇下。及到午时女子回转去后,万安越墙入去,寻那莺儿不见,出来说知鲍成:"没有莺儿,莫是那一起女子捡得去了?"鲍成大怒,劈面打去,万安鼻上受了一拳,打得鲜血迸流。又大骂一顿,万安不敢作半声,随他回去,亦不对主人说知。

黄氏见家童鼻下血痕,问之云:"今日令尔与主人上庄,去也未曾?"万安不应,黄氏再问,万安只得将打猎时因失落莺儿被责之事说了一遍。黄氏怒云:"人家养子要读诗书,久后方与父母争得气,有此不肖,专好游荡闲走,却又打伤家人!"即将猎犬打死,使用器物尽行毁之,逐于庄所,不令回家。鲍成深恨万安,常要生个恶事捏他,只是没有机会处,遂忍在心。

是时江侩虽亦通盐商,本利折耗,做不成家。因见鲍侩富贵,思量要图他的金银。一日心生一计,前到鲍家叫声:"鲍兄在家否?"适黄氏正在廊下裁衣服,听见有人唤丈夫声,连忙出帘外来看,却是江某。黄氏揭起帘子相见道:"江叔叔,请入里坐。"江某答云:"要见鲍兄商量一经纪事。"黄氏云:"适与盐商入江口,少刻便回。"道声才罢,鲍恰归来,入见江某,不胜之喜,便令黄氏整酒礼待之。筵席已备,江鲍对席斟酒,二人席上正说及经纪间事,江某笑云:"有一场大利息,小弟要去,怎奈缺少银两,特来与兄商议,需会着财本而去,方能入手。"鲍问甚事,江答曰:"苏州巨商有绫锦百箱,不遇价,愿贱售之回去。此行得百金可收其货,待价而沽,利息何啻百倍?"鲍是个爱财之人,闻知欢然,许同去。约以来日在江口相会。江饮罢辞去。鲍以其事与黄氏道知,黄氏甚不乐,而鲍某意坚难阻,即收拾百金,吩咐万安挑行李后来。

次日清早,鲍携金径出门,将到江口,天色微明,江某与仆周富并其侄二人，备酒先在渡中等侯，见鲍来即引上渡。江云："日未出，露气弥江，且与兄饮几杯开渡。"鲍依言不辞，一连饮十数杯早酒，颇觉醉意。江某务劝其饮，鲍以早酒不消许多。江怒云："好意待兄，何以推故？"即袖中取秤锤投之，正中鲍目，昏倒在渡。二佫竟进搏杀之，取其金，投尸于江回来。比及万安挑行李到江口，不见主人所在。等到日午，问人皆道未有，万安只得回来，见黄氏云："主人未知从哪条路去，已赶他不遇而回。"黄氏自觉心动，怏怏而已。

待过三四日，忽报江某已转，黄氏即着人问之，江某道："那日等候鲍兄不来，我自己开船而去。"黄氏听回报，惊慌屡日，令人四处体访，并无消息。鲍成在庄所闻，忖道："此必万安谋死，故挑行李回来瞒过。"即具告于王知州。拘得万安到衙根问，万安苦不肯招。鲍成立地禀复说是积年刁仆，是其谋杀无疑。王知州信之，用严刑拷勘，万安受苦不过，只得认个谋杀情由，长枷监入狱中。结案已成，该正大辟。

是冬，仁宗命拯审决天下死罪，万安亦解赴东京听审。拯问及万安案卷，万安悲号不止，告以前情罢，乃云："前生当还主人死债矣。"拯忖道："白日谋杀人岂无见知者？若利主人之财，则当远逃妖，宁肯自回为尔告首？"便令开了长枷，散监狱中，密遣公牌李吉，吩咐前到江州鲍家体访此事，若有人问万安如何，只道已典刑矣，李吉领旨去了。

当下江某得鲍百金，遂致大富。及闻万安问抵命，心常忽忽，唯恐发露。忽夜梦见一神人告云："尔将鲍金致富，屈陷他仆抵命，久后有穿红衫妇人发露此事，尔宜谨慎。"江梦中惊醒，密记心下。一月余，果有穿红衫妇人携钞五百贯来问江买盐。江俄然在心，迎接妇人至家，甚礼待之。妇人云："与君未相识，何蒙重敬？"江答曰："难得贵娘子下顾，有失迎款，但要盐，须取好的送去，何用钱买？"妇人道："妾夫于江口贩鱼，特来求君盐腌藏，若不受价，妾即转买于他侩。"

江唯谨从命，倍价与盐。妇人正待辞行，值仆周富捧一盆秽水过来，滴污妇人红衣。妇人甚怒，江赔小心谢恳道："小仆失方便，万乞赦宥，情愿赏衣资钱。"妇人犹恨而去。江怒，将仆缚之而挞，二日才放。周富不胜其恨，径来鲍家见黄氏，报知某日谋杀鲍顺劫金之事。黄氏大恨，即令具告于官。

周富进道："若在本州告首，尔夫之冤难雪。唯开封府包丞相处方得审理。"

　　黄氏正忧虑间，适李吉入见黄氏，称说："东京而来，缺少路费，冒进尊府，乞觅盘粮而已。"黄氏便问："尔自东京来，曾闻万安狱中事否？"李吉道："已处决矣。"黄氏听罢，悲咽不止。李吉问故，黄氏云："今谋杀夫者已知明白，误将此人抵命矣。"李吉不隐，方乃直告包公差来体访之由。黄氏取过花银十两，令公人带周富寻夜赴东京，入府衙见拯告首前情。拯审实明白，即发遣公牌到江州，拘江一干犯人到衙前，用长枷监于狱中根勘。江不能抵讳，一款招认谋害鲍某事情。

　　拯叠成案卷，问江某叔侄三人偿命；放了万安；追还百金，给一半赏周富回去。当下万安得明冤情，不致枉死，而被害者仇魂得复雪，虽是天理昭彰如此，而包公德量千载之下其盛矣哉。

三十一　杖奸僧决配远方

　　东京离城二十里，有一地名新桥，有富人姓秦名得，原亦有名之裔，娶南村宋泽之女秀娘为妻。秀娘性格温柔，幼年知书，其父爱之，使就邻里李先生学。秀娘明敏过人，凡书一经目遂记之不忘，以此诗词歌赋，缀联成诵，大为人所重。

年十九岁过秦得门后,待人礼客,馈中饮食,甚称夫意。

一日秦得表兄有婚姻之期,着人来请秦得。秦得与宋氏道知,径赴约而去。表兄许大郎见秦得来到,不胜欢喜,设酒礼相待,一连留款数日。宋氏悬望不回,因出门首等候,忽见一僧人远远来到。那僧人:头顶三山帽,身穿百衲衣。钵盂随手捧,诵偈不暂离。

将近行过秦宅门首,见宋氏立于帘子下,僧人只顾偷目视之。不提防石路冻滑,正向前长揖,忽跌落于沼中。时冬月寒冻,僧人走得起来,浑身是水,战栗不有当。秀娘见而怜之,叫他入来,在外舍坐定,连忙入厨下烧着一堆火出来与僧烘干衣服。那僧人口称感德,就附火边烘焙衣服。秀娘又持一瓯汤出,与僧人饮讫。秀娘问其从何而来,和尚道:"贫僧住居城里西灵寺,日前师父往东院未回,特着小僧去接。适行过娘子门首,不觉路边水冻石滑,遭跌沼中。今日不是娘子施德,几丧性命。"秀娘道:"尔衣服既干,可就前去,倘夫主回归,见知不便。"僧人应诺,正待拜辞而行,恰遇秦得转来,见一和尚坐舍外烤火,其妻亦在旁边,心下大不乐。僧人怀惧,径抽身走去。秦得入问妻僧人从何来之故,宋氏不隐,具知:"遭跌沼中,我怜而取火与之烘焙衣服。"秦得听罢怒云:"妇人女子不出闺门,邻里间有许多人,若知尔取火与僧人,岂无议论?"

秦得是个明白丈夫,如何容得尔不正之妇,即令:"速回母家,不许再入吾门。"宋氏低头无语,不能辩论,见其夫决意要逐她,没奈何只得回归母家。母氏得知弃女之由,埋怨女身不谨,惹出丑声,甚轻贱之,虽是邻里亲戚亦疑其事。秀娘不能自明,悔之无及,忧闷累日,静守闺门不出。每对更残,寂寥无赖,因述古体几篇以自怨。诗曰:

> 挑尽残红苦夜长,萦心万事已参商。
> 朔风不管人憔悴,暗送铃声到枕旁。

又诗曰:

倚栏频问夜如何？待月中庭欲睡迟。

砌壁蛩虫如诉怨，不关风景自生悲。

又诗曰：

遥睹空中一宝轮，楼台深处避飞尘。

自来自去无相管，肯念凭栏有待人？

时光似箭，日月如梭，宋氏女为夫所弃，在母家有一年余。

当下那僧人闻知宋女被夫弃逐出，便生计较，走离西灵寺，还俗长发，改名刘意，要图婚宋氏。尝言"和尚财人心"，此语说得真。比及发齐，遂投里姬来宋家议亲。里姬先见秀娘之父，说道："小娘子与秦官人不睦，故以丑事压之，弃逐离门，未过两个月，便议刘宅女为室，不思量令娘子，如此背恩负义丈夫，顾恋他什么？老妾特来议亲，要与娘子再成一段好姻缘，未知尊意允否？"其父笑道："小女子不守名节，遭夫逐弃，今留我家，常自快快而已。肯嫁与否，由她心意，此则我不敢主张。"里姬遂入见其母亲，道知与小娘子议婚之事。其母欢悦，谓姬云："我女儿被逐来家，有一年余，闻得前夫已婚他家之女，往日嫌疑未息，既有人婚，情愿劝我女出嫁，免得人再议论。"里姬见允，即回报于刘某，刘某暗喜。

次日，备重聘于宋家。纳姻初到，秀娘闻知此事，悲哀终日，饮食俱废。怎奈被母所逼，推托不过，只得顺从，归于刘氏之门。花烛之夕，刘氏不胜欢喜，亲戚都来作贺。待客数日完备，刘某重谢里姬。秀娘虽则被前夫弃逐，其心自谓彼无亏行之情，亦望久后仍得团圆。谁想遭僧人之计，已失身于他人。刘某虽则爱恋秀娘，秀娘终日快快，慕念前夫不忘，曾自述一律以见志云：

默默伤心只自言，好姻缘化恶姻缘。

回头恨折章台柳，掩面羞看玉井莲。

只为羹汤轻易泄，遂交鸾凤等闲迁。

谁人为挽天河水，一洗前非共往愆。

将半载间，一日刘某为知己邀饮，甚醉而归，正值秀娘在窗下对镜而坐。刘某原是个僧人，淫心协荡，一见秀娘，乘兴醉抱住，遂戏谑云："尔能认我否？"秀娘俄答云："不能认。"

刘某曰："独不记那被跌沼中，多得娘子取火来与那僧人乎？"

秀娘惊问："原何却是着俗家？"刘某曰："汝虽聪明，不料吾计。自当日闻汝被夫逐弃归母家，我遂长发，待成冠后，遣里妪议亲，不意娘子已得在我边头。"秀娘听罢，大恨于心。过数日逃归，见父说知此情，其父怒恨："我女儿施德于尔，反生不良！"遂具状径赴开封府衙陈告于拯。拯差公牌拘得刘某、宋氏来证。刘某辩问，不肯认。拯再拘西灵寺僧人勘问，证实其是逃离寺里还俗之徒。拯令取长枷监于狱中根究，刘某不能抵讳，供谓："妇人既归母家，方即归俗长发。"拯乃判云："失遭跌已出有心，长发问亲真大不法。"将刘某决杖脊配千里，宋氏断归母家。后来秦得知妻无其事，再遣人议续前姻。秀娘亦绝念不思归家矣。于是宋氏之名节方雪于僧人之决配，亦审矣。

三十二　决戮五鼠闹东京

清河县离城十五里,有秀士施俊,原亦宦族,娶城里何有钱之女为妻。何家极富,只一女,名赛花,容貌秀丽,针指精通。自过施氏之门,饮食措办,尽父家所给,施俊得以攻于书史,而有功名之念。

一日,闻东京开科取士,要辞妻前往赴试。何氏劝之云:"荣枯由命,富贵在天。室下更无亲人,君身去后,妾靠于谁?若使前程有在,尚待来科不迟。"施俊云:"尔父之家知我赴京,必遣婢妾来相伴。十年灯窗,岂宜错过?多则一年半载便回矣。"何氏见其意坚要行,再不阻谏。次日整备行李起程之际,岳丈遣家人送得盘缠银十两来相赠。施俊受了,不胜之喜,辞别妻室而行。正是:分明一把离情剑,割断河桥送泪痕。

时值三月初旬,春光正匀。路上花红柳绿,融和天气。施俊与家童小二于途中晓行夜住,饥食渴饮,行了数日,已到山前店,遇晚投宿。原来本地那山盘旋六百余里,后面接西京地界,幽林深谷,崖石嵯峨,人迹所不到,多出精灵异怪。有一天,西天走下五鼠精,神通变化,往来难测。或时化老人出来脱骗客商财物,或时化女子迷人家之子弟,或时化男子惑富室之美妇。其怪以大小呼名,有鼠一、鼠二之称,聚穴在瞰海岩下。

一日,其怪鼠五正待寻人迷惑,化一店主人在山前延接过客,恰遇施俊生得清秀,便问其乡贯来历。施俊告以住居,要往东京赴试之事,其怪暗喜。是夜备酒礼待之,与施俊对席而饮。酒中论及古今,那怪答应如流,明见万里。施俊大惊,忖道:"此只是一店家,恁的博闻!我读十年经史,亦不能记忆许多经典。"因问:"足下亦知学否?"其怪笑道:"不瞒秀士说,三四年前,亦赴两遭试,时运不济,科场没份,故弃了诗书,开一小店于本处,随时度日。"施俊深教之。饮到更深,那怪心生计较,呵一口毒气于酒中,递与施秀士饮之。施俊不饮那酒便罢,才饮下口,便昏闷迷倒于座下。小二连忙扶起,引入客房安歇。施俊腹中疼痛难熬,小二慌张,又没寻个医人处。延至天晓,已不见昨夜那店主人,里头房子却有老姬出来。小二恳告主人饮酒昏迷之故,望有汤求得些。老姬问其来由,小二将前事一一具知。老姬惊云:"汝主人又遇怪中毒矣。"

小二问其故，老妪道："此处出异怪，不时出来迷惑客商。昨日店主人即其怪之变化，汝主人酒中被放毒气，若救之迟，则命必丧矣。"小二听罢，即拜恳老妪救治之方。老妪云："我不能救治，除往芽山求董真人丸丹来饮下，便可吐出原毒，方能救理。"小二云："此去芽山几多路程？"老妪云："趁早行，一日赶到。"小二入房中对主人说知其事。施俊惊忧，即用银五两作见礼，着小二往芽山投董真人去了。正是：只为功名来赴试，惹出灾患动朝廷。

当下那妖怪竟脱身变化作施俊模样，抛走归来。何氏正在房中梳妆，听得夫婿回转，连忙出来看时果是，笑容可掬，因问："才离家二十余日，缘何便回？"那妖怪答道："将近东京，途遇赴试秀士，说道科场已罢，才子散离都下，我闻得遂不入城，抽身回来。"何氏云："小二如何不同回？"妖怪答云："小二不会走路，我将行李寄他朋友带回，着他随之，在后未到。"何氏信之，遂整早饭与妖怪食毕，亲戚来望，都见是真的。自是那怪与何氏取乐，岂知真夫在店中受苦？正是：云散雨收成远别，花红柳绿为谁春？

又过了半月日，施俊在店中求得董真人丸丹药调汤饮之，果获安痊。比及要上东京，闻说科场已散，与小二辞谢老妪回来。又是梅黄麦熟天气，中处乍热难行，缓缓归到家里，将有二十余日。小二先入门，恰值何氏与妖精在厅后饮酒。何氏听见小二回到，便起身出来问云："汝缘何归得仍迟？"小二答云："休道归迟，险些主人命亦不保。"何氏问是哪个主人。小二道："同我赴京去的，又问是哪个主人？"何氏笑云："尔于路上躲懒不赶行，主人先回二十余日矣。"小二惊道："说哪里话？主人与我日里同行，夜则同睡，寸步不离，汝何说他先回？"何氏听罢，疑惑不定。忽施俊入得门来，见了何氏，相抱而哭。其妻正诉被怪脱形来迷之事，那妖怪听得，走出厅前喝声："是谁敢戏吾妻？"施俊大怒，近前与妖相闹一番，被妖赶逐而出。邻里闻之，无不惊愕。施俊没奈何，只得投见岳父，诉知其情。岳丈甚忧，令之具状告于王丞相府衙。

王丞相审状，大异其事，即差公牌拘妖怪、何氏一干人来问，跪于阶下。王丞相视之，果与施俊无二样矣。左右见者皆言："此除包太尹能明此事，可惜其在边庭未回也。"王丞相唤何氏近前约审之。何氏一一道知前情。丞相云："尔亦曾验真夫身上有甚证迹否？"何氏云："妾真夫右臂有黑痣可验。"王丞相先唤得假的近前，令其脱去上身衣服，验右臂上没有黑痣。丞相看罢忖道："这个是妖怪。"再唤真的验之，果有黑痣在臂。丞相便令真施俊跪于左边，假施俊跪于右边，着公牌取长枷靠前，吩咐道："尔等验一人右臂上有黑痣者是真施俊，无者是妖魔，即用长枷监起。"比及公牌向前验之，二人臂上皆有黑痣，不能辨其真伪矣。王丞相惊道："好奇怪，适间只一个有，才问及，便都有了。"且令俱收起狱中，明日再审。

妖怪在狱中不忿，取难香呵起。那瞰海岩下四个鼠精出游，闻得难香，方知五鼠收狱。四鼠商议，便来救之。四鼠乃变作王丞相形体，次日请早坐堂上，取出施俊一干人阶下审问，将真的重责一番，施俊含冤无地，叫屈连天。忽真的王丞相入堂，见上面先坐一个，大惊，即令公人捉下。假的亦发作起来，着公吏捉下真的。霎时间乱作一堂，公人辨不得真假，哪里敢动手？当下两个王丞相争辩于堂上，看者各都痴呆了。有个老吏见识明敏，近前禀云："二丞相不知真假，纵辩论连日，亦是徒然，除非朝见仁宗皇帝，经圣旨便明哪个是真的了。"王丞相然其言，即同妖怪朝见仁宗。

仁宗闻此事，亦欲观之，遂降敕宣二丞相入朝。比及二人朝见，妖怪作法神通，喷一口气，仁宗眼遂昏，不能明视，传旨命将二人监起通天牢里，候在今夜北斗上时，定审出那个假的。原来仁宗是赤脚大仙降世，每到半夜，天宫亦能见之，故如此云。真假二丞相既收牢中，那妖怪恐被参出，即将难香呵起，瞰海三个鼠精闻得，商量着第三位来救。那鼠三灵通亦显，变作仁宗面貌。未及五更，已占坐了朝元殿，会百官勘问其事。真仁宗却早出殿，文武官见有二圣上，各个失色，嗟呀道："哪曾见朝廷里有这等异事？"遂会同众官入内见国母，奏知其事。国母大惊，使取过玉印，随百官出殿审视，端的两仁宗无异。国母道："尔众臣休慌,真圣上掌中左有'山河'、右有'社稷'之纹,看取哪位没有,便是假的。"众臣辨验之,果然只有真仁宗掌中有此纹,一个没有。国母传旨将假的监于通天牢中根勘去了。那假的惊慌,便呵起难香。鼠一、鼠二闻知烦恼,商量:"鼠五好不分晓,生出这等大狱,事干朝廷,怎得走脱?"鼠二道:"我只得前去救他们回来。"鼠二遂作神通,变作假国母升殿,要取牢中一干人放了。忽宫中国母传旨,命监禁者不得走掉妖怪。比及文武知有两国母之命:一要放脱,一要监禁,正不知哪个是真国母矣。

仁宗因是不决,忧虑屡日,寝食俱废。众臣奏道:"陛下可差使,命往边庭宣丞相回,方得明白,其他人没奈之何。"

上允奏,亲书诏旨,差使臣赍往边庭。宣读毕,包拯闻命,即随天使回朝,拜见仁宗。退于便殿,以妖魔异迹事说知于拯。

拯乃奏:"陛下勿忧,当今圣天子在上,量此妖孽不久当除,容臣数日,务要审理明白,回奏于陛下。"上大悦,赐御酒并金花于拯。

拯谢恩退朝,入开封府衙,唤过二十四名无情汉,取出三十六般法物,齐齐摆列堂下,于狱中取出一干犯罪来问,委的有二位王丞相、两个施秀士、一国母、一仁宗。拯笑道:"内中丞相、施俊未审哪个真假,国母与上位是假必矣。"且令监起,明日牒知城隍,然后判问。四鼠精被监于一狱,面面相觑,暗约道:"包公说道牒知城隍,必证出我等本相,虽是动作我们不得,怎奈上干天怒,其能久隐遁哉?可请鼠一来议。"

众妖遂呵起难香。是时鼠一正来开封府体探消息,闻得是包丞相勘问,笑道:"待我变个包丞相,看你如何判理?"即显神通,变作假包公,坐于府堂上判事。恰遇真包公正出牒告城隍转衙,忽报堂上有一包公在座。包公笑道:"这孽敢如此欺诳!"

径入堂上,着令公牌拿下。那妖魔走下堂来,乱作一处,众公牌正不知哪个是真的,如何敢动作?堂下包拯怒从心上起,抽身吩咐公牌:"尔众人紧守衙门,不得走漏消息,待我出堂方得上堂听候。"公牌领诺,包拯退入后堂,那假的故在堂上理事,只是公牌疑惑,不依呼召。

只说包拯入见李夫人道:"异怪难明,吾当诉之玉帝,除此恶孽。尔将吾尸用被紧盖床上,休得举动,多则二昼夜便转矣。"李夫人疑虑,不允其说。

拯道:"我阳数未尽,平素又无诏屈之事,岂有不醒之理?尔但放心毋虑。"李氏从其言。拯取衣领边所涂孔雀血慢嚼几口,拯便死去。那灵魂直到天门。

天使引见玉帝,奏知其事。玉帝闻奏,命检察司曹查究何孽为祸。司曹奏云:"是西方雷音寺灵怪五鼠精走落中界作闹。"玉帝闻奏,欲召天兵收之。司曹又奏:"天兵不能收,若赶得紧,此孽必走入海,为害尤猛,除非雷音寺世尊殿前宝盖笼中一个玉面猫能伏之。若求得来,可灭此怪,胜如十万之天兵矣。"

玉帝即差天使往雷音寺求取玉面猫。

天使领玉牒到得西方雷音寺,参见了世尊,奉上玉牒。世尊开读,知其意,与众佛徒议之。有广方大师进云:"世尊殿上离此猫不得,经卷极多,恐防鼠耗。若借此猫与去,有误是事。"世尊云:"玉帝旨意,焉敢不从?"大师云:"可将金睛狮子借之,玉帝若究,可说要留猫护经,玉帝亦不见罪。"世尊依其言,将金睛狮子付天使而去。玉帝召拯,欲交此兽与行。司曹见之奏云:"文曲星为解东京大难,不辞一死来此,这兽不是玉面猫,枉费其功。望圣上怜之,取得真的与之而去。"玉帝允奏,复差天使同拯来雷音寺走一遭,令恳世尊求取。拯随天使来西方见世尊,参拜恳求,初则世尊不允,有大乘罗汉进云:"文曲星亦为生民之计,千辛万苦到此,世尊以救人为心,岂不念是哉?当借之与去。"世尊依言,便令童子取过宝盖笼。拯见笼内一兽,端的异宝:眼吐金光焰,脚舒铁爪坚。满身花锦色,吼叫撼山川。

世尊取出灵猫,诵偈一遍,那猫遂伏身短小,付与拯,藏于袖中,又教之捉鼠之法。拯拜辞世尊,同天使回见玉帝,奏知借得玉面猫来。玉帝大悦,命太乙天尊以杨柳水与拯饮了,其毒即解。比及天使送出天门,拯于床上醒来,已死去五日矣。

李夫人甚喜,即取汤来给拯饮了。拯对夫人道知:"于西天世尊处借得除怪之物来,休泄此机。"夫人道:"于今怎生处置?"拯密道:"尔明日入宫中见国母道知,择定某日,南郊筑起高台,方断此事。"夫人依命,次日乘轿进宫中,见国母奏知。国母依议,即宣狄枢密吩咐:"南郊筑台,不宜失误。"

狄青领旨,部军兵向南郊,按仪式筑起高台完备。拯在府衙里吩咐二十四名雄汉,择定是日前赴台上审问。轰动东京城军民,哪个不来看包公判此异狱。

当日,真仁宗、假仁宗,真国母、假国母与二丞相、二施俊都立台下,文武官摆列两厢,独真包拯在台坐定。那假包拯尚在台下争辩。将近午时,拯于袖中先取出世尊经偈念了一遍,那玉面猫伸出一只脚似猛虎之威。闻鼠起,眼里吐出一道金光,号咆飞下台来,先将第三鼠咬倒,却是假仁宗。二鼠露形要走,被神猫伸出左脚抓住,又伸右脚抓了那鼠一,放开口一连咬倒。

台下军民见者,齐呐一声喊。那假丞相、假施俊二鼠变身走上云霄,神猫飞上,咬下一个,是第五鼠,单走了第四鼠。那玉面猫不舍,一直随金光追赶去了。台下文武官见除了此怪,无不喝彩。包拯下台来,见四只大鼠约长一丈,手脚如人,被咬伤处尽出白膏。拯奏:"此尽人精血所成,可令各卫军宰烹食之,能强筋力。"仁宗准奏,敕令军卒抬得去了。

仁宗整驾入朝,文武各拜贺,仁宗大悦,宣拯上殿面慰之云:"夫人奏知,朕多亏卿勤劳,决断此怪,卿真天人也。"拯顿首奏:"皆托陛下洪福。"上设宴款待文武,命儒臣略纪其异。拯饮罢,退回府衙。发放施俊带何氏回家。仍得团圆。而后何氏只因与怪交媾,受其恶毒更深,腹痛莫忍,施俊取所得董真人丸药饮之,何氏乃吐出毒气而愈。夫妇感慕包公之德,设牌于家,不烦旦夕拜祝之矣。

三十三　东京决判刘驸马

登州管下有一地名市头镇,居民稠密,人家并靠河筑室,为恶者多,行善者少。唯有镇东崔长者好善布施,不与人争。娶妻城里张和卿之女张氏,性格温柔,治家勤俭。生一子名崔庆,年十八岁,聪明特达,耽嗜诗书,父母惜如掌上之珠。

忽一日,有一老僧来其家抄化,值崔长者不在,适张氏出来见问:"僧人从何而来?"僧人答云:"贫僧是五台山云游僧家,闻府上长者好善,特来化斋饭一餐。"张氏无厌色,即着老妪于厨下整顿斋饭出来款待僧人。僧人食罢斋饭,便问:"长者在家否?"张氏答道:"员外上庄,过数日方回。"僧人曰:"贫僧有句话禀知,虽待长者回来。"打个问讯径去。过数日,僧人复来问:

"长者回否？"张氏于帘子里应道："尚未回。"

又待之斋饭而去。一连如此数遭不遇，其张氏待那和尚无厌。

僧人自谓：闻说崔宅好善，果不虚传。次日以来探候，恰值崔长者在庄所回至家里，见一和尚睡于凳上。长者人见张氏，张氏道知："数日前有远处和尚来家，要见员外一面，道有甚话说。"长者云："莫非外面凳子上睡的那和尚是也？待他睡醒见之。"一伏时，和尚睡醒，舒手摩额，口诵一偈云：

佛法无边大，何如积善功。有人知此意，福境不难通。

念声才罢，那崔长者整衣冠出，延那僧人入中堂坐定，纳头便拜，道："有失款迎，万勿见罪。"那僧人连忙扶起云："贫僧不识进退，屡次扰于尊府，特候员外见一面，连数回造候不遇，正恨没缘，今得参见，足慰所望矣。"长者大悦,便令作斋食款待僧人,极其丰厚。长者席上问其所来,僧人答以:"云游至此,要见员外,有一事禀知。"长者举首请云:"上人若要化缘,或化斋粮,老朽不敢推阻。"僧人云:"足见长者善心,贫僧不为缘而来。即日本处居人有洪水之灾,员外可预备船只伺候走路。敬以此事告知,余无所言。"长者听罢,连声应诺。便问僧人:"洪水之灾何时当见?"僧人云:"一见东街宝积坊下那石狮子眼中流血,便要收拾走路。"长者道:"此地果有此大灾,当与乡里说知之。"僧人笑云:"尔乡皆为恶之徒,岂信此言?就是长者信我,逃得此难,亦不免有苦厄累及。"长者问云:"苦厄能丧命否?"僧人云:"无妨,将笔纸来,我写几句与长者牢记之。"长者即取过纸笔与僧人。写出甚来?却是偈语四句,云:

> 天行洪水浪滔滔,遇物相援报亦饶。
> 只有人来休顾问,恩成冤债苦监牢。

长者看念,不解其意,僧人云:"细玩后当知之。"斋罢辞去。长者取过十两花银赠和尚,和尚云:"贫僧云游之人,纵有银两,亦无藏处。"竟不受而去。

长者因其言半信半疑。张氏云:"彼连候数遭,要见员外道此事,岂可不信?"长者依张氏所说,即令匠人于河边造十数大船。人问其故,长者说与有洪水之灾,造船逃避。众人笑云:"尔乃痴翁,自今年正月及今六月,天上没半点雨落,我众人苦旱极甚,耕种不得,正待祈雨,水从哪里来?"长者只故理自所为,任众人讥笑。

时当六月中旬,太阳正照,长者船只造都完备,设于河上,每日令老妪前往东街探石狮子眼有血流出否。老妪初去看时,人不知其故,亦不问之。看探日久,往来频数,坊下有二屠夫疑。老妪一到石狮子边,故觑便去。那日正来,二屠夫恰在石狮子边坐,问其故。老妪不隐,直告以石狮眼中流血,当日有洪水之灾,主人家即登船避难矣。二屠待妪去后,自相笑云:"世上有此等痴人!天旱如此,有什么水灾?况那石狮眼里哪讨血出。"二屠相约戏之。明日宰猪,用血洒在石狮眼中,比及老妪看见急忙走回,报与崔长者知之。长者即吩咐家人收动用器物一齐搬上船。当下太阳正酷,热气蒸人,邻里见崔长者慌慌张张，似避难之意，哪个不讥笑？等待长者携一家老幼登船了毕，黄昏左侧，黑云并集，罩了东西南北，不见天地，强雷震处，雨从天而降。直于六月十七夜落起，至十九日三昼夜不息，河中滚动新浪，水涌入市头镇，一时间，那人民居屋不知提防，流荡无遗，溺死者何止二万余人。正因其乡民作孽太过，天以此劫数灭之也，就是鸡犬不能逃焉。只有崔长者夫妇好善，预得神人救之。

那日长者数十只大船随洪水流出河口，忽见山岩崩下，有一初养黑猿被溺不能起，长者即令家人取竹竿接之而渡。那猿及岸，得生而去。船正行间，又遇一树木流来，有鸦巢在上，新乳数鸦飞不起，被水浸之将死，长者又令家童取船板托之而争。那鸦展开翼各飞将去了。适有湾处，见一人披浪激流下来，叫道救命。长者听得，即令人接之。张氏云："员外岂不记僧人所言，遇人休顾之嘱？"长者云："物类尚且救之，况人而不恤哉！"竟令家童取竹竿援之上船，遂取衣服与换。日晚，那长者十数大船作一连，自然转入芦港中，若有神助。崔长者遂留止其处。次日雨止，太阳开霁，长者乃令家童回去看时，只见洪水过处，尽成沙丘，唯有崔长者房屋虽被浸损，未曾流荡。家童报知长者。长者令工人修整所居完备，仍前携老幼回家安居。

未过一月，诸用俱全，同乡邻里复归者十有一二而已。长者做一筵席，拜谢天地祖宗，一家长幼相聚而饮酒中，长者问那所救之人欲愿回去否，那人哭道："小人是宝积坊下刘屠之子，名刘英，今灾父母不知存亡，家地罄空，归则无投，情愿为长者随行执伞之人，以报救命大恩。"长者大悦："尔既肯留我家下，就作养子看待。尔是我儿，大当居长。"刘英拜谢。

时光似箭，日月如梭，长者回家，不觉又有半载。时东京朝廷里宫中国母张娘娘失去一玉印，不知下落，宦官奏过仁宗皇帝，出下榜文，张挂诸州：但有知玉印下落者，官封以高职。自榜文张挂各处后，忽夕，崔长者梦见神人说与："朝廷东宫张娘娘失落一玉印，在后宫八角琉璃井中，上帝以君有阴德，特来说与，可着亲儿子去报知，以受高官。"及长者醒来，将梦与妻子说知，忽家人来报，登州衙门首有榜文张挂，所说与长者梦中言同。长者甚喜，谓张氏云："想是祖先有灵，后当出贵人，可令崔庆前去奏知受职。"张氏云："只有一子，岂肯与之远离？富贵有命，员外莫望此事。"刘英近前见父母云：

"小儿无恩报答,既是神人报说,我情愿代弟一行,前赴京都奏知。倘得一官半职,回来与小弟承受。"长者欢然,准备银两,打点刘英起程。

次日,刘英相辞,长者再三叮咛:"若有好事,休得负心。"

刘英领诺而别,上路望东京进发。不则一日,来到京城,寻个客店安下。次日饭后,径来朝门外揭了榜文。守军捉见王丞相体问。刘英先通乡贯姓名,然后以玉印失落说知。王丞相大喜,即令军牌送刘英于馆驿中伺候。次日王丞相入朝奏知仁宗。仁宗宣宫中嫔妃问之。娘娘方记得因中秋赏月夜阑,同宫女于八角琉璃井边,国母探手取水,误落井中。及令宫女下井看取,果有之。仁宗宣刘英上殿,既问其如何知玉印之由。刘英不隐,直以神人梦中所报奏知。仁宗悦云:"想是尔家积有阴德。"

便问英幼曾读书否。英对以未入书堂,不曾学。仁宗道:"既尔未曾读书,监政之职难为。"遂降敕封英为驸马,以偏后黄娘娘第二公主招之。刘英谢恩,不胜欢喜。过数日,朝廷设立驸马府与刘英居。当下刘英一时显赫,权势无比,就不思量旧恩矣。

却说崔长者自刘英去后,将两个月,朝夕悬望消息不到。

忽一日,有人自东京来,传说刘英已招为驸马,极其贵显,长者即日吩咐家人小二同崔庆赴京。庆拜辞父母,望东京进发。

正是:此行莫道图荣贵,惹出艰危险丧身。

崔庆与小二自离家后,在路行程将有四十余日,不则一日,来到东京。崔庆寻店安下,次日访问驸马府,人告之云:"前面喝道,驸马来矣。"崔庆立在一边,候过了道,恰见刘英在马上端坐,昂昂然来到。崔庆故意近前,要与相认。刘英见崔庆,呵斥:"谁人冲我马头?"便令军牌捉下。崔庆惊道:"哥哥缘何见疏?"刘英怒云:"我有什么兄弟?"不由分说,拿进府中,重责一十栏干棍。可怜崔庆打得皮开肉绽,两腿血流。

英令监入狱中。正是古人言不差:画虎画皮难画骨,知人知面不知心。

当下崔庆被收于狱中,举目无亲,饮食皆绝。比及小二在店中得知主人被难,要来看时,不能进矣。崔庆将其情哀告狱卒,狱卒怜而济之。奈何崔庆富骄之儿,一旦受此苦楚,怎生忍得?正在饥渴之际,思得肉食,忽墙外一黑猿攀树而入,手持一片热羊肉来狱中见崔庆,拜将羊肉而献。崔庆俄然记得:"此猿是吾父昔日洪水中所救者。"接而食之。猿去,过数日又将物食进来,如此者不绝。狱卒问崔庆而知其由,乃叹息云:"物类尚有恩义,人有不如之矣。"自是随其来往。

一日,墙外有十数只乌鸦集于狱中,哀鸣不已。崔庆亦疑莫非是父所救者,乃云:"尔乌鸦若怜念我,当代吾带书一封归与吾父。"那鸦识其意,都飞向前。庆即问狱卒借纸笔修了书,系于乌鸦足上。飞去不十数日,已飞到其家。正值崔长者与张氏厅上说儿子没音信之事,忽鸦飞下立于几边。长者惊疑,看鸦足上系一封书,长者解下开念之,却是崔庆笔迹,内具刘英失义及狱中受苦情由。长者读罢大哭。张氏问其故,长者说知。张氏悲痛云:"当初叫尔莫收留此人,果然恩将仇报,陷我儿子于缧绁之中,怎能得出?"长者云:"鸟兽尚知其义,彼有人心,岂得如此负恩之甚!我只得自往东京走一遭,探取虚实。"张氏云:"儿受苦,作急而行。"次日,崔长者准备行李,辞妻赴京。正值残冬天气,路上朔风扑面,寒冻难进。正是:马车声中离客惨,满林红叶倍行情。

长者一日已到东京,寻店安下,清早正待出街访问消息,忽见家人小二身穿破服,乞食于廊下。小二一见长者,近前云:"小人受苦觅食。"遂抱之而哭。长者亦悲,问其备细,小二将前情逐一诉了一遍。长者不信,要进府里见刘英一面。小二紧紧挽住,不与其去,恐遭毒手。忽报驸马来矣,众人都回避,长者立廊下候之。刘英近前,长者叫云:"刘英我儿,今享富贵,不念我哉?"刘英举头看见,认得是崔长者,哪里顾他。长者不肯休,一直随马后赶去,遂被闭上府门,不得进矣。

长者大恨云:"不认我父子且由你,何又将吾儿监系狱中受苦?"

即投开封府告状。

正值包拯行香转衙,长者跪马头下状。拯收得带回府中审问。长者哀诉前情,不胜悲感。拯令长者只在府廊下居住,即差公牌去狱中唤狱卒来问:"有崔庆否?"狱卒复云:"某日月监下狱里,饮食不给,极是狼狈。"拯审得明白,令狱卒散诞拘之。次日差人请刘驸马到府中饮酒。刘英闻包拯有请,即来赴席。拯延入后堂相待,吩咐军牌云:"今日我要判理崔庆狱事,尔等紧守府门,不许闲杂人走动。"军牌领诺,便闭上府门,然后抬过筵席。拯推刘英坐上,英辞不敢当。拯云:"上位之亲,当坐。"英笑而就位。

酒至半酣,便不再斟。拯故怒云:"缘何不添酒来?"厨下报云:"酒已尽矣。"拯笑道:"难得有请驸马,既没酒,可将水来斟亦美。"侍吏应诺,即提过一桶水。拯令用大瓯来斟,先持一瓯与刘英道:"驸马大人,权饮一瓯。"刘英只道拯怠慢他,怒云:"包太尹好欺人,朝廷官贵,谁敢不敬我刘某,哪有相请而用水当酒者耶?"拯云:"驸马休怪,众官要敬驸马,偏包某不敬。今年六月你尚要饮一河之水,一瓯水却饮不得?"刘英听罢,毛发悚焉。忽崔长者近前,指定刘英骂道:"负义之贼,今日负我,久后必负朝廷,望大人做主。"拯便令拿下刘英,去了官带,施于阶下,责之四十棍,监令供招。

刘英自知行得不是,实情吐出,招认明白。拯取长枷系于狱中。

次日具疏奏知仁宗。仁宗宣召崔长者至殿前审问。长者以前事奏知一遍。仁宗称羡长者之重义如此,亲子当受爵禄,朕明日有旨下。长者谢恩而退。次日旨下:"刘英冒功忘义,残虐不仁,合问死罪。崔庆授武城县尉,即日走马赴任。崔长者平素好善,敕令有司起义坊旌之。"包拯判讫,请出崔庆,换以冠带,领文凭赴任而去。是冬将刘英处决。都下传此,皆称崔长者夫妇好善,终得善报。刘英屠户之子,恶心不除,终受恶报。

三十四 讦盗而释谢翁冤

扬州离城五里,有一地名吉安乡,有一人姓谢名景,家以农为业,颇置根基。乞养一子,名谢幼安,婚得城里苏明之女为媳妇。苏氏过谢家门后,且是贤惠,敬于公姑,处事有方,大称姑意。忽一日,苏氏有房侄苏宜来其家探亲,谢幼安以其无赖之徒,甚怠慢之,宜怀恨而去。

未过半月间,幼安往东乡看管耕种,路远未回家宿。是夜有贼名李强,蓦知幼安不在家,乘黄昏入苏氏房中躲伏。将及夜半,李某盗取其妇首饰,正待开房间走离,被苏氏发觉,急叫有贼。李惧遭捉,抽出一把尖刀,刺死而去。比及天明,谢景夫妇起来,见媳妇房门未闭,乃问:"今日仍早,缘何内房便开了?"唤声不应。其姑特进房中问之,见着死尸倒在地上,血污满身,惊而视之,却是媳妇被人所杀,大叫云:"祸哉!谁盗入房中杀死媳妇,偷取首饰而去?"谢景听罢,慌张无措,正不知贼是谁人。及幼安庄上回来,不胜悲哀。父子根勘杀人者十数日,不见下落。邻里亦疑是事。苏家不明,只怀疑婿家自在缘故,指被盗所杀。

苏宜深恨往日慢他之仇,陈告于刘太尹处,指告谢某欲淫于媳,不从杀之以灭口。刘尹审状,拘得谢景来衙根勘之。谢某直诉以被盗杀死,夺去首饰之情。及刘尹再审,邻里却道此事未必是盗否。刘尹证问谢景云:"宁有盗杀人而妇不致争闹,与其径离房中,内外无一人觉者? 此是尔自谋死,何不招认而累他人?"谢景不能明,唯叫冤枉而已。刘尹用长枷监于狱中根勘,谢景受刑不过,只得诬服。虽则案卷已成,而终未决。

将近一年,适包公按行郡邑,来到扬州审决狱囚。幼安首先陈告父之枉情于拯。拯复卷再问,谢景所诉与前词无异。拯知其不明,吩咐禁卒散疏谢某之狱,三五日当究下落。

是时李强既杀谢家之妇,得其首饰,隐埋未露,而恶心尚未肯休。在城有姓江名佐者,极富之家,其子荣新娶,李强乘人冗杂时入新妇房中,隐伏于床下,伺夜深行盗。不想是夜房里明烛到晓,一连三夕,李贼动作不得,饥困已甚,待夜奔出,被江之群仆捉之乱打一顿。商议次日解入刘衙中根问,李云:"我实有罪,但未曾盗得尔物,遭捶极矣,若放我不告官,则两下无伤;不则到官,亦自有说。"江惧其诈,次日不告于本司,径解包衙,具知于拯。拯审之,李云:"我非盗也,乃医者,被其所诬执到此。"拯云:"尔既不是盗,缘何私入其房?"李云:"彼妇有僻疾,令我相随,常为之用药耳。"拯审问罢,私忖道:"女家初到,纵有僻疾,亦当再举于尔,宁肯令之同行? 此人貌类恶徒,是盗必矣。"拯不厌烦,务在根究。

那李贼辩论妇家事体及平昔行藏与拯知之,及拯私访江家,果与李盗所言同。拯又疑:"我道盗人初到其家,则妇家之事焉能得知如此详备。若与新妇同来,彼又不执为盗。"思之半晌,乃令监起狱中。

拯退后堂,细忖此事,疑此盗者莫非潜伏房中日久,听其夫妇枕席之语,记得来说。拯遂心生一计,密遣军牌一人,往城中寻个美妓进衙里,令之首饰穿着与江家媳妇无异,次日升厅,取出李某来证。那李贼只道此妇是江家新妇,是呼妇之小名云:"是尔邀我治病,今反执我为盗!"妓妇不答云。公吏

皆掩口而听,拯笑云:"尔此奸贼,既女平日识汝,今何认妓为新妇?想往年杀谢家妇亦是汝矣。"即差公牌到李某家搜取。

公牌及家,见李床下有新土,掘之,得首饰一匣,持来见拯。

拯即召幼安来认,内中捡出几件首饰,乃其妻苏氏之物。李惊服不能抵隐,遂供招杀死苏氏之情,及于江家行盗,潜伏三昼夜,奔出被捉之由。拯审勘明白,用长枷监入狱中,问处罪决。

杖苏宜诬执之罪,而谢景之狱方得释矣。后公吏问及何如以妓妇装作新妇便知其诈,拯云:"彼妇新妇,若使与盗证辩,辱莫大焉。彼盗潜入房中,一时突出,必认新妇不着,今以妓妇假装出证,盗若认之,即知其诈。盗人果不出吾所料。"

三十五　汴京判就胭脂记

河南任城,有一人姓郭名华,表字名卿,才貌聪俊,勤于诗书。忽一日听得东京黄榜招贤,便辞双亲,雇家人李二赴京。不则一日,行到东京,寻店安下。

次日郭华上街闲行,见一佳人开铺卖胭脂,华特以买胭脂之故,径入里面,见那娘子王月英。月英见那秀士才貌轩昂,便延入坐定,问其来历。华答以来京赴试,敬相访于娘子。月英喜悦相待而去。

华回店,思慕王月英之容,意谓欲得相聚,足遂平生,竟忘了求名之愿。那月英在闺房中绣鞋,亦爱着郭秀士清丽,意愿与谐连理,只恨姻缘难凑。适梅香入报:“日前那秀士又来,要见姐姐买胭脂。”月英听得,即离绣房出来迎见郭秀士,笑容可掬,便问:“秀士要买胭脂否?”华答云:“正待来求娘子所货宝物。”月英云:“秀士要得许多,何待价,买取些好的相送回与娘子用便是。”华笑云:“小生命薄,姻缘来迟,至今尚未纳婚矣。”月英云:“既秀士未有娘子,买此何用?”华云:“因见娘子美丽,特以此为由来访一面。”月英云:“有劳秀士相访,妾没甚好处。”华云:“倒有好处,只是娘子不肯怜小生孤单客旅矣。”月英听罢,遂变起脸叱辱郭华几句便走入房去。

华正懊恼间,适梅香出遇,慰之而去。

当下月英只因将几句言语羞辱郭秀士去后,到房里自觉悔意,闷闷不悦。梅香径入,见月英云:“姐姐如何恼那秀士而去?”月英直以其言与梅香

说知。梅香云:"那郭秀士才貌双全,又未有妻室,使得与姐姐成双,乃千里之缘,何如拒叱若甚?"月英云:"实不相瞒,吾亦愿相从,只恨没人相通,正在此悔矣。"梅香云:"姐姐休忧,吾特往见郭秀才,通知姐姐之意,彼疑便释。"月英云:"尔见郭秀才,约之东街灵祭庙中相会。"梅香领意,径来见华。华喜不自胜。梅香先去,乃自往东街灵祭庙伺候,因问神求签,看佳偶就否。得二十五签云:星辰多不顺,管命隔黄泉。若问婚姻事,云开月再圆。

华得签,颇解其意,正候王月英来约。时夜深更阑,华以月英不来,怅恨复回店中。

次日,梅香又来见华,华以失约怪之。梅香云:"月英姐姐确有心向慕秀士,只虑母亲知觉,迟疑未敢轻行,现令我来告明秀士,须先通媒妁与其母知,便可成亲。"华云:"若母不允,则徒费心机,要与娘子先成佳期,后则通媒。"因写书一封,付梅香回达月英。梅香接书回见月英。月英拆开,有诗一首云:绞绡一幅与君开,诗句清新可当媒。从此蓝桥无路阻,何妨今夕下阳台。

月英看罢诗意,沉吟半晌,问梅香:"郭秀才再有甚言语?"

梅香云:"深怪姐姐失约,梅香再三解释,彼方以诗付我而回。"

月英云:"才子难逢,候元宵之夜母亲不在家,我两个同去相国寺玩花灯,与他相会。"复和诗一首,与梅香送来见华,约以正月十五夜相令于相国寺。华云:"前日已约小生在灵祭庙相遇,敬往候之不来,今则难凭矣。"梅香云:"姐姐有书在此,决不爽信,秀士休误此事。"嘱罢径去。华开缄见和诗一首云:

锁关金锁擘难开,指就天边月做媒。
相国风摇花影动,巫山消息下阳台。

华看诗罢私喜:"此回准拟会佳人矣。"

次日正值上元佳节,怎见得好元宵,有词为证:光阴捻指,不觉上元节至。游人似蚁。千门万户,花灯装起。诏华天付与,共赏六街三市。月光如水。看蓬莱仙侣,鳌山降,满瑶池。

是日华之朋友相邀到清风亭饮酒,华被众友连劝几杯,忘却赴约之事,饮得甚醉。将晚,汴城花灯耀目,极是繁华。当时郭华乘醉记得,来相国寺欲与月英相会之时,被酒激将来,醉卧寺之佛殿后。近二更,游人已散,王月英与梅香来到寺中,见华醉睡,推之不醒,月英怅恨良久,深叹无缘。因与梅香商议,脱下绣鞋一只,手帕一幅,置华身上而去。及华睡至四更醒来,正恨月英不至,忽见一绣鞋,并手帕一幅,华细忖之,乃知月英已来,酒醉不遇,留此为记而去。因大愤莫及,遂吞其鞋帕。

比及天明,寺里伺人见殿后一秀士死倒在地,大惊,摸其胸尚暖,有女人绣鞋一只,并帕一幅,一半在口里。僧人乃疑此人必中毒而死,若有来根究者,连累怎得了,不如收此物前去告首,以免祸及,遂陈告于开封府衙。包拯审勘绣鞋与手帕,正不知是谁所留,心生一计,令公牌扮作货郎持往街坊去卖,密嘱公人:"候有认买者,即拿来见我。"公牌领命去卖,正卖向王月英门首,梅香认得,连忙报知于月英。月英出门自来看时,果是夜来留置绣鞋,便问货郎从何得来之故。货郎即云:"问他人转收来卖,不知其故。"月英用钱买之。正在疑虑间,适其母出见之,问月英端的,月英惊不敢应。母责及梅香,梅香只得说:"昨夜同姐姐往相国寺看上元玩灯,不想姐姐失落一绣鞋,今被货郎捡得来卖,梅香认得,故姐姐复问买之。"

母怒云:"这妮子好轻纵,满城人玩灯,偏尔会失落绣鞋,被人所捡。此必有缘故,从实说来,免致重责。"正在根究之际,那货郎怒道:"且休闲讲,开封府包太尹待我回报,尔等速行。"不由分辩,遂捉一起人解到府衙见拯。拯根勘月英谋杀人命之故,月英不隐,从头供出:"因遇郭秀士来买胭脂,两意相投,至元宵夜,许赴相国寺与之见面,因其醉去不起,留此为记而回,不知因何身死。"

拯审罢口词,即带领公牌前赴相国寺检验死者尸首。恰值郭华之父因儿子赴京一向不回,正来汴城相寻,见拯引道来到,遂躲廊下避之。拯入得寺后,其父访见李二,说知其子之故,慌投入相国寺见拯,陈告其事。拯问得来这死者就是其儿子,勘会明白。拯令左右以银针探取。郭华醒来,左右复知,拯甚喜,急令将滚汤灌下。一伏时,郭华平复如初。父子相见,不胜悲感。及拯再审于华,华诉与月英口词则同。拯道:"今此一事,男女不由父母之命，自私约合，败害纲常甚矣。本待奏过朝廷，依律判断，思尔凤世有缘，今生会合，今日乃是个良辰，同回到月英家成其夫妇，同尔父亲归故里也。"判讫，郭华父子甚感包公之德，拜谢同回王月英家，成亲皆礼之夕，花烛辉煌，不谅蓝桥之遇云英，自是夫妇得谐老焉。

三十六　判僧行明前世

西京离城十五里，有一地名大树坡，人烟稠密，亦是个冲要所在。时有姓程名永者，曾是牙侩之家，通接往来厚商，颇置其业。令管店家人张万者，但遇往来投宿之人，或得经纪钱，皆私记于薄书。

一日，有成都幼僧姓江名龙，要往东京披剃给度牒，那日恰行到大树坡，就投程永店中借歇。是夜江僧独自一个于房中收拾衣服，将那带来银子铺于床上。正值程永在亲戚家饮醉回来，见舍窗里有光露出，忖道："今夜此店里莫非有人投宿？"

遂近前视之，见一和尚在床上收拾银两。程永见了，便道："这和尚不知是哪里来的？带有许多银两，若使图谋将来，胜做数年经纪。"常言道：财物动人心。不想程永只自忖说，倒有心要谋他之意。夜深时候，四顾无人，向店中取出一把利尖刀，撬开僧人房舍，入去喝声·"尔谋人得许多财，不分我些？"江僧人听罢大惊，一时辩理不及，被程某一刀砍死，就掘开床下土埋了尸首，收拾起那银两，进入房中睡去。次日起来，并无人知觉者。正是：谋财害命曾无报，古往今来放过谁？当下程永得那僧人银两去做买卖，未数年起成大家，再不思为经纪矣。娶城中富室许二之女为妻。许氏贤惠，甚称夫意。

生一子，名程惜，容貌极其美丽，父爱之如掌上珍珠无异。年纪稍长，不事诗书，专好游荡。程永以其只是一子，不甚拘管他。或时言之，其子必怒恨而去。只其母虑子后去不肖，破荡家业，所以日夜忧心。

一日，程惜令匠人打造一把鼠尾尖刀，遇暇日，径来彼父严正家云："严叔叔在家否？"适严不在，其妻黄氏出来应云："是谁叫？严某清早出庄所未转。"程惜直入云："是我要寻严叔，有句话商议。"黄氏一见是程惜直入，云：

"是我侄儿，快进家里坐。"便邀惜至中堂坐定云："难得侄儿来到，待我去整午餐，待等叔回。"惜云："反成扰动婶娘。"黄氏入厨下整备午餐已熟，恰值严正回来，见着程惜，不胜之喜，便令黄氏安顿酒席，引惜进偏舍斟酌。酒至半酣，严问云："贤侄到我家，莫非程兄有请否？"惜不觉恨激于心，怒目反视，欲说难于启口之意。严怪而问云："侄有何事，但说无妨。"惜云："我父是个贼人，侄儿要刺杀之，利刃已准备下了，特来通知叔叔，明日便下手。"严正不听此事便罢，一闻他说，吓得魂飞天外，魄散九霄，乃云："侄儿休来累着我！尔父子至亲，今要行此大逆之事，倘成，官府宁不疑我唆教？那时怎生分说？此事从今休提，若使外人知之，了不得祸患！"惜云："绝不敢负累叔叔，要刺之情，不是明日，只在早晚间。"言罢，抽身走去了。

严正惊惶不已，将其事与黄氏道知。黄氏云："此不是小可，彼未曾与夫商议，或有不测，尚可无疑；既今来我家道知，久后事露，如何分说？"严云："然则如之奈何？"黄氏云："如今之计，莫若先告首与官府知之，方可免受累矣。"严依其言。次日，具状于包府衙里告首其事。拯审状甚觉不平，乃道："民家有此等逆理之情？"即拘其父母来问。程永直告其子果有谋弑之事，屡被我责谴，彼不肯休。拯审口词无异，大疑是事，即拘其子来根勘之。程惜低头不答。拯未深信，再唤程之邻里数人，逐一审问，邻里皆云："其子确有弑父之意，身上不时藏有利刃，彼亦常对我众人说。"拯令公人搜惜身上有刃否。公人搜取没有。其父复云："昨日行刺，必留在睡房中。"拯复差张龙前到程惜睡房搜检利刃。张龙果于席下搜出一把鼠尾尖刀，回衙呈知拯。拯以刀审问程惜。程惜无语。拯不能决，将邻里一干人犯都监候狱中，退入后堂，自忖道："彼嫡亲父子，并无他故，何如其于恁的行凶？此事深有可疑。"

思量半夜，未得究理之策。

又过数日，拯未决是狱，坐卧不安。一夕，乃于寝室中焚起好香，至夜昏，拯乃端肃衣冠，告于天地神祇云："今为程某之子，有大逆之情，拘系于狱，干累甚众，动经未决。若彼父子莫非前生结有冤愆，亦难证明，彼方肯甘心。神祇当以梦应我知，方可为之雪理。"祷罢就寝。将近四更，拯得一梦：正待唤渡艄过江，忽岸上滚出一条黑龙，龙背上坐一神君，手执牙笏，身穿红袍，来见拯云："包大人休怪其子不肖，乃是二十年前事了。"道罢，竟随龙而

476

没。拯俄然惊觉，思忖梦中之事，颇悟其意。

次日升堂，先令狱中取出程某一干人于阶下审问。拯唤程永近前问之云："尔成其家还是守祖上现在？是自所创乎？"

永答云："初曾作经纪，接往来客商，得牙佣钱而成家矣。"拯云："出入是自管理否？"永云："执理书簿，皆出家人之手。"

拯云："家人名谁？"永曰："张万是也。"拯即差人牌拘得张万来衙，索书簿视之。张万即取簿献于拯，拯将书簿展开向上，从头逐一看来。中间却写有一人姓江名龙，是个和尚，于某月日来宿其家，甚注得明白。拯忆昨夜一梦渡江见龙神之事，记在心下，就令一干人都跪于下，独令程永进屏风后诘问之云："今日狱已成，尔子该处死定矣，只汝之罪亦难逃。但尔心下别有何事，当从实供来，免累众人。"永答云："吾子不孝，既蒙包府处死，彼亦甘心，小人别无甚事。"拯云："我知了多时，尚则瞒我！江龙幼僧告尔二十年前事，尔记得乎？"

程永听罢包公说起二十年前幼僧一句，毛发悚动，仓皇良久，不能抵讳，只得吐实。供出二十年前有一幼僧在庄安歇，要往东京披剃，买取度牒，某贪其财物，杀死夺取，尸身现埋在睡房床下。拯审究得实，复出堂，差军牌至程家店里睡房床下掘取谋杀人死尸。

军牌去后不多时回报："果掘出一僧人尸首,骸骨已朽烂,唯面肉尚留些须。"拯将程永监收狱中,邻里干证并行放释。

拯疑其子必是幼僧后身,冤家有在,特来投胎取债,乃唤其子再审之,云："彼为尔之亲父,尔何故欲杀之?"其子无话说。

拯云："赦尔之罪,回去另做生计,不见尔父如何?"其子曰："某不会做甚生计。"拯云："尔若愿做甚生计,我自与你一千贯钱去。"其子曰："若得千贯钱,我买张度牒出家为僧便罢了。"拯确信其然,乃云："尔且去,我有处置一千贯钱处。"

次日,拯委官籍程永家产,得千缗,与程惜而去。遂问程某编管辽阳之军。案狱已决之后,吏曹复问："相公何以知僧人姓名并二十年前之事?"拯说与梦中因渡江见龙神,"我便忆有江龙之姓名,且神告知二十年前之故,待我审视簿书而知端的,一证其言,彼即惊服招认。"吏曹听罢,皆叩头称包公以为神云。

三十七　断淫妇谋害亲夫案

东京离城五里,地名湘潭村,有一人姓丘名惇。家以农为业,颇致殷实,遂成富翁,娶本处陈旺之女为妻。陈氏虽则丰姿美貌,却是个水性妇人,因见其夫敦重,甚不相乐。时镇西有一牙侩,姓汪名琦,为人清秀,貌颜精爽,是个风流子弟,常往来丘惇之家,惇遂以契交兄弟情义待之,无间亲疏。

汪出入稔熟,不时与陈氏交接言语,陈氏甚爱慕之。

一日,值丘惇出外,恰遇汪琦来其家,陈氏不胜欣喜,延入房中坐定,对汪云："丈夫往庄所算田租,一时未还,难得今日尔到此,略闲暇些,有一句话常要说知,权且停待我入厨下便来。"汪琦正不知何缘故,只得应诺,遂安坐等候。不多时,陈氏整备得一席酒,入房中来与汪琦斟酌。酒至半酣,那陈氏有心向那汪琦,乃云："闻叔叔未娶婶婶,夜来独睡,岂不寒冷乎?"汪答云："小可命薄,姻缘来迟,衾枕孤眠,是所甘愿矣。"陈氏叹云："叔休瞒我,男子汉久无妻夜度如年,适言甘愿,乃不得已之情,非实意也。"汪琦初则以朋友义分上，尚不敢发闲言语，及被陈氏以言所戏，不觉心动，乃云："贤嫂既念小叔单冷，宁肯念我哉？"陈氏云："我倒有心怜尔，只恐叔无心恋我矣。"二人戏谑良久，彼此乘兴，遂成云雨之交。正是色胆大如天，自两下意投之后，情意稠密，但遇丘惇不在家，汪某遂留宿于陈氏房中矣。丘惇全不知觉。

忽一日，丘之家仆颇知其事，欲报知于主人，又恐主人见怒；若不说知，甚觉不平。值那日丘惇正在庄所与佃人算账，宿于其家。夜半丘惇谓家仆云："残秋天气，薄被生寒，未知家下亦若是否？"家仆答云："只亏主人在外，家下夜夜暖矣。"丘惇怪疑，便问："尔何如出此言语？"家仆初则不肯说，极其恳切，乃直言主母与汪某往来交密之情。丘闻知，恨不得到天晓。转回家中，见陈氏面带春风，愈疑其事。是夜醮问汪某来往情由，陈氏故作遮掩模样，乃道："遇尔不在家时，便闭上内外门户，哪曾有人来我家，而将此言诬我！"丘惇道："不要性急体实，日后自有端的。"陈氏忧惧不语。

次清早，丘惇又经庄所去了。汪琦已来，见陈氏不乐，因问其故。陈氏不隐，遂以丈夫知觉情由告知。汪某云："既如此，不须忧虑，从今我不来尔家便息此事矣。"陈氏笑曰："我道尔是个有为丈夫，故从于汝，原来是个没智量之人！我今既与你情密，需图终身之计，心则安矣，缘何就说开交之事？"

汪云："然则如之奈何？"陈氏云："必须谋杀吾夫，可图久远。"汪沉吟半晌，没有机会处。忽计从心上来，乃云："娘子如有实愿，我谋取之计有了。"陈氏问："何计？"汪云："本处有一极高山巅，原有龙窟，每见烟雾自窟中出则必雨，若不雨，必主旱伤。目下乡人于此祈祷，尔夫亦预此会。候待其往，自有处置之计。"陈氏悦云："若完事后，其外我自调度。"汪宿了一夜而去。

次日果是乡人鸣锣击鼓，径往山巅祈祷。丘惇亦与众人随登，恰值汪琦到，就跟着丘惇而行。将近黄昏，众人祈祷先散去，独汪琦与丘惇在后。经过龙窟，汪戏之曰："窟中有龙露出其爪矣。"惇惊疑探看，被汪乘力一推，惇立脚不住，遂坠落窟中。可怜丘惇因妻之故，丧于非命。正是：万事劝人休碌碌，举头三尺有神明。

当下汪某谋杀丘惇之后，急走回来见陈氏道知其事。陈氏悦云："想今生我与你有缘矣。"自是汪某无忌，出入其家，不顾人知。比亲戚问及丘某多时不见之故，陈氏掩讳，只告以出外未回。然其家仆知主人没下落，甚是忧

479

疑，又见陈氏与汪琦成夫妇之事，越是不忿，欲告首于官根究是事。陈氏密闻之，将家仆赶逐出外。

去后将近一月余，忽一日丘惇复归家，正值陈氏与汪某围炉饮酒，见惇自外入，汪大惊，疑其为鬼，抽身入房中取出利刃，呵斥逐之离门。惇悲咽无所往，行到街头，遇见其家仆，遂抱住主人，问其来由。惇将当日被汪推落窟中之事说了一遍。家仆哭云："自主人不回，我即致疑，及见主母与汪某成亲，想着用谋如是，待诉之官根究主人下落，竟遭赶出。不意吉人天相，复得相见，当以此情告于开封府，方雪此冤。"丘惇依其言，即具状赴开封府陈告。拯受得状子，审问云："既当日推落龙窟之际，焉得不死，而复能归乎？"丘悼泣诉云："正不知因何缘故，方推下之时，窟旁有芦苇，遂傍茅苇而落，故得无伤。"拯又问云："窟中如何？"惇答曰："窟中甚黑，久而渐光，且一小蛇居中盘旋不动。窟中干燥，但有一勺之水甚清，掬其水饮，不复饥渴。想着那蛇必

是龙也,常祷祝而乞庇佑,蛇亦不见相伤。每窟中轻移旋绕,则蛇渐大,头角峥嵘,出窟而去。俄而雨下,如此者六七日。一日,因攀龙尾而上,至窟外则龙尾掉摇而坠于窟旁。归家,正值陈氏与汪琦同饮,被汪琦用利刃赶逐而出,特来具告。"言罢,不胜悲泣。

忽一日,拯审实明白,即差公牌张龙、赵虎来丘宅捉拿汪琦、陈氏。是时汪琦正疑惑是事,不提防丘惇实生还,已具状告于开封府,径差公牌拘到府衙对理。拯问及丘汪琦,琦答云:"当时乡人祈祷,各自早散归家,丘惇于黄昏误落龙窟,哪曾有谋害之情? 又况其家紧密,往来有数,哪有通奸之情?"

是时汪琦争辩不已。拯云:"尔若不图其妇,误跌窟中,为何又持刀逐之? 谋害之情难抵。"即着公牌去陈氏房中取得床上睡席来看,见有二人新睡痕迹。拯乃证汪琦云:"既论彼此门户紧密,缘何有二人睡痕? 分明是你谋陷,幸致不死,尚自抵赖!"因令严刑拷勘。汪琦惊慌,不知所为,只得逐一供招与陈氏通奸害取丘惇情由。拯叠成文案,问汪琦、陈氏皆抵死罪,放还丘惇。

三十八　枷判官监令证冤

西京城离东门二十里,地名狮子镇,居人稠密,有富家姓吕名盛,排行第九,邻里敬其有钱,皆以九郎呼之。娶城中王贵恩之女为妻。王氏性格温良,处事有方,长幼皆敬服之。王氏过门二年,生一儿名吕荣,聪明才貌,勤于诗书,年十五,何提学考入庠补廪。当日,九郎指望儿子前程,刻意奉承上司,交结有名官员,甚有面情。然九郎为人性度骄傲,又倚钱势,王府尹新除到任,粮户皆出廓远迎,九郎以其子在学,自恃有官宦面情,不去迎接。王府尹点查得出,怀记在心,思得个机会处要深根之。

忽一日,吕有家仆李二,因上元佳节西京放灯甚盛,内外人家都聚于报恩寺玩赏鳌山。李二探得主人们都出来看灯,九郎有姜名春梅,容貌清丽,李二欲私之。恰值那夜春梅正在厨下收拾,李二撞将入去,故问云:"尔日前有什么话对我说,遇我不得闲暇,未及细问,今夜主家都出去看灯,我亦闲些,有甚话快说来。"春梅笑云:"贼奴才,日前我那里见尔之面,将些言蘸我。

481

若漏此语与主母知之，叫你皮亦去一层矣。"李二道："今夜难遇此机会，尔需怜我，久不敢忘也。"春梅也是个水性妇人，情亦易动，当下向得他来，恐主母知之罪责不免；欲待逆他，怎禁那李二哀告。正在迟疑间，适九郎回家取香，正待进房，恰遇见李二与春梅在灯下议论。九郎大怒云："小仆贼敢戏吾之爱妾！"李二走闪不及，被九郎拉出来，绑于柱上杖之。李二不胜其楚，唯乞饶命而已。比及王氏与婢从回来，见绑打李仆，慌问其故。九郎以调戏春梅之事说知。王氏云："丑声不可外传，既李仆不道，逐之于外便了，怒责之何益？"九郎忿乃解，进入房里。王氏令人解下，亦此责之，逐离出门。李二不胜其恨，愤然去了。

未及半年，九郎上庄与钱客廖某算账。廖有子最奸恶，将所借钱批，俱改作完账执与九郎争辩。九郎怒激不能平，令数家人捉之而归，锁于舍里，务逼其招认。监系一二日，吕家缓于提防，忽夜被其人剪断锁镣，越墙而走，正不知逃往何处去了。九郎见走其人，即着家仆复往庄上缉探，莫非逃回原家？

及群仆来庄上访问时，未有动静，持报九郎知之。九郎疑虑其有他故。当彼李二闻此消息，正恨主人，没个机会报他之仇，即具状于王府尹处，告首吕九郎谋杀廖某之子，弃其尸于江中。王府尹审了状子，大笑道："吕九郎恃他有钱，藐视官府，今日亦擒在我手中来矣！"即差公牌拿得吕九郎来，根勘其谋杀人之由。九郎诉云："彼欠吾钱，只赖已还，所以不忿其诈，委的系于舍中，欲其自明，不意脱逃。岂有杀人而无迹哉？"

王府尹叱云："谋杀其人，弃尸于江以绝迹，何尚抵赖？"喝令用严刑拷掠。吕九郎受苦已极，不肯诬服。王府尹令监禁狱中根勘。虽是其妻王氏以夫受刑，将竭家私营救，而王府尹百端究竟，务要问九郎偿命。九郎之子累经省宪诉直，审覆案卷，数年不得明白，正是：要见此情真与假，须添公案一回新。

次年，宋仁宗敕命开封府包太尹案视西京狱事，拯领命回西京而来。九郎之子吕荣欲待见母道知，正见王氏倚着案几而立，颜色憔悴，眉头不展。荣径上问母云："事有前定，非人力所能胜，母何故戚戚于是？"王氏云："尔父只生着你，只为家有余钱，不守本分，小事而成大祸，今系狱中，逃者不知去

向，连年未决，正虑此事。久则案卷坚固，尔父问死必矣，此冤哪里伸直？为此事故忧怀，令母怎得心安？"吕荣道："儿为父系狱之后，间关千里，不辞跋涉，经省宪诉告冤情，争未遇明宰，以致连年不决，儿子夜里未曾安寐。目今此狱当得明白。"母问其故。吕荣道："朝廷委开封府包太尹按视两京，不久来到。儿闻此人明见万里，烛事如神，想吾父之冤在此雪矣。"王氏听罢，即令吕荣迎候包公陈告。数日，拯到西京，特开府衙理事。吕荣首先陈告。拯审状，唤吕荣问之。荣以前事诉了一遍。及拯取案卷根勘，都拟九郎谋杀情由。拯复审再三，乃云："都似成案拟议，则尔父该偿命的实，何用复诉？"吕荣泣云，"若得某谋死尸首证验，父子偿命是所甘心。"

拯亦疑之，令荣于外伺候。

乃斋戒沐浴，次日入城隍司，将牒文宣读讫，焚化纸钱，唤过庙祝谓之云："我未入城时，闻城隍及判官甚著灵异，今为吕九郎疑狱未决，我将先问此事，限尔三日要报应。若是三日无报应，则庙祝杖七十，判官用大枷枷了；五日无报应，则庙祝杖八十，判官该决六十七十。"言罢，径回府衙去了。

庙祝承限之后，日夜惊心，唯恐不得下落，每朝于城隍案前殷勤祷祝，望乞显灵，以免杖责。将近二日，忽九郎于狱中似寐非寐，举手大呼曰："其人将到矣，我须出与之证。"狱中罪犯见者，皆疑其狂语。次日拯升堂，适见一人慌慌忙忙走入衙来，伏于阶下呼曰："我西庄廖某之子，特来自首。"拯见其双手如被人所缚，抱住头不放，乃问其来故。其人云："乞放开我缚，容直说来。"拯云:"请城隍赦尔解之。"道罢,那人垂下手,备言:"当日实欠吕九郎钱钞若干,不合改批图赖之,被其所禁,乘夜脱走于三百里外躲避。不想昨日被数人来捉住,缚我手于头,跟逐至此。"拯闻之愕焉,意其为城隍所驱,就令狱中取出吕九郎认其人。九郎见着大叫云:"冤家,我道你已死,遭累坐了许多年狱,今日亦有相会时乎!"那人低首服罪。拯根勘当初告首者是谁,却乃其仆李二。问其致仇之因,九郎诉明李仆欲私其妾,知觉遭责逐之,故怀恨报怨。

拯判下:"李二罔陷旧主,延成疑狱,决配远恶之军;廖某欠主人钱钞,脱逃负累,决杖七十,配二千里。"具疏劾奏王府尹之奸罪,而释吕家之冤狱矣。

三十九　除黄郎兄弟刁恶

包公离了李家庄,与公人望陈州进发。行了半日,来到一个地名曰枫林渡,望见渡夫不在船上,乃与唐公云:"前面有个小店,可往少坐一时,以等渡夫来到。"唐公应诺,挑行李到茶肆,二人坐下。有茶博士出来,生得丑恶,躬身揖云:"秀才们要吃清茶么?"包公云:"行路辛苦,有热的,可将二盏来。"卖茶大郎转身入去,不多时持过二盏茶出,与包公二人各吃一盏。包公吃罢茶,乃令唐公取过二百钱还他。

大郎笑道:"秀才好晓不事!吃了两盏茶,即是五百钱,如何只给我二百钱?"唐公云:"茶我曾吃过,只是一百钱一盏,尔店如何五百钱?"大郎怒骂云:"不识高低,人偏要你五百钱!不然吃得我几下拳头。"包公见其要行凶,连忙着唐公取五百钱给他。

走出店来,渡夫正撑过近岸边。二人牵驴上渡,只见管渡来讨钱,包公云:"该几多渡钱?"管渡者云:"尔二人该五百,驴子该二百,共是七百钱。"唐公道:"我二人带乘驴只该五百钱,如何多要我二百钱?"管渡的喝云:"此渡常是依我说讨,你敢来逆我言语,便推落水中,看你们要命否?"包公问云:"此是官渡还是私渡?"管渡云:"虽是官渡,亦要凭我。"唐公云:"既是官渡,今有个包拯要赴陈州上任,倘若从此渡经过,知尔逼取渡钱若干,还是如何?"管渡云:"包公不来便罢,纵使知的,亦不过打我几大棒,终不然有个蒸

人甑耶?"包公听罢,微微冷笑,即令唐公取过七百钱与他。

上了岸,密问其伙伴:"此渡夫名唤着谁?"其伴云:"莫要说起,此渡夫乃姓黄,兄弟二人,大者唤一郎,小者二郎,大郎现在岸边开茶店骗人茶钱,今成个大家。小郎作渡夫骗人无厌。我虽是他伙伴,一日只趁他几文钱,供家而已,其余都是他得去。"包公听罢,着唐公写记在簿上,因自叹云:"陈州县下只因水旱不调,五谷不登,致百姓饥饿。况各处又有如此顽民,使百姓怎得安生?"及包公到陈州判断了赵皇亲后,径差公牌拘到黄二郎,当厅取问。审得大郎开茶店,欺骗平人,着杖八十,用大枷号令州衙数日,面刺双旗充军,仍将其家财一半没官,赈济饥民。提过二郎问云:"尔恃官渡骗人,近日包老爹来,尔何如也索他重财?今包公新造一甑,且将尔看蒸得熟否?"道罢。即着数名无情汉装起锅来,将二郎放于甑中,扇着火,一伏时,二郎已蒸得皮开肉绽,在甑中死矣。自后奸顽敛迹,畏包公之威严犹如猛虎也。

四十 断斩赵皇亲

包公过了枫林渡,行未三十里,望陈州不远,但见馆驿中迎候新官人员不计其数,为首著老问包公云:"秀才前来,曾见有包相公到否?"包公答云:"不曾闻说,我们要去访亲戚的。"言罢直过,径进南门来。有把门军挡住不与其入,包公正没奈何间,适见一婆子行来,叫道脚疼。包公问其缘故,婆子云:"因迎接包相公走了一日,不到,以此脚疼。"包公云:"我借尔乘驴,带我同入城去。"婆子应允,即乘却包拯驴子前走。包公与唐公后随,进得南门,婆子乃自回去了。包公寻个客店安下。

次日起来,吩咐唐公看行李,乃装作秀才,上街闲行一遭。

见一起居民,在衙前唧唧哝哝,嗟叹米价不常,各有忧色。拯曰:"你们各怀不平,有何事因?"内有一耆老答云:"时年不熟,所籴之米二停是稻糠,一停是米,故于此叹气也。"包公见籴米者果然如是,问:"这米与籴几钱?"籴米人道:"先这米籴三十两一斗,如今闻道包丞相来,减作二十两一斗。"包公道:"你等我一等,我教你籴一斗好米去。"当时包公直到厅前,见了仓官,将一把米与仓官看,问:"这米籴几钱?"仓官道:"籴二十两一斗。"包公云:"如何都是皮糠稗稻?"道罢,放开手,故意望仓官脸上一吹,糠皮尘土迷了仓官眼,一时开不得。仓官大怒,喝令左右将包公捉下,登时吊起于官廊前,骂云:"你这不识高低的野秀才,敢来欺慢赵皇亲耶!"怒犹未息,旁边转过粮户田三叔,早认得是包公,近前禀云:"此人是小粮户之亲,误触大人,乞赦其罪。"仓官看田三叔分上,乃放了包公。三叔引归宅舍,设酒相待。包公问云:"足下是谁,识得包某?"三叔拜云:"相公在定州做太守时,小人解粮到州,已认得大人面貌。"包公道:"尔休要与赵皇亲知道。"乃辞田三叔,直去酒务中买酒。

原来卖酒务中亦是赵皇亲所管,所得甚逾市利。包公进得务中,见买酒客商无数,具管家支拨,酒席颇是齐整。所卖与包公一壶酒与他人不同,包公仔细视之,见别客商者俱是清酒,他一壶全是浑酒。包公怒云:"都是买酒之人,如何做两样相待?"遂将酒倾落在地。管务官见了,喝声左右将包公捉下,便把大枷锁着,令公牌押入土牢中不题。

只说陈州伺候接包丞相人员屡日接不到,忽朝有衙差五十人来到,众官便问:"曾与包大人同来?"有衙差为首者张龙、李虎云:"相公先离汴京半个月,已从小路而来,吩咐我等今日来此伺候。"众官听罢,各面面相觑,疑道:"包公莫在陈州了?"衙差众人遍城究寻包公不见,张龙、李虎寻到土牢,见枷着包公在彼。张龙连忙打开枷,欲扶向府堂坐定,包公喝令叫请众官来相见。张、李即出厅上报知。众官闻说,俱入牢中参见,扶出堂上,升公座毕。

赵皇亲四个都在。包公叫二十四名无情汉："将黄罗御书、浑金牌面挂起，并将松木枷八般法物摆在厅上。"众汉领钧旨，一时将金牌挂起，排列法具，二十四人齐齐立于两廊。当下众官俱各失色。包公喝令亲随把赵皇亲等四名捉下，问云："尔是国之皇亲，朝廷委尔等赈济陈州治下饥民，望尔替国家出力，与百姓分忧，何得私自务中卖酒，索骗下民，以国家钱粮掺和糠稻，枭钱入己，罪责难逃。作急认承，免受刑苦。"赵皇亲、侯包异、马孔目、杨得昭四个低头无语，得知是实，当日阶下一款招承。包公见四人供招明白，叠成文案，即发下以大枷号令于四门。未数日，押赴市曹斩首示众。包公既断拟赵皇亲等罪讫，当厅吩咐管仓官员将榜文张挂，赈济三县饥民一两铜钱、一斗米，口数多者支一石与他。管粮官员承命前去开仓赈济，哪一个敢起半点私心？果是包公替天行道，三县百姓欢声动地，满城老幼无不歌颂。此系包公因赴陈州赈济，判出几条公案，且看下回说出甚话文来？

四十一　断斩王御史之赃

　　包公既赈济陈州饥民以后，朝廷闻知其能，遣使宣召赴朝。陈州百姓听知，俱各遮道留之，不忍其去，包公再三慰之。自离任赴京，于路吩咐从人不许骚扰民人。来到桑林镇借歇，次日于天齐圣主庙中坐下，唤过董昭、薛霸近前吩咐云："我借东岳庙歇马三朝，地方有不平之事，许来告首。"董、薛领钧旨,晓谕本处百姓知之。

忽有一个住破窑的婆子闻知,走来告状。张龙、李虎把住门,见婆子臭污特甚,不与其进。婆子于门外喊叫,包公知之,令唤入。婆子进至阶前,包公见那婆子两目昏花,衣弊垢恶,因问:"汝是何人? 要告什么不平之事?"那婆子连骂声:"说起我名,便该犯罪。"包公笑问其由,婆子云:"我的冤情除是真包公来方断得,恐尔不是真的。"包公云:"你如何认得是真包公还是假包公?"婆子云:"我眼看不见,要摸脑后有个肉块的方是真包公,那时则伸得我之冤枉。"包云:"恁尔来摸。"那婆子走近前,抱住包公头,伸手去摸,果有肉块,知是真的,连在拯脸上打两巴掌。左右公差皆失色,包公不以为嗔,徐问:"婆子有何事? 但说来。"那婆子云:"此事只能你我二人知之,相公要遣去左右公差,才好告明。"包公即屏去其手下,婆子以前后无人,放声大哭道:"说起情由,海洋似深。我家住亳州,亳水县人。父亲姓李名宗华,曾为节度使。上无男子,单生于我。为困难养,年十三岁就在太清宫修行,尊为金冠道姑。一日,真宗皇帝到宫行香,见阿奴美丽,纳为偏妃。太平二年三月初三日,生下小储君。是时南宫刘妃子亦生一女儿,因与六宫大使郭槐作弊,将其女儿来换我小储君而去。老身气闷在地,不觉误死女儿,被困于冷宫。当时张园子知此事冤屈,五月初三日见太子游赏内苑,略说起情由,被郭大使报与刘后得知,用绢绞死了张园子,杀他家一十八口。直待真宗晏驾,我儿接位,赦冷宫罪人得出。我为无人倚托,只得来桑林镇觅食度日。今遇相公来此,乃是天开眼之日也。望奏上我王,伸妾之冤,得母子相认,其功乃千载之不朽矣。"

包公云:"娘娘生下太子时,有何留记为验?"婆子道:"生下圣上之时,两手纹不二,那妃子挽开看时,左手有'山河'二字,右手有'社稷'二字。"包公听罢,即抱婆子坐于椅中下拜:"娘娘,望乞赦罪。"因令取过锦衣裳换着带回东京。

及包公朝见仁宗,仁宗赐与酒不饮,上问云:"卿在陈州多有功绩,朕闻悦而召见一面,今日赐酒,卿何不饮?"包公奏云:"臣近日害了湿温病,吃不得酒。"上云:"可着压官视卿。"包云:"纵有神医妙药,亦医不得。"上云:"卿有何事,但说不妨。"包云:"陛下须赦臣罪,则敢说。"上曰:"赦卿无罪。"包

乃奏云：“臣蒙召而回，路逢一道士，连哭了三日三夜。臣问其所哭之由，彼云：‘山河社稷倒了。’臣怪，又问之：‘如何山河社稷倒了。’道士云：‘当今无真天子，以此山河社稷倒了。’”上笑云：“那道士诳言之甚，朕左手有‘山河’二字，右手有‘社稷’二字，如何不是真天子？”包奏云：“望我王把与小臣看明，又有所议。”仁宗即伸开手与包公众臣视之，果然。包公叩头奏道：“真命天子，可惜只做着草头王。”文武听奏皆失色。上微怒云：“我太祖皇帝仁义而得天下，传至于寡人，何谓是草头王？”包公奏云：“既陛下为嫡派之真王，如何不知亲生母所在？”上云：“朝阳殿刘皇后便是寡人亲生母。”包公奏云：“臣已访知陛下嫡母在桑林镇觅食而已，不信但问两班文武，便有知者。”上问及群臣曰：“包文拯所言可疑，朕果有此事乎？”王相奏云：“此陛下内事，除是问六宫大使郭槐，可知端的。”上即宣过郭大使问之。大使奏云：“刘娘娘乃陛下嫡母，何用问焉？此乃包相妄生事端而欺我王。”上怒甚，待要将包公押出市曹斩首。包云：“臣若屈死，有告状处。”上曰：“天下只有寡人，从何处去告？”包云：“诉于上帝以陛下忤逆不孝，焉得无告处？”上闻奏，半晌不知所为。王相又奏云：“包拯此情必有其故，乞陛下将郭大使发下西台御史处勘问个明白，然后回报。”上允奏，着御史王材根究其事。王御史承旨，将郭大使于西台极刑拷勘,枷禁牢中。

当时刘后恐漏泄事情,密与徐监宫商议,将金宝买嘱王御史方便。不想王御史是个赃官,见徐监官送来许多金宝,遂欢喜受了,放着郭大使,整酒款待徐监宫。正饮间,忽一黑脸撞入门来。王御史问:"谁人?"黑汉道:"我是三十六宫四十五院都节使,今日是年节,特来大人处讨些节仪。"王御史吩咐门子与他十头钱,赏之三碗酒。那黑汉吃了三碗酒,醉倒在阶前叫屈。人问其故:"因甚叫屈?"那醉汉道:"天子不认亲娘是大屈,官府贪财受宝是小屈。"王御史听得,喝道:"天子不认亲娘,干你甚事?"令左右把黑汉吊起在衙里。左右正吊之间,人报道:"南衙包丞相来到。"王材慌忙令郭大使复入牢中坐着,即出迎接包公。包公不在,只有从人在外。王御史因问:"包大人何在?"董超答道:"大人言在王相公府里议事,我等特来伺候。"王御史警疑,乃引董超入内,见吊起者正是包公也。董超众人一齐向前解了。包公发怒,令拿过王御史跪下,就府中搜出珍珠三斗、金银各十锭。包公云:"尔乃枉法赃官,当正典刑。"即令推出市曹斩首示众。当下徐监宫已从后门走回宫中去了。

四十二　判张妃国法失仪

仁宗一日设朝,文武山呼毕,阁门大使奏:"午门有众耆老要见陛下说民情。"帝召一年老者,各拜于殿阶之下。

仁宗问老人陈说甚事,老人奏曰:"臣等是陈州西华县人,今因陈州三县连年荒旱,五谷绝收,黎民饥死无数,乞陛下怜而赈济之,则百姓得安,盗贼不起矣。"仁宗闻奏,乃云:"朕已知此事,预差赵皇亲发十万钱粮赈济陈州三县饥民去了,如何又来告贫?"父老云:"小民该死,只得直奏。赵皇亲与监仓官侯文异、封库官马孔目、管库官杨得昭三人同作弊,三十贯钱只粜一斗米,有二分是稻糠,不堪充食。有钱之家尚可,无钱之家死于道路,不忍以视。"上听罢色不悦,曰:"朕以国戚为心腹,谁想有如此之罔法耶?"乃赏众耆令退,与群臣商议,问:"谁可往陈州赈济饥民,代朕分忧?"

忽班部中青州王相公名诚的出奏云:"欲救陈州三县之民,除是包文拯可去，其余者去，民不受惠。"上曰："文拯名声，朕素知之，今现任何官？"诚奏曰："此人近除定州太守，因为耿直，与在朝官员不相和睦，臣闻其弃职隐居于东京普照寺修行，不知其在否？"上曰："朕复宣来任用，可乎？"诚又奏曰："此人性烈，恐逃躲别处，待臣亲往访之，知其下落，或肯来。"上允奏。

王诚径辞了仁宗，一行人来到普照寺。众长老听得，迎接入方丈。坐定献茶毕，诚问："此处有包先生否？"长老禀道："贫僧不认得包先生。只数月前，寺中有个赖皮包行者，吃着二餐饭，只是去睡，并不理事，未知是否！"诚乃令招来相见，已认得正是包文拯。诚不胜之喜，乃曰："朝廷欲封足下之官，前往陈州赈济，君可同我入朝。"包云："下官职位卑小，如何去得陈州？"诚云："见朝廷自有高封，只看我幞头动则便谢恩。"文拯承命，即日随王丞相入朝见仁宗。朝拜毕，上道知赈济之由："封卿为三道节度使，代朕而行。"文拯视王丞相幞头不动，俯伏殿阶不走，王诚奏云："包文拯职小，如何管得皇亲？乞陛下重封之，方全得此一桩事。"天子乃加封包文拯为十五府提督，使得自专斩罚。帝又恐权势之人不服，又着十位大臣为保官。包文拯抬头见王丞相幞头动，乃叩首谢恩。

出得午门，忽报皇后銮驾来到，包文拯急避于宫房，问左右是哪宫皇后。张龙禀道："乃偏宫张皇后，要往南岳烧香，问正宫曹娘娘借来銮驾。"文拯云："偏宫皇后如何敢乘正宫銮驾，国法何在？"即令手下夺其黄罗销金伞而去。随驾宫娥皆惊走入宫中。次日张皇后入朝奏知仁宗，说被包文拯无故夺去销金黄罗伞。

帝闻奏大怒,便宣包文拯到金阶问云:"何得轻慢内院后妃,夺其法驾,是何道理?"文拯奏云:"臣该万死,敢问张娘娘是哪宫皇后?"上曰:"是偏宫妃子。"文拯道:"既是偏宫妃子,如何做正宫行动?"上曰:"朕已许正宫借与六般大礼,前去南岳烧香。"包曰:"陛下偏宫借得正宫仪礼,我王大位可借与六大王坐么? 可知今水旱不调,民有饥色,正因国法不正所以致。臣既不能正朝廷,如何去得陈州赈济? 依臣判理,张皇后不当僭上,合罚黄金一百两。如此则国法以明,朝廷可理矣。"上闻奏默默然。王丞相出班奏曰:"包文拯所奏极明,乞陛下准其拟判。"仁宗从之,遂下敕罚了张、曹二后黄金入库。

四十三　断鲁郎势焰之害

景祐五年三月,东京开省院贡举天下才子。西京有一士人,姓马名一字佑君,父曾为平原县知县。一日,因为东京出榜招贤,遂整备行李,出去赴省。其妻李氏,年方十九,美貌端方,见夫临行,垂泪不忍别之,乃云:"结发之情,可忍一旦别离?"其夫婿不忍舍之,答云:"十年立志芸窗,三年一次科举,若此不去,又恐错过;若去得来,我亦难舍,意欲与娘子同上东京走一回,娘子肯去否?"李氏云:"既事君子,唯命是从,岂有不随之理。今日愿伴夫主同行。"佑君大喜,择吉日离家,与妻偕行。有诗为证:结发深恩不可忘,临行难舍两分张。一时携手同登奔,岂惮山遥与水长。

话说佑君与妻路上晓行夜住,一日行到郑州中牟县,与其妻投于张家店。佑君出外访朋友,其妻方濯足于房中,忽闻门外喧哄之声,见有十数人在店前排列,有一人紫巾黄袄,威焰烁烁,乃一豪势之家,名鲁千郎,父为现任转运。佑君妻见之,遂闭门不出。不想鲁千郎瞥见,因问店主:"适来是谁家女子,容貌可爱!"店主答云:"是西京士人带来妻小,要往东京会试,在此安歇。"千郎遂请主人通知,令出来相见一次。

店主人店中道与李氏知之。李氏听说,力拒之云:"男女不通借问,我出来之人,有什么相见?"坚然不肯出。店主说知千郎,千郎大怒,遂令左右打开房门,扯出佑君妻,便行殴打。

佑君归店,妻具以告之。佑君怒云:"此人无理太甚。"便令妻直入府陈

告于包拯。拯审状明白，随即差人追唤千郎来证。公吏听罢说要拘千郎，竟徘徊不敢去，复拯云："鲁家原是豪强有势之人，前后应杀人过犯，往年官司亦相让他，只罚其铜，我等怎敢入他门？"拯思之良久，遂令诸吏遍告外人，来日判府生日，最喜人献诗贺寿。来日天晓，官员士子诗词骈集，群然贺寿。有鲁千郎亦献一词，名《千秋岁》：寒垣秋草，又报平安好。樽酒上，英雄表。金汤止气象，珠玉霏谈笑。春近也，梅花得似人难老。莫惜金樽倒，凤诏看看到。流不住，江东小。从容帷幄里，整顿乾坤了。千百岁，从今尽是中书考。

　　拯见词，故褒奖之云："足下文学优余，诗词清丽。"千郎有昂然自得之意，笑答云："非我之才，亦不过述前人之作而已。"拯遂设筵席待之。饮至半酣，拯以佑君妻所陈状示千郎云："足下的有厚人妻小之事否？"千郎愤然作色云："此事虽有，但如我何？纵杀人亦不过罚铜耳。"拯大怒云："朝廷法度，尔敢故犯乎？罚铜是哪款律法？"随唤公吏取长枷押送狱中。次日具榜张挂："中牟县豪强鲁千郎，现监在狱，应有远近冤枉人，各仰具状前来陈告。"数日词讼纷然。有父老告千郎三度杀人，俱被前次官司饶过，纵容其强暴。

拯遂逐一根勘明白,千郎一一招伏。案款已成,遂将千郎斩了首级,号令四门,发回佑君夫妇。后来佑君得中高第,除授同州佥判,夫妇同去赴任。

四十四　花园救月蚀

包拯来判开封府之后,胥吏畏威,百姓安业,正是:月夜花村无犬吠,月明茅店有鸡鸣。

一日清晨,包公安排轿马出衙,见府前有一个算命巡官,揭起一个招牌,画一个月,有九分黑,只有一分明。拯看见以后,回衙便问诸吏云:"适间出衙,见府前是谁人开卦铺?"

诸吏通复道:"是李先生。此人极明阴阳推算之学,言无不验。"

拯闻讫,即差人请得李先生来。先生入府参见毕,因告:"判府唤小术士有何钧旨?"拯问:"先生你何故无礼,在府前开卦铺,招牌上画一个月,有九分黑,却有一分明,必是道我为官不明,故画此月相讥乎?"先生告判府云:"居是邦,不非其大夫。况判府自到任以后,刁奸潜伏,鬼神钦仰,胥吏不出于公庭,下民乐业于乡村。小术士瞻敬畏威尚不暇,焉敢妄为有相讥之理?曾缘此月十五夜半子时,月蚀九分,所以今早晓示众人知,其夜鸣锣击鼓,准备救救月蚀矣。"拯听罢,私忖此术士道:"若还不蚀如何?"先生道:"如其夜不蚀,是小术士惑乱民聪之过,甘伏死罪。"拯又问:"汝在谁家安泊?"

先生道:"在中街郭主人店安泊。"拯便差公吏唤得店主人到厅前,同李先生立下生死文字,监取先生,莫令走失。吩咐:"其夜若果然月蚀,当与你申奏朝廷,保汝作司天大监之职;如其不蚀,断罪非轻。"主人领取先生回去,只管埋怨:"是你自生事端而取罪责,休得连累我。"先生道:"主人不须烦恼,吾之算历定然不差。"

至十五夜黄昏左侧,一城人准备救月蚀。其夜,拯亦备香烛去后园,披发仗剑。须臾间,但是黄道黑蔽,星斗漫漫,似有月蚀之状。拯以剑指定,喝道:"月孛星不得无礼,敢犯月宫!"道声才罢,忽然清风过处,云气收藏,孛星遂不得过宫,月竟不蚀。满城人尽道李先生明日定被包判府断罪不轻。

拯次日清早,差人拘唤李先生。主人甚恐,先生道:"不妨,非干你事,我

见判府自有理说。"先生遂与吏人同往，到厅跪下。拯问先生："你道夜来月食九分，因何不食？"先生告判府："夜月当食九分，被文曲星在后园内披发仗剑，喝住月孛不得无礼，所以孛星过宫不得，月明到晓。"拯大惊道："先生妙术甚精！"遂安排酒席，厚待之而去。

四十五　密捉孙赵放龚人

　　江西南昌府有一客人，姓宋名乔，负白金万余两，往河南开封府贩买红花。过沈丘县，寓曹德充家。是夜，德充备酒接风，宋乔尽饮至醉，自入卧房，解开银包称完店钱，以待来日早行。不觉间壁赵国祯、孙元吉窥见，那二人就起窃乔银两之心。设下一计，声言明日去某处做买卖。

　　次日，跟乔来到开封府，见看搬寓龚胜家，自入城去了。孙、赵二人遂叩龚胜门，叫："宋兄相访。"胜连忙开门，孙、赵二人从腰间拔出利刀，捉胜赶斩，奔入后堂声喊："强人至此。"即令妻子望后径走。国祯、元吉将乔银两一一挑去，径投入城隐藏，住东门口。乔转龚宅，胜将强盗劫银之事告知。乔遂入房看银，果不见了。心忿不已，暗疑胜有私通之意，即日具告开封府。

拯即差张千、李万拿龚胜到厅审问。龚胜须臾赴台，拯大怒喝道："这贼大胆包身，蛊贼谋财，罪该斩死。"速唤薛霸将胜拷打一番。龚胜哀告："小人平生看经念佛，不敢非为。自从宋乔入家，过次夜实遭强盗劫去银两，日月三光可证。小人若有私通，不唯该斩，而粉身碎骨亦当甘受。"拯听罢，喝令左右将胜收监。后遣赵虎去各府州县密探消息。虎领旨去了一日，回报："小人详察，并无踪迹。"拯沉吟半晌："此事这等难断。"自己悄行禁中，探龚胜在那里何如？闻得胜在禁中焚香诵经，一祝云："愿黄堂功业绵绵，明伸胜的苦屈冤情。"二祝云："愿吾儿学书有进。"三祝云："愿皇天灵佑，保我出监，夫妇偕老。"拯听罢自思："此事果然冤屈。怎奈不得其实，无以放出。"又唤张千拘原告客人宋乔来审："你一路来，曾转何处住否？"乔答道："小人只在沈丘县曹德充家歇一晚。"拯听了这言，发乔出去。次日，自扮为南京客商，径往沈丘县，投曹德充家安歇，托买毡套，遇酒店无不投入买酒。

已经数月，忽一日，同德充往景灵桥买套，又转店吃酒，遇着二人亦在店中饮酒。那二人见德充来，与他稽首，动问："这客官何州人氏？"充答道："南京人也。"二人遂与充笑道："赵国祯、孙元吉获利千倍。"充诘云："他拾得天财乎？"那二人道："他两个去开封府做买卖，半月捡银若干，就在省中置家，

买田数顷。有如此造化！"拯听在心里想："宋乔事想必是这二贼了。"遂与德充转家,问及二人姓甚名谁。

充答曰："一个唤作赵志道,一个唤作鲁大郎。"拯记了名字。

次日,叫张千收拾行李转府。后令赵虎拿数十疋花绫锦缎,径往省城借问赵家去卖。时九月重阳,国祯请元吉在家饮酒。他二人云："前岁事今以固矣。"同口占一律曰：枯木逢春发稚芽,残枝沾露复开花。人生得运随时乐,不作擎天赛石家。

赵虎入其家,适二人吟罢,国祯起身问："客人何处?"

虎答道："杭州人,名崧峤。"祯遂拿五疋缎看,问："这缎要多少价?"崧峤云："五疋缎要银十八两。"祯即将银锭三个,计十二两与之。元吉见国祯买了,亦引崧峤到家,仍买五疋,给六锭银十二两与之。虎得了此数银,忙奔回府报知。拯将数锭银吩咐库吏藏在匣内与其他锭银同放,唤张千拘宋乔来审。乔至厅跪下,拯将匣内银与乔看。乔只认得数锭,泣云："小的不瞒老爷说,江西锭子乃是青丝出火,匣中只有这几锭是小人的,望老爷做主,万死不忘。"拯唤张千将乔收监,速差张龙、李万往省城捉拿赵国祯、孙元吉,又差赵虎、薛霸往沈丘县拘拿赵志道、鲁大郎。

至三日,四人俱赴厅前跪下。拯大怒道："赵国祯、孙元吉,你这两贼,全不怕我！黑夜劫财,伉陷龚胜,是何道理? 罪该万死！好好招来,庶免责。"孙赵二人初不肯招,拯即喝："志道、大郎,你支半月获利之事,今日敢不直诉?"那二人只得直言其情。国祯与元吉俯首无语,从实供招。拯令李万将长枷枷号,捆打四十。唤出宋乔,即给二家家产与乔赏银;发出龚胜回家务业;又发赵志道二人归家,喝令薛霸、郑昂押赵国祯、孙元吉到法场斩首示众。自后盗贼之风遂灭,善人之行复兴。

四十六　申兰女婴婧冤捉和尚

江州城东永宁寺有一和尚,姓吴名员成,其性骚裂。

因为檀越张德化娶南乡韩应宿之女名兰女婴为妻,久调琴瑟之欢,未叶熊罴之祥,切情恳祷,求嗣续后。每遇三元圣诞,建设醮祠,凡朔望之日,专

请员成在家理诵。员成每觑兰女婴貌如女完女俞,鬓似潘嬙,香尘步剪影翩
翩,露出百般娇体态,红裙影动色飘飘,恁是一般香艳质。员成一眼瞧看,无
意诵经。须臾欲心辣动,辗转难禁,意图奸奸也。遂自思无计可成,彼晚转
寺中,密生奸计云:"韩氏有一婢女名小梅者,其事非她,计难成就。"故于次
日瞰化往外,假讨斋粮为由,来至彼家,贿托小梅,求韩氏睡鞋一只。小梅悄
然窃出与之。员成得鞋,喜不自胜,转回寺中,自以为庆,乃捧鞋叹曰:"凤鞋
兮,凤鞋兮,惹起风情兮!思之弗得兮,如狂醉。今日得鞋兮,得鞋兮,称我
良缘兮!问我佳期兮,定何日?"

员成赋罢,每日沉吟无奈。适次日张檀越来寺议设醮事,行童报知,员
成故将睡鞋一只丢在寺门。德化拾取进寺,心甚惊疑。既与员成话毕,归家
大怒,根究睡鞋不见之由。遂将韩氏逐转母家,经日休退。员成闻知计就,
潜迹逃回,处于西乡太平源,改姓冯名仁,蓄发三年。值应宿将兰女婴改嫁,
冯仁买求邻居汪钦径往韩宅求姻。宿与钦素交好,遂许其姻,令择吉日过
聘,刻期毕姻。钦回复冯仁,即纳彩亲迎。夫妇适谐伉俪,自矜冯孟之配,乃
自羡云:

天假良缘意,配偶记红鞋。

夫妻连侣并,琴瑟两谐和。

倏觉韶光掣电,时值中秋佳节,月色腾辉,乐声鼎沸。夫妇设筵于亭,两情交畅。仁乐饮沉醉,携妻而笑曰:"昔日非小梅之功,安有今日之乐!"韩氏闻言即疑,遂询其故。仁将前情一一说知。韩氏听罢,敢怒而不敢言,身虽遭仁计袭,心实为仁茹冤。酒兰仁睡,时至三鼓,自缢而亡。

次日,韩应宿闻知驰视,正欲赴县具告,适包拯出巡江州,应宿状告生死不明,冯仁亦捏虚情抵诉。包拯即将二人收监。

其夜包拯焚香祝告穹苍云:拯受子民之职,唯欲下民咸乐其土,以副厥职,故心愿也。今据韩应宿状告韩氏身死不明,予虽颇识治体,但其死情实难辨真假,行已断,犹恐枉屈,只得祷告我天,乞明示之,无任仰荷!

至次夜,拯在后堂坐至三鼓,忽然一阵黑风侵入,拯云:"是何浊气?"既而,有一女子跪在堂下。拯问曰:"汝是何州人氏?有甚冤屈?"韩氏诉云:"妾乃江州韩应宿之女,原配张德化为妻。冤遇冯仁原系永宁寺和尚,姓吴名员成。妾夫妇无嗣,常请员成设斋理诵。岂料员成窥妾,暗施巧计,抵家假讨斋粮,密哄小梅盗妾睡鞋一只,诈使吾夫得知,贻辱妾身,将妾逐转母家。员成趁此逃回,蓄发盗姓改名,多方贿媒娶妾,计中牢笼。至今中秋夜饮酒醉发出真情,妾方知橼衅之蒙冤如此。螯缚难伸,良夜自缢。伏乞天台斧断,剿除恶奸,以垂戒后世,则贱妾羞辱得赖明公弗遗臭于万年。冯仁一灭,妾冤一伸,九泉之下,虽死犹生。"诉讫,忽然而去。

次日包拯坐堂,差张龙、薛霸去禁中取出韩、冯二人审问。

即将冯仁捆打枷号,追究睡鞋事。冯仁心惊色变,俯首无对,只得直招。包拯将冯仁家产给官,判断冯仁罪合凌迟。自此则韩氏之冤恨得以明申,天下之沙门莫不望风而畏矣。

四十七　锁大王小儿还魂

包公守开封府之日,判断精详,远近钦仰。时皇祐二年七月望日,前往

499

东街灵应大王庙前经过。有一妇人，年将五十，只有一儿子，年十岁，忽然在庙门下死，妇人哭于庙门下甚哀。拯便唤妇人到衙，问其夫主姓名为谁。妇人答道："丈夫姓许，排行第四，只有一儿。今日请早出来，入庙去后，不知因甚，死在庙前。老身今已半世，只得此儿，因死得不明，以此哀痛，望相公为我做主。"拯听罢自忖道："好奇怪！岂有入庙出来即死之理？"乃问妇人："你儿子莫非原有疯癫疾否？"妇人哭告："小儿自来无疾，哪得此疾？"拯辄差公吏，拘唤庙前边邻，来证问儿子因何身死在地之时，众人未见，不知其由。拯又差人检验小儿身上，并无痕伤，回报包公。包公遂乘轿自去检验，实无痕伤。待拯去揣摩小儿身上，只见怀中藏有庙中案棹上雕刻的供圣假红柿一枚。拯知之，差一公人入庙里，看供棹上有红柿否。公人回复："大王案棹上果有红柿二枚，不见了一枚，想是孩儿偷去了，以此大王遂取了他性命。"

拯闻报怒道："你既为一个正神，系是一府之主宰，儿子不识道理，偷看此物，彼只作玩戏之具矣，敢可责其过失，便要致之死哉！想这大王亦是依草附木邪神，朝廷不曾敕封，敢坏了人性命！"遂着公差将泥神枷锁：限一夜放还性命，否则定奏朝廷，焚毁庙宇。拯祷祝后回府。

次日，那妇人带儿子来拜谢救命之恩。拯审问之，妇人云："蒙相公昨日要计较大王，是夜二更时分，儿子果醒来。颇记得说：神主怪他偷那红柿，要问罪。及见相公救旨来到，即放还魂。"拯微笑道："有此等异事，若不单除，终久为患。"

乃差人一剑削去了大王之头，毁其庙宇。

四十八　断五里牌失银子案

郑州离城十五里王家村，有兄弟二人，兄排行第一，弟排行第二。曾出外为商回归，行至本州地名小张村五里牌，遇着个客人，系湖南人，姓郑名才，身畔多带得有银两，被王客兄弟蓦见，小心陪行。靠晚边，将郑才谋杀，搜身上，得银子十片，兄弟喜不自胜，私地把尸首埋在松树下。兄弟商量：身畔有十片银子，带得艰难，趁此无人看见，不如将银子埋在五里牌下，待为商回来却取而分之。二人商议已定，遂埋了银子而去。

后又过着六年余，恰回来，又到五里牌下李家店安住。次日清早，去牌下掘开泥土取那银子，却不见了。兄弟思量："当时埋这银子，四下并无人见，如何今日失了？"烦恼一番，思量只有包待制见事如神，遂同来东京安抚衙陈状，告知失去银两事情。拯当时审状，又没个对头，只论五里牌偷盗，乃思此二人必是狂夫，不准他状子。王客兄弟啼哭不肯去。拯云："王客，限一月日，须要寻个着落与你。"兄弟乃去。

又后月余日，更无分晓，王客复来陈诉。遂唤陈青吩咐道："来日差尔去追一个凶身。今与你酒一瓶，钱一贯省家，来日领文引。"青欢喜而回，将酒饮了，钱收起于家。次日当堂领得公文，看是去郑州小张村追捉五里牌。青遂复相公："若是追人，即时可到；若是追五里牌，他不会行，又不会说，如何追得？望另差人去。"拯大怒云："宫中文引，你若推托不去，即问你个违限之罪。"青不得已，只得前去。

遂到郑州小张村李家店安泊，其夜去五里牌下坐一会，并不见个动静。青思量无计奈何，遂买一炷香钱，至第二夜来焚献牌下土地，祝叩云："奉安抚文字，为王客来告五里牌取银子十片，今差我来此追勾，土地有灵，望以梦想来报。"其夜，陈青遂宿于牌下。将近二更时候，果梦见一老人前来，称是牌下土地。青便问："王客寄得银子十片在此牌下，缘何失了？见今包安抚处陈告词状，奉相公文引，追你五里牌神。"老人道："王客兄弟没天理，他岂有银子寄此？系湖南客商郑才银子十片，与王客同行，被他兄弟谋杀，其尸

首现埋在松树下,望即带将郑才骸骨并银子去告相公,为之申冤。"言罢,老人即去。陈青一梦醒来,既得明白。

次日,遂与店主人借锄头掘开松树下,果有枯骨,其边旁掘井地泥五尺,有银子十片。陈青遂将枯骨银子俱申报安抚。

拯便唤客人理问。客人不肯招认,遂将枯骨银子放于厅前。只见冤魂空中叫道:"王客急需还我性命。"厅上公吏听见,人人失色,枯骨自然跳跃。拯再将王客兄弟根勘,抵赖不得,遂一一招认。案卷既成,辄将王客兄弟问拟谋财害命,合当追偿,令押赴市曹处斩,郑才枉死无亲人,银子合归官。

四十九　断孙宽谋杀董顺妇案

东京城三十里,有一庄家,姓董,乃大族之家。董长者生一子名董顺,以耕田为业,每日辛勤耕布,朝夕无暇。长者因思田家辛苦,一日与儿董顺道:"为农之苦,何如为商之乐?"遂将钱本吩咐与顺出外经商。董顺依父之言,将钱典买货物，前往河南地方贩卖。只数年间，大有所得，因此致富。

一日，父子又商量道："住居乃东京城之马站头，不如造起数间店宇，招接四处往来客商，比作经商尤有出息。"董顺道："此言极妙。"父子遂起店宇于当要所在，果是董家日有进益。长者遂成一富翁，其子董顺因娶得城东茶肆杨家女为妻。

杨女颇有姿色，每日事奉公姑甚恭谨，只是嫌她有些风情。

顺常出外买卖，或一月一归，或两个月一归。

城东十里外有个船艄名孙宽，每日往来于董家店最稔熟，与阿杨笑语，绝无疑忌。年久月深，两情缱绻，遂成欢娱，聚会如同夫妇。宽伺候董顺出外经商，遂与阿杨私约道："吾与娘子莫非夙昔有缘？情好非一日，然欢娱有限，思恋无奈，娘子何如收拾所有金银物件，随我奔他处，庶得永为夫妇，岂不美哉？"阿杨许之。二人遂指天为誓，乃择十一月二十一日良辰日子，以此为约同去。

至其日，阿杨尽皆收拾房中金银轻赍之物，以待孙宽之来。

黄昏时，忽有一和尚求宿于董翁店，称是洛州翠主峰大悲寺僧，名道隆，因来北方抄化，天晚特来投宿一宵。董翁平日是个好善之人，便敞开店房，铺排床席款待。和尚斋饭罢即睡。时正大寒欲雪，董翁夫妇闭门熟睡。

二更时候，宽叩门来。阿杨暖得有酒在房中，与宽同饮数杯，少壮行色。语话良久，遂携所有物色与宽同去。才出门外，但见天阴雨湿，路滑难行，对此风景，越添愁闷，思忆公姑，泪下如雨。阿杨苦不肯行，密告孙宽："奴欲去不得，另约一宵同去，未为晚矣。"宽无计奈何，思之："万一迟留，恐漏泄此事，机会必不再矣。彼自有丈夫在，岂有真恋我哉。"见其所有物色颇富，欲谋杀之而不得，遂拔刀杀死阿杨。正是：背夫不义先遭戮，奸贼无情竟被刑。

当下孙宽既杀死了阿杨，四下寂静，并无知者，遂夺却金宝，置其尸于枯井中而去。未几和尚起来，山外登厕，忽跌下枯井中。井深数丈，无路可上。天明和尚小伴童起来，遍寻和尚不见，遂唤问店主。董翁起来遍寻，至饭时亦不见阿杨。径入房中，看四壁皆空，财物一无所留。董翁思量："阿杨定是与和尚走了。"上下山中，遍寻无迹，遂问卜于巡官。巡官占云："寻人不见，宜向东南角上搜寻。"董翁如其言，寻至屋厕枯井边，但见芦草交加，微带鲜

503

血,忽闻井中人声。董翁遂请东舍王三将长梯及绳索直下井中。但见井下有一和尚,连声叫屈,阿杨已被人杀死在井中。王三用长绳缚了和尚,吊上井来,众人乱拳殴打,不由和尚分说。乡邻、五保具状,解入县衙。知县将和尚根勘,和尚供具:"本人是洛州大悲寺僧,因来此乡抄化,托宿于董家店。夜半起来登厕,误被跌下井中,见有一死妇人横死在内,不知是谁人杀死。"狱吏道:"分明是你谋杀其妇,欲利彼之财物,尚何抵赖?"竟不由分说,日夕拷打,要他招认。和尚受苦难禁,只得招认。知县韩遂申解府衙。

拯唤和尚问及原因,和尚长叹曰:"前生负此妇死债矣。"

拯思之:"既是洛阳和尚,与董家店相去七百余里,岂仓促能与妇人私通期约? 必是冤屈难明。"遂将和尚散禁在狱,日夕根探,竟无明白。

拯偶得一计,唤狱司,就狱中所有大辟该死人,将一人密地剃了须发,假作僧人,押赴市曹斩了,号令三日,称是洛州大悲寺僧,为谋杀董家妇阿杨事,今已处决。又密遣公吏数人,出城外探听,或有众人拟议此事是非,急来通报。诸吏行至城外三十里,因到一店中买茶,见一婆子因问:"前日董翁家杀了阿杨公事曾结断否?"诸吏道:"和尚已偿命了。"婆子闻说,槌胸叫屈:"可惜这和尚,枉了性命。"诸吏细问因依,婆子道:"是此去十里头,有一船艄

名孙宽,往来于董八家最熟,与阿杨私通,因谋她财物,遂杀了阿杨,弃尸于井中,不干和尚事。"诸吏即忙回报于拯。拯便差公吏数人,密缉孙宽,枷送入狱根勘。宽苦不肯招认,难以决案。拯因令取出宽,当堂笑绐之曰:"杀一人不过一人偿命,和尚既偿命了,安得有二人偿命之理?但是董八所诉失了金银四百余贯,你莫非捡得,便将还他,便可清脱汝之罪。"宽甚喜供具:"是旧日董家曾寄下金银一复,至今收藏小匣中。"拯差人押孙宽回家取金银来到,就唤董八前来认证。董八一见物色,便认得金银器及锦被一条:"果是我家物色。"拯再勘董家原昔并无寄与金银之事。又勾唤王婆来证。孙宽仍抵赖不肯招认。拯直:"阿杨之夫经商在外,汝以淫心戏之成奸,因利其财物,遂致谋害。现有董家物色在此证验,尚何得强辩不招?"拯道罢,着公吏极法拷究。孙宽神魂惊散,难以掩藏,只得一笔招成。遂押赴市曹处斩,和尚释放还山。

五十　断阿柳打死前妻子案

开封府城内,有一仕宦人家,姓秦子宗佑,行位第七,家道殷富,娶城东程美之女为妻。程氏女性德温柔,治家甚贤,生一子名长孺。十数年,程氏遂死,宗佑甚痛悼不已。忽值中秋,天清明净,月色如画,宗佑闲行庭下,睹月伤情,因吟一绝云:

> 中秋正尔月明时,为忆佳人寐不成。
> 此夜谁家闻唤酒,宁怜独自对寒灯?

宗佑吟罢,凄然泪下,不觉月移斗转,露冷风寒,乃就寝房而睡。将及夜半,梦见程氏与之相会,虽在初寐中,话语若平生。良久解衣,二人并枕交欢之际,脱若在生无异矣。云散雨歇,程氏推枕先起,泣辞宗佑:"感君之恩,其情难忘,故得与君相会。妾他无所嘱,吾之最怜爱者,唯生子长孺,望君善遇之,妾虽在九泉亦瞑目矣。"言罢径去。宗佑正待起挽留之,惊觉来却是梦中而已。审其遗言,犹在耳边,乃作相思曲一阕以怀之,词名《一剪梅》云:偶尔中间两相浓。死若生逢,深乐相逢,解衣深惜旧时容。虽在梦中,忘却梦中。因何话别遽匆匆。愁恨重重,苦思重重,觉来枕畔逼吟蛩。抵怨秋风,怎禁秋风?

次年宗佑再娶柳氏为妻,又生一子,名次孺。柳氏本小户人家出身,性甚狠暴,宗佑颇惧之。柳氏每见己子,则爱惜如宝;见长孺则嫉妒之,日夕打骂。长孺自知不为继母所容,又不敢与父宗佑得知,以此栖栖无依,时年已十五。一日,宗佑因出外访亲戚,连日不回,柳氏遂将长孺在暗室中打死,吩咐家人但言长孺因暴病身死,遂葬之于城南门外。逾数日宗佑回家。柳氏故意佯病,哭告以"长孺病死已数日矣,今葬在城南门外"。宗佑听得,因思前妻之故,悲不自胜。心亦知子必死于非命,但含忍而不敢言。

一日,拯因三月间出郊劝农,望见道旁有小新坟一所,上有纸钱霏霏。拯过之,忽闻身畔有人低声云:"告相公,告相公。"连道数声。拯回头一看,却不见人。行数步,又复闻其声。拯至于终日相随耳畔不歇。拯甚怪之。及回来,又经过新坟所,其声愈疾。拯细思之必有冤枉,遂问邻人里老:"此一座新坟是谁家葬的?"里老答云:"是城中秦七官人名宗佑,近日死了小儿,葬在此间。"拯遂令左右,就与父老借锄头掘开坟内,将小儿尸身检验,果见身上有数痕。

拯回衙后,便差公人追唤秦宗佑理问事因。宗佑但供具:"是前妻程氏所生男,名长孺,年已十五。前日因出外访亲,回来后妻阿柳告以长孺数日前因病死了,现葬在南门外。"拯知其意,又差人追唤阿柳至,将阿柳根勘:"长孺是谁打死?"

阿柳但称因得暴症

身死,不肯招认。拯怒诘之云:"彼既病死,缘何遍身上尽是打痕?分明是尔不慈,打死他,又何抵赖?"

阿柳被拯驳辩一番,自知理亏,不得已将打死长孺情由逐一招认。拯判道:"无故杀子孙,合该徒罪。"遂将阿柳依条决断。宗佑不知其情,发回宁家。

五十一　断王万谋并客人财案

黎州有一客人名王万,因往成都府买卖,行到府城外四十里头潘家岭,天色已晚,遂宿于祝婆店里。因与汉州一客人沈明同店居住,王万遂问沈客何处人氏,要往哪里经纪。客人答道:"小可是汉州人,要去府中做些小买卖,何不同行?"

二人遂买杯酒,订约为兄弟相交,饮至更深夜尽,欢悦,遂共同床睡了一宵。次日天渐晓,二人饭罢,整顿行李,辞店主而去。

行至地名万松岗,并无人家,但见峻石岩崖,旁有古井,深数十丈。王万因见沈客所带财物颇富,心欲谋之,遂与沈客道:"日色颇热难行,且泊担少歇一回。"沈客依其言,二人放下行李,同坐石上,语话良久,悄无人行。王万诈称腹疼,着沈客近前为之抚摸。沈客不知他起谋心,只管尽心为之抚摸,被王万乘力一推,沈客倒跌落于井中去了。王万尽夺其所有财物而去。

沈客在井中放声叫屈,无路可上,近者皆莫知之,饥饿一日余。次日有温江客数人,亦因泊担少歇其处,忽闻井内有人叫救命之声,诸客皆疑怪,遂各解笼索相连结,投下井中。良久,沈客见有索下,甚喜,遂自以索系其腰。诸客忽见索动,急忙擎上,沈客方得出井。众客问其缘故,沈客具言被同行伙客人谋陷情由,具告以连日不曾得食,饥馁困苦,众客甚哀怜之,竟以饭与之食。沈客拜谢不止。

众客去后,沈思量财物尽为一空,无处投奔,遂去府衙陈诉。当下包拯任成都府之职。行至府前,忽遇见王万正在府前买办。沈客走近前,一把手扯住,喊叫道:"这贼还我财物!"

正是:路逢狭处难回避,冤家相遇怎教开。

王万一见沈客,惊骇错愕,只道是冤魂来取命,走动不得,竟被沈客扯入府衙陈诉。拯即将王万根勘。王万心虚情亏,不去抵讳,只得一一招认谋劫财物情由。拯取其物色尽还沈客,将王万判断谋财害命,本合处死,沈客已在,减一等,决配极恶州郡充军。

五十二　断晏实许氏杀夫案

开封府城西二十里,有一地名苦筲村,有一人家,姓俞字子介,家道颇富,以商旅为活,性最好善,看经念佛,专一施舍。其妻许氏,年方十九。每日介叟出外买卖,其左右邻有一风流年少,名晏实,常往来于介叟家,因与许氏相通。许氏心甚爱之,日久月深,两情缠绵,因此阿许遂与其夫不和。

一日,介叟出外,晏实遂与阿许私议道:"我今蒙娘子惜爱,情意甚密,深望幸矣,倘或有日家长知觉,两下耽误,岂不深可耻哉。欲要取个久远之计,不若装着什么计较,候待介叟归,置之陷阱,庶得两情永谐鸾凤。"阿许道:"此事容易。彼若归时,汝故意请他去用醇酒,劝他饮醉之后,那时任从你发落便了。"商议已定。

越数日,晏实闻介叟已归,遂往其家贺之,因招介叟来家饮酒。介叟见是相熟之人,亦不推辞,随晏实到彼舍,酒食已齐备。晏实尽意奉劝,介叟痛

饮醉甚,待辞归,实因送介叟纵步而行。行至村南僻源,有一大井,水深无底。其时天色渐暗,介叟醉倒不能行。晏实见四处无人,遂拖介叟去入井中而归。

次日实密以告阿许,阿许甚喜。又越数日,其邻人皆问阿许:"介叟这几日何往?"阿许告以相约同行之人在途等候。邻人信其言。晏实与阿许喜不自胜,自谓可以永偕连理,日夕在家里通欢。

介叟在井中醒来后,终日只是念佛诵经。但见水中有一大龟,以背乘介叟于水上。每至饥时,有数小龟各衔斋食以食介叟,介叟亦不觉其为饥。将经月余,一日天下大雨,井水大涨,龟背乘介叟直至井岸。介叟乃得再生,遂投奔而归。正值其妻与晏实方对饮高歌,忽见其夫之来,皆惊惶骇怖,疑其是鬼。

晏实持刀赶逐,不容其归。介叟无可投奔,遂具状入府衙陈告,逐一供具其妻与晏实通奸及因谋害事情。拯见状,即差人勾唤阿许及晏实一同根勘。二人已到,用长枷押入狱中理究。二人不得已,只得招认通奸设计谋害事因。拯视供明白,叠成案卷,遂将阿许处决斩罪,晏实臀杖一百,配二千里,永不许还乡。

五十三　断金鲤鱼迷人之异案

扬州城东门有一儒家,姓刘名真,字天然。幼而聪明,好读书,因习举业,为着父母双亡,家道馨然,故未能结婚姻。

而笃志芸窗,甘守清贫,一心只慕功名两字。当宋仁宗皇祐三年,开科取士,刘真闻此消息,即备行囊,前往东京取试。怎奈盘缠稀少,在途淹延日久,将去到京都,科场已罢。刘真叹道:"如此命薄哉,不得就试矣。"收拾余资,尚有十来贯钱,就赁开元寺僧房肄业。

不觉时光似箭,日月如梭,近过却年冬腊月又毕,是上元佳景,京中放灯甚多。彼时离城三十里通漕运处,地名碧油潭,水深万丈,有个千年金鲤鱼成精。往常亦曾变成女子,行岸上迷惑拍舟客旅。那夕正脱形出潭,听得城里放灯,即吐出一颗小珠,俨然是个十七八岁丫鬟,手执灯笼,随之慢慢行入城来。

正值三街六市,管箫匝地,士女往来。但见:楼台上下火照火,车马往来人看人。

那妖怪缓步金莲,行过蕊花台前,人看见者无不牵情。说起那京都街巷,何等宽阔,妖媚只顾遍游,忘着回步。将近五更,天色欲晓,看见残灯犹未收,妖媚恐露其形,遂走入金丞相后花园内大池中,隐匿形迹。果是妖怪灵通,要小时,一杯之水可藏;要大时,江河之宽莫容。元宵已过,妖鱼不思转归潭中,顾爱花园内百卉开喷,红紫争妍。恰遇丞相之女名金线小姐,因带侍女来园内赏香,看见东架瓦盆上一丛红白牡丹可爱,即着侍女摘来观玩,倚着池阁栏杆畔饮酒。忽见池中有个金鲤鱼,扬须鼓口,游于水面。小姐见着,将饮残那杯酒倾向池中,被妖鱼一嗑而尽。小姐笑视良久,回转香闺。妖鱼因知小姐好看牡丹,每夜吐气喷之,牡丹颜色愈鲜,引得小姐日日来花园摘玩不已。

春光将尽,初夏又临。刘秀才在僧舍住居日久,囊箧消然,知己朋友又各回归,思量没奈何,乃写下几幅草字,往城中官宦家献卖。来到金丞相府前,适因丞相出探乡友回府,见刘秀才将字在手中,令取看之,称羡连声,遂带入府中,问其乡贯来因。刘真答道:"小生扬州人氏,因为赴试迟罢,归计无措,特书几幅拙字干谒贤侯,聊充盘费而已。"丞相见其人才不凡,乃留之于西馆教子弟读书。即令家人去寺中取彼行李,安置一个所在,正近后花园东轩之侧。刘真得遇丞相持携,衣食充裕,益攻书史。但见府中翰墨往来,并皆刘手启札,丞相甚爱重之。

一夕,刘真偶步入花园中,正值小姐与三四个侍女在花架下玩赏,刘真蓦见,失口道:"久闻丞相有女,颜貌秀丽,果的不虚。使后小生若侥幸成名,得此佳人为配足矣。"道罢,恐来知觉,径转至轩下,因歌杜甫词数篇以见志。尝言:欲心一动,则邪便能观之。妖媚正欲迷惑个好男子,没寻机会,是夜探得刘真未寝,便脱小姐形迹,到真读书所叩其户。真忽听得轩外叩户之声,便问:"是谁?"妖媚不答。及启户视之,正是日间所见那小姐,真愕然。妖媚道:"秀才不要惊恐,妾身省视爹爹,已觉睡熟,闻君书声清亮,特来听之请教。"真方安心,与之对坐榻上,谈论颇久。真道:"夜阑矣,请小姐方便。"妖媚笑道:"妾知君久寓,客舍无伴,今夕敬来相陪。不依妾所言,报知爹爹,那时将君仍赶离门矣。"真初则惊虑,及见其妖形逞露,又被言事所赚,只得从允。二人解衣就寝,枕上云雨之交,极尽欢娱。天将明,妖媚揽衣先起,谓真云:"今夜早来陪君。"言罢径去。自此日去夜来,情意甚密。妖媚但来,必将好美食待真,真自谓佳遇,不胜之喜。

一夕,妖媚备酒食来与真饮,乃道:"君寓此处虽好,倘久后侍女所觉,报知父母,两下弄丑。妾不如收拾闺中所有,同君逃回汝家,长为夫妇,岂不美哉?"真道:"如若丞相着人跟究来,其罪怎逃?"妖媚道:"妾母最爱于我,且君与妾俱未议婚姻,纵使跟究,亦无妨事。"真依言,过了一宵,约定十四日夜,河下预备船只,小姐收拾琐碎银两,与真径走回扬州。比及丞相知真走去,亦不究问。

自妖媚去后,那朵牡丹花即枯死矣。金小姐朝夕思忆,香闺懒出,日深月久,染成病症,纵有良医,亦不能调理。母忧切切,问其病因,小姐乃道为牡丹之故。母与丞相说知小姐病因,丞相道:"此花唯扬州则有。"即差家人带金宝往扬州:"不拘官宦民家,莫吝千金买得回来。"家人领命,径到扬州,遍访于人,皆言欲买此样牡丹花,唯东角门刘秀才家植有数丛。

及家人访到刘真舍下,值真外出,只见帘子下立着一个女子,问道:"是谁?"金家人自相疑道:好似小姐声音。近前认之,果的是矣。女子亦自道是小姐。恰遇刘真回来,家人亦认得是刘秀才,各痴呆半晌,莫知所为。真问众人来故,家人以小姐思牡丹得病,特来此买之。真笑道:"小姐随我来此,将近半年矣,哪里又有个小姐?"家人难明,次日着一会走路的,漏夜回转东京,报知丞相。丞相不信,差公吏来扬州取回小姐。

小姐不推,与刘真随家人等转京都。入府见丞相,丞相看是小姐,惊疑未定。及其母出来道:"小姐在闺中尚未起,缘何又有在此?"丞相问刘真前因。刘真不隐,一一告知昔日东轩相会之由。丞相道:"汝必被妖所惑。"即乘轿入开封府来见包拯,道知其事。拯辄差张龙拘到二小姐并刘真于厅下。拯细视子果无异,乃命取轩辕所铸照魔镜定其真伪。及左右将镜悬于堂上,顷刻间妖鱼吐出黑气,昏了天日,只听得一声响,其黑气散,看时,堂下二小姐皆不见了。丞相与拯皆愕然,满堂人无不失色。拯道:"丞相暂退,容下官数日,定要弄个下落。"

丞相称谢而回。拯着刘真在外伺候,将榜文张挂:"有知妖精、小姐下落,给钱五十贯赏之。"

次日请早,自往城隍庙中,将牒章焚讫。冥司直符领牒章递送与城隍知之。城隍即遣阴兵遍处搜查是何妖孽。顷刻阴兵乃报碧油潭千年金鲤鱼作怪。城隍具札通知五湖四海龙君,务要捉那妖鱼解报。龙君得知此事,亦遣水族神兵沿江湖捕捉。

妖鱼有灵通,水族神兵已皆杀败。无如之何,龙君奏于上帝,上帝遣天兵捉之。那妖越遍八荒,如何拿得?怎禁着包太尹日久于城隍司里追并,城隍只得再通龙君。龙君闭上各海门寻捉。

妖鱼被赶逐紧急,遂走入南海。

时都下有一郑翁,平素重善,家挂一张淡墨所画懒装观世音形象,日事无厌。忽晚梦云："汝明日来河岸边，引我见包太尹，取一场富足赠汝。"言讫，郑翁醒来。次早直到河边看，果见着一中年妇人，手执竹篮，立在杨柳树下。等着郑翁来到，乃道："昨日碧油潭金鲤鱼为四海龙君追逼无投，奔入南海，藏于琼蕊莲叶下，今被我哄入篮中罩定，走不得。即日包太尹有榜文，给赏得知妖怪下落之人，可引我去看他，判出此条公案，给得赏钱来一应赠汝。"郑翁悦之，忙引妇人到府衙。

正值拯与金丞相在厅上议论是事，公吏报入，拯唤进问其来由。郑翁将妇人所言复知于拯，拯道："是此怪矣。"即令当堂放下鱼篮，拯详问之。那妖为佛力所伏，在篮里一一吐实迷人情由，及摄将小姐现在碧油潭山侧岩穴中。拯欲将此妖鱼取出烹之，妇人道："此千年灵气而成，纵烹之亦不死颖，老妇带去自有发落。"拯然之，命库中取过赏钱五十贯，给予妇人而去。妇人出门首，以赏钱度与郑翁云："报汝奉我三年之勤，烦将此事传于世上。"言讫不见。郑翁方忆家奉观音一事，将钱回去，请画工绘墨水观音之像，手提鱼篮。京都人效之，皆传绘，即今所谓鱼篮观音是也。比及拯差人去岩穴中寻取得金小姐到衙，已死去了，只心头略有微温。待令医者诊视，皆言得有缘生人气引之可苏。拯猛醒，谓丞相道："小姐莫与刘秀才有凤缘，老夫今日当作媒人，成就此段亲事。"乃唤过刘真，以气去呵小姐，小姐果然醒来。左右有见者，各道事非偶然。拯亦欢悦，命送入丞相府中。是夕刘真与小姐成亲，甚感包公之德。次年真登第优等，官至中书，生二子，各出仕。

五十四　断琴童代主人申冤案

扬州离城五十里，有一人家姓蒋名奇，表字天秀。家道富实，平素好善，忽一日，有一老僧人来其家化缘，天秀甚礼待之。僧人斋罢，天秀问云："敢问上人云游，从何宝刹至此？"僧人答云："贫僧乃山西人氏，削发于东京报恩寺，因为寺东堂少一尊罗汉宝像，云游天下，访得有善人则化之。近闻长者平昔好布施，故贫僧不远千里而来，敬到贵府，化此一尊佛以种后日之缘也。"天秀喜道："此则小节，岂敢推托？"

即令琴童入房中对妻张氏说知，取过白金五十两出来，付与僧人。僧人见那一锭白银,笑道:"不消一半,完满得此一尊佛像,何用许多。"天秀道:"师父休嫌少,若完罗汉宝像以后,剩者作斋功果,普度众生。"僧人见其欢喜布施,遂收了花银。

即辞出门,心下忖道:"适见施主相貌,目眶下现一道死气,当有大灾。彼如此好心,我今岂得不说与知?"即回步入见天秀道,"贫僧颇晓麻衣之术,观君之貌,今年当有大厄,可防不出,庶或可免。"天秀唯喏即已。僧人再三叮咛而别。天秀入后舍见张氏道:"化缘僧人没话说得,故相我今年有大厄,是可笑矣。"张氏道:"云游僧行,多有见识者,彼既言之,正须谨慎。"时值花朝节,怎见得:园林花卉争春妍,柳底莺声弄晓晴。

天秀正邀妻子到后花园游赏。天秀有一家人姓董,是个浪子,那日正与使女春香在后园亭上斗草,不防天秀前来到,躲避不便回,天秀遇见,将二人痛责一番。董家人切恨在心。

才过一月,有表兄黄美在东京为通判,有书来请天秀。天秀接得书,不胜欢喜,入对张氏道:"久闻东京乃建都之地,景致所在,欲去游览无便,今得表兄书来相请,乘此去探望,以慰平昔之志。"张氏答道:"日前僧人道君须防有厄,不可出门,且儿子又年幼,此则莫往为善。"天秀不听,吩咐董家人收拾行李,次日辞妻,吩咐看管门户而别。诗曰:不为利名离故里,宁知此去魄归来?

正当三月初春天气,天秀与董家人并琴童行了数日旱路,到河口是一派水程。天秀讨了船只,靠晚船泊狭弯。那两个艄子,一姓陈,一姓翁,皆是不善之徒。董家人深恨日前被责之事,要报无由,是夜密与二艄子商量:"我官人箱中有白银一百两,行装衣资极广,汝二人若能谋之,将此货物均分。"陈、翁二艄笑道:"汝若不言,吾有此意久矣。"是夜,天秀与琴童在前仓睡,董家人在橹后睡。将近二更,董家人叫声"有贼",天秀梦中惊觉,便探头出

船外来看,被陈艄拔出利刀,一下刺死,推入河里。琴童正要走时,亦被翁艄一棍打落水中。三人打开箱子,取出银子均分讫,陈、翁二艄依前撑船回去,董家人带其财物走苏州去了。常言道:莫信直中直,须防人不仁。可怜天秀平昔好善,今遭恶死,虽则是不纳忠言之过,其亦大数难逃也。

当下琴童被打昏迷,尚得不死,浮水上得岸来,号泣连声。

天色渐明,忽上游有一渔舟下来,听得岸上有人啼哭,撑船过来看时,却是个十八九岁小童,满身是水。问其来由,琴童哭告被劫之事。渔人即带下船,撑回家中,取衣服与他换了,乃问:"汝要回去,还是同我在此过活?"琴童道:"主人遭难,不见下落,如何回去得?愿随公公在此。"渔翁道:"从容为尔访此劫贼是谁,再作理会。"琴童拜谢。当夜,那天秀尸首流在芦榆港里,隔岸便是清河县,城西门有一慈惠寺,正是三月十五,会作斋事,和尚都出港口放水灯,见一死尸,鲜血满面,下身衣服尚在。众僧人道:"此必是遭劫客商,抛尸河里流停在此。"内中一老僧道:"我辈当发慈悲心,将此尸埋于岸上,亦一场好事。"众人依其言,捞起尸首埋讫,放了水灯回去。

是时包公因往濠州赈济事毕转东京,经清河县过。正行之际,忽马前一阵旋风起处,哀号不已。拯疑怪,即差张龙随此风下落。张龙领旨,随旋风而来,至岸中乃息。张龙回复于拯,拯遂留在清河县公廨中。次日委本县官带公牌前往根勘,掘开岸上视之,见　死尸,宛然头上伤　刀痕。周知县检视明白,问:"前面是哪里?"公人禀道:"慈惠寺。"知县令拘僧行问之,皆言:"日前因放水灯,见一尸首流停在港里,故收埋之,不知为何而死?"知县道:"分明是汝众人谋杀而埋于此,尚有何说?"因令将此一干僧人俱监收于狱中,回复于拯。拯再取出根勘,各称冤枉,不肯招。拯自思:"既是僧人谋杀人,其尸必丢于河里,岂又自埋于岸上?此有可疑。"因令带监众僧审实,将有二十余日,尚不能决。

时四月边间,荷花盛开,本处仕女适其时,有游船之乐。

忽一日,琴童与渔翁正出河口卖鱼,恰遇着翁、陈二艄公在船上赏花饮酒,特来买鱼。琴童认得是谋他主人的,即密与渔翁说知。渔翁道:"汝主人之冤雪矣。即今包大人在清河县断一狱事未决,留止于此,尔宜即往投告。"琴童连忙上岸,径到清河县公廨中见包拯,哭告主人被船艄谋死情由,现今贼人在船上饮酒。拯听罢,遂差公牌黄、李二人随琴童来河口,登时入船中,将陈、翁二艄捉到公厅中见拯。拯令琴童去认死尸,回报哭诉:"正是主人被此二贼谋杀尸身。"拯吩咐着严刑根勘。

　　翁、陈二艄及琴童作证,疑是鬼使神差,一款招承明白,便用长枷监于狱中,放回众僧人。次日拯取出贼人,追取原劫银两,叠成案卷,押赴市心斩首讫。当下只未捉得董家人。拯令琴童给领银两,用棺木盛了尸首,带丧回乡埋葬。琴童拜谢,自去酬了渔翁,带丧转扬州不题。后来天秀之子蒋仕卿读书登第,官至中书舍人。董家人因得财本成巨商,数年在扬子江遇盗被杀,财本一空。

声　明

　　由于时间紧迫和其他客观原因,本书个别文章和图片的作者未能取得联系,敬请这些文章和图片的作者见到本书后,尽快和出版社联系,以便奉上稿酬及样书。